数学·统计学系列

随机微分方程和应用

Stochastic Differential Equations and Applications (Second Edition)

● 毛学荣 著　● 朱平 译

（第二版）

HITP
哈尔滨工业大学出版社
HARBIN INSTITUTE OF TECHNOLOGY PRESS

黑版贸审字 08-2022-071 号

内 容 简 介

随机微分方程在数学之外的许多领域都有着广泛的应用,它对数学领域中的许多分支起着有效的连接作用.本书详细介绍了几类重要的随机微分方程,共分为 11 章,第 1~8 章介绍了随机微分方程的相关理论,第 9~11 章介绍了上述理论的应用情况.

本书适合大学师生、研究生及数学爱好者参考使用.

图书在版编目(CIP)数据

随机微分方程和应用:第二版/毛学荣著;朱平译.—哈尔滨:哈尔滨工业大学出版社,2022.12(2024.1 重印)
书名原文:Stochastic Differential Equations and Applications, Second Edition
ISBN 978 - 7 - 5767 - 0194 - 4

Ⅰ.①随…　Ⅱ.①毛…　②朱…　Ⅲ.①随机微分方程
Ⅳ.①O211.63

中国国家版本馆 CIP 数据核字(2023)第 019490 号

SUIJI WEIFEN FANGCHENG HE YINGYONG:DI-ER BAN

This edition of Stochastic Differential Equations and Applications by X Mao is published by arrangement with ELSEVIER LTD. of The Boulevard, Langford Lane, Kidlington, OXFORD, OX5 1GB, UK.
Chinese edition © Elsevier Ltd. and Harbin Institute of Technology Press.

本版《随机微分方程和应用》由毛学荣撰写,由 ELSEVIER LTD. 安排出版,地址为英国牛津基德灵顿兰福德巷林荫大道,邮编 OX5 1GB.
中文版@爱思唯尔和哈尔滨工业大学出版社.

策划编辑　刘培杰　张永芹
责任编辑　聂兆慈　李兰静　张嘉芮
封面设计　孙茵艾
出版发行　哈尔滨工业大学出版社
社　　址　哈尔滨市南岗区复华四道街 10 号　邮编 150006
传　　真　0451 - 86414749
网　　址　http://hitpress.hit.edu.cn
印　　刷　哈尔滨圣铂印刷有限公司
开　　本　787 mm×1 092 mm　1/16　印张 26　字数 578 千字
版　　次　2022 年 12 月第 1 版　2024 年 1 月第 2 次印刷
书　　号　ISBN 978 - 7 - 5767 - 0194 - 4
定　　价　48.00 元

高层次人才科研启动费（No. 180141051218）

资助项目

作 者 简 介

　　毛学荣教授于1957年出生于中华人民共和国福建省福州市，在上海纺织大学毕业后，获得数学系硕士学位．他的首任教学职位是福州大学经济学院讲师．

　　1987年，毛教授来到英国，在华威大学被数学研究所授予博士学位，并于1989年至1992年在科学与研究工程委员会担任博士后研究员．他移居到苏格兰后，在1992年，担任格拉斯哥斯特拉斯克莱德大学统计与建模科学系的讲师，1995年晋升为高级讲师，1998年晋升为教授，任教于至今．

　　毛教授在数学方面的声望很高，在国内外的数学期刊上发表了多篇论文，并出版了四本著作：*Stability of Stochastic Differential Equations with Respect to Semimartingales* (1991)，*Exponential Stability of Stochastic Differential Equations* (1994)，*Stochastic Differential Equations and Applications (First Edition)*(1997) 和 *Stochastic Differential Equations with Markovian Switching* (2006).

　　2000年，美国传记学会授予了毛教授千禧年金质荣誉勋章，他还一直是中国多所大学的客座教授，包括武汉的华中科技大学在内．毛教授是多家国际期刊的编委会成员，包括 *Journal of Stochastic Analysis and Applications* 和 *Journal of Dynamics of Continuous，Discrete & Impulsive Systems Series B*.

第二版序言

在第二版中，笔者增加了一些在应用中特别有用的素材，即新增的关于期权及其价值的第 9.3 节以及关于随机时滞种群系统的第 11 章. 此外，第 9.2 节增加了更多内容，包括金融领域中的几类流行的随机模型，而第 5.2 节增加了随机泛函微分方程的最大局部解的概念，为新的第 11 章奠定了基本理论基础.

该书的工作得到了很多人的宝贵意见和帮助，包括 K.D.Elworthy，G. Gettinby，W. Gurney，D.J. Higham，N. Jacob，P. Kloeden，J. Lam，X. Liao，E. Renshaw，A.M. Stuart，A.Truman，G.G. Yin. 感谢他们所有人的付出.

感谢英国工程和自然科学研究委员会、英国皇家学会、伦敦数学学会和爱丁堡数学学会给予的经济支持. 此外，感谢我的家人，特别是 Weihong，感谢他们一直以来的支持.

毛学荣
2007年6月
格拉斯哥

序 言

随机模型已在科学和工业的许多分支中发挥了重要作用,越来越多的人接触到了随机微分方程. 关于随机微分方程的书有几本很好,但它们的篇幅既长又难懂,尤其是对初学者来说. 也有一些入门级的书,但它们没有涉及几类重要的随机微分方程,例如,中立型随机方程和最近发展起来的向后随机微分方程. 因此,读者们需要这样一本书,它不仅研究随机微分方程的经典理论,而且在入门级水平上有新的发展. 本书正是本着这种精神而著的.

本书将探索随机微分方程及其应用的相关内容. 本书的一些重要特色如下:

• 本书介绍了不同类型的随机系统的基本理论,例如,随机微分方程、随机泛函微分方程、中立型随机微分方程和向后随机微分方程. 中立型随机微分方程和向后随机微分方程出现在科学和工业的很多分支中. 虽然这些方程更加复杂,但本书是在读者可理解的水平上进行编写的.

• 本书除介绍了 Picard 迭代法外,还讨论了 Carathedory 的新进展和 Cauchy-Marayama 近似法. Cauchy-Marayama 法和 Carathedory 法的优势是近似解在弱于 Lipschitz 条件的情况下收敛到精确解,而 Picard 法仍存在相应的收敛问题. 这些方法被用于建立解的存在唯一性理论,同时在应用中也给出了获得数值解的程序.

• 本书论证了一般 Lyapunov 方法的表现形式,通过展示这种有效的技术如何被用于研究随机系统完全不同的定性和定量性质,例如,渐近有界性和指数稳定性.

• 本书强调了随机模型的稳定性分析,并说明了随机稳定性和随机不稳定性的实际应用. 这是第一本系统地解释了 Razumikhin 技术在随机泛函微分方程和中立型随机微分方程指数稳定性研究中的应用的书籍.

• 本书通过对随机振子、金融中的随机模型和随机神经网络的研究,说明了随机微分方程的实际应用.

感谢 G.Gettinby,W.S.C.Gurney 和 E.Renshaw 教授一直以来对本书出版的支持和帮助;感谢斯特拉斯克莱德大学、英国工程和自然科学研究委员会、伦敦数学学会和皇家学会的财政支持;感谢 C.Selfridge 先生仔细阅读了手稿,并提出了许多宝贵的建议. 此外,感谢我的家人,特别是我深爱的妻子 Weihong,感谢她们一直以来对我的支持.

毛学荣
1997年5月
格拉斯哥

一 般 符 号

例如，定理 4.3.2 的意思是第 4 章中的定理 3.2(第 3 节的第 2 个定理). 如果该定理在第 4 章中被引用，它只可以写成定理 3.2.

正的：>0.

非正的：$\leqslant 0$.

负的：<0.

非负的：$\geqslant 0$.

a.s.：几乎处处，或 P–几乎处处，或以概率 1 成立.

$A := B$：A 由 B 定义或 A 由 B 表示.

$A(x) \equiv B(x)$：$A(x)$ 和 $B(x)$ 是恒等的，即 $A(x) = B(x)$ 对所有的 x 均成立.

$\varnothing$：空集.

I_A：集合 A 的示性函数，即当 $x \in A$ 时，$I_A(x) = 1$，否则 $I_A(x) = 0$.

A^c：集合 A 在 Ω 中的补集，即 $A^c = \Omega - A$.

$A \subset B$：$A \bigcap B^c = \varnothing$.

$A \subset B$ a.s.：$P(A \bigcap B^c) = 0$.

$\sigma(\mathcal{C})$：由 $\mathcal{C}$ 生成的 σ–代数.

$a \vee b$：a 和 b 的最大值.

$a \wedge b$：a 和 b 的最小值.

$f : A \to B$：从 A 到 B 的映射 f.

$R = R^1$：实线.

$\mathbf{R}_+$：非负实数集，即 $\mathbf{R}_+ = [0, \infty)$.

$\mathbf{R}^d$：d–维欧氏空间.

$\mathbf{R}_+^d$：等于 $\{x \in \mathbf{R}^d : x_i > 0, 1 \leqslant i \leqslant d\}$，即正圆锥.

$\mathcal{B}^d$：$\mathbf{R}^d$ 上的 Borel–σ–代数.

$\mathcal{B}$：等于 $\mathcal{B}^1$.

$\mathbf{R}^{d \times m}$：由 $d \times m$–维实矩阵构成的空间.

$\mathcal{B}^{d \times m}$：$\mathbf{R}^{d \times m}$ 上的 Borel–σ–代数.

C^d：d–维复空间.

$C^{d \times m}$：由 $d \times m$ – 维复矩阵构成的空间.

$|x|^{①}$：向量 x 的欧氏范数.

S_h：等于 $\{x \in \mathbf{R}^d : |x| \leqslant h\}$.

A^{T}：向量或矩阵 A 的转置.

(x, y)：向量 x 和 y 的数量积，即 $(x, y) = x^{\mathrm{T}} y$.

trace A：方阵 $A = (a_{ij})_{d \times d}$ 的迹，即 trace $A = \sum_{1 \leqslant i \leqslant d} a_{ii}$.

$\lambda_{\min}(A)$：矩阵 A 的最小特征值.

$\lambda_{\max}(A)$：矩阵 A 的最大特征值.

$\lambda_{\max}^{+}(A)$：等于 $\sup\limits_{x \in \mathbf{R}_+^d, |x|=1} x^{\mathrm{T}} A x$.

$|A|$：等于 $\sqrt{\text{trace}(A^{\mathrm{T}} A)}$，即矩阵 A 的迹范数.

$\|A\|$：等于 $\sup\{|Ax| : |x| = 1\} = \sqrt{\lambda_{\max}(A^{\mathrm{T}} A)}$，即矩阵 A 的算子范数.

δ_{ij}：Dirac δ 函数，即当 $i = j$ 时，$\delta_{ij} = 1$，否则为 0.

$C(D; \mathbf{R}^d)$：由定义在 D 上的连续 $\mathbf{R}^d$ – 值函数构成的集合.

$C^m(D; \mathbf{R}^d)$：由定义在 D 上的连续 m – 次可微的 $\mathbf{R}^d$ – 值函数构成的集合.

$C_0^m(D; \mathbf{R}^d)$：由 $C^m(D; \mathbf{R}^d)$ 中带有紧支柱的函数构成的集合.

$C^{2,1}(D \times \mathbf{R}_+; \mathbf{R})$：由定义在 $D \times \mathbf{R}_+$ 上关于 $x \in D$ 连续且二次可微以及关于 $t \in \mathbf{R}_+$ 一次可微的实值函数 $V(x, t)$ 构成的集合.

∇：等于 $\left(\dfrac{\partial}{\partial x_1}, \cdots, \dfrac{\partial}{\partial x_d} \right)$.

Δ：Laplace 算子，即 $\Delta = \sum\limits_{i=1}^{d} \dfrac{\partial^2}{\partial x_i^2}$.

V_x：等于 $\nabla V = (V_{x_1}, \cdots, V_{x_d}) = \left(\dfrac{\partial V}{\partial x_1}, \cdots, \dfrac{\partial V}{\partial x_d} \right)$.

V_{xx}：等于 $(V_{x_i x_j})_{d \times d} = \left(\dfrac{\partial^2 V}{\partial x_i \partial x_j} \right)_{d \times d}$.

$\|\xi\|_{L^p} := (E|\xi|^p)^{1/p}$.

$L^p(\Omega; \mathbf{R}^d)$：由 $\mathbf{R}^d$ – 值随机变量 ξ 构成的集合，其中 $E|\xi|^p < \infty$.

$L_{\mathcal{F}_t}^p(\Omega; \mathbf{R}^d)$：由 $\mathbf{R}^d$ – 值的 $\mathcal{F}_t$ – 可测的随机变量 ξ 构成的集合，其中 $E|\xi|^p < \infty$.

$C([-\tau, 0]; \mathbf{R}^d)$：由定义在 $[-\tau, 0]$ 上的连续的 $\mathbf{R}^d$ – 值函数 φ 构成的集合，其中 $\|\varphi\| = \sup\limits_{-\tau \leqslant \theta \leqslant 0} |\varphi(\theta)|$.

---

① 为了尊重英文原版书，部分数学符号和参考文献均与原书保持一致，未做修改.——译者注

$L_{\mathcal{F}}^p([-\tau,0];\mathbf{R}^d)$：由 $C([-\tau,0];\mathbf{R}^d)$ – 值随机变量 ϕ 构成的集合，其中 $E\|\phi\|^p < \infty$.

$L_{\mathcal{F}_t}^p([-\tau,0];\mathbf{R}^d)$：由 $\mathcal{F}_t$ – 可测的 $C([-\tau,0];\mathbf{R}^d)$ – 值随机变量 ϕ 构成的集合，其中 $E\|\phi\|^p < \infty$.

$C_{\mathcal{F}_t}^p([-\tau,0];\mathbf{R}^d)$：由 $\mathcal{F}_t$ – 可测的有界 $C([-\tau,0];\mathbf{R}^d)$ – 值随机变量构成的集合.

$L^p([a,b];\mathbf{R}^d)$：由 Borel 可测函数 $h:[a,b]\to\mathbf{R}^d$ 构成的集合，其中 $\int_a^b |h(t)|^p \mathrm{d}t < \infty$.

$\mathcal{L}^p([a,b];\mathbf{R}^d)$：由 $\mathbf{R}^d$ – 值的 $\mathcal{F}_t$ – 适应过程 $\{f(t)\}_{a\leqslant t\leqslant b}$ 构成的集合，其中 $\int_a^b |f(t)|^p \mathrm{d}t < \infty$.

$\mathcal{M}^p([a,b];\mathbf{R}^d)$：由 $\mathcal{L}^p([a,b];\mathbf{R}^d)$ 中的过程 $\{f(t)\}_{a\leqslant t\leqslant b}$ 构成的集合，其中 $E\int_a^b |f(t)|^p \mathrm{d}t < \infty$.

$\mathcal{L}^p(\mathbf{R}_+;\mathbf{R}^d)$：由过程 $\{f(t)\}_{t\geqslant 0}$ 构成的集合，使得对每一个 $T>0$，有 $\{f(t)\}_{0\leqslant t\leqslant T} \in \mathcal{L}^p([0,T];\mathbf{R}^d)$.

$\mathcal{M}^p(\mathbf{R}_+;\mathbf{R}^d)$：由过程 $\{f(t)\}_{t\geqslant 0}$ 构成的集合，使得对每一个 $T>0$，有 $\{f(t)\}_{0\leqslant t\leqslant T} \in \mathcal{M}^p([0,T];\mathbf{R}^d)$.

$\mathrm{Erf}(\cdot)$：定义为 $\mathrm{Erf}(z)=(2\pi)^{-1/2}\int_0^z \mathrm{e}^{-u^2/2}\mathrm{d}u$ 的误差函数.

$\mathrm{sign}(x)$：符号函数，即当 $x\geqslant 0$ 时，有 $\mathrm{sign}(x)=+1$，否则为 -1.

其余符号将在书中首次出现时进行解释.

目　　录

1

Brown 运动和随机积分

1.1 前 言

在科学和工业的很多分支中，系统经常受到不同类型的环境噪声的扰动. 例如，考虑简单的种群增长模型

$$\frac{\mathrm{d}N(t)}{\mathrm{d}t} = a(t)N(t), \tag{1.1}$$

初值为 $N(0) = N_0$，其中 $N(t)$ 是时刻 t 处的种群数量，$a(t)$ 为相对增长率. $a(t)$ 可能是未知的，但受到一些随机环境因素的影响. 换句话说

$$a(t) = r(t) + \sigma(t)\text{"noise"} ,$$

故方程(1.1)变为

$$\frac{\mathrm{d}N(t)}{\mathrm{d}t} = r(t)N(t) + \sigma(t)N(t)\text{"noise"} ,$$

写成积分形式，即

$$N(t) = N_0 + \int_0^t r(s)N(s)\mathrm{d}s + \int_0^t \sigma(s)N(s)\text{"noise"}\mathrm{d}s. \tag{1.2}$$

问题是: 关于"噪声"项的数学解释是什么以及积分 $\int_0^t \sigma(s)N(s)\text{"noise"}\mathrm{d}s$ 是什么？

事实证明，关于"噪声"项的一个合理的数学解释就是所谓的白噪声 $\dot{B}(t)$，被正式认为是 Brown 运动 $B(t)$ 的导数，即 $\dot{B}(t) = \mathrm{d}B(t)/\mathrm{d}t$. 故"noise" $\mathrm{d}s$ 可表示为 $\dot{B}(t)\mathrm{d}t = \mathrm{d}B(t)$，且

$$\int_0^t \sigma(s)N(s)\text{"noise"}ds = \int_0^t \sigma(s)N(s)dB(s). \tag{1.3}$$

一方面，如果 Brown 运动 $B(t)$ 是可微的，那么该积分就没有问题. 不幸的是，我们将看到 Brown 运动无处可微，因此该积分不能用一般的方式进行定义. 另一方面，如果 $\sigma(t)N(t)$ 是有限变分过程，那么可定义积分为

$$\int_0^t \sigma(s)N(s)dB(s) = \sigma(t)N(t)B(t) - \int_0^t B(s)d[\sigma(s)N(s)].$$

然而，如果 $\sigma(t)N(t)$ 仅仅是连续的或可积的，那么该定义无意义. 为定义积分，需要利用 Brown 运动的随机性. 该积分首次由 K. Itô 于 1949 年提出并称之为 Itô 随机积分. 本章的主要目的就是介绍 Brown 运动的随机性并定义关于 Brown 运动的随机积分表达式.

为了使本书自成一体，我们将简单地回顾关于概率论和随机过程的一些基本记号，然后给出 Brown 运动的数学定义并介绍其重要性质. 利用这些性质，我们进一步定义关于 Brown 运动的随机积分并建立著名的 Itô 公式. 作为 Itô 公式的应用，我们给出一些矩不等式，例如关于随机积分的 Burkholder-Davis-Gundy 不等式，以及指数鞅不等式. 最后我们将给出一系列著名的 Gronwall 型积分不等式.

1.2 概率论的一些基本记号

概率论研究的是结果依赖于偶然试验的数学模型. 所有可能的结果——基本事件——组合在一起构成集合 Ω，典型元素为 $\omega \in \Omega$. 并不是 Ω 的所有子集都是可观察到的或是有趣的事件，故我们只把那些可观察到的或有趣的事件组合在一起作为集合族 $\mathcal{F}$，其元素是 Ω 的子集. 为了实现研究概率论的目的，这样的集合族 $\mathcal{F}$ 应具有下列性质：

(i) $\varnothing \in \mathcal{F}$，其中 $\varnothing$ 表示空集；

(ii) $A \in \mathcal{F} \Rightarrow A^c \in \mathcal{F}$，其中 $A^c = \Omega - A$ 表示 A 在 Ω 中的补集；

(iii) $\{A_i\}_{i \geqslant 1} \subset \mathcal{F} \Rightarrow \bigcup_{i=1}^{\infty} A_i \in \mathcal{F}$.

具有这三个性质的集合族 $\mathcal{F}$ 称为 σ-代数. $(\Omega, \mathcal{F})$ 称为可测空间，$\mathcal{F}$ 中的元素从今以后称为 $\mathcal{F}$-可测集而不是事件. 如果 $\mathcal{C}$ 是由 Ω 的子集构成的集合族，那么在 Ω 上存在包含 $\mathcal{C}$ 的最小 σ-代数 $\sigma(\mathcal{C})$. $\sigma(\mathcal{C})$ 称为由 $\mathcal{C}$ 产生的 σ-代数. 如果 $\Omega = \mathbf{R}^d$ 且 $\mathcal{C}$ 是由 $\mathbf{R}^d$ 中所有开集构成的集合族，那么 $\mathcal{B}^d = \sigma(\mathcal{C})$ 称为 Borel$-\sigma-$代数且 $\mathcal{B}^d$ 中的元素称为 Borel 集.

实值函数 $X:\Omega \to \mathbf{R}$ 称为 $\mathcal{F}$-可测的，如果对所有的 $a \in \mathbf{R}$ 有

$$\{\omega: X(\omega) \leqslant a\} \in \mathcal{F}.$$

函数 X 也称为实值（$\mathcal{F}$-可测的）随机变量. $\mathbf{R}^d$-值函数 $X(\omega) = (X_1(\omega), \cdots, X_d(\omega))^{\mathrm{T}}$ 称为 $\mathcal{F}$-可测的，如果所有的元素 X_i 是 $\mathcal{F}$-可测的. 类似地，$d \times m$-矩阵值函数 $X(\omega) = (X_{ij}(\omega))_{d \times m}$ 称为 $\mathcal{F}$-可测的，如果所有的元素

X_{ij} 是 $\mathcal{F}$ – 可测的. 集合 $A \subset \Omega$ 的示性函数 I_A 的定义为

$$I_A(\omega) = \begin{cases} 1, & \text{对} \omega \in A, \\ 0, & \text{对} \omega \notin A. \end{cases}$$

示性函数 I_A 是 $\mathcal{F}$ – 可测的, 当且仅当 A 是 $\mathcal{F}$ – 可测集, 即 $A \in \mathcal{F}$. 如果可测空间为 $(\mathbf{R}^d, \mathcal{B}^d)$, 那么 $\mathcal{B}^d$ – 可测函数称为 Borel 可测函数. 更一般地, 令 $(\Omega', \mathcal{F}')$ 是另一个可测空间. 映射 $X : \Omega \to \Omega'$ 称为 $(\mathcal{F}, \mathcal{F}')$ – 可测的, 如果对所有的 $A' \in \mathcal{F}'$ 有

$$\{\omega : X(\omega) \in A'\} \in \mathcal{F}.$$

映射 X 称为 Ω' – 值 $(\mathcal{F}, \mathcal{F}')$ – 可测的(或简单地称为 $\mathcal{F}$ – 可测的)随机变量.

令 $X : \Omega \to \mathbf{R}^d$ 为任意函数. 由 X 产生的 σ – 代数 $\sigma(X)$ 是 Ω 上包含所有开集 $\{\omega : X(\omega) \in U\}$, $U \subset \mathbf{R}^d$ 的最小 σ – 代数, 即

$$\sigma(X) = \sigma(\{\omega : X(\omega) \in U\} : U \subset \mathbf{R}^d \text{为开集}).$$

显然, X 是 $\sigma(X)$ – 可测的且 $\sigma(X)$ 是具有这一性质的最小 σ – 代数. 如果 X 是 $\mathcal{F}$ – 可测的, 那么 $\sigma(X) \subset \mathcal{F}$, 即 X 生成了 $\mathcal{F}$ 的子 σ – 代数. 如果 $\{X_i : i \in I\}$ 是由 $\mathbf{R}^d$ – 值函数构成的集合, 那么定义

$$\sigma(X_i : i \in I) = \sigma\left(\bigcup_{i \in I} \sigma(X_i)\right),$$

称为由 $\{X_i : i \in I\}$ 生成的 σ – 代数. 这是关于每一个 X_i 都可测的最小 σ – 代数. 下面的结果是有用的. 它是某个结果的特殊情况, 有时候称为 Doob-Dynkin 引理.

引理 2.1　如果 $X, Y : \Omega \to \mathbf{R}^d$ 是两个给定的函数, 那么 Y 是 $\sigma(X)$ – 可测的, 当且仅当存在 Borel 可测函数 $g : \mathbf{R}^d \to \mathbf{R}^d$ 使得 $Y = g(X)$.

可测空间 $(\Omega, \mathcal{F})$ 上的概率测度 P 是一个函数 $P : \mathcal{F} \to [0, 1]$, 使得:

(a) $P(\Omega) = 1$;

(b) 对任意的不相交序列 $\{A_i\}_{i \geqslant 1} \subset \mathcal{F}$(即若 $i \neq j$, 则 $A_i \bigcap A_j = \varnothing$)有

$$P\left(\bigcup_{i=1}^{\infty} A_i\right) = \sum_{i=1}^{\infty} P(A_i).$$

三元组 $(\Omega, \mathcal{F}, P)$ 称为概率空间. 如果 $(\Omega, \mathcal{F}, P)$ 是概率空间, 令

$$\bar{\mathcal{F}} = \{A \supset \Omega : \exists B, C \in \mathcal{F}, \text{使得} B \subset A \subset C, P(B) = P(C)\},$$

那么 $\bar{\mathcal{F}}$ 是 σ – 代数并称为 $\mathcal{F}$ 的完备化. 如果 $\mathcal{F} = \bar{\mathcal{F}}$, 那么概率空间 $(\Omega, \mathcal{F}, P)$ 称为完备的. 否则, 通过对 $A \in \bar{\mathcal{F}}$ 定义 $P(A) = P(B) = P(C)$, 其中 $B, C \in \mathcal{F}$ 且满足 $B \subset A \subset C$ 和 $P(B) = P(C)$, 我们很容易把 P 扩展到 $\bar{\mathcal{F}}$. 现在 $(\Omega, \bar{\mathcal{F}}, P)$ 是完备概率空间, 称为 $(\Omega, \mathcal{F}, P)$ 的完备化.

在本节的剩余部分, 令 $(\Omega, \mathcal{F}, P)$ 为概率空间. 如果 X 是实值随机变量且关于概率测度 P 可积, 那么

$$EX = \int_{\Omega} X(\omega) \mathrm{d}P(\omega)$$

称为 X(关于 P)的期望. 称

$$V(X) = E(X - EX)^2$$

为 X 的方差(在这里和本节的后续部分中, 假设所有考虑的积分都存在). 称

$E|X|^p (p > 0)$ 为 X 的 p 阶矩. 如果 Y 是另一个实值随机变量,那么称

$$\mathrm{Cov}(X, Y) = E[(X - EX)(Y - EY)]$$

为 X 和 Y 的协方差. 如果 $\mathrm{Cov}(X, Y) = 0$,那么 X 和 Y 称为不相关的. 对 $\mathbf{R}^d$ – 值随机变量 $X = (X_1, \cdots, X_d)^{\mathrm{T}}$ 定义 $EX = (EX_1, \cdots, EX_d)^{\mathrm{T}}$. 对 $d \times m$ – 矩阵值随机变量 $X = (X_{ij})_{d \times m}$ 定义 $EX = (EX_{ij})_{d \times m}$. 如果 X 和 Y 均为 $\mathbf{R}^d$ – 值随机变量,那么对称半正定 $d \times d$ 矩阵

$$\mathrm{Cov}(X, Y) = E[(X - EX)(Y - EY)^{\mathrm{T}}]$$

称为 X 和 Y 的协方差矩阵.

令 X 是 $\mathbf{R}^d$ – 值随机变量,则 X 在 Borel 可测空间 $(\mathbf{R}^d, \mathcal{B}^d)$ 上诱导了一个概率测度 μ_X,定义为

$$\mu_X(B) = P\{\omega: X(\omega) \in B\}, \quad B \in \mathcal{B}^d,$$

μ_X 称为 X 的分布. X 的期望现在可以表达为

$$EX = \int_{\mathbf{R}^d} x \mathrm{d}\mu_X(x).$$

更一般地,如果 $g: \mathbf{R}^d \to \mathbf{R}^m$ 是 Borel 可测的,那么有下列转换公式

$$Eg(X) = \int_{\mathbf{R}^d} g(x) \mathrm{d}\mu_X(x).$$

对 $p \in (0, \infty)$,令 $L^p = L^p(\Omega; \mathbf{R}^d)$ 为由所有的 $\mathbf{R}^d$ – 值随机变量 X 构成的集合族且 $E|X|^p < \infty$. 在 L^1 中,有 $|EX| \leq E|X|$. 此外,下列三个不等式非常有用:

(i) Hölder 不等式

$$\left| E(X^{\mathrm{T}} Y) \right| \leq (E|X|^p)^{1/p} (E|Y|^q)^{1/q},$$

其中 $p > 1$, $1/p + 1/q = 1$, $X \in L^p$, $Y \in L^q$;

(ii) Minkovski 不等式

$$(E|X + Y|^p)^{1/p} \leq (E|X|^p)^{1/p} + (E|Y|^p)^{1/p},$$

其中 $p > 1$, X, $Y \in L^p$;

(iii) Chebyshev 不等式

$$P\{\omega: |X(\omega)| \geq c\} \leq c^{-p} E|X|^p,$$

其中 $c > 0$, $p > 0$, $X \in L^p$.

Hölder 不等式的简单应用意味着

$$(E|X|^r)^{1/r} \leq (E|X|^p)^{1/p},$$

其中 $0 < r < p < \infty$, $X \in L^p$.

令 X 和 X_k, $k \geq 1$ 均为 $\mathbf{R}^d$ – 值随机变量. 下列四个收敛性概念非常重要.

(a) 如果存在 P – 空集 $\Omega_0 \in \mathcal{F}$ 使得对每一个 $\omega \notin \Omega_0$, $\mathbf{R}^d$ 中的序列 $\{X_k(\omega)\}$ 在通常意义下收敛于 $X(\omega)$,那么称 $\{X_k\}$ 几乎处处或以概率 1 收敛于 X,记为 $\lim_{k \to \infty} X_k = X$ a.s.

(b) 如果对每一个 $\varepsilon > 0$,当 $k \to \infty$ 时,$P\{\omega: |X_k(\omega) - X(\omega)| > \varepsilon\} \to 0$,那么称 $\{X_k\}$ 随机或依概率收敛于 X.

(c) 如果 X_k 和 X 属于 L^p 且 $E|X_k - X|^p \to 0$,那么称 $\{X_k\}$ 在 p 阶矩或 L^p 意义下收敛于 X.

(d) 如果对每一个 $\mathbf{R}^d$ 上的实值连续有界函数 g，有 $\lim\limits_{k\to\infty} Eg(X_k) = Eg(X)$，那么称 $\{X_k\}$ 依分布收敛于 X.

这些收敛性概念有下列关系

$$L^p \text{收敛}$$
$$\Downarrow$$
$$\text{几乎处处收敛} \Rightarrow \text{依概率收敛}$$
$$\Downarrow$$
$$\text{依分布收敛}$$

而且，序列依概率收敛当且仅当它的每一个子序列包含几乎处处收敛的子序列. 关于 $\lim\limits_{k\to\infty} X_k = X$ a.s. 的一个充分条件为

$$\sum_{k=1}^{\infty} E|X_k - X|^p < \infty, \quad p > 0.$$

现在我们陈述两个非常重要的积分收敛定理.

定理 2.2(单调收敛定理) 如果 $\{X_k\}$ 是单调递增的非负随机变量序列，那么

$$\lim_{k\to\infty} EX_k = E\left(\lim_{k\to\infty} X_k\right).$$

定理 2.3(控制收敛定理) 令 $p \geq 1$，$\{X_k\} \subset L^p(\Omega; \mathbf{R}^d)$ 和 $Y \in L^p(\Omega; \mathbf{R})$. 假设 $|X_k| \leq Y$ a.s. 且 $\{X_k\}$ 依概率收敛于 X，则 $X \in L^p(\Omega; \mathbf{R}^d)$，$\{X_k\}$ 在 L^p 意义下收敛于 X，并且

$$\lim_{k\to\infty} EX_k = EX.$$

当 Y 有界时，该定理也称为有界收敛定理.

两集合 $A, B \in \mathcal{F}$ 称为相互独立的，如果 $P(A \cap B) = P(A)P(B)$. 三集合 $A, B, C \in \mathcal{F}$ 称为相互独立的，如果

$$P(A \cap B) = P(A)P(B), \quad P(A \cap C) = P(A)P(C),$$
$$P(B \cap C) = P(B)P(C), \quad P(A \cap B \cap C) = P(A)P(B)P(C).$$

令 I 是指标集. 集合族 $\{A_i : i \in I\} \subset \mathcal{F}$ 称为相互独立的，如果

$$P(A_{i_1} \cap \cdots \cap A_{i_k}) = P(A_{i_1}) \cdots P(A_{i_k})$$

对指标 $i_1, \cdots, i_k \in I$ 的所有可能的选择均成立. $\mathcal{F}$ 的两个子 $\sigma-$代数 $\mathcal{F}_1$ 和 $\mathcal{F}_2$ 称为相互独立的，如果对所有的 $A_1 \in \mathcal{F}_1$，$A_2 \in \mathcal{F}_2$ 有

$$P(A_1 \cap A_2) = P(A_1)P(A_2).$$

子 $\sigma-$代数族称为相互独立的，如果对指标 $i_1, \cdots, i_k \in I$ 的每一个可能的选择有

$$P(A_{i_1} \cap \cdots \cap A_{i_k}) = P(A_{i_1}) \cdots P(A_{i_k})$$

对所有的 $A_{i_1} \in \mathcal{F}_{i_1}, \cdots, A_{i_k} \in \mathcal{F}_{i_k}$ 均成立. 随机变量族 $\{X_i : i \in I\}$ (对于不同的指标值，其范围可能不同)称为相互独立的，如果生成的 $\sigma-$代数 $\sigma(X_i)$，$i \in I$ 相互独立. 例如，两随机变量 $X: \Omega \to \mathbf{R}^d$ 和 $Y: \Omega \to \mathbf{R}^m$ 相互独立，当且仅当

$$P\{\omega: X(\omega) \in A, Y(\omega) \in B\} = P\{\omega: X(\omega) \in A\}P\{\omega: Y(\omega) \in B\}$$

对所有的 $A \in \mathcal{B}^d$, $B \in \mathcal{B}^m$ 均成立. 如果 X 和 Y 是两个相互独立的实值可积的随机变量, 那么 XY 也可积且

$$E(XY) = EX\, EY.$$

如果 $X, Y \in L^2(\Omega; \mathbf{R})$ 是不相关的, 那么

$$V(X + Y) = V(X) + V(Y).$$

如果 X 和 Y 是相互独立的, 那么它们是不相关的. 如果 (X, Y) 具有正态分布, 那么 X 和 Y 是相互独立的, 当且仅当 X 和 Y 是不相关的.

令 $\{A_k\}$ 是 $\mathcal{F}$ 中的集合序列. 定义集合的上极限为

$$\limsup_{k \to \infty} A_k = \{\omega: \omega \in A_k \text{对无穷多个} k\} = \bigcap_{i=1}^{\infty} \bigcup_{k=i}^{\infty} A_k.$$

显然, 该极限属于 $\mathcal{F}$. 关于其概率, 有下列著名的 Borel-Cantelli 引理.

引理 2.4(Borel-Cantelli 引理) (i) 如果 $\{A_k\} \subset \mathcal{F}$ 相互独立且 $\sum\limits_{k=1}^{\infty} P(A_k) < \infty$, 那么

$$P\left(\limsup_{k \to \infty} A_k\right) = 0,$$

即, 存在集合 $\Omega_0 \in \mathcal{F}$ 且 $P(\Omega_0) = 1$ 以及整数值随机变量 k_0 使得对每一个 $\omega \in \Omega_0$, 当 $k \geqslant k_0(\omega)$ 时, 有 $\omega \notin A_k$.

(ii) 如果序列 $\{A_k\} \subset \mathcal{F}$ 且 $\sum\limits_{k=1}^{\infty} P(A_k) = \infty$, 那么

$$P\left(\limsup_{k \to \infty} A_k\right) = 1,$$

即, 存在集合 $\Omega_0 \in \mathcal{F}$ 且 $P(\Omega_0) = 1$ 使得对每一个 $\omega \in \Omega_0$, 存在子序列 $\{A_{k_i}\}$ 满足 ω 属于每一个 A_{k_i}.

令 $A, B \in \mathcal{F}$ 满足 $P(B) > 0$. A 关于 B 的条件概率为

$$P(A \mid B) = \frac{P(A \cap B)}{P(B)}.$$

然而, 我们经常会遇到一系列的问题, 所以需要更一般的条件期望的概念. 令 $X \in L^1(\Omega; \mathbf{R})$. 设 $\mathcal{G} \subset \mathcal{F}$ 是 $\mathcal{F}$ 的子 σ-代数, 故 $(\Omega, \mathcal{G})$ 是可测空间. 一般地, X 不是 $\mathcal{G}$-可测的. 现在我们寻找一个可积的 $\mathcal{G}$-可测的随机变量 Y, 使得在

$$E(I_G Y) = E(I_G X),$$

即

$$\int_G Y(\omega) \mathrm{d}P(\omega) = \int_G X(\omega) \mathrm{d}P(\omega), \quad G \in \mathcal{G}$$

意义下与 X 具有相同的平均值. 利用 Radon-Nikodym 定理, 存在这样的 Y, 几乎处处是唯一的. 它称为在条件 $\mathcal{G}$ 下 X 的条件期望, 记为

$$Y = E(X \mid \mathcal{G}).$$

如果 $\mathcal{G}$ 是由随机变量 Y 生成的 σ-代数, 那么记为

$$E(X \mid \mathcal{G}) = E(X \mid Y).$$

作为一个例子，考虑集合族 $\{A_k\} \subset \mathcal{F}$ 满足

$$\bigcup_k A_k = \Omega, \quad P(A_k) > 0, \quad A_k \bigcap A_i = \varnothing, \quad k \neq j.$$

令 $\mathcal{G} = \sigma(\{A_k\})$，即 $\mathcal{G}$ 是由 $\{A_k\}$ 生成的，则 $E(X \mid \mathcal{G})$ 是 Ω 上的阶梯函数，定义为

$$E(X \mid \mathcal{G}) = \sum_k \frac{I_{A_k} E(I_{A_k} X)}{P(A_k)}.$$

换句话说，如果 $\omega \in A_k$，那么

$$E(X \mid \mathcal{G})(\omega) = \frac{E(I_{A_k} X)}{P(A_k)}.$$

由定义可知

$$E(E(X \mid \mathcal{G})) = E(X)$$

且

$$|E(X \mid \mathcal{G})| \leq E(|X| \mid \mathcal{G}) \quad \text{a.s.}$$

条件期望的其他重要的性质(所有的等式和不等式几乎处处成立)如下：

(a) $\mathcal{G} = \{\varnothing, \Omega\} \Rightarrow E(X \mid \mathcal{G}) = EX$；

(b) $X \geq 0 \Rightarrow E(X \mid \mathcal{G}) \geq 0$；

(c) X 是 $\mathcal{G}$ – 可测的 $\Rightarrow E(X \mid \mathcal{G}) = X$；

(d) $X = c = \text{const} \Rightarrow E(X \mid \mathcal{G}) = c$；

(e) $a, b \in \mathbf{R} \Rightarrow E(aX + bY \mid \mathcal{G}) = aE(X \mid \mathcal{G}) + bE(Y \mid \mathcal{G})$；

(f) $X \leq Y \Rightarrow E(X \mid \mathcal{G}) \leq E(Y \mid \mathcal{G})$；

(g) X 是 $\mathcal{G}$ – 可测的 $\Rightarrow E(XY \mid \mathcal{G}) = XE(Y \mid \mathcal{G})$，特别地，$E(E(X \mid \mathcal{G})Y \mid \mathcal{G}) = E(X \mid \mathcal{G})E(Y \mid \mathcal{G})$；

(h) $\sigma(X), \mathcal{G}$ 相互独立 $\Rightarrow E(X \mid \mathcal{G}) = EX$，特别地，$X, Y$ 相互独立 $\Rightarrow E(X \mid Y) = EX$；

(i) $\mathcal{G}_1 \subset \mathcal{G}_2 \subset \mathcal{F} \Rightarrow E(E(X \mid \mathcal{G}_2) \mid \mathcal{G}_1) = E(X \mid \mathcal{G}_1)$。

最后，如果 $X = (X_1, \cdots, X_d)^{\mathrm{T}} \in L^1(\Omega; \mathbf{R}^d)$，那么在 $\mathcal{G}$ 下的条件期望定义为

$$E(X \mid \mathcal{G}) = (E(X_1 \mid \mathcal{G}), \cdots, E(X_d \mid \mathcal{G}))^{\mathrm{T}}.$$

1.3 随 机 过 程

令 $(\Omega, \mathcal{F}, P)$ 是概率空间. 滤子是由 $\mathcal{F}$ 的递增子 σ – 代数构成的集合族 $\{\mathcal{F}_t\}_{t \geq 0}$ (即 $\mathcal{F}_t \subset \mathcal{F}_s \subset \mathcal{F}$，对所有的 $0 \leq t < s < \infty$). 如果 $\mathcal{F}_t = \bigcap_{s > t} \mathcal{F}_s$ 对所有的 $t \geq 0$ 成立，那么称滤子为右连续的. 当概率空间为完备概率空间时，如果滤子是右连续的且 $\mathcal{F}_0$ 包含所有的 P – 空集，那么称滤子满足通常条件.

从现在开始，除非特殊说明，否则我们总是在给定的完备概率空间 $(\Omega, \mathcal{F}, P)$

上进行研究且滤子 $\{\mathcal{F}_t\}_{t \geq 0}$ 满足通常条件. 定义 $\mathcal{F}_\infty = \sigma\left(\bigcup_{t \geq 0} \mathcal{F}_t\right)$, 即 σ – 代数是由 $\bigcup_{t \geq 0} \mathcal{F}_t$ 生成的.

由 $\mathbf{R}^d$ –值随机变量构成的集合族 $\{X_t\}_{t \in I}$ 称为参数集(或指标集)为 I、状态空间为 $\mathbf{R}^d$ 的随机过程. 参数集 I 通常是半直线 $\mathbf{R}_+ = [0, \infty)$, 但也有可能是区间 $[a, b]$, 非负整数甚至是 $\mathbf{R}^d$ 的子集. 注意到对每一个固定的 $t \in I$, 有随机变量

$$\omega \in \Omega \to X_t(\omega) \in \mathbf{R}^d.$$

另外, 对每一个固定的 $\omega \in \Omega$, 有函数

$$t \in I \to X_t(\omega) \in \mathbf{R}^d,$$

称为随机过程的样本路径, 且记为 $X_.(\omega)$. 有时记为 $X(t, \omega)$ 比较方便, 而不是 $X_t(\omega)$, 随机过程可认为是从 $I \times \Omega$ 到 $\mathbf{R}^d$ 的两个变量 (t, ω) 的函数. 类似地, 我们也可定义矩阵值随机过程等. 我们经常把随机过程 $\{X_t\}_{t \geq 0}$ 记为 $\{X_t\}$, X_t 或 $X(t)$.

令 $\{X_t\}_{t \geq 0}$ 是 $\mathbf{R}^d$ – 值随机过程. 如果对几乎所有的 $\omega \in \Omega$, 当 $t \geq 0$ 时, 函数 $X_t(\omega)$ 是连续的(右连续, 左连续), 那么称随机过程 $\{X_t\}_{t \geq 0}$ 是连续的(右连续, 左连续). 如果对几乎所有的 $\omega \in \Omega$, 左极限 $\lim_{s \uparrow t} X_s(\omega)$ 存在且对所有的 $t > 0$ 是有限的, 那么称随机过程 $\{X_t\}_{t \geq 0}$ 是正则的. 如果对每一个 $t \geq 0$, X_t 是可积的随机变量, 那么称随机过程 $\{X_t\}_{t \geq 0}$ 可积. 如果对每一个 t, X_t 是 $\mathcal{F}_t$ – 可测的, 那么称随机过程 $\{X_t\}_{t \geq 0}$ 是 $\{\mathcal{F}_t\}$ – 适应的(或简单称为适应). 如果随机过程被认为是从 $\mathbf{R}_+ \times \Omega$ 到 $\mathbf{R}^d$ 上的两个变量 (t, ω) 的函数时是 $\mathcal{B}(\mathbf{R}_+) \times \mathcal{F}$ – 可测的, 那么称随机过程 $\{X_t\}_{t \geq 0}$ 可测, 其中 $\mathcal{B}(\mathbf{R}_+)$ 是由 $\mathbf{R}_+$ 上的所有 Borel 子集构成的集合族. 如果对每一个 $T \geq 0$, 假设 $\{x_t\}_{0 \leq t \leq T}$ 是 $[0, T] \times \Omega$ 到 $\mathbf{R}^d$ 上关于变量 (t, w) 的函数, 且 $\mathcal{B}([0, T]) \times \mathcal{F}$ – 可测, 其中 $\mathcal{B}([0, T])$ 表示 $[0, T]$ 上的所有 Borel 子集族, 那么称随机过程 $\{X_t\}_{t \geq 0}$ 为逐步可测或逐步的. 令 $\mathcal{O}$ (相应的 $\mathcal{P}$) 表示 $\mathbf{R}_+ \times \Omega$ 上关于每一个正则适应过程(相应的左连续过程)是 (t, ω) 的可测函数的最小 σ – 代数. 如果过程看成 (t, ω) 的函数时是 $\mathcal{O}$ – 可测的(相应的 $\mathcal{P}$ – 可测的), 那么称随机过程 $\{X_t\}_{t \geq 0}$ 是可选择的(相应的可预测的). 如果对几乎所有的 $\omega \in \Omega$, $A_t(\omega)$ 关于 $t \geq 0$ 是非负的、非降的、右连续的, 那么实值随机过程 $\{A_t\}_{t \geq 0}$ 称为递增过程. 如果 $A_t = \bar{A}_t - \hat{A}_t$ 且 $\{\bar{A}_t\}$ 和 $\{\hat{A}_t\}$ 均为递增过程, 那么称 $\{A_t\}_{t \geq 0}$ 为有限变差过程. 显然, 有限变差过程是正则的. 因此, 有限变差的适应过程是可选择的.

各种随机过程之间的关系总结如下:

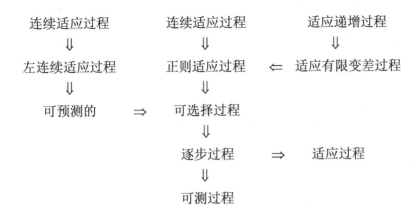

令 $\{X_t\}_{t\geqslant 0}$ 是随机过程. 另一个随机过程 $\{Y_t\}_{t\geqslant 0}$ 称为 $\{X_t\}$ 的版本或修正，如果对所有的 $t\geqslant 0$, $X_t = Y_t$ a.s. (即 $P\{\omega: X_t(\omega) = Y_t(\omega)\} = 1$). 如果对几乎所有的 $\omega\in\Omega$, $X_t(\omega) = Y_t(\omega)$ 对所有的 $t\geqslant 0$ 均成立 (即 $P\{\omega: X_t(\omega) = Y_t(\omega)$, 对所有的 $t\geqslant 0\} = 1$)，那么称两随机过程 $\{X_t\}_{t\geqslant 0}$ 和 $\{Y_t\}_{t\geqslant 0}$ 是无区别的.

如果 $\{\omega: \tau(\omega)\leqslant t\}\in\mathcal{F}_t$ 对任意的 $t\geqslant 0$ 均成立，那么随机变量 $\tau:\Omega\to[0,\infty]$ (有可能取值为 ∞) 称为 $\{\mathcal{F}_t\}$-停时(或简称为停时). 令 τ 和 ρ 是两个停时且 $\tau\leqslant\rho$ a.s. 定义

$$[[\tau,\rho[[= \{(t,\omega)\in\mathbf{R}_+\times\Omega: \tau(\omega)\leqslant t < \rho(\omega)\},$$

并称之为随机区间. 类似地，我们可定义随机区间 $[[\tau,\rho]]$, $]]\tau,\rho]]$ 和 $]]\tau,\rho[[$. 如果 τ 是停时，那么定义

$$\mathcal{F}_\tau = \{A\in\mathcal{F}: A\bigcap\{\omega: \tau(\omega)\leqslant t\}\in\mathcal{F}_t, \text{ 对所有的 } t\geqslant 0\},$$

这就是 $\mathcal{F}$ 的子 σ-代数. 如果 τ 和 ρ 是两个停时且 $\tau\leqslant\rho$ a.s.，那么 $\mathcal{F}_\tau\subset\mathcal{F}_\rho$. 下面的两个定理是有用的.

定理 3.1 如果 $\{X_t\}_{t\geqslant 0}$ 是逐步可测过程且 τ 为停时，那么 $X_\tau I_{\{\tau<\infty\}}$ 是 $\mathcal{F}_\tau$-可测的. 特别地，如果 τ 有限，那么 X_τ 是 $\mathcal{F}_\tau$-可测的.

定理 3.2 令 $\{X_t\}_{t\geqslant 0}$ 是 $\mathbf{R}^d$-值正则 $\{\mathcal{F}_t\}$-适应过程, D 是 $\mathbf{R}^d$ 中的开子集. 定义

$$\tau = \inf\{t\geqslant 0: X_t\notin D\},$$

其中我们约定 $\inf\varnothing=\infty$，则 τ 是 $\{\mathcal{F}_t\}$-停时，且称为首次离开 D 的时间. 此外，如果 ρ 是停时，那么

$$\theta = \inf\{t\geqslant\rho: X_t\notin D\}$$

也是 $\{\mathcal{F}_t\}$-停时，并称为在 ρ 之后首次离开 D 的时间.

$\mathbf{R}^d$-值 $\{\mathcal{F}_t\}$-适应的可积过程 $\{M_t\}_{t\geqslant 0}$ 称为关于 $\{\mathcal{F}_t\}$ 的鞅(或简称为鞅)，如果对所有的 $0\leqslant s < t < \infty$ 有

$$E(M_t\,|\,\mathcal{F}_s) = M_s \quad \text{a.s.}$$

应该强调的是，因为我们总是假设滤子 $\{\mathcal{F}_t\}$ 是右连续的，所以每一个鞅都有一个正则修正. 因此，以后我们总可以假设任意的鞅是正则的. 如果 $X = \{X_t\}_{t\geqslant 0}$ 是逐步可测过程且 τ 是停时，那么 $X^\tau = \{X_{\tau\wedge t}\}_{t\geqslant 0}$ 称为 X 的停止过程. 下面就是著

名的 Doob 鞅停止定理.

定理 3.3 令 $\{M_t\}_{t\geqslant 0}$ 是关于 $\{\mathcal{F}_\tau\}$ 的 $\mathbf{R}^d$ –值的鞅，θ, ρ 为两个有限停时，则

$$E(M_\theta \mid \mathcal{F}_\rho) = M_{\theta \wedge \rho} \quad \text{a.s.}$$

特别地，如果 τ 是停时，那么

$$E(M_{\tau \wedge t} \mid \mathcal{F}_s) = M_{\tau \wedge s} \quad \text{a.s.}$$

对所有的 $0 \leqslant s < t < \infty$ 成立，即停止过程 $M^\tau = \{M_{\tau \wedge t}\}$ 仍然是关于相同滤子 $\{\mathcal{F}_\tau\}$ 的鞅.

如果 $E|X_t|^2 < \infty$ 对每一个 $t \geqslant 0$ 均成立，那么随机过程 $X = \{X_t\}_{t\geqslant 0}$ 称为均方可积的. 如果 $M = \{M_t\}_{t\geqslant 0}$ 是实值均方可积的连续鞅，那么存在唯一的连续可积适应的递增过程 $\{\langle M, M\rangle_t\}$ 使得 $\{M_t^2 - \langle M, M\rangle_t\}$ 为 M 的二次变差. 特别地，对任意有限停时 τ，有

$$EM_\tau^2 = E\langle M, M\rangle_\tau.$$

如果 $N = \{N_t\}_{t\geqslant 0}$ 是另一个实值均方可积的连续鞅，定义

$$\langle M, N\rangle_t = \frac{1}{2}\left(\langle M+N, M+N\rangle_t - \langle M, M\rangle_t - \langle N, N\rangle_t\right),$$

并称 $\{\langle M, N\rangle_t\}$ 是 M 和 N 的联合二次变差. 了解 $\{\langle M, N\rangle_t\}$ 是唯一连续可积的适应过程，使得 $\{M_t N_t - \langle M, N\rangle_t\}$ 是在 $t = 0$ 处消失的连续鞅是有用的. 特别地，对任意有限停时 τ 有

$$EM_\tau N_\tau = E\langle M, N\rangle_\tau.$$

一个右连续适应过程 $M = \{M_t\}_{t\geqslant 0}$ 称为局部鞅，如果存在非降停时序列 $\{\tau_k\}_{k\geqslant 1}$ 且 $\tau_k \uparrow \infty$ a.s. 使得每一个 $\{M_{\tau_k \wedge t} - M_0\}_{t\geqslant 0}$ 是鞅. 每一个鞅都是局部鞅(利用定理 3.3)，但反之不成立. 如果 $M = \{M_t\}_{t\geqslant 0}$ 和 $N = \{N_t\}_{t\geqslant 0}$ 是两个实值连续局部鞅，那么它们的联合二次变差 $\{\langle M, N\rangle_t\}_{t\geqslant 0}$ 是有限变差的唯一连续适应过程，使得 $\{M_t N_t - \langle M, N\rangle_t\}_{t\geqslant 0}$ 是在 $t = 0$ 处消失的连续局部鞅. 当 $M = N$ 时，$\{\langle M, M\rangle_t\}_{t\geqslant 0}$ 称为 M 的二次变差. 下面的结果是有用的强大数定律.

定理 3.4(强大数定律) 令 $M = \{M_t\}_{t\geqslant 0}$ 是在 $t = 0$ 处消失的实值连续局部鞅，则

$$\lim_{t\to\infty}\langle M, M\rangle_t = \infty \quad \text{a.s.} \quad \Rightarrow \quad \lim_{t\to\infty}\frac{M_t}{\langle M, M\rangle_t} = 0 \quad \text{a.s.}$$

以及

$$\limsup_{t\to\infty}\frac{\langle M, M\rangle_t}{t} < \infty \quad \text{a.s.} \quad \Rightarrow \quad \lim_{t\to\infty}\frac{M_t}{t} = 0 \quad \text{a.s.}$$

更一般地，如果 $A = \{A_t\}_{t\geqslant 0}$ 是连续适应的递增过程，使得

$$\lim_{t\to\infty} A_t = \infty , \qquad \int_0^\infty \frac{\mathrm{d}\langle M, M\rangle_t}{(1+A_t)^2} < \infty \quad \text{a.s.,}$$

那么

$$\lim_{t \to \infty} \frac{M_t}{A_t} = 0 \quad \text{a.s.}$$

如果对所有的 $0 \leqslant s < t < \infty$ 有

$$E(M_t \mid \mathcal{F}_s) \leqslant M_s \quad \text{a.s.,}$$

那么实值 $\{\mathcal{F}_t\}$-适应的可积过程 $\{M_t\}_{t \geqslant 0}$ 称为上鞅(关于 $\{\mathcal{F}_t\}$). 如果在最后一个公式中将符号 $\leqslant$ 替换为 $\geqslant$, 那么 $\{M_t\}_{t \geqslant 0}$ 称为子鞅(关于 $\{\mathcal{F}_t\}$). 显然, $\{M_t\}$ 是子鞅, 当且仅当 $\{-M_t\}$ 是上鞅. 对于实值鞅 $\{M_t\}$, $\{M_t^+ := \max(M_t, 0)\}$ 和 $\{M_t^- := \max(0, -M_t)\}$ 均为子鞅. 对于一个上鞅(相应的子鞅), EM_t 单调递减(相应的单调递增). 此外, 如果 $p \geqslant 1$ 且 $\{M_t\}$ 是 $\mathbf{R}^d$-值的鞅, 使得 $M_t \in L^p(\Omega; \mathbf{R}^d)$, 那么 $\{|M_t|^p\}$ 是非负子鞅. 而且, Doob 鞅停止定理 3.3 对上鞅以及子鞅均成立.

定理 3.5(Doob 鞅收敛定理) (i) 令 $\{M_t\}_{t \geqslant 0}$ 是实值右连续的上鞅. 如果

$$\sup_{0 \leqslant t < \infty} EM_t^- < \infty,$$

那么 M_t 几乎处处收敛于随机变量 $M_\infty \in L^1(\Omega; \mathbf{R})$. 特别地, 若 M_t 非负, 则结论仍成立.

(ii) 令 $\{M_t\}_{t \geqslant 0}$ 是实值右连续的上鞅, 则 $\{M_t\}_{t \geqslant 0}$ 是一致可积的, 即

$$\lim_{c \to \infty} \left[\sup_{t \geqslant 0} E \left(I_{\{|M_t| \geqslant c\}} |M_t| \right) \right] = 0,$$

当且仅当存在随机变量 $M_\infty \in L^1(\Omega; \mathbf{R})$ 使得 $M_t \to M_\infty$ a.s. 且也属于 L^1.

(iii) 令 $X \in L^1(\Omega; \mathbf{R})$, 则当 $t \to \infty$ 时

$$E(X \mid \mathcal{F}_t) \to E(X \mid \mathcal{F}_\infty)$$

几乎处处成立且属于 L^1.

定理 3.6(上鞅不等式) 令 $\{M_t\}_{t \geqslant 0}$ 是实值的上鞅, $[a, b]$ 是 $\mathbf{R}_+$ 中的有界区间, 则

$$cP\left\{\omega : \sup_{a \leqslant t \leqslant b} M_t(\omega) \geqslant c\right\} \leqslant EM_a + EM_b^-,$$

$$cP\left\{\omega : \inf_{a \leqslant t \leqslant b} M_t(\omega) \leqslant -c\right\} \leqslant EM_b^-$$

对所有的 $c > 0$ 均成立.

关于子鞅我们有下列著名的 Doob 不等式.

定理 3.7(Doob 子鞅不等式) 令 $p > 1$, 设 $\{M_t\}_{t \geqslant 0}$ 是实值的非负子鞅, 使得 $M_t \in L^p(\Omega; \mathbf{R})$. 令 $[a, b]$ 是 $\mathbf{R}_+$ 中的有界区间, 则

$$E\left(\sup_{a \leqslant t \leqslant b} M_t^p \right) \leqslant \left(\frac{p}{p-1} \right)^p EM_b^p.$$

如果我们对 $\mathbf{R}^d$-值的鞅应用这些结果, 那么可得下列 Doob 鞅不等式.

定理 3.8(Doob鞅不等式) 令 $\{M_t\}_{t\geqslant 0}$ 是 $\mathbf{R}^d$ – 值的鞅，设 $[a,b]$ 是 $\mathbf{R}_+$ 中的有界区间.

(i) 如果 $p\geqslant 1$ 且 $M_t\in L^p(\Omega;\mathbf{R}^d)$，那么

$$P\left\{\omega: \sup_{a\leqslant t\leqslant b}|M_t(\omega)|\geqslant c\right\}\leqslant\frac{E|M_b|^p}{c^p}$$

对所有的 $c>0$ 均成立；

(ii) 如果 $p>1$ 且 $M_t\in L^p(\Omega;\mathbf{R}^d)$，那么

$$E\left(\sup_{a\leqslant t\leqslant b}|M_t|^p\right)\leqslant\left(\frac{p}{p-1}\right)^p E|M_b|^p.$$

为结束本节，我们陈述一个更有用的收敛定理.

定理 3.9 令 $\{A_t\}_{t\geqslant 0}$ 和 $\{U_t\}_{t\geqslant 0}$ 是两个连续的适应递增过程且 $A_0=U_0=0$ a.s.设 $\{M_t\}_{t\geqslant 0}$ 是实值的连续局部鞅且 $M_0=0$ a.s. 令 ξ 是非负的 $\mathcal{F}_0$ – 可测的随机变量. 定义

$$X_t=\xi+A_t-U_t+M_t,\quad t\geqslant 0.$$

如果 X_t 非负，那么

$$\left\{\lim_{t\to\infty}A_t<\infty\right\}\subset\left\{\lim_{t\to\infty}X_t\text{存在且有限}\right\}\cap\left\{\lim_{t\to\infty}U_t<\infty\right\}\quad\text{a.s.},$$

其中 $B\subset D$ a.s. 意味着 $P(B\cap D^c)=0$. 特别地，如果 $\lim\limits_{t\to\infty}A_t<\infty$ a.s.，那么对几乎所有的 $\omega\in\Omega$ 有

$$\lim_{t\to\infty}X_t(\omega)\text{存在且有限},\ \lim_{t\to\infty}U_t(\omega)<\infty.$$

1.4　Brown 运 动

Brown 运动是 Scottish botanist Robert Brown 于 1828 年观察到的花粉颗粒悬浮在水中的不规则运动. 该运动后来解释为与水分子的随机碰撞. 为了从数学上描述该运动，很自然地要利用随机过程 $B_t(\omega)$ 的概念，解释为花粉颗粒 ω 在时刻 t 处的位置. 现在我们给出 Brown 运动的数学定义.

定义 4.1 令 $(\Omega,\mathcal{F},P)$ 是滤子为 $\{\mathcal{F}_t\}_{t\geqslant 0}$ 的概率空间. (标准的)1 – 维 Brown 运动是实值连续的 $\{\mathcal{F}_t\}$ – 适应过程 $\{B_t\}_{t\geqslant 0}$ 且具有下列性质：

(i) $B_0=0$ a.s.；

(ii) 对于 $0\leqslant s<t<\infty$，增量 B_t-B_s 服从期望为 0、方差为 $t-s$ 的正态分布；

(iii) 对于 $0\leqslant s<t<\infty$，增量 B_t-B_s 独立于 $\mathcal{F}_s$.

我们有时会谈到定义在 $[0,T]$ 上的 Brown 运动 $\{B_t\}_{0\leqslant t\leqslant T}$，对 $T>0$，这个术语的含义是显而易见的.

如果 $\{B_t\}_{t\geqslant 0}$ 是 Brown 运动且 $0\leqslant t_0 < t_1 < \cdots < t_k < \infty$，那么增量 $B_{t_i} - B_{t_{i-1}}$，$1\leqslant i\leqslant k$ 相互独立且称 Brown 运动具有独立增量. 此外，$B_{t_i} - B_{t_{i-1}}$ 的分布仅仅依赖于 $t_i - t_{i-1}$ 的差，称 Brown 运动具有平稳增量.

滤子 $\{\mathcal{F}_t\}$ 是 Brown 运动定义的一部分. 然而，我们有时候会说定义在概率空间 $(\Omega, \mathcal{F}, P)$ 上的 Brown 运动无滤子，即 $\{B_t\}_{t\geqslant 0}$ 是实值连续过程且满足性质(i)和(ii)，而性质(iii)替换为 Brown 运动具有独立增量. 在这种情形下，对 $t\geqslant 0$ 定义 $\mathcal{F}_t^B = \sigma(B_s : 0\leqslant s\leqslant t)$，即 $\mathcal{F}_t^B$ 是由 $\{B_s : 0\leqslant s\leqslant t\}$ 生成的 $\sigma-$代数. 称 $\{\mathcal{F}_t^B\}_{t\geqslant 0}$ 是由 $\{B_t\}$ 生成的自然滤子. 显然，$\{B_t\}$ 关于自然滤子 $\{\mathcal{F}_t^B\}_{t\geqslant 0}$ 是 Brown 运动. 此外，如果 $\{\mathcal{F}_t\}$ 在 $\mathcal{F}_t^B \subset \mathcal{F}_t$ ($t\geqslant 0$) 的意义下是"大"滤子，当 $0\leqslant s < t < \infty$ 时，$B_t - B_s$ 独立于 $\mathcal{F}_s$，那么 $\{B_t\}$ 关于滤子 $\{\mathcal{F}_t\}$ 是 Brown 运动.

在上述定义中我们不需要概率空间 $(\Omega, \mathcal{F}, P)$ 是完备的以及滤子 $\{\mathcal{F}_t\}$ 满足通常条件. 然而，我们经常有必要在滤子满足通常条件的完备概率空间上进行研究. 令 $\{B_t\}_{t\geqslant 0}$ 是定义在概率空间 $(\Omega, \mathcal{F}, P)$ 上的 Brown 运动. 假设 $(\Omega, \bar{\mathcal{F}}, P)$ 表示 $(\Omega, \mathcal{F}, P)$ 的完备化. 显然，$\{B_t\}$ 在完备概率空间 $(\Omega, \bar{\mathcal{F}}, P)$ 上是 Brown 运动. 令 $\mathcal{N}$ 表示由所有的 $P-$空集构成的集合族，即 $\mathcal{N} = \{A\in\bar{\mathcal{F}} : P(A) = 0\}$. 对 $t\geqslant 0$，定义

$$\bar{\mathcal{F}}_t = \sigma(\mathcal{F}_t^B \cup \mathcal{N}).$$

称 $\{\bar{\mathcal{F}}_t\}$ 为由 $\{B_t\}$ 生成的自然滤子 $\{\mathcal{F}_t^B\}$ 在 P 下的扩展. 众所周知，$\{\bar{\mathcal{F}}_t\}$ 是 $(\Omega, \bar{\mathcal{F}}, P)$ 上的滤子且满足通常条件. 此外，$\{B_t\}$ 是 $(\Omega, \bar{\mathcal{F}}, P)$ 上关于 $\{\bar{\mathcal{F}}_t\}$ 的 Brown 运动. 这就表明了在概率空间 $(\Omega, \mathcal{F}, P)$ 上给定 Brown 运动 $\{B_t\}_{t\geqslant 0}$，我们可构造滤子满足通常条件的完备概率空间以便进行研究.

然而，在本书中，除非特殊说明，否则我们宁愿假设 $(\Omega, \mathcal{F}, P)$ 是完备概率空间，其滤子 $\{\mathcal{F}_t\}$ 满足通常条件，在该空间上定义 $1-$维 Brown 运动 $\{B_t\}$. Brown 运动有很多重要性质，其中一些性质如下：

(a) $\{-B_t\}$ 关于相同的滤子 $\{\mathcal{F}_t\}$ 是 Brown 运动.

(b) 令 $c > 0$. 定义

$$X_t = \frac{B_{ct}}{\sqrt{c}}, \quad t\geqslant 0,$$

则 $\{X_t\}$ 关于滤子 $\{\mathcal{F}_{ct}\}$ 是 Brown 运动.

(c) 对所有的 $t\geqslant 0$，$\{B_t\}$ 是连续的二次可积鞅且其二次变差为 $\langle B, B\rangle_t = t$.

(d) 强大数定律表明

$$\lim_{t\to\infty}\frac{B_t}{t} = 0 \quad \text{a.s.}$$

(e) 对几乎每一个 $\omega\in\Omega$，Brown 样本路径 $B(\omega)$ 无处可微.

(f) 对几乎每一个 $\omega\in\Omega$，如果 $\delta\in\left(0, \dfrac{1}{2}\right)$，那么 Brown 样本路径 $B(\omega)$ 对指数 p 是局部 Hölder 连续的. 然而，对几乎每一个 $\omega\in\Omega$，Brown 样本路径 $B(\omega)$ 对

指数 $\delta > \dfrac{1}{2}$ 是无处 Hölder 连续的.

此外，我们有下列著名的迭代对数定律.

定理 4.2(迭代对数定律，A. Hincin (1933))　对几乎每一个 $\omega \in \Omega$, 有:

(i)　$\limsup\limits_{t \downarrow 0} \dfrac{B_t(\omega)}{\sqrt{2t \log \log(1/t)}} = 1;$

(ii)　$\liminf\limits_{t \downarrow 0} \dfrac{B_t(\omega)}{\sqrt{2t \log \log(1/t)}} = -1;$

(iii)　$\limsup\limits_{t \to \infty} \dfrac{B_t(\omega)}{\sqrt{2t \log \log t}} = 1;$

(iv)　$\liminf\limits_{t \leftarrow \infty} \dfrac{B_t(\omega)}{\sqrt{2t \log \log t}} = -1.$

该定理表明对任意的 $\varepsilon > 0$, 存在正随机变量 ρ_ε 使得对几乎每一个 $\omega \in \Omega$, 当 $t \geqslant \rho_\varepsilon(\omega)$ 时, Brown 样本路径 $B_t(\omega)$ 在区间 $\pm(1+\varepsilon)\sqrt{2t \log \log t}$ 内, 即
$$-(1+\varepsilon)\sqrt{2t \log \log t} \leqslant B_t(\omega) \leqslant (1+\varepsilon)\sqrt{2t \log \log t}, \qquad t \geqslant \rho_\varepsilon(\omega).$$
另外, 对每一个样本路径, 在 ∞ 的每一个 $t-$邻域上, 边界 $-(1-\varepsilon)\sqrt{2t \log \log t}$ 和 $(1-\varepsilon)\sqrt{2t \log \log t}$ ($0 < \varepsilon < 1$) 均超出了界限.

现在我们定义 $d-$维 Brown 运动.

定义 4.3　$d-$维过程 $\{B_t = (B_t^1, \cdots, B_t^d)\}_{t \geqslant 0}$ 称为 $d-$维 Brown 运动, 如果每一个 $\{B_t^i\}$ 都是 1-维 Brown 运动, 且 $\{B_t^1\}, \cdots, \{B_t^d\}$ 相互独立.

对于 $d-$维 Brown 运动, 仍有
$$\limsup\limits_{t \to \infty} \dfrac{|B_t|}{\sqrt{2t \log \log t}} = 1 \qquad \text{a.s.}$$

这有点令人惊讶, 因为它意味着 B_t 的相互独立的各个部分不同时是 $\sqrt{2t \log \log t}$ 阶的, 否则, 在上述等式的右侧, $\sqrt{d}$ 会替换 1.

容易看出 $d-$维 Brown 运动是 $d-$维连续鞅且联合二次变差为
$$\langle B^i, B^j \rangle_t = \delta_{ij} t, \qquad 1 \leqslant i, j \leqslant d,$$
其中 δ_{ij} 是 Dirac δ 函数, 即
$$\delta_{ij} = \begin{cases} 1, & \text{对} i = j, \\ 0, & \text{对} i \neq j. \end{cases}$$

这一性质刻画了连续局部鞅中的 Brown 运动, 并叙述为下列著名的 Lévy 定理.

定理 4.4(P. Lévy (1948))　令 $\{M_t = (M_t^1, \cdots, M_t^d)\}_{t \geqslant 0}$ 是关于滤子 $\{\mathcal{F}_t\}$ 的 $d-$维连续局部鞅且 $M_0 = 0$ a.s. 如果
$$\langle M^i, M^j \rangle_t = \delta_{ij} t, \qquad 1 \leqslant i, j \leqslant d,$$

那么 $\{M_t = (M_t^1, \cdots, M_t^d)\}_{t \geq 0}$ 是关于 $\{\mathcal{F}_t\}$ 的 d–维 Brown 运动.

作为 Lévy 定理的一个应用, 可得下列有用的结果.

定理 4.5 令 $M = \{M_t\}_{t \geq 0}$ 是实值连续局部鞅, 使得 $M_0 = 0$ 和 $\lim\limits_{t \to \infty} \langle M, M \rangle_t = \infty$ a.s. 对每一个 $t \geq 0$, 定义停时

$$\tau_t = \inf\left\{s : \langle M, M \rangle_s > t\right\}.$$

则 $\{M_{\tau_t}\}_{t \geq 0}$ 是关于滤子 $\{\mathcal{F}_{\tau_t}\}_{t \geq 0}$ 的 Brown 运动.

1.5 随机积分

在本节中, 对一类 $d \times m$–矩阵值的随机过程 $\{f(t)\}$ 定义随机积分

$$\int_0^t f(s) \mathrm{d}B_s,$$

其中 $\{B_t\}$ 是 m–维的 Brown 运动. 由于对几乎所有的 $\omega \in \Omega$, Brown 样本路径 $B(\omega)$ 是无处可微的, 因此上述积分不能用一般方式定义. 然而, 我们可以利用 Brown 运动的随机性对一大类随机过程进行定义. 该随机积分于 1949 年由 K. Itô 首次定义, 这就是著名的 Itô 随机积分. 下面, 我们将逐步定义上述随机积分.

令 $(\Omega, \mathcal{F}, P)$ 是完备的概率空间, 其滤子为 $\{\mathcal{F}_t\}_{t \geq 0}$ 且满足通常条件. 令 $B = \{B_t\}_{t \geq 0}$ 是定义在概率空间上且适合滤子的 1–维 Brown 运动.

定义 5.1 令 $0 \leq a < b < \infty$. 用 $\mathcal{M}^2([a,b]; \mathbf{R})$ 表示由所有实值可测的 $\{\mathcal{F}_t\}$–适应的随机过程 $f = \{f(t)\}_{a \leq t \leq \beta}$ 构成的空间, 满足

$$\|f\|_{a,b}^2 = E\int_a^b |f(t)|^2 \, \mathrm{d}t < \infty. \tag{5.1}$$

如果 $\|f - \bar{f}\|_{a,b}^2 = 0$, 那么 f 与 $\bar{f}$ 属于 $\mathcal{M}^2([a,b]; \mathbf{R})$. 在这种情形中, 称 f 与 $\bar{f}$ 等价, 并记为 $f = \bar{f}$.

显然, $\|\cdot\|_{a,b}$ 是空间 $\mathcal{M}^2([a,b]; \mathbf{R})$ 上的一个度量, 并且该空间在这一度量下是完备的. 特别地, 对每一个 $f \in \mathcal{M}^2([a,b]; \mathbf{R})$, 存在一个可预测的函数 $\bar{f} \in \mathcal{M}^2([a,b]; \mathbf{R})$, 使得 $f = \bar{f}$. 事实上, 随机过程 f 具有一个逐步可测的修正函数 $\hat{f} \in \mathcal{M}^2([a,b]; \mathbf{R})$, 从而令

$$\bar{f}(t) = \limsup_{h \downarrow 0} \frac{1}{h} \int_{t-h}^t \hat{f}(s) \mathrm{d}s.$$

因此, 不失一般性, 我们有必要假设 $f \in \mathcal{M}^2([a,b]; \mathbf{R})$ 是可预测的. 然而, 本书宁愿遵循通常的习惯, 即不太注意等价过程之间的区别.

对随机过程 $f \in \mathcal{M}^2([a,b]; \mathbf{R})$, 我们将阐述如何定义 Itô 积分 $\int_a^b f(t) \mathrm{d}B_t$. 思想

很显然：首先对一类简单过程 g 定义积分 $\int_a^b g(t)\mathrm{d}B_t$，然后证明每一个 $f \in \mathcal{M}^2([a, b]; \mathbf{R})$ 可以由这些简单过程 g 的近似表达，并且定义 $\int_a^b g(t)\mathrm{d}B_t$ 的极限等于积分 $\int_a^b f(t)\mathrm{d}B_t$. 首先介绍简单过程的概念如下.

定义 5.2 称实值的随机过程 $g = \{g(t)\}_{a \leqslant t \leqslant b}$ 是简单过程，如果在区间 $[a, b]$ 上存在一个分割 $a = t_0 < t_1 < \cdots < t_k = b$ 和有界的随机变量 ξ_i，$0 \leqslant i \leqslant k-1$，使得 ξ_i 是 $\mathcal{F}_{t_i}$ – 可测的且

$$g(t) = \xi_0 I_{[t_0, t_1]}(t) + \sum_{i=1}^{k-1} \xi_i I_{(t_i, t_{i+1}]}(t). \tag{5.2}$$

记 $\mathcal{M}_0([a, b]; \mathbf{R})$ 为该类随机过程的集合族.

显然，$\mathcal{M}_0([a, b]; \mathbf{R}) \subset \mathcal{M}^2([a, b]; \mathbf{R})$. 针对该简单过程，下面将给出 Itô 积分的定义.

定义 5.3 (Itô 积分定义的第一部分) 对一个具有式 (5.2) 形式的简单过程 $g \in \mathcal{M}_0([a, b]; \mathbf{R})$，定义

$$\int_a^b g(t)\mathrm{d}B_t = \sum_{i=0}^{k-1} \xi_i (B_{t_{i+1}} - B_{t_i}), \tag{5.3}$$

并称之为 g 关于 Brown 运动 $\{B_t\}$ 的随机积分或者 Itô 积分.

显然，随机积分 $\int_a^b g(t)\mathrm{d}B_t$ 是 $\mathcal{F}_b$ – 可测的. 下面我们将证明该积分属于 $L^2(\Omega; \mathbf{R})$.

引理 5.4 如果 $g \in \mathcal{M}_0([a, b]; \mathbf{R})$，那么

$$E\int_a^b g(t)\mathrm{d}B_t = 0, \tag{5.4}$$

$$E\left|\int_a^b g(t)\mathrm{d}B_t\right|^2 = E\int_a^b |g(t)|^2\,\mathrm{d}t. \tag{5.5}$$

证明 由于 ξ_i 是 $\mathcal{F}_{t_i}$ – 可测的，而 $B_{t_{i+1}} - B_{t_i}$ 独立于 $\mathcal{F}_{t_i}$，因此

$$E\int_a^b g(t)\mathrm{d}B_t = \sum_{i=0}^{k-1} E[\xi_i (B_{t_{i+1}} - B_{t_i})] = \sum_{i=0}^{k-1} E\xi_i E(B_{t_{i+1}} - B_{t_i}) = 0.$$

然而，注意到若 $i < j$，则 $B_{t_{j+1}} - B_{t_j}$ 独立于 $\xi_i \xi_j (B_{t_{i+1}} - B_{t_i})$. 因此

$$E\left|\int_a^b g(t)\mathrm{d}B_t\right|^2 = \sum_{0 \leqslant i, j \leqslant k-1} E[\xi_i \xi_j (B_{t_{i+1}} - B_{t_i})(B_{t_{j+1}} - B_{t_j})]$$

$$= \sum_{i=0}^{k-1} E[\xi_i^2 (B_{t_{i+1}} - B_{t_i})^2] = \sum_{i=0}^{k-1} E\xi_i^2 E(B_{t_{i+1}} - B_{t_i})^2$$

$$= \sum_{i=0}^{k-1} E\xi_i^2 (t_{i+1} - t_i) = E\int_a^b |g(t)|^2\mathrm{d}t$$

就是要证的结论. 引理得证.

引理 5.5 令 $g_1, g_2 \in \mathcal{M}_0([a, b]; \mathbf{R})$, 且 c_1, c_2 为两个实数. 则 $c_1 g_1 + c_2 g_2 \in \mathcal{M}_0([a, b]; \mathbf{R})$ 且

$$\int_a^b [c_1 g_1(t) + c_2 g_2(t)] \mathrm{d}B_t = c_1 \int_a^b g_1(t) \mathrm{d}B_t + c_2 \int_a^b g_2(t) \mathrm{d}B_t.$$

该引理请读者自行证明. 利用引理 5.4 和引理 5.5 的性质将积分定义从简单过程推广到 $\mathcal{M}^2([a, b]; \mathbf{R})$ 中的过程. 这将依赖于下述近似结果.

引理 5.6 对任意的 $f \in \mathcal{M}^2([a, b]; \mathbf{R})$, 存在简单过程序列 $\{g_n\}$ 使得

$$\lim_{n \to \infty} E \int_a^b |f(t) - g_n(t)|^2 \mathrm{d}t = 0. \tag{5.6}$$

证明 分三步进行证明.

第一步. 对任意 $f \in \mathcal{M}^2([a, b]; \mathbf{R})$, 存在有界过程序列 $\{\varphi_n\} \in \mathcal{M}^2([a, b]; \mathbf{R})$ 使得

$$\lim_{n \to \infty} E \int_a^b |f(t) - \varphi_n(t)|^2 \mathrm{d}t = 0. \tag{5.7}$$

事实上, 对每一个 n, 令

$$\varphi_n(t) = [-n \vee f(t)] \wedge n.$$

根据控制收敛定理, 式 (5.7) 成立.

第二步. 若 $\varphi \in \mathcal{M}^2([a, b]; \mathbf{R})$ 有界, 比如 $|\varphi| \leqslant C =$ 常数, 则存在连续有界的随机过程序列 $\{\phi_n\} \in \mathcal{M}^2([a, b]; \mathbf{R})$, 使得

$$\lim_{n \to \infty} E \int_a^b |\varphi(t) - \phi_n(t)|^2 \mathrm{d}t = 0. \tag{5.8}$$

事实上, 对每一个 n, 令 $\rho_n : \mathbf{R} \to \mathbf{R}_+$ 是连续函数, 对 $s \leqslant -\dfrac{1}{n}$ 和 $s \geqslant 0$ 满足 $\rho_n(s) = 0$ 以及

$$\int_{-\infty}^{+\infty} \rho_n(s) \mathrm{d}s = 1.$$

定义

$$\phi_n(t) = \phi_n(t, \omega) = \int_a^b \rho_n(s - t) \varphi(s, \omega) \mathrm{d}s.$$

则对每一个 ω, $\phi_n(\cdot, \omega)$ 是连续的且 $|\phi_n(t, \omega)| \leqslant C$. 此外 ϕ_n 是可测的 $\{\mathcal{F}_t\}$-适应过程. 而且, 对所有的 $\omega \in \Omega$, 有

$$\lim_{n \to \infty} \int_a^b |\varphi(t, \omega) - \phi_n(t, \omega)|^2 \mathrm{d}t = 0.$$

根据控制收敛定理, 式 (5.8) 成立.

第三步. 若 $\phi \in \mathcal{M}^2([a, b]; \mathbf{R})$ 连续有界, 则存在由简单过程构成的序列 $\{g_n\}$, 使得

$$\lim_{n \to \infty} E \int_a^b |\phi(t) - g_n(t)|^2 \mathrm{d}t = 0. \tag{5.9}$$

事实上, 对每一个 n, 令

$$g_n(t) = \phi(a)I_{[a, a+(b-a)/n]}(t) + \sum_{i=1}^{n-1} \phi\left(a + \frac{i(b-a)}{n}\right)I_{(a+i(b-a)/n, \, a+(i+1)(b-a)/n]}(t),$$

则 $g_n \in \mathcal{M}_0([a,b]; \mathbf{R})$，且对每一个 ω，有

$$\lim_{n\to\infty} \int_a^b |\phi(t,\omega) - g_n(t,\omega)|^2 \, \mathrm{d}t = 0.$$

再次利用有界收敛定理，可知式 (5.9) 成立. 最后，根据以上三步的分析可证该引理的结论成立.

下面，我们将解释如何对随机过程 $f \in \mathcal{M}^2([a,b]; \mathbf{R})$ 定义其 Itô 积分. 由引理 5.6 可知，存在简单过程序列 $\{g_n\}$，使得

$$\lim_{n\to\infty} E\int_a^b |f(t) - g_n(t)|^2 \, \mathrm{d}t = 0.$$

因此，根据引理 5.4 和引理 5.5，当 $n, m \to \infty$ 时，有

$$E\left|\int_a^b g_n(t)\mathrm{d}B_t - \int_a^b g_m(t)\mathrm{d}B_t\right|^2 = E\left|\int_a^b [g_n(t) - g_m(t)]\mathrm{d}B_t\right|^2$$
$$= E\int_a^b |g_n(t) - g_m(t)|^2 \mathrm{d}t \to 0.$$

换句话说，在空间 $L^2(\Omega; \mathbf{R})$ 中，$\{\int_a^b g_n(t)\mathrm{d}B_t\}$ 是 Cauchy 序列. 所以其极限存在，并且定义该极限为随机积分. 于是有下列定义:

定义 5.7 (Itô 积分定义的第二部分) 令 $f \in \mathcal{M}^2([a,b]; \mathbf{R})$，则 f 关于 $\{B_t\}$ 的 Itô 积分被定义为

$$\int_a^b f(t)\mathrm{d}B_t = \lim_{n\to\infty} \int_a^b g_n(t)\mathrm{d}B_t, \tag{5.10}$$

且该极限属于 $L^2(\Omega; \mathbf{R})$，其中 $\{g_n\}$ 是简单过程序列，满足

$$\lim_{n\to\infty} E\int_a^b |f(t) - g_n(t)|^2 \mathrm{d}t = 0. \tag{5.11}$$

上述定义并不仅仅适用于特殊序列 $\{g_n\}$. 如果 $\{h_n\}$ 是另一个简单过程序列，在

$$\lim_{n\to\infty} E\int_a^b |f(t) - h_n(t)|^2 \, \mathrm{d}t = 0$$

意义下收敛，那么序列 $\{\varphi_n\}$ 也在相同意义下收敛到 f，其中 $\varphi_{2n-1} = g_n$ 且 $\varphi_{2n} = h_n$. 因此，根据我们所证的结果，序列 $\{\int_a^b \varphi_n(t)\mathrm{d}B_t\}$ 在 $L^2(\Omega; \mathbf{R})$ 中收敛. 从而 $\int_a^b g_n(t)\mathrm{d}B_t$ 和 $\int_a^b h_n(t)\mathrm{d}B_t$ 在 $L^2(\Omega; \mathbf{R})$ 中的极限几乎相等.

随机积分有很多不错的性质. 我们首先观察下述结果.

定理 5.8 令 $f, g \in \mathcal{M}^2([a,b]; \mathbf{R})$，$\alpha, \beta$ 是两实数. 则:

(i) $\int_a^b f(t)\mathrm{d}B_t$ 是 $\mathcal{F}_b$ – 可测的;

(ii) $E\int_a^b f(t)\mathrm{d}B_t = 0$;

(iii) $E\left|\int_a^b f(t)\mathrm{d}B_t\right|^2 = E\int_a^b |f(t)|^2 \mathrm{d}t$;

(iv) $\int_a^b [\alpha f(t) + \beta g(t)] dB_t = \alpha \int_a^b f(t) dB_t + \beta \int_a^b g(t) dB_t$.

该定理请读者自行证明. 下一定理提升了定理 5.8 中 (ii) 和 (iii) 的结果.

定理 5.9 令 $f \in \mathcal{M}^2([a,b]; \mathbf{R})$, 则

$$E(\int_a^b f(t) dB(t) \mid \mathcal{F}_a) = 0, \tag{5.12}$$

$$E(|f(t) dB(t)|^2 \mid \mathcal{F}_a) = E(\int_a^b |f(t)|^2 dt \mid \mathcal{F}_a)$$
$$= \int_a^b E(|f(t)|^2 \mid \mathcal{F}_a) dt. \tag{5.13}$$

下面, 我们需要一个简单的引理.

引理 5.10 如果 $f \in \mathcal{M}^2([a,b]; \mathbf{R})$ 且 ξ 是实值有界的 $\mathcal{F}_a$ – 可测的随机变量, 那么 $\xi f \in \mathcal{M}^2([a,b]; \mathbf{R})$ 且

$$\int_a^b \xi f(t) dB_t = \xi \int_a^b f(t) dB_t. \tag{5.14}$$

证明 显然, $\xi f \in \mathcal{M}^2([a,b]; \mathbf{R})$. 若 f 是简单过程, 则利用随机积分的定义可知式 (5.14) 成立. 对一般的 $f \in \mathcal{M}^2([a,b]; \mathbf{R})$, 令 $\{g_n\}$ 是满足式 (5.11) 的简单过程序列. 对每一个 g_n 利用式 (5.14), 当 $n \to \infty$ 时, 式 (5.14) 成立.

定理 5.9 的证明 根据条件期望的定义, 式 (5.12) 成立, 当且仅当对所有的集合 $A \in \mathcal{F}_a$ 有

$$E\left(I_A \int_a^b f(t) dB(t) \right) = 0.$$

由引理 5.10 和定理 5.8 可得

$$E\left(I_A \int_a^b f(t) dB(t) \right) = E \int_a^b I_A f(t) dB(t) = 0.$$

等式 (5.13) 可类似得证.

令 $T > 0$ 和 $f \in \mathcal{M}^2([a,b]; \mathbf{R})$. 显然, 对任意的 $0 \leqslant a < b \leqslant T$, 有结论 $\{f(t)\}_{a \leqslant t \leqslant b} \in \mathcal{M}^2([a,b]; \mathbf{R})$ 成立, 故 $\int_a^b f(t) dB_t$ 的定义是有意义的. 不难证明

$$\int_a^b f(t) dB_t + \int_b^c f(t) dB_t = \int_a^c f(t) dB_t \tag{5.15}$$

对 $0 \leqslant a < b < c \leqslant T$ 成立.

定义 5.11 令 $f \in \mathcal{M}^2([0,T]; \mathbf{R})$, 定义

$$I(t) = \int_0^t f(s) dB_s, \quad 0 \leqslant t \leqslant T,$$

其中, 通过定义知 $I(0) = \int_0^0 f(s) dB_s = 0$. 称 $I(t)$ 为 f 的不定 Itô 积分.

显然, $\{I(t)\}$ 是 $\{\mathcal{F}_t\}$ – 适应的. 下面将给出关于不定 Itô 积分的非常重要的鞅性.

定理 5.12 若 $f \in \mathcal{M}^2([0,T]; \mathbf{R})$, 则不定积分 $\{I(t)\}_{0 \leqslant t \leqslant T}$ 是关于滤子 $\{\mathcal{F}_t\}$ 二次可积的鞅. 特别地, 有

$$E\left[\sup_{0\leqslant t\leqslant T}\left|\int_0^t f(s)\mathrm{d}B_s\right|^2\right]\leqslant 4E\int_0^T|f(s)|^2\mathrm{d}s.\qquad (5.16)$$

证明 显然，$\{I(t)\}_{0\leqslant t\leqslant T}$ 是二次可积的．为证明鞅性，令 $0\leqslant s<t\leqslant T$．由式 (5.15) 和定理 5.9 可得

$$E\big(I(t)\big|\mathcal{F}_s\big)=E\big(I(s)\big|\mathcal{F}_s\big)+E\left(\int_s^t f(r)\mathrm{d}B_r\,\big|\,\mathcal{F}_s\right)=I(s).$$

根据 Doob 鞅不等式(即定理 3.8)可知不等式 (5.16) 成立．

定理 5.13 若 $f\in\mathcal{M}^2([0,T];\mathbf{R})$，则不定积分 $\{I(t)\}_{0\leqslant t\leqslant T}$ 是连续的．

证明 令 $\{g_n\}$ 是简单过程序列，满足

$$\lim_{n\to\infty}E\int_o^T\big|f(s)-g_n(s)\big|^2\,\mathrm{d}s=0.\qquad (5.17)$$

由随机积分的定义以及 Brown 运动的连续性可知不定积分

$$I_n(t)=\int_0^t g_n(s)\mathrm{d}B_s,\quad 0\leqslant t\leqslant T$$

是连续的．利用定理 5.12，对每对整数 n,m，得 $\{I_n(t)-I_m(t)\}$ 是鞅．因此，根据 Doob 鞅不等式(即定理 3.8)，对任意的 $\varepsilon>0$，当 $n,m\to\infty$ 时有

$$P\left\{\sup_{0\leqslant t\leqslant T}|I_n(t)-I_m(t)|\geqslant\varepsilon\right\}\leqslant\frac{1}{\varepsilon^2}E\,|\,I_n(T)-I_m(T)\,|^2$$

$$=\frac{1}{\varepsilon^2}E\int_0^T|\,g_n(s)-g_m(s)\,|^2\,\mathrm{d}s\to 0\,.$$

对每一个 $k=1,2,\cdots$，令 $\varepsilon=k^{-2}$，那么对足够大的 n_k 可推出，若 $m\geqslant n_k$，则

$$P\left\{\sup_{0\leqslant t\leqslant T}|I_{n_k}(t)-I_m(t)|\geqslant\frac{1}{k^2}\right\}\leqslant\frac{1}{k^2}.$$

当 $k\to\infty$ 时，以 $n_k\uparrow\infty$ 这种方式选取 n_k 且

$$P\left\{\sup_{0\leqslant t\leqslant T}|I_{n_k}(t)-I_{n_{k+1}}(t)|\geqslant\frac{1}{k^2}\right\}\leqslant\frac{1}{k^2},\quad k\geqslant 1.$$

由于 $\sum k^{-2}<\infty$，则由 Borel-Cantelli 引理(即引理 2.4)可知，存在集合 $\varOmega_0\in\mathcal{F}$ 且 $P(\varOmega_0)=0$ 以及一个整数值的随机变量 k_0，使得对每一个 $\omega\in\varOmega_0$，若 $k\geqslant k_0(\omega)$，则

$$\sup_{0\leqslant t\leqslant T}|I_{n_k}(t,\omega)-I_{n_{k+1}}(t,\omega)|<\frac{1}{k^2}\,.$$

换句话说，在概率为 1 时，对 $t\in[0,T]$，$\{I_{n_k}(t)\}_{k\geqslant 1}$ 是一致收敛的， 因此极限记为 $J(t)$，对几乎所有的 $\omega\in\varOmega$，在 $t\in[0,T]$ 连续．因为式 (5.17) 表明

$$\lim_{k\to\infty}I_{n_k}(t)=\int_0^t f(s)\mathrm{d}B_s\in L^2(\varOmega,\mathbf{R}),$$

进一步可得

$$J(t) = \int_0^t f(s)\mathrm{d}B_s \quad \text{a.s.,}$$

即不定积分是连续的.

从现在起, 当我们说不定积分时, 总认为它是连续的.

定理 5.14 若 $f \in \mathcal{M}^2([0,T];\mathbf{R})$, 则不定积分 $\{I(t)\}_{0 \le t \le T}$ 是二次可积的连续鞅, 其二次变差如下

$$\langle I, I \rangle_t = \int_0^t |f(s)|^2 \, \mathrm{d}s, \qquad 0 \le t \le T. \tag{5.18}$$

证明 显然, 我们只需证明式 (5.18) 成立. 根据二次变差的定义, 只需证明 $\{I^2(t) - \langle I, I \rangle_t\}$ 是连续鞅且在 $t = 0$ 处消失. 但是, 显然 $I^2(0) - \langle I, I \rangle_0 = 0$. 此外, 如果 $0 \le r < t \le T$, 那么根据定理 5.9 可得

$$E(I^2(t) - \langle I, I \rangle_t \mid \mathcal{F}_r)$$

$$= I^2(r) - \langle I, I \rangle_r + 2I(r)E\left(\int_r^t f(s)\mathrm{d}B_s \mid \mathcal{F}_r\right) +$$

$$E\left(\left|\int_r^t f(s)\mathrm{d}B_s\right|^2 \mid \mathcal{F}_r\right) - E\left(\int_r^t |f(s)|^2 \mathrm{d}s \mid \mathcal{F}_r\right)$$

$$= I^2(r) - \langle I, I \rangle_r.$$

现在, 我们继续定义带有停时的随机积分. 据观察, 如果 τ 是一个 $\{\mathcal{F}_t\}$–停时, 那么 $\{I_{[[0,\tau]]}(t)\}_{t \ge 0}$ 是有界右连续的 $\{\mathcal{F}_t\}$–适应过程. 事实上, 有界性和右连续性显然成立. 而且, 对每一个 $t \ge 0$, 有

$$\{\omega: I_{[[0,\tau]]}(t,\omega) \le r\} = \begin{cases} \varnothing \in \mathcal{F}_t, & \text{若 } r < 0, \\ \{\omega: \tau(\omega) < t\} \in \mathcal{F}_t, & \text{若 } 0 \le r < 1, \\ \Omega \in \mathcal{F}_t, & \text{若 } r \ge 1, \end{cases}$$

即 $I_{[[0,\tau]]}(t)$ 是 $\mathcal{F}_t$–可测的. 因此, $\{I_{[[0,\tau]]}(t)\}_{t \ge 0}$ 也是可测的.

定义 5.15 若 $f \in \mathcal{M}^2([0,T];\mathbf{R})$, 令 τ 是一个 $\{\mathcal{F}_t\}$–停时, 满足 $0 \le \tau \le T$, 则有 $\{I_{[[0,\tau]]}(t)f(t)\}_{0 \le t \le T} \in \mathcal{M}^2([0,T];\mathbf{R})$ 显然成立. 定义

$$\int_0^\tau f(s)\mathrm{d}B_s = \int_0^T I_{[[0,\tau]]}(s)f(s)\mathrm{d}B_s.$$

此外, 如果 ρ 是另一个停时, 满足 $0 \le \rho \le \tau$, 那么定义

$$\int_\rho^\tau f(s)\mathrm{d}B_s = \int_0^\tau f(s)\mathrm{d}B_s - \int_0^\rho f(s)\mathrm{d}B_s.$$

不难得出

$$\int_\rho^\tau f(s)\mathrm{d}B_s = \int_0^T I_{[[\rho,\tau]]}(s)f(s)\mathrm{d}B_s. \tag{5.19}$$

应用定理 5.8 可立即得出下列结果.

定理 5.16 令 $f \in \mathcal{M}^2([0,T];\mathbf{R})$, 且 ρ, τ 是两个停时, 满足 $0 \le \rho \le \tau \le T$, 则

$$E\int_\rho^\tau f(s)\mathrm{d}B_s = 0,$$

$$E\left|\int_\rho^\tau f(s)\mathrm{d}B_s\right|^2 = E\int_\rho^\tau |f(s)|^2\,\mathrm{d}s.$$

然而，下一个定理要优于这些结果并且是定理 5.9 的推广.

定理 5.17 令 $f \in \mathcal{M}^2([0,T];\mathbf{R})$，$\rho, \tau$ 是两个停时，满足 $0 \leqslant \rho \leqslant \tau \leqslant T$，则

$$E\left(\int_\rho^\tau f(s)\mathrm{d}B_s \mid \mathcal{F}_\rho\right) = 0, \tag{5.20}$$

$$E\left(\left|\int_\rho^\tau f(s)\mathrm{d}B_s\right|^2 \mid \mathcal{F}_\rho\right) = E\left(\int_\rho^\tau |f(s)|^2\,\mathrm{d}s \mid \mathcal{F}_\rho\right). \tag{5.21}$$

我们需要一个有用的引理.

引理 5.18 令 $f \in \mathcal{M}^2([0,T];\mathbf{R})$，$\tau$ 是一个 $\{\mathcal{F}_t\}$ – 停时，满足 $0 \leqslant \tau \leqslant T$，则

$$\int_0^\tau f(s)\mathrm{d}B_s = I(\tau),$$

其中 $\{I(t)\}_{0 \leqslant t \leqslant T}$ 是 f 的不定积分，在定义 5.11 中已给出.

这一引理的证明留给读者，但会证明定理 5.17，具体证明如下.

定理 5.17 的证明 由定理 5.14 以及 Doob 鞅停止定理 (即定理 3.3)，得

$$E(I(\tau) \mid \mathcal{F}_\rho) = I(\rho) \tag{5.22}$$

和

$$E(I^2(\tau) - \langle I, I\rangle_\tau \mid \mathcal{F}_\rho) = I^2(\rho) - \langle I, I\rangle_\rho, \tag{5.23}$$

其中 $\{\langle I, I\rangle_t\}$ 由式 (5.18) 定义. 应用引理 5.18，从式 (5.22) 可推出

$$E\left(\int_\rho^\tau f(s)\mathrm{d}B_s \mid \mathcal{F}_\rho\right) = E(I(\tau) - I(\rho) \mid \mathcal{F}_\rho) = 0,$$

这就是式 (5.20). 此外，根据式 (5.22) 和 (5.23) 可得

$$E(|I(\tau) - I(\rho)|^2 \mid \mathcal{F}_\rho) = E(I^2(\tau) \mid \mathcal{F}_\rho) - 2I(\rho)E(I(\tau) \mid \mathcal{F}_\rho) + I^2(\rho)$$

$$= E(I^2(\tau) \mid \mathcal{F}_\rho) - I^2(\rho) = E(\langle I, I\rangle_\tau - \langle I, I\rangle_\rho \mid \mathcal{F}_\rho) = E\left(\int_\rho^\tau |f(s)|^2\,\mathrm{d}s \mid \mathcal{F}_\rho\right),$$

由引理 5.18 可知这就是需要证明的式 (5.21).

推论 5.19 令 $f, g \in \mathcal{M}^2([0,T];\mathbf{R})$，且 ρ, τ 是两个停时，使得 $0 \leqslant \rho \leqslant \tau \leqslant T$，则

$$E\left(\int_\rho^\tau f(s)\mathrm{d}B_s \int_\rho^\tau g(s)\mathrm{d}B_s \mid \mathcal{F}_\rho\right) = E\left(\int_\rho^\tau f(s)g(s)\mathrm{d}s \mid \mathcal{F}_\rho\right).$$

证明 由定理 5.17 可得

$$4E\left(\int_\rho^\tau f(s)\mathrm{d}B_s \int_\rho^\tau g(s)\mathrm{d}B_s \mid \mathcal{F}_\rho\right)$$

$$= E\left(\left|\int_{\rho}^{\tau}(f(s)+g(s))\mathrm{d}B_s\right|^2 \mid \mathcal{F}_{\rho}\right) - E\left(\left|\int_{\rho}^{\tau}(f(s)-g(s))\mathrm{d}B_s\right|^2 \mid \mathcal{F}_{\rho}\right)$$

$$= E\left(\int_{\rho}^{\tau}(f(s)+g(s))^2\,\mathrm{d}s \mid \mathcal{F}_{\rho}\right) - E\left(\int_{\rho}^{\tau}(f(s)-g(s))^2\,\mathrm{d}s \mid \mathcal{F}_{\rho}\right)$$

$$= 4E\left(\int_{\rho}^{\tau}f(s)g(s)\mathrm{d}s \mid \mathcal{F}_{\rho}\right).$$

推论得证.

下面,将 Itô 随机积分推广到高维情形. 令 $\{B_t = (B_t^1, \cdots, B_t^m)^{\mathrm{T}}\}_{t \geqslant 0}$ 是定义在完备概率空间 $(\Omega, \mathcal{F}, P)$ 上的 $m-$ 维 Brown 运动, 且为 $\{\mathcal{F}_t\}-$ 适应的. 令由所有 $d \times m -$ 矩阵值可测的 $\{\mathcal{F}_t\} -$ 适应的随机过程 $f = \{(f_{ij}(t))_{d \times m}\}_{0 \leqslant t \leqslant T}$ 构成的集合族用符合 $\mathcal{M}^2([0,T]; \mathbf{R}^{d \times m})$ 表示, 使得

$$E\int_0^T |f(s)|^2\,\mathrm{d}t < \infty.$$

这里以及本书中, $|A|$ 表示矩阵 A 的迹范数, 即 $|A| = \sqrt{\mathrm{trace}(A^{\mathrm{T}}A)}$.

定义 5.20 令 $f \in \mathcal{M}^2([0,T]; \mathbf{R}^{d \times m})$. 利用矩阵符号, 定义高维的 Itô 不定积分

$$\int_0^t f(s)\mathrm{d}B_s = \int_0^t \begin{bmatrix} f_{11}(s) & \cdots & f_{1m}(s) \\ \vdots & & \vdots \\ f_{d1}(s) & \cdots & f_{dm}(s) \end{bmatrix} \begin{bmatrix} \mathrm{d}B_s^1 \\ \vdots \\ \mathrm{d}B_s^m \end{bmatrix}$$

为 $d -$ 列向量值过程, 其第 i 项就是下列 $1-$ 维 Itô 积分的和

$$\sum_{j=1}^m \int_0^t f_{ij}(s)\mathrm{d}B_s^j.$$

显然, Itô 积分是关于 $\{\mathcal{F}_t\}$ 的 $\mathbf{R}^d -$ 值连续鞅. 此外, 我们有下述重要性质.

定理 5.21 令 $f \in \mathcal{M}^2([0,T]; \mathbf{R}^{d \times m})$, 且 ρ, τ 是两个停时, 使得 $0 \leqslant \rho \leqslant \tau \leqslant T$, 则

$$E\left(\int_{\rho}^{\tau}f(s)\mathrm{d}B_s \mid \mathcal{F}_{\rho}\right) = 0, \tag{5.24}$$

$$E\left(\left|\int_{\rho}^{\tau}f(s)\mathrm{d}B_s\right|^2 \mid \mathcal{F}_{\rho}\right) = E\left(\int_{\rho}^{\tau}|f(s)|^2\mathrm{d}s \mid \mathcal{F}_{\rho}\right). \tag{5.25}$$

结论 (5.24) 可由高维的 Itô 积分和定理 5.17 推出, 而式 (5.25) 可由定理 5.17 和下列引理得出.

引理 5.22 令 $\{B_t^1\}_{t \geqslant 0}$ 和 $\{B_t^2\}_{t \geqslant 0}$ 是两个相互独立的 $1-$ 维 Brown 运动. 令 $f, g \in \mathcal{M}^2([0,T]; \mathbf{R})$, 且 ρ, τ 是两个停时, 使得 $0 \leqslant \rho \leqslant \tau \leqslant T$, 则

$$E\left(\int_{\rho}^{\tau}f(s)\mathrm{d}B_s^1 \int_{\rho}^{\tau}g(s)\mathrm{d}B_s^2 \mid \mathcal{F}_{\rho}\right) = 0. \tag{5.26}$$

证明 如果 $\phi, \varphi \in \mathcal{M}^2([0,T]; \mathbf{R})$, 那么有

$$E\left(\int_a^b \varphi(s)\mathrm{d}B_s^1 \int_a^b \phi(s)\mathrm{d}B_s^2\right) = 0. \tag{5.27}$$

事实上，令 ϕ, φ 是简单过程且范数为

$$\varphi(t) = \xi_0 I_{[t_0, t_1]}(t) + \sum_{i=1}^{k-1} \xi_i I_{(t_i, t_{i+1}]}(t)$$

和

$$\phi(t) = \zeta_0 I_{[\bar{t}_0, \bar{t}_1]}(t) + \sum_{j=1}^{m-1} \zeta_j I_{(\bar{t}_j, \bar{t}_{j+1}]}(t),$$

则

$$E\left(\int_a^b \varphi(s)\mathrm{d}B_s^1 \int_a^b \phi(s)\mathrm{d}B_s^2\right) = \sum_{i=0}^{k-1}\sum_{j=0}^{m-1} E[\xi_i \zeta_j (B_{t_{i+1}}^1 - B_{t_i}^1)(B_{\bar{t}_{j+1}}^2 - B_{\bar{t}_j}^2)].$$

但对每一对 i 和 j，如果 $t_i \leqslant \bar{t}_j$，那么 $B_{\bar{t}_{j+1}}^2 - B_{\bar{t}_j}^2$ 独立于 $\xi_i \zeta_j (B_{t_{i+1}}^1 - B_{t_i}^1)$ 且

$$E[\xi_i \zeta_j (B_{t_{i+1}}^1 - B_{t_i}^1)(B_{\bar{t}_{j+1}}^2 - B_{\bar{t}_j}^2)] = 0.$$

类似地，如果 $t_i > \bar{t}_j$，那么结论依然成立. 换句话说，对简单过程 φ 和 ϕ，结论 (5.27) 成立，但对一般情形，通过近似过程可得证.

下面将证明对任意的 $0 \leqslant r < t \leqslant T$，有

$$E\left(\int_r^t f(s)\mathrm{d}B_s^1 \int_r^t g(s)\mathrm{d}B_s^2 \mid \mathcal{F}_r\right) = 0, \tag{5.28}$$

因为，由式 (5.27) 和引理 5.10 得，对任意的 $A \in \mathcal{F}_r$ 有

$$E\left(I_A \int_r^t f(s)\mathrm{d}B_s^1 \int_r^t g(s)\mathrm{d}B_s^2\right) = E\left(\int_r^t I_A f(s)\mathrm{d}B_s^1 \int_r^t g(s)\mathrm{d}B_s^2\right) = 0.$$

因此

$$E\left(\int_0^t f(s)\mathrm{d}B_s^1 \int_0^t g(s)\mathrm{d}B_s^2 \mid \mathcal{F}_r\right)$$

$$= \int_0^r f(s)\mathrm{d}B_s^1 \int_0^r g(s)\mathrm{d}B_s^2 + \int_0^r f(s)\mathrm{d}B_s^1 E\left(\int_r^t g(s)\mathrm{d}B_s^2 \mid \mathcal{F}_r\right) +$$

$$\int_0^r g(s)\mathrm{d}B_s^2 E\left(\int_r^t f(s)\mathrm{d}B_s^1 \mid \mathcal{F}_r\right) + E\left(\int_r^t f(s)\mathrm{d}B_s^1 \int_r^t g(s)\mathrm{d}B_s^2 \mid \mathcal{F}_r\right)$$

$$= \int_0^r f(s)\mathrm{d}B_s^1 \int_0^r g(s)\mathrm{d}B_s^2,$$

即 $\left\{\int_0^t f(s)\mathrm{d}B_s^1 \int_0^t g(s)\mathrm{d}B_s^2\right\}_{0 \leqslant t \leqslant T}$ 是关于 $\{\mathcal{F}_t\}$ 的鞅. 因此，通过 Doob 鞅停止定理，得

$$E\left(\int_0^\tau f(s)\mathrm{d}B_s^1 \int_0^\tau g(s)\mathrm{d}B_s^2 \mid \mathcal{F}_\rho\right) = \int_0^\rho f(s)\mathrm{d}B_s^1 \int_0^\rho g(s)\mathrm{d}B_s^2. \tag{5.29}$$

根据式 (5.29)，结论 (5.26) 很容易得证. 因此该引理以及定理 5.21 得证.

我们将推广随机积分到更大范围的随机过程. 令 $\mathcal{L}^2(\mathbf{R}_+; \mathbf{R}^{d \times m})$ 表示由所有的

$d \times m -$ 矩阵值可测的 $\{\mathcal{F}_t\}$ – 适应过程 $f = \{f(t)\}_{t \geqslant 0}$ 构成的集合，使得对每一个 $T > 0$ 有

$$\int_0^T |f(t)|^2 \mathrm{d}t < \infty \quad \text{a.s.}$$

令 $\mathcal{M}^2(\mathbf{R}_+; \mathbf{R}^{d \times m})$ 表示由所有的 $f \in \mathcal{L}^2(\mathbf{R}_+; \mathbf{R}^{d \times m})$ 这类过程构成的集合，满足对每一个 $T > 0$ 有

$$E \int_0^T |f(t)|^2 \mathrm{d}t < \infty.$$

显然，如果 $f \in \mathcal{M}^2(\mathbf{R}_+; \mathbf{R}^{d \times m})$，那么 $\{f(t)\}_{0 \leqslant t \leqslant T} \in \mathcal{M}^2([0, T]; \mathbf{R}^{d \times m})$ 对每个 $T > 0$ 成立. 因此，不定积分 $\int_0^t f(s)\mathrm{d}B_s$ 对 $t \geqslant 0$ 有意义，且是 $\mathbf{R}^d$ – 值连续的二次可积的鞅. 然而，我们的目的是对所有 $\mathcal{L}^2(\mathbf{R}_+; \mathbf{R}^{d \times m})$ 中的过程定义积分. 令 $f \in \mathcal{L}^2(\mathbf{R}_+; \mathbf{R}^{d \times m})$，对每一个整数 $n \geqslant 1$，定义停时

$$\tau_n = n \wedge \inf \left\{ t \geqslant 0 : \int_0^t |f(s)|^2 \, \mathrm{d}s \geqslant n \right\}.$$

显然，$\tau_n \uparrow \infty$ a.s. 此外，$\{f(t)I_{[[0, \tau_n]]}(t)\}_{t \geqslant 0} \in \mathcal{M}^2(\mathbf{R}_+; \mathbf{R}^{d \times m})$，故积分

$$I_n(t) = \int_0^t f(s)I_{[[0, \tau_n]]}(s)\mathrm{d}B_s, \qquad t \geqslant 0$$

有意义. 注意到对 $1 \leqslant n \leqslant m$ 和 $t \geqslant 0$，有

$$I_m(t \wedge \tau_n) = \int_0^{t \wedge \tau_n} f(s)I_{[[0, \tau_m]]}(s)\mathrm{d}B_s = \int_0^t f(s)I_{[[0, \tau_m]]}(s)I_{[[0, \tau_n]]}(s)\mathrm{d}B_s$$

$$= \int_0^t f(s)I_{[[0, \tau_n]]}(s)\mathrm{d}B_s = I_n(t),$$

这意味着

$$I_m(t) = I_n(t), \qquad 0 \leqslant t \leqslant \tau_n.$$

因此可以定义不定随机积分 $\{I(t)\}_{t \geqslant 0}$ 为

$$I(t) = I_n(t), \qquad 0 \leqslant t \leqslant \tau_n. \tag{5.30}$$

定义 5.23 令 $f = \{f(t)\}_{t \geqslant 0} \in \mathcal{M}^2(\mathbf{R}^+; \mathbf{R}^{d \times m})$，则 f 关于 $\{B_t\}$ 的 Itô 不定积分是由式(5.30)定义的 $\mathbf{R}^d$ – 值过程 $\{I(t)\}_{t \geqslant 0}$. 像之前一样，通常用 $\int_0^t f(s)\mathrm{d}B_s$ 替代 $I(t)$.

显然，Itô 积分 $\int_0^t f(s)\mathrm{d}B_s$，$t \geqslant 0$ 是 $\mathbf{R}^d$ – 值连续的局部鞅.

1.6　Itô　公　式

在第 1.5 节中我们定义了 Itô 随机积分，然而积分的基本定义不便于计算一个给定的积分，这就类似于经典的 Lebesgue 积分情形，在显式计算中不使用基本定义，而是利用微积分的基本定理加链式法则. 例如，利用链式法则很容易计算 $\int_0^t \cos s \, ds = \sin t$，但利用基本定义却不易计算. 本节将对 Itô 积分建立链式法则的随机情形，这就是所谓的 Itô 公式. 在本书中可见，Itô 公式不仅在计算 Itô 积分时有用，而且最重要的是在随机分析中能发挥关键作用.

首先建立1-维的 Itô 公式，然后推广至多维情形. 令 $\{B_t\}_{t \geq 0}$ 是定义在完备概率空间 $(\Omega, \mathcal{F}, P)$ 上的1-维 Brown 运动，且为 $\{\mathcal{F}_t\}$-适应的. 令 $\mathcal{L}^1(\mathbf{R}_+; \mathbf{R}^d)$ 表示所有的 $\mathbf{R}^d$-值可测的 $\{\mathcal{F}_t\}$-适应过程 $f = \{f(t)\}_{t \geq 0}$，满足对每一个 $T > 0$ 有

$$\int_0^T |f(t)|^2 dt < \infty \qquad \text{a.s.}$$

定义 6.1　1-维的 Itô 过程 $x(t)$ 对 $t \geq 0$ 是连续适应的且具有形式

$$x(t) = x(0) + \int_0^t f(s) ds + \int_0^t g(s) dB_s, \tag{6.1}$$

其中 $f \in \mathcal{L}^1(\mathbf{R}_+; \mathbf{R})$ 和 $g \in \mathcal{L}^2(\mathbf{R}_+; \mathbf{R})$. 称 $x(t)$ 在 $t \geq 0$ 上有随机微分 $dx(t)$ 且

$$dx(t) = f(t) dt + g(t) dB_t. \tag{6.2}$$

我们有时候会谈到 Itô 过程 $x(t)$ 以及它的随机微分 $dx(t)$，$t \in [a, b]$，其意思很明显.

令 $C^{2,1}(\mathbf{R}^d \times \mathbf{R}_+; \mathbf{R})$ 表示由所有定义在 $\mathbf{R}^d \times \mathbf{R}_+$ 上的实值函数 $V(x, t)$ 所构成的集合族，使得它们对 x 是连续二次可微的且对 t 是连续一次可微的. 如果 $V \in C^{2,1}(\mathbf{R}^d \times \mathbf{R}_+; \mathbf{R})$，那么记

$$V_t = \frac{\partial V}{\partial t}, \qquad V_x = \left[\frac{\partial V}{\partial x_1}, \cdots, \frac{\partial V}{\partial x_d} \right],$$

$$V_{xx} = \left[\frac{\partial^2 V}{\partial x_i x_j} \right]_{d \times d} = \begin{bmatrix} \dfrac{\partial^2 V}{\partial x_1 \partial x_1} & \cdots & \dfrac{\partial^2 V}{\partial x_1 \partial x_d} \\ \vdots & & \vdots \\ \dfrac{\partial^2 V}{\partial x_d \partial x_1} & \cdots & \dfrac{\partial^2 V}{\partial x_d \partial x_d} \end{bmatrix}.$$

显然，当 $V \in C^{2,1}(\mathbf{R}^d \times \mathbf{R}_+; \mathbf{R})$ 时，有 $V_x = \dfrac{\partial V}{\partial x}$ 和 $V_{xx} = \dfrac{\partial^2 V}{\partial x^2}$.

我们将陈述本节第一个主要结果.

定理 6.2 (1-维 Itô 公式)　令 $x(t)$ 是定义在 $t \geq 0$ 上的 Itô 过程，相应的随机微

分方程为

$$dx(t) = f(t)dt + g(t)dB_t,$$

其中 $f \in \mathcal{L}^1(\mathbf{R}_+; \mathbf{R})$ 和 $g \in \mathcal{L}^2(\mathbf{R}_+; \mathbf{R})$. 令 $V \in C^{2,1}(\mathbf{R} \times \mathbf{R}_+; \mathbf{R})$，则 $V(x(t), t)$ 也是 Itô 过程，其相应的随机微分方程为

$$dV(x(t), t) = \left[V_t(x(t), t) + V_x(x(t), t)f(t) + \frac{1}{2}V_{xx}(x(t), t)g^2(t) \right]dt + V_x(x(t), t)g(t)dB_t \qquad \text{a.s.} \tag{6.3}$$

证明 本定理的证明相当有技巧，我们将分几步进行证明.

第一步. 假设 $x(t)$ 有界，比如界值为 K，故 $V(x, t)$ 的值对 $x \notin [-K, K]$ 是无关紧要的. 否则，对每一个 $n \geq 1$，定义停时

$$\tau_n = \inf\{t \geq 0 : |x(t)| \geq n\}.$$

显然，$\tau_n \uparrow \infty$ a.s. 定义随机过程

$$x_n(t) = [-n \vee x(0)] \wedge n + \int_0^t f(s)I_{[[0,\tau_n]]}(s)ds + \int_0^t g(s)I_{[[0,\tau_n]]}(s)dB_s, \quad t \geq 0.$$

则 $|x_n(t)| \leq n$，即 $x_n(t)$ 有界. 此外，对每一个 $t \geq 0$ 和几乎每一个 $\omega \in \Omega$，存在整数 $n_0 = n_0(t, \omega)$，使得

$$x_n(s, \omega) = x(s, \omega), \quad 0 \leq s \leq t$$

对 $n \geq n_0$ 成立. 因此，如果对 $x_n(t)$ 利用式(6.3)，即

$$V(x_n(t), t) - V(x(0), 0)$$
$$= \int_0^t [V_t(x_n(s), s) + V_x(x_n(s), s)f(s)I_{[[0,\tau_n]]}(s) +$$
$$\frac{1}{2}V_{xx}(x_n(s), s)g^2(s)I_{[[0,\tau_n]]}(s)]ds +$$
$$\int_0^t V_x(x_n(s), s)g(s)I_{[[0,\tau_n]]}(s)dB_s,$$

那么令 $n \to \infty$ 即可.

第二步. 假设 $V(x, t)$ 属于 C^2，即对两个变量 (x, t) 均为二次连续可微的，否则可找到 C^2 – 函数序列 $\{V_n(x, t)\}$，使得

$$V_n(x, t) \to V(x, t), \qquad \frac{\partial}{\partial t}V_n(x, t) \to V_t(x, t),$$

$$\frac{\partial}{\partial x}V_n(x, t) \to V_x(x, t), \qquad \frac{\partial^2}{\partial x^2}V_n(x, t) \to V_{xx}(x, t)$$

在 $\mathbf{R} \times \mathbf{R}_+$ 的每一个紧子集上一致成立(见 Friedman 的文献 (1975)). 若对每一个 V_n 利用 Itô 公式，即

$$V_n(x(t),t) - V_n(x(0),0)$$

$$= \int_0^t \left[\frac{\partial}{\partial t} V_n(x(s),s) + \frac{\partial}{\partial x} V_n(x(s),s)f(s) + \frac{1}{2}\frac{\partial^2}{\partial x^2} V_n(x(s),s)g^2(s) \right] ds +$$

$$\int_0^t \frac{\partial}{\partial x} V_n(x(s),s)g(s)dB_s,$$

则令 $n \to \infty$ 即可得式 (6.3)．根据第一步和第二步，不失一般性可假设 $V, V_t, V_{tt}, V_x, V_{tx}$ 和 V_{xx} 对 $t \geq 0$ 在 $\mathbf{R} \times [0,t]$ 上有界.

第三步．若当 f 和 g 是简单过程时可证式(6.3)成立，则利用近似过程可证一般情形也成立. (类似于引理 5.6 的证明，可用类似的方法对 $\mathcal{L}^1(\mathbf{R}_+; \mathbf{R})$ 中的随机过程用简单过程近似表示，但把细节留给读者.)

第四步．固定任意的 $t > 0$，假设 $V, V_t, V_{tt}, V_x, V_{tx}, V_{xx}$ 在 $\mathbf{R} \times [0,t]$ 上有界，$f(s), g(s)$ 在 $s \in [0,t]$ 上是简单过程. 令 $\Pi = \{t_0, t_1, \cdots, t_k\}$ 是 $[0,t]$ 上的一个充分小的分割(即 $0 = t_0 < t_1 < \cdots < t_k = t$)，使得 $f(s)$ 和 $g(s)$ 在每一个 $(t_i, t_{i+1}]$ 上是"随机常数"且若 $s \in (t_i, t_{i+1}]$，则

$$f(s) = f_i, \qquad g(s) = g_i.$$

利用著名的 Taylor 展式，得

$$V(x(t),t) - V(x(0),0)$$

$$= \sum_{i=0}^{k-1} [V(x(t_{i+1}),t_{i+1}) - V(x(t_i),t_i)]$$

$$= \sum_{i=0}^{k-1} V_t(x(t_i),t_i)\Delta t_i + \sum_{i=0}^{k-1} V_x(x(t_i),t_i)\Delta x_i + \frac{1}{2}\sum_{i=0}^{k-1} V_{tt}(x(t_i),t_i)(\Delta t_i)^2 +$$

$$\sum_{i=0}^{k-1} V_{tx}(x(t_i),t_i)\Delta t_i \Delta x_i + \frac{1}{2}\sum_{i=0}^{k-1} V_{xx}(x(t_i),t_i)(\Delta x_i)^2 + \sum_{i=0}^{k-1} R_i, \tag{6.4}$$

其中

$$\Delta t_i = t_{i+1} - t_i, \quad \Delta(x_i) = x(t_{i+1}) - x(t_i), \quad R_i = o((\Delta t_i)^2 + (\Delta x_i)^2).$$

令 $|\Pi| = \max_{0 \leq i \leq k-1} \Delta t_i$. 不难得到当 $|\Pi| \to 0$ 时，在概率为 1 的情况下有

$$\sum_{i=0}^{k-1} V_t(x(t_i),t_i)\Delta t_i \to \int_0^t V_t(x(s),s)ds, \tag{6.5}$$

$$\sum_{i=0}^{k-1} V_x(x(t_i),t_i)\Delta x_i \to \int_0^t V_x(x(s),s)dx(s)$$

$$= \int_0^t V_x(x(s),s)f(s)ds + \int_0^t V_x(x(s),s)g(s)dB_s, \tag{6.6}$$

$$\sum_{i=0}^{k-1} V_{tt}(x(t_i),t_i)(\Delta t_i)^2 \to 0, \qquad \sum_{i=0}^{k-1} R_i \to 0. \tag{6.7}$$

注意到

$$\sum_{i=0}^{k-1} V_{tx}(x(t_i),t_i)\Delta t_i \Delta x_i$$

$$= \sum_{i=0}^{k-1} V_{tx}(x(t_i),t_i) f_i(\Delta t_i)^2 + \sum_{i=0}^{k-1} V_{tx}(x(t_i),t_i) g_i \Delta t_i \Delta B_i,$$

其中 $\Delta B_i = B_{t_{i+1}} - B_{t_i}$. 当 $|\Pi| \to 0$ 时, 第一项趋于 0 a.s., 而第二项在 L^2 中趋于 0 是因为

$$E\left[\sum_{i=0}^{k-1} V_{tx}(x(t_i),t_i) g_i \Delta t_i \Delta B_i\right]^2 = \sum_{i=0}^{k-1} E[V_{tx}(x(t_i),t_i) g_i]^2 (\Delta t_i)^3 \to 0.$$

换句话说, 我们已经证明了(由于有界性的假设) 在 L^2 中

$$\sum_{i=0}^{k-1} V_{tx}(x(t_i),t_i)\Delta t_i \Delta x_i \to 0 . \tag{6.8}$$

又注意到

$$\sum_{i=0}^{k-1} V_{xx}(x(t_i),t_i)(\Delta x_i)^2$$

$$= \sum_{i=0}^{k-1} V_{xx}(x(t_i),t_i)[f_i^2(\Delta t_i)^2 + 2 f_i g_i \Delta t_i \Delta B_i] + \sum_{i=0}^{k-1} V_{xx}(x(t_i),t_i) g_i^2 (\Delta B_i)^2.$$

在 L^2 中, 当 $|\Pi| \to 0$ 时, 第一项趋于 0, 其原因与以前一样, 而我们断言第二项在 L^2 中趋于 $\int_0^t V_{xx}(x(s),s) g^2(s)\mathrm{d}s$. 为说明后者, 令 $h(t) = V_{xx}(x(t),t) g^2(t)$, $h_i = V_{xx}(x(t_i),t_i) g_i^2$, 计算得

$$E\left(\sum_{i=0}^{k-1} h_i (\Delta B_i)^2 - \sum_{i=0}^{k-1} h_i \Delta t_i\right)^2$$

$$= E\left(\sum_{i=0}^{k-1}\sum_{j=0}^{k-1} h_i h_j [(\Delta B_i)^2 - \Delta t_i][(\Delta B_j)^2 - \Delta t_j]\right)$$

$$= \sum_{i=0}^{k-1} E(h_i^2 [(\Delta B_i)^2 - \Delta t_i]^2)$$

$$= \sum_{i=0}^{k-1} E h_i^2 E[(\Delta B_i)^4 - 2(\Delta B_i)^2 \Delta t_i + (\Delta t_i)^2]$$

$$= \sum_{i=0}^{k-1} E h_i^2 [3(\Delta t_i)^2 - 2(\Delta t_i)^2 + (\Delta t_i)^2]$$

$$= 2\sum_{i=0}^{k-1} E h_i^2 (\Delta t_i)^2 \to 0,$$

在其计算过程中用到了 $E(\Delta B_i)^{2n} = (2n)!(\Delta t_i)^n/(2^n n!)$. 因此

$$\sum_{i=0}^{k-1} h_i (\Delta B_i)^2 \to \int_0^t h(s)\mathrm{d}s$$

在 L^2 中成立. 换句话说，我们已经证明了

$$\sum_{i=0}^{k-1} V_{xx}(x(t_i), t_i)(\Delta x_i)^2 \to \int_0^t V_{xx}(x(s), s)g^2(s)\mathrm{d}s \tag{6.9}$$

在 L^2 中成立. 把式 (6.5)~(6.9) 代入式 (6.4) 得

$$V(x(t), t) - V(x(0), 0)$$
$$= \int_0^t \left[V_t(x(s), s) + V_x(x(s), s)f(s) + \frac{1}{2}V_{xx}(x(s), s)g^2(s) \right]\mathrm{d}s +$$
$$\int_0^t V_x(x(s), s)g(s)\mathrm{d}B_s \quad \text{a.s.}$$

这就是所需证明的式 (6.3). 本定理得证.

下面，将 1-维的 Itô 公式推广至多维情形. 令 $B(t) = (B_1(t), \cdots, B_m(t))^\mathrm{T}$, $t \geqslant 0$ 是定义在完备概率空间 $(\Omega, \mathcal{F}, P)$ 上的滤子 $\{\mathcal{F}_t\}_{t \geqslant 0}$ 适应的 m-维的 Brown 运动.

定义 6.3 一个 d-维的 Itô 过程是 $\mathbf{R}^d$-值连续适应的过程 $x(t) = (x_1(t), \cdots, x_d(t))^\mathrm{T}$, $t \geqslant 0$, 且具有形式

$$x(t) = x(0) + \int_0^t f(s)\mathrm{d}s + \int_0^t g(s)\mathrm{d}B(s),$$

其中 $f = (f_1, \cdots, f_d)^\mathrm{T} \in \mathcal{L}^1(\mathbf{R}_+; \mathbf{R}^d)$ 和 $g = (g_{ij})_{d \times m} \in \mathcal{L}^2(\mathbf{R}_+; \mathbf{R}^{d \times m})$. 称 $x(t)$ 在 $t \geqslant 0$ 上有随机微分 $\mathrm{d}x(t)$ 且

$$\mathrm{d}x(t) = f(t)\mathrm{d}t + g(t)\mathrm{d}B(t).$$

定理 6.4 (多维 Itô 公式) 令 $x(t)$ 是定义在 $t \geqslant 0$ 上的 d-维 Itô 过程，相应的随机微分方程为

$$\mathrm{d}x(t) = f(t)\mathrm{d}t + g(t)\mathrm{d}B(t),$$

其中 $f \in \mathcal{L}^1(\mathbf{R}_+; \mathbf{R}^d)$ 和 $g \in \mathcal{L}^2(\mathbf{R}_+; \mathbf{R}^{d \times m})$. 令 $V \in C^{2,1}(\mathbf{R}^d \times \mathbf{R}_+; \mathbf{R})$, 则 $V(x(t), t)$ 也是 Itô 过程，其相应的随机微分方程为

$$\mathrm{d}V(x(t), t) = [V_t(x(t), t) + V_x(x(t), t)f(t) +$$
$$\frac{1}{2}\mathrm{trace}(g^\mathrm{T}(t)V_{xx}(x(t), t)g(t))]\mathrm{d}t + V_x(x(t), t)g(t)\mathrm{d}B(t) \quad \text{a.s.} \tag{6.10}$$

该定理的证明类似于 1-维情形，故省略. 现在正式介绍乘法表：若 $i \neq j$, 则

$$\mathrm{d}t\mathrm{d}t = 0, \qquad \mathrm{d}B_i\mathrm{d}t = 0,$$

$$\mathrm{d}B_i\mathrm{d}B_i = \mathrm{d}t, \qquad \mathrm{d}B_i\mathrm{d}B_j = 0,$$

例如

$$dx_i(t)dx_j(t) = \sum_{k=1}^{m} g_{ik}(t)g_{jk}(t)dt. \tag{6.11}$$

而且，Itô 公式可写为

$$dV(x(t),t) = V_t(x(t),t)dt + V_x(x(t),t)dx(t) +$$

$$\frac{1}{2}dx^T(t)V_{xx}(x(t),t)dx(t). \tag{6.12}$$

注意到如果 $x(t)$ 对 t 连续可微，那么(利用经典的全导数计算公式)不会出现该项 $\frac{1}{2}dx^T(t)V_{xx}(x(t),t)dx(t)$. 例如，令 $V(x,t)=x_1x_2$，则利用式(6.11)和(6.12)可得

$$d[x_1(t)x_2(t)] = x_1(t)dx_2(t) + x_2(t)dx_1(t) + dx_1dx_2$$

$$= x_1(t)dx_2(t) + x_2(t)dx_1(t) + \sum_{k=1}^{m} g_{1k}(t)g_{2k}(t)dt, \tag{6.13}$$

这不同于经典的分部积分法公式 $d(uv) = vdu + udv$，其中 u,v 可微. 然而，我们有类似于经典的分部积分法公式的随机形式.

定理 6.5 (分部积分法) 令 $x(t)$, $t \geqslant 0$ 是 $1-$维 Itô 过程，相应的随机微分方程为

$$dx(t) = f(t)dt + g(t)dB(t),$$

其中 $f \in \mathcal{L}^1(\mathbf{R}_+; \mathbf{R})$ 和 $g \in \mathcal{L}^2(\mathbf{R}_+; \mathbf{R}^{1 \times m})$. 令 $y(t)$, $t \geqslant 0$ 是实值的连续适应的有限变差过程. 则

$$d[x(t)y(t)] = y(t)dx(t) + x(t)dy(t), \tag{6.14}$$

即

$$x(t)y(t) - x(0)y(0) = \int_0^t y(s)[f(s)ds + g(s)dB(s)] + \int_0^t x(s)dy(s), \tag{6.15}$$

其中最后一个积分是 Lebesgue-Stieltjes 积分.

下面给出几个例子以阐述 Itô 公式在估计随机积分时的用途.

例 6.6 令 $B(t)$ 是 $1-$维的 Brown 运动. 为计算随机积分

$$\int_0^t B(s)dB(s),$$

对 $B^2(t)$ 利用 Itô 公式(即令 $V(x,t)=x^2$ 和 $x(t)=B(t)$)，得

$$d(B^2(t)) = 2B(t)dB(t) + dt,$$

即

$$B^2(t) = 2\int_0^t B(s)dB(s) + t,$$

这意味着

$$\int_0^t B(s)\mathrm{d}B(s) = \frac{1}{2}[B^2(t) - t].$$

例 6.7　令 $B(t)$ 是 $1-$维的 Brown 运动. 为计算随机积分

$$\int_0^t \mathrm{e}^{-s/2+B(s)}\mathrm{d}B(s),$$

令 $V(x,t) = \mathrm{e}^{-t/2+x}$ 和 $x(t) = B(t)$, 则利用 Itô 公式, 得

$$\mathrm{d}\left(\mathrm{e}^{-t/2+B(t)}\right) = -\frac{1}{2}\mathrm{e}^{-t/2+B(t)}\mathrm{d}t + \mathrm{e}^{-t/2+B(t)}\mathrm{d}B(t) + \frac{1}{2}\mathrm{e}^{-t/2+B(t)}\mathrm{d}t$$

$$= \mathrm{e}^{-t/2+B(t)}\mathrm{d}B(t).$$

进一步, 有

$$\int_0^t \mathrm{e}^{-s/2+B(s)}\mathrm{d}B(s) = \mathrm{e}^{-t/2+B(t)} - 1.$$

例 6.8　令 $B(t)$ 是 $1-$维的 Brown 运动. Brown 样本路径在时间区间 $[0,t]$ 上的积分, 即 $\int_0^t B(s)\mathrm{d}s$ 是什么呢? 该积分通过分部公式法可得

$$\mathrm{d}[tB(t)] = B(t)\mathrm{d}t + t\mathrm{d}B(t).$$

因此

$$\int_0^t B(s)\mathrm{d}s = tB(t) - \int_0^t s\mathrm{d}B(s).$$

另外, 对 $B^3(t)$ 应用 Itô 公式可得

$$\mathrm{d}B^3(t) = 3B^2(t)\mathrm{d}B(t) + 3B(t)\mathrm{d}t,$$

这意味着

$$\int_0^t B(s)\mathrm{d}s = \frac{1}{3}B^3(t) - \int_0^t B^2(s)\mathrm{d}B(s).$$

例 6.9　令 $B(t)$ 是 $m-$维的 Brown 运动. 令 $V: \mathbf{R}^m \to \mathbf{R}$ 属于 C^2. 则利用 Itô 公式可得

$$V(B(t)) = V(0) + \frac{1}{2}\int_0^t \Delta V(B(s))\mathrm{d}s + \int_0^t V_x(B(s))\mathrm{d}B(s),$$

其中 $\Delta = \sum_{i=1}^m \frac{\partial^2}{\partial x_i^2}$ 是 Laplace 算子. 特别地, 令 V 是二次函数, 即 $V(x) = x^\mathrm{T}Qx$, 其中 Q 是 $m \times m$ 矩阵. 则

$$B^\mathrm{T}(t)QB(t) = \mathrm{trace}(Q)t + \int_0^t B^\mathrm{T}(s)(Q + Q^\mathrm{T})\mathrm{d}B(s).$$

例 6.10　令 $x(t)$ 是定义 6.3 中所给出的 $d-$维 Itô 过程. 令 Q 是 $d \times d$ 矩阵, 则

$$x^{\mathrm{T}}(t)Qx(t) - x^{\mathrm{T}}(0)Qx(0)$$

$$= \int_0^t \left(x^{\mathrm{T}}(s)(Q+Q^{\mathrm{T}})f(s) + \frac{1}{2}\mathrm{trace}[g^{\mathrm{T}}(s)(Q+Q^{\mathrm{T}})g(s)] \right)\mathrm{d}s +$$

$$\int_0^t x^{\mathrm{T}}(s)(Q+Q^{\mathrm{T}})g(s)\mathrm{d}B(s).$$

1.7 矩 不 等 式

本节将利用 Itô 公式给出几个非常重要的有关随机积分的概率不等式以及指数鞅不等式. 这些不等式说明了 Itô 公式的优势.

在本节中，令 $B(t) = \left(B_1(t), \cdots, B_m(t)\right)^{\mathrm{T}}$, $t \geq 0$ 是定义在以 $\{\mathcal{F}_t\}_{t\geq 0}$ 为滤子的完备概率空间 $(\Omega, \mathcal{F}, P)$ 上的 $m-$维 Brown 运动.

定理 7.1 令 $p \geq 2$. 设 $g \in \mathcal{M}^2\left([0,T]; \mathbf{R}^{d\times m}\right)$，满足

$$E\int_0^T |g(s)|^p \mathrm{d}s < \infty.$$

则

$$E\left|\int_0^T g(s)\mathrm{d}B(s)\right|^p \leq \left(\frac{p(p-1)}{2}\right)^{\frac{p}{2}} T^{\frac{p-2}{2}} E\int_0^T |g(s)|^p \mathrm{d}s. \tag{7.1}$$

特别地，当 $p = 2$ 时，等号成立.

证明 当 $p = 2$ 时，由定理 5.21 可知等号成立，所以我们只需证明 $p > 2$ 的情形即可. 对于 $0 \leq t \leq T$，记

$$x(t) = \int_0^t g(s)\mathrm{d}B(s).$$

根据 Itô 公式和定理 5.21，得

$$E|x(t)|^p$$

$$= \frac{p}{2}E\int_0^t \left(|x(s)|^{p-2}|g(s)|^2 + (p-2)|x(s)|^{p-4}|x^{\mathrm{T}}(s)g(s)|^2\right)\mathrm{d}s \tag{7.2}$$

$$\leq \frac{p(p-1)}{2}E\int_0^t |x(s)|^{p-2}|g(s)|^2 \,\mathrm{d}s. \tag{7.3}$$

利用 Hölder 不等式可推出

$$E|x(t)|^p \leq \frac{p(p-1)}{2}\left(E\int_0^t |x(s)|^p \,\mathrm{d}s\right)^{\frac{p-2}{p}} \left(E\int_0^t |g(s)|^p \,\mathrm{d}s\right)^{\frac{2}{p}}$$

$$= \frac{p(p-1)}{2}\left(\int_0^t E|x(s)|^p \,\mathrm{d}s\right)^{\frac{p-2}{p}} \left(E\int_0^t |g(s)|^p \,\mathrm{d}s\right)^{\frac{2}{p}}.$$

由式 (7.2) 知 $E|x(t)|^p$ 关于 t 是非降的. 因此

$$E|x(t)|^p \leqslant \frac{p(p-1)}{2}\Big[tE|x(t)|^p\Big]^{\frac{p-2}{p}} \Big(E\int_0^t |g(s)|^p \, ds\Big)^{\frac{2}{p}}.$$

由此可得

$$E|x(t)|^p \leqslant \Big(\frac{p(p-1)}{2}\Big)^{\frac{p}{2}} t^{\frac{p-2}{2}} E\int_0^t |g(s)|^p \, ds,$$

且当用 T 替代 t 时式 (7.1) 成立.

定理 7.2　在定理 7.1 的假设下

$$E\Big(\sup_{0 \leqslant t \leqslant T}\Big|\int_0^t g(s)dB(s)\Big|^p\Big) \leqslant \Big(\frac{p^3}{2(p-1)}\Big)^{p/2} T^{(p-2)/2} E\int_0^T |g(s)|^p ds. \tag{7.4}$$

证明　已知随机积分 $\int_0^t g(s)dB(s)$ 是 $\mathbf{R}^d$–值的连续鞅, 因此, 通过利用 Doob 鞅不等式(即定理 3.8), 有

$$E\Big(\sup_{0 \leqslant t \leqslant T}\Big|\int_0^t g(s)dB(s)\Big|^p\Big) \leqslant \Big(\frac{p}{p-1}\Big)^p E\Big|\int_0^T g(s)dB(s)\Big|^p.$$

鉴于定理 7.1, 我们可得结论 (7.4) 成立.

下面的定理称为 Burkholder-Davis-Gundy 不等式.

定理 7.3　令 $g \in \mathcal{L}^2(\mathbf{R}_+; \mathbf{R}^{d \times m})$. 对 $t \geqslant 0$, 定义

$$x(t) = \int_0^t g(s)dB(s), \quad A(t) = \int_0^t |g(s)|^2 ds.$$

则对每一个 $p > 0$, 存在普通的正常数 c_p, C_p (仅依赖于 p), 使得

$$c_p E|A(t)|^{\frac{p}{2}} \leqslant E\Big(\sup_{0 \leqslant s \leqslant t} |x(s)|^p\Big) \leqslant C_p E|A(t)|^{\frac{p}{2}} \tag{7.5}$$

对所有的 $t \geqslant 0$ 成立. 特别地, 可取

$$c_p = \Big(\frac{p}{2}\Big)^p, \qquad C_p = \Big(\frac{32}{p}\Big)^{p/2}, \qquad\qquad 0 < p < 2;$$

$$c_p = 1, \qquad\qquad C_p = 4, \qquad\qquad\qquad p = 2;$$

$$c_p = (2p)^{-p/2}, \qquad C_p = \Big[\frac{p^{p+1}}{2(p-1)^{p-1}}\Big]^{p/2}, \qquad p > 2.$$

证明　不失一般性, 假设 $x(t)$ 和 $A(t)$ 均有界. 否则, 对每一个整数 $n \geqslant 1$, 定义停时

$$\tau_n = \inf\{t \geqslant 0: |x(t)| \vee A(t) \geqslant n\}.$$

如果我们能证明式 (7.5) 对停止过程 $x(t \wedge \tau_n)$ 和 $A(t \wedge \tau_n)$ 成立, 那么令 $n \to \infty$ 可得一般情形成立. 此外, 为了方便, 记

$$x^*(t) = \sup_{0 \leqslant s \leqslant t} |x(s)|.$$

情形 1： $p = 2$. 由定理 5.21 和 Doob 鞅不等式可直接得式 (7.5) 成立.

情形 2： $p > 2$. 根据式 (7.3) 可得

$$E|x(t)|^p \leqslant \frac{p(p-1)}{2} E\left[|x*(t)|^{p-2} A(t)\right]$$

$$\leqslant \frac{p(p-1)}{2}\left[E|x*(t)|^p\right]^{\frac{p-2}{p}}\left[E|A(t)|^{\frac{p}{2}}\right]^{\frac{2}{p}}, \tag{7.6}$$

其中 Hölder 不等式已被运用到上式的计算中. 但是，利用 Doob 鞅不等式，得

$$E|x*(t)|^p \leqslant \left(\frac{p}{p-1}\right)^p E|x(t)|^p.$$

把该不等式代入式 (7.6) 可知

$$E|x*(t)|^p \leqslant \left(\frac{p^{p+1}}{2(p-1)^{p-1}}\right)^{\frac{p}{2}} E|A(t)|^{\frac{p}{2}},$$

这就是式 (7.5) 的右侧不等式. 为验证左侧不等式，记

$$y(t) = \int_0^t |A(s)|^{\frac{p-2}{4}} g(s) \mathrm{d}B(s).$$

则

$$E|y(t)|^2 = E\int_0^t |A(s)|^{\frac{p-2}{2}} |g(s)|^2 \mathrm{d}s$$

$$= E\int_0^t |A(s)|^{\frac{p-2}{2}} \mathrm{d}A(s) = \frac{2}{p} E|A(t)|^{\frac{p}{2}}. \tag{7.7}$$

另外，由分部积分公式知

$$x(t)|A(t)|^{\frac{p-2}{4}} = \int_0^t |A(s)|^{\frac{p-2}{4}} \mathrm{d}x(s) + \int_0^t x(s)\mathrm{d}\left(|A(s)|^{\frac{p-2}{4}}\right)$$

$$= y(t) + \int_0^t x(s)\mathrm{d}\left(|A(s)|^{\frac{p-2}{4}}\right).$$

因此

$$|y(t)| \leqslant |x(t)||A(t)|^{\frac{p-2}{4}} + \int_0^t |x(s)|\mathrm{d}\left(|A(s)|^{\frac{p-2}{4}}\right) \leqslant 2x*(t)|A(t)|^{\frac{p-2}{4}}.$$

把该式代入到式 (7.7) 可得

$$\frac{2}{p}E|A(t)|^{\frac{p}{2}} \leqslant 4E\left[|x*(t)|^2 |A(t)|^{\frac{p-2}{2}}\right] \leqslant 4\left[E|x*(t)|^p\right]^{\frac{2}{p}}\left[E|A(t)|^{\frac{p}{2}}\right]^{\frac{p-2}{p}}.$$

这就暗示了

$$\frac{1}{(2p)^{p/2}} E|A(t)|^{\frac{p}{2}} \leqslant E|x*(t)|^p$$

成立.

情形 3：$0 < p < 2$. 固定 $\varepsilon > 0$ 且定义

$$\eta(t) = \int_0^t \left[\varepsilon + A(s)\right]^{\frac{p-2}{4}} g(s)\mathrm{d}B(s), \quad \eta*(t) = \sup_{0 \leqslant s \leqslant t} |\eta(s)|,$$

则

$$E|\eta(t)|^2 = E\int_0^t \left[\varepsilon + A(s)\right]^{\frac{p-2}{2}} \mathrm{d}A(s) \leqslant \frac{2}{p} E\left[\varepsilon + A(t)\right]^{\frac{p}{2}}. \tag{7.8}$$

另外，由分部积分公式可推导出

$$\eta(t)\left[\varepsilon + A(t)\right]^{\frac{2-p}{4}} = \int_0^t g(s)\mathrm{d}B(s) + \int_0^t \eta(s)\mathrm{d}\left(\left[\varepsilon + A(s)\right]^{\frac{2-p}{4}}\right)$$

$$= x(t) + \int_0^t \eta(s)\mathrm{d}\left(\left[\varepsilon + A(s)\right]^{\frac{2-p}{4}}\right).$$

因此

$$|x(t)| \leqslant |\eta(t)|\left[\varepsilon + A(t)\right]^{\frac{2-p}{4}} + \int_0^t |\eta(s)|\mathrm{d}\left(\left[\varepsilon + A(s)\right]^{\frac{2-p}{4}}\right)$$

$$\leqslant 2\eta*(t)\left[\varepsilon + A(t)\right]^{\frac{2-p}{4}}.$$

由于该式对所有的 $t \geqslant 0$ 均成立且右侧非单调递减，故必有

$$E|x*(t)|^p \leqslant 2^p E\left[|\eta*(t)|^p \left[\varepsilon + A(t)\right]^{\frac{p(2-p)}{4}}\right]$$

$$\leqslant 2^p E\left[|\eta*(t)|^2\right]^{\frac{p}{2}} E\left[\left[\varepsilon + A(t)\right]^{\frac{p}{2}}\right]^{\frac{2-p}{2}}. \tag{7.9}$$

但是，利用 Doob 鞅不等式和式(7.8)，得

$$E|\eta*(t)|^2 \leqslant 4E|\eta(t)|^2 \leqslant \frac{8}{p} E\left[\varepsilon + A(t)\right]^{\frac{p}{2}}.$$

把该式代入到式(7.9)可看出

$$E|x*(t)|^p \leqslant \left(\frac{32}{p}\right)^{\frac{p}{2}} E\left[\varepsilon + A(t)\right]^{\frac{p}{2}}.$$

令 $\varepsilon \to 0$ 可得式(7.5)的右侧不等式. 为证左侧不等式，对任意固定的 $\varepsilon > 0$，有

$$|A(t)|^{\frac{p}{2}} = \left(|A(t)|^{\frac{p}{2}}\left[\varepsilon + x*(t)\right]^{\frac{-p(2-p)}{2}}\right)\left[\varepsilon + x*(t)\right]^{\frac{p(2-p)}{2}}.$$

然后，应用 Hölder 不等式，可得

$$E|A(t)|^{\frac{p}{2}} \leqslant \left[E\left(A(t)[\varepsilon + x^*(t)]^{p-2} \right) \right]^{\frac{p}{2}} \left(E[\varepsilon + x^*(t)]^p \right)^{\frac{2-p}{2}}. \tag{7.10}$$

定义

$$\xi(t) = \int_0^t [\varepsilon + x^*(t)]^{\frac{p-2}{2}} g(s)\mathrm{d}B(s),$$

则

$$E|\xi(t)|^2 = E\int_0^t [\varepsilon + x^*(t)]^{p-2}\mathrm{d}A(s) \geqslant E\left([\varepsilon + x^*(t)]^{p-2} A(t) \right). \tag{7.11}$$

另外,利用分部积分公式知

$$x(t)[\varepsilon + x^*(t)]^{\frac{p-2}{2}} = \xi(t) + \int_0^t x(s)\mathrm{d}\left([\varepsilon + x^*(s)]^{\frac{p-2}{2}} \right)$$

$$= \xi(t) + \frac{p-2}{2}\int_0^t x(s)[\varepsilon + x^*(s)]^{\frac{p-4}{2}} \mathrm{d}[\varepsilon + x^*(s)].$$

因此

$$|\xi(t)| \leqslant x^*(t)[\varepsilon + x^*(t)]^{\frac{p-2}{2}} + \frac{2-p}{2}\int_0^t x^*(s)[\varepsilon + x^*(s)]^{\frac{p-4}{2}} \mathrm{d}[\varepsilon + x^*(s)]$$

$$\leqslant [\varepsilon + x^*(t)]^{\frac{p}{2}} + \frac{2-p}{2}\int_0^t [\varepsilon + x^*(s)]^{\frac{p-2}{2}} \mathrm{d}[\varepsilon + x^*(s)]$$

$$\leqslant \frac{2}{p}[\varepsilon + x^*(t)]^{\frac{p}{2}}.$$

结合式(7.11),可知

$$E\left([\varepsilon + x^*(t)]^{p-2} A(t) \right) \leqslant \left(\frac{2}{p} \right)^2 E[\varepsilon + x^*(t)]^p.$$

代入式(7.10)得

$$E|A(t)|^{\frac{p}{2}} \leqslant \left(\frac{2}{p} \right)^p E[\varepsilon + x^*(t)]^p.$$

最后,令 $\varepsilon \to 0$ 可得

$$\left(\frac{p}{2} \right)^p E|A(t)|^{\frac{p}{2}} \leqslant E|x^*(t)|^p$$

成立. 此时定理的证明是完整的.

下面的定理称为指数鞅不等式,将在本书发挥重要作用.

定理 7.4 令 $g = (g_1, \cdots, g_m) \in \mathcal{L}^2(\mathbf{R}_+; \mathbf{R}^{1 \times m})$,且 T, α, β 是任意的正常数,则

$$P\left\{\sup_{0\leqslant t\leqslant T}\left[\int_0^t g(s)\mathrm{d}B(s)-\frac{\alpha}{2}\int_0^t\left|g(s)\right|^2\mathrm{d}s\right]>\beta\right\}\leqslant \mathrm{e}^{-\alpha\beta}. \tag{7.12}$$

证明 对每一个整数 $n\geqslant 1$，定义停时

$$\tau_n=\inf\left\{t\geqslant 0:\left|\int_0^t g(s)\mathrm{d}B(s)\right|+\int_0^t\left|g(s)\right|^2\mathrm{d}s\geqslant n\right\}$$

和 Itô 过程

$$x_n(t)=\alpha\int_0^t g(s)I_{[[0,\tau_n]]}(s)\mathrm{d}B(s)-\frac{\alpha^2}{2}\int_0^t\left|g(s)\right|^2 I_{[[0,\tau_n]]}(s)\mathrm{d}s.$$

显然，$x_n(t)$ 是有界的且 $\tau_n\uparrow\infty$ a.s. 对 $\exp[x_n(t)]$ 应用 Itô 公式得

$$\exp[x_n(t)]=1+\int_0^t\exp[x_n(s)]\mathrm{d}x_n(s)+\frac{\alpha^2}{2}\int_0^t\exp[x_n(s)]\left|g(s)\right|^2 I_{[[0,\tau_n]]}(s)\mathrm{d}s$$

$$=1+\alpha\int_0^t\exp[x_n(s)]g(s)I_{[[0,\tau_n]]}(s)\mathrm{d}B(s).$$

根据定理 5.21，可看出 $\exp[x_n(t)]$ 在 $t\geqslant 0$ 上是非负鞅且 $E(\exp[x_n(t)])=1$. 因此，利用定理 3.8，可得

$$P\left\{\sup_{0\leqslant t\leqslant T}\exp[x_n(t)]\geqslant \mathrm{e}^{\alpha\beta}\right\}\leqslant \mathrm{e}^{-\alpha\beta}E(\exp[x_n(T)])=\mathrm{e}^{-\alpha\beta}.$$

即

$$P\left\{\sup_{0\leqslant t\leqslant T}\left[\int_0^t g(s)I_{[[0,\tau_n]]}(s)\mathrm{d}B(s)-\frac{\alpha}{2}\int_0^t\left|g(s)\right|^2 I_{[[0,\tau_n]]}(s)\mathrm{d}s\right]>\beta\right\}\leqslant \mathrm{e}^{-\alpha\beta}.$$

令 $n\to\infty$ 可得式 (7.12) 成立且定理得证.

1.8　Gronwall 型不等式

Gronwall 型积分不等式已被广泛应用于常微分方程和随机微分方程理论中，以证明存在性、唯一性、有界性、比较性、连续依赖性、扰动性和稳定性等结论. 很自然地讲，Gronwall 型不等式在本书中具有重要作用. 为了便于读者学习，本节给出几个该类型著名的不等式.

定理 8.1 (Gronwall 不等式) 令 $T>0$ 且 $c\geqslant 0$. 设 $u(\cdot)$ 是定义在 $[0,T]$ 上的 Borel 可测的有界非负函数，且 $v(\cdot)$ 是定义在 $[0,T]$ 上的非负可积函数. 如果对所有的 $0\leqslant t\leqslant T$ 有

$$u(t)\leqslant c+\int_0^t v(s)u(s)\mathrm{d}s\ , \tag{8.1}$$

那么对所有的 $0\leqslant t\leqslant T$ 有

$$u(t) \leqslant c \exp\left(\int_0^t v(s)\mathrm{d}s\right). \tag{8.2}$$

证明 不失一般性假设 $c > 0$. 记

$$z(t) \leqslant c + \int_0^t v(s)u(s)\mathrm{d}s, \quad 0 \leqslant t \leqslant T,$$

则 $u(t) \leqslant z(t)$. 而且，通过经典的积分学链式法则，可得

$$\log\big(z(t)\big) \leqslant \log(c) + \int_0^t \frac{v(s)u(s)}{z(s)}\mathrm{d}s \leqslant \log(c) + \int_0^t v(s)\mathrm{d}s.$$

这就意味着

$$z(t) \leqslant c \exp\left(\int_0^t v(s)\mathrm{d}s\right), \quad 0 \leqslant t \leqslant T,$$

且由 $u(t) \leqslant z(t)$ 可推出不等式 (8.2) 成立.

定理 8.2 (Bihari 不等式) 令 $T > 0$ 且 $c > 0$. 设 $K: \mathbf{R}_+ \to \mathbf{R}_+$ 是连续的非降的函数，使得对所有的 $t > 0$ 有 $K(t) > 0$. 设 $u(\cdot)$ 是定义在 $[0, T]$ 上的 Borel 可测的有界非负函数，且 $v(\cdot)$ 是定义在 $[0, T]$ 上的非负可积函数. 如果对所有的 $0 \leqslant t \leqslant T$ 有

$$u(t) \leqslant c + \int_0^t v(s)K\big(u(s)\big)\mathrm{d}s, \tag{8.3}$$

那么

$$u(t) \leqslant G^{-1}\left(G(c) + \int_0^t v(s)\mathrm{d}s\right) \tag{8.4}$$

成立，对所有的 $t \in [0, T]$ 满足

$$G(c) + \int_0^t v(s)\mathrm{d}s \in \mathrm{Dom}(G^{-1}), \tag{8.5}$$

其中

$$G(r) = \int_1^r \frac{\mathrm{d}s}{K(s)}, \quad r > 0,$$

且 G^{-1} 是 G 的逆函数.

证明 对所有的 $0 \leqslant t \leqslant T$ 记

$$z(t) = c + \int_0^t v(s)K\big(u(s)\big)\mathrm{d}s,$$

则 $u(t) \leqslant z(t)$. 利用经典的积分学链式法则，可推导出

$$G\big(z(t)\big) = G(c) + \int_0^t \frac{v(s)K\big(u(s)\big)}{K\big(z(s)\big)}\mathrm{d}s \leqslant G(c) + \int_0^t v(s)\mathrm{d}s, \tag{8.6}$$

对所有的 $t \in [0, T]$. 因此，对 $t \in [0, T]$ 满足式 (8.5)，从式 (8.6) 可知

$$z(t) \leqslant G^{-1}\left(G(c) + \int_0^t v(s)\mathrm{d}s\right),$$

且由 $u(t) \leqslant z(t)$ 可推出不等式 (8.4) 成立.

定理 8.3 令 $T > 0, \alpha \in [0, 1)$ 且 $c > 0$. 设 $u(\cdot)$ 是定义在 $[0, T]$ 上的 Borel 可测的有界非负函数，且 $v(\cdot)$ 是定义在 $[0, T]$ 上的非负可积函数. 如果对所有的 $0 \leqslant t \leqslant T$

有

$$u(t) \leqslant c + \int_0^t v(s)\big[u(s)\big]^\alpha \, \mathrm{d}s \,, \tag{8.7}$$

那么

$$u(t) \leqslant \left(c^{1-\alpha} + (1-\alpha)\int_0^t v(s)\mathrm{d}s\right)^{\frac{1}{1-\alpha}} \tag{8.8}$$

对所有的 $t \in [0,T]$ 成立.

证明 不失一般性假设 $c > 0$. 记

$$z(t) = c + \int_0^t v(s)\big[u(s)\big]^\alpha \, \mathrm{d}s \,, \quad 0 \leqslant t \leqslant T,$$

则 $u(t) \leqslant z(t)$ 且 $z(t) > 0$. 利用基础的微分公式，可得

$$\big[z(t)\big]^{1-\alpha} = c^{1-\alpha} + (1-\alpha)\int_0^t \frac{v(s)\big[u(s)\big]^\alpha}{\big[z(s)\big]^\alpha}\mathrm{d}s$$

$$\leqslant c^{1-\alpha} + (1-\alpha)\int_0^t v(s)\mathrm{d}s$$

对所有的 $t \in [0,T]$ 成立，式 (8.8) 也立即得证.

2

随机微分方程

2.1 前　　言

在第 1.1 节，我们已经作为一个例子介绍过简单的随机人口增长模型

$$N(t) = N_0 + \int_0^t r(s)N(s)\mathrm{d}s + \int_0^t \sigma(s)N(s)\mathrm{d}B(s),$$

或者写成微分形式

$$\mathrm{d}N(t) = r(t)N(t)\mathrm{d}t + \sigma(t)N(t)\mathrm{d}B(t), \quad t \geqslant 0, \tag{1.1}$$

初值为 $N(0) = N_0$. 本章我们将注意力转移到对该方程进行求解. 一般情况下, 研究如下非线性随机微分方程的解

$$\mathrm{d}x(t) = f(x(t), t)\mathrm{d}t + g(x(t), t)\mathrm{d}B(t), \quad t \in [t_0, T], \tag{1.2}$$

初值为 $x(t_0) = x_0$, 其中 $0 \leqslant t_0 < T < \infty$. 问题是:

解是什么?

是否有解的存在唯一性定理?

解的性质是什么?

如何在实践中找到解?

本章我们将逐个回答这些问题. 此外, 作为随机微分方程的重要应用, 我们会给出著名的 Feynman-Kac 公式. 针对一类线性抛物型偏微分方程, 根据相应的随机微分方程的解, 该公式给出了解的随机表达式.

2.2 随机微分方程

令 $(\Omega, \mathcal{F}, P)$ 是完备概率空间，其滤子 $\{\mathcal{F}_t\}_{t \geqslant 0}$ 满足通常条件. 在本章中，除非另有说明，否则均令 $B(t) = (B_1(t), \cdots, B_m(t))^T$，$t \geqslant 0$ 是定义在完备概率空间上的 m – 维 Brown 运动. 设 $0 \leqslant t_0 < T < \infty$. 令 x_0 是 $\mathcal{F}_{t_0}$ – 可测的 $\mathbf{R}^d$ – 值的随机变量，使得 $E|x_0|^2 < \infty$. 假设 $f: \mathbf{R}^d \times [t_0, T] \to \mathbf{R}^d$ 和 $g: \mathbf{R}^d \times [t_0, T] \to \mathbf{R}^{d \times m}$ 均为 Borel 可测的. 考虑 Itô 型的 d – 维随机微分方程

$$dx(t) = f(x(t), t)dt + g(x(t), t)dB(t), \quad t_0 \leqslant t \leqslant T, \tag{2.1}$$

初值为 $x(t_0) = x_0$. 利用随机微分的概念，该方程等价于下列随机积分方程

$$x(t) = x_0 + \int_{t_0}^t f(x(s), s)ds + \int_{t_0}^t g(x(s), s)dB(s), \quad t_0 \leqslant t \leqslant T. \tag{2.2}$$

我们先给出解的定义.

定义 2.1 称 $\mathbf{R}^d$ – 值的随机过程 $\{x(t)\}_{t_0 \leqslant t \leqslant T}$ 为方程 (2.1) 的解，如果满足下列性质：

(i) $\{x(t)\}$ 是连续的且 $\mathcal{F}_t$ – 可测；

(ii) $\{f(x(t), t)\} \in \mathcal{L}^1([t_0, T]; \mathbf{R}^d)$ 和 $\{g(x(t), t)\} \in \mathcal{L}^2([t_0, T]; \mathbf{R}^{d \times m})$；

(iii) 方程 (2.2) 对每一个 $t \in [t_0, T]$ 成立且概率为 1.

解 $\{x(t)\}$ 是唯一的，如果任意其他解 $\{\bar{x}(t)\}$ 和 $\{x(t)\}$ 无法区分，即

$$P\{x(t) = \bar{x}(t) \text{ 对所有的} t_0 \leqslant t \leqslant T\} = 1.$$

注2.2 (a) 记方程 (2.1) 的解为 $x(t; t_0, x_0)$. 由方程 (2.2) 可知对任意的 $s \in [t_0, T]$，有

$$x(t) = x(s) + \int_s^t f(x(r), r)dr + \int_s^t g(x(r), r)dB(r), \quad s \leqslant t \leqslant T. \tag{2.3}$$

但是，这是定义在 $[s, T]$ 上的随机微分方程，初值为 $x(s) = x(s; t_0, x_0)$，其解记为 $x(t; s, x(s; t_0, x_0))$. 因此，可以看出方程 (2.1) 的解满足下述流或半群性

$$x(t; t_0, x_0) = x(t; s, x(s; t_0, x_0)), \quad t_0 \leqslant s \leqslant t \leqslant T.$$

(b) 一般来说，系数 f 和 g 可以依赖于 ω，只要 f 和 g 是适应的. 更多的细节请参看 Gihman 和 Skorohod 的文献(1972).

(c) 本书要求初值 x_0 是 L^2 的，但是在一般情况下，x_0 足以成为一个随机变量，只要 x_0 是 $\mathcal{F}_{t_0}$ – 可测的. 更多的细节请参看 Gihman 和 Skorohod 的文献 (1972).

现在我们就列举随机微分方程的一些例子.

例 2.3 令 $B(t), t \geqslant 0$ 是 1 – 维的 Brown 运动. 定义 2 – 维的随机过程

$$x(t) = (x_1(t), x_2(t))^T = (\cos(B(t)), \sin(B(t)))^T, \quad t \geqslant 0. \tag{2.4}$$

过程 $x(t)$ 称为单位圆上的 Brown 运动. 现在可知 $x(t)$ 满足线性随机微分方程. 利

用 Itô 公式，得

$$\begin{cases} dx_1(t) = -\sin(B(t))dB(t) - \dfrac{1}{2}\cos(B(t))dt = -\dfrac{1}{2}x_1(t)dt - x_2(t)dB(t), \\[2mm] dx_2(t) = \cos(B(t))dB(t) - \dfrac{1}{2}\sin(B(t))dt = -\dfrac{1}{2}x_2(t)dt + x_1(t)dB(t). \end{cases}$$

即可用矩阵表示

$$dx(t) = -\frac{1}{2}x(t)dt + Kx(t)dB(t), \tag{2.5}$$

其中 $K = \begin{bmatrix} 0 & -1 \\ 1 & 0 \end{bmatrix}$.

例 2.4 电路中某点的电荷 $Q(t)$ 在时刻 t 处满足二阶微分方程

$$L\ddot{Q}(t) + R\dot{Q}(t) + \frac{1}{C}Q(t) = F(t), \tag{2.6}$$

其中 L 是电感，R 是电阻，C 是电容以及 $F(t)$ 是电位源. 假设电位源受环境噪声的影响且表达式为 $F(t) = G(t) + \alpha\dot{B}(t)$，其中 $\dot{B}(t)$ 是强度为 α 的 $1-$维白噪声 (即 $B(t)$ 是 Brown 运动). 于是方程 (2.6) 变为

$$L\ddot{Q}(t) + R\dot{Q}(t) + \frac{1}{C}Q(t) = G(t) + \alpha\dot{B}(t). \tag{2.7}$$

介绍 $2-$维过程为 $x(t) = (x_1(t), x_2(t))^{\mathrm{T}} = (Q(t), \dot{Q}(t))^{\mathrm{T}}$，则方程 (2.7) 可以表示为如下 Itô 方程

$$\begin{cases} dx_1(t) = x_2(t)dt, \\[2mm] dx_2(t) = \dfrac{1}{L}\left(-\dfrac{1}{C}x_1(t) - Rx_2(t) + G(t)\right)dt + \dfrac{\alpha}{L}dB(t), \end{cases}$$

即

$$dx(t) = [Ax(t) + H(t)]dt + KdB(t), \tag{2.8}$$

其中

$$A = \begin{bmatrix} 0 & 1 \\ \dfrac{-1}{CL} & \dfrac{-R}{L} \end{bmatrix}, \quad H(t) = \begin{bmatrix} 0 \\ \dfrac{G(t)}{L} \end{bmatrix}, \quad K = \begin{bmatrix} 0 \\ \dfrac{\alpha}{L} \end{bmatrix}.$$

例 2.5 更一般地，考虑具有白噪声的 $d-$阶微分方程为

$$y^{(d)}(t) = F(y(t), \cdots, y^{(d-1)}(t), t) + G(y(t), \cdots, y^{(d-1)}(t), t)\dot{B}(t), \tag{2.9}$$

其中 $F: \mathbf{R}^d \times \mathbf{R}_+ \to \mathbf{R}, G: \mathbf{R}^d \times \mathbf{R}_+ \to \mathbf{R}^{1 \times m}$，并且 $\dot{B}(t)$ 是 $m-$维白噪声，即 $B(t)$ 是 $m-$维 Brown 运动. 引入 $\mathbf{R}^d-$值随机过程 $x(t) = (x_1(t), \cdots, x_d(t))^{\mathrm{T}} = (y(t), \cdots, y^{d-1}(t))^{\mathrm{T}}$，然后我们可以将方程（2.9）转换为 $d-$维 Itô 方程

$$dx(t) = \begin{bmatrix} x_2(t) \\ \vdots \\ x_d(t) \\ F(x(t),t) \end{bmatrix} dt + \begin{bmatrix} 0 \\ \vdots \\ 0 \\ G(x(t),t) \end{bmatrix} dB(t). \tag{2.10}$$

例 2.6 如果 $g(x,t) \equiv 0$，那么方程 (2.1) 为常微分方程

$$\dot{x}(t) = f(x(t),t), \quad t \in [t_0, T], \tag{2.11}$$

其初值为 $x(t_0) = x_0$. 在这种情形下，随机影响仅出现在初值中. 作为特例，考虑 1-维方程

$$\dot{x}(t) = 3[x(t)]^{2/3}, \quad t \in [t_0, T], \tag{2.12}$$

初值为 $x(t_0) = 1_A$，其中 $A \in \mathcal{F}_{t_0}$. 对任意的 $0 < \alpha < T - t_0$，容易验证随机过程

$$x(t) = x(t,\omega) = \begin{cases} (t - t_0 + 1)^3, & t_0 \leqslant t \leqslant T, & \omega \in A, \\ 0, & t_0 \leqslant t \leqslant t_0 + \alpha, & \omega \notin A, \\ (t - t_0 - \alpha)^3, & t_0 + \alpha < t \leqslant T, & \omega \notin A \end{cases}$$

是方程 (2.12) 的解. 换句话说，方程 (2.12) 有无穷多解. 作为另一特例，考虑 1-维方程

$$\dot{x}(t) = [x(t)]^2, \quad t \in [t_0, T], \tag{2.13}$$

其初值为 $x(t_0) = x_0$，为值大于 $1/[T - t_0]$ 的随机变量. 容易验证方程 (2.13) 有 (唯一) 解

$$x(t) = \left[\frac{1}{x_0} - (t - t_0) \right]^{-1},$$

仅对 $t_0 \leqslant t < t_0 + \dfrac{1}{x_0} (< T)$ 有解，但是对所有的 $t \in [t_0, T]$ 无解.

例 2.7 令 $B(t)$ 是 1-维的 Brown 运动. Girsanov (1962) 已经证明 1-维 Itô 方程

$$x(t) = \int_{t_0}^t |x(s)|^\alpha dB(s)$$

当 $\alpha \geqslant 1/2$ 时有唯一解，但当 $0 < \alpha < 1/2$ 时有无穷多解.

2.3 解的存在性和唯一性

例 2.6 和例 2.7 表明 Itô 方程在整个区间 $[t_0, T]$ 上可能不存在唯一解. 现在让我们去寻找确保方程 (2.1) 的解的存在性和唯一性的条件.

定理 3.1 假设两常数 $\bar{K}$ 和 K 满足:

(i) (Lipschitz 条件) 对所有的 $x, y \in \mathbf{R}^d$ 和 $t \in [t_0, T]$ 有

$$|f(x,t) - f(y,t)|^2 \vee |g(x,t) - g(y,t)|^2 \leqslant \bar{K}|x-y|^2;\tag{3.1}$$

(ii) (线性增长条件) 对所有的 $(x,t) \in \mathbf{R}^d \times [t_0, T]$ 有

$$|f(x,t)|^2 \vee |g(x,t)|^2 \leqslant K(1+|x|^2),\tag{3.2}$$

则方程 (2.1) 存在唯一解 $x(t)$ 且解属于 $\mathcal{M}^2\left([t_0, T]; \mathbf{R}^d\right)$.

我们先列出一个引理.

引理 3.2 假设线性增长条件 (3.2) 成立. 如果 $x(t)$ 是方程 (2.1) 的解,那么

$$E\left(\sup_{t_0 \leqslant t \leqslant T} |x(t)|^2\right) \leqslant \left(1 + 3E|x_0|^2\right) e^{3K(T-t_0)(T-t_0+4)}.\tag{3.3}$$

特别地, $x(t)$ 属于 $\mathcal{M}^2\left([t_0, T]; \mathbf{R}^d\right)$.

证明 对每一个整数 $n \geqslant 1$ 定义停时

$$\tau_n = T \wedge \inf\left\{t \in [t_0, T]: |x(t)| \geqslant n\right\}.$$

显然, $\tau_n \uparrow T$ a.s. 令 $x_n(t) = x(t \wedge \tau_n)$, $t \in [t_0, T]$, 则 $x_n(t)$ 满足方程

$$x_n(t) = x_0 + \int_{t_0}^t f(x_n(s), s) I_{[[t_0, \tau_n]]}(s) \mathrm{d}s + \int_{t_0}^t g(x_n(s), s) I_{[[t_0, \tau_n]]}(s) \mathrm{d}B(s).$$

利用基本不等式 $|a+b+c|^2 \leqslant 3\left(|a|^2 + |b|^2 + |c|^2\right)$, Hölder 不等式和条件式 (3.2), 可得

$$|x_n(t)|^2 \leqslant 3|x_0|^2 + 3K(t-t_0)\int_{t_0}^t \left(1 + |x_n(s)|^2\right)\mathrm{d}s +$$
$$3\left|\int_{t_0}^t g(x_n(s), s) I_{[[t_0, \tau_n]]}(s)\mathrm{d}B(s)\right|^2.$$

因此,结合定理 1.7.2 和条件 (3.2) 进一步可得

$$E\left(\sup_{t_0 \leqslant s \leqslant t} |x_n(s)|^2\right) \leqslant 3E|x_0|^2 + 3K(T-t_0)\int_{t_0}^t \left(1 + E|x_n(s)|^2\right)\mathrm{d}s +$$
$$12E\int_{t_0}^t \left|g(x_n(s), s)\right|^2 I_{[[t_0, \tau_n]]}(s)\mathrm{d}s$$
$$\leqslant 3E|x_0|^2 + 3K(T-t_0+4)\int_{t_0}^t \left(1 + E|x_n(s)|^2\right)\mathrm{d}s.$$

因此

$$1 + E\left(\sup_{t_0 \leqslant s \leqslant t} |x_n(s)|^2\right)$$
$$\leqslant 1 + 3E|x_0|^2 + 3K(T-t_0+4)\int_{t_0}^t \left[1 + E\left(\sup_{t_0 \leqslant r \leqslant s} |x_n(r)|^2\right)\right]\mathrm{d}s.$$

利用 Gronwall 不等式(即定理 1.8.1)可推出

$$1 + E\left(\sup_{t_0 \leqslant t \leqslant T} |x_n(t)|^2\right) \leqslant \left(1 + 3E|x_0|^2\right) e^{3K(T-t_0)(T-t_0+4)}.$$

因此

$$E\left(\sup_{t_0 \leqslant t \leqslant \tau_n} |x(t)|^2\right) \leqslant \left(1 + 3E|x_0|^2\right) e^{3K(T-t_0)(T-t_0+4)}.$$

最后，令 $n \to \infty$ 可得不等式 (3.3) 成立.

定理 3.1 的证明 唯一性. 令 $x(t)$ 和 $\bar{x}(t)$ 是方程 (2.1) 的两个解. 由引理 3.2 知这两个解均属于 $\mathcal{M}^2\left([t_0, T]; \mathbf{R}^d\right)$. 注意到

$$x(t) - \bar{x}(t) = \int_{t_0}^t \left[f(x(s), s) - f(\bar{x}(s), s)\right] ds + \int_{t_0}^t \left[g(x(s), s) - g(\bar{x}(s), s)\right] dB(s).$$

利用 Hölder 不等式，定理 1.7.2 以及 Lipschitz 条件，类似于引理 3.2 的证明可得

$$E\left(\sup_{t_0 \leqslant s \leqslant t} |x(s) - \bar{x}(s)|^2\right) \leqslant 2\bar{K}(T+4) \int_{t_0}^t E\left(\sup_{t_0 \leqslant r \leqslant s} |x(r) - \bar{x}(r)|^2\right) ds.$$

利用 Gronwall 不等式得

$$E\left(\sup_{t_0 \leqslant t \leqslant T} |x(t) - \bar{x}(t)|^2\right) = 0.$$

因此，$x(t) = \bar{x}(t)$ 对所有的 $t_0 \leqslant t \leqslant T$ 几乎处处成立. 唯一性得证.

存在性. 令 $x_0(t) \equiv x_0$，对 $n = 1, 2, \cdots$，定义 Picard 迭代序列为

$$x_n(t) = x_0 + \int_{t_0}^t f(x_{n-1}(s), s) ds + \int_{t_0}^t g(x_{n-1}(s), s) dB(s), \quad t \in [t_0, T]. \tag{3.4}$$

显然，$x_0(\cdot) \in \mathcal{M}^2\left([t_0, T]; \mathbf{R}^d\right)$. 而且，利用归纳法很容易推导出 $x_n(\cdot) \in \mathcal{M}^2\left([t_0, T]; \mathbf{R}^d\right)$. 因为由式 (3.4) 可知

$$E|x_n(t)|^2 \leqslant c_1 + 3K(T+1) \int_{t_0}^t E|x_{n-1}(s)|^2 ds, \tag{3.5}$$

其中 $c_1 = 3E|x_0|^2 + 3KT(T+1)$. 故对任意的 $k \geqslant 1$，由式 (3.5) 可得

$$\max_{1 \leqslant n \leqslant k} E|x_n(t)|^2 \leqslant c_1 + 3K(T+1) \int_{t_0}^t \max_{1 \leqslant n \leqslant k} E|x_{n-1}(s)|^2 ds$$

$$\leqslant c_1 + 3K(T+1) \int_{t_0}^t \left(E|x_0|^2 + \max_{1 \leqslant n \leqslant k} E|x_n(s)|^2\right) ds$$

$$\leqslant c_2 + 3K(T+1) \int_{t_0}^t \max_{1 \leqslant n \leqslant k} E|x_n(s)|^2 ds,$$

其中 $c_2 = c_1 + 3KT(T+1)E|x_0|^2$. Gronwall 不等式意味着

$$\max_{1 \leqslant n \leqslant k} E|x_n(t)|^2 \leqslant c_2 e^{3KT(T+1)}.$$

因为 k 是任意的，所以对所有的 $t_0 \leqslant t \leqslant T, n \geqslant 1$ 必有

$$E|x_n(t)|^2 \leqslant c_2 e^{3KT(T+1)}. \tag{3.6}$$

接下来，有

$$|x_1(t)-x_0(t)|^2 = |x_1(t)-x_0|^2$$
$$\leq 2\left|\int_{t_0}^t f(x_0,s)\mathrm{d}s\right|^2 + 2\left|\int_{t_0}^t g(x_0,s)\mathrm{d}B(s)\right|^2.$$

取期望并利用式 (3.2)，得

$$E|x_1(t)-x_0(t)|^2$$
$$\leq 2K(t-t_0)^2\left(1+E|x_0|^2\right) + 2K(t-t_0)\left(1+E|x_0|^2\right) \leq C, \tag{3.7}$$

其中 $C = 2K(T-t_0+1)(T-t_0)\left(1+E|x_0|^2\right)$. 当 $n \geq 0$ 时，有结论

$$E|x_{n+1}(t)-x_n(t)|^2 \leq \frac{C[M(t-t_0)]^n}{n!}, \quad t_0 \leq t \leq T, \tag{3.8}$$

其中 $M = 2\bar{K}(T-t_0+1)$. 我们将用归纳法进行证明. 由式 (3.7) 可得，当 $n=0$ 时式 (3.8) 成立. 在归纳假设下式 (3.8) 对部分 $n \geq 0$ 成立，下面将证明式 (3.8) 对 $n+1$ 依然成立. 注意到

$$|x_{n+2}(t)-x_{n+1}(t)|^2 \leq 2\left|\int_{t_0}^t [f(x_{n+1}(s),s)-f(x_n(s),s)]\mathrm{d}s\right|^2 +$$
$$\left|\int_{t_0}^t [g(x_{n+1}(s),s)-g(x_n(s),s)]\mathrm{d}B(s)\right|^2. \tag{3.9}$$

取期望且利用式 (3.1) 以及归纳假设，可推导出

$$E|x_{n+2}(t)-x_{n+1}(t)|^2 \leq 2\bar{K}(t-t_0+1)E\int_{t_0}^t |x_{n+1}(s)-x_n(s)|^2\mathrm{d}s$$
$$\leq M\int_{t_0}^t E|x_{n+1}(s)-x_n(s)|^2\mathrm{d}s$$
$$\leq M\int_{t_0}^t \frac{C[M(s-t_0)]^n}{n!}\mathrm{d}s = \frac{C[M(t-t_0)]^{n+1}}{(n+1)!}.$$

即式 (3.8) 对 $n+1$ 成立. 因此，由归纳法，式 (3.8) 对所有的 $n \geq 0$ 成立. 而且，用 $n-1$ 替代 n 可得

$$\sup_{t_0 \leq t \leq T} |x_{n+1}(t)-x_n(t)|^2 \leq 2\bar{K}(T-t_0)\int_{t_0}^T |x_n(s)-x_{n-1}(s)|^2\mathrm{d}s +$$
$$2\sup_{t_0 \leq t \leq T}\left|\int_{t_0}^T [g(x_n(s),s)-g(x_{n-1}(s),s)]\mathrm{d}B(s)\right|^2.$$

取期望且利用定理 1.7.2 和式 (3.8)，知

$$E\left(\sup_{t_0 \leq t \leq T} |x_{n+1}(t)-x_n(t)|^2\right) \leq 2\bar{K}(T-t_0+4)\int_{t_0}^T E|x_n(s)-x_{n-1}(s)|^2\mathrm{d}s$$
$$\leq 4M\int_{t_0}^T \frac{C[M(s-t_0)]^{n-1}}{(n-1)!}\mathrm{d}s = \frac{4C[M(T-t_0)]^n}{n!}.$$

因此

$$P\left\{\sup_{t_0\leqslant t\leqslant T}|x_{n+1}(t)-x_n(t)|>\frac{1}{2^n}\right\}\leqslant\frac{4C[4M(T-t_0)]^n}{n!}.$$

因为 $\sum_{n=0}^{\infty}4C[4M(T-t_0)]^n/n!<\infty$，所以利用 Borel-Cantelli 引理可知对几乎所有的

$\omega\in\Omega$，存在正整数 $n_0=n_0(\omega)$，满足当 $n\geqslant n_0$ 时

$$\sup_{t_0\leqslant t\leqslant T}|x_{n+1}(t)-x_n(t)|\leqslant\frac{1}{2^n}.$$

因此，在概率为 1 的情况下，部分和

$$x_0(t)+\sum_{i=0}^{n-1}[x_{i+1}(t)-x_i(t)]=x_n(t)$$

关于 $t\in[0,T]$ 一致收敛. 记其极限为 $x(t)$. 显然，$x(t)$ 连续且 $\mathcal{F}_t$– 适应. 另外，由式 (3.8) 知，对每一个 t，$\{x_n(t)\}_{n\geqslant1}$ 在 L^2 中是 Cauchy 序列. 故在 L^2 中有 $x_n(t)\to x(t)$. 在式 (3.6) 中令 $n\to\infty$ 得对所有的 $t_0\leqslant t\leqslant T$ 有

$$E|x(t)|^2\leqslant c_2\mathrm{e}^{3KT(T+1)}.$$

因此，$x(\cdot)\in\mathcal{M}^2([t_0,T];\mathbf{R}^d)$. 还需证明 $x(t)$ 满足方程 (2.2). 注意到当 $n\to\infty$ 时

$$E\left|\int_{t_0}^t f(x_n(s),s)\mathrm{d}s-\int_{t_0}^t f(x(s),s)\mathrm{d}s\right|^2+$$
$$E\left|\int_{t_0}^t g(x_n(s),s)\mathrm{d}B(s)-\int_{t_0}^t g(x(s),s)\mathrm{d}B(s)\right|^2$$
$$\leqslant\bar{K}(T-t_0+1)\int_{t_0}^T E|x_n(s)-x(s)|^2\mathrm{d}s\to0.$$

故由在式 (3.4) 中令 $n\to\infty$ 可知

$$x(t)=x_0+\int_{t_0}^t f(x(s),s)\mathrm{d}s+\int_{t_0}^t g(x(s),s)\mathrm{d}B(s),\quad t_0\leqslant t\leqslant T$$

成立. 定理得证.

在上述证明过程中可知 Picard 迭代 $x_n(t)$ 收敛到方程 (2.1) 的唯一解. 下面的定理给出了收敛速度的估计值.

定理 3.3 令定理 3.1 中的假设条件成立. 设 $x(t)$ 是方程 (2.1) 的唯一解且 $x_n(t)$ 是由式 (3.4) 定义的 Picard 迭代，则

$$E\left(\sup_{t_0\leqslant t\leqslant T}|x_n(t)-x(t)|^2\right)\leqslant\frac{8C[M(T-t_0)]^n}{n!}\mathrm{e}^{8M(T-t_0)}\tag{3.10}$$

对所有的 $n\geqslant1$ 成立，其中 C 和 M 在定理 3.1 的证明中已有定义，即 $C=2K(T-t_0+1)(T-t_0)\left(1+E|x_0|^2\right)$ 和 $M=2\bar{K}(T-t_0+1)$.

证明 根据

$$x_n(t) - x(t) = \int_{t_0}^t \left[f(x_{n-1}(s), s) - f(x(s), s) \right] \mathrm{d}s +$$

$$\int_{t_0}^t \left[g(x_{n-1}(s), s) - g(x(s), s) \right] \mathrm{d}B(s),$$

可推出

$$E \left(\sup_{t_0 \leqslant s \leqslant t} |x_n(s) - x(s)|^2 \right) \leqslant 2\bar{K}(T - t_0 + 4) \int_{t_0}^t E |x_{n-1}(s) - x(s)|^2 \mathrm{d}s$$

$$\leqslant 8M \int_{t_0}^t E |x_n(s) - x_{n-1}(s)|^2 \mathrm{d}s + 8M \int_{t_0}^t E |x_n(s) - x(s)|^2 \mathrm{d}s.$$

把式(3.8)代入该式可得

$$E \left(\sup_{t_0 \leqslant s \leqslant t} |x_n(s) - x(s)|^2 \right)$$

$$\leqslant 8M \int_{t_0}^t \frac{C[M(s - t_0)]^{n-1}}{(n-1)!} \mathrm{d}s + 8M \int_{t_0}^t E |x_n(s) - x(s)|^2 \mathrm{d}s$$

$$\leqslant \frac{8C[M(T - t_0)]^n}{n!} + 8M \int_{t_0}^t E \left(\sup_{t_0 \leqslant r \leqslant s} |x_n(r) - x(r)|^2 \right) \mathrm{d}s.$$

因此，利用 Gronwall 不等式可得式(3.10)成立. 定理得证.

该定理表明我们可用 Picard 迭代法证明方程(2.1)的近似解, 且式(3.10)给出了误差估计. 稍后我们将讨论其他的近似过程.

Lipschitz 条件(3.1)意味着系数 $f(x, t)$ 和 $g(x, t)$ 关于 x 的变化并不比线性函数的变化快. 这就说明对所有的 $t \in [t_0, T]$, $f(x, t)$ 和 $g(x, t)$ 关于 x 是连续的. 因此, 关于 x 不连续的函数不能作为系数. 此外, 比如函数 $\sin x^2$ 不满足 Lipschitz 条件. 说明 Lipschitz 条件限制性太强. 下面的定理是定理 3.1 的推广, 在该定理中用局部 Lipschitz 条件替换(一致)Lipschitz 条件.

定理 3.4 假设线性增长条件式(3.2)成立, 但将 Lipschitz 条件式(3.1)替换为下列局部 Lipschitz 条件: 对每一个整数 $n \geqslant 1$, 存在正常数 K_n, 使得对所有的 $t \in [t_0, T]$ 以及 $x, y \in \mathbf{R}^d$, $|x| \vee |y| \leqslant n$, 有

$$|f(x, t) - f(y, t)|^2 \vee |g(x, t) - g(y, t)|^2 \leqslant K_n |x - y|^2. \tag{3.11}$$

则在 $\mathcal{M}^2 \left([t_0, T]; \mathbf{R}^d \right)$ 中方程(2.1)存在唯一解 $x(t)$.

证明 该定理可借助截断法进行证明. 我们只给出证明的轮廓, 而细节留给读者. 对每一个 $n \geqslant 1$, 定义截断过程

$$f_n(x, t) = \begin{cases} f(x, t), & \text{若 } |x| \leqslant n, \\ f\left(\dfrac{nx}{|x|}, t \right), & \text{若 } |x| > n, \end{cases}$$

$g_n(x, t)$ 可类似给出. 则 f_n 和 g_n 满足 Lipschitz 条件式(3.1)和线性增长条件式(3.2). 因此利用定理 3.1 可知, 存在唯一解 $x_n(\cdot) \in \mathcal{M}^2 \left([t_0, T]; \mathbf{R}^d \right)$ 满足方程

$$x_n(t) = x_0 + \int_{t_0}^t f_n(x_n(s), s)\mathrm{d}s + \int_{t_0}^t g_n(x_n(s), s)\mathrm{d}B(s), \qquad t \in [t_0, T]. \tag{3.12}$$

定义停时

$$\tau_n = T \wedge \inf\{t \in [t_0, T]: |x_n(t)| \geqslant n\}.$$

可得若 $t_0 \leqslant t \leqslant \tau_n$，则

$$x_n(t) = x_{n+1}(t). \tag{3.13}$$

说明 τ_n 是单调递增的. 利用线性增长条件可知对几乎所有的 $\omega \in \Omega$，存在整数 $n_0 = n(\omega)$，使得当 $n \geqslant n_0$ 时 $\tau_n = T$. 定义 $x(t)$ 为

$$x(t) = x_{n_0}(t), \qquad t \in [t_0, T].$$

利用式 (3.13)，$x(t \wedge \tau_n) = x_n(t \wedge \tau_n)$，由式 (3.12) 可得

$$x(t \wedge \tau_n) = x_0 + \int_{t_0}^{t \wedge \tau_n} f_n(x(s), s)\mathrm{d}s + \int_{t_0}^{t \wedge \tau_n} g_n(x(s), s)\mathrm{d}B(s)$$

$$= x_0 + \int_{t_0}^{t \wedge \tau_n} f(x(s), s)\mathrm{d}s + \int_{t_0}^{t \wedge \tau_n} g(x(s), s)\mathrm{d}B(s).$$

令 $n \to \infty$，由引理 3.2 可知 $x(t)$ 是方程 (2.1) 在 $\mathcal{M}^2([t_0, T]; R^d)$ 中的解. 根据停时过程可证明解的唯一性.

局部 Lipschitz 条件可使很多函数作为系数 $f(x, t)$ 和 $g(x, t)$，例如定义在 $\mathbf{R}^d \times [t_0, T]$ 上关于 x 有一阶连续偏导数的函数. 然而，线性增长条件仍然可以排除像 $-|x|^2 x$ 的一些重要的函数作为系数. 下面的结论改善了这一情况.

定理 3.5 假设局部 Lipschitz 条件式 (3.11) 成立，但将线性增长条件替换为下列单调条件：存在正常数 K，使得对所有的 $(x, t) \in \mathbf{R}^d \times [t_0, T]$ 有

$$x^{\mathrm{T}} f(x, t) + \frac{1}{2}|g(x, t)|^2 \leqslant K(1 + |x|^2). \tag{3.14}$$

则在 $\mathcal{M}^2([t_0, T]; \mathbf{R}^d)$ 中方程 (2.1) 存在唯一解 $x(t)$.

类似于定理 3.4 的证明——局部 Lipschitz 条件保证了在 $[t_0, \tau_\infty]$ 上存在解，该定理可得证，其中 $\tau_\infty = \lim_{n \to \infty} \tau_n$，单调条件替代了线性增长条件，从而确保 $\tau_\infty = T$，即在整个区间 $[t_0, T]$ 上均有解. 我们把细节留给读者思考. 这里应该强调一下，如果线性增长条件式 (3.2) 成立，那么单调条件式 (3.14) 也满足，但反之不成立. 例如，考虑 1-维随机微分方程

$$\mathrm{d}x(t) = [x(t) - x^3(t)]\mathrm{d}t + x^2(t)\mathrm{d}B(t), \qquad t \in [t_0, T]. \tag{3.15}$$

其中 $B(t)$ 是 1-维 Brown 运动. 显然，满足局部 Lipschitz 条件但不满足线性增长条件. 另外，注意到

$$x[x - x^3] + \frac{1}{2}x^4 \leqslant x^2 < 1 + x^2,$$

即单调条件成立. 因此定理 3.4 保证方程 (3.15) 有唯一解. 比单调条件更一般的条件是 Has'minskii 条件，该条件用 Lyapunov 型函数进行刻画. 更多详细内容请

见 Has'minskii 的文献 (1980).

在本书中我们经常讨论定义在 $[t_0, \infty)$ 上的一类随机微分方程，即对 $t \in [t_0, \infty)$ 有

$$dx(t) = f(x(t), t)dt + g(x(t), t)dB(t), \qquad (3.16)$$

初值为 $x(t_0) = x_0$. 如果存在唯一性定理的假设适用于 $[t_0, \infty)$ 上的每一个有限子区间 $[t_0, T]$，那么方程 (3.16) 在整个区间 $[t_0, \infty)$ 上有唯一解 $x(t)$. 这样的解称为全局解. 为了便于读者阅读，我们给出下列定理.

定理 3.6 假设对每一个实数 $T > t_0$ 和整数 $n \geqslant 1$，存在正常数 $K_{T,n}$，使得对所有的 $t \in [t_0, T]$ 和 $x, y \in \mathbf{R}^d$，$|x| \vee |y| \leqslant n$，有

$$|f(x,t) - f(y,t)|^2 \vee |g(x,t) - g(y,t)|^2 \leqslant K_{T,n}|x-y|^2.$$

设对每一个 $T > t_0$，存在正常数 K_T 使得对所有的 $(x, t) \in \mathbf{R}^d \times [t_0, T]$ 有

$$x^{\mathrm{T}} f(x,t) + \frac{1}{2}|g(x,t)|^2 \leqslant K_T\left(1 + |x|^2\right).$$

则方程 (3.16) 存在唯一的全局解且该解属于 $\mathcal{M}^2\left([t_0, \infty); \mathbf{R}^d\right)$.

2.4 L^p - 估 计

在本节，假设 $x(t)$ 是方程 (2.1) 的唯一解，初值为 $x(t_0) = x_0$，我们将研究解的 p 阶矩估计.

定理 4.1 令 $p \geqslant 2$ 和 $x_0 \in L^p(\Omega, \mathbf{R}^d)$. 设存在常数 $\alpha > 0$，使得对所有的 $(x, t) \in \mathbf{R}^d \times [t_0, T]$，有

$$x^{\mathrm{T}} f(x,t) + \frac{p-1}{2}|g(x,t)|^2 \leqslant \alpha(1 + |x|^2), \qquad (4.1)$$

则对所有的 $t \in [t_0, T]$，有

$$E|x(t)|^p \leqslant 2^{\frac{p-2}{2}}\left(1 + E|x_0|^p\right) \mathrm{e}^{p\alpha(t-t_0)}. \qquad (4.2)$$

证明 结合 Itô 公式和条件 (4.1)，对 $t \in [t_0, T]$ 有

$$\left[1 + |x(t)|^2\right]^{\frac{p}{2}} = \left[1 + |x_0|^2\right]^{\frac{p}{2}} + p\int_{t_0}^t \left[1 + |x(s)|^2\right]^{\frac{p-2}{2}} x^{\mathrm{T}}(s) f(x(s), s)\mathrm{d}s +$$

$$\frac{p}{2}\int_{t_0}^t \left[1 + |x(s)|^2\right]^{\frac{p-2}{2}} |g(x(s), s)|^2 \mathrm{d}s +$$

$$\frac{p-2}{2}\int_{t_0}^t \left[1 + |x(s)|^2\right]^{\frac{p-4}{2}} |x^{\mathrm{T}}(s) g(x(s), s)|^2 \mathrm{d}s +$$

$$p\int_{t_0}^t \left[1 + |x(s)|^2\right]^{\frac{p-2}{2}} x^{\mathrm{T}}(s) g(x(s), s)\mathrm{d}B(s)$$

$$\leqslant 2^{\frac{p-2}{2}}\left(1+|x_0|^p\right)+p\int_{t_0}^t\left[1+|x(s)|^2\right]^{\frac{p-2}{2}}\times$$

$$\left(x^{\mathrm{T}}(s)f(x(s),s)+\frac{p-1}{2}|g(x(s),s)|^2\right)\mathrm{d}s+$$

$$p\int_{t_0}^t\left[1+|x(s)|^2\right]^{\frac{p-2}{2}}x^{\mathrm{T}}(s)g(x(s),s)\mathrm{d}B(s)$$

$$\leqslant 2^{\frac{p-2}{2}}\left(1+|x_0|^p\right)+p\alpha\int_{t_0}^t\left[1+|x(s)|^2\right]^{\frac{p}{2}}\mathrm{d}s+$$

$$p\int_{t_0}^t\left[1+|x(s)|^2\right]^{\frac{p-2}{2}}x^{\mathrm{T}}(s)g(x(s),s)\mathrm{d}B(s). \tag{4.3}$$

对每一个整数 $n\geqslant 1$，定义停时

$$\tau_n=T\wedge\inf\left\{t\in[t_0,T]:|x_n(t)|\geqslant n\right\}.$$

显然，$\tau_n\uparrow T$ a.s. 而且，根据式(4.3)和 Itô 积分性质得

$$E\left(\left[1+|x(t\wedge\tau_n)|^2\right]^{\frac{p}{2}}\right)$$

$$\leqslant 2^{\frac{p-2}{2}}\left(1+E|x_0|^p\right)+p\alpha E\int_{t_0}^{t\wedge\tau_n}\left[1+|x(s)|^2\right]^{\frac{p}{2}}\mathrm{d}s$$

$$\leqslant 2^{\frac{p-2}{2}}\left(1+E|x_0|^p\right)+p\alpha\int_{t_0}^t E\left(\left[1+|x(s\wedge\tau_n)|^2\right]^{\frac{p}{2}}\right)\mathrm{d}s.$$

利用 Gronwall 不等式得

$$E\left(\left[1+|x(t\wedge\tau_n)|^2\right]^{\frac{p}{2}}\right)\leqslant 2^{\frac{p-2}{2}}\left(1+E|x_0|^p\right)\mathrm{e}^{p\alpha(t-t_0)}.$$

令 $n\to\infty$ 得

$$E\left(\left[1+|x(t)|^2\right]^{\frac{p}{2}}\right)\leqslant 2^{\frac{p-2}{2}}\left(1+E|x_0|^p\right)+\mathrm{e}^{p\alpha(t-t_0)}, \tag{4.4}$$

因此期望的不等式(4.2)成立.

现在我们验证，若满足线性增长条件 (3.2) ，则式 (4.1) 成立且 $\alpha=\sqrt{K}+K(p-1)/2$.

事实上，由式(3.2)和基本不等式 $2ab\leqslant a^2+b^2$ 得，对任意的 $\varepsilon>0$ 有

$$2x^{\mathrm{T}}f(x,t)\leqslant 2|x||f(x,t)|=2\left(\sqrt{\varepsilon}|x|\right)\frac{|f(x,t)|}{\sqrt{\varepsilon}}$$

$$\leqslant \varepsilon|x|^2+\frac{1}{\varepsilon}|f(x,t)|^2\leqslant \varepsilon|x|^2+\frac{K}{\varepsilon}\left(1+|x|^2\right).$$

令 $\varepsilon=\sqrt{K}$，则

$$x^T f(x,t) \leqslant \sqrt{K}\left(1+|x|^2\right).$$

因此

$$x^T f(x,t) + \frac{p-1}{2}|g(x,t)|^2 \leqslant \left[\sqrt{K} + \frac{K(p-1)}{2}\right](1+|x|^2).$$

进而可得到下面的推论.

推论 4.2 令 $p \geqslant 2$ 和 $x_0 \in L^p(\Omega, \mathbf{R}^d)$. 设线性增长条件式(3.2)成立，则不等式(4.2)成立且 $\alpha = \sqrt{K} + K(p-1)/2$.

现在我们运用这些结论证明关于解的一个非常重要的性质.

定理 4.3 令 $p \geqslant 2$ 和 $x_0 \in L^p(\Omega, \mathbf{R}^d)$. 设线性增长条件(3.2)成立，则对所有的 $t_0 \leqslant s < t \leqslant T$ 有

$$E|x(t) - x(s)|^p \leqslant C(t-s)^{\frac{p}{2}}, \tag{4.5}$$

其中

$$C = 2^{p-2}\left(1 + E|x_0|^p\right)e^{p\alpha(T-t_0)}\left([2(T-t_0)]^{\frac{p}{2}} + [p(p-1)]^{\frac{p}{2}}\right)$$

和 $\alpha = \sqrt{K} + K(p-1)/2$. 特别地，解的 p 阶矩在 $[t_0, T]$ 上连续.

证明 利用基本不等式 $|a+b|^p \leqslant 2^{p-1}\left(|a|^p + |b|^p\right)$，容易推导出

$$E|x(t) - x(s)|^p \leqslant 2^{p-1}E\left|\int_s^t f(x(r), r)\mathrm{d}r\right|^p + 2^{p-1}E\left|\int_s^t g(x(r), r)\mathrm{d}B(r)\right|^p.$$

结合 Hölder 不等式，定理 1.7.1 和线性增长条件，可导出

$$E|x(t) - x(s)|^p \leqslant [2(t-s)]^{p-1}E\int_s^t |f(x(r), r)|^p \, \mathrm{d}r +$$
$$\frac{1}{2}[2p(p-1)]^{\frac{p}{2}}(t-s)^{\frac{p-2}{2}}E\int_s^t |g(x(r), r)|^p \, \mathrm{d}r$$
$$\leqslant c_1(t-s)^{\frac{p-2}{2}}\int_s^t E\left(1+|x(r)|^2\right)^{\frac{p}{2}} \mathrm{d}r,$$

其中 $c_1 = 2^{\frac{p-2}{2}}K^{\frac{p}{2}}\left[[2(T-t_0)]^{\frac{p}{2}} + [p(p-1)]^{\frac{p}{2}}\right]$. 利用式(4.4)可得

$$E|x(t) - x(s)|^p \leqslant c_1(t-s)^{\frac{p-2}{2}}\int_s^t 2^{\frac{p-2}{2}}\left(1 + E|x_0|^p\right)e^{p\alpha(r-t_0)}\mathrm{d}r$$
$$\leqslant c_1 2^{\frac{p-2}{2}}\left(1 + E|x_0|^p\right)e^{p\alpha(T-t_0)}(t-s)^{\frac{p}{2}},$$

这就是要证的不等式(4.5).

定理 4.4 令 $p \geqslant 2$ 和 $x_0 \in L^p(\Omega, \mathbf{R}^d)$. 设线性增长条件(3.2)成立，则

$$E\left(\sup_{t_0 \leqslant s \leqslant t}|x(s)|^p\right) \leqslant \left(1 + 3^{p-1}E|x_0|^p\right)e^{\beta(t-t_0)} \tag{4.6}$$

对所有的 $t_0 \leqslant t \leqslant T$ 成立，其中

$$\beta = \frac{1}{6}(18K)^{\frac{p}{2}}(T-t_0)^{\frac{p-2}{2}}\left[(T-t_0)^{\frac{p}{2}}+\left(\frac{p^3}{2(p-1)}\right)^{\frac{p}{2}}\right].$$

证明 利用 Hölder 不等式，定理 1.7.2 和条件 (3.2) 得

$$E\left(\sup_{t_0 \le s \le t}|x(s)|^p\right) \le 3^{p-1}E|x_0|^p + 3^{p-1}E\left(\int_{t_0}^t |f(x(s),s)|\,\mathrm{d}s\right)^p +$$

$$3^{p-1}E\left(\sup_{t_0 \le s \le t}\left|\int_{t_0}^s g(x(r),r)\mathrm{d}B(r)\right|\right)^p$$

$$\le 3^{p-1}E|x_0|^p + [3(t-t_0)]^{p-1}E\int_{t_0}^t |f(x(s),s)|^p\,\mathrm{d}s +$$

$$3^{p-1}\left(\frac{p^3}{2(p-1)}\right)^{\frac{p}{2}}(t-t_0)^{\frac{p-2}{2}}E\int_{t_0}^t |g(x(s),s)|^p\,\mathrm{d}s$$

$$\le 3^{p-1}E|x_0|^p + \beta\int_{t_0}^t (1+E|x(s)|^p)\mathrm{d}s.$$

因此

$$1+E\left(\sup_{t_0 \le s \le t}|x(s)|^p\right) \le 1+3^{p-1}E|x_0|^p + \beta\int_{t_0}^t\left[1+E\left(\sup_{t_0 \le r \le s}|x(r)|^p\right)\right]\mathrm{d}s.$$

利用 Gronwall 不等式得

$$1+E\left(\sup_{t_0 \le s \le t}|x(s)|^p\right) \le \left(1+3^{p-1}E|x_0|^p\right)\mathrm{e}^{\beta(t-t_0)},$$

且不等式 (4.6) 成立.

现在开始讨论 $0 < p < 2$ 的情形. 该情形相当容易证明，如果我们注意到，那么 Hölder 不等式意味着

$$E|x(t)|^p \le \left[E|x(t)|^2\right]^{\frac{p}{2}}. \tag{4.7}$$

换句话说，$E|x(t)|^p$ 的估计值可通过二阶矩的估计进行计算. 例如以下推论.

推论 4.5 令 $0 < p < 2$ 和 $x_0 \in L^p(\Omega, \mathbf{R}^d)$. 假设有常数和 $\alpha > 0$ 使得对所有的 $(x,t) \in \mathbf{R}^d \times [t_0, T]$ 有

$$x^\mathrm{T}f(x,t)+\frac{1}{2}|g(x,t)|^2 \le \alpha(1+|x|^2), \tag{4.8}$$

则对所有的 $t \in [t_0, T]$ 有

$$E\left(|x(t)|^p\right) \le \left(1+E|x_0|^2\right)^{\frac{p}{2}}\mathrm{e}^{p\alpha(t-t_0)}. \tag{4.9}$$

推论 4.6 令 $0 < p < 2$ 和 $x_0 \in L^p(\Omega, \mathbf{R}^d)$. 假设线性增长条件 (3.2) 成立，则对所有的 $t_0 \le s < t \le T$ 有

$$E|x(t) - x(s)|^p \leqslant C^{\frac{p}{2}}(t-s)^{\frac{p}{2}}, \tag{4.10}$$

其中

$$C = 2\left(1 + E|x_0|^2\right)(T - t_0 + 1)\exp\left[\left(2\sqrt{K} + K\right)(T - t_0)\right].$$

特别地, 解的 p 阶矩在 $[t_0, T]$ 上连续.

2.5 几乎渐近估计

考虑 d-维随机微分方程

$$\mathrm{d}x(t) = f(x(t), t)\mathrm{d}t + g(x(t), t)\mathrm{d}B(t), \quad t \in [t_0, \infty), \tag{5.1}$$

初值为 $x(t_0) = x_0 \in L^2(\Omega; \mathbf{R}^d)$. 假设方程在 $[t_0, \infty)$ 上有唯一全局解 $x(t)$. 此外, 我们将附加单调条件: 存在正常数 α, 使得对所有的 $(x, t) \in \mathbf{R}^d \times [t_0, \infty)$ 有

$$x^{\mathrm{T}} f(x, t) + \frac{1}{2}|g(x, t)|^2 \leqslant \alpha(1 + |x|^2). \tag{5.2}$$

令 $0 < p \leqslant 2$. 鉴于定理 4.1 和推论 4.5, 可知解的 p 阶矩满足对所有的 $t \geqslant t_0$ 有

$$E\left(|x(t)|^p\right) \leqslant \left(1 + E|x_0|^2\right)^{\frac{p}{2}} \mathrm{e}^{p\alpha(t-t_0)}.$$

这就说明 p 阶矩最多以指标 p 进行指数增长. 也可描述为

$$\limsup_{t \to \infty} \frac{1}{t} \log\left(E|x(t)|^p\right) \leqslant p\alpha. \tag{5.3}$$

式 (5.3) 的左侧称为 p 阶矩 Lyapunov 指数(对 $p > 2$ 也适用), 式 (5.3) 表明 p 阶矩 Lyapunov 指数不应该超过 $p\alpha$. 本节研究解的几乎渐近估计. 更具体地讲, 估计

$$\limsup_{t \to \infty} \frac{1}{t} \log|x(t)| \tag{5.4}$$

几乎处处成立, 称为样本 Lyapunov 指数, 或简单 Lyapunov 指数.

定理 5.1 在单调条件 (5.2) 下, 方程 (5.1) 的解的样本 Lyapunov 指数不超过 α, 即

$$\limsup_{t \to \infty} \frac{1}{t} \log|x(t)| \leqslant \alpha \qquad \text{a.s.} \tag{5.5}$$

证明 利用 Itô 公式和单调条件 (5.2), 得

$$\log(1+|x(t)|^2) = \log(1+|x_0|^2) + \int_{t_0}^{t} \frac{1}{1+|x(s)|^2}(2x^{\mathrm{T}}(s)f(x(s),s)+|g(x(s),s)|^2)\mathrm{d}s -$$

$$2\int_{t_0}^{t} \frac{|x^{\mathrm{T}}(s)g(x(s),s)|^2}{\left[1+|x(s)|^2\right]^2}\mathrm{d}s + M(t)$$

$$\leqslant \log(1+|x_0|^2) + 2\alpha(t-t_0) - 2\int_{t_0}^{t} \frac{|x^{\mathrm{T}}(s)g(x(s),s)|^2}{\left[1+|x(s)|^2\right]^2}\mathrm{d}s + M(t), \qquad (5.6)$$

其中

$$M(t) = 2\int_{t_0}^{t} \frac{x^{\mathrm{T}}(s)g(x(s),s)}{1+|x(s)|^2}\mathrm{d}B(s). \qquad (5.7)$$

另外，对每一个整数 $n \geqslant t_0$, 利用指数鞅不等式(即定理 1.7.4)得

$$P\left\{\sup_{t_0 \leqslant t \leqslant n}\left[M(t)-2\int_{t_0}^{t}\frac{|x^{\mathrm{T}}(s)g(x(s),s)|^2}{\left[1+|x(s)|^2\right]^2}\mathrm{d}s\right]>2\log n\right\}\leqslant\frac{1}{n^2}.$$

应用 Borel-Cantelli 引理得，对几乎所有的 $\omega \in \Omega$, 存在随机整数 $n_0 = n_0(\omega) \geqslant t_0 + 1$ 满足若 $n \geqslant n_0$, 则

$$\sup_{t_0 \leqslant t \leqslant n}\left[M(t)-2\int_{t_0}^{t}\frac{|x^{\mathrm{T}}(s)g(x(s),s)|^2}{\left[1+|x(s)|^2\right]^2}\mathrm{d}s\right]\leqslant 2\log n,$$

即

$$M(t) \leqslant 2\log n + 2\int_{t_0}^{t}\frac{|x^{\mathrm{T}}(s)g(x(s),s)|^2}{\left[1+|x(s)|^2\right]^2}\mathrm{d}s \qquad (5.8)$$

对所有的 $t_0 \leqslant t \leqslant n$, $n \geqslant n_0$ 几乎成立. 把式(5.8)代入式(5.6)可导出

$$\log(1+|x(t)|^2) \leqslant \log(1+|x_0|^2) + 2\alpha(t-t_0) + 2\log n$$

对所有的 $t_0 \leqslant t \leqslant n$, $n \geqslant n_0$ 几乎成立. 因此，对几乎所有的 $\omega \in \Omega$, 如果 $n \geqslant n_0$, $n-1 \leqslant t \leqslant n$, 那么

$$\frac{1}{t}\log\left(1+|x(t)|^2\right) \leqslant \frac{1}{n-1}\left[\log\left(1+|x_0|^2\right)+2\alpha(n-t_0)+2\log n\right].$$

这就意味着

$$\limsup_{t\to\infty}\frac{1}{t}\log|x(t)| \leqslant \limsup_{t\to\infty}\frac{1}{2t}\log(1+|x(t)|^2)$$

$$\leqslant \limsup_{t\to\infty}\frac{1}{2(n-1)}\left[\log(1+|x_0|^2)+2\alpha(n-t_0)+2\log n\right]$$

$$= \alpha$$

几乎成立. 定理得证.

我们回忆一下线性增长条件：存在 $K > 0$ 使得对所有的 $(x,t) \in \mathbf{R}^d \times [t_0, \infty)$ 有

$$|f(x,t)|^2 \vee |g(x,t)|^2 \leqslant K(1 + |x|^2). \tag{5.9}$$

正如前文定义的那样(仅在推论 4.2 的叙述前)，我们知道式 (5.9) 暗示了式 (5.2) 成立且 $\alpha = \sqrt{K} + K/2$ 故有下述推论.

推论 5.2 在线性增长条件 (5.9) 下，方程 (5.1) 的解具有性质

$$\limsup_{t \to \infty} \frac{1}{t} \log |x(t)| \leqslant \sqrt{K} + \frac{K}{2} \quad \text{a.s.} \tag{5.10}$$

另外，我们指出该结论依然可以直接证明. 注意到在线性增长条件 (5.9) 下，由式 (5.7) 定义的连续局部鞅 $M(t), t \geqslant t_0$ (事实上是鞅) 具有二次变差 (参看定理 1.5.14)

$$\langle M, M \rangle_t = 4 \int_{t_0}^t \frac{|x^{\mathrm{T}}(s) g(x(s),s)|^2}{\left[1 + |x(s)|^2\right]^2} \mathrm{d}s \leqslant 4K \int_{t_0}^t \frac{|x^{\mathrm{T}}(s)|^2}{1 + |x(s)|^2} \mathrm{d}s \leqslant 4K(t - t_0).$$

因此

$$\limsup_{t \to \infty} \frac{\langle M, M \rangle_t}{t} \leqslant 4K \quad \text{a.s.}$$

然后，利用定理 1.3.4，得

$$\limsup_{t \to \infty} \frac{M(t)}{t} = 0 \quad \text{a.s.} \tag{5.11}$$

由式 (5.6) 可知式 (5.10) 成立. 然而，单调条件式 (5.2) 不一定能保证式 (5.11) 成立，因此在证明定理 5.1 的过程中进行细心的论证是非常必要的.

在本书的进一步研究中，我们将考虑方程 (5.1) 的一种特殊情形，即方程形式为

$$\mathrm{d}x(t) = f(x(t),t)\mathrm{d}t + \sigma \mathrm{d}B(t), \quad t \in [t_0, \infty), \tag{5.12}$$

初值为 $x(t_0) = x_0 \in L^2(\Omega, \mathbf{R}^d)$，其中 $\sigma = (\sigma_{ij})_{d \times m}$ 是常量矩阵. 当常微分方程 $\dot{x}(t) = f(x(t),t)$ 受环境噪声的影响且不依赖于状态 $x(t)$ 时，这样的随机微分方程会经常出现. 我们将对 $f(x,t)$ 强加一个条件，即存在一对正常数 γ 和 ρ 满足对所有的 $(x,t) \in \mathbf{R}^d \times [t_0, \infty)$ 有

$$x^{\mathrm{T}} f(x,t) \leqslant \gamma |x|^2 + \rho. \tag{5.13}$$

注意到

$$x^{\mathrm{T}} f(x,t) + \frac{1}{2}|\sigma|^2 \leqslant \left[\gamma \vee \left(\rho + \frac{|\sigma|^2}{2}\right)\right](1 + |x|^2).$$

根据定理 5.1 可导出方程 (5.12) 的解具有性质

$$\limsup_{t\to\infty} \frac{1}{t}\log|x(t)| \leqslant \gamma \vee \left(\rho + \frac{|\sigma|^2}{2}\right) \quad \text{a.s.} \tag{5.14}$$

然而，再努力一点，我们可得更强的结果.

定理 5.3 令式 (5.13) 成立， 则方程 (5.12) 的解具有性质

$$\lim_{t\to\infty} \frac{|x(t)|}{e^{\gamma t}\sqrt{\log\log t}} = 0 \quad \text{a.s.} \tag{5.15}$$

在证明之前，我们强调一下结论不依赖于 ρ 和 σ. 此外，式 (5.15) 表明对几乎所有的 $\omega \in \Omega$ 有当 t 充分大时

$$|x(t)| \leqslant e^{\gamma t}\sqrt{\log\log t}.$$

因此

$$\limsup_{t\to\infty} \frac{1}{t}\log|x(t)| \leqslant \gamma \quad \text{a.s.}$$

该结论优于式 (5.14).

证明 利用 Itô 公式和条件 (5.13)，得

$$
\begin{aligned}
e^{-2\gamma t}|x(t)|^2 &= e^{-2\gamma t_0}|x_0| + M(t) + \int_{t_0}^t e^{-2\gamma s}\left[-2\gamma|x(s)|^2 + 2x^{\mathrm{T}}(s)f(x(s),s) + |\sigma|^2\right]\mathrm{d}s \\
&\leqslant e^{-2\gamma t_0}\left[|x_0|^2 + \frac{1}{2\gamma}(2\rho + |\sigma|^2)\right] + M(t),
\end{aligned}
\tag{5.16}
$$

其中

$$M(t) = 2\int_{t_0}^t e^{-2\gamma s}x^{\mathrm{T}}(s)\sigma\mathrm{d}B(s).$$

固定任意的 $p > 1$. 令 $\bar{n}$ 是充分大的整数，满足 $2^{\bar{n}^p} > t_0$. 对每一个整数 $n \geqslant \bar{n}$，利用定理 1.7.4，得

$$P\left\{\sup_{t_0 \leqslant t \leqslant 2^{n^p}}\left[M(t) - 2\int_{t_0}^t e^{-4\gamma s}\left|x^{\mathrm{T}}(s)\sigma\right|^2\mathrm{d}s\right] > 2\log n\right\} \leqslant \frac{1}{n^2}.$$

应用 Borel-Cantelli 引理得，对几乎所有的 $\omega \in \Omega$, 存在随机整数 $\hat{n} = \hat{n}(\omega) \geqslant \bar{n} + 1$ 满足对 $n \geqslant \hat{n}$ 有

$$M(t) \leqslant 2\log n + 2|\sigma|^2\int_{t_0}^t e^{-4\gamma s}|x(s)|^2\mathrm{d}s, \quad t_0 \leqslant t \leqslant 2^{n^p}.$$

把该式代入式 (5.16) 得

$$e^{-2\gamma t}|x(t)|^2 \leqslant e^{-2\gamma t_0}\left[|x_0|^2 + \frac{1}{2\gamma}\left(2\rho + |\sigma|^2\right)\right] + 2\log n + 2|\sigma|^2\int_{t_0}^t e^{-2\gamma s}\left[e^{-2\gamma s}|x(s)|^2\right]\mathrm{d}s,$$

通过使用 Gronwall 不等式，得

$$e^{-2\gamma t}|x(t)|^2 \leqslant \left(e^{-2\gamma t_0}\left[|x_0|^2 + \frac{1}{2\gamma}(2\rho + |\sigma|^2)\right] + 2\log n\right)\exp\left(\frac{|\sigma|^2}{\gamma}\right)$$

对所有的 $t_0 \le t \le 2^{n^p}$, $n \ge \hat{n}$ 几乎成立. 因此, 对几乎所有的 $\omega \in \Omega$, 若 $2^{(n-1)^p} \le t \le 2^{n^p}$, $n \ge \hat{n}$, 则

$$\frac{|x(t)|^2}{e^{2\gamma t} \log \log t} \le \left(e^{-2\gamma t_0} \left[|x_0|^2 + \frac{1}{2\gamma}(2\rho + |\sigma|^2) \right] + 2\log n \right) \times \exp \frac{|\sigma|^2}{\gamma} [p\log(n-1) + \log\log 2]^{-1}.$$

然后就可以得到

$$\limsup_{t \to \infty} \frac{|x(t)|^2}{e^{2\gamma t} \log \log t} \le \frac{2}{p} \exp \left[\frac{|\sigma|^2}{\gamma} \right] \quad \text{a.s.}$$

由于 $p > 1$ 是任意的, 因此必有

$$\lim_{t \to \infty} \frac{|x(t)|}{e^{\gamma t} \sqrt{\log \log t}} = 0 \quad \text{a.s.}$$

这就是要证的结论.

现在我们令 $\gamma = 0$, 从而把条件 (5.13) 变强, 以观察解的渐近行为. 在陈述新的结果之前, 强调一下, 尽管目前对矩阵 A 使用迹范数 $|A| = \sqrt{\text{trace}(A^T A)}$, 但在本书的进一步研究中将会用另一个范数, 即算子范数 $\|A\| = \sup\{|Ax|: |x| = 1\}$. 读者应该区别这两个不同的(尽管等价)范数且掌握 $\|A\| \le |A|$.

定理 5.4 假设存在正常数 ρ 使得对所有的 $(x,t) \in \mathbf{R}^d \times [t_0, \infty)$ 有

$$x^T f(x,t) \le \rho, \tag{5.17}$$

则方程 (5.12) 的解具有性质

$$\limsup_{t \to \infty} \frac{|x(t)|}{\sqrt{2t \log \log t}} \le \|\sigma\| \sqrt{e} \quad \text{a.s.} \tag{5.18}$$

证明 利用 Itô 公式和假设 (5.17) 可知, 对 $t \ge t_0$ 有

$$|x(t)|^2 \le |x_0|^2 + (2\rho + |\sigma|^2)(t - t_0) + M(t), \tag{5.19}$$

其中

$$M(t) = 2 \int_{t_0}^t x^T(s) \sigma \mathrm{d}B(s).$$

令 $\beta > 0$ 和 $\theta > 1$ 为任意值. 对每个充分大的整数 n, 对 $\theta^n > t_0$ 应用定理 1.7.4 可得

$$P\left\{ \sup_{t_0 \le t \le 2^{n^p}} \left[M(t) - 2\beta\theta^{-n} \int_{t_0}^t e^{-4\gamma s} |x^T(s)\sigma|^2 \mathrm{d}s \right] > \beta^{-1}\theta^{n+1} \log n \right\} \le \frac{1}{n^\theta}.$$

应用 Borel-Cantelli 引理得, 对几乎所有的 $\omega \in \Omega$, 存在充分大的随机整数 $n_0 = n_0(\omega)$, 使得

$$M(t) \le \beta^{-1}\theta^{n+1} \log n + 2\beta\|\sigma\|^2 \theta^{-n} \int_{t_0}^t |x(s)|^2 \mathrm{d}s, \quad t_0 \le t \le \theta^n.$$

把该式代入式 (5.19) 知, 对几乎所有的 $\omega \in \Omega$ 有

$$|x(t)|^2 \le |x_0|^2 + (2\rho + |\sigma|^2)(t - t_0) + \beta^{-1}\theta^{n+1} \log n + 2\beta\|\sigma\|^2 \theta^{-n} \int_{t_0}^t |x(s)|^2 \mathrm{d}s$$

对所有的 $t_0 \leqslant t \leqslant \theta^n$, $n \geqslant \hat{n}$ 成立，这就意味着

$$|x(t)|^2 \leqslant \left[|x_0|^2 + \left(2\rho + |\sigma|^2 \right)(\theta^n - t_0) + \beta^{-1}\theta^{n+1} \log n \right] e^{2\beta\|\sigma\|^2}.$$

特别地，对几乎所有的 $\omega \in \Omega$, 若 $\theta^{n-1} \leqslant t \leqslant \theta^n$, $n \geqslant \hat{n}$, 则

$$\frac{|x(t)|^2}{2t \log \log t} \leqslant \left[|x_0|^2 + \left(2\rho + |\sigma|^2 \right)(\theta^n - t_0) + \beta^{-1}\theta^{n+1} \log n \right] \cdot e^{2\beta\|\sigma\|^2} (2\theta^{n-1}[\log(n-1) + \log \log \theta])^{-1}.$$

因此

$$\limsup_{t \to \infty} \frac{|x(t)|^2}{2t \log \log t} \leqslant \frac{\theta^2}{2\beta} e^{2\beta\|\sigma\|^2} \quad \text{a.s.}$$

最后，令 $\theta \to 1$ 以及选取 $\beta = \left(2\|\sigma\|^2 \right)^{-1}$ 可得

$$\limsup_{t \to \infty} \frac{|x(t)|^2}{2t \log \log t} \leqslant e\|\sigma\|^2 \quad \text{a.s.}$$

且要证的结论式(5.18)显然成立. 定理得证.

定理 5.5 假设存在一对正常数 γ 和 ρ 使得对所有的 $(x,t) \in \mathbf{R}^d \times [t_0, \infty)$ 有

$$x^{\mathrm{T}} f(x,t) \leqslant -\gamma |x|^2 + \rho. \tag{5.20}$$

则方程(5.12)的解具有性质

$$\limsup_{t \to \infty} \frac{|x(t)|}{\sqrt{\log t}} \leqslant \|\sigma\| \sqrt{\frac{e}{\gamma}} \quad \text{a.s.} \tag{5.21}$$

证明 令 $\delta > 0$, $\beta > 0$ 和 $\theta > 1$ 为任意的. 利用类似于定理 5.3 的证明方法，可得对几乎所有的 $\omega \in \Omega$, 存在充分大的随机整数 $n_0 = n_0(\omega)$, 使得

$$e^{2\gamma t} |x(t)|^2 \leqslant e^{2\gamma t_0} |x_0|^2 + \frac{e^{2\gamma t}}{2\gamma} \left(2\rho + |\sigma|^2 \right) + \beta^{-1}\theta e^{2\gamma n\delta} \log n +$$

$$2\beta |\sigma|^2 e^{-2\gamma n\delta} \int_{t_0}^{t} e^{2\gamma s} [e^{2\gamma s} |x(s)|^2] \mathrm{d}s$$

对所有的 $t_0 \leqslant t \leqslant n\delta$, $n \geqslant n_0$ 成立，这就意味着

$$e^{2\gamma t} |x(t)|^2 \leqslant \left[e^{2\gamma t_0} |x_0|^2 + \frac{e^{2\gamma t}}{2\gamma} \left(2\rho + |\sigma|^2 \right) + \beta^{-1}\theta e^{2\gamma n\delta} \log n \right] \exp\left(\frac{\beta |\sigma|^2}{\gamma} \right).$$

因此，对几乎所有的 $\omega \in \Omega$, 若 $(n-1)\delta \leqslant t \leqslant n\delta$, $n \geqslant n_0$, 则

$$\frac{|x(t)|^2}{\log t} \leqslant \left[|x_0|^2 + \frac{1}{2\gamma} \left(2\rho + |\sigma|^2 \right) + \beta^{-1}\theta e^{2\gamma\delta} \log n \right] \times \exp\left(\frac{\beta |\sigma|^2}{\gamma} \right) [\log(n-1) + \log \delta]^{-1}.$$

故

$$\limsup_{t \to \infty} \frac{|x(t)|^2}{\log t} \leqslant \beta^{-1}\theta e^{2\gamma\delta} \exp\left(\frac{\beta |\sigma|^2}{\gamma} \right) \quad \text{a.s.}$$

最后，令 $\theta \to 1, \delta \to 0$ 以及选取 $\beta = \gamma / \|\sigma\|^2$ 可得

$$\limsup_{t \to \infty} \frac{|x(t)|}{\sqrt{\log t}} \leqslant \|\sigma\|^2 \sqrt{\frac{e}{\gamma}} \qquad \text{a.s.}$$

成立. 定理得证.

不难看出，只要系数 $g(x,t)$ 有界，定理 5.3~5.5 可以扩展到方程 (5.1). 更准确地说，如果存在 $K > 0$ 满足对所有的 $(x,t) \in \mathbf{R}^d \times [t_0, \infty)$ 有

$$\|g(x,t)\| \leqslant K ,$$

那么替换 $\|\sigma\|$ 为 K，定理 5.3~5.5 对方程 (5.1) 的解而言依然成立. 我们把细节留给读者思考.

为结束本节，我们讨论方程 (5.12) 的两种特殊情况以表明上述得到的估计值是相当精确的. 首先，令 $m = d, f(x,t) \equiv 0$ 和 σ 是 $d \times d$ 的单位矩阵. 利用定理 5.4，得

$$\limsup_{t \to \infty} \frac{|x(t)|}{\sqrt{2t \log \log t}} \leqslant \sqrt{e} \qquad \text{a.s.} \tag{5.22}$$

另外，在这种情形下，方程有显式解 $x(t) = x_0 + B(t) - B(t_0)$. 对 $d-$维 Brown 运动应用迭代对数律可知式 (5.22) 的左侧等于 1. 换句话说，即使在这种非常特殊的情形中，定理 5.4 仍然给出了合理的精确的估计. 接下来，令 $d = m = 1, t_0 = 0, f(x,t) = -\gamma x, \sigma$ 和 γ 均为正常数. 即考虑 1-维方程

$$dx(t) = -\gamma x(t)dt + \sigma dB(t), \qquad t \geqslant 0 , \tag{5.23}$$

其中 $B(t)$ 是 1-维 Brown 运动. 利用分部积分公式得

$$e^{\gamma t} x(t) = x(0) + M(t),$$

其中 $M(t) = \sigma \int_0^t e^{\gamma s} dB(s)$ 是连续鞅，二次变差为 $\langle M, M \rangle_t = \sigma^2 (e^{2\gamma t} - 1) / 2\gamma := \mu(t)$. 很容易推理出 $\mu(t)$ 的逆函数为 $\mu^{-1}(t) = \log(2\gamma t / \sigma^2 + 1) / 2\gamma$，由定理 1.4.4 可知 $\{M(\mu^{-1}(t))\}_{t \geqslant 0}$ 是 Brown 运动. 因此，应用迭代对数律(即定理 1.4.2)，有

$$\limsup_{t \to \infty} \frac{|M(\mu^{-1}(t))|}{\sqrt{2t \log \log t}} = 1 \qquad \text{a.s.}$$

这就暗示了

$$\limsup_{t \to \infty} \frac{|M(t)|}{\sqrt{2\mu(t) \log \log \mu(t)}} = \limsup_{t \to \infty} \frac{|M(t)|}{e^{\gamma t} \sqrt{(\sigma^2 / \gamma) \log t}} = 1 \qquad \text{a.s.}$$

因此

$$\limsup_{t\to\infty}\frac{|x(t)|}{\sqrt{\log t}}=\limsup_{t\to\infty}\frac{|M(t)|}{\mathrm{e}^{\gamma t}\sqrt{\log t}}=\frac{\sigma}{\sqrt{\gamma}} \qquad \text{a.s.} \qquad (5.24)$$

另外，根据定理 5.5，我们可以估计式(5.24) 的左侧部分小于或等于 $\sigma\sqrt{\mathrm{e}/\gamma}$，这合理地接近上述精确值 $\sigma\sqrt{\gamma}$.

2.6　Caratheodory 近似解

上一节我们已经建立了存在唯一性定理并且讨论了解的性质，关于下列随机微分方程

$$\mathrm{d}x(t)=f(x(t),t)\mathrm{d}t+g(x(t),t)\mathrm{d}B(t), \qquad t\in[t_0,T], \qquad (6.1)$$

初值为 $x(t_0)=x_0\in L^2$. 然而，Lipschitz 条件等仅保证了解的存在性和唯一性，一般情况下，除非是接下来第 3 章所讨论的线性情形，否则该解并没有精确的表达式. 因此，在实践中，我们经常探索近似解而不是精确解.

在第 2.3 节中我们利用 Picard 迭代建立了存在唯一性定理. 顺便，也得到了方程的 Picard 近似解，且定理 3.3 给出了近似解与精确解的差值估计，称为误差. 在实际应用中，给定误差 $\varepsilon>0$，我们可以确定 n，使得式(3.10) 的左侧部分小于 ε，然后通过 Picard 迭代(3.4) 计算 $x_0(t),x_1(t),\cdots,x_n(t)$. 根据定理 3.3，得

$$E\left(\sup_{t_0\leqslant t\leqslant T}|x_n(t)-x(t)|^2\right)<\varepsilon,$$

所以我们可以用 $x_n(t)$ 作为方程(6.1) 的近似解. Picard 近似的不足之处就是需要计算 $x_0(t),x_1(t),\cdots,x_{n-1}(t)$ 才能计算 $x_n(t)$，这将涉及关于随机积分的大量计算. 在该思路下更有效的方式就是 Caratheodory 近似法和 Cauchy-Maruyama 近似法. 我们在本节讨论第一种近似法，在下一节讨论第二种近似法.

现在给出 Caratheodory 近似解的定义. 对每一个整数 $n\geqslant1$，当 $t_0-1\leqslant t\leqslant t_0$ 时，定义 $x_n(t)=x_0$ 和

$$x_n(t)=x_0+\int_{t_0}^t f\left(x_n\left(s-\frac{1}{n}\right),s\right)\mathrm{d}s+\int_{t_0}^t g\left(x_n\left(s-\frac{1}{n}\right),s\right)\mathrm{d}B(s), \qquad (6.2)$$

对 $t_0<t\leqslant T$，注意到当 $t_0\leqslant t\leqslant t_0+1/n$ 时，$x_n(t)$ 可以表示为

$$x_n(t)=x_0+\int_{t_0}^t f(x_0,s)\mathrm{d}s+\int_{t_0}^t g(x_0,s)\mathrm{d}B(s);$$

然后当 $t_0+1/n<t\leqslant t_0+2/n$ 时

$$x_n(t)=x_n\left(t_0+\frac{1}{n}\right)+\int_{t_0+1/n}^t f\left(x_n\left(s-\frac{1}{n}\right),s\right)\mathrm{d}s+\int_{t_0+1/n}^t g\left(x_n\left(s-\frac{1}{n}\right),s\right)\mathrm{d}B(s),$$

等等. 换句话说，$x_n(t)$ 可以在区间 $[t_0,t_0+1/n]$，$(t_0+1/n,t_0+2/n),\cdots$ 上逐步计算.

为给出主要结果，我们需要列出两个引理.

引理 6.1 在线性增长条件 (3.2) 下，对所有的 $n \geqslant 1$，有

$$\sup_{t_0 \leqslant t \leqslant T} E\left|x_n(t)\right|^2 \leqslant C_1 := (1 + 3E\left|x_0\right|^2)\mathrm{e}^{3K(T-t_0)(T-t_0+1)}. \tag{6.3}$$

证明 固定 $n \geqslant 1$ 为任意值. 根据 $x_n(t)$ 的定义和条件 (3.2) 很容易推导出 $\{x_n(t)\}_{t_0 \leqslant t \leqslant T} \in \mathcal{M}([t_0, T]; \mathbf{R}^d)$. 由式 (6.2) 知对 $t_0 \leqslant t \leqslant T$ 有

$$\left|x_n(t)\right|^2 \leqslant 3\left|x_0\right|^2 + 3\left|\int_{t_0}^t f\left(x_n\left(s - \frac{1}{n}\right), s\right)\mathrm{d}s\right|^2 + 3\left|\int_{t_0}^t g\left(x_n\left(s - \frac{1}{n}\right), s\right)\mathrm{d}B(s)\right|^2.$$

结合 Hölder 不等式，定理 1.5.21 以及条件 (6.2) 得

$$E\left|x_n(t)\right|^2 \leqslant 3E\left|x_0\right|^2 + 3(t-t_0)E\int_{t_0}^t \left|f\left(x_n\left(s - \frac{1}{n}\right), s\right)\right|^2 \mathrm{d}s + 3E\int_{t_0}^t \left|g\left(x_n\left(s - \frac{1}{n}\right), s\right)\right|^2 \mathrm{d}s$$

$$\leqslant 3E\left|x_0\right|^2 + 3K(T-t_0+1)\int_{t_0}^t \left[1 + E\left|x_n\left(s - \frac{1}{n}\right)\right|^2\right]\mathrm{d}s$$

$$\leqslant 3E\left|x_0\right|^2 + 3K(T-t_0+1)\int_{t_0}^t \left[1 + \sup_{t_0 \leqslant r \leqslant s} E\left|x_n(r)\right|^2\right]\mathrm{d}s$$

对所有的 $t_0 \leqslant t \leqslant T$ 成立，因此

$$1 + \sup_{t_0 \leqslant r \leqslant t} E\left|x_n(r)\right|^2 \leqslant 1 + 3E\left|x_0\right|^2 + 3K(T-t_0+1)\int_{t_0}^t \left[1 + \sup_{t_0 \leqslant r \leqslant s} E\left|x_n(r)\right|^2\right]\mathrm{d}s.$$

根据 Gronwall 不等式可得

$$1 + \sup_{t_0 \leqslant r \leqslant t} E\left|x_n(r)\right|^2 \leqslant \left(1 + 3E\left|x_0\right|^2\right)\mathrm{e}^{3K(t-t_0)(T-t_0+1)}$$

对所有的 $t_0 \leqslant t \leqslant T$ 成立. 特别地，当 $t = T$ 时式 (6.3) 成立.

引理 6.2 在线性增长条件 (3.2) 下，对所有的 $n \geqslant 1$，$t_0 \leqslant s < t \leqslant T$ 且 $t - s \leqslant 1$ 有

$$E\left|x_n(t) - x_n(s)\right|^2 \leqslant C_2(t-s), \tag{6.4}$$

其中 $C_2 = 4K(1 + C_1)$ 且 C_1 定义在引理 6.1 中.

证明 注意到

$$x_n(t) - x_n(s) = \int_s^t f\left(x_n\left(r - \frac{1}{n}\right), r\right)\mathrm{d}r + \int_s^t g\left(x_n\left(r - \frac{1}{n}\right), r\right)\mathrm{d}B(r).$$

因此，由引理 6.1，得

$$E\left|x_n(t)-x_n(s)\right|^2$$

$$\leqslant 2E\left|\int_s^t f\left(x_n\left(r-\frac{1}{n}\right),r\right)\mathrm{d}r\right|^2+2E\left|\int_s^t g\left(x_n\left(r-\frac{1}{n}\right),r\right)\mathrm{d}B(r)\right|^2$$

$$\leqslant 2K(t-s+1)\int_s^t\left[1+E\left|x_n\left(r-\frac{1}{n}\right)\right|^2\right]\mathrm{d}r$$

$$\leqslant 4K(1+C_1)(t-s)$$

成立.

现在叙述主要结果.

定理 6.3　假设 Lipschitz 条件 (3.1) 和线性增长条件 (3.2) 成立. 令 $x(t)$ 是方程 (6.1) 的唯一解. 则对 $n\geqslant 1$,有

$$E\left(\sup_{t_0\leqslant t\leqslant T}\left|x_n(t)-x(t)\right|^2\right)\leqslant\frac{C_3}{n},\tag{6.5}$$

其中 $C_3=4C_2\bar{K}(T-t_0)(T-t_0+4)\exp[4\bar{K}(T-t_0)(T-t_0+4)]$ 且 C_2 定义在引理 6.2 中.

证明　不难推导出

$$E\left(\sup_{t_0\leqslant r\leqslant t}\left|x_n(r)-x(r)\right|^2\right)\leqslant 2\bar{K}(T-t_0+4)\int_{t_0}^t E\left|x_n\left(s-\frac{1}{n}\right)-x(s)\right|^2\mathrm{d}s$$

$$\leqslant 4\bar{K}(T-t_0+4)\int_{t_0}^t[E\left|x_n(s)-x_n\left(s-\frac{1}{n}\right)\right|^2+$$

$$E\left|x_n(s)-x(s)\right|^2]\mathrm{d}s.$$

但是，利用引理 6.2 得，当 $s\geqslant t_0+1/n$ 时 $E\left|x_n(s)-x_n(s-1/n)\right|^2\leqslant C_2/n$ 成立，当 $t_0\leqslant s<t_0+1/n$ 时 $E\left|x_n(s)-x_n(s-1/n)\right|^2=E\left|x_n(s)-x_n(t_0)\right|^2\leqslant C_2(s-t_0)$，该估计小于 C_2/n. 因此，根据上述不等式可知

$$E\left(\sup_{t_0\leqslant r\leqslant t}\left|x_n(r)-x(r)\right|^2\right)\leqslant\frac{4}{n}C_2\bar{K}(T-t_0)(T-t_0+4)+$$

$$4\bar{K}(T-t_0+4)\int_{t_0}^t E\left(\sup_{t_0\leqslant r\leqslant s}\left|x_n(r)-x(r)\right|^2\right)\mathrm{d}s.$$

最后，利用 Gronwall 不等式得式 (6.5) 成立. 定理得证.

在实践中，给定误差 $\varepsilon>0$,　可令 n 是大于 C_3/ε 的整数并在区间 $[t_0,t_0+1/n]$, $(t_0+1/n,t_0+2/n]$,… 上逐步计算 $x_n(t)$. 定理 6.3 保证了 $x_n(t)$ 足够接近精确解 $x(t)$，使得

$$E\left(\sup_{t_0\leqslant t\leqslant T}\left|x_n(t)-x(t)\right|^2\right)<\varepsilon.$$

相比于 Picard 近似法，我们可以看出 Caratheodory 近似法的优势在于不需要计算 $x_0(t),x_1(t),\cdots,x_{n-1}(t)$ 而可以直接计算 $x_n(t)$.

在定理 6.3 的证明过程中我们已经利用了方程(6.1)在条件(3.1)和(3.2)下存

在唯一解的事实,因此证明过程相对简单.另外,如果不利用该事实,有可能证明 Caratheodory 近似序列 $\{x_n(t)\}$ 在 L^2 中是 Cauchy 序列,因此收敛于极限 $x(t)$;然后证明 $x(t)$ 是方程(6.1)的唯一解,且式(6.5)成立.换句话说,我们完全可以用 Caratheodory 近似序列建立存在唯一性定理.证明细节可见 Mao 的文献 (1994a).

此外,在非常一般的条件下,依然能够证明 Caratheodory 近似解收敛于方程(6.1)的唯一解.叙述如下.

定理 6.4 令 $f(x,t)$ 和 $g(x,t)$ 连续.设 x_0 是有界的 $\mathbf{R}^d$–值的 $\mathcal{F}_{t_0}$–可测的随机变量.令线性增长条件(3.2)成立.假设方程(6.1)有唯一解 $x(t)$,则 Caratheodory 近似解 $x_n(t)$ 收敛于 $x(t)$,使得

$$\lim_{n\to\infty} E\left(\sup_{t_0\le t\le T} \left|x_n(t)-x(t)\right|^2 \right)=0. \tag{6.6}$$

这里省略证明过程,但可详见 Mao 的文献(1994b).我们将用该定理给出一个有用的结果.

定理 6.5 令 $f(x,t)$ 和 $g(x,t)$ 连续.设 x_0 是有界的 $\mathbf{R}^d$–值的 $\mathcal{F}_{t_0}$–可测的随机变量.假设存在连续递增的凹函数 $\kappa:\mathbf{R}_+\to\mathbf{R}_+$ 使得

$$\int_{0+}\frac{\mathrm{d}u}{\kappa(u)}=\infty, \tag{6.7}$$

对所有的 $x,y\in\mathbf{R}^d, t_0\le t\le T$ 有

$$\left|f(x,t)-f(y,t)\right|^2 \vee \left|g(x,t)-g(y,t)\right|^2 \le \kappa\left(|x-y|^2\right). \tag{6.8}$$

则方程(6.1)有唯一解 $x(t)$.此外,Caratheodory 近似解 $x_n(t)$ 在式(6.6)的意义下收敛于 $x(t)$.

证明 我们把存在性的证明留给读者(参看 Yamada 的文献(1981)).为验证唯一性,令 $x(t)$ 和 $\bar{x}(t)$ 是方程(6.1)的两个解.根据式(6.8),很容易得

$$E\left(\sup_{t_0\le r\le t}\left|x(r)-\bar{x}(r)\right|^2\right)\le 2(T-t_0+4)\int_{t_0}^t E\kappa\left(|x(s)-\bar{x}(s)|^2\right)\mathrm{d}s.$$

因为 $\kappa(\cdot)$ 是凹函数,所以利用著名的 Jensen 不等式,得

$$E\kappa\left(|x(s)-\bar{x}(s)|^2\right)\le \kappa\left(E|x(s)-\bar{x}(s)|^2\right)\le \kappa\left[E\left(\sup_{t_0\le r\le s}\left|x(r)-\bar{x}(r)\right|^2\right)\right].$$

因此,对任意的 $\varepsilon>0$,有

$$E\left(\sup_{t_0\le r\le s}\left|x(r)-\bar{x}(r)\right|^2\right)\le \varepsilon+2(T-t_0+4)\int_{t_0}^t \kappa\left[E\left(\sup_{t_0\le r\le s}\left|x(r)-\bar{x}(r)\right|^2\right)\right]\mathrm{d}s \tag{6.9}$$

对所有的 $t_0\le t\le T$ 成立,定义

$$G(r)=\int_1^r \frac{\mathrm{d}u}{\kappa(u)}, \qquad r>0,$$

并且令 $G^{-1}(\cdot)$ 是 $G(\cdot)$ 的逆函数. 根据条件 (6.7)，可得 $\lim\limits_{\varepsilon\downarrow 0}G(\varepsilon)=-\infty$ 以及 $\mathrm{Dom}(G^{-1})=(-\infty,G(\infty))$. 因此，利用 Bihari 不等式(即定理 1.8.2)，由式 (6.9) 得，对所有任意小的 $\varepsilon>0$, 有

$$E\left(\sup_{t_0\leqslant r\leqslant T}\left|x(r)-\bar{x}(r)\right|^2\right)\leqslant G^{-1}[G(\varepsilon)+2(T-t_0+4)(T-t_0)].$$

令 $\varepsilon\rightarrow 0$ 得

$$E\left(\sup_{t_0\leqslant r\leqslant T}\left|x(r)-\bar{x}(r)\right|^2\right)=0.$$

因此，$x(t)=\bar{x}(t)$ 对所有的 $t_0\leqslant t\leqslant T$ 几乎处处成立. 唯一性得证. 为证明式 (6.6)，根据定理 6.4 只需验证线性增长条件. 因为 $\kappa(\cdot)$ 是凹函数且递增，所以必存在正数 a 使得

$$\kappa(u)\leqslant a(1+u),\quad u\geqslant 0.$$

此外，令 $b=\sup\limits_{t_0\leqslant t\leqslant T}\left(\left|f(0,t)\right|^2\vee\left|g(0,t)\right|^2\right)<\infty.$ 则

$$\left|f(x,t)\right|^2\vee\left|g(x,t)\right|^2$$
$$\leqslant 2\left(\left|f(0,t)\right|^2\vee\left|g(0,t)\right|^2\right)+2\left(\left|f(x,t)-f(0,t)\right|^2\vee\left|g(x,t)-g(0,t)\right|^2\right)$$
$$\leqslant 2b+2\kappa\left(\left|x\right|^2\right)\leqslant 2b+2a\left(1+\left|x\right|^2\right)\leqslant 2(a+b)\left(1+\left|x\right|^2\right).$$

即线性增长条件 (3.2) 成立且 $K=2(a+b)$. 定理得证.

为结束本节，考虑 1-维方程

$$\mathrm{d}x(t)=\left|x(t)\right|^\alpha \mathrm{d}B(t),\quad t_0\leqslant t\leqslant T, \tag{6.10}$$

其初值 $x(t_0)=x_0$ 有界，其中 $\frac{1}{2}\leqslant\alpha<1$ 且 $B(t)$ 是 1-维 Brown 运动. 正如我们之前所描述的，方程 (6.10) 有唯一解. 此外，线性增长条件显然成立. 因此，根据定理 6.4，得 Caratheodory 近似解收敛于唯一解. 然而，在这种情形下，Picard 近似解是否收敛到唯一解仍然没有定论. 目前为止，保证 Picard 近似解收敛到唯一解的最佳条件就是定理 6.5 给出的条件，该条件由 Yamada (1981) 给出.

2.7 Euler-Maruyama 近似解

现在我们开始讨论 Euler-Maruyama 近似解，定义为: 对每一个整数 $n\geqslant 1$, 定义 $x_n(t_0)=x_0,$ 当 $t_0+(k-1)/n<t\leqslant(t_0+k/n)\wedge T, k=1,2\cdots$时，有

$$x_n(t) = x_n\left(t_0 + \frac{k-1}{n}\right) + \int_{t_0+\frac{k-1}{n}}^{t} f\left(x_n\left(t_0 + \frac{k-1}{n}\right), s\right) ds +$$

$$\int_{t_0+\frac{k-1}{n}}^{t} g\left(x_n\left(t_0 + \frac{k-1}{n}\right), s\right) dB(s). \tag{7.1}$$

若定义

$$\hat{x}_n(t) = x_0 I_{\{t_0\}}(t) + \sum_{\kappa \geq 1} x_n\left(t_0 + \frac{k-1}{n}\right) I_{\left(t_0+\frac{k-1}{n}, t_0+\frac{k}{n}\right]}(t), \tag{7.2}$$

对 $t_0 \leq t \leq T$,则由式(7.1)得

$$x_n(t) = x_0 + \int_{t_0}^{t} f(\hat{x}_n(s), s) ds + \int_{t_0}^{t} g(\hat{x}_n(s), s) dB(s). \tag{7.3}$$

利用该表达式,类似于引理6.1和引理6.2可证明下列引理.

引理 7.1　在线性增长条件(3.2)下,Euler-Maruyama 近似解 $x_n(t)$ 具有性质

$$\sup_{t_0 \leq t \leq T} E|x_n(t)|^2 \leq C_1 := (1 + 3E|x_0|^2) e^{3K(T-t_0)(T-t_0+1)}.$$

引理 7.2　在线性增长条件(3.2)下,对 $t_0 \leq s < t \leq T$ 和 $t - s \leq 1$, Euler-Maruyama 近似解 $x_n(t)$ 具有性质

$$E|x_n(t) - x_n(s)|^2 \leq C_2(t - s),$$

其中 $C_2 = 4K(1 + C_1)$ 且 C_1 定义在引理7.1中.

类似定理6.3的证明可证下列定理.

定理 7.3　假设 Lipschitz 条件(3.1)和线性增长条件(3.2)成立. 令 $x(t)$ 是方程(6.1)的唯一解, $x_n(t)$, $n \geq 1$ 是 Euler-Maruyama 近似解. 则

$$E\left(\sup_{t_0 \leq t \leq T} |x_n(t) - x(t)|^2\right) \leq \frac{C_3}{n},$$

其中 $C_3 = 4C_2 \bar{K}(T-t_0)(T-t_0+4) \exp[4\bar{K}(T-t_0)(T-t_0+4)]$ 且 C_2 定义在引理7.2中.

我们把证明留给读者. 此外,下面更一般的结果成立.

定理 7.4　在定理6.4的假设条件下,Euler-Maruyama 近似解在式(6.6)的意义下收敛于方程(6.1)的唯一解 $x(t)$.

该结论由 Kaneko 和 Nakao (1988) 提出. 定理7.4和定理6.4表明在定理6.4中所叙述的非常一般的条件下,Caratheodory 近似解和 Euler-Maruyama 近似解均收敛于方程(6.1)的唯一解. 然而,在这些条件下,Picard 近似解是否收敛到唯一解仍然没有定论.

有趣的是,对下列齐次随机微分方程,Euler-Maruyama 近似解变的更简单

$$dx(t) = f(x(t))dt + g(x(t))dB(t). \tag{7.4}$$

在这种情形中,Euler-Maruyama 近似解有下列简单形式: $x_n(t_0) = x_0$ 且

$$x_n(t) = x_n\left(t_0 + \frac{k-1}{n}\right) + f\left(x_n\left(t_0 + \frac{k-1}{n}\right)\right)\left[t - t_0 - \frac{k-1}{n}\right] +$$

$$g\left(x_n\left(t_0 + \frac{k-1}{n}\right)\right)\left[B(t) - B\left(t_0 - \frac{k-1}{n}\right)\right], \tag{7.5}$$

对 $t_0 + (k-1)/n < t \leqslant (t_0 + k/n) \wedge T, k = 1, 2, \cdots$.

为结束本节，我们给出一个重要的注释.

注7.5 在上一节，概率空间 $(\Omega, \mathcal{F}, P)$，滤子 $\{\mathcal{F}_t\}_{t \geqslant 0}$，Brown 运动 $B(t)$ 以及系数 $f(x,t)$, $g(x,t)$ 均是提前给定的，然后解 $x(t)$ 就可以构造出来. 这样的解称为强解. 如果仅仅给出系数 $f(x,t)$ 和 $g(x,t)$，那么可以构造一个合适的概率空间，滤子，Brown 运动并找出方程的解，这样的解称为弱解. 这两类解(强解或弱解)称为弱唯一的，如果他们在概率下相等，即两类解具有相同的有限维概率分布. 如果两个弱解在带有滤子和 Brown 运动的任何概率空间中是不可区分的，那么我们称这个方程的路径唯一性成立. 显然强解是弱解，反之一般不成立. 详见 Tanaka 在 Rogers 和 Williams 的文献 (1987)，Sec.V.16 中的举例说明. 路径唯一性意味着弱唯一性. 而且，上述给定的所有条件，例如 Lipschitz 条件保证了路径唯一性，因为在任意给定的概率空间等其他空间中唯一性已经得证. 本书中，除非特殊说明，否则我们总是研究强解.

2.8 SDE 和 PDE：Feynman-KAC 公式

随机微分方程有众多应用. 最重要的应用之一就是偏微分方程解的随机表达式，称为 Feynman-Kac 公式. 该公式在随机微分方程 (SDE) 和偏微分方程 (PDE) 之间建立了桥梁，并创建了研究偏微分方程 (参看 Friedlin 的文献(1985)) 的概率法.

1.Dirichlet 问题

我们首先考虑 Dirichlet 问题或边值问题

$$\begin{cases} Lu(x) = \varphi(x), & x \in D, \\ u(x) = \phi(x), & x \in \partial D, \end{cases} \tag{8.1}$$

其中 L 为线性偏微分算子

$$L = \frac{1}{2}\sum_{i,j=1}^{d} a_{ij}(x)\frac{\partial^2}{\partial x_i \partial x_j} + \sum_{i=1}^{d} f_i(x)\frac{\partial}{\partial x_i} + c(x), \tag{8.2}$$

其实值系数定义在 $d-$ 维区域 $D \subset \mathbf{R}^d$. 对称排列 a_{ij} 是标准的方式，即 $a_{ij} = a_{ji}$. 假设 D 是开集以及有界集，其边界 ∂D 是 C^2 的. 记 $\bar{D}$ 是 D 的闭包. 设 L 在 D 中是一致椭圆算子，即对一些 $\mu > 0$，有若 $x \in D, y \subset \mathbf{R}^d$，则

$$y^{\mathrm{T}}a(x)y \geqslant \mu|y|^2, \tag{8.3}$$

其中 $a(x) = (a_{ij}(x))_{d \times d}$. 令

$$a_{ij}, f_i \text{ 在 } \bar{D} \text{ 中是一致 Lipschitz 连续的,} \qquad (8.4)$$

$$c \leqslant 0 \text{ 和 } c \text{ 在 } \bar{D} \text{ 中是一致 Hölder 连续的.} \qquad (8.5)$$

众所周知,在这些假设下,根据偏微分方程相关理论,可知 Dirichlet 问题式(8.1)有唯一解 u,对任意给定的函数 φ, ϕ 满足

$$\varphi \text{ 在 } \bar{D} \text{ 上是一致 Hölder 连续的,} \qquad (8.6)$$

$$\phi \text{ 在 } \partial D \text{ 上是连续的.} \qquad (8.7)$$

我们现在用 u 表示随机微分方程的解.

由式(8.3)可知对每一个 $x \in D$,$a(x)$ 是 $d \times d$ 的对称正定矩阵. 众所周知,存在唯一的 $d \times d$ 的正定矩阵 $g(x) = (g_{ij})_{d \times d}$ 使得 $g(x)g^T(x) = a(x)$,且 $g(x)$ 称为 $a(x)$ 的平方根. 此外,条件(8.4)保证了 $g(x)$ 在 $\bar{D}$ 上是一致 Lipschitz 连续的. 扩展 $g(x)$ 和 $f(x) = (f_1(x), \cdots, f_d(x))^T$ 到整个空间 $\mathbf{R}^d$,使得它们保持一致 Lipschitz 连续,即若 $x, y \subset \mathbf{R}^d$,则

$$|f(x) - f(y)| \vee |g(x) - g(y)| \leqslant \bar{K} |x - y| \qquad (8.8)$$

对某些 $K > 0$ 成立. 显然,式(8.8)意味着 f 和 g 也满足线性增长条件. 现在,令 $B(t) = (B_1(t), \cdots, B_d(t)^T, t \geqslant 0$ 是定义在完备概率空间 $(\Omega, \mathcal{F}, P)$ 上的 d – 维 Brown 运动,其滤子 $\{\mathcal{F}_t\}_{t \geqslant 0}$ 满足通常条件. 考虑 d – 维随机微分方程

$$d\xi(t) = f(\xi(t), t)dt + g(\xi(t), t)dB(t), \quad t \geqslant 0, \qquad (8.9)$$

初值为 $\xi(0) = x \in D$. 利用定理 3.6,则方程(8.9)有唯一全局解,记为 $\xi_x(t)$.

定理 8.1 设 D 是 $\mathbf{R}^d$ 的有界开子集,其边界 ∂D 是 C^2 的. 令式(8.3)~(8.7)成立,则边值问题(8.1)的唯一解 $u(x)$ 为

$$u(x) = E\left[\phi(\xi_x(\tau))\exp(\int_0^\tau c(\xi_x(s))ds)\right] - E\left[\int_0^\tau \varphi(\xi_x(\tau))\exp(\int_0^t c(\xi_x(s))ds)dt\right], \qquad (8.10)$$

其中 τ 是 $\xi_x(t)$ 从 D 中首次逃逸时间,即 $\tau = \inf\{t \geqslant 0: \xi_x(t) \notin D\}$.

证明 令 $\varepsilon > 0$,记 U_ε 为 ∂D 的闭 ε – 邻域. 设 $D_\varepsilon = D - U_\varepsilon$,$\tau_\varepsilon$ 是 $\xi_x(t)$ 从 D_ε 中首次逃逸时间. 根据 Itô 公式,对任意的 $T > 0$,有

$$E\left[u(\xi_x(\tau_\varepsilon \wedge T))\exp(\int_0^{\tau_\varepsilon \wedge T} c(\xi_x(s))ds)\right] - u(x)$$

$$= E\left[\int_0^{\tau_\varepsilon \wedge T} Lu(\xi_x(t))\exp(\int_0^t c(\xi_x(s))ds)dt\right]$$

$$= E\left[\int_0^{\tau_\varepsilon \wedge T} \varphi(\xi_x(t))\exp(\int_0^t c(\xi_x(s))ds)dt\right]. \qquad (8.11)$$

令 $\varepsilon \to 0$ 并利用有界收敛定理,得

$$u(x) = E\left[u(\xi_x(\tau \wedge T))\exp(\int_0^{\tau \wedge T} c(\xi_x(s))ds)\right] -$$

$$E\left[\int_0^{\tau_\varepsilon \wedge T} \varphi(\xi_x(t))\exp(\int_0^t c(\xi_x(s))ds)dt\right]. \qquad (8.12)$$

如果能证明 $\tau < \infty$ a.s.，那么再令 $T \to \infty$，利用有界收敛定理，可得结论 (8.10). 为验证 $\tau < \infty$ a.s.，考虑函数

$$V(x) = -\mathrm{e}^{\lambda x_1}, \quad x \in \mathbf{R}^d.$$

从式 (8.3) 得出 $a_{11}(x) \geq \mu > 0$ 在 D 中成立，选择充分大的 $\lambda > 0$，使得

$$f_1(x)V_{x_1}(x) + \frac{1}{2}a_{11}(x)V_{x_1 x_1}(x) = \lambda \mathrm{e}^{\lambda x_1}\left[f_1(x) - \frac{\lambda}{2}a_{11}(x) \right] \leqslant -1$$

在 D 中成立. 根据 Itô 公式，得

$$EV(\xi_x(\tau \wedge T)) - V(x)$$

$$= E\int_0^{\tau \wedge T}\left[f_1(\xi_x(s))V_{x_1}(\xi_x(s)) + \frac{1}{2}a_{11}(\xi_x(s))V_{x_1 x_1}(\xi_x(s)) \right]\mathrm{d}s$$

$$\leqslant -E(\tau \wedge T).$$

因为在 D 中对某些 $C \geq 0$，有 $|V(x)| \leqslant C$，因此 $E(\tau \wedge T) \leqslant 2C$. 令 $T \to \infty$，利用单调收敛定理得 $E\tau \leqslant 2C$，这就意味着 $\tau < \infty$ a.s. 定理得证.

作为实例，令 L 为 Laplace 算子 $\Delta = \sum_{i=1}^d \dfrac{\partial^2}{\partial x_i^2}$. 然后边值问题式 (8.1) 简化为

$$\begin{cases} \Delta u(x) = \varphi(x), & x \in D, \\ u(x) = \phi(x), & x \in \partial D, \end{cases} \tag{8.13}$$

且相应的随机微分方程 (8.9) 具有简单形式 $\mathrm{d}\xi(t) = \mathrm{d}B(t)$，其解为 $\xi_x(t) = x + B(t)$. 利用定理 8.1，如果式 (8.6) 和 (8.7) 成立，那么方程 (8.13) 的唯一解为

$$u(x) = E\left[\phi(x + B(\tau))\exp(\int_0^\tau c(x + B(s))\mathrm{d}s) \right] -$$

$$E\left[\int_0^\tau \varphi(x + B(t))\exp(\int_0^t c(x + B(s))\mathrm{d}s)\mathrm{d}t \right], \tag{8.14}$$

其中 $\tau = \inf\{t \geq 0 : x + B(t) \notin D\}$.

2. 初边值问题

考虑下面的初边值问题或边值问题

$$\begin{cases} \dfrac{\partial}{\partial t}u(x,t) + Lu(x,t) = \varphi(x), & x \in D \times [0,T), \\ u(x,T) = \phi(x), & x \in D, \\ u(x,t) = b(x,t), & x \in \partial D \times [0,T], \end{cases} \tag{8.15}$$

其中 $T > 0$，D 与前面定义的一样，且

$$L = \frac{1}{2} \sum_{i,j=1}^{d} a_{ij}(x,t) \frac{\partial^2}{\partial x_i \partial x_j} + \sum_{i=1}^{d} f_i(x,t) \frac{\partial}{\partial x_i} + c(x,t) , \tag{8.16}$$

其实值系数定义在 $\bar{D} \times [0,T]$ 上. 令 $a(x,t) = (a_{ij}(x,t))_{d \times d}$. 我们给出下列假设

$$y^{\mathrm{T}} a(x,t) y \geqslant \mu |y|^2, \quad (x,t) \in D \times [0,T], \quad y \in \mathbf{R}^d,$$
$$a_{ij}, f_i \text{ 在 } (x,t) \in \bar{D} \times [0,T] \text{ 中是一致 Lipschitz 连续的,}$$
$$c, \varphi \text{ 在 } (x,t) \in \bar{D} \times [0,T] \text{ 中是一致 Hölder 连续的,} \tag{8.17}$$
$$\phi \text{ 在 } \bar{D} \text{ 上连续,} \quad b \text{ 在 } \partial D \times [0,T] \text{ 上连续,}$$
$$\phi(x) = b(x,T), \quad x \in \partial D.$$

显然, 若式 (8.17) 成立, 则初边值问题 (8.15) 有唯一解. 为了利用随机微分方程的解表示 u, 令 $f(x,t) = (f_1, \cdots, f_d)^{\mathrm{T}}$ 和 $g(x,t) = (g_{ij}(x,t))_{d \times d}$ 是 $a(x,t)$ 在 $\bar{D} \times [0,T]$ 上的平方根, 即 $g(x,t)g^{\mathrm{T}}(x,t) = a(x,t)$. 把 f, g 扩展至 $\mathbf{R}^d \times [0,T]$, 以保持 Lipschitz 连续性

$$|f(x,t) - f(y,s)| \vee |g(x,t) - g(y,s)| \leqslant \bar{K}(|x-y| + |t-s|), \quad K > 0.$$

对每一个 $(x,t) \in D \times [0,T]$, 考虑随机微分方程

$$\mathrm{d}\xi(s) = f(\xi(s),s)\mathrm{d}s + g(\xi(s),s)\mathrm{d}B(s), \quad [t,T] , \tag{8.18}$$

初值为 $\xi(t) = x$. 利用定理 3.1, 则方程 (8.18) 有唯一解, 记为 $\xi_{x,t}(s)$, $s \in [t,T]$.

定理 8.2 设 D 是 $\mathbf{R}^d$ 的有界开子集, 其边界 ∂D 是 C^2 的. 令式 (8.17) 成立, 则初边值问题 (8.15) 的唯一解 $u(x,t)$ 为

$$u(x,t) = E\left[I_{\{\tau < T\}} b(\xi_{x,t}(\tau),\tau) \exp(\int_t^\tau c(\xi_{x,t}(s),s)\mathrm{d}s) \right] +$$
$$E\left[I_{\{\tau = T\}} \phi(\xi_{x,t}(T)) \exp(\int_t^T c(\xi_{x,t}(s),s)\mathrm{d}s) \right] -$$
$$E\left[\int_t^\tau \varphi(\xi_{x,t}(s),s) \exp(\int_t^s c(\xi_{x,t}(r),r)\mathrm{d}r)\mathrm{d}s \right], \tag{8.19}$$

其中 $\tau = T \wedge \inf\{t \in [t,T] : \xi_{x,t}(s) \notin D\}$.

该定理的证明类似于定理 8.1 的证明, 但这里我们对下列函数

$$u(\xi_{x,t}(s),s) \exp(\int_t^s c(\xi_{x,t}(r),r)\mathrm{d}r) \tag{8.20}$$

应用 Itô 公式.

3. Cauchy 问题

在初边值问题中, 如果 $D = \mathbf{R}^d$, 那么有下列 Cauchy 问题

$$\begin{cases} \dfrac{\partial}{\partial t} u(x,t) + Lu(x,t) = \varphi(x), & x \in \mathbf{R}^d \times [0,T], \\ u(x,T) = \phi(x), & x \in \mathbf{R}^d, \end{cases} \tag{8.21}$$

其中 L 由式 (8.16) 给出. 假设:

(H1) 函数 a_{ij}, f_i 在 $\mathbf{R}^d \times [0,T]$ 上有界且在 $\mathbf{R}^d \times [0,T]$ 的任意紧子集中关于

(x,t) 一致 Lipschitz 连续. 函数 a_{ij} 关于 x 是 Hölder 连续的,在 $\mathbf{R}^d \times [0,T]$ 中关于 (x,t) 一致成立. 此外,对某些 $\mu > 0$,有若 $(x,t) \in \mathbf{R}^d \times [0,T), y \in \mathbf{R}^d$,则

$$x_0 \in L^p(\Omega; \mathbf{R}^d),$$

(H2) 函数 c 在 $\mathbf{R}^d \times [0,T]$ 上有界,且在 $\mathbf{R}^d \times [0,T]$ 的任意紧子集中关于 (x,t) 一致 Hölder 连续.

(H3) 函数 f 在 $\mathbf{R}^d \times [0,T]$ 上关于 (x,t) 连续,对 x 是 Hölder 连续的. 函数 ϕ 在 $\mathbf{R}^d$ 上连续. 而且,对某些 $\alpha > 0$,$\beta > 0$,有若 $x \in \mathbf{R}^d, t \in [0,T]$,则

$$|f(x,t)| \vee |\phi(x)| \leqslant \beta(1 + |x|^\alpha).$$

在这些假设条件下,Cauchy 问题 (8.21) 存在唯一解 u. 此外,利用定理 3.4,得随机微分方程 (8.18) 也存在唯一解,记为 $\xi_{x,t}(s)$.

定理 8.3 设 (H1)~(H3) 成立,则 Cauchy 问题 (8.21) 的唯一解 $u(x,t)$ 为

$$u(x,t) = E\left[\phi(\xi_{x,t}(T)) \exp(\int_t^T c(\xi_{x,t}(s),s)\mathrm{d}s)\right] -$$
$$E\left[\int_t^T \varphi(\xi_{x,t}(s),s) \exp(\int_t^s c(\xi_{x,t}(r),r)\mathrm{d}r)\mathrm{d}s\right]. \tag{8.22}$$

对函数 (8.20) 应用 Itô 公式可证该定理.

现在我们考虑方程 (8.21) 的一些特殊情况. 首先,当 $\varphi = 0$ 和 $c = 0$ 时,方程 (8.21) 变为 Kolmogorov 后向方程

$$\begin{cases} \dfrac{\partial}{\partial t} u(x,t) + \mathcal{L}u(x,t) = 0, & x \in \mathbf{R}^d \times [0,T), \\ u(x,T) = \phi(x), & x \in \mathbf{R}^d, \end{cases} \tag{8.23}$$

其中

$$\mathcal{L} = \frac{1}{2} \sum_{i,j=1}^d a_{ij}(x,t) \frac{\partial^2}{\partial x_i \partial x_j} + \sum_{i=1}^d f_i(x,t) \frac{\partial}{\partial x_i}.$$

在这种情形中,公式 (8.22) 简化为

$$u(x,t) = E\phi(\xi_{x,t}(T)). \tag{8.24}$$

接下来,如果令 $L = 0$ 和 $\varphi = 0$,那么方程 (8.21) 变为热方程

$$\begin{cases} \dfrac{\partial}{\partial t} u(x,t) + \Delta u(x,t) = 0, & x \in \mathbf{R}^d \times [0,T), \\ u(x,T) = \phi(x), & x \in \mathbf{R}^d, \end{cases} \tag{8.25}$$

在这种情形中,相应的随机微分方程 (8.18) 简化为

$$\mathrm{d}\xi(s) = \mathrm{d}B(s), \quad [t,T],$$

其初值为 $\xi(t) = x$. 显然,该随机方程有显式解 $\xi_{x,t}(s) = x + B(s) - B(t)$. 因此,利用定理 8.3,得热方程 (8.25) 的解为

$$u(x,t) = E\phi(x + B(T) - B(t)). \tag{8.26}$$

为结束本节，我们指出 Feynman-Kac 公式也能应用于准线性的抛物型偏微分方程. 为解释该结论，考虑下列准线性方程

$$\begin{cases} \dfrac{\partial}{\partial t}u(x,t) + \mathcal{L}u(x,t) + c(x,t)u(x,t) = 0, & x \in \mathbf{R}^d \times [0,T), \\ u(x,T) = \phi(x), & x \in \mathbf{R}^d, \end{cases} \tag{8.27}$$

其中 c 是定义在 $\mathbf{R}^d \times \mathbf{R}$ 上的连续函数. 在该情形下，Feynman-Kac 公式为

$$u(x,t) = E\left[\phi(\xi_{x,t}(T)) \exp\left(\int_t^T c(\xi_{x,t}(s), u(\xi_{x,t}(s), s)) \mathrm{d}s\right) \right]. \tag{8.28}$$

当然，这不再是显性表示. 然而式 (8.28) 依然有用. 例如，设 $\phi(x) \geqslant 0$ 且

$$\underline{c}(x) \leqslant c(x,u) \leqslant \overline{c}(x).$$

根据式 (8.28) 可得

$$E\left[\phi(\xi_{x,t}(T)) \exp\left(\int_t^T \underline{c}(\xi_{x,t}(s)) \mathrm{d}s\right) \right] \leqslant u(x,t) \leqslant E\left[\phi(\xi_{x,t}(T)) \exp\left(\int_t^T \overline{c}(\xi_{x,t}(s)) \mathrm{d}s\right) \right]. \tag{8.29}$$

如果将方程 (8.27) 的相应解记为 $\overline{u}(x,t)$ 和 $\underline{u}(x,t)$，且分别用 $\overline{c}(x)$ 和 $\underline{c}(x)$ 替换 $c(x,u)$，那么可以将式 (8.29) 重写为

$$\underline{u}(x,t) \leqslant u(x,t) \leqslant \overline{u}(x,t), \tag{8.30}$$

这是一个与式 (8.29) 相对比的结果.

2.9　Markov 过程的解

本节我们讨论解的 Markov 性. 为了读者的方便，我们先复习 Markov 过程的基本知识(详见 Doob 的文章(1953)). 在第1章中，我们已经给出了条件期望 $E(X \mid G)$ 的定义. 如果 G 是由随机变量 Y 产生的 σ-代数，即 $G = \sigma\{Y\}$，那么 $E(X \mid G) = E(X \mid Y)$. 如果 X 是集合 A 的示性函数，那么 $E(I_A \mid G) = P(A \mid G)$.

d-维的 $\{\mathcal{F}_t\}$-适应的随机过程 $\{\xi(t)\}_{t \geqslant 0}$ 称为 Markov 过程，如果满足下列 Markov 性质：对所有的 $0 \leqslant s \leqslant t < \infty$ 和 $A \in \mathcal{B}^d$，有

$$P(\xi(t) \in A \mid \mathcal{F}_s) = P(\xi(t) \in A \mid \xi(s)). \tag{9.1}$$

在 Markov 过程的通常定义中，σ-代数 $\mathcal{F}_s$ 为 $\sigma\{\xi(r) : 0 \leqslant r \leqslant s\}$ 的集合，但这里我们想让该定义更一般化. Markov 性意味着给定一个 Markov 过程，当现在已知时, 过去和未来是独立的. 关于 Markov 性，有几个等价公式. 例如，性质 (9.1) 等价于下列描述：对任意有界的 Borel 可测函数 $\varphi : \mathbf{R}^d \to \mathbf{R}$ 和 $0 \leqslant s \leqslant t < \infty$ 有

$$E(\varphi(\xi(t)) \mid \mathcal{F}_s) = E(\varphi(\xi(t)) \mid \xi(s)). \tag{9.2}$$

Markov 过程的转移概率为函数 $P(x, s; A, t)$，对 $0 \leqslant s \leqslant t < \infty$ $x \in \mathbf{R}^d$ 和 $A \in \mathcal{B}^d$，满足下列性质：

(a) 对每一个 $0 \leqslant s \leqslant t < \infty$ 和 $A \in \mathcal{B}^d$，有

$$P(\xi(s), s; A, t) = P(\xi(t) \in A \mid \xi(s));$$

(b) 对每一个 $0 \leqslant s \leqslant t < \infty$ 和 $x \in \mathbf{R}^d$，$P(x, s; \cdot, t)$ 是定义在 $\mathcal{B}^d$ 上的概率测度；

(c) 对每一个 $0 \leqslant s \leqslant t < \infty$ 和 $A \in \mathcal{B}^d$，$P(\cdot, s; A, t)$ 是 Borel 可测的；

(d) 对每一个 $0 \leqslant s \leqslant t < \infty$，$x \in \mathbf{R}^d$ 和 $A \in \mathcal{B}^d$，Chapman-Kolmogorov 方程

$$P(x, s; A, t) = \int_{\mathbf{R}^d} P(y, r; A, t) P(x, s; \mathrm{d}y, r)$$

成立.

显然，利用转移概率，Markov 性式 (9.1) 变为

$$P(\xi(t) \in A \mid \mathcal{F}_s) = P(\xi(s), s; A, t). \tag{9.3}$$

用符号

$$P(\xi(t) \in A \mid \xi(s) = x) = P(x, s; A, t)$$

表示集合 A 中的过程在时间 t 时的概率，前提是过程当 $s \leqslant t$ 时处于状态 x. 应该强调一下，由上述方程定义的数 $P(\xi(t) \in A \mid \xi(s) = x)$ 是简单的，尽管条件 $\{\xi(s) = x\}$ 的概率可能为 0. 我们也将使用符号

$$E_{x,s} \varphi(\xi(t)) = \int_{\mathbf{R}^d} \varphi(y) P(x, s; \mathrm{d}y, t). \tag{9.4}$$

在该记号下，Markov 性式 (9.2) 变为

$$E(\varphi(\xi(t)) \mid \mathcal{F}_s) = E_{\xi(s),s} \varphi(\xi(t)), \tag{9.5}$$

其中右侧是函数 $E_{x,s} \varphi(\xi(t))$ 在 $x = \xi(s)$ 处的值.

Markov 过程 $\{\xi(t)\}_{t \geqslant 0}$ 称为齐次的(关于时间)，如果它的转移概率 $P(x, s; A, t)$ 是平稳的，即

$$P(x, s + u; A, t + u) = P(x, s; A, t)$$

对所有的 $0 \leqslant s \leqslant t < \infty$，$u \geqslant 0$，$x \in \mathbf{R}^d$，和 $A \in \mathcal{B}^d$ 成立. 在这种情形中，转移概率仅仅是关于 x，A 和 $t - s$ 的函数，由于

$$P(x, s; A, t) = P(x, 0; A, t - s).$$

因此，可简写 $P(x, 0; A, t) = P(x; A, t)$. 显然，无论长度为 t 的区间在时间轴上的哪个实际位置，$P(x; A, t)$ 是时刻 t 处从 x 到 A 的转移概率. 此外，Chapman-Kolmogorov 方程变为

$$P(x; A, t + s) = \int_{\mathbf{R}^d} P(x; A, s) P(x; \mathrm{d}y, t).$$

而且，记符号

$$E_x \varphi(\xi(t)) = \int_{\mathbf{R}^d} \varphi(y) P(x; \mathrm{d}y, t),$$

则 Markov 性变为

$$E(\varphi(\xi(t)) \mid \mathcal{F}_s) = E_{\xi(s)}\varphi(\xi(t-s)).$$

$d-$维的随机过程 $\{\xi(t)\}_{t \geqslant 0}$ 称为强 Markov 过程,如果满足下列强 Markov 性质: 对任意有界的 Borel 可测函数 $\varphi : \mathbf{R}^d \to \mathbf{R}$, 对任意有限的 $\mathcal{F}_t$ – 停时 τ 和 $t \geqslant 0$, 有

$$E(\varphi(\xi(\tau+t)) \mid \mathcal{F}_\tau) = E(\varphi(\xi(\tau+t)) \mid \xi(\tau)). \tag{9.6}$$

显然, 强 Markov 过程是 Markov 过程. 利用转移概率, 强 Markov 性变为

$$P(\xi(\tau+t) \in A \mid \mathcal{F}_\tau) = P(\xi(\tau), \tau; A, \tau+t).$$

利用上面定义的符号 $E_{x,s}$, 强 Markov 性也可写为

$$E(\varphi(\xi(\tau+t)) \mid \mathcal{F}_\tau) = E_{\xi(\tau),\tau}\varphi(\xi(\tau+t)).$$

特别地, 在齐次情形中, 该式变为

$$E(\varphi(\xi(\tau+t)) \mid \mathcal{F}_\tau) = E_{\xi(\tau)}\varphi(\xi(t)).$$

一般地, Markov 过程不是强 Markov 过程. 确保 Markov 过程具有强 Markov 性 的条件是样本路径的右连续性以及所谓的 Feller 性. 若对任意有界的连续函数 $\varphi : \mathbf{R}^d \to \mathbf{R}$, 映射

$$(x,s) \to \int_{\mathbf{R}^d} \varphi(y) P(x,s; \mathrm{d}y, s+\lambda)$$

是连续的, 对任意固定的 $\lambda > 0$, 则称转移概率(或相应的 Markov 过程)满足 Feller 性.

现在, 我们开始讨论随机微分方程解的 Markov 性.

定理 9.1 令 $\xi(t)$ 满足 Itô 方程

$$\mathrm{d}\xi(t) = f(\xi(t),t)\mathrm{d}t + g(\xi(t),t)\mathrm{d}B(t), \quad t \geqslant 0, \tag{9.7}$$

其系数满足存在唯一性定理的条件, 则 $\xi(t)$ 是 Markov 过程且转移概率为

$$P(x,s; A,t) = P\{\xi_{x,s}(t) \in A\}, \tag{9.8}$$

其中 $\xi_{x,s}(t)$ 是方程

$$\xi_{x,s}(t) = x + \int_s^t f(\xi_{x,s}(r),r)\mathrm{d}r + \int_s^t g(\xi_{x,s}(r),r)\mathrm{d}B(t), \quad t \geqslant s \tag{9.9}$$

的解.

为证明该定理, 我们先给出一个引理.

引理 9.2 令 $h(x,\omega)$ 是关于 x 的标量有界可测的随机函数, 且独立于 $\mathcal{F}_s$. 设 ζ 是 $\mathcal{F}_s$ – 可测的随机变量, 则

$$E(h(\zeta,\omega) \mid \mathcal{F}_s) = H(\zeta), \tag{9.10}$$

其中 $H(x) = Eh(x,\omega)$.

证明 首先, 假设 $h(x,\omega)$ 具有简单形式

$$h(x,\omega) = \sum_{i=1}^{k} u_i(x) v_i(\omega), \qquad (9.11)$$

其中 $u_i(x)$ 为 x 的有界确定性函数且 $v_i(\omega)$ 为独立于 $\mathcal{F}_s$ 的有界随机变量. 显然

$$H(x) = \sum_{i=1}^{k} u_i(x) E v_i(\omega).$$

此外，对任意集合 $G \in \mathcal{F}_s$，计算可得

$$E[h(\zeta,\omega)I_G] = E\left(\sum_{i=1}^{k} u_i(\zeta) v_i(\omega) I_G\right) = \sum_{i=1}^{k} E[u_i(\zeta) I_G] E v_i(\omega)$$

$$= E\left(\sum_{i=1}^{k} u_i(\zeta) E v_i(\omega) I_G\right) = E[H(\zeta) I_G].$$

根据定义，这就意味着，如果 $h(x,\omega)$ 满足式 (9.11) 的形式，那么式 (9.10) 成立. 因为任意有界可测的随机函数 $h(x,\omega)$ 都能够由式 (9.11) 近似表示，因此，该引理的一般结论立即成立.

现在，定理 9.1 很容易验证.

定理 9.1 的证明 令 $\mathcal{G}_s = \sigma\{B(r) - B(s): t \geqslant s\}$. 显然，$\mathcal{G}_s$ 独立于 $\mathcal{F}_s$. 此外，当 $r \geqslant s$ 时，$\xi_{x,s}(t)$ 的值完全依赖增量 $B(r) - B(s)$ 且 $\mathcal{G}_s$ – 可测. 因此，$\xi_{x,s}(t)$ 独立于 $\mathcal{F}_s$. 另外，注意到 $\xi(t) = \xi_{\xi(s),s}(t)$ 对 $t \geqslant s$ 成立，因为 $\xi(t)$ 和 $\xi_{\xi(s),s}(t)$ 均满足解唯一的方程

$$\xi(t) = \xi(s) + \int_s^t f(\xi(r),r)\mathrm{d}r + \int_s^t g(\xi(r),r)\mathrm{d}B(r).$$

对任意的 $A \in \mathcal{B}^d$，应用引理 9.2 和 $h(x,\omega) = I_A(\xi_{x,s}(t))$ 可知，如果 $P(x,s;A,t)$ 由式 (9.8) 所定义，那么计算得

$$P\big(\xi(t) \in A | \mathcal{F}_s\big) = E\big(I_A(\xi(t)) | \mathcal{F}_s\big) = E\big(I_A(\xi_{\xi(s),s}(t)) | \mathcal{F}_s\big)$$

$$= E(I_A(\xi_{x,s}(t)))\big|_{x=\xi(s)} = P(x,s;A,t)\big|_{x=\xi(s)} = P(\xi(s),s;A,t).$$

定理得证.

关于解的强 Markov 性，我们需要稍微加强条件.

定理 9.3 令 $\xi(t)$ 满足 Itô 方程

$$\mathrm{d}\xi(t) = f(\xi(t),t)\mathrm{d}t + g(\xi(t),t)\mathrm{d}B(t), \qquad t \geqslant 0.$$

假设系数是一致 Lipschitz 连续的且满足线性增长条件，即，存在两正数 K 和 $\bar{K}$，使得

$$|f(x,t) - f(y,t)|^2 \vee |g(x,t) - g(y,t)|^2 \leqslant \bar{K}|x-y|^2 \qquad (9.12)$$

和

$$|f(x,t)|^2 \vee |g(x,t)|^2 \leqslant \bar{K}\left(1 + |x|^2\right) \qquad (9.13)$$

对所有的 $x, y \in \mathbf{R}^d$ 和 $t \geqslant 0$ 成立，则 $\xi(t)$ 是强 Markov 过程.

为证明该定理，我们需要再给出一个引理.

引理 9.4 令式(9.12)和(9.13)成立. 对$(x,s) \in \mathbf{R}^d \to \mathbf{R}_+$，设$\xi_{x,s}(t)$满足方程

$$\xi_{x,s}(t) = x + \int_s^t f(\xi_{x,s}(r),r)\mathrm{d}r + \int_s^t g(\xi_{x,s}(r),r)\mathrm{d}B(t), \qquad t \geq s,$$

则对任意的$T > 0$和$\delta > 0$，有

$$E\left(\sup_{u \leq t \leq T} |\xi_{x,s}(t) - \xi_{y,u}(t)|^2\right) \leq C\left(|x-y|^2 + |u-s|\right) \tag{9.14}$$

关于$0 \leq s, u \leq T$和$|x| \vee |y| \leq \delta$成立，其中C是依赖于T, δ, K和$\bar{K}$的正数.

证明 不失一般性，设$s \leq u$. 显然，当$u \leq t \leq T$时，有

$$\xi_{x,s}(t) - \xi_{y,u}(t) = \xi_{x,s}(u) - y + \int_u^t \left[f(\xi_{x,s}(r),r) - f(\xi_{y,u}(r),r)\right]\mathrm{d}r +$$
$$\int_u^t \left[g(\xi_{x,s}(r),r) - g(\xi_{y,u}(r),r)\right]\mathrm{d}B(r). \tag{9.15}$$

由定理4.3(此处用条件(9.13))得

$$E|\xi_{x,s}(u) - y|^2 \leq 2E|\xi_{x,s}(u) - x|^2 + 2|x-y|^2 \leq C_1|u-s| + 2|x-y|^2, \tag{9.16}$$

其中C_1是依赖于T, δ, K的正数. 利用式(9.15)，(9.16)和(9.12)可知，若$u \leq v \leq T$，则

$$E\left(\sup_{u \leq t \leq v} |\xi_{x,s}(t) - \xi_{y,u}(t)|^2\right) \leq 3C_1|u-s| + 6|x-y|^2 +$$
$$3\bar{K}(T+4)\int_u^v E\left(\sup_{u \leq t \leq r} |\xi_{x,s}(t) - \xi_{y,u}(t)|^2\right)\mathrm{d}r.$$

很容易推导出要证的结论(9.14).

现在，我们证明解的强Markov性.

定理 9.3 的证明 由定理9.1可得Markov性成立且解的样本路径是连续的. 因此，我们只需验证Feller性，即证明映射

$$(x,s) \to \int_{\mathbf{R}^d} \varphi(y) P(x,s;\mathrm{d}y, s+\lambda) = E\varphi(\xi_{x,s}(s+\lambda))$$

是连续的，对任意有界连续函数$\varphi: \mathbf{R}^d \to \mathbf{R}$和任意固定的$\lambda > 0$. 注意到

$$E\varphi(\xi_{x,s}(s+\lambda)) - E\varphi(\xi_{y,u}(u+\lambda))$$
$$= E\varphi(\xi_{x,s}(s+\lambda)) - E\varphi(\xi_{x,s}(u+\lambda)) + E\varphi(\xi_{x,s}(u+\lambda)) - E\varphi(\xi_{y,u}(u+\lambda)).$$

但是，利用引理9.4和有界收敛定理，有当$(y,u) \to (x,s)$时

$$E\varphi(\xi_{x,s}(u+\lambda)) - E\varphi(\xi_{y,u}(u+\lambda)) \to 0,$$

以及当$u \to s$时

$$E\varphi(\xi_{x,s}(s+\lambda)) - E\varphi(\xi_{x,s}(u+\lambda)) \to 0.$$

因此，当$(y,u) \to (x,s)$时

$$E\varphi(\xi_{x,s}(s+\lambda)) - E\varphi(\xi_{y,u}(u+\lambda)) \to 0.$$

换句话说，$E\varphi(\xi_{x,s}(s+\lambda))$ 作为 (x,s) 的函数是连续的，且具有 Feller 性. 定理得证.

现在，我们考虑时齐的随机微分方程. 根据时齐方程，我们知道方程的系数不显性依赖于时间，即方程形如

$$d\xi(t) = f(\xi(t))dt + g(\xi(t))dB(t), \quad t \geqslant 0. \tag{9.17}$$

假设 $f : \mathbf{R}^d \to \mathbf{R}^d$ 和 $g : \mathbf{R}^d \to \mathbf{R}^{d \times m}$ 满足存在唯一性定理的条件.

定理 9.5 令 $\xi(t)$ 是方程 (9.17) 的解，则 $\xi(t)$ 是齐次 Markov 过程. 如果 f 和 g 是一致 Lipschitz 连续的(因此满足线性增长条件)，那么解 $\xi(t)$ 是齐次强 Markov 过程.

证明 显然，我们只需证明齐次性. 根据定理 9.1，转移概率为

$$P(x, s; A, s+t) = P\{\xi_{x,s}(s+t) \in A\}, \tag{9.18}$$

其中 $\xi_{x,s}(s+t)$ 满足方程

$$\xi_{x,s}(s+t) = x + \int_s^{s+t} f(\xi_{x,s}(r))dr + \int_s^{s+t} g(\xi_{x,s}(r))dB(r), \quad t \geqslant 0. \tag{9.19}$$

把该方程写为

$$\xi_{x,s}(s+t) = x + \int_0^t f(\xi_{x,s}(s+r))dr + \int_0^t g(\xi_{x,s}(s+r))d\tilde{B}(r), \quad t \geqslant 0, \tag{9.20}$$

其中 $\tilde{B}(t) = B(s+r) - B(s)\,(r \geqslant 0)$ 也是 Brown 运动. 另外，显然有

$$\xi_{x,0}(t) = x + \int_0^t f(\xi_{x,0}(r))dr + \int_0^t g(\xi_{x,0}(r))dB(r), \quad t \geqslant 0. \tag{9.21}$$

对比方程 (9.20) 和 (9.21)，由弱唯一性(注7.5)得 $\{\xi_{x,s}(s+t)\}_{t \geqslant 0}$ 和 $\{\xi_{x,0}(t)\}_{t \geqslant 0}$ 在概率意义下是相等的. 因此

$$P\{\xi_{x,s}(s+t) \in A\} = P\{\xi_{x,0}(t) \in A\},$$

即

$$P(x, s; A, s+t) = P(x, 0; A, t).$$

定理得证.

3

线性随机微分方程

3.1 前　　言

在前一章，我们讨论了随机微分方程的解. 一般地，非线性随机微分方程没有显式解，在实践中，我们可以使用近似解. 然而，对线性方程有可能找到显式解. 例如，回顾下列简单的随机人口增长模型

$$dN(t) = r(t)N(t)dt + \sigma(t)N(t)dB(t), \quad t \geq 0, \tag{1.1}$$

初值为 $N(0) = N_0 > 0$. 由 Itô 公式得

$$\log N(t) = \log N_0 + \int_0^t \left(r(s) - \frac{\sigma^2(s)}{2} \right) ds + \int_0^t \sigma(s)dB(s).$$

这就意味着方程(1.1)的显式解为

$$N(t) = N_0 \exp \left[\int_0^t \left(r(s) - \frac{\sigma^2(s)}{2} \right) ds + \int_0^t \sigma(s)dB(s) \right]. \tag{1.2}$$

如果可能的话，本章我们希望得到一般 d – 维线性随机微分方程

$$dx(t) = (F(t)x(t) + f(t))dt + \sum_{k=1}^m (G_k(t)x(t) + g_k(t))dB_k(t) \tag{1.3}$$

在 $[t_0, T]$ 上的显式解，其中 $F(\cdot)$, $G_k(\cdot)$ 是 $d \times d$ – 矩阵值函数，$f(\cdot)$, $g_k(\cdot)$ 是 $\mathbf{R}^d$ – 值

函数，和以前的记法一样，$B(t) = (B_1(t), \cdots, B_m(t))^{\mathrm{T}}$ 是 m-维 Brown 运动. 如果 $f(t) = g_1(t) = \cdots = g_m(t) \equiv 0$，那么线性方程称为齐次的；如果 $G_1(t) = \cdots = G_m(t) \equiv 0$，那么线性方程称为狭义线性的；如果系数 F, f, G_k, g_k 均独立于 t，那么线性方程称为自治的.

本章我们将假设 F, f, G_k, g_k 在 $[t_0, T]$ 上均为 Borel-可测的且有界. 因此，由存在唯一性定理 2.3.1 可知，对属于 $L^2(\Omega; \mathbf{R}^d)$ 每一个 $\mathcal{F}_{t_0}$-可测的初值 $x(t_0) = x_0$，线性方程 (1.3) 在 $\mathcal{M}^2([t_0, T]; \mathbf{R}^d)$ 中有唯一连续解. 本章的目的是，如果可能的话，得到解的显性表达式.

3.2 随机 Liouville 公式

考虑线性随机微分方程

$$dx(t) = F(t)x(t)dt + \sum_{k=1}^{m} G_k(t)x(t)dB_k(t), \tag{2.1}$$

定义域为 $[t_0, T]$. 正如假设的那样

$$F(t) = (F_{ij}(t))_{d \times d}, \qquad G_k(t) = (G_{ij}^k(t))_{d \times d}$$

均为 Borel-可测的且有界. 对每一个 $j = 1, \cdots, d$，令 e_j 是沿着 x_j 方向的单位列向量，即

$$e_j = (0, \cdots, 0, \underbrace{1}_{j}, 0, \cdots, 0)^{\mathrm{T}}.$$

令 $\Phi_j(t) = (\Phi_{1j}(t), \cdots, \Phi_{dj}(t))^{\mathrm{T}}$ 是方程 (2.1) 的解且初值 $x(t_0) = e_j$. 定义 $d \times d$ 矩阵

$$\Phi_j(t) = (\Phi_1(t), \cdots, \Phi_d(t)) = \{\Phi_{ij}(t)\}_{d \times d}.$$

称 $\Phi(t)$ 为方程 (2.1) 的基础矩阵. 注意到 $\Phi(t_0)$ 为 $d \times d$ 的单位矩阵且

$$d\Phi(t) = F(t)\Phi(t)dt + \sum_{k=1}^{m} G_k(t)\Phi(t)dB_k(t). \tag{2.2}$$

方程 (2.2) 也可表示为：对 $1 \leqslant i, j \leqslant d$，有

$$d\Phi_{ij}(t) = \sum_{l=1}^{d} F_{il}(t)\Phi_{lj}(t)dt + \sum_{k=1}^{m} \sum_{l=1}^{d} G_{il}^k(t)\Phi_{lj}(t)dB_k(t). \tag{2.3}$$

下面的定理表明方程 (2.1) 的任意解可用 $\Phi(t)$ 表示，这就是 $\Phi(t)$ 称为基础矩阵的原因.

定理 2.1 给定初值 $x(t_0) = x_0$，则方程 (2.1) 的唯一解为

$$x(t) = \Phi(t)x_0.$$

证明 显然 $x(t_0) = x_0$. 而且，通过式(2.2)知

$$dx(t) = d\Phi(t)x_0 = F(t)\Phi(t)x_0 dt + \sum_{k=1}^{m} G_k(t)\Phi(t)x_0 dB_k(t)$$

$$= F(t)x(t)dt + \sum_{k=1}^{m} G_k(t)x(t)dB_k(t).$$

故 $x(t)$ 是方程(2.1)的解. 利用存在唯一性定理，则方程(2.1)有唯一解. 因此 $x(t)$ 必为唯一解.

记 $W(t)$ 为基础矩阵 $\Phi(t)$ 的行列式，即

$$W(t) = \det \Phi(t).$$

我们称 $W(t)$ 为随机 Wronski 行列式. 显然，$W(t_0) = 1$. 而且，我们有下列随机 Liouville 公式.

定理 2.2 随机 Wronski 行列式 $W(t)$ 的显式表达为

$$W(t) = \exp\left[\int_{t_0}^{t}\left(\text{trace } F(s) - \frac{1}{2}\sum_{k=1}^{m}\text{trace}[G_k(s)G_k(s)]\right)ds + \sum_{k=1}^{m}\int_{t_0}^{t}\text{trace } G_k(s)dB_k(s)\right]. \tag{2.4}$$

先准备一个引理.

引理 2.3 令 $a(\cdot)$, $b_k(\cdot)$ 为定义在 $[t_0, T]$ 上实值的 Borel 可测的有界函数，则

$$y(t) = y_0 \exp\left[\int_{t_0}^{t}\left(a(s) - \frac{1}{2}\sum_{k=1}^{m}b_k^2(s)\right)ds + \sum_{k=1}^{m}\int_{t_0}^{t}b_k(s)dB_k(s)\right] \tag{2.5}$$

是标量线性随机微分方程

$$dy(t) = a(t)y(t)dt + \sum_{k=1}^{m}b_k(t)y(t)dB_k(t) \tag{2.6}$$

在 $[t_0, T]$ 上的唯一解，其初值为 $y(t_0) = y_0$.

证明 令

$$\xi(t) = \int_{t_0}^{t}\left(a(s) - \frac{1}{2}\sum_{k=1}^{m}b_k^2(s)\right)ds + \sum_{k=1}^{m}\int_{t_0}^{t}b_k(s)dB_k(s),$$

则

$$y(t) = y_0 e^{\xi(t)}.$$

显然，$y(t_0) = y_0$. 而且，利用 Itô 公式，得

$$dy(t) = y(t)\left[\left(a(t) - \frac{1}{2}\sum_{k=1}^{m}b_k^2(t)\right)dt + \sum_{k=1}^{m}b_k(t)dB_k(t)\right] + \frac{1}{2}y(t)\sum_{k=1}^{m}b_k^2(t)dt$$

$$= a(t)y(t)dt + \sum_{k=1}^{m}b_k(t)y(t)dB_k(t).$$

换句话说，$y(t)$ 是方程(2.6)的解且满足初值条件. 但利用定理 2.3.1，则方程(2.6)

仅有一个解，故 $y(t)$ 必是唯一解. 引理得证.

定理 2.2 的证明 由 Itô 公式，可得

$$dW(t) = \sum_{i=1}^{d} \varphi_i + \sum_{1 \leqslant i < j \leqslant d} \phi_{ij}, \tag{2.7}$$

其中

$$\varphi_i = \begin{vmatrix} \Phi_{11}(t) & \cdots & \Phi_{1d}(t) \\ \vdots & & \vdots \\ d\Phi_{i1}(t) & \cdots & d\Phi_{id}(t) \\ \vdots & & \vdots \\ \Phi_{d1}(t) & \cdots & \Phi_{dd}(t) \end{vmatrix}$$

和

$$\phi_{ij} = \begin{vmatrix} \Phi_{11}(t) & \cdots & \Phi_{1d}(t) \\ \vdots & & \vdots \\ d\Phi_{i1}(t) & \cdots & d\Phi_{id}(t) \\ \vdots & & \vdots \\ d\Phi_{j1}(t) & \cdots & d\Phi_{jd}(t) \\ \vdots & & \vdots \\ \Phi_{d1}(t) & \cdots & \Phi_{dd}(t) \end{vmatrix}.$$

利用式(2.3)和前文中的乘法表，不难验证

$$\varphi_i = F_{ii}(t)W(t)dt + \sum_{k=1}^{m} G_{ii}^k(t)W(t)dB_k(t) \tag{2.8}$$

和

$$\phi_{ij} = \sum_{k=1}^{m} [G_{ii}^k(t)G_{jj}^k(t) - G_{ij}^k(t)G_{ji}^k(t)]W(t)dt. \tag{2.9}$$

把式(2.8)和(2.9)代入式(2.7)得

$$dW(t) = \sum_{i=1}^{d} F_{ii}(t) + \sum_{k=1}^{m} \sum_{1 \leqslant i < j \leqslant d} \Big[G_{ii}^k(t)G_{jj}^k(t) - G_{ij}^k(t)G_{ji}^k(t) \Big] W(t)dt + \\ \sum_{k=1}^{m} \sum_{i=1}^{d} G_{ii}^k(t)W(t)dB_k(t). \tag{2.10}$$

应用引理 2.3 得

$$W(t) = \exp[\int_{t_0}^t \left(\sum_{i=1}^d F_{ii}(s) + \sum_{k=1}^m \sum_{1 \le i < j \le d} \left[G_{ii}^k(s)G_{jj}^k(s) - G_{ij}^k(s)G_{ji}^k(s) \right] \right) ds -$$

$$\frac{1}{2} \sum_{i=1}^d \int_{t_0}^t \left[\sum_{i=1}^d G_{ii}^k(s) \right]^2 ds + \sum_{k=1}^m \int_{t_0}^t \sum_{i=1}^d G_{ii}^k(s) dB_k(s)]. \tag{2.11}$$

注意到

$$\left[\sum_{i=1}^d G_{ii}^k(s) \right]^2 = \sum_{i=1}^d \left[G_{ii}^k(s) \right]^2 + 2 \sum_{1 \le i < j \le d} G_{ii}^k(s)G_{jj}^k(s),$$

由式 (2.11) 可立即得

$$W(t) = \exp[\int_{t_0}^t \sum_{i=1}^d F_{ii}(s) ds + \sum_{k=1}^m \int_{t_0}^t \sum_{i=1}^d G_{ii}^k(s) dB_k(s) -$$

$$\sum_{k=1}^m \int_{t_0}^t \left(\frac{1}{2} \sum_{i=1}^d [G_{ii}^k(s)]^2 + \sum_{1 \le i < j \le d} G_{ij}^k(s)G_{ji}^k(s) \right) ds],$$

这就是需要证明的式 (2.4). 定理得证.

随机 Liouville 公式直接暗示了 $W(t) > 0$ a.s.，对所有的 $t \in [t_0, T]$，反过来意味着 $\Phi(t)$ 是可逆的. 因此我们可以得到以下重要结果.

定理 2.4 对所有的 $t \in [t_0, T]$，基础矩阵 $\Phi(t)$ 是可逆的且概率为 1.

接下来，用 $\Phi^{-1}(t)$ 表示 $\Phi(t)$ 的逆矩阵.

3.3 常量变差公式

现在，我们转向定义在 $[t_0, T]$ 上的一般的 d-维线性随机微分方程

$$dx(t) = (F(t)x(t) + f(t))dt + \sum_{k=1}^m (G_k(t)x(t) + g_k(t))dB_k(t), \tag{3.1}$$

初值为 $x(t_0) = x_0$. 方程 (2.1) 称为系统 (3.1) 的相应的齐次方程. 本节我们将建立一个有用的公式，称为常量变差公式，用相应的齐次方程 (2.1) 的基础矩阵表示方程 (3.1) 的唯一解.

定理 3.1 方程 (3.1) 的唯一解可表示为

$$x(t) = \Phi(t) \left(x_0 + \int_{t_0}^t \Phi^{-1}(s) \left[f(s) - \sum_{k=1}^m G_k(s)g_k(s) \right] ds + \sum_{k=1}^m \int_{t_0}^t \Phi^{-1}(s)g_k(s)dB_k(s) \right), \tag{3.2}$$

其中 $\Phi(t)$ 是相应齐次方程的基础矩阵.

证明 令

$$\xi(t) = x_0 + \int_{t_0}^t \Phi^{-1}(s) \left[f(s) - \sum_{k=1}^m G_k(s)g_k(s) \right] ds + \sum_{k=1}^m \int_{t_0}^t \Phi^{-1}(s)g_k(s)dB_k(s),$$

则 $\xi(t)$ 的微分为

$$\mathrm{d}\xi(t) = \Phi^{-1}(t)\left[f(t) - \sum_{k=1}^{m} G_k(t)g_k(t) \right]\mathrm{d}t + \sum_{k=1}^{m} \Phi^{-1}(t)g_k(t)\mathrm{d}B_k(t). \tag{3.3}$$

令

$$\eta(t) = \Phi(t)\xi(t). \tag{3.4}$$

显然，$\eta(t_0) = x_0$. 而且，利用 Itô 公式，得

$$\mathrm{d}\eta(t) = \mathrm{d}\Phi(t)\xi(t) + \Phi(t)\mathrm{d}\xi(t) + \mathrm{d}\Phi(t)\mathrm{d}\xi(t).$$

把式 (2.2) 和 (3.3) 代入该式并利用前文的正式乘法表，得

$$\mathrm{d}\eta(t) = F(t)\eta(t)\mathrm{d}t + \sum_{k=1}^{m} G_k(t)\eta(t)\mathrm{d}B_k(t) + \left[f(t) - \sum_{k=1}^{m} G_k(t)g_k(t) \right]\mathrm{d}t + \sum_{k=1}^{m} g_k(t)\mathrm{d}B_k(t) +$$

$$\left(F(t)\Phi(t)\mathrm{d}t + \sum_{k=1}^{m} G_k(t)\Phi(t)\mathrm{d}B_k(t) \right) \cdot$$

$$\left(\Phi^{-1}(t)f(t)\mathrm{d}t + \sum_{k=1}^{m} \Phi^{-1}(t)g_k(t)\mathrm{d}B_k(t) - \sum_{k=1}^{m} \Phi^{-1}(t)G_k(t)g_k(t)\mathrm{d}t \right)$$

$$= (F(t)\eta(t) + f(t))\mathrm{d}t + \sum_{k=1}^{m} (G_k(t)\eta(t) + g_k(t))\mathrm{d}B_k(t).$$

换句话说，我们已经证明 $\eta(t)$ 是方程 (3.1) 的解，初值为 $\eta(t_0) = x_0$. 另外，方程 (3.1) 有唯一解 $x(t)$. 故 $x(t) = \eta(t)$，这就是需要证明的式 (3.2). 定理得证.

因为我们已假设 $x_0 \in L^p(\Omega; \mathbf{R}^d)$，故方程 (3.1) 的一阶矩和二阶矩存在且为有限的. 下面的定理表明通过解相应的线性常微分方程可得一阶矩和二阶矩.

定理 3.2 关于方程 (3.1) 的解，有：

(i) $m(t) := Ex(t)$ 是方程

$$\dot{m}(t) = F(t)m(t) + f(t) \tag{3.5}$$

在 $[t_0, T]$ 上的唯一解，初值为 $m(t_0) = Ex_0$.

(ii) $P(t) := E(x(t)x^{\mathrm{T}}(t))$ 是方程

$$\dot{P}(t) = F(t)P(t) + P(t)F^{\mathrm{T}}(t) + f(t)m^{\mathrm{T}}(t) + m(t)f^{\mathrm{T}}(t) +$$
$$\sum_{k=1}^{m} \left[G_k(t)P(t)G_k^{\mathrm{T}}(t) + G_k(t)m(t)g_k^{\mathrm{T}}(t) + g_k(t)m^{\mathrm{T}}(t)G_k^{\mathrm{T}}(t) + g_k(t)g_k^{\mathrm{T}}(t) \right] \tag{3.6}$$

在 $[t_0, T]$ 上唯一的非负定对称解，初值为 $P(t_0) := E(x_0 x_0^{\mathrm{T}})$. 注意到式 (3.6) 表示由 $d(d+1)/2$ 个线性方程构成的方程组.

证明 (i) 注意到

$$x(t) = x(t_0) + \int_{t_0}^t (F(s)x(s) + f(s))\mathrm{d}s + \sum_{k=1}^m \int_{t_0}^t (G_k(s)x(s) + g_k(s))\mathrm{d}B_k(s).$$

对等号两边取期望得

$$m(t) = m(t_0) + \int_{t_0}^t (F(s)m(s) + f(s))\mathrm{d}s,$$

这就是方程(3.5)的积分形式. 故部分(i)的结论成立.

(ii) 利用 Itô 公式，得

$$
\begin{aligned}
\mathrm{d}[x(t)x^{\mathrm{T}}(t)] &= \mathrm{d}x(t)x^{\mathrm{T}}(t) + x(t)\mathrm{d}x^{\mathrm{T}}(t) + \sum_{k=1}^m [G_k(t)x(t) + g_k(t)][G_k(t)x(t) + g_k(t)]^{\mathrm{T}}\mathrm{d}t \\
&= (F(t)x(t)x^{\mathrm{T}}(t) + f(t)x^{\mathrm{T}}(t) + x(t)x^{\mathrm{T}}(t)F^{\mathrm{T}}(t) + x(t)f^{\mathrm{T}}(t) + \\
&\quad \sum_{k=1}^m [G_k(t)x(t)x^{\mathrm{T}}(t)G_k^{\mathrm{T}}(t) + g_k(t)x^{\mathrm{T}}(t)G_k^{\mathrm{T}}(t) + \\
&\quad G_k(t)x(t)g_k^{\mathrm{T}}(t) + g_k(t)g_k^{\mathrm{T}}(t)])\mathrm{d}t + \\
&\quad \sum_{k=1}^m [(G_k(t)x(t) + g_k(t))x^{\mathrm{T}}(t) + x(t)(G_k(t)x(t) + g_k(t))^{\mathrm{T}}]\mathrm{d}B_k(t).
\end{aligned}
$$

对上述等式的两边取期望可知方程(3.6)成立. 因为 $P(t)$ 是 $x(t)$ 的协方差矩阵，显然是非负定的和对称的. 定理得证.

定理 3.1 说明如果已知相应的基础矩阵 $\Phi(t)$，那么对线性方程(3.1)我们可得其显式解. 尽管对每种情形，我们并不能得到显式基础矩阵 $\Phi(t)$，但对几种重要情形却可以得到，下面我们开始研究这些情形.

3.4 案 例 研 究

1. 标量线性方程

首先，考虑定义在 $[t_0, T]$ 上的一般的标量线性随机微分方程

$$\mathrm{d}x(t) = (a(t)x(t) + \bar{a}(t))\mathrm{d}t + \sum_{k=1}^m (b_k(t)x(t) + \bar{b}_k(t))\mathrm{d}B_k(t), \tag{4.1}$$

初值为 $x(t_0) = x_0$. 因此 $x_0 \in L^2(\Omega, \mathbf{R}^d)$ 是 $\mathcal{F}_{t_0}$ – 可测的，$a(t)$, $\bar{a}(t)$, $b_k(t)$, $\bar{b}_k(t)$ 是 $[t_0, T]$ 上 Borel – 可测的有界标量函数. 相应的齐次线性方程为

$$\mathrm{d}x(t) = a(t)x(t)\mathrm{d}t + \sum_{k=1}^m b_k(t)x(t)\mathrm{d}B_k(t). \tag{4.2}$$

利用引理 2.3，则方程(4.2)的基础解为

$$\Phi(t) = \exp\left[\int_{t_0}^t \left(a(s) - \frac{1}{2}\sum_{k=1}^m b_k^2(s)\right)\mathrm{d}s + \sum_{k=1}^m \int_{t_0}^t b_k(s)\mathrm{d}B_k(s)\right].$$

利用定理 3.1，得方程(4.1)的显式解为

$$x(t) = \Phi(t)\left(x_0 + \int_{t_0}^t \Phi^{-1}(s)\left[\bar{a}(s) - \sum_{k=1}^m b_k(s)\bar{b}_k(s)\right]ds + \sum_{k=1}^m \Phi^{-1}(s)\bar{b}_k(s)dB_k(s)\right). \quad (4.3)$$

2. 狭义线性方程

下面，我们考虑 $[t_0, T]$ 上的 d-维狭义线性随机微分方程

$$dx(t) = (F(t)x(t) + f(t))dt + \sum_{k=1}^m g_k(t)dB_k(t), \quad (4.4)$$

初值为 $x(t_0) = x_0$，其中 F, f, g_k 和 x_0 已在第 3.1 节给出. 相应的齐次线性方程就是现在的常微分方程

$$\dot{x}(t) = F(t)x(t). \quad (4.5)$$

再次令 $\Phi(t)$ 为方程 (4.5) 的基础矩阵，则方程 (4.4) 的解满足

$$x(t) = \Phi(t)\left(x_0 + \int_{t_0}^t \Phi^{-1}(s)f(s)ds + \sum_{k=1}^m \int_{t_0}^t \Phi^{-1}(s)g_k(s)dB_k(s)\right). \quad (4.6)$$

特别地，当 $F(t)$ 独立于 t 时，即 $F(t) = F$ 是 $d \times d$ 的常量矩阵，基础矩阵 $\Phi(t)$ 具有简单形式 $\Phi(t) = e^{F(t-t_0)}$ 且其逆矩阵为 $\Phi^{-1}(t) = e^{-F(t-t_0)}$. 因此，当 $F(t) = F$ 时，方程 (4.4) 有显式解

$$\begin{aligned}
x(t) &= e^{F(t-t_0)}\left(x_0 + \int_{t_0}^t e^{-F(s-t_0)}f(s)ds + \sum_{k=1}^m \int_{t_0}^t e^{-F(s-t_0)}g_k(s)dB_k(s)\right) \\
&= e^{F(t-t_0)}x_0 + \int_{t_0}^t e^{F(t-s)}f(s)ds + \sum_{k=1}^m \int_{t_0}^t e^{F(t-s)}g_k(s)dB_k(s).
\end{aligned} \quad (4.7)$$

3. 自治线性方程

下面，我们考虑 $[t_0, T]$ 上的 d-维自治线性随机微分方程

$$dx(t) = (Fx(t) + f)dt + \sum_{k=1}^m (G_k x(t) + g_k)dB_k(t), \quad (4.8)$$

初值为 $x(t_0) = x_0$，其中 $F, G_k \in \mathbf{R}^{d \times d}$ 和 $f, g_k \in \mathbf{R}^d$. 相应的齐次方程为

$$dx(t) = Fx(t)dt + \sum_{k=1}^m G_k x(t)dB_k(t). \quad (4.9)$$

一般地，基础矩阵 $\Phi(t)$ 不能显性给出. 然而，如果矩阵 $F, G_1, \cdots, G_m$ 可交换，即，若对所有的 $1 \leqslant k, j \leqslant m$ 有

$$FG_k = G_k F, \quad G_k G_j = G_j G_k, \quad (4.10)$$

则方程 (4.9) 的基础矩阵有显式形式

$$\Phi(t) = \exp\left[\left(F - \frac{1}{2}\sum_{k=1}^m G_k^2\right)(t - t_0) + \sum_{k=1}^m G_k(B_k(t) - B_k(t_0))\right]. \quad (4.11)$$

为证明该式，令

$$Y(t) = \left(F - \frac{1}{2} \sum_{k=1}^{m} G_k^2 \right)(t - t_0) + \sum_{k=1}^{m} G_k (B_k(t) - B_k(t_0)),$$

则有

$$\Phi(t) = \exp(Y(t)).$$

利用条件 (4.10) 可计算随机微分为

$$\begin{aligned}
\mathrm{d}\Phi(t) &= \exp(Y(t))\mathrm{d}Y(t) + \frac{1}{2}\exp(Y(t))(\mathrm{d}Y(t))^2 \\
&= \Phi(t)\mathrm{d}Y(t) + \frac{1}{2}\Phi(t)\left(\sum_{k=1}^{m} G_k^2 \right)\mathrm{d}t \\
&= F\Phi(t)\mathrm{d}t + \sum_{k=1}^{m} G_k \Phi(t)\mathrm{d}B_k(t).
\end{aligned}$$

即 $\Phi(t)$ 满足齐次方程且为基础矩阵. 最后, 利用定理 3.1 可知在条件 (4.10) 下, 自治线性方程 (4.8) 有显式解

$$x(t) = \Phi(t)\left[x_0 + \left(\int_{t_0}^{t} \Phi^{-1}(s)\mathrm{d}s \right)\left(f - \sum_{k=1}^{m} G_k g_k \right) + \sum_{k=1}^{m} \left(\int_{t_0}^{t} \Phi^{-1}(s)\mathrm{d}B_k(s) \right)g_k \right]. \tag{4.12}$$

3.5 实   例

本节我们将研究一些重要的随机过程, 该过程由线性随机微分方程进行刻画. 在本节中, 令 $B(t)$ 是 1 – 维 Brown 运动.

例 5.1 (Ornstein-Uhlenbeck 过程) 首先我们讨论随机微分方程史上最老的例子. Langevin 方程

$$\dot{x}(t) = -\alpha x(t) + \sigma \dot{B}(t), \quad t \geqslant 0 \tag{5.1}$$

已用于描述质点在摩擦力作用下的运动, 而不是在其他外力的作用下(参看 Uhlenbeck 和 Ornstein 的文献(1930)). 这里 $\alpha > 0$ 且 σ 是常数, $x(t)$ 是粒子的三个标量速度分量之一且 $\dot{B}(t)$ 是标量白噪声. 相应的 Itô 方程

$$\mathrm{d}x(t) = -\alpha x(t)\mathrm{d}t + \sigma \mathrm{d}B(t), \quad t \geqslant 0 \tag{5.2}$$

是自治狭义线性方程. 设初值 $x(0) = x_0$ 是 $\mathcal{F}_0$ – 可测的且属于 $L^2(\Omega; \mathbf{R})$. 根据式 (4.7), 则方程 (5.2) 的唯一解为

$$x(t) = \mathrm{e}^{-\alpha t}x_0 + \sigma \int_0^t \mathrm{e}^{-\alpha(t-s)}\mathrm{d}B(s). \tag{5.3}$$

具有期望

$$Ex(t) = \mathrm{e}^{-\alpha t}Ex_0$$

和方差

$$\begin{aligned}
\mathrm{Var}(x(T)) &= E\left|x(t) - Ex(t)\right|^2 \\
&= \mathrm{e}^{-2\alpha t}E\left|x_0 - Ex_0\right|^2 + \sigma^2\mathrm{e}^{-2\alpha t}E\left|\int_0^t \mathrm{e}^{\alpha s}\mathrm{d}B(s)\right|^2 \\
&= \mathrm{e}^{-2\alpha t}\mathrm{Var}(x_0) + \sigma^2\mathrm{e}^{-2\alpha t}E\int_0^t \mathrm{e}^{2\alpha s}\mathrm{d}s \\
&= \mathrm{e}^{-2\alpha t}\mathrm{Var}(x_0) + \frac{\sigma^2}{2\alpha}(1 - \mathrm{e}^{-2\alpha t}).
\end{aligned}$$

注意到对任意的 x_0, 有

$$\lim_{t\to\infty} \mathrm{e}^{-\alpha t}x_0 = 0 \qquad \text{a.s.}$$

和 $\sigma\int_0^t \mathrm{e}^{-\alpha(t-s)}\mathrm{d}B(s)$ 服从正态分布 $N(0, \sigma^2(1-\mathrm{e}^{-2\alpha t})/2\alpha)$. 故对任意的 x_0, 当 $t\to\infty$ 时,解 $x(t)$ 的分布接近正态分布 $N(0, \sigma^2/2\alpha)$. 如果 x_0 是正态分布的或为常量,那么解 $x(t)$ 是 Gauss 过程(即正态分布过程),称为 Ornstein-Uhlenbeck 速度过程. 如果以 $N(0, \sigma^2/2\alpha)$ – 分布的 x_0 为起始点,那么 $x(t)$ 有相同的正态分布 $N(0, \sigma^2/2\alpha)$,故解是平稳的 Gauss 过程,有时称为有色噪声.

现在,假设例子从初始位置 y_0 出发,其中 y_0 是 $\mathcal{F}_0$ – 可测的并属于 $L^2(\Omega; \mathbf{R})$. 然后,对速度 $x(t)$ 求积分,可得粒子在时刻 t 处的位置为

$$y(t) = y_0 + \int_0^t x(s)\mathrm{d}s. \tag{5.4}$$

如果 y_0 和 x_0 是正态分布的或为常量,那么 $y(t)$ 是 Gauss 过程,就是所谓的 Ornstein-Uhlenbeck 位置过程. 当然,我们可以同时处理 $x(t)$ 和 $y(t)$,通过将方程 (5.2) 和 (5.4) 联立为 2 – 维线性随机微分方程

$$\mathrm{d}\begin{bmatrix} x(t) \\ y(t) \end{bmatrix} = \begin{bmatrix} -\alpha & 0 \\ 1 & 0 \end{bmatrix}\begin{bmatrix} x(t) \\ y(t) \end{bmatrix}\mathrm{d}t + \begin{bmatrix} \sigma \\ 0 \end{bmatrix}\mathrm{d}B(t). \tag{5.5}$$

很容易得到相应的基础矩阵

$$\Phi(t) = \begin{bmatrix} \mathrm{e}^{-\alpha t} & 0 \\ \dfrac{1-\mathrm{e}^{-\alpha t}}{\alpha} & 1 \end{bmatrix}$$

具有性质 $\Phi(t)\Phi^{-1}(t) = \Phi(t-s)$. 因此,根据式 (4.7),得方程 (5.5) 的解为

$$\begin{bmatrix} x(t) \\ y(t) \end{bmatrix} = \Phi(t)\begin{bmatrix} x_0 \\ y_0 \end{bmatrix} + \int_0^t \Phi(t-s)\begin{bmatrix} \sigma \\ 0 \end{bmatrix}\mathrm{d}B(t).$$

这意味着

$$x(t) = \mathrm{e}^{-\alpha t}x_0 + \sigma\int_0^t \mathrm{e}^{-\alpha(t-s)}\mathrm{d}B(s).$$

该表达式和式 (5.3) 一致,且

$$y(t) = \frac{1}{\alpha}(1-\mathrm{e}^{-\alpha t})x_0 + y_0 + \frac{\sigma}{\alpha}\int_0^t [1-\mathrm{e}^{-\alpha(t-s)}]\mathrm{d}B(s), \tag{5.6}$$

该式事实上和式 (5.4) 一样(证明留给读者). 根据式 (5.6) 得 $y(t)$ 有期望

$$Ey(t) = \frac{1}{\alpha}(1 - e^{-\alpha t})Ex_0 + Ey_0$$

和方差

$$\mathrm{Var}(y(t)) = \frac{1}{\alpha^2}(1 - e^{-\alpha t})^2 \mathrm{Var}(x_0) + \frac{2}{\alpha}(1 - e^{-\alpha t})\mathrm{Cov}(x_0, y_0) + \mathrm{Var}(y_0) +$$
$$\frac{\sigma^2}{\alpha^2}\left[t - \frac{2}{\alpha}(1 - e^{-\alpha t}) + \frac{1}{2\alpha}(1 - e^{-2\alpha t}) \right].$$

例 5.2 (平均回归的 Ornstein-Uhlenbeck 过程)　若考虑平均回归的 Langevin 方程，则得下列方程

$$\mathrm{d}x(t) = -\alpha(x(t) - \mu)\mathrm{d}t + \sigma \mathrm{d}B(t), \qquad t \geq 0, \tag{5.7}$$

初值为 $x(0) = x_0$，其中 μ 为常数. 方程的解称为平均回归的 Ornstein-Uhlenbeck 过程且具有形式

$$x(t) = e^{-\alpha t}\left(x_0 + \alpha\mu\int_0^t e^{\alpha s}\mathrm{d}s \right) + \sigma\int_0^t e^{\alpha s}\mathrm{d}B(s)$$
$$= e^{-\alpha t}x_0 + \mu(1 - e^{-\alpha t}) + \sigma\int_0^t e^{-\alpha(t-s)}\mathrm{d}B(s). \tag{5.8}$$

因此，当 $t \to \infty$ 时，有均值

$$Ex(t) = e^{-\alpha t}Ex_0 + \mu(1 - e^{-\alpha t}) \to \mu$$

和方差

$$\mathrm{Var}(x(t)) = e^{-2\alpha t}\mathrm{Var}(x_0) + \frac{\sigma^2}{2\alpha}(1 - e^{-2\alpha t}) \to \frac{\sigma^2}{2\alpha}.$$

由式 (5.8) 可得解 $x(t)$ 的分布当 $t \to \infty$ 时对任意的 x_0 接近正态分布 $N(\mu, \sigma^2/2\alpha)$. 如果 x_0 是正态分布或常数，那么解 $x(t)$ 是 Gauss 过程. 如果 x_0 满足正态分布 $N(\mu, \sigma^2/2\alpha)$，那么解 $x(t)$ 对所有的 $t \geq 0$ 与 x_0 具有相同的分布.

例 5.3 (单位圆上的 Brown 运动)　考虑 2–维线性随机微分方程

$$\mathrm{d}x(t) = -\frac{1}{2}x(t)\mathrm{d}t + Kx(t)\mathrm{d}B(t), \qquad t \geq 0, \tag{5.9}$$

初值为 $x(0) = (1, 0)^{\mathrm{T}}$，其中

$$K = \begin{bmatrix} 0 & -1 \\ 1 & 0 \end{bmatrix}.$$

鉴于式 (4.11)，得相应的基础矩阵为

$$\varPhi(t) = \exp\left[\left(-\frac{1}{2}I - \frac{1}{2}K^2 \right)t + KB(t) \right],$$

其中 I 是 2×2 的单位矩阵. 注意到 $K^2 = -I$，则

$$\Phi(t) = \exp[KB(t)] = \sum_{k=0}^{\infty} \frac{K^n B^n(t)}{n!}.$$

但是

$$K^{2n} = (-1)^n I , \qquad K^{2n+1} = (-1)^n K , \qquad n = 0, 1, \cdots.$$

因此

$$\Phi(t) = \sum_{k=0}^{\infty} \left[\frac{K^{2n} B^{2n}(t)}{(2n)!} + \frac{K^{2n+1} B^{2n+1}(t)}{(2n+1)!} \right]$$

$$= \sum_{k=0}^{\infty} \left[\frac{(-1)^n B^{2n}(t) I}{(2n)!} + \frac{(-1)^n B^{2n+1}(t) K}{(2n+1)!} \right].$$

利用式(4.12)，则方程(5.9)的唯一解为位于单位圆上的 Brown 运动(见例 2.2.3)

$$x(t) = \Phi(t) \begin{bmatrix} 0 \\ 1 \end{bmatrix} = \begin{bmatrix} \sum_{n=0}^{\infty} \dfrac{(-1)^n B^{2n}(t)}{(2n)!} \\ \sum_{n=0}^{\infty} \dfrac{(-1)^n B^{2n+1}(t)}{(2n+1)!} \end{bmatrix} = \begin{bmatrix} \cos B(t) \\ \sin B(t) \end{bmatrix}.$$

例 5.4 (Brown 桥) 令 a，b 是两个常数. 考虑 $1-$维线性方程

$$dx(t) = \frac{b - x(t)}{1 - t} dt + dB(t) , \qquad t \in [0, 1) , \tag{5.10}$$

初值为 $x(0) = a$. 相应的基础解为

$$\Phi(t) = \exp\left[-\int_0^t \frac{ds}{1-s} \right] = \exp[\log(1-t)] = 1 - t.$$

因此，根据式(4.3)，得方程(5.10)的解为

$$x(t) = (1-t) \left(a + b \int_0^t \frac{ds}{(1-s)^2} + \int_0^t \frac{dB(s)}{1-s} \right)$$

$$= (1-t)a + bt + (1-t) \int_0^t \frac{dB(s)}{1-s}. \tag{5.11}$$

该解称为由 a 到 b 的 Brown 桥. 它是 Gauss 过程，有均值

$$Ex(x) = (1-t)a + bt$$

和方差 $\mathrm{Var}(x(t)) = t(1-t)$.

例 5.5 (几何 Brown 运动) 几何 Brown 运动是 $1-$维线性方程

$$dx(t) = ax(t)dt + \sigma x(t)dB(t) , \qquad t \geqslant 0 \tag{5.12}$$

的解，其中 α, σ 是常数. 给定初值 $x(0) = x_0$，方程的解为

$$x(t) = x_0 \exp\left[\left(\alpha - \frac{\sigma^2}{2} \right) t + \sigma B(t) \right]. \tag{5.13}$$

若 $x_0 \neq 0$ a.s.，则根据迭代对数法则(即定理 1.4.2)，由式(5.13)得

$$
\begin{cases}
\alpha < \dfrac{\sigma^2}{2} \Leftrightarrow \lim_{t \to \infty} x(t) = 0 \quad \text{a.s.}, \\[2mm]
\alpha = \dfrac{\sigma^2}{2} \Leftrightarrow \limsup_{t \to \infty} |x(t)| = \infty \text{和} \liminf_{t \to \infty} |x(t)| = 0 \quad \text{a.s.}, \\[2mm]
\alpha > \dfrac{\sigma^2}{2} \Leftrightarrow \lim_{t \to \infty} |x(t)| = \infty \quad \text{a.s.}
\end{cases}
\tag{5.14}
$$

现在，我们令 $p > 0$ 和 $x_0 \in L^p$ 且 $E|x_0|^p \neq 0$. 由式(5.13)得

$$
\begin{aligned}
E|x(t)|^p &= E\left(|x_0|^p \exp\left[p\left(\alpha - \frac{\sigma^2}{2} \right) t + p\sigma B(t) \right] \right) \\
&= \exp\left[p\left(\alpha - \frac{(1-p)\sigma^2}{2} \right) t \right] E\left(|x_0|^p \exp\left[\frac{-p^2\sigma^2}{2} t + p\sigma B(t) \right] \right).
\end{aligned}
\tag{5.15}
$$

令

$$
\xi(t) = |x_0|^p \exp\left[-\frac{p^2\sigma^2}{2} t + p\sigma B(t) \right].
$$

这是初值为 $\xi(0) = |x_0|^p$ 的方程

$$
\mathrm{d}\xi(t) = p\sigma \xi(t)\mathrm{d}B(t)
$$

的唯一解. 因此

$$
\xi(t) = |x_0|^p + p\sigma \int_0^t \xi(s)\mathrm{d}B(s)
$$

满足 $E\xi(t) = E|x_0|^p$. 把该式代入式(5.15)得

$$
E|x(t)|^p = \exp\left[p\left(\alpha - \frac{(1-p)\sigma^2}{2} \right) t \right] E|x_0|^p.
$$

因此

$$
\begin{cases}
\alpha < \dfrac{(1-p)\sigma^2}{2} \Leftrightarrow \lim_{t \to \infty} E|x(t)|^p = 0, \\[2mm]
\alpha = \dfrac{(1-p)\sigma^2}{2} \Leftrightarrow E|x(t)|^p = E|x_0|^p, \quad \text{对所有的} t \geqslant 0. \\[2mm]
\alpha > \dfrac{(1-p)\sigma^2}{2} \Leftrightarrow \lim_{t \to \infty} E|x(t)|^p = \infty,
\end{cases}
\tag{5.16}
$$

例 5.6 (由有色噪声驱动的方程) 人们经常用有色噪声代替白噪声描述随机扰动. 例如，考虑由有色噪声驱动的线性方程

$$
\mathrm{d}x(t) = ax(t)\mathrm{d}t + by(t)\mathrm{d}t, \quad t \geqslant 0,
\tag{5.17}
$$

初值为 $x(0) = x_0$，其中 $y(t)$ 是有色噪声，即是方程

$$
\mathrm{d}y(t) = -\alpha y(t) + \sigma \mathrm{d}B(t), \quad t \geqslant 0
\tag{5.18}
$$

的解,其初值 $y(0) = y_0 \sim N(0, \sigma^2 / 2\alpha)$. 通过将方程 (5.17) 和 (5.18) 联立为 2 – 维线性随机微分方程组

$$\mathrm{d}\begin{bmatrix} x(t) \\ y(t) \end{bmatrix} = F \begin{bmatrix} x(t) \\ y(t) \end{bmatrix} \mathrm{d}t + \begin{bmatrix} 0 \\ \sigma \end{bmatrix} \mathrm{d}B(t), \qquad (5.19)$$

我们可以同时处理 $x(t)$ 和 $y(t)$, 其中

$$F = \begin{bmatrix} a & b \\ 0 & -\alpha \end{bmatrix}$$

因此方程组的解为

$$\begin{bmatrix} x(t) \\ y(t) \end{bmatrix} = \mathrm{e}^{Ft} \begin{bmatrix} x_0 \\ y_0 \end{bmatrix} + \int_0^t \mathrm{e}^{F(t-s)} \begin{bmatrix} 0 \\ \sigma \end{bmatrix} \mathrm{d}B(s).$$

4

随机微分方程的稳定性

4.1　前　　言

　　1892 年，A.M.Lyapunov 提出了动力系统稳定性的概念. 粗略地讲，稳定性意味着系统的状态对系统的初始状态或参数的微小变化不敏感. 对稳定系统而言，在某一特定时刻彼此接近的轨迹，在随后的所有时刻也都应该彼此接近.

　　为了使随机稳定性理论更易于理解，我们先复习一些由常微分方程描述的确定性系统的稳定性理论的相关基本知识. 细节可见 Hahn 的文献(1967)和 Lakshmikantham 等的文献 (1989). 考虑 d-维常微分方程

$$\dot{x}(t) = f(x(t), t), \quad t \geqslant t_0. \tag{1.1}$$

设对每一个初值 $x(t_0) = x_0 \in \mathbf{R}^d$，存在唯一全局解，记为 $x(t; t_0, x_0)$. 进一步假设

$$f(0, t) = 0,, \quad t \geqslant t_0.$$

故方程 (1.1) 相应于初值 $x(t_0) = 0$ 的解为 $x(t) \equiv 0$. 该解称为平凡解或平衡位置. 称平凡解是稳定的，如果对每一个 $\varepsilon > 0$，存在 $\delta = \delta(\varepsilon, t_0) > 0$，当 $|x_0| < \delta$ 时满足对所有的 $t \geqslant t_0$ 有

$$|x(t; t_0, x_0)| < \varepsilon.$$

否则，称为不稳定的. 平凡解称为渐近稳定的，如果它是稳定的且存在 $\delta_0 = \delta_0(t_0) > 0$，当 $|x_0| < \delta$ 时满足

$$\lim_{t\to\infty} x(t; t_0, x_0) = 0.$$

如果方程(1.1)能显性解出，那么确定平凡解是否稳定是相当容易的. 然而，方程(1.1)只有在一些特殊情形中才能显性解出. 幸运的是，Lyapunov 在 1892 年提出了在不求解的情况下判定稳定性的方法，这就是著名的 Lyapunov 直接或间接法. 为解释该方法，我们先介绍一些必要的记号. 令 $\mathcal{K}$ 表示由所有的连续非降函数 $\mu: \mathbf{R}_+ \to \mathbf{R}_+$ 构成的集合，满足 $\mu(0) = 0$ 且当 $r > 0$ 时 $\mu(r) > 0$. 对 $h > 0$，令 $S_h = \{x \in \mathbf{R}^d : |x| < h\}$. 定义在 $S_h \times [t_0, \infty)$ 上的连续函数 $V(x, t)$ 称为正定的（在 Lyapunov 意义下），如果 $V(0, t) \equiv 0$，且对某些 $\mu \in \mathcal{K}$，有

$$V(x, t) \geqslant \mu(|x|), , \quad (x, t) \in S_h \times [t_0, \infty).$$

如果 $-V$ 是正定的，那么函数 V 称为负定的. 连续非负定函数 $V(x, t)$ 称为递减的（即具有任意小的上界），如果对某 $\mu \in \mathcal{K}$，有

$$V(x, t) \leqslant \mu(|x|), \quad (x, t) \in S_h \times [t_0, \infty).$$

定义在 $\mathbf{R}^d \times [t_0, \infty)$ 上的函数 $V(x, t)$ 被称为径向无界的，如果

$$\liminf_{|x|\to\infty\ t\geqslant t_0} V(x, t) = \infty.$$

令 $C^{1,1}(S_h \times [t_0, \infty); \mathbf{R}_+)$ 表示由所有的连续函数 $V(x, t): S_h \times [t_0, \infty) \to \mathbf{R}_+$ 构成的集合且 $V(x, t)$ 关于每一个变量 x 和 t 具有连续一阶偏导数. 令 $x(t)$ 是方程(1.1)的解且 $V(x, t) \in C^{1,1}(S_h \times [t_0, \infty); \mathbf{R}_+)$，则 $v(t) = V(x(t), t)$ 表示关于 t 的函数，导数为

$$\dot{v}(t) = V_t(x(t), t) + V_x(x(t), t) f(x(t), t)$$
$$= \frac{\partial V}{\partial t}(x(t), t) + \sum_{i=1}^d \frac{\partial V}{\partial x_i}(x(t), t) f_i(x(t), t).$$

如果 $\dot{v}(t) \leqslant 0$，那么 $v(t)$ 不是递增的，所以 $x(t)$ 离平衡点的距离 $V(x(t), t)$ 不会增加. 如果 $\dot{v}(t) < 0$，那么 $v(t)$ 将递增到 0，所以距离也将递减到 0，即 $x(t) \to 0$. 这是 Lyapunov 直接法的基本思想，可导出下列著名的 Lyapunov 定理.

定理 1.1 (i) 如果存在正定函数 $V(x, t) \in C^{1,1}(S_h \times [t_0, \infty); \mathbf{R}_+)$. 使得对所有的 $(x, t) \in S_h \times [t_0, \infty)$ 有

$$\dot{V}(x, t) := V_t(x(t), t) + V_x(x(t), t) f(x(t), t) \leqslant 0,$$

那么方程(1.1)的平凡解是稳定的；

(ii) 如果存在正定的递减函数 $V(x, t) \in C^{1,1}(S_h \times [t_0, \infty); \mathbf{R}_+)$，使得 $\dot{V}(x, t)$ 是负定的，那么方程(1.1)的平凡解是渐近稳定的.

满足定理 1.1 中稳定性条件的函数 $V(x, t)$ 称为对应于常微分方程的 Lyapunov 函数.

当我们尝试把 Lyapunov 稳定性理论的原理从确定性系统应用到随机系统时，会遇到下列问题：

随机稳定性的合适定义是什么？

随机 Lyapunov 函数应该满足什么条件?

用什么条件代替不等式 $\dot{V}(x,t) \leqslant 0$, 以得到稳定性结论?

结果表明, 至少有三种不同类型的随机稳定性: 概率稳定性、矩稳定性和几乎必然稳定性. 1965 年, Bucy 认识到随机 Lyapunov 函数应该具有上-鞅性并对概率稳定性以及矩稳定性给出了非常简单的充分条件. 对线性随机微分方程, Has'minskii(1967)研究了几乎必然稳定性. 随机稳定性已成为随机分析中最有活力的领域之一, 很多数学家均对它感兴趣. 这里我们已经提到 Arnold, Baxendale, Chow, Curtain, Elworthy, Friedman, Ichikawa, Kliemann, Kolmanovskii, Kushner, Ladde, Lakshmikantham, Mohammed, Pardoux, Pinsky, Pritchard, Truman, Wihstutz, Zabczyk 和 Xuerong Mao 以及其他人.

本章我们将研究不同类型的稳定性, 对 d-维随机微分方程

$$\mathrm{d}x(t) = f(x(t),t)\mathrm{d}t + g(x(t),t)\mathrm{d}B(t), \quad t \geqslant t_0 \tag{1.2}$$

为研究稳定性, 仅考虑常量初值 $x_0 \in \mathbf{R}^d$, 替换 $\mathcal{F}_0$-可测的随机变量 $x_0 \in L^2(\Omega;\mathbf{R}^d)$ 就足够了(随后我们将会解释原因). 在本章中, 我们假设存在唯一性定理 2.3.6 中的假设成立. 因此, 对任意给定的初值 $x(t_0) = x_0 \in \mathbf{R}^d$, 方程(1.2)有唯一全局解, 记为 $x(t;t_0,x_0)$. 该解具有连续路径且每阶矩均有限. 进一步设对所有的 $t \geqslant t_0$ 有

$$f(0,t) = 0, \quad g(0,t) = 0,$$

故方程(1.2)相应于初值 $x(t_0) = 0$ 的解为 $x(t) \equiv 0$. 该解称为平凡解或平衡位置.

此外, 我们需要一些记号. 令 $0 < h \leqslant \infty$. 用 $C^{2,1}(S_h \times \mathbf{R}_+; \mathbf{R}_+)$ 表示由所有的定义在 $S_h \times \mathbf{R}_+$ 上的非负函数 $V(x,t)$ 构成的集合, 且 $V(x,t)$ 关于 x 是连续二次可微的且关于 t 是连续一次可微的. 定义与方程(1.2)相关的微分算子为

$$L = \frac{\partial}{\partial t} + \sum_{i=1}^{d} f_i(x,t)\frac{\partial}{\partial x_i} + \frac{1}{2}\sum_{i,j=1}^{d} g\left[(x,t)g^{\mathrm{T}}(x,t)\right]_{ij}\frac{\partial^2}{\partial x_i \partial x_j}.$$

如果将 L 应用于函数 $V \in C^{2,1}(S_h \times \mathbf{R}_+; \mathbf{R}_+)$, 那么

$$LV(x,t) = V_t(x,t) + V_x(x,t)f(x,t) + \frac{1}{2}\mathrm{trace}\left[g^{\mathrm{T}}(x,t)V_{xx}(x,t)g(x,t)\right]$$

(见第 1.6 节中关于 V_t, V_x 和 V_{xx} 的定义). 利用 Itô 公式, 如果 $x(t) \in S_h$, 那么

$$\mathrm{d}V(x(t),t) = LV(x(t),t)\mathrm{d}t + V_x(x(t),t)g(x(t),t)\mathrm{d}B(t),$$

这就解释了微分算子 L 有上述定义的原因. 我们可以看到用 $LV(x,t) \leqslant 0$ 代替 $\dot{V}(x,t) \leqslant 0$ 以得到随机稳定性结论.

4.2   概率稳定性

在本节，我们将讨论概率稳定性. 强调一下，在本章中，令初值 x_0 为常数(属于 $\mathbf{R}^d$)而不是随机变量. 在给出概率稳定性的定义后，我们会解释为什么仅需讨论初值为常数的情形.

定义 2.1　(i) 方程(1.2)的平凡解称为随机稳定的或概率稳定的，如果对每对 $\varepsilon \in (0,1)$ 和 $r > 0$，存在 $\delta = \delta(\varepsilon, r, t_0) > 0$ 使得当 $|x_0| < \delta$ 时，有

$$P\left\{|x(t;t_0,x_0)| < 0 \text{对所有的} t \geq t_0\right\} \geq 1-\varepsilon.$$

否则，称为是随机不稳定的.

(ii) 平凡解称为是随机渐近稳定的，如果它是随机稳定的且对每一个 $\varepsilon \in (0,1)$，存在 $\delta_0 = \delta_0(\varepsilon, t_0) > 0$ 使得当 $|x_0| < \delta_0$ 时，有

$$P\left\{\lim_{t \to \infty} x(t;t_0,x_0) = 0\right\} \geq 1-\varepsilon$$

(iii) 平凡解称为是大域随机渐近稳定的，如果它是随机稳定的且对所有的 $x_0 \in \mathbf{R}^d$，有

$$P\left\{\lim_{t \to \infty} x(t;t_0,x_0) = 0\right\} = 1.$$

现在我们解释为什么仅需讨论初值为常数的原因. 假设初值 x_0 是随机变量，然后在定义中用 $|x_0| < \delta$ a.s.代替相应的 $|x_0| < \delta$. 这看起来更一般，但事实上却和上述定义等价. 例如，假设我们有(i)成立，则对任意的随机变量 x_0 满足 $|x_0| < \delta$ a.s. 有

$$P\left\{|x(t;t_0,x_0)| < r, \text{对所有的} t \geq t_0\right\}$$
$$= \int_{S_\delta} P\left\{|x(t;t_0,y)| < r, \text{对所有的} t \geq t_0\right\} P\left\{x_0 \in \mathrm{d}y\right\}$$
$$\geq \int_{S_\delta} (1-\varepsilon) P\left\{x_0 \in \mathrm{d}y\right\} = 1-\varepsilon.$$

应该指出的是，当 $g(x,t) \equiv 0$ 时，这些定义简化为相应的确定性情形. 现在我们扩展 Lyapunov 定理 1.1 到随机情形.

定理 2.2　如果存在正定函数 $V(x,t) \in C^{2,1}(S_h \times [t_0, \infty); \mathbf{R}_+)$ 使得对所有的 $(x,t) \in S_h \times [t_0, \infty)$ 有

$$LV(x,t) \leq 0,$$

那么方程(1.2)的平凡解是随机稳定的.

证明　根据正定函数的定义，可知 $V(0,t) \equiv 0$ 且存在函数 $\mu \in K$ 使得对所有的 $(x,t) \in S_h \times [t_0, \infty)$ 有

$$V(x,t) \geq \mu(|x|). \tag{2.1}$$

令 $\varepsilon \in (0,1)$ 和 $r > 0$ 为任意值. 不失一般性，设 $r < h$. 利用 $V(x,t)$ 的连续性以及

$V(0,t_0)=0$，可找到 $\delta=\delta(\varepsilon,r,t_0)$ 使得

$$\frac{1}{\varepsilon}\sup_{x\in S_\delta}V(x,t_0)\leqslant\mu(r).\tag{2.2}$$

很容易得到 $\delta<r$. 现在固定任意的初值 $x_0\in S_\delta$ 并简单地写为 $x(t;t_0,x_0)=x(t)$. 令 τ 是 $x(t)$ 首次逸出 S_r 的时间，即

$$\tau=\inf\{t\geqslant t_0:x(t)\in S_r\}$$

利用 Itô 公式，对任意的 $t\geqslant t_0$ 有

$$V(x(\tau\wedge t),\tau\wedge t)=V(x_0,t_0)+\int_{t_0}^{\tau\wedge t}LV(x(s),s)\mathrm{d}s+\int_{t_0}^{\tau\wedge t}V_x(x(s),s)g(x(s),s)\mathrm{d}B(s)$$

对等号两边取期望并利用条件 $LV\leqslant0$ 得

$$EV(x(\tau\wedge t),\tau\wedge t)\leqslant V(x_0,t_0).\tag{2.3}$$

注意到如果 $\tau\leqslant t$，那么 $|x(\tau\wedge t)|=|x(\tau)|=r$. 因此，由式 (2.1) 得

$$EV(x(\tau\wedge t),\tau\wedge t)\geqslant E[I_{\{\tau\leqslant t\}}V(x(\tau),\tau)]\geqslant\mu(r)P\{\tau\leqslant t\}.$$

结合式 (2.3) 和 (2.2)，得

$$P\{\tau\leqslant t\}\leqslant\varepsilon.$$

令 $t\to\infty$ 得 $P\{\tau<\infty\}\leqslant\varepsilon$，即

$$P\{|x(t)|<r,\text{对所有的}\,t\geqslant t_0\}\geqslant1-\varepsilon$$

就是要证的结论.

定理 2.3 如果存在正定递减函数 $V(x,t)\in C^{2,1}(S_h\times[t_0,\infty);\mathbf{R}_+)$ 使得 $LV(x,t)$ 是负定的，那么方程 (1.2) 的平凡解是随机渐近稳定的.

证明 根据定理 2.2 可知平凡解是随机稳定的. 所以我们仅需证明对任意的 $\varepsilon\in(0,1)$，存在 $\delta_0=\delta_0(\varepsilon,t_0)>0$ 使得当 $|x_0|<\delta_0$ 时，有

$$P\left\{\lim_{t\to\infty}x(t;t_0,x_0)=0\right\}\geqslant1-\varepsilon.\tag{2.4}$$

注意到关于函数 $V(x,t)$ 的假设意味着 $V(0,t)\equiv0$ 且存在三个函数 $\mu_1,\mu_2,\mu_3\in\mathcal{K}$ 使得对所有的 $(x,t)\in S_h\times[t_0,\infty)$ 有

$$\mu_1(|x|)\leqslant V(x,t)\leqslant\mu_2(|x|),\qquad LV(x,t)\leqslant-\mu_3(|x|).\tag{2.5}$$

固定 $\varepsilon\in(0,1)$ 为任意值. 根据定理 2.2，则存在 $\delta_0=\delta_0(\varepsilon,t_0)>0$ 使得当 $x_0\in S_{\delta_0}$ 时，有

$$P\left\{|x(t;t_0,x_0)|<\frac{h}{2}\right\}\geqslant1-\frac{\varepsilon}{4}.\tag{2.6}$$

固定任意的 $x_0\in S_{\delta_0}$ 并简记为 $x(t;t_0,x_0)=x(t)$. 令任意的 $0<\beta<|x_0|$，选取充分小的 $0<\alpha<\beta$ 满足

$$\frac{\mu_2(\alpha)}{\mu_1(\beta)} \leqslant \frac{\varepsilon}{4} \tag{2.7}$$

定义停时

$$\tau_\alpha = \inf\{t \geqslant t_0 : |x(t)| \leqslant \alpha\}$$

和

$$\tau_h = \inf\left\{t \geqslant t_0 : |x(t)| \geqslant \frac{h}{2}\right\}.$$

结合 Itô 公式和式(2.5)，对任意的 $t \geqslant t_0$，可推导出

$$0 \leqslant EV(x(\tau_\alpha \wedge \tau_h \wedge t), \tau_\alpha \wedge \tau_h \wedge t)$$
$$= V(x_0, t_0) + E\int_{t_0}^{\tau_\alpha \wedge \tau_h \wedge t} LV(x(s), s)\mathrm{d}s$$
$$\leqslant V(x_0, t_0) - \mu_3(\alpha)E(\tau_\alpha \wedge \tau_h \wedge t - t_0)$$

因此

$$(t - t_0)P\{\tau_\alpha \wedge \tau_h \geqslant t\} \leqslant E(\tau_\alpha \wedge \tau_h \wedge t - t_0) \leqslant \frac{V(x_0, t_0)}{\mu_3(\alpha)}.$$

可直接推出

$$P\{\tau_\alpha \wedge \tau_h < \infty\} = 1.$$

但是，利用式(2.6)可得 $P\{\tau_h < \infty\} \leqslant \varepsilon/4$. 因此

$$1 = P\{\tau_\alpha \wedge \tau_h < \infty\} \leqslant P\{\tau_\alpha < \infty\} + P\{\tau_h < \infty\} \leqslant P\{\tau_\alpha < \infty\} + \frac{\varepsilon}{4},$$

可导出

$$P\{\tau_\alpha < \infty\} \geqslant 1 - \frac{\varepsilon}{4}. \tag{2.8}$$

选取充分大的 θ 使得

$$P\{\tau_\alpha < \theta\} \geqslant 1 - \frac{\varepsilon}{2},$$

则

$$P\{\tau_\alpha < \tau_h \wedge \theta\} \geqslant P(\{\tau_\alpha < \theta\} \cap \{\tau_h = \infty\}) \geqslant P(\{\tau_\alpha < \theta\} - P\{\tau_h < \infty\} \geqslant 1 - \frac{3\varepsilon}{4}. \tag{2.9}$$

现在，定义两个停时

$$\sigma = \begin{cases} \tau_\alpha, & \text{若} \tau_\alpha < \tau_h \wedge \theta, \\ \infty, & \text{其他} \end{cases}$$

和

$$\tau_\beta = \inf\{t > \sigma : |x(t)| \geqslant \beta\}$$

然后利用 Itô 公式可得对任意的 $t \geq \theta$, 有

$$EV(x(\tau_\beta \wedge t), \tau_\beta \wedge t) \leq EV(x(\sigma \wedge t), \sigma \wedge t).$$

注意到 $V(x(\tau_\beta \wedge t), \tau_\beta \wedge t) = V(x(\sigma \wedge t), \sigma \wedge t) = V(x(t), t)$, 对 $\omega \in \{\tau_\alpha \geq \tau_h \wedge \theta\}$, 有

$$E[I_{\{\tau_\alpha < \tau_h \wedge \theta\}} V(x(\tau_\beta \wedge t), \tau_\beta \wedge t)] \leq E[I_{\{\tau_\alpha < \tau_h \wedge \theta\}} EV(x(\tau_\alpha), \tau_\alpha)].$$

利用式 (2.6) 和 $\{\tau_\beta \leq t\} \subset \{\tau_\alpha < \tau_h \wedge \theta\}$ 进一步可得

$$\mu_1(\beta) P\{\tau_\beta \leq t\} \leq \mu_2(\alpha).$$

结合式 (2.7), 得

$$P\{\tau_\beta \leq t\} \leq \frac{\varepsilon}{4}.$$

令 $t \to \infty$ 可得

$$P\{\tau_\beta < \infty\} \leq \frac{\varepsilon}{4}.$$

然后, 利用式 (2.9) 可得

$$P\{\sigma < \infty \text{和} \tau_\beta = \infty\} \geq P\{\tau_\alpha < \tau_h \wedge \theta\} - P\{\tau_\beta < \theta\} \geq 1 - \varepsilon.$$

意味着

$$P\left\{\omega : \limsup_{t \to \infty} |x(t)| \leq \beta\right\} \geq 1 - \varepsilon.$$

因为 β 是任意的, 必有

$$P\left\{\omega : \limsup_{t \to \infty} |x(t)| = 0\right\} \geq 1 - \varepsilon.$$

成立. 定理得证.

定理 2.4 如果存在正定递减的径向无界函数 $V(x,t) \in C^{2,1}(\mathbf{R}^d \times [t_0, \infty); \mathbf{R}_+)$ 使得 $LV(x,t)$ 是负定的, 那么方程 (1.2) 的平凡解是大域随机渐近稳定的.

证明 根据定理 2.2 可知平凡解是随机稳定的. 所以我们仅需证明对所有的 $x_0 \in \mathbf{R}^d$, 有

$$P\left\{\lim_{t \to \infty} x(t; t_0, x_0) = 0\right\} = 1. \tag{2.10}$$

固定任意的 x_0 并再次简记 $x(t; t_0, x_0) = x(t)$. 令 $\varepsilon \in (0,1)$ 是任意的. 因为 $V(x,t)$ 是径向无界的, 所以存在充分大的 $h > |x_0|$ 使得

$$\inf_{|x| \geq h, t \geq t_0} V(x,t) \geq \frac{4V(x_0, t_0)}{\varepsilon}. \tag{2.11}$$

定义停时

$$\tau_h = \inf\{t \geq t_0 : |x(t)| \geq h\}.$$

利用 Itô 公式，对任意的 $t \geqslant t_0$，有

$$EV(x(\tau_h \wedge t), \tau_h \wedge t) \leqslant V(x_0, t_0). \tag{2.12}$$

但是，由式 (2.11)，得

$$EV(x(\tau_h \wedge t), \tau_h \wedge t) \geqslant \frac{4V(x_0, t_0)}{\varepsilon} P\{\tau_h \leqslant t\}.$$

根据式 (2.12) 可知

$$P\{\tau_h \leqslant t\} \leqslant \frac{\varepsilon}{4}.$$

令 $t \to \infty$ 可知 $P\{\tau_h < \infty\} \leqslant \varepsilon / 4$，即

$$P\{|x(t)| \leqslant h, \ \text{对所有的} t \geqslant t_0\} \geqslant 1 - \frac{\varepsilon}{4}. \tag{2.13}$$

从这里开始，由类似于定理 2.3 的证明方法可得

$$P\left\{\lim_{t \to \infty} x(t) = 0\right\} \geqslant 1 - \varepsilon.$$

因为 ε 是任意的，所以要证的式 (2.10) 必成立. 定理得证.

在定理 2.2~2.4 中使用的函数 $V(x,t)$ 称为随机 Lyapunov 函数，这些定理的运用依赖于这些函数的构造. 正如在确定性情形中，在寻找合适的函数的过程中可使用很多技巧. 例如，二次函数

$$V(x,t) = x^{\mathrm{T}} Q x,$$

其中 Q 是对称的正定矩阵，如果

$$LV(x,t) = 2x^{\mathrm{T}} Q f(x,t) + \text{trace}[g^{\mathrm{T}}(x,t) Q g(x,t)] \leqslant 0$$

也是正定的，或者当 $t \geqslant t_0$ 时在 $x = 0$ 的一些邻域内是负定的. 此外，我们可以寻找一个满足方程 $LV(x,t) = 0$ 或不等式 $LV(x,t) \leqslant 0$ 的正定解. 现在我们讨论一些例子以验证理论的有效性.

例 2.5　考虑 1-维随机微分方程

$$\mathrm{d}x(t) = f(x(t),t)\mathrm{d}t + g(x(t),t)\mathrm{d}B(t), \quad t \geqslant t_0, \tag{2.14}$$

初值为 $x(t_0) = x_0 \in \mathbf{R}$. 假设 $f : \mathbf{R} \times \mathbf{R}_+ \to \mathbf{R}$ 和 $g : \mathbf{R} \times \mathbf{R}_+ \to \mathbf{R}^m$ 具有展开式

$$f(x,t) = a(t)x + o(|x|), \quad g(x,t) = (b_1(t)x, \cdots, b_m(t)x)^{\mathrm{T}} + o(|x|) \tag{2.15}$$

在 $x = 0$ 的邻域内关于 $t \geqslant t_0$ 一致成立，其中 $a(t)$，$b_i(t)$ 均为有界 Borel-可测的实值函数. 假设存在一对正常数 θ 和 K 使得对所有的 $t \geqslant t_0$ 有

$$-K \leqslant \int_{t_0}^{t} \left(a(s) - \frac{1}{2} \sum_{i=1}^{m} b_i^2(s) + \theta \right) \mathrm{d}s \leqslant K. \tag{2.16}$$

令

$$0 < \varepsilon < \frac{\theta}{\sup\limits_{t \geqslant t_0} \sum\limits_{i=1}^{m} b_i^2(t)}$$

且定义随机 Lyapunov 函数为

$$V(x,t) = |x|^2 \exp\left[-\varepsilon \int_{t_0}^{t} \left(a(s) - \frac{1}{2}\sum_{i=1}^{m} b_i^2(s) + \theta\right) \mathrm{d}s\right].$$

根据条件 (2.16)，得

$$|x|^{\varepsilon} \mathrm{e}^{-\varepsilon K} \leqslant V(x,t) \leqslant |x|^{\varepsilon} \mathrm{e}^{\varepsilon K}.$$

因此 $V(x,t)$ 是正定递减的. 另外，由式 (2.15)，有

$$LV(x,t) = \varepsilon |x|^{\varepsilon} \exp\left[-\varepsilon \int_{t_0}^{t}\left(a(s) - \frac{1}{2}\sum_{i=1}^{m} b_i^2(s) + \theta\right)\mathrm{d}s\right] \times$$

$$\left(\frac{\varepsilon}{2}\sum_{i=1}^{m} b_i^2(t) - \theta\right) + o\left(|x|^{\varepsilon}\right)$$

$$\leqslant -\frac{1}{2}\varepsilon\theta\mathrm{e}^{-\varepsilon K}|x|^{\varepsilon} + o\left(|x|^{\varepsilon}\right).$$

故对 $t \geqslant t_0$，在 $x = 0$ 的充分小邻域内 $LV(x,t)$ 是负定的. 利用定理 2.4 得，在式 (2.15) 和 (2.16) 下，方程 (2.14) 的平凡解是随机渐近稳定的.

例 2.6　假设方程 (1.2) 的系数 f 和 g 的展开式

$$f(x,t) = F(t)x + o(|x|), \qquad g(x,t) = (G_1(t)x, \cdots G_m(t)x) + o(|x|) \qquad (2.17)$$

在 $x = 0$ 的邻域内关于 $t \geqslant t_0$ 一致成立，其中 $F(t)$, $G_i(t)$ 均为有界 Borel – 可测的 $d \times d$ – 矩阵值函数. 设存在对称的正定矩阵 Q 使得对称矩阵

$$QF(t) + F^{\mathrm{T}}(t)Q + \sum_{i=1}^{m} G_i^T(t)QG_i(t)$$

是负定的关于 $t \geqslant t_0$ 一致成立，即

$$\lambda_{\max}\left(QF(t) + F^{\mathrm{T}}(t)Q + \sum_{i=1}^{m} G_i^{\mathrm{T}}(t)QG_i(t)\right) \leqslant -\lambda < 0 \qquad (2.18)$$

对所有的 $t \geqslant t_0$ 成立，其中 (在本书中) $\lambda_{\max}(A)$ 表示矩阵 A 的最大特征值. 现在，定义随机 Lyapunov 函数 $V(x,t) = x^{\mathrm{T}}Qx$，该函数显然是正定的和递减的. 此外，

$$LV(x,t) = x^{\mathrm{T}}\left(QF(t) + F^{\mathrm{T}}(t)Q + \sum_{i=1}^{m} G_i^{\mathrm{T}}(t)QG_i(t)\right)x + o\left(|x|^2\right)$$

$$\leqslant -\lambda|x|^2 + o\left(|x|^2\right).$$

因此，对 $t \geqslant t_0$，在 $x = 0$ 的足够小的邻域内 $LV(x,t)$ 是负定的. 利用定理 2.4 得，在式 (2.17) 和 (2.18) 下，方程 (1.2) 的平凡解是随机渐近稳定的.

对于线性随机微分方程，我们可以利用显式解判定方程是否是随机稳定的. 下面的例子说明了这一观点.

例 2.7 考虑1–维线性随机微分方程

$$dx(t) = a(t)x(t)dt + \sum_{i=1}^{m} b_i(t)x(t)dB_i(t), \quad t \geq t_0, \tag{2.19}$$

初值为 $x(t_0) = x_0$, 其中 $a(t)$, $b_i(t)$ 均为 $[t_0, \infty)$ 上的连续实值函数. 利用引理 3.3 可得方程(2.19)的唯一解为

$$x(t) = x_0 \exp\left[\int_{t_0}^{t}\left(a(s) - \frac{1}{2}\sum_{i=1}^{m}b_i^2(s)\right)ds + \sum_{i=1}^{m}\int_{t_0}^{t}b_i(s)dB_i(s)\right]. \tag{2.20}$$

记 $\sigma(t) = \sum_{i=1}^{m}\int_{t_0}^{t}b_i^2(s)ds$, $t_0 \leq t \leq \infty$. 把稳定性的证明分成两种情形.

情形 1: $\sigma(\infty) < \infty$. 在这种情形中, $\sum_{i=1}^{m}\int_{t_0}^{t}b_i(s)ds$ 接近正态分布 $N(0, \sigma(\infty))$.

因此, 由式(2.20)得方程(2.20)的平凡解是随机稳定的, 当且仅当

$$\limsup_{t\to\infty}\int_{t_0}^{t}a(s)ds < \infty;$$

是大域随机渐近稳定的, 当且仅当

$$\lim_{t\to\infty}\int_{t_0}^{t}a(s)ds = -\infty.$$

情形 2: $\sigma(\infty) = \infty$. 令 $\tau(s), s \geq 0$, 是 $\sigma(t)$ 的逆函数, 即

$$\tau(s) = \inf\{t \geq t_0 : \sigma(t) = s\}.$$

显然, 对 $s \geq 0$ 有 $\sigma(\tau(s)) = s$ 且对 $t \geq t_0$ 有 $\tau(\sigma(t)) = t$. 定义

$$\bar{B}(s) = \sum_{i=1}^{m}\int_{t_0}^{\tau(s)}b_i(t)dB_i(t), \quad s \geq 0,$$

则 $\bar{B}(s)$ 是连续鞅, 使得 $\bar{B}(0) = 0$ 和二次变差为

$$\left\langle \bar{B}, \bar{B}\right\rangle_s = \sum_{i=1}^{m}\int_{t_0}^{\tau(s)}b_i^2(t)dt = \sigma(\tau(s)) = s.$$

利用 Lévy 定理(即定理 1.4.4)知 $\bar{B}(s)$ 是 Brown 运动. 故由迭代对数定律得

$$\limsup_{s\to\infty}\frac{\bar{B}(s)}{\sqrt{2s\log\log s}} = 1 \quad \text{a.s.}$$

因此

$$\limsup_{t\to\infty}\frac{\sum_{i=1}^{m}\int_{t_0}^{t}b_i(s)dB_i(s)}{\sqrt{2\sigma(t)\log\log\sigma(t)}} = \limsup_{t\to\infty}\frac{\bar{B}(\sigma(t))}{\sqrt{2\sigma(t)\log\log\sigma(t)}} = 1 \quad \text{a.s.}$$

把该式应用到式(2.20)可得出方程(2.19)的平凡解是大域随机渐近稳定的结论, 如果

$$\limsup_{t\to\infty}\frac{\int_{t_0}^{t}a(s)\mathrm{d}s-\frac{1}{2}\sigma(t)}{\sqrt{2\sigma(t)\log\log\sigma(t)}}<-1\qquad\text{a.s.}\tag{2.21}$$

作为特殊情形，令

$$a(t)=a,\qquad b_i(t)=b_i\tag{2.22}$$

全为常数. 在这种情形中，式(2.21)成立，当且仅当

$$a<\frac{1}{2}\sum_{i=1}^{m}b_i^2.\tag{2.23}$$

因此，在式(2.22)和(2.23)下，方程(2.19)的解趋向于平衡位置$x=0$. 另外，可以更精确地计算解趋于 0 的速度有多快. 事实上，在式(2.22)下，方程(2.19)的唯一解为

$$x(t;t_0,x_0)=x_0\exp\left[\left(a-\frac{1}{2}\sum_{i=1}^{m}b_i^2\right)(t-t_0)+\sum_{i=1}^{m}b_i\left(B_i(t)-B_i(t_0)\right)\right].$$

因此

$$\log|x(t;t_0,x_0)|=\log|x_0|+\left(a-\frac{1}{2}\sum_{i=1}^{m}b_i^2\right)(t-t_0)+\sum_{i=1}^{m}b_i(B_i(t)-B_i(t_0)).$$

根据迭代对数定律得

$$\lim_{t\to\infty}\frac{B_i(t)-B_i(t_0)}{t}=0\qquad\text{a.s.}$$

即样本 Lyapunov 指数为负. 因此，对任意的 $0<\varepsilon<\frac{1}{2}\sum_{i=1}^{m}b_i^2-a$，我们可找到一个正的随机变量 $\xi=\xi(t_0,x_0,\varepsilon)$ 使得对所有的 $t\geqslant t_0$ 有

$$|x(t;t_0,x_0)|\leqslant\xi\exp\left[-\left(\frac{1}{2}\sum_{i=1}^{m}b_i^2-a-\varepsilon\right)(t-t_0)\right].$$

换句话说，几乎所有的解的样本路径将以指数速度趋向于平衡位置. 这样的性质称为几乎必然指数稳定性. 现在我们开始详细研究这类稳定性.

4.3 几乎必然指数稳定性

我们先给出几乎必然指数稳定性的标准定义.

定义 3.1 方程(1.2)的平凡解是几乎必然指数稳定的，如果

$$\limsup_{t\to\infty}\frac{1}{t}\log|x(t;t_0,x_0)|<0\qquad\text{a.s.},$$

对所有的 $x_0 \in \mathbf{R}^d$.

正如在第 2.5 节中定义的那样,式 (3.1) 的左侧称为解的样本 Lyapunov 指数. 因此可得平凡解是几乎必然指数稳定的, 当且仅当样本 Lyapunov 指数为负. 此外, 正如上节末所解释的那样, 几乎必然指数稳定性意味着几乎所有的解的样本路径都将以指数速度趋于平衡位置 $x = 0$. 而且, 我们再次解释仅需讨论初值为常数的原因. 对一般的初值 x_0 (即 x_0 是 $\mathcal{F}_0$ – 可测的且属于 $L^2(\Omega; \mathbf{R}^d)$), 由式 (3.1) 得

$$P\left\{ \limsup_{t \to \infty} \frac{1}{t} \log |x(t; t_0, x_0)| < 0 \right\}$$

$$= \int_{\mathbf{R}^d} P\left\{ \limsup_{t \to \infty} \frac{1}{t} \log |x(t; t_0, y)| < 0 \right\} P\{x_0 \in \mathrm{d}y\}$$

$$= \int_{\mathbf{R}^d} P\{x_0 \in \mathrm{d}y\} = 1,$$

即

$$\limsup_{t \to \infty} \frac{1}{t} \log |x(t; t_0, x_0)| < 0 \qquad \text{a.s.}$$

为建立几乎必然指数稳定性定理, 我们需要提供一个有用的引理. 复习一下, 在本章中, 假设解的存在唯一性定理 2.3.6 的条件成立, 而且, $f(0, t) \equiv 0$, $g(0, t) \equiv 0$. 在这些标准假设下, 我们有下列引理.

引理 3.2 对 $\mathbf{R}^d$ 中所有的 $x_0 \neq 0$ 有

$$P\{x(t; t_0, x_0) \neq 0, 对 t \geq t_0\} = 1. \tag{3.2}$$

即, 几乎所有的从非零状态出发的任意解的样本路径将永远不会到达原点.

证明 如果式 (3.2) 不成立, 那么存在 $x_0 \neq 0$ 使得 $P\{\tau < \infty\} > 0$, 其中 τ 是相应解首次为 0 的时间, 即

$$\tau = \inf\{t \geq t_0 : x(t) = 0\}$$

且简记为 $x(t; t_0, x_0) = x(t)$. 故对 $P(B) > 0$, 可找到一对常数 $T \geq t_0$ 和充分大的 $\theta > 1$, 其中

$$B = \{\tau \leq T 和 |x(t)| \leq \theta - 1, 对所有的 t_0 \leq t \leq \tau\}.$$

但是, 在标准假设下, 存在正常数 K_θ 使得对所有的 $|x| \leq \theta, t_0 \leq t \leq T$ 有

$$|f(x,t)| \vee |g(x,t)| \leq K_\theta |x|.$$

令 $V(x,t) = |x|^{-1}$, 则对 $0 < |x| \leq \theta$ 和 $t_0 \leq t \leq T$ 有

$$LV(x,t) = -|x|^{-3} x^{\mathrm{T}} f(x,t) + \frac{1}{2}\left(-|x|^{-3} |g(x,t)|^2 + 3|x|^{-5} |x^{\mathrm{T}} g(x,t)|^2 \right)$$

$$\leq |x|^{-2} |f(x,t)| + |x|^{-3} |g(x,t)|^2$$

$$\leq K_\theta |x|^{-1} + K_\theta^2 |x|^{-1} = K_\theta (1 + K_\theta) V(x,t).$$

现在, 对任意的 $\varepsilon \in (0, |x_0|)$, 定义停时

$$\tau_\varepsilon = \inf\{t \geqslant t_0 : |x(t)| \notin (\varepsilon, \theta)\}.$$

根据 Itô 公式，得

$$E\Big[\mathrm{e}^{-K_\theta(1+K_\theta)(\tau_\varepsilon \wedge T - t_0)}V(x(\tau_\varepsilon \wedge T), \tau_\varepsilon \wedge T)\Big]$$
$$= V(x_0, t_0) + E\int_{t_0}^{\tau_\varepsilon \wedge T} \mathrm{e}^{-K_\theta(1+K_\theta)(s-t_0)}\Big[-(K_\theta(1+K_\theta))V(x(s),s) + LV(x(s),s)\Big]\mathrm{d}s$$
$$\leqslant |x_0|^{-1}.$$

注意到对 $\omega \in B$ 有 $\tau_\varepsilon \leqslant T$ 和 $|x(\tau_\varepsilon)| = \varepsilon$. 由上述不等式可以推导出

$$E[\mathrm{e}^{-K_\theta(1+K_\theta)(T-t_0)}\varepsilon^{-1}I_B] \leqslant |x_0|^{-1}.$$

因此

$$P(B) \leqslant \varepsilon|x_0|^{-1}\mathrm{e}^{K_\theta(1+K_\theta)(T-t_0)}.$$

令 $\varepsilon \to 0$，得 $P(B) = 0$，但这与 B 的定义相冲突.

定理 3.3 假设存在函数 $V(x,t) \in C^{2,1}(\mathbf{R}^d \times [t_0, \infty); \mathbf{R}_+)$ 和常数 $p > 0, c_1 > 0, c_2 \in \mathbf{R}$, $c_3 \geqslant 0$，使得对所有的 $x \neq 0$ 和 $t \geqslant t_0$ 有:

(i) $c_1|x|^p \leqslant V(x,t)$;

(ii) $LV(x,t) \leqslant c_2 V(x,t)$;

(iii) $|V_x(x,t)g(x,t)|^2 \geqslant c_3 V^2(x,t)$,

则

$$\limsup_{t \to \infty} \frac{1}{t}\log|x(t;t_0,x_0)| \leqslant -\frac{c_3 - 2c_2}{2p} \qquad \text{a.s.} \tag{3.3}$$

对所有的 $x_0 \in \mathbf{R}^d$ 成立. 特别地，若 $c_3 > 2c_2$，则方程 (1.2) 的平凡解是几乎必然指数稳定的.

证明 显然，因为 $x(t;t_0,0) = 0$，所以当 $x_0 = 0$ 时式 (3.3) 成立. 因此我们只需证明当 $x_0 \neq 0$ 时式 (3.3) 成立. 固定任意的 $x_0 \neq 0$ 并记 $x(t;t_0,x_0) = x(t)$. 根据引理 3.2，知 $x(t) \neq 0$ 对所有的 $t \geqslant t_0$ 几乎处处成立. 因此，应用 Itô 公式和条件 (ii) 可得，对 $t \geqslant t_0$ 有

$$\log V(x(t),t) \leqslant \log V(x_0,t_0) + c_2(t-t_0) + M(t) - \frac{1}{2}\int_{t_0}^t \frac{|V_x(x(s),s)g(x(s),s)|^2}{V^2(x(s),s)}\mathrm{d}s, \tag{3.4}$$

其中

$$M(t) = \int_{t_0}^t \frac{V_x(x(s),s)g(x(s),s)}{V(x(s),s)}\mathrm{d}B(s)$$

是连续鞅且初值为 $M(t_0) = 0$. 令任意的 $\varepsilon \in (0,1)$ 和 $n = 1, 2, \cdots$. 利用指数鞅不等式，则

$$P\left\{\sup_{t_0 \leqslant t \leqslant t_0 + n}\left[M(t) - \frac{\varepsilon}{2}\int_{t_0}^t \frac{|V_x(x(s),s)g(x(s),s)|^2}{V^2(x(s),s)}\mathrm{d}s\right] > \frac{2}{\varepsilon}\log n\right\} \leqslant \frac{1}{n^2}.$$

由 Borel-Cantelli 引理知对几乎所有的 $\omega \in \Omega$, 存在整数 $n_0 = n_0(\omega)$, 若 $n \geq n_0$, 则

$$M(t) \leq \frac{2}{\varepsilon} \log n + \frac{\varepsilon}{2} \int_{t_0}^t \frac{|V_x(x(s),s)g(x(s),s)|^2}{V^2(x(s),s)} \, \mathrm{d}s$$

对所有的 $t_0 \leq t \leq t_0 + n$ 成立. 把该式代入式(3.4)并利用条件(iii)得

$$\log V(x(t),t) \leq \log V(x_0,t_0) - \frac{1}{2}[(1-\varepsilon)c_3 - 2c_2](t-t_0) + \frac{2}{\varepsilon} \log n$$

对所有的 $t_0 \leq t \leq t_0 + n$, $n \geq n_0$ 几乎处处成立. 因此, 对几乎所有的 $\omega \in \Omega$, 如果 $t_0 + n - 1 \leq t \leq t_0 + n$ 和 $n \geq n_0$, 那么有

$$\limsup_{t \to \infty} \frac{1}{t} \log |x(t)| \leq -\frac{(1-\varepsilon)c_3 - 2c_2}{2p}.$$

这就说明

$$\limsup_{t \to \infty} \frac{1}{t} \log V(x(t),t) \leq -\frac{1}{2}[(1-\varepsilon)c_3 - 2c_2] \qquad \text{a.s.}$$

最后, 由条件(i)得

$$\limsup_{t \to \infty} \frac{1}{t} \log |x(t)| \leq -\frac{(1-\varepsilon)c_3 - 2c_2}{2p} \qquad \text{a.s.}$$

因为 $\varepsilon > 0$ 是任意的, 所以要证的结论(3.3)成立. 定理得证.

推论 3.4 假设存在函数 $V \in C^{2,1}(\mathbf{R}^d \times [t_0, \infty); \mathbf{R}_+)$, 和正常数 p, α, λ, 使得对所有的 $x \neq 0$, $t \geq t_0$ 有

$$\alpha |x|^p \leq V(x,t), \qquad LV(x,t) \leq -\lambda V(x,t),$$

则对所有的 $x_0 \in \mathbf{R}^d$ 有

$$\limsup_{t \to \infty} \frac{1}{t} \log |x(t;t_0,x_0)| \leq -\frac{\lambda}{p} \qquad \text{a.s.}$$

换句话说, 方程(1.2)的平凡解是几乎必然指数稳定的.

在定理 3.3 中, 令 $c_1 = \alpha$, $c_2 = -\lambda$ 和 $c_3 = 0$, 则可直接得到该推论. 这些结果给出了 Lyapunov 指数的上界. 现在让我们来研究下界.

定理 3.5 假设存在函数 $V \in C^{2,1}(\mathbf{R}^d \times [t_0, \infty); \mathbf{R}_+)$ 和常数 $p > 0, c_1 > 0, c_2 \in \mathbf{R}, c_3 > 0$, 使得对所有的 $x \neq 0$ 和 $t \geq t_0$ 有:

(i) $c_1 |x|^p \geq V(x,t) > 0$;

(ii) $LV(x,t) \geq c_2 V(x,t)$;

(iii) $|V_x(x,t)g(x,t)|^2 \leq c_3 V^2(x,t)$,

则

$$\liminf_{t \to \infty} \frac{1}{t} \log |x(t; t_0, x_0)| \geqslant \frac{2c_2 - c_3}{2p} \qquad \text{a.s.} \tag{3.5}$$

对所有 $\mathbf{R}^d$ 中的 $x_0 \neq 0$ 成立. 特别地, 如果 $2c_2 > c_3$, 那么几乎所有的样本路径 $|x(t; t_0, x_0)|$ 都将趋于无穷远处, 并称在这种情形中方程 (1.2) 的平凡解是几乎必然指数不稳定的.

证明 固定任意的 $x_0 \neq 0$ 并记 $x(t; t_0, x_0) = x(t)$. 利用 Itô 公式, 条件(ii)和(iii), 则对 $t \geqslant t_0$ 很容易得到

$$\log V(x(t), t) \geqslant \log V(x_0, t_0) + \frac{1}{2}(2c_2 - c_3)(t - t_0) + M(t), \tag{3.6}$$

其中

$$M(t) = \int_{t_0}^{t} \frac{V_x(x(s), s) g(x(s), s)}{V(x(s), s)} \mathrm{d}B(s)$$

是连续鞅, 且其二次变差为

$$\langle M(t), M(t) \rangle = \int_{t_0}^{t} \frac{|V_x(x(s), s) g(x(s), s)|^2}{V^2(x(s), s)} \mathrm{d}s \leqslant c_3(t - t_0).$$

根据强大数定律(即定理 1.3.4), 则 $\lim_{t \to \infty} M(t)/t = 0$ a.s. 因此由式 (3.6) 得

$$\liminf_{t \to \infty} \frac{1}{t} \log V(x(t), t) \geqslant \frac{1}{2}(2c_2 - c_3) \qquad \text{a.s.}$$

利用条件(i)可推出要证的结论 (3.5) 成立.

我们已经知道对标量线性随机微分方程

$$\mathrm{d}x(t) = ax(t) + \sum_{i=1}^{m} b_i x(t) \mathrm{d}B_i(t), \quad t \geqslant t_0 \tag{3.7}$$

样本 Lyapunov 指数为

$$\lim_{t \to \infty} \frac{1}{t} \log |x(t; t_0, x_0)| = a - \frac{1}{2} \sum_{i=1}^{m} b_i^2 \qquad \text{a.s.} \tag{3.8}$$

现在我们应用定理 3.3 和定理 3.5 得到相同的结论. 令 $V(x, t) = x^2$, 则

$$LV(x, t) = \left(2a + \sum_{i=1}^{m} b_i^2 \right) |x|^2,$$

并记 $g(x, t) = (b_1 x, \cdots, b_m x)$, 则

$$|V_x(x, t) g(x, t)|^2 = 4 \sum_{i=1}^{m} b_i^2 |x|^4.$$

因此, 结合定理 3.3 和 $p = 2$, $c_1 = 1$ $c_2 = 2a + \sum_{i=1}^{m} b_i^2$, $c_3 = 4 \sum_{i=1}^{m} b_i^2$, 得

$$\limsup_{t\to\infty}\frac{1}{t}\log|x(t;t_0,x_0)|\leqslant a-\frac{1}{2}\sum_{i=1}^{m}b_i^2 \qquad \text{a.s.} \tag{3.9}$$

但是，根据定理 3.5，得

$$\liminf_{t\to\infty}\frac{1}{t}\log|x(t;t_0,x_0)|\geqslant a-\frac{1}{2}\sum_{i=1}^{m}b_i^2 \qquad \text{a.s.} \tag{3.10}$$

结合式 (3.9) 和 (3.10) 可得式 (3.8) 成立. 这就表明了定理 3.3 和定理 3.5 中所得的结果是非常好的. 接下来我们讨论一些例子.

例 3.6 考虑 2–维随机微分方程

$$dx(t)=f(x(t))dt+Gx(t)dB(t), \qquad t\geqslant t_0, \tag{3.11}$$

初值为 $x(t)=x_0\in\mathbf{R}^2$，其中 $B(t)$ 是 1–维 Brown 运动

$$f(x)=\begin{bmatrix}x_2\cos x_1\\2x_1\sin x_2\end{bmatrix}, \qquad G=\begin{bmatrix}3 & -0.3\\-0.3 & 3\end{bmatrix}.$$

令 $V(x,t)=|x|^2$. 易证

$$4.29|x|^2\leqslant LV(x,t)=2x_1x_2\cos x_1+4x_1x_2\sin x_2+|Gx|^2\leqslant13.89|x|^2$$

和

$$29.16|x|^2\leqslant|V_x(x,t)Gx|^2=|2x^\mathrm{T}Gx|^2\leqslant43.56|x|^4.$$

利用定理 3.3 和定理 3.5，对方程 (3.11) 的解的样本 Lyapunov 指数可得下界和上界

$$-8.745\leqslant\liminf_{t\to\infty}\frac{1}{t}\log|x(t;t_0,x_0)|\leqslant\limsup_{t\to\infty}\frac{1}{t}\log|x(t;t_0,x_0)|\leqslant-0.345$$

几乎处处成立. 因此，方程 (3.11) 的平凡解是几乎必然指数稳定的.

例 3.7 众所周知，如果 $a>0$ 和 $b>0$，那么线性振子 $\ddot{y}(t)+a\dot{y}(t)+by(t)=0$ 是指数稳定的. 假设振子由外部白噪声驱动并描述为 $(c\dot{y}(t)+hy(t))\dot{B}(t)$. 换句话说，可得标量线性随机振子

$$\ddot{y}(t)+a\dot{y}(t)+by(t)=(c\dot{y}(t)+hy(t))\dot{B}(t) \tag{3.12}$$

对 $t\geqslant0$ 成立，初值为 $(y(0),\dot{y}(0))=(y_1,y_2)\in\mathbf{R}^2$. 这里 $\dot{B}(t)$ 是标量白噪声(即 $B(t)$ 是 Brown 运动)，c,h 为常数并表示随机扰动的强度. 引入向量 $x=(x_1,x_2)^\mathrm{T}=(y,\dot{y})^\mathrm{T}$，则方程 (3.12) 可写为如下 2–维 Itô 方程

$$\begin{cases}dx_1(t)=x_2(t)dt,\\dx_2(t)=(-bx_1(t)-ax_2(t))dt+(cx_2(t)+hx_1(t))dB(t).\end{cases} \tag{3.13}$$

对 Lyapunov 函数，尝试二次函数

$$V(x,t)=ax_1^2+\beta x_1x_2+x_2^2.$$

计算得

$$LV(x,t) = -(\beta b - h^2)x_1^2 - (2a - \beta - c^2)x_2^2 + (2\alpha - \beta a - 2b + 2ch)x_1x_2.$$

为了把 $LV(x,t)$ 转换为负定的(即对一些 $\varepsilon > 0$ 有 $LV(x,t) \leqslant -\varepsilon|x|^2$),记

$$2\alpha - \beta a - 2b + 2ch = 0,$$

即 $\alpha = \frac{1}{2}(\beta a + 2b - 2ch)$. 然后 V 和 LV 变为

$$V(x,t) = \frac{1}{2}(\beta a + 2b - 2ch)x_1^2 + \beta x_1x_2 + x_2^2$$

和

$$LV(x,t) = -(\beta b - h^2)x_1^2 - (2a - \beta - c^2)x_2^2.$$

为使 $LV(x,t)$ 为负定的,必有 $\beta b - h^2 > 0$ 和 $2a - \beta - c^2 > 0$,即

$$\frac{h^2}{b} < \beta < 2a - c^2. \tag{3.14}$$

为使 V 为正定的(即对一些 $\varepsilon > 0$ 有 $V(x,t) \geqslant \varepsilon|x|^2$),必有

$$2(\beta a + 2b - 2ch) > \beta^2,$$

该式等价于

$$a - \sqrt{a^2 + 4(b - ch)} < \beta < a + \sqrt{a^2 + 4(b - ch)}. \tag{3.15}$$

结合式 (3.14) 和 (3.15) 可知,如果

$$\max\left\{\frac{h^2}{b}, a - \sqrt{a^2 + 4(b - ch)}\right\} < \beta < \min\left\{2a - c^2, a + \sqrt{a^2 + 4(b - ch)}\right\},$$

那么 V 为正定的且 LV 为负定的. 因此,利用推论 3.4,如果

$$\max\left\{\frac{h^2}{b}, a - \sqrt{a^2 + 4(b - ch)}\right\} < \min\left\{2a - c^2, a + \sqrt{a^2 + 4(b - ch)}\right\}, \tag{3.16}$$

那么有结论

$$\limsup_{t \to \infty} \frac{1}{t} \log\left(|y(t)| + |\dot{y}(t)|\right) < 0 \quad \text{a.s.},$$

即随机振子 (3.12) 的平凡解 $(y(t), \dot{y}(t)) = 0$ 是几乎必然指数稳定的. 比式 (3.16) 更严格但更方便的条件是

$$ch \leqslant b, \qquad h^2 + bc^2 < 2ab. \tag{3.17}$$

该条件对外部随机扰动的强度给出了相当明确的估计,在忍受稳定的确定性振子 $\ddot{y}(t) + a\dot{y}(t) + by(t) = 0$ 的扰动下而不失稳定性.

例 3.8 考虑线性齐次 Itô 方程

$$dx(t) = Fx(t)dt + \sum_{i=1}^{m} G_k x(t)dB_i(t), \quad t \geq t_0, \tag{3.18}$$

初值为 $x(t_0) = x_0 \in \mathbf{R}^d$. 假设所有的 $d \times d$ 矩阵 $F, G_1, \cdots, G_m$ 可交换，即对所有的 $1 \leq i, j \leq m$ 有

$$FG_i = G_i F, \quad G_i G_j = G_j G_i. \tag{3.19}$$

在第 3.4 节中我们已经证明了方程 (3.18) 有显式解

$$x(t; t_0, x_0) = \exp\left[\left(F - \frac{1}{2}\sum_{i=1}^{m} G_i^2\right)(t - t_0) + \sum_{i=1}^{m} G_i(B_i(t) - B_i(t_0))\right] x_0. \tag{3.20}$$

假设 $F - \frac{1}{2}\sum_{i=1}^{m} G_i^2$ 的所有特征值均有负实部. 这就等价于存在一对正常数 C 和 λ 使得

$$\left\|\exp\left[\left(F - \frac{1}{2}\sum_{i=1}^{m} G_i^2\right) - (t - t_0)\right]\right\| \leq Ce^{-\lambda(t-t_0)} \tag{3.21}$$

然后由式 (3.20) 可得

$$|x(t; t_0, x_0)| \leq C|x_0|\exp\left[-\lambda(t - t_0) + \sum_{i=1}^{m}\|G_i\|\,|B_i(t) - B_i(t_0)|\right].$$

利用 Brown 运动的性质 $\lim_{t\to\infty}|B_i(t) - B_i(t_0)|/t = 0$ a.s.，可立即得

$$\limsup_{t\to\infty} \frac{1}{t}\log|x(t; t_0, x_0)| \leq -\lambda \qquad \text{a.s.} \tag{3.22}$$

换句话说，在条件 (3.19) 和 (3.21) 下，我们已经证明了方程 (3.18) 的平凡解是几乎必然指数稳定的.

4.4　矩指数稳定性

本节我们将讨论方程 (1.2) 的 p 阶矩指数稳定性且 $p > 0$. 先给出 p 阶矩指数稳定性的定义.

定义 4.1 方程 (1.2) 的平凡解是 p 阶矩指数稳定的，如果存在一对常数 λ 和 C 使得

$$E|x(t; t_0, x_0)|^p \leq C|x_0|^p e^{-\lambda(t-t_0)}, \quad t \geq t_0 \tag{4.1}$$

对所有的 $x_0 \in \mathbf{R}^d$ 成立. 当 $p = 2$ 时，通常称为二次指数稳定的.

显然，p 阶矩指数稳定性意味着解的 p 阶矩以指数速度趋于 0. 由式 (4.1) 可得

$$\limsup_{t\to\infty} \frac{1}{t}\log\left(E|x(t; t_0, x_0)|^p\right) < 0. \tag{4.2}$$

正如在第 2.5 节中定义的那样,式 (4.2) 的左侧称为解的 p 阶矩 Lyapunov 指数. 故在这种情形中,p 阶矩 Lyapunov 指数为负. 而且,如果我们考虑 $\mathcal{F}_{t_0}$ – 可测的随机变量初值 $x_0 \in L^p(\Omega; \mathbf{R}^d)$,那么由式 (4.1) 得

$$E\left|x(t; t_0, x_0)\right|^p = \int_{\mathbf{R}^d} E\left|x(t; t_0, y)\right|^p P\{x_0 \in \mathrm{d}y\}$$

$$\leqslant \int_{\mathbf{R}^d} C\left|y\right|^p \mathrm{e}^{-\lambda(t-t_0)} P\{x_0 \in \mathrm{d}y\}$$

$$= CE\left|x_0\right|^p \mathrm{e}^{-\lambda(t-t_0)}.$$

此外,注意到 $\left(E\left|x(t)\right|^{\hat{p}}\right)^{1/\hat{p}} \leqslant \left(E\left|x(t)\right|^p\right)^{1/p}$ 对 $0 < \hat{p} < p$ 成立,则 p 阶矩指数稳定性意味着 $\hat{p}$ 阶矩指数稳定性.

一般来说,p 阶矩指数稳定性和几乎必然指数稳定性并不互为充分条件,为了从一个推导另一个需要附加条件. 下面的定理给出了由 p 阶矩指数稳定性能推出几乎必然指数稳定性的条件.

定理 4.2 假设存在正常数 K 使得对所有的 $(x, t) \in \mathbf{R}^d \times [t_0, \infty)$ 有

$$x^{\mathrm{T}} f(x, t) \vee \left|g(x, t)\right|^2 \leqslant K\left|x\right|^2, \tag{4.3}$$

则方程 (1.2) 的平凡解的 p 阶矩指数稳定性意味着几乎必然指数稳定性.

证明 固定 $\mathbf{R}^d$ 中任意的 $x_0 \neq 0$ 并简记 $x(t; t_0, x_0) = x(t)$. 利用 p 阶矩指数稳定性的定义得,存在一对常数 λ 和 C 使得

$$E\left|x(t)\right|^p \leqslant C\left|x_0\right|^p \mathrm{e}^{-\lambda(t-t_0)}, \quad t \geqslant t_0. \tag{4.4}$$

令 $n = 1, 2, \cdots$. 利用 Itô 公式和条件 (4.3),对 $t_0 + n - 1 \leqslant t \leqslant t_0 + n$,有

$$\left|x(t)\right|^p = \left|x(t_0 + n - 1)\right|^p + \int_{t_0+n-1}^t p\left|x(s)\right|^{p-2} x^{\mathrm{T}}(s) f(x(s), s)\mathrm{d}s +$$

$$\frac{1}{2}\int_{t_0+n-1}^t \left[p\left|x(s)\right|^{p-2}\left|g(x(s), s)\right|^2 + p(p-2)\left|x\right|^{p-4}\left|x^{\mathrm{T}}(s)g(x(s), s)\right|^2\right]\mathrm{d}s +$$

$$\int_{t_0+n-1}^t p\left|x(s)\right|^{p-2} x^{\mathrm{T}}(s)g(x(s), s)\mathrm{d}B(s)$$

$$\leqslant \left|x(t_0+n-1)\right|^p + c_1 \int_{t_0+n-1}^t \left|x(s)\right|^p \mathrm{d}s + \int_{t_0+n-1}^t p\left|x(s)\right|^{p-2} x^{\mathrm{T}}(s)g(x(s), s)\mathrm{d}B(s),$$

其中 $c_1 = pK + p\left(1 + \left|p-2\right|\right)K/2$. 因此

$$E\left(\sup_{t_0+n-1 \leqslant t \leqslant t_0+n}\left|x(t)\right|^p\right) \leqslant E\left|x(t_0+n-1)\right|^p + c_1 \int_{t_0+n-1}^{t_0+n} E\left|x(s)\right|^p \mathrm{d}s +$$

$$E\left(\sup_{t_0+n-1 \leqslant t \leqslant t_0+n}\int_{t_0+n-1}^t p\left|x(s)\right|^{p-2} x^{\mathrm{T}}(s)g(x(s), s)\mathrm{d}B(s)\right). \tag{4.5}$$

另外,利用 Burkholder-Davis-Gundy 不等式(即定理 1.7.3),可得

$$E\left(\sup_{t_0+n-1\le t\le t_0+n}\int_{t_0+n-1}^{t}p|x(s)|^{p-2}x^{\mathrm{T}}(s)g(x(s),s)\mathrm{d}B(s)\right)$$

$$\le 4\sqrt{2}E\left(\int_{t_0+n-1}^{t_0+n}p^2|x(s)|^{2(p-2)}\left|x^{\mathrm{T}}(s)g(x(s),s)\right|^2\mathrm{d}s\right)^{\frac{1}{2}}$$

$$\le 4\sqrt{2}E\left(\sup_{t_0+n-1\le s\le t_0+n}|x(s)|^p\int_{t_0+n-1}^{t_0+n}p^2K|x(s)|^2\mathrm{d}s\right)^{\frac{1}{2}}$$

$$\le \frac{1}{2}E\left(\sup_{t_0+n-1\le t\le t_0+n}|x(s)|^p\right)+16p^2K\int_{t_0+n-1}^{t_0+n}E|x(s)|^2\mathrm{d}s,$$

这里我们已经使用了基本不等式 $\sqrt{ab}\le(a+b)/2$. 把该式代入式 (4.5) 得

$$E\left(\sup_{t_0+n-1\le t\le t_0+n}|x(t)|^p\right)\le 2E|x(t_0+n-1)|^p+c_2\int_{t_0+n-1}^{t_0+n}E|x(s)|^p\mathrm{d}s,$$

其中 $c_2=2c_1+32p^2K$. 利用式 (4.4) 可知

$$E\left(\sup_{t_0+n-1\le t\le t_0+n}|x(t)|^p\right)\le c_3\mathrm{e}^{-\lambda(n-1)}, \tag{4.6}$$

其中 $c_3=C|x_0|^p(2+c_2)$. 令任意的 $\varepsilon\in(0,\lambda)$, 根据式 (4.6) 得

$$P\left(\sup_{t_0+n-1\le t\le t_0+n}|x(t)|^p>\mathrm{e}^{-(\lambda-\varepsilon)(n-1)}\right)\le \mathrm{e}^{(\lambda-\varepsilon)(n-1)}E\left(\sup_{t_0+n-1\le t\le t_0+n}|x(t)|^p\right)\le c_3\mathrm{e}^{-\varepsilon(n-1)}.$$

由 Borel-Cantelli 引理, 对几乎所有的 $\omega\in\Omega$ 有

$$\sup_{t_0+n-1\le t\le t_0+n}|x(t)|^p\le \mathrm{e}^{-(\lambda-\varepsilon)(n-1)} \tag{4.7}$$

对除有限多个点 n 外均成立. 因此, 存在 $n_0=n_0(\omega)$, 对所有的 $\omega\in\Omega$, 除 $P-$空集外, 当 $n\ge n_0$ 时式 (4.7) 成立. 因此, 对几乎所有的 $\omega\in\Omega$, 有

$$\frac{1}{t}\log|x(t)|\le\frac{1}{pt}\log\left(|x(t)|^p\right)\le-\frac{(\lambda-\varepsilon)(n-1)}{p(t_0+n-1)}$$

对 $t_0+n-1\le t\le t_0+n,\ n\ge n_0$ 成立. 因此

$$\log\sup_{t\to\infty}\frac{1}{t}\log|x(t)|\le-\frac{\lambda-\varepsilon}{p}\qquad\text{a.s.}$$

因为 $\varepsilon>0$ 为任意的, 必有

$$\log\sup_{t\to\infty}\frac{1}{t}\log|x(t)|\le-\frac{\lambda}{p}\qquad\text{a.s.}$$

根据定义, 方程 (1.2) 的平凡解是几乎必然指数稳定的.

尽管本章给出的存在唯一性定理 2.3.6 中的假设不能确保条件 (4.3) 成立, 但仍满足很多重要情形. 例如, 如果系数 $f(x,t)$ 和 $g(x,t)$ 是一致 Lipschitz 连续的, 在习惯性假设 $f(0,t)\equiv 0$ 和 $g(0,t)\equiv 0$ 下, 式 (4.3) 成立. 此外, 对 $d-$维线性随机微分方程有

$$dx(t) = F(t)x(t)dt + \sum_{i=1}^{m} G_i(t)x(t)dB_i(t), \qquad (4.8)$$

如果 F, G_i 均为有界的 $d \times d$ – 矩阵值函数，那么条件 (4.3) 成立. 因此，我们可得一个有用的推论.

推论 4.3 假设 F, G_i 均为有界的 $d \times d$ – 矩阵值函数，则线性方程 (4.8) 的平凡解的 p 阶矩指数稳定性意味着几乎必然指数稳定性.

关于 p 阶矩指数稳定性，我们将通过 Lyapunov 函数建立一个充分条件.

定理 4.4 假设存在函数 $V(x,t) \in C^{2,1}(\mathbf{R}^d \times [t_0, \infty); \mathbf{R}_+)$ 和正数 c_1, c_2, c_3，满足对所有的 $(x,t) \in \mathbf{R}^d \times [t_0, \infty)$ 有

$$c_1 |x|^p \leqslant V(x,t) \leqslant c_2 |x|^p, \qquad LV(x,t) \leqslant -c_3 V(x,t), \qquad (4.9)$$

则

$$E|x(t;t_0,x_0)|^p \leqslant \frac{c_2}{c_1} |x_0|^p e^{-c_3(t-t_0)}, \qquad t \geqslant t_0 \qquad (4.10)$$

对所有的 $x_0 \in \mathbf{R}^d$ 成立. 换句话说，方程 (1.2) 的平凡解是 p 阶矩指数稳定的且 p 阶矩 Lyapunov 指数不超过 $-c_3$.

证明 固定任意的 $x_0 \in \mathbf{R}^d$ 并记 $x(t;t_0,x_0) = x(t)$. 对每一个 $n \geqslant |x_0|$，定义停时

$$\tau_n = \inf\{t \geqslant t_0 : |x(t)| \geqslant n\}.$$

显然，当 $n \to \infty$ 时，$\tau_n \to \infty$ 几乎处处成立. 利用 Itô 公式，对 $t \geqslant t_0$ 有

$$E\left[e^{c_3(t \wedge \tau_n - t_0)} V(x(t \wedge \tau_n), t \wedge \tau_n)\right] = V(x_0, t_0) + E \int_{t_0}^{t \wedge \tau_n} e^{c_3(s-t_0)} \left[c_3 V(x(s),s) + LV(x(s),s)\right] ds.$$

利用条件 (4.9) 得

$$c_1 e^{c_3(t \wedge \tau_n - t_0)} E|x(t \wedge \tau_n)|^p \leqslant E\left[e^{c_3(t \wedge \tau_n - t_0)} V(x(t \wedge \tau_n), t \wedge \tau_n)\right]$$
$$\leqslant V(x_0, t_0) \leqslant c_2 |x_0|^p.$$

令 $n \to \infty$ 得

$$c_1 e^{c_3(t-t_0)} E|x(t)|^p \leqslant c_2 |x_0|^p,$$

意味着要证的结论 (4.10) 成立.

类似的，我们可以证明以下定理，该定理给出了 q 阶指数不稳定性的充分判据.

定理 4.5 令 $q > 0$. 假设存在函数 $V(x,t) \in C^{2,1}(\mathbf{R}^d \times [t_0, \infty); \mathbf{R}_+)$ 和正数 c_1, c_2, c_3，满足对所有的 $(x,t) \in \mathbf{R}^d \times [t_0, \infty)$ 有

$$c_1 |x|^q \leqslant V(x,t) \leqslant c_2 |x|^q, \qquad LV(x,t) \geqslant c_3 V(x,t),$$

则

$$E\left|x(t;t_0,x_0)\right|^q \geq \frac{c_2}{c_1}\left|x_0\right|^q e^{c_3(t-t_0)}, \qquad t \geq t_0$$

对所有的 $x_0 \in \mathbf{R}^d$ 成立, 称在这种情形中方程 (1.2) 的平凡解是 q 阶矩指数不稳定的.

因为当 $\hat{q} > q$ 时, 有 $\left(E\left|x(t)\right|^{\hat{q}}\right)^{1/\hat{q}} \geq \left(E\left|x(t)\right|^q\right)^{1/q}$, 所以 q 阶矩指数不稳定性意味着 $\hat{q}$ 阶矩指数不稳定性. 现在我们用定理 4.4 建立一个有用的推论.

推论 4.6 假设存在对称的正定 $d \times d$ 矩阵 Q, 和常数 $\alpha_1, \alpha_2, \alpha_3$, 使得对所有的 $(x,t) \in \mathbf{R}^d \times [t_0, \infty)$ 有

$$x^{\mathrm{T}}Qf(x,t) + \frac{1}{2}\mathrm{trace}\left[g^{\mathrm{T}}(x,t)Qg(x,t)\right] \geq \alpha_1 x^{\mathrm{T}}Qx \tag{4.11}$$

和

$$\alpha_2 x^{\mathrm{T}}Qx \leq \left|x^{\mathrm{T}}Qg(x,t)\right| \leq \alpha_3 x^{\mathrm{T}}Qx. \tag{4.12}$$

(i) 如果 $\alpha_1 < 0$, 那么当 $p < 2 + 2\left|\alpha_1\right|/\alpha_3^2$ 时, 方程 (1.2) 的平凡解是 p 阶矩指数稳定的;

(ii) 如果 $0 \leq \alpha_1 < \alpha_2^2$, 那么当 $p < 2 - 2\alpha_1/\alpha_2^2$ 时, 方程 (1.2) 的平凡解是 p 阶矩指数稳定的.

证明 令 $V(x,t) = (x^{\mathrm{T}}Qx)^{\frac{p}{2}}$, 则

$$\lambda_{\min}^{\frac{p}{2}}(Q)\left|x\right|^p \leq V(x,t) \leq \lambda_{\max}^{\frac{p}{2}}(Q)\left|x\right|^p,$$

其中 $\lambda_{\min}(Q)$ 和 $\lambda_{\max}(Q)$ 分别表示 Q 的最小和最大特征值. 不难证明

$$LV(x,t) = p(x^{\mathrm{T}}Qx)^{\frac{p}{2}-1}\left(x^{\mathrm{T}}Qf(x,t) + \frac{1}{2}\mathrm{trace}[g^{\mathrm{T}}(x,t)Qg(x,t)]\right) +$$
$$p\left(\frac{p}{2}-1\right)(x^{\mathrm{T}}Qx)^{\frac{p}{2}-2}\left|x^{\mathrm{T}}Qg(x,t)\right|^2. \tag{4.13}$$

(i) 假设 $\alpha_1 < 0$ 和 $p < 2 + 2\left|\alpha_1\right|/\alpha_3^2$. 不失一般性, 令 $p \geq 2$. 利用式 (4.11) 和 (4.12), 由式 (4.13) 可推导出

$$LV(x,t) \leq -p\left[\left|\alpha_1\right| - \left(\frac{p}{2}-1\right)\alpha_3^2\right]V(x,t).$$

应用定理 4.4 得方程 (1.2) 的平凡解是 p 阶矩指数稳定的.

(ii) 假设 $0 \leq \alpha_1 < \alpha_2^2$ 和 $p < 2 - 2\alpha_1/\alpha_2^2$. 在这种情形中, 有

$$LV(x,t) \leq -p\left[\left(\frac{p}{2}-1\right)\alpha_2^2 - \alpha_1\right]V(x,t).$$

再次利用定理 4.4 知结论成立. 定理得证.

类似地, 关于矩指数不稳定性, 可以用定理 4.5 给出下列结果.

推论 4.7 假设存在对称的正定 $d \times d$ 矩阵 Q, 和正常数 β_1, β_2, 使得对所有的 $(x,t) \in \mathbf{R}^d \times [t_0, \infty)$ 有

$$x^{\mathrm{T}}Qf(x,t)+\frac{1}{2}\mathrm{trace}\left[g^{\mathrm{T}}(x,t)Qg(x,t)\right]\geqslant\beta_1 x^{\mathrm{T}}Qx \tag{4.14}$$

和

$$\left|x^{\mathrm{T}}Qg(x,t)\right|\leqslant\beta_2 x^{\mathrm{T}}Qx. \tag{4.15}$$

则当 $q>0\vee(2-2\beta_1/\beta_2^2)$ 时，方程(1.2)的平凡解是 q 阶矩指数不稳定的.

下面，我们举例论证.

例 4.8 考虑标量线性 Itô 方程

$$\mathrm{d}x(t)=ax(t)+\sum_{i=1}^{m}b_i x(t)\mathrm{d}B_i(t),\qquad t\geqslant t_0, \tag{4.16}$$

其中 a, b_i 均为常数，假设

$$0<\alpha<\frac{1}{2}\sum_{i=1}^{m}b_i^2 \tag{4.17}$$

且 $f(x,t)=ax$ 和 $g(x,t)=(b_1 x,\cdots,b_m x)$，则

$$xf(x,t)+\frac{1}{2}\mathrm{trace}\left[g^{\mathrm{T}}(x,t)g(x,t)\right]=\left(a+\frac{1}{2}\sum_{i=1}^{m}b_i^2\right)x^2$$

和

$$\left|xg(x,t)\right|=\sqrt{\sum_{i=1}^{m}b_i^2}\,\left|x\right|^2.$$

因此，根据推论 4.6，当

$$p<1-\frac{a}{\dfrac{1}{2}\displaystyle\sum_{i=1}^{m}b_i^2}$$

时，方程(4.16)的平凡解是 p 阶矩指数稳定的，然而，根据推论 4.7，当

$$q>1-\frac{a}{\dfrac{1}{2}\displaystyle\sum_{i=1}^{m}b_i^2}$$

时，方程(4.16)的平凡解是 q 阶矩指数不稳定的.

例 4.9 这个例子来源于卫星动力学. Sagirow (1970)在研究地球大气密度的快速波动对卫星在圆形轨道上运动的影响时，推导出方程

$$\ddot{y}(t)+\beta(1+\alpha\dot{B}(t))\dot{y}(t)+(1+\alpha\dot{B}(t))y(t)-\gamma\sin(2y(t))=0, \tag{4.18}$$

其中 $\dot{B}(t)$ 是标量白噪声，α 是表示扰动强度的常数，β, γ 为两个正常数. 引入 $x=(x_1,x_2)^{\mathrm{T}}=(y,\dot{y})^{\mathrm{T}}$，可把方程(4.18)写为如下 2-维 Itô 方程

$$\begin{cases} dx_1(t) = x_2(t)dt, \\ dx_2(t) = [-x_1(t) + \gamma \sin(2x_1(t)) - \beta x_2(t)]dt - \alpha[x_1(t) + \beta x_2(t)]dB(t). \end{cases}$$

对于 Lyapunov 函数，我们尝试一个由二次型和非线性分量的积分组成的表达式

$$V(x,t) = ax_1^2 + bx_1x_2 + x_2^2 + c\int_0^{x_1} \sin(2y)dy$$

$$= ax_1^2 + bx_1x_2 + x_2^2 + c\sin^2 x_1,$$

则

$$LV(x,t) = -(b - \alpha^2)x_1^2 + b\gamma x_1 \sin(2x_1) - (2\beta - b - \alpha^2\beta^2)x_2^2 +$$

$$(2a - b\beta - 2 + 2\alpha^2\beta)x_1x_2 + (c + 2\gamma)x_2 \sin(2x_1).$$

令 $2a - b\beta - 2 + 2\alpha^2\beta = 0$ 和 $c + 2\gamma = 0$ 可得

$$V(x,t) \geq \frac{1}{2}(b\beta + 2 - 2\alpha^2\beta - 4\gamma)x_1^2 + bx_1x_2 + x_2^2.$$

和

$$LV(x,t) = -(b - \alpha^2)x_1^2 + b\gamma x_1 \sin(2x_1) - (2\beta - b - \alpha^2\beta^2)x_2^2.$$

注意到

$$V(x,t) \geq \frac{1}{2}(b\beta + 2 - 2\alpha^2\beta - 4\gamma)x_1^2 + bx_1x_2 + x_2^2.$$

故如果

$$2(b\beta + 2 - 2\alpha^2\beta - 4\gamma) \geq b^2$$

或其等价形式

$$\beta - \sqrt{\beta^2 + 4 - 8\gamma - 4\alpha^2\beta} < b < \beta + \sqrt{\beta^2 + 4 - 8\gamma - 4\alpha^2\beta}, \tag{4.19}$$

那么对一些 $\varepsilon > 0$ 有 $V(x,t) \geq \varepsilon|x|^2$.

还注意到

$$LV(x,t) \leq -(b - \alpha^2 - 2b\gamma)x_1^2 - (2\beta - b - \alpha^2\beta^2)x_2^2.$$

故当 $b - \alpha^2 - 2b\gamma > 0$ 和 $2\beta - b - \alpha^2\beta^2 > 0$，即

$$2\gamma < 1, \quad \frac{\alpha^2}{1 - 2\gamma} < b < 2\beta - \alpha^2\beta^2 \tag{4.20}$$

成立时，对一些 $\bar{\varepsilon} > 0$ 有 $LV(x,t) \leq -\bar{\varepsilon}|x|^2$.

因此，利用定理 4.4，当 $\gamma < 1/2$ 和

$$\max\left\{\frac{\alpha^2}{1 - 2\gamma}, \beta - \sqrt{\beta^2 + 4 - 8\gamma - 4\alpha^2\beta}\right\}$$

$$< \min\left\{2\beta - \alpha^2\beta^2, \beta + \sqrt{\beta^2 + 4 - 8\gamma - 4\alpha^2\beta}\right\}$$

均成立时，可得方程(4.18)的平凡解是二次指数稳定的.

例 4.10 在线性随机微分方程中，显式解在决定 p 阶矩指数稳定方面具有重要作用. 现在通过本例解释该思想. 考虑标量线性 Itô 方程

$$\mathrm{d}x(t) = a(t)x(t)\mathrm{d}t + \sum_{i=1}^{m} b_i(s)x(s)\mathrm{d}B_i(s), \quad t \geqslant t_0, \tag{4.22}$$

初值为 $x(t_0) = x_0 \in \mathbf{R}^d$，其中 $a(t)$, $b_i(t)$ 均为 $[t_0, \infty)$ 上的连续函数. 已知方程 (4.22) 有显式解

$$x(t) = x_0 \exp\left[\int_{t_0}^{t}\left(a(s) - \frac{1}{2}\sum_{i=1}^{m} b_i^2(s)\right)\mathrm{d}s + \sum_{i=1}^{m}\int_{t_0}^{t} b_i(s)\mathrm{d}B_i(s)\right].$$

因此

$$E|x(t)|^p = |x_0|^p\, E\exp\left[p\int_{t_0}^{t}\left(a(s) - \frac{1}{2}\sum_{i=1}^{m} b_i^2(s)\right)\mathrm{d}s + p\sum_{i=1}^{m}\int_{t_0}^{t} b_i(s)\mathrm{d}B_i(s)\right].$$

可证(作为练习留给读者)

$$E\exp\left[-\frac{p^2}{2}\sum_{i=1}^{m}\int_{t_0}^{t} b_i^2(s)\mathrm{d}s + p\sum_{i=1}^{m}\int_{t_0}^{t} b_i(s)\mathrm{d}B_i(s)\right] = 1.$$

因此

$$E|x(t)|^p = |x_0|^p \exp\left[p\int_{t_0}^{t}\left(a(s) - \frac{1-p}{2}\sum_{i=1}^{m} b_i^2(s)\right)\mathrm{d}s\right]. \tag{4.23}$$

因此可得方程 (4.22) 的平凡解是 p 阶矩指数稳定的，当且仅当

$$\limsup_{t\to\infty}\frac{1}{t}\int_{t_0}^{t}\left(a(s) - \frac{1-p}{2}\sum_{i=1}^{m} b_i^2(s)\right)\mathrm{d}s < 0; \tag{4.24}$$

然而，方程 (4.22) 的平凡解是 q 阶矩指数不稳定的，当且仅当

$$\liminf_{t\to\infty}\frac{1}{t}\int_{t_0}^{t}\left(a(s) - \frac{1-q}{2}\sum_{i=1}^{m} b_i^2(s)\right)\mathrm{d}s > 0. \tag{4.25}$$

如果 $a(t) = a$, $b_i(t) = b_i$ 均为常数，那么方程 (4.22) 简化为方程 (4.16). 在这种情形中，式 (4.24) 成立，当且仅当

$$a - \frac{1-p}{2}\sum_{i=1}^{m} b_i^2 < 0,$$

即

$$p < 1 - \frac{a}{\frac{1}{2}\sum_{i=1}^{m} b_i^2}; \tag{4.26}$$

而式 (4.25) 成立，当且仅当

$$a - \frac{1-q}{2}\sum_{i=1}^{m}b_i^2 > 0,$$

即

$$q > 1 - \frac{a}{\frac{1}{2}\sum_{i=1}^{m}b_i^2}. \tag{4.27}$$

显然，这些结论和例 4.8 的结论一样.

4.5　随机稳定性和不稳定性

噪声能使一个稳定的系统变为不稳定的, 这并不奇怪. 例如, 假设给定的 2－维指数稳定的系统

$$\dot{y}(t) = -y(t), \quad t \geq t_0, \quad y(t_0) = x_0 \in \mathbf{R}^2 \tag{5.1}$$

由噪声扰动且随机扰动系统描述为 Itô 方程

$$dx(t) = -x(t)dt + Gx(t)dB(t), \quad t \geq t_0, \quad x(t_0) = x_0 \in \mathbf{R}^2, \tag{5.2}$$

这里 $B(t)$ 是 1－维 Brown 运动且

$$G = \begin{bmatrix} 0 & -2 \\ 2 & 0 \end{bmatrix}.$$

已证方程 (5.2) 有显式解

$$\begin{aligned} x(t) &= \exp\left[\left(-I - \frac{1}{2}G^2\right)(t-t_0) + G(B(t)-B(t_0))\right]x_0 \\ &= \exp\left[I(t-t_0) + G(B(t)-B(t_0))\right], \end{aligned}$$

其中 I 是 2×2 单位矩阵. 因此

$$\lim_{t\to\infty}\frac{1}{t}\log|x(t)| = 1 \qquad \text{a.s.}$$

即, 随机扰动系统 (5.2) 变为几乎必然指数不稳定的.

另外, 人们已观察到噪声也具有稳定效果. 例如, 考虑标量不稳定系统

$$\dot{y}(t) = y(t), \quad t \geq t_0, \quad y(t_0) = x_0 \in \mathbf{R}^2. \tag{5.3}$$

用噪声扰动该系统并假设扰动系统的形式为

$$dx(t) = x(t)dt + 2x(t)dB(t), \quad t \geq t_0, \quad x(t_0) = x_0 \in \mathbf{R}, \tag{5.4}$$

其中 $B(t)$ 也是 1－维 Brown 运动. 方程 (5.4) 具有显式解

$$x(t) = x_0 \exp[-(t-t_0) + 2(B(t)-B(t_0))],$$

可立即推出

$$\lim_{t\to\infty}\frac{1}{t}\log|x(t)|=-1 \qquad \text{a.s.}$$

即，扰动系统 (5.4) 变为稳定的. 换句话说，噪声可使不稳定的系统 (5.3) 变为稳定的.

本节我们将对给定的非线性系统的随机稳定性和不稳定性建立一个一般理论. 假设给定的系统由非线性常微分方程描述为

$$\dot{y}(t)=f(y(t),t), \qquad t\geqslant t_0, \qquad y(t_0)=x_0\in\mathbf{R}^d. \tag{5.5}$$

这里 $f:\mathbf{R}^d\times\mathbf{R}_+\to\mathbf{R}^d$ 是局部 Lipschitz 连续函数，特别地，对一些 $K>0$，有

$$|f(x,t)|\leqslant K|x| \tag{5.6}$$

对所有的 $(x,t)\in\mathbf{R}^d\times\mathbf{R}_+$ 成立.

现在我们用 m - 维 Brown 运动 $B(t)=(B_1(t),\cdots,B_m(t))^{\mathrm{T}}$ 作为噪声源去扰动给定的系统. 为了方便，设随机扰动是线性形式，即随机扰动系统由下列半线性 Itô 方程所描述

$$\mathrm{d}x(t)=f(x(t),t)\mathrm{d}t+\sum_{i=1}^{m}G_i x(t)\mathrm{d}B_i(t), \qquad t\geqslant t_0, \qquad x(t_0)=x_0\in\mathbf{R}^d, \tag{5.7}$$

其中 $G_i,1\leqslant i\leqslant m$ 均为 $d\times d$ 矩阵. 显然，方程 (5.7) 有唯一解，再次记为 $x(t;t_0,x_0)$，而且，存在平凡解 $x(t)\equiv 0$. 现在开始讨论随机扰动是如何影响给定系统 (5.5) 的稳定性或不稳定性的，我们会发现 G_i 的选择不同会使结果不同.

定理 5.1 令式 (5.6) 成立. 假设有两个常数 $\lambda>0$ 和 $\rho\geqslant 0$ 使得对所有的 $x_0\in\mathbf{R}^d$ 有

$$\sum_{i=1}^{m}|G_i x|^2\leqslant\lambda|x|^2, \qquad \sum_{i=1}^{m}|x^{\mathrm{T}}G_i x|^2\geqslant\rho|x|^4, \tag{5.8}$$

则对所有的 $x_0\in\mathbf{R}^d$ 有

$$\limsup_{t\to\infty}\frac{1}{t}\log|x(t;t_0,x_0)|\leqslant-\left(\rho-K-\frac{\lambda}{2}\right) \qquad \text{a.s.} \tag{5.9}$$

特别地，如果 $\rho>K+\lambda/2$，那么方程 (5.7) 的平凡解是几乎必然指数稳定的.

证明 令 $V(x,t)=|x|^2$，则

$$LV(x,t)=2x^{\mathrm{T}}f(x,t)+\sum_{i=1}^{m}|G_i x|^2\leqslant(2K+\lambda)|x|^2.$$

此外，利用 $g(x,t)=(G_1 x,\cdots,G_m x)$，有

$$|V_x(x,t)g(x,t)|^2=4\sum_{i=1}^{m}|x^{\mathrm{T}}G_i x|^2\geqslant 4\rho|x|^4.$$

应用定理 3.3 可得要证的结论 (5.8) 成立.

现在我们考虑方程(5.7)的一些特殊情形. 首先, 令 $G_i = \sigma_i I, 1 \leq i \leq m$, 其中 I 是 $d \times d$ 单位矩阵且 σ_i 为常数. 这些 σ_i 表示随机扰动的强度. 在这种情形下, 方程(5.7)变为

$$dx(t) = f(x(t), t)dt + \sum_{i=1}^{m} \sigma_i x(t)dB_i(t). \tag{5.10}$$

而且

$$\sum_{i=1}^{m} |G_i x|^2 \leq \sum_{i=1}^{m} \sigma_i^2 |x|^2, \qquad \sum_{i=1}^{m} |x^{\mathrm{T}} G_i x|^2 = \sum_{i=1}^{m} \sigma_i^2 |x|^4.$$

利用定理 5.1, 则方程(5.10)的解具有性质

$$\limsup_{t \to \infty} \frac{1}{t} \log |x(t; t_0, x_0)| \leq -\left(\frac{1}{2} \sum_{i=1}^{m} \sigma_i^2 - K \right) \quad \text{a.s.}$$

因此, 当 $\left(\sum_{i=1}^{m} \sigma_i^2 \right) / 2 > K$ 时方程(5.10)的平凡解是几乎必然指数稳定的. 还有一个更简单的例子就是 $\sigma_i = 0$ 对 $2 \leq i \leq m$ 成立, 即方程

$$dx(t) = f(x(t), t)dt + \sigma_1 x(t)dB_1(t).$$

该方程的平凡解当 $\sigma_1^2 / 2 > K$ 时是几乎必然指数稳定的. 这些结论表明, 如果我们对给定的系统(5.5)添加一个足够强的随机扰动, 那么系统是稳定的. 上述讨论总结为下述定理.

定理 5.2 只要式(5.6)满足, 则任意的非线性系统 $\dot{y}(t) = f(y(t), t)$ 能够利用 Brown 运动得以稳定. 而且, 甚至可以仅仅用一个标量 Brown 运动使系统稳定.

定理 5.1 确保了对给定的系统关于矩阵 B_i 有多种选择, 当然, 这些选择仅仅是最简单的. 为说明理论, 这里我们给出一个比较复杂的例子. 对每一个 i, 选取正定矩阵 D_i 使得

$$x^{\mathrm{T}} D_i x \geq \frac{\sqrt{3}}{2} \|D_i\| |x|^2.$$

显然, 存在很多这样的矩阵. 令 σ 为常数和 $G_i = \sigma D_i$, 则有

$$\sum_{i=1}^{m} |G_i x|^2 \leq \sigma^2 \sum_{i=1}^{m} \|D_i\|^2 |x|^2$$

和

$$\sum_{i=1}^{m} |x^{\mathrm{T}} G_i x|^2 \geq \frac{3\sigma^2}{4} \sum_{i=1}^{m} \|D_i\|^2 |x|^4.$$

根据定理 5.1, 则方程(5.7)的解满足

$$\limsup_{t \to \infty} \frac{1}{t} \log |x(t;t_0,x_0)| \leqslant -\left(\frac{\sigma^2}{4} \sum_{i=1}^{m} \|D_i\|^2 - K \right) \qquad \text{a.s.}$$

因此当 $\sigma^2 > \dfrac{4K}{\displaystyle\sum_{i=1}^{m} \|D\|^2}$ 时，方程 (5.7) 的平凡解是几乎必然指数稳定的.

现在我们开始考虑相反的问题——随机不稳定性. 利用定理 3.5 不难证明下面的结果，证明细节留给读者.

定理 5.3 令式 (5.6) 成立. 假设存在两正常数 λ 和 ρ 使得对所有的 $x_0 \in \mathbf{R}^d$ 有

$$\sum_{i=1}^{m} |G_i x|^2 \geqslant \lambda |x|^2, \qquad \sum_{i=1}^{m} |x^{\mathrm{T}} G_i x|^2 \leqslant \rho |x|^4,$$

则对所有的 $x_0 \neq 0$ 有

$$\liminf_{t \to \infty} \frac{1}{t} \log |x(t;t_0,x_0)| \geqslant \left(\frac{\lambda}{2} - K - \rho \right) \qquad \text{a.s.}$$

特别地，如果 $\lambda > 2(K+\rho)$，那么方程 (5.7) 的平凡解是几乎必然指数不稳定的.

现在，我们应用该定理来说明如何使用随机扰动使给定的系统变为不稳定的. 首先，令状态空间的维数为 $d \geqslant 3$ 并选取相同维数的 Brown 运动，即 $m = d$. 令 σ 为常数. 对每一个 $i = 1,2,\cdots,d-1$，定义 $d \times d$ 矩阵 $G_i = (g_{uv}^i)$，当 $u = d$ 和 $v = 1$ 时，$g_{uv}^i = \sigma$，否则 $g_{uv}^i = 0$. 而且，定义 $G_d = (g_{uv}^d)$，当 $u = d$ 和 $v = 1$ 时，$g_{uv}^d = \sigma$，否则 $g_{uv}^d = 0$. 则方程 (5.7) 变为

$$\mathrm{d}x(t) = f(x(t),t)\mathrm{d}t + \sigma \begin{bmatrix} x_2(t)\mathrm{d}B_1(t) \\ \vdots \\ x_d(t)\mathrm{d}B_{d-1}(t) \\ x_1(t)\mathrm{d}B_d(t) \end{bmatrix}. \tag{5.11}$$

计算得

$$\sum_{i=1}^{m} |G_i x|^2 = \sum_{i=1}^{m} (\sigma x_{i+1})^2 = \sigma^2 |x|^2$$

和

$$\sum_{i=1}^{m} |x^{\mathrm{T}} G_i x|^2 = \sigma^2 \sum_{i=1}^{m} x_i^2 x_{i+1}^2,$$

该过程利用了 $x_{d+1} = x_1$. 注意到

$$\sum_{i=1}^{m} x_i^2 x_{i+1}^2 \leqslant \frac{1}{2} \sum_{i=1}^{m} (x_i^4 + x_{i+1}^4) = \sum_{i=1}^{m} x_i^4,$$

则有

$$3\sum_{i=1}^{m} x_i^2 x_{i+1}^2 \leqslant 2\sum_{i=1}^{m} x_i^2 x_{i+1}^2 + \sum_{i=1}^{m} x_i^4 \leqslant |x|^4 .$$

因此

$$\sum_{i=1}^{m} \left| x^{\mathrm{T}} G_i x \right|^2 \leqslant \frac{\sigma^2}{3} |x|^4 .$$

根据定理5.3，则方程(5.11)的解具有性质

$$\liminf_{t\to\infty} \frac{1}{t}\log|x(t;t_0,x_0)| \geqslant \left(\frac{\sigma^2}{2} - K - \frac{\sigma^2}{3}\right) = \frac{\sigma^2}{6} - K \quad \text{a.s.}$$

对任意的 $x_0 \neq 0$ 成立. 如果 $\sigma^2 > 6K$，那么方程(5.11)的平凡解是几乎必然指数不稳定的.

其次，令状态空间的维数 d 为偶数，即 $d = 2k(k \geqslant 1)$. 令 σ 为常数. 定义

$$G_1 = \begin{bmatrix} 0 & \sigma & & & 0 \\ -\sigma & 0 & & & \\ & & \ddots & & \\ & & & 0 & \sigma \\ 0 & & & -\sigma & 0 \end{bmatrix},$$

但令 $G_i = 0$，$2 \leqslant i \leqslant m$. 故方程(5.7)变为

$$\mathrm{d}x(t) = f(x(t),t)\mathrm{d}t + \sigma \begin{bmatrix} x_2(t) \\ -x_1(t) \\ \vdots \\ x_{2k}(t) \\ -x_{2k-1}(t) \end{bmatrix} \mathrm{d}B_1(t). \tag{5.12}$$

则

$$\sum_{i=1}^{m} |G_i x|^2 = \sigma^2 |x|^2 , \qquad \sum_{i=1}^{m} \left| x^{\mathrm{T}} G_i x \right|^2 = 0 .$$

因此，根据定理5.3，方程(5.12)的解具有性质

$$\liminf_{t\to\infty} \frac{1}{t}\log|x(t;t_0,x_0)| \geqslant \frac{\sigma^2}{2} - K \quad \text{a.s.}$$

对任意的 $x_0 \neq 0$ 成立. 如果 $\sigma^2 > 2K$，那么方程(5.12)的平凡解是几乎必然指数不稳定的. 总结这些结果可得下列结论.

定理 5.4 只要满足维数 $d \geqslant 2$ 和式(5.6)，则任意的 d–维非线性系统 $\dot{y}(t) = f(y(t),t)$ 能够由 Brown 运动变为不稳定的.

人们自然会问对 1–维系统会发生什么. 为回答这个问题，我们讨论标量线

性 Itô 方程

$$dx(t) = -ax(t) + \sum_{i=1}^{m} b_i x(t) dB_i(t), \qquad t \geqslant t_0 , \tag{5.13}$$

初值为 $x(t_0) = x_0$. 该方程被认为是由指数稳定的系统

$$\dot{y}(t) = -ay(t) , \qquad a > 0$$

进行随机扰动而成的. 已证解的样本 Lyapunov 指数为

$$\lim_{t \to \infty} \frac{1}{t} \log |x(t; t_0, x_0)| = -a - \frac{1}{2} \sum_{i=1}^{m} b_i^2 < 0 \qquad \text{a.s.}$$

即, 扰动系统 (5.13) 保持稳定性. 因此可以看出, 如果限制随机扰动为线性形式 $\sum_{i=1}^{m} b_i x(t) dB_i(t)$, 那么指数稳定的系统 $\dot{y}(t) = -ay(t)$ $(a < 0)$ 不能利用 Brown 运动变为不稳定的.

4.6 深 入 研 究

如果方程 (1.2) 的系数 f 和 g 满足 $f(0,t) \neq 0$ 和 $g(0,t) \neq 0$, 而 f 的分解式为 $f(x,t) = f_1(x,t) + f_2(x,t)$, 满足 $f_1(0,t) \equiv 0$, 那么我们认为方程

$$dx(t) = [f_1(x(t),t) + f_2(x(t),t)]dt + g(x(t),t)d\omega(t) \tag{6.1}$$

为常微分方程

$$\dot{y}(t) = f_1(y(t),t) \tag{6.2}$$

的随机扰动系统.

在这种情形下, 平衡点是非扰动系统 (6.2) 的解, 而不是扰动系统 (6.1) 的解. 然而, 原则上我们可以利用稳定性的定义判断非扰动系统 (6.2) 的解的性质. 例如, 考虑 d – 维狭义线性随机微分方程

$$dx(t) = [Ax(t) + F(t)]dt + G(t)dB(t) , \qquad t \geqslant t_0 , \tag{6.3}$$

初值为 $x(t_0) = x_0 \in \mathbf{R}^d$, 其中

$$A \in \mathbf{R}^{d \times d}, \qquad F : \mathbf{R}_+ \to \mathbf{R}^d, \qquad G : \mathbf{R}_+ \to \mathbf{R}^{d \times m}.$$

我们提出两个假设:

(a) A 的特征值有负实部. 这就等价于存在一对正常数 β_1 和 λ_1 使得

$$\left\| e^{At} \right\|^2 \leqslant \beta_1 e^{-\lambda_1 t}, \qquad t \geqslant 0. \tag{6.4}$$

(b) 存在一对正常数 β_2 和 λ_2 使得

$$|F(t)|^2 \vee |G(t)|^2 \leqslant \beta_2 e^{-\lambda_2 t}, \qquad t \geqslant 0. \tag{6.5}$$

在第 3 章中已经证明了方程 (6.3) 的解为

$$x(t) = e^{A(t-t_0)} x_0 + \int_{t_0}^t e^{A(t-s)} F(s) ds + \int_{t_0}^t e^{A(t-s)} G(s) dB(s). \tag{6.6}$$

故

$$E|x(t)|^2 \leqslant 3 \left| e^{A(t-t_0)} x_0 \right|^2 + 3(t-t_0) \int_{t_0}^t \left| e^{A(t-s)} F(s) \right|^2 ds + 3 \int_{t_0}^t \left| e^{A(t-s)} G(s) \right|^2 ds$$

$$\leqslant 3\beta_1 |x_0|^2 e^{-\lambda_1(t-t_0)} + 3\beta_1\beta_2(t-t_0+1) \int_{t_0}^t e^{-\lambda_1(t-s)-\lambda_2 s} ds$$

$$\leqslant 3\beta_1 |x_0|^2 e^{-\lambda_1(t-t_0)} + 3\beta_1\beta_2(t-t_0+1) \int_{t_0}^t e^{-(\lambda_1 \wedge \lambda_2)(t-s)-(\lambda_1 \wedge \lambda_2)s} ds$$

$$\leqslant 3\beta_1 |x_0|^2 e^{-\lambda_1(t-t_0)} + 3\beta_1\beta_2(t-t_0+1)(t-t_0) e^{-(\lambda_1 \wedge \lambda_2)t}. \tag{6.7}$$

这就意味着

$$\limsup_{t \to \infty} \frac{1}{t} \log \left| E|x(t)|^2 \right| \leqslant -(\lambda_1 \wedge \lambda_2). \tag{6.8}$$

令 $0 < \varepsilon < (\lambda_1 \wedge \lambda_2)/2$ 为任意值. 记

$$c_1 = 3\beta_1 |x_0|^2 + 3\beta_1\beta_2 \sup_{t \geqslant t_0} [(t-t_0+1)(t-t_0) e^{-\varepsilon t}].$$

由式 (6.7) 可得

$$E|x(t)|^2 \leqslant c_1 e^{-(\lambda_1 \wedge \lambda_2 - \varepsilon)(t-t_0)}, \qquad t \geqslant t_0.$$

令 $n = 1, 2, \cdots$. 注意到对 $t_0+n-1 \leqslant t \leqslant t_0+n$, 有

$$x(t) = x(t_0+n-1) + \int_{t_0+n-1}^t [Ax(s)+F(s)] ds + \int_{t_0+n-1}^t G(s) dB(s).$$

利用 Hölder 不等式, Doob 鞅不等式等, 可推导出

$$E\left(\sup_{t_0+n-1 \leqslant t \leqslant t_0+n} |x(t)|^2 \right) \leqslant 3E|x(t_0+n-1)|^2 + 3E \int_{t_0+n-1}^{t_0+n} |Ax(s)+F(s)|^2 ds + 12 \int_{t_0+n-1}^{t_0+n} |G(s)| ds$$

$$\leqslant 3c_1 e^{-(\lambda_1 \wedge \lambda_2 - \varepsilon)(n-1)} + 6 \int_{t_0+n-1}^{t_0+n} \left(c_1 \|A\|^2 e^{-(\lambda_1 \wedge \lambda_2 - \varepsilon)(s-t_0)} + 3\beta_2 e^{-\lambda_2 s} \right) ds$$

$$\leqslant c_2 e^{-(\lambda_1 \wedge \lambda_2 - \varepsilon)(n-1)},$$

其中 c_2 是常数. 基于此, 由类似于定理 4.2 的证明可得

$$\limsup_{t \to \infty} \frac{1}{t} \log |x(t)| \leqslant -\frac{\lambda_1 \wedge \lambda_2 - 2\varepsilon}{2} \qquad \text{a.s.}$$

因为 ε 的任意性, 必有

$$\limsup_{t\to\infty}\frac{1}{t}\log|x(t)|\leqslant-\frac{\lambda_1\wedge\lambda_2}{2}\qquad\text{a.s.}\tag{6.9}$$

换句话说，在假设(i)和(ii)下，我们已经证明了方程(6.3)的解以指数速度在二次意义下几乎处处趋于 0. 更多的细节可见 Mao 的文献(1991a，1994a).

现在我们开始研究另一个主题. 对于大范围随机渐近稳定性，所有解均几乎处处趋于 0，但并不知道收敛速度. 为改善这一情况，我们介绍了几乎必然指数稳定性，在这种情形下，我们知道解几乎以指数速度趋于 0. 然而，有时可能找到一些解虽然趋于 0，但没有以指数收敛的速度快，我们希望更精确地确定收敛到 0 的速度有多快. 为说明该观点，考虑标量线性随机微分方程

$$dx(t)=-\frac{p}{1+t}x(t)dt+(1+t)^{-p}dB(t),\qquad t\geqslant t_0,\tag{6.10}$$

初值为 $x(t_0)=x_0\in\mathbf{R}$，其中 $p>1/2$ 以及 $B(t)$ 是标量 Brown 运动. 方程(6.10)的解为

$$x(t)=x_0\exp\left(-\int_{t_0}^{t}\frac{p}{1+r}dr\right)+\int_{t_0}^{t}\exp\left(-\int_{s}^{t}\frac{p}{1+r}dr\right)(1+s)^{-p}dB(s)$$

$$=x_0\left(\frac{1+t}{1+t_0}\right)^{-p}+\int_{t_0}^{t}\left(\frac{1+t}{1+s}\right)^{-p}(1+s)^{-p}dB(s)$$

$$=[x_0(1+t_0)^p+B(t)-B(t_0)](1+t)^{-p}.\tag{6.11}$$

因此样本 Lyapunov 指数为

$$\lim_{t\to\infty}\frac{1}{t}\log|x(t)|=0\qquad\text{a.s.}$$

这就意味着解的几乎所有的样本路径都不会以指数速度趋于 0. 换句话说，利用迭代对数定律可知，对几乎所有的 $\omega\in\Omega$，存在充分大的 $T=T(\omega)$ 使得

$$|B(t)-B(t_0)|\leqslant2\sqrt{2(t-t_0)\log\log(t-t_0)},\qquad t\geqslant T.$$

因此根据式(6.11)，当 $t\geqslant T$ 时，有几乎处处成立的结论

$$|x(t)|\leqslant\left[|x_0|(1+t_0)^p+2\sqrt{2(t-t_0)\log\log(t-t_0)}\right](1+t)^{-p}.$$

因此，对任意的 $0<\varepsilon<p-1/2$，存在有限的随机变量 ξ 使得

$$|x(t)|\leqslant\xi t^{-(p-\frac{1}{2}-\varepsilon)}\tag{6.12}$$

对所有的 $t\geqslant t_0$ 几乎处处成立. 这就说明解将几乎处处以多项式的方式趋于 0. 比式(6.12)更完美的表达为

$$\limsup_{t\to\infty}\frac{\log|x(t)|}{\log t}\leqslant-\left(p-\frac{1}{2}\right)\qquad\text{a.s.},\tag{6.13}$$

因为式(6.12)表明了

$$\limsup_{t\to\infty}\frac{\log|x(t)|}{\log t}\leqslant-\left(p-\frac{1}{2}-\varepsilon\right)\qquad\text{a.s.},$$

且 ε 为任意的. 受该例题的启发, 作者在 1991 年介绍了几乎必然多项式稳定性的概念. 关于该稳定性的详细研究可见 Mao 的文献(1991a).

现在, 进一步介绍更一般的稳定性. 注意到几乎必然指数稳定性说明 $|x(t)| \leqslant \xi e^{-\lambda t}$ a.s. 用更一般的函数 $\lambda(t)$ 代替函数 $e^{-\lambda t}$ 或 $t^{-\lambda}$ 则可得到下列新定义.

定义 6.1 令 $\lambda : \mathbf{R}_+ \to (0,\infty]$ 为连续非增的函数使得当 $t \to \infty$ 时, $\lambda(t) \to 0$. 则方程(1.2)的平凡解称为速率函数为 $\lambda(t)$ 的几乎必然渐近稳定, 如果

$$|x(t;t_0,x_0)| \leqslant \xi\lambda(t) \tag{6.14}$$

对所有的 $t \geqslant t_0$ 几乎处处成立, 其中 ξ 为依赖于 x_0 和 t_0 的有限随机变量.

由于页码的限制, 关于该稳定性, 这里我们仅建立一个简单的准则.

定理 6.2 令 $p > 0$ 和 $V(x,t) \in C^{2,1}(\mathbf{R}^d \times [t_0,\infty); \mathbf{R}_+)$, $\gamma : \mathbf{R}_+ \to \mathbf{R}_+$ 是连续的非降函数, 使得当 $t \to \infty$ 时, $\gamma(t) \to \infty$. 设 $\eta : \mathbf{R}_+ \to \mathbf{R}_+$ 是连续函数, 满足 $\int_0^\infty \eta(t)\mathrm{d}t < \infty$. 如果

$$\gamma(t)|x|^p \leqslant V(x,t), \qquad LV(x,t) \leqslant \eta(t) \tag{6.15}$$

对所有的 $(x,t) \in \mathbf{R}^d \times [t,\infty)$ 成立, 那么方程(1.2)的平凡解是几乎必然渐近稳定的, 且速率为 $\lambda(t) = (\gamma(t))^{-1/p}$.

证明 固定任意的初值 x_0 并记 $x(t;t_0,x_0) = x(t)$. 利用 Itô 公式, 有

$$V(x,t) = V(x_0,t_0) + \int_{t_0}^t LV(x(s),s)\mathrm{d}s + M(t),$$

其中

$$M(t) = \int_{t_0}^t V_x(x(s),s)g(x(s),s)\mathrm{d}B(s)$$

是 $[t_0,\infty)$ 上连续的局部鞅且 $M(t_0) = 0$. 利用条件(6.15)得

$$0 \leqslant \gamma(t)|x(t)|^p \leqslant V(x_0,t_0) + \int_{t_0}^t \eta(s)\mathrm{d}s + M(t).$$

鉴于定理 1.3.9, 则 $\lim_{t\to\infty} M(t)$ 几乎必然存在且有限, 因此存在有限的随机变量 ξ 使得

$$\gamma(t)|x(t)|^p \leqslant \xi,$$

即

$$|x(t)| \leqslant \left(\frac{\xi}{\gamma(t)}\right)^{\frac{1}{p}} \quad \text{a.s.}$$

定理得证.

为说明理论的有效性, 我们首先把该定理应用到方程(6.10). 令 $0 < \varepsilon < p - 1/2$ 是任意的且

$$V(x,t) = (t+1)^{2p-1-2\varepsilon} x^2,$$

计算得

$$LV(x,t) = (2p-1-2\varepsilon)(t+1)^{2p-2-2\varepsilon}x^2 -$$

$$2p(t+1)^{2p-2-2\varepsilon}x^2 + (t+1)^{-(1+2\varepsilon)}$$

$$\leqslant (t+1)^{-(1+2\varepsilon)}$$

且

$$\int_0^\infty (t+1)^{-(1+2\varepsilon)}\,\mathrm{d}t = \frac{1}{2\varepsilon} < \infty.$$

利用定理 6.2，当 $p=2$，$\gamma(t) = (t+1)^{2p-1-2\varepsilon}$ 和 $\eta(t) = (t+1)^{-(1-2\varepsilon)}$ 时，可得方程(6.10)的平凡解是几乎必然渐近稳定的，且其收敛速率为 $\lambda(t) = (t+1)^{-(p-1/2-\varepsilon)}$. 换句话说，方程(6.10)的解具有性质

$$\left|x(t;t_0,x_0)\right| \leqslant \xi(t+1)^{-(p-\frac{1}{2}-\varepsilon)}$$

对所有的 $t \geqslant t_0$ 几乎处处成立. 其中 ξ 是有限的随机变量. 这就意味着，对任意的 ε，有

$$\limsup_{t\to\infty} \frac{\log|x(t;t_0,x_0)|}{\log t} \leqslant -\left(p - \frac{1}{2}\right) \quad \text{a.s.}$$

这与式(6.13)相同.

为结束本章，我们再讨论一个例子. 考虑 $\mathbf{R}^d$ 中的随机微分方程

$$\mathrm{d}x(t) = f(x(t),t)\mathrm{d}t + \sigma(t)\mathrm{d}B(t), \qquad t \geqslant t_0, \tag{6.16}$$

初值为 $x(t_0) = x_0$，其中 f 和之前定义的一样，但 $\sigma: \mathbf{R}_+ \to \mathbf{R}^{d\times m}$. 假设对一些 $p > 0$ 有

$$2x^{\mathrm{T}}f(x,t) \leqslant -\frac{p|x|}{(t+1)\log(t+1)}, \qquad \int_0^\infty \log(t+1)|\sigma(t)|^2\,\mathrm{d}t < \infty.$$

令 $V(x,t) = \log^p(t+1)|x|^2$，则

$$LV(x,t) = \frac{p\log^{p-1}(t+1)}{t+1}|x|^2 + 2\log^p(t+1)x^{\mathrm{T}}f(x,t) + \log^p(t+1)|\sigma(t)|^2$$

$$\leqslant \log^p(t+1)|\sigma(t)|^2.$$

利用定理 6.2，当 $p=2$，$\gamma(t) = \log^p(t+1)$ 和 $\eta(t) = \log^p(t+1)|\sigma(t)|^2$ 时，可得方程(6.16)的平凡解是几乎必然渐近稳定的，且其收敛速率为 $\lambda(t) = \log^{-p/2}(t+1)$.

5

随机泛函微分方程

5.1 前　　言

在很多应用中，人们假设所考虑的系统是受因果关系的原则支配的，即系统的未来状态独立于过去状态，完全由当前状态决定. 然而，在更仔细的审视下，很明显，因果关系的原则通常只是对真实情况的第一个近似，更现实的模型将包括系统的一些过去状态.

微分方程中最简单的过去依赖关系是过去依赖关系通过状态变量而不是状态变量的导数进行描述. Lord Cherwell (见 Wright 的文献(1961))在研究素数的分布中已经提出了微分差分方程

$$\dot{x}(t) = -\alpha x(t-1)[1+x(t)]. \tag{1.1}$$

Dunkel (1968)提出了更一般的方程

$$\dot{x}(t) = -\alpha \left[\int_{-1}^{0} x(t+\theta) \mathrm{d}\eta(\theta) \right] [1+x(t)], \tag{1.2}$$

对单物种的生长情况. 在对捕食者－猎物模型的研究中，Volterra (1928)在更早之前研究过方程

$$\begin{cases} \dot{x}(t) = \left(\varepsilon_1 - \gamma_1 y(t) - \int_{-r}^{0} F_1(\theta) y(t+\theta) \mathrm{d}\theta \right) x(t), \\ \dot{y}(t) = \left(\varepsilon_2 + \gamma_2 x(t) + \int_{-r}^{0} F_2(\theta) y(t+\theta) \mathrm{d}\theta \right) y(t), \end{cases} \tag{1.3}$$

其中 x 和 y 分别是猎物和捕食者. 在合适的假设下, 从中央水箱中提取的染料的混合物, 在描述染色后的水通过一些管道循环时, 方程

$$\dot{x}(t) = \sum_{i=1}^{k} A_i x(t - \tau_i) \tag{1.4}$$

是很合适的模型. 方程

$$\dot{x}(t) = -\int_{t-\tau}^{t} a(t - \theta) g(x(\theta)) \mathrm{d}\theta \tag{1.5}$$

是由 Ergen (1954)在研究循环燃料的核反应堆理论时提出的. 考虑到三极管振荡器的传输时间, Rubanik (1969) 已经研究了 van der Pol 方程

$$\ddot{x}(t) + \alpha \dot{x}(t) - f(x(t - \tau))\dot{x}(t - \tau) + x(t) = 0, \tag{1.6}$$

其延迟参数为 τ. 所有这些方程均为一般泛函微分方程

$$\dot{x}(t) = f(x_t, t) \tag{1.7}$$

的特殊情形, 其中 $x_\tau = \{x(t + \theta): -\tau \leqslant \theta \leqslant 0\}$ 是状态的过去史. 把环境噪声考虑在内, 我们可导出随机泛函微分方程

$$\mathrm{d}x(t) = f(x_t, t)\mathrm{d}t + g(x_t, t)\mathrm{d}B(t). \tag{1.8}$$

当我们试图继续研究随机微分方程和随机泛函微分方程的理论时, 很自然地产生下列问题:

方程(1.8)的初值问题是什么?

确保解的存在性和唯一性的条件是什么?

解具有什么性质?

显式解存在吗? 如果不存在, 怎样能得到近似解?

本章主要逐个回答上述问题. 而且, 我们将介绍一个新方法——Razumikhin主张研究稳定性问题. 我们也将介绍和研究随机自稳定问题.

5.2　存在唯一性定理

和之前一样, 给定完备概率空间 $(\Omega, \mathcal{F}, P)$, 滤子 $\{\mathcal{F}_t\}_{t \geqslant 0}$ 满足通常条件, $B(t)$ 是定义在 $(\Omega, \mathcal{F}, P)$ 上的 m-维 Brown 运动. 令 $\tau > 0$ 并记 $C([-\tau, 0]; \mathbf{R}^d)$ 表示由所有从 $[-\tau, 0]$ 到 $\mathbf{R}^d$ 上的连续函数 φ 构成的全体, 其范数为 $\|\varphi\| = \sup\limits_{-\tau \leqslant \theta \leqslant 0} |\varphi(\theta)|$. 令 $0 \leqslant t_0 < T < \infty$. 设

$$f: C([-\tau, 0]; \mathbf{R}^d) \times [t_0, T] \to \mathbf{R}^d, \quad g: C([-\tau, 0]; \mathbf{R}^d) \times [t_0, T] \to \mathbf{R}^{d \times m}$$

均为 Borel 可测的. 考虑 d-维随机泛函微分方程

$$\mathrm{d}x(t) = f(x_t, t)\mathrm{d}t + g(x_t, t)\mathrm{d}B(t), \quad t_0 \leqslant t \leqslant T, \tag{2.1}$$

其中 $x_t = \{x(t+\theta): -\tau \leqslant \theta \leqslant 0\}$ 是 $C([-\tau, 0]; \mathbf{R}^d)$ –值的随机过程.

第一个问题如下: 方程(1.8)的初值问题是什么? 更具体地说, 为了让方程 (2.1) 对 $t_0 \leqslant t \leqslant T$ 定义一个随机过程 $x(t)$, 必须指定的最小初值是多少? 沉思片刻后, 得知必须在整个区间 $[t_0 - \tau, t_0]$ 上明确随机过程. 因此, 我们给出初始条件

$$x_{t_0} = \xi = \{\xi(\theta): -\tau \leqslant \theta \leqslant 0\} \text{ 是 } \mathcal{F}_{t_0} \text{–可测的,}$$

$$C([-\tau, 0]; \mathbf{R}^d) \text{–随机变量满足 } E\|\xi\|^2 < \infty. \tag{2.2}$$

现在, 方程(2.1)的初值问题就是寻找方程(2.1)满足初始条件式(2.2)的解. 但是, 解是什么?

定义 2.1 称 $\mathbf{R}^d$ –值的随机过程 $x(t)$ 关于 $-\tau \leqslant t \leqslant T$ 为方程(2.1)满足初始条件(2.2)的解, 若满足下列性质:

(i) 解是连续的且 $\{x_t\}_{t_0 \leqslant t \leqslant T}$ 是 $\mathcal{F}_t$ –适应的;

(ii) $\{f(x_t, t)\} \in \mathcal{L}^1([t_0, T]; \mathbf{R}^d)$ 和 $\{g(x_t, t)\} \in \mathcal{L}^2([t_0, T]; \mathbf{R}^{d \times m})$;

(iii) $x_{t_0} = \xi$ 且对每一个 $t_0 \leqslant t \leqslant T$, 有

$$x(t) = \xi(0) + \int_{t_0}^t f(x_s, s)\mathrm{d}s + \int_{t_0}^t g(x_s, s)\mathrm{d}B(s) \qquad \text{a.s.}$$

解 $x(t)$ 称为唯一的, 如果任意其他解 $\bar{x}(t)$ 与 $x(t)$ 没有区别, 即

$$P\{x(t) = \bar{x}(t) \text{ 对所有的 } t_0 - \tau \leqslant t \leqslant T\} = 1.$$

现在我们开始建立解的存在唯一性定理. 首先验证 Lipschitz 条件和线性增长条件可以确定存在性和唯一性.

定理 2.2 假设存在两正常数 $\bar{K}$ 和 K 使得:

(i) (一致 Lipschitz 条件) 对所有的 $\varphi, \phi \in C([-\tau, 0]; \mathbf{R}^d)$ 和 $t \in [t_0, T]$ 有

$$|f(\varphi, t) - f(\phi, t)|^2 \vee |g(\varphi, t) - g(\phi, t)|^2 \leqslant \bar{K}\|\varphi - \phi\|^2; \tag{2.3}$$

(ii) (线性增长条件) 对所有的 $(\varphi, t) \in C([-\tau, 0]; \mathbf{R}^d) \times [t_0, T]$ 有

$$|f(\varphi, t)|^2 \vee |g(\varphi, t)|^2 \leqslant K(1 + \|\varphi\|^2), \tag{2.4}$$

则方程 (2.1) 存在唯一的解 $x(t)$ 且满足初始条件 (2.2). 而且, 该解属于 $\mathcal{M}^2([t_0 - \tau, T]; \mathbf{R}^d)$.

为证明该定理, 先给出下列引理.

引理 2.3 令线性增长条件(2.4)成立. 如果 $x(t)$ 是方程(2.1)满足初始条件 (2.2)的解, 那么

$$E\left(\sup_{t_0 - \tau \leqslant t \leqslant T} |x(t)|^2\right) \leqslant \left(1 + 4E\|\xi\|^2\right) \mathrm{e}^{3K(T-t_0)(T-t_0+4)}. \tag{2.5}$$

特别地, $x(t)$ 属于 $\mathcal{M}^2([t_0 - \tau, T]; \mathbf{R}^d)$.

证明 对每一个整数 $n \geqslant 1$, 定义停时

$$\tau_n = T \wedge \inf\{t \in [t_0, T]: \|x_t\| \geqslant n\}.$$

显然，$\tau_n \uparrow T$ a.s. 记 $x^n(t) = x(t \wedge \tau_n)$，$t \in [t_0 - \tau, T]$，则对 $t_0 \leq t \leq T$，有

$$x^n(t) = \xi(0) + \int_{t_0}^t f(x_s^n, s) I_{[[t_0, \tau_n]]}(s) \mathrm{d}s + \int_{t_0}^t g(x_s^n, s) I_{[[t_0, \tau_n]]}(s) \mathrm{d}B(s).$$

利用 Hölder 不等式，Doob 鞅不等式和线性增长条件，可证

$$E\left(\sup_{t_0 \leq s \leq t} |x^n(s)|^2 \right) \leq 3E|\xi(0)|^2 + 3K(T - t_0 + 4) \int_{t_0}^t \left(1 + E\|x_s^n\|^2 \right) \mathrm{d}s.$$

注意到 $\sup\limits_{t_0 - \tau \leq s \leq t} |x^n(s)|^2 \leq \|\xi\|^2 + \sup\limits_{t_0 \leq s \leq t} |x^n(s)|^2$，则

$$1 + E\left(\sup_{t_0 - \tau \leq s \leq t} |x^n(s)|^2 \right)$$

$$\leq 1 + 4E\|\xi\|^2 + 3K(T - t_0 + 4) \int_{t_0}^t \left[1 + E\left(\sup_{t_0 - \tau \leq s \leq t} |x^n(r)|^2 \right) \right] \mathrm{d}s.$$

利用 Gronwall 不等式可得

$$1 + E\left(\sup_{t_0 - \tau \leq s \leq t} |x^n(t)|^2 \right) \leq \left(1 + 4E\|\xi\|^2 \right) \mathrm{e}^{3K(T - t_0)(T - t_0 + 4)}.$$

因此

$$E\left(\sup_{t_0 - \tau \leq s \leq t} |x(t)|^2 \right) \leq \left(1 + 4E|\xi|^2 \right) \mathrm{e}^{3K(T - t_0)(T - t_0 + 4)}.$$

最后，令 $n \to \infty$ 得要证的不等式 (2.5) 成立.

定理 2.2 的证明 唯一性. 令 $x(t)$ 和 $\overline{x}(t)$ 是两个解，利用引理 2.3，则这两个解均属于 $\mathcal{M}^2([t_0 - \tau, T]; \mathbf{R}^d)$. 于是

$$x(t) - \overline{x}(t) = \int_{t_0}^t \left[f(x_s, s) - f(\overline{x}_s, s) \right] \mathrm{d}s + \int_{t_0}^t \left[g(x_s, s) - g(\overline{x}_s, s) \right] \mathrm{d}B(s),$$

不难得到

$$E\left(\sup_{t_0 \leq s \leq t} |x(s) - \overline{x}(s)|^2 \right) \leq 2\overline{K}(T + 4) \int_{t_0}^t E\|x_s - \overline{x}_s\|^2 \mathrm{d}s$$

$$\leq 2\overline{K}(T + 4) \int_{t_0}^t E\left(\sup_{t_0 \leq r \leq s} |x(r) - \overline{x}(r)|^2 \right) \mathrm{d}s.$$

利用 Gronwell 不等式可得

$$E\left(\sup_{t_0 \leq t \leq T} |x(t) - \overline{x}(t)|^2 \right) = 0.$$

这就暗示了对 $t_0 \leq t \leq T$ 有 $x(t) = \overline{x}(t)$，因此对所有的 $t_0 - \tau \leq t \leq T$，结论几乎处处成立. 唯一性得证.

存在性. 定义 $x_{t_0}^0 = \xi$ 和 $x^0(t) = \xi(0)$，$t_0 \leq t \leq T$. 对每个 $n = 1, 2, \cdots$，记 $x_{t_0}^n = \xi$，并由 Picard 迭代得对 $t \in [t_0, T]$ 有

$$x^n(t) = \xi(0) + \int_{t_0}^t f(x_s^{n-1}, s)\mathrm{d}s + \int_{t_0}^t g(x_s^{n-1}, s)\mathrm{d}B(s). \tag{2.6}$$

很容易验证 $x^n(\cdot) \in \mathcal{M}^2([t_0 - \tau, T]; \mathbf{R}^d)$ (细节留给读者). 我们声称对所有的 $n \geq 0$, 有

$$E\left(\sup_{t_0 \leq s \leq t} \left|x^{n+1}(s) - x^n(s)\right|^2\right) \leq \frac{C[M(t - t_0)]^n}{n!}, \quad t_0 \leq t \leq T, \tag{2.7}$$

其中 $M = 2\bar{K}(T - t_0 + 4)$ 且 C 的定义如下: 首先, 计算得

$$E\left(\sup_{t_0 \leq t \leq T} \left|x^1(t) - x^0(t)\right|^2\right)$$

$$\leq 2K(T - t_0)\int_{t_0}^T \left(1 + E\left\|x_s^0\right\|^2\right)\mathrm{d}s + 8K\int_{t_0}^T \left(1 + E\left\|x_s^0\right\|^2\right)\mathrm{d}s$$

$$\leq 2K(T - t_0 + 4)(T - t_0)\left(1 + E\|\xi\|^2\right) := C.$$

故式 (2.7) 对 $n = 0$ 成立. 下面, 假设式 (2.7) 对一些 $n \geq 0$ 成立, 则

$$E\left(\sup_{t_0 \leq s \leq t} \left|x^{n+2}(s) - x^{n+1}(s)\right|^2\right)$$

$$\leq 2\bar{K}(t - t_0 + 4)E\int_{t_0}^t \left\|x_s^{n+1} - x_s^n\right\|^2\mathrm{d}s$$

$$\leq M\int_{t_0}^t E\left(\sup_{t_0 \leq r \leq s} \left|x^{n+1}(r) - x^n(r)\right|^2\right)\mathrm{d}s$$

$$\leq M\int_{t_0}^t \frac{C[M(s - t_0)]^n}{n!}\mathrm{d}s = \frac{C[M(t - t_0)]^{n+1}}{(n+1)!},$$

即式 (2.7) 对 $n + 1$ 成立. 因此, 由归纳法, 则式 (2.7) 对所有的 $n \geq 0$ 成立. 根据式 (2.7), 类似于定理 2.3.1 的证明可得, 在 $\mathcal{M}^2([t_0 - \tau, T]; \mathbf{R}^d)$ 中, $x^n(\cdot)$ 在 L^2 意义下收敛于 $x(t)$ 且概率为 1, 此外, $x(t)$ 是方程 (2.1) 满足初始条件 (2.2) 的解. 存在性得证.

在上述证明过程中, 我们已经验证了 Picard 迭代 $x^n(t)$ 收敛于方程 (2.1) 的唯一解. 下面的定理对 $x^n(t)$ 和 $x(t)$ 之间的差给出了估计值, 显然, 可以使用 Picard 迭代序列求得方程 (2.1) 的近似解.

定理 2.4 令定理 2.2 的假设条件成立. 设 $x(t)$ 是方程 (2.1) 满足初始条件 (2.2) 的唯一解, $x^n(t)$ 是由式 (2.6) 定义的 Picard 迭代, 则对所有的 $n \geq 1$, 有

$$E\left(\sup_{t_0 \leq t \leq T} \left|x^n(t) - x(t)\right|^2\right) \leq \frac{2C[M(T - t_0)]^n}{(n+1)!}\mathrm{e}^{2M(T-t_0)}, \tag{2.8}$$

其中 $C = 2K(T - t_0 + 4)(T - t_0)\left(1 + E\|\xi\|^2\right)$ 且 $M = 2\bar{K}(T - t_0 + 4)$.

证明 不难推导出

$$E\left(\sup_{t_0 \leqslant s \leqslant t} \left|x^n(s) - x(s)\right|^2\right)$$

$$\leqslant M \int_{t_0}^t E\left\|x_s^{n-1} - x_s\right\|^2 \mathrm{d}s$$

$$\leqslant 2M \int_{t_0}^t E\left(\sup_{t_0 \leqslant r \leqslant s} \left|x^n(r) - x^{n-1}(r)\right|^2\right)\mathrm{d}s + 2M \int_{t_0}^t E\left(\sup_{t_0 \leqslant r \leqslant s} \left|x^n(r) - x(r)\right|^2\right)\mathrm{d}s$$

把式(2.7)代入该式得

$$E\left(\sup_{t_0 \leqslant s \leqslant t} \left|x^n(s) - x(s)\right|^2\right)$$

$$\leqslant 2M \int_{t_0}^T \frac{C[M(s-t_0)]^{n-1}}{(n-1)!} \mathrm{d}s + 2M \int_{t_0}^t E\left(\sup_{t_0 \leqslant r \leqslant s} \left|x^n(r) - x(r)\right|^2\right)\mathrm{d}s$$

$$\leqslant \frac{2C[M(T-t_0)]^n}{n!} + 2M \int_{t_0}^t E\left(\sup_{t_0 \leqslant r \leqslant s} \left|x^n(r) - x(r)\right|^2\right)\mathrm{d}s.$$

利用 Gronwall 不等式，则要证的不等式(2.8)成立. 定理得证.

正如在研究随机微分方程时所指出的那样，一致 Lipschitz 条件有时是有限制的. 幸运的是，下面的扩展确保了可以用局部 Lipschitz 条件代替 Lipschitz 条件.

定理 2.5 设满足线性增长条件(2.4)，但一致 Lipschitz 条件被下列局部 Lipschitz 条件所代替：对每一个整数 $n \geqslant 1$，存在正常数 K_n，使得对所有的 $t \in [t_0, T]$ 和 $\varphi, \phi \in C([-\tau, 0]; \mathbf{R}^d)$，当 $\|\varphi\| \vee \|\phi\| \leqslant n$ 时，有

$$\left|f(\varphi, t) - f(\phi, t)\right|^2 \vee \left|g(\varphi, t) - g(\phi, t)\right|^2 \leqslant K_n \|\varphi - \phi\|^2. \tag{2.9}$$

则在 $\mathcal{M}^2([t_0 - \tau, T]; \mathbf{R}^d)$ 中存在满足初值问题式(2.1)和(2.2)的唯一解 $x(t)$.

该定理可以利用定理 2.3.4 所陈述的截断序列进行证明，但证明细节留给读者.

下面，我们经常讨论 $[t_0, \infty)$ 上的随机泛函微分方程，即

$$\mathrm{d}x(t) = f(x_t, t)\mathrm{d}t + g(x_t, t)\mathrm{d}B(t), \quad t \in [t_0, \infty), \tag{2.10}$$

初始条件为式(2.2)，其中 f 和 g 分别是从 $C([-\tau, 0]; \mathbf{R}^d) \times [t_0, \infty)$ 到 $\mathbf{R}^d$ 和 $\mathbf{R}^{d \times m}$ 上的映射. 如果存在唯一性定理的假设条件在 $[t_0, \infty)$ 的每一个有限子区间 $[t_0, T]$ 上均成立，那么方程(2.10)在整个区间 $[t_0 - \tau, \infty)$ 上有唯一解 $x(t)$. 这样的解称为全局解. 于是，可立即给出下面的定理.

定理 2.6 设对每一个实数 $T > t_0$ 和整数 $n \geqslant 1$ 存在正常数 $K_{T,n}$，使得对所有的 $t \in [t_0, T]$ 和 $\varphi, \phi \in C([-\tau, 0]; \mathbf{R}^d)$，当 $\|\varphi\| \vee \|\phi\| \leqslant n$ 时，有

$$\left|f(\varphi, t) - f(\phi, t)\right|^2 \vee \left|g(\varphi, t) - g(\phi, t)\right|^2 \leqslant K_{T,n} \|\varphi - \phi\|^2.$$

对每一个 $T > t_0$，存在正常数 K_T 使得对所有的 $(\varphi, t) \in C([-\tau, 0]; \mathbf{R}^d) \times [t_0, T]$，有

$$\left|f(\varphi,t)\right|^2 \vee \left|g(\varphi,t)\right|^2 \leqslant K_T\left(1+\|\varphi\|^2\right).$$

则方程 (2.10) 在 $\mathcal{M}^2([t_0-\tau,\infty);\mathbf{R}^d)$ 中存在唯一全局解 $x(t)$.

然而，如果我们移除线性增长条件而保持局部 Lipschitz 条件，那么就像泛函微分方程那样，随机泛函微分方程可能没有全局解，因为在有限的时间内可能发生爆破. 在这种情形下，有必要定义局部解.

定义 2.7 令 $x(t)$, $t\in[t_0-\tau,\sigma_\infty]$ 是连续的 $\mathcal{F}_t$ – 适应的 $\mathbf{R}^d$ – 值的局部过程，其中 σ_∞ 为停时. 在初始条件 (2.2) 下，称 $x(t)$ 是方程 (2.1) 的局部解，如果 $x_{t_0}=\xi$ 和

$$x(t\wedge\sigma_k)=\xi(0)+\int_{t_0}^{t\wedge\sigma_k}f(x_s,s)\mathrm{d}s+\int_{t_0}^{t\wedge\sigma_k}g(x_s,s)\mathrm{d}B(s),\quad\forall t\geqslant t_0$$

对任意的 $k\geqslant 1$ 成立，其中 $\{\sigma_k\}_{k\geqslant 1}$ 是有限停时的非降序列，满足 $\sigma_k\uparrow\sigma_\infty$ a.s. 进而，如果当 $\sigma_\infty<\infty$ 时，$\limsup\limits_{k\to\infty}|x(t)|=\infty$ 成立，那么 $x(t)$ 称为最大局部解且 σ_∞ 称为爆破时间. 如果对任意其他局部解 $\hat{x}(t)$, $t\in[[t_0-\tau,\hat{\sigma}_\infty[[$，均有 $\sigma_\infty=\hat{\sigma}_\infty$ a.s.且对所有的 $t\in[[t_0-\tau,\hat{\sigma}_\infty[[$ a.s.有 $x(t)=\hat{x}(t)$，那么称最大局部解 $x(t)$, $t\in[[t_0-\tau,\sigma_\infty[[$ 是唯一的.

定理 2.8 设对每一个整数 $n\geqslant 1$，存在正常数 K_n，使得对所有的 $t\geqslant t_0$ 和 $\varphi,\phi\in C([-\tau,0];\mathbf{R}^d)$，当 $\|\varphi\|\vee\|\phi\|\leqslant n$ 时，有

$$\left|f(\varphi,t)-f(\phi,t)\right|^2\vee\left|g(\varphi,t)-g(\phi,t)\right|^2\leqslant K_n\|\varphi-\phi\|^2.$$

则满足初始条件 (2.2) 的方程 (2.1) 存在唯一的最大局部解 $x(t)$.

该定理可以利用定理 2.3.4 所陈述的标准截断序列进行证明且证明细节可见 Mao 的文献(1994a)中的第 95~98 页.

在本书中，我们偶尔会遇到一类更一般的随机泛函微分方程，在这种方程中，未来状态是由整个过去状态而不是其中的一些状态决定的. 例如，我们会遇到随机积分微分方程

$$\mathrm{d}x(t)=F(x(t),t)\mathrm{d}t+\left(\int_{t_0}^t|x(s)|\mathrm{d}s\right)G(x(t),t)\mathrm{d}B(t)\tag{2.11}$$

以及泛函方程

$$\mathrm{d}x(t)=F(x(t),t)\mathrm{d}t+\left(\sup_{t_0\leqslant s\leqslant t}|r(s)x(s)|\right)G(x(t),t)\mathrm{d}B(t).\tag{2.12}$$

为了用一般的方法表示这样的方程，我们介绍一些符号. 对每一个 $t\geqslant t_0$，记所有从 $[t_0-\tau,t]$ 到 $\mathbf{R}^d$ 上的连续函数 φ 的全体为 $C([t_0-\tau,t];\mathbf{R}^d)$，其范数是 $\|\varphi\|=\sup\limits_{t_0-\tau\leqslant\theta\leqslant t}|\varphi(\theta)|$. 令 $f(\cdot,t)$ 和 $g(\cdot,t)$ 分别为从 $C([t_0-\tau,t];\mathbf{R}^d)$ 到 $\mathbf{R}^d$ 和 $\mathbf{R}^{d\times m}$ 上的映射. 而且，定义 $x_{\tau,t}=\{x(\theta):t_0-\tau\leqslant\theta\leqslant t\}$. 考虑满足初始条件式 (2.2) 的随机泛函微分方程

$$\mathrm{d}x(t)=f(x_{\tau,t},t)\mathrm{d}t+g(x_{\tau,t},t)\mathrm{d}B(t),\quad t\in[t_0,\infty).\tag{2.13}$$

显然，方程 (2.11) 和 (2.12) 是方程 (2.13) 的特殊情况. 现在，我们陈述该方程的存

在唯一性定理,可用类似于之前的方法进行证明.

定理 2.9   假设对每一个实数 $T > t_0$ 和整数 $n \geqslant 1$, 存在正常数 $K_{T,n}$, 使得对所有的 $t \in [t_0, T]$ 和 $\varphi, \phi \in C([t_0 - \tau, t]; \mathbf{R}^d)$, 当 $\|\varphi\| \vee \|\phi\| \leqslant n$ 时, 有

$$\left| f(\varphi, t) - f(\phi, t) \right|^2 \vee \left| g(\varphi, t) - g(\phi, t) \right|^2 \leqslant K_{T,n} \|\varphi - \phi\|^2.$$

对每一个 $T > t_0$, 存在正常数 K_T 使得对所有的 $t \in [t_0, T]$ 和 $\varphi \in C([t_0 - \tau, t]; \mathbf{R}^d)$, 有

$$\left| f(\varphi, t) \right|^2 \vee \left| g(\varphi, t) \right|^2 \leqslant K_T \left(1 + \|\varphi\|^2 \right),$$

则方程(2.13)在 $M^2([t_0 - \tau, \infty); \mathbf{R}^d)$ 中存在唯一全局解 $x(t)$.

5.3   随机微分时滞方程

一类特殊而重要的随机泛函微分方程就是随机微分时滞方程(SDDEs). 我们现在开始讨论下列满足初始条件式(2.2)的时滞方程

$$\mathrm{d}x(t) = F(x(t), x(t-\tau), t)\mathrm{d}t + G(x(t), x(t-\tau), t)\mathrm{d}B(t), \quad t \in [t_0, T], \quad (3.1)$$

其中 $F: \mathbf{R}^d \times \mathbf{R}^d \times [t_0, T] \to \mathbf{R}^d$, $G: \mathbf{R}^d \times \mathbf{R}^d \times [t_0, T] \to \mathbf{R}^{d \times m}$. 如果令

$$f(\varphi, t) = F(\varphi(0), \varphi(-\tau), t), \quad g(\varphi, t) = G(\varphi(0), \varphi(-\tau), t)$$

对 $(\varphi, t) \in C([-\tau, 0]; \mathbf{R}^d) \times [t_0, T]$ 成立, 那么方程(3.1)可写为方程(2.1)的形式, 故可对方程(3.1)应用在第5.2节中建立的存在唯一性定理. 例如, 令 F 和 G 满足局部 Lipschitz 条件和线性增长条件. 即, 对每一个整数 $n \geqslant 1$, 存在正常数 K_n 使得对所有的 $t \in [t_0, T]$ 和所有的 $x, y, \bar{x}, \bar{y} \in \mathbf{R}^d$, 当 $|x| \vee |y| \vee |\bar{x}| \vee |\bar{y}| \leqslant n$ 时, 有

$$\left| F(x, y, t) - F(\bar{x}, \bar{y}, t) \right|^2 \vee \left| G(x, y, t) - G(\bar{x}, \bar{y}, t) \right|^2 \leqslant K_n \left(|x - \bar{x}|^2 + |y - \bar{y}|^2 \right); \quad (3.2)$$

而且, 存在 $K > 0$ 使得对所有的 $(x, y, t) \in \mathbf{R}^d \times \mathbf{R}^d \times [t_0, T]$, 有

$$\left| F(x, y, t) \right|^2 \vee \left| G(x, y, t) \right|^2 \leqslant K \left(1 + |x|^2 + |y|^2 \right). \quad (3.3)$$

则时滞方程(3.1)存在唯一解. 然而, 我们可以进一步稍微弱化这些条件. 注意到在 $[t_0, t_0 + \tau]$ 上, 方程(3.1)变为

$$\mathrm{d}x(t) = F(x(t), \xi(t - t_0 - \tau), t)\mathrm{d}t + G(x(t), \xi(t - t_0 - \tau), t)\mathrm{d}B(t),$$

初值为 $x(t_0) = \xi(0)$. 但这是随机微分方程(没有时滞), 如果线性增长条件(3.3)成立, 并且 $F(x, y, t), G(x, y, t)$ 关于 x 是局部 Lipschitz 连续的, 那么它将有唯一的解. 一旦知道 $[t_0, t_0 + \tau]$ 上的解 $x(t)$, 就可以在 $[t_0 + \tau, t_0 + 2\tau]$, $[t_0 + 2\tau, t_0 + 3\tau]$ 等区间上继续进行计算, 因此可在整个区间 $[t_0 - \tau, T]$ 上得到解. 这种观点说明没必要使函数 $F(x, y, t)$ 和 $G(x, y, t)$ 关于 y 是局部 Lipschitz 连续的. 下面的定理将叙述该结果.

定理 3.1   假设线性增长条件(3.3)成立. 令 $F(x, y, t)$ 和 $G(x, y, t)$ 关于 x 均是

局部 Lipschitz 连续的，即，对每一个整数 $n \geq 1$，存在正常数 K_n 使得对所有的 $t \in [t_0, T]$，$y \in \mathbf{R}^d$ 和 $x, \bar{x} \in \mathbf{R}^d$，当 $|x| \vee |\bar{x}| \leq n$ 时，有

$$\left| F(x, y, t) - F(\bar{x}, y, t) \right|^2 \vee \left| G(x, y, t) - G(\bar{x}, y, t) \right|^2 \leq K_n |x - \bar{x}|^2, \tag{3.4}$$

则时滞方程(3.1)存在唯一解.

该结果当 F 和 G 独立于当前状态 $x(t)$，即有方程

$$dx(t) = F(x(t-\tau), t)dt + G(x(t-\tau), t)dB(t)$$

时就变得非常明显.

在这种情形下，显式解为

$$x(t) = x(t_0) + \int_{t_0}^t F(x(s-\tau), s)ds + \int_{t_0}^t G(x(s-\tau), s)dB(s)$$

$$= \xi(t_0) + \int_{t_0}^t F(\xi(s-t_0-\tau), s)ds + \int_{t_0}^t G(\xi(s-t_0-\tau), s)dB(s), \quad t_0 \leq t \leq t_0 + \tau,$$

则当 $t_0 + \tau \leq t \leq t_0 + 2\tau$ 时，有

$$x(t) = x(t_0 + \tau) + \int_{t_0+\tau}^t F(x(s-\tau), s)ds + \int_{t_0+\tau}^t G(x(s-\tau), s)dB(s).$$

在 $[t_0 + 2\tau, t_0 + 3\tau]$ 等区间上重复此过程，可得显式解. 显然，这里我们所需要的就是确保积分有定义恰当的条件和线性增长条件. 换句话说，这种情形不需要局部 Lipschitz 条件.

考虑 $1-$维线性 SDDE

$$dx(t) = [ax(t) + \bar{a}x(t-\tau)]dt +$$

$$\sum_{k=1}^m [b_k x(t) + \bar{b}_k x(t-\tau)]dB_k(t), \quad t \geq t_0,$$

初值为 $\{x(\theta): t_0 - \tau \leq \theta \leq t_0\} = \xi \in L_{\mathcal{F}_{t_0}}^2([-\tau, 0]; \mathbf{R})$. 当 $t \in [t_0, t_0 + \tau]$ 时，线性 SDDE 变为线性 SDE

$$dx(t) = [ax(t) + \alpha_1(t)]dt + \sum_{k=1}^m [b_k x(t) + \beta_{k1}(t)]dB_k(t),$$

初值为 $x(t_0) = \xi(0)$，其中

$$\alpha_1(t) = \bar{a}\xi(t-\tau), \quad \beta_{k1}(t) = \bar{b}_k \xi(t-\tau).$$

该线性 SDE 具有显式解

$$x(t) = \Psi_1(t)\left[\xi(0) + \int_{t_0}^t \Psi_1^{-1}(s)\left(\bar{a}\xi(s-\tau) - \sum_{k=1}^m b_k \bar{b}_k \xi(s-\tau) \right)ds \right.$$

$$\left. \sum_{k=1}^m \int_{t_0}^t \Psi_1^{-1}(s)\bar{b}_k \xi(s-\tau)dB_k(s) \right],$$

其中

$$\Psi_1(t) = \exp\left[\left(a - \frac{1}{2}\sum_{k=1}^{m} b_k^2\right)(t - t_0) + \sum_{k=1}^{m} b_k(B_k(t) - B_k(t_0))\right].$$

接下来，对 $t \in [t_0 + \tau, t_0 + 2\tau]$，线性 SDDE 变为线性 SDE

$$dx(t) = [ax(t) + \alpha_2(t)]dt + \sum_{k=1}^{m} [b_k x(t) + \beta_{k2}(t)]dB_k(t),$$

初值为 $x(t_0 + \tau)$，在 $t = \tau$ 时可得上式，其中

$$\alpha_2(t) = \bar{a}x(t - \tau), \qquad \beta_{k2} = \bar{b}_k x(t - \tau).$$

该线性 SDE 具有显式解

$$x(t) = \Psi_2(t)\left[x(t_0 + \tau) + \int_{t_0+\tau}^{t} \Psi_2^{-1}(s)\left(\bar{a}x(s - \tau) - \sum_{k=1}^{m} b_k \bar{b}_k x(s - \tau)\right)ds + \right.$$
$$\left. \sum_{k=1}^{m} \int_{t_0+\tau}^{t} \Psi_2^{-1}(s)\bar{b}_k x(s - \tau)dB_k(s)\right],$$

其中

$$\Psi_2(t) = \exp\left[\left(a - \frac{1}{2}\sum_{k=1}^{m} b_k^2\right)(t - t_0 - \tau) + \sum_{k=1}^{m} b_k(B_k(t) - B_k(t_0 + \tau))\right].$$

在 $[t_0 + 2\tau, t_0 + 3\tau]$ 等区间上重复此过程，可得线性 SDDE 的显式解.

现在，我们讨论时滞依赖于时间的方程. 令 $\delta: [t_0, T] \to [0, \tau]$ 为 Borel 可测函数. 考虑初始条件为式(2.2)的随机微分时滞方程

$$dx(t) = F(x(t), x(t - \delta(t)), t)dt + G(x(t), x(t - \delta(t)), t)dB(t), \quad t \in [t_0, T]. \quad (3.5)$$

这又是方程(2.1)的特殊情况，若定义

$$f(\varphi, t) = F(\varphi(0), \varphi(-\delta(t)), t), \qquad g(\varphi, t) = G(\varphi(0), \varphi(-\delta(t)), t)$$

对 $(\varphi, t) \in C([-\tau, 0]; \mathbf{R}^d) \times [t_0, T]$ 成立. 因此，条件(3.2)和(3.3)能确保该时滞方程的解的存在性和唯一性. 另外，如果时滞在 $\sup_{t_0 \le t \le T} \delta(t) > 0$ 的意义下是真实的，那么利用上述观点可导出定理 3.1，因此条件(3.3)和(3.4)将保证方程(3.5)的解的存在性和唯一性.

这个论证可以毫无困难地进一步推广到更一般的具有若干时滞的随机系统，即

$$dx(t) = F(x(t), x(t - \delta_1(t)), \cdots, x(t - \delta_k(t)), t)dt +$$
$$G(x(t), x(t - \delta_1(t)), \cdots, x(t - \delta_k(t)), t)dB(t), \qquad t \in [t_0, T], \quad (3.6)$$

初始条件为式(2.2). 这里

$$F: \mathbf{R}^{d \times (k+1)} \times [t_0, T] \to \mathbf{R}^d, \qquad G: \mathbf{R}^{d \times (k+1)} \times [t_0, T] \to \mathbf{R}^{d \times m},$$

且 $\delta_i: [t_0, T] \to [0, \tau]$ 均为 Borel – 可测的. 可立即得到下列结果.

定理 3.2　假设对每一个整数 $n \geqslant 1$，存在正常数 K_n 使得对所有的 $t \in [t_0, T]$ 和 $x, y_i, \overline{x}, \overline{y}_i \in \mathbf{R}^d$，当 $|x| \vee |y_i| \vee |\overline{x}| \vee |\overline{y}_i| \leqslant n$ 时，有

$$\left| F(x, y_1, \cdots, y_k, t) - F(\overline{x}, \overline{y}_1, \cdots, \overline{y}_k, t) \right|^2 \vee$$
$$\left| G(x, y_1, \cdots, y_k, t) - G(\overline{x}, \overline{y}_1, \cdots, \overline{y}_k, t) \right|^2$$
$$\leqslant K_n \left(|x - \overline{x}|^2 + \sum_{k=1}^m |y_i - \overline{y}_i|^2 \right). \tag{3.7}$$

存在 $K > 0$ 使得对所有的 $(x, y_1, \cdots, y_k, t) \in \mathbf{R}^{d \times (k+1)} \times [t_0, T]$，有

$$\left| F(x, y_1, \cdots, y_k, t) \right|^2 \vee \left| G(x, y_1, \cdots, y_k, t) \right|^2 \leqslant K \left(1 + |x|^2 + \sum_{k=1}^m |y_i|^2 \right), \tag{3.8}$$

则方程 (3.6) 存在唯一解. 如果对每个 $i = 1, \cdots, k$ 有

$$\inf_{t_0 \leqslant t \leqslant T} \delta_i(t) > 0 ,$$

那么条件 (3.7) 可替换为更弱的条件：对每一个整数 $n \geqslant 1$，存在正常数 K_n 使得对所有的 $(y_1, \cdots, y_k, t) \in \mathbf{R}^{d \times k} \times [t_0, T]$ 和 $x, \overline{x} \in \mathbf{R}^d$，当 $|x| \vee |\overline{x}| \leqslant n$ 时，有

$$\left| F(x, y_1, \cdots, y_k, t) - F(\overline{x}, y_1, \cdots, \overline{y}_k, t) \right|^2 \vee$$
$$\left| G(x, y_1, \cdots, y_k, t) - G(\overline{x}, y_1, \cdots, \overline{y}_k, t) \right|^2$$
$$\leqslant K_n |x - \overline{x}|^2 . \tag{3.9}$$

5.4　指　数　估　计

本节我们将对方程 (2.10) 的解给出指数估计，即

$$\mathrm{d}x(t) = f(x_t, t)\mathrm{d}t + g(x_t, t)\mathrm{d}B(t) , \quad t \in [t_0, \infty) , \tag{4.1}$$

初值为 $x_{t_0} = \xi$，满足式 (2.2). 假设方程有唯一全局解 $x(t)$. 令线性增长条件为：存在 $K > 0$ 使得对所有的 $(\varphi, t) \in C([-\tau, 0]; \mathbf{R}^d) \times [t_0, \infty)$，有

$$\left| f(\varphi, t) \right|^2 \vee \left| g(\varphi, t) \right|^2 \leqslant K \left(1 + \|\varphi\|^2 \right). \tag{4.2}$$

首先建立 L^p – 估计.

定理 4.1　令 $p \geqslant 2$，$E\|\xi\|^p < \infty$ 和式 (4.2) 成立，则对所有的 $t \geqslant t_0$ 有

$$E \left(\sup_{t_0 - \tau \leqslant s \leqslant t} |x(s)|^p \right) \leqslant \frac{3}{2} 2^{\frac{p}{2}} \left(1 + E\|\xi\|^p \right) \mathrm{e}^{C(t - t_0)} , \tag{4.3}$$

其中 $C = p \left[2\sqrt{K} + (33p - 1)K \right]$.

证明　利用 Itô 公式和线性增长条件，可得，对 $t \geqslant t_0$ 有

$$\left[1+\left|x(t)\right|^{2}\right]^{\frac{p}{2}}=\left[1+\left|\xi(0)\right|^{2}\right]^{\frac{p}{2}}+p\int_{t_{0}}^{t}\left[1+\left|x(s)\right|^{2}\right]^{\frac{p-2}{2}}x^{\mathrm{T}}(s)f(x_{s},s)\mathrm{d}s+$$

$$\frac{p}{2}\int_{t_{0}}^{t}\left[1+\left|x(s)\right|^{2}\right]^{\frac{p-2}{2}}\left|g(x_{s},s)\right|^{2}\mathrm{d}s+$$

$$\frac{p(p-2)}{2}\int_{t_{0}}^{t}\left[1+\left|x(s)\right|^{2}\right]^{\frac{p-4}{2}}\left|x^{\mathrm{T}}(s)g(x_{s},s)\right|^{2}\mathrm{d}s+$$

$$p\int_{t_{0}}^{t}\left[1+\left|x(s)\right|^{2}\right]^{\frac{p-2}{2}}x^{\mathrm{T}}(s)g(x_{s},s)\mathrm{d}B(s)$$

$$\leqslant 2^{\frac{p-2}{2}}\left(1+\left|\xi(0)\right|^{p}\right)+p\int_{t_{0}}^{t}\left[1+\left|x(s)\right|^{2}\right]^{\frac{p-2}{2}}\times$$

$$\left(\frac{\sqrt{K}}{2}\left|x(s)\right|^{2}+\frac{1}{2\sqrt{K}}\left|f(x_{s},s)\right|^{2}+\frac{p-1}{2}\left|g(x_{s},s)\right|^{2}\right)\mathrm{d}s+$$

$$p\int_{t_{0}}^{t}\left[1+\left|x(s)\right|^{2}\right]^{\frac{p-2}{2}}x^{\mathrm{T}}(s)g(x_{s},s)\mathrm{d}B(s)$$

$$\leqslant 2^{\frac{p-2}{2}}\left(1+\left\|\xi\right\|^{p}\right)+c_{1}\int_{t_{0}}^{t}\left[1+\left\|x_{s}\right\|^{2}\right]^{\frac{p}{2}}\mathrm{d}s+$$

$$p\int_{t_{0}}^{t}\left[1+\left|x(s)\right|^{2}\right]^{\frac{p-2}{2}}x^{\mathrm{T}}(s)g(x_{s},s)\mathrm{d}B(s),\tag{4.4}$$

其中 $c_{1}=p\left[\sqrt{K}+(p-1)K/2\right]$. 因此

$$E\left(\sup_{t_{0}\leqslant s\leqslant t}\left[1+\left|x(s)\right|^{2}\right]^{\frac{p}{2}}\right)$$

$$\leqslant 2^{\frac{p-2}{2}}\left(1+E\left\|\xi\right\|^{p}\right)+c_{1}E\int_{t_{0}}^{t}\left[1+\left\|x_{s}\right\|^{2}\right]^{\frac{p}{2}}\mathrm{d}s+$$

$$pE\left(\sup_{t_{0}\leqslant s\leqslant t}\int_{t_{0}}^{s}\left[1+\left|x(r)\right|^{2}\right]^{\frac{p-2}{2}}x^{\mathrm{T}}(r)g(x_{r},r)\mathrm{d}B(r)\right).\tag{4.5}$$

另外,利用 Burkholder-Davis-Gundy 不等式(即定理 1.7.3),可导出

$$pE\left(\sup_{t_{0}\leqslant s\leqslant t}\int_{t_{0}}^{s}\left[1+\left|x(r)\right|^{2}\right]^{\frac{p-2}{2}}x^{\mathrm{T}}(r)g(x_{r},r)\mathrm{d}B(r)\right)$$

$$\leqslant 4\sqrt{2}pE\left(\int_{t_{0}}^{t}\left[1+\left|x(s)\right|^{2}\right]^{p-2}\left|x^{\mathrm{T}}(s)g(x_{s},s)\right|^{2}\mathrm{d}s\right)^{\frac{1}{2}}$$

$$\leqslant 4\sqrt{2}pE\left\{\left(\sup_{t_{0}\leqslant s\leqslant t}\left[1+\left|x(s)\right|^{2}\right]^{\frac{p}{2}}\right)\int_{t_{0}}^{t}\left[1+\left|x(s)\right|^{2}\right]^{\frac{p-4}{2}}\left|x(s)\right|^{2}\left|g(x_{s},s)\right|^{2}\mathrm{d}s\right\}^{\frac{1}{2}}$$

$$\leqslant\frac{1}{2}E\left(\sup_{t_{0}\leqslant s\leqslant t}\left[1+\left|x(s)\right|^{2}\right]^{\frac{p}{2}}\right)+16p^{2}KE\int_{t_{0}}^{t}\left[1+\left\|x_{s}\right\|^{2}\right]^{\frac{p}{2}}\mathrm{d}s.\tag{4.6}$$

把该式代入式(4.5)可得

$$E\left(\sup_{t_0\leqslant s\leqslant t}\left[1+|x(s)|^2\right]^{\frac{p}{2}}\right)\leqslant 2^{\frac{p}{2}}\left(1+E\|\xi\|^p\right)+CE\int_{t_0}^t\left[1+\|x_s\|^2\right]^{\frac{p}{2}}\mathrm{d}s, \quad (4.7)$$

其中 $C=2c_1+32p^2K=p\left[2\sqrt{K}+(33p-1)K\right]$. 注意到

$$E\left(\sup_{t_0-\tau\leqslant s\leqslant t}\left[1+|x(s)|^2\right]^{\frac{p}{2}}\right)$$

$$\leqslant E\left[1+\|\xi\|^2\right]^{\frac{p}{2}}+E\left(\sup_{t_0\leqslant s\leqslant t}\left[1+|x(s)|^2\right]^{\frac{p}{2}}\right)$$

$$\leqslant 2^{\frac{p-2}{2}}\left(1+E\|\xi\|^p\right)+E\left(\sup_{t_0\leqslant s\leqslant t}\left[1+|x(s)|^2\right]^{\frac{p}{2}}\right).$$

根据式(4.7)可知

$$E\left(\sup_{t_0-\tau\leqslant s\leqslant t}\left[1+|x(s)|^2\right]^{\frac{p}{2}}\right)$$

$$\leqslant \frac{3}{2}2^{\frac{p}{2}}\left(1+E\|\xi\|^p\right)+C\int_{t_0}^t E\left(\sup_{t_0-\tau\leqslant r\leqslant s}\left[1+|x(r)|^2\right]^{\frac{p}{2}}\right)\mathrm{d}s.$$

应用 Gronwall 不等式，则

$$E\left(\sup_{t_0-\tau\leqslant s\leqslant t}\left[1+|x(s)|^2\right]^{\frac{p}{2}}\right)\leqslant \frac{3}{2}2^{\frac{p}{2}}\left(1+E\|\xi\|^p\right)\mathrm{e}^{C(t-t_0)}, \quad (4.8)$$

且要证的结论(4.3)成立. 定理得证.

当 $p=2$ 时，不等式(4.3)简化为

$$E\left(\sup_{t_0-\tau\leqslant s\leqslant t}|x(s)|^2\right)\leqslant 3\left(1+E\|\xi\|^2\right)\exp\left[(4\sqrt{K}+130K)(t-t_0)\right].$$

另外，引理2.3表明

$$E\left(\sup_{t_0-\tau\leqslant s\leqslant t}|x(s)|^2\right)\leqslant \left(1+4E\|\xi\|^2\right)\exp\left[(3K(t-t_0+4))(t-t_0)\right].$$

显然，定理4.1关于较大的 t 有更好的估计效果.

作为定理4.1的应用，我们给出样本 Lyapunov 指数的上界.

定理4.2 在线性增长条件(4.2)下，有

$$\limsup_{t\to\infty}\frac{1}{t}\log|x(t)|\leqslant 2\sqrt{K}+65K \qquad \text{a.s.} \quad (4.9)$$

换句话说，解的样本 Lyapunov 指数不超过 $2\sqrt{K}+65K$.

证明 对每一个 $n=1,2,\cdots$，由定理4.1(令 $p=2$)可得

$$E\left(\sup_{t_0+n-1\leqslant t\leqslant t_0+n}|x(t)|^2\right)\leqslant \beta\mathrm{e}^{\gamma n},$$

其中 $\beta=3\left(1+E\|\xi\|^2\right)$ 和 $\gamma=2\left[2\sqrt{K}+65K\right]$. 因此，对任意的 $\varepsilon>0$, 有

$$P\left\{\omega: \sup_{t_0+n-1\leqslant t\leqslant t_0+n}|x(t)|^2 > \mathrm{e}^{(\gamma+\varepsilon)n}\right\} \leqslant \beta\mathrm{e}^{-\varepsilon n}.$$

利用 Borel-Cantelli 引理可知对几乎所有的 $\omega\in\Omega$ 存在随机整数 $n_0 = n_0(\omega)$ 使得当 $n\geqslant n_0$ 时

$$\sup_{t_0+n-1\leqslant t\leqslant t_0+n}|x(t)|^2 \leqslant \mathrm{e}^{(\gamma+\varepsilon)n}.$$

因此, 对几乎所有的 $\omega\in\Omega$, 如果 $t_0+n-1\leqslant t\leqslant t_0+n$ 和 $n\geqslant n_0$, 那么

$$\frac{1}{t}\log|x(t)| \leqslant \frac{(\gamma+\varepsilon)n}{2(t_0+n-1)}.$$

因此

$$\limsup_{t\to\infty}\frac{1}{t}\log|x(t)| \leqslant \frac{\gamma+\varepsilon}{2} = 2\sqrt{K}+65K+\frac{\varepsilon}{2} \qquad \text{a.s.}$$

因为 ε 是任意的, 所以结论式 (4.9) 必成立.

作为定理 4.1 的另一应用, 我们给出解的 p 阶矩连续性.

定理 4.3 在与定理 4.1 相同的条件下, 则对所有的 $t_0\leqslant s<t<\infty$ 有

$$E|x(t)-x(s)|^p \leqslant \beta(t)(t-s)^{\frac{p}{2}}, \tag{4.10}$$

其中

$$\beta(t) = \frac{3}{4}2^p K^{\frac{p}{2}}\left(1+E\|\xi\|^p\right)\mathrm{e}^{C(t-t_0)}\left([2(t-t_0)]^{\frac{p}{2}}+[p(p-1)]^{\frac{p}{2}}\right)$$

和 $C = p\left[2\sqrt{K}+(33p-1)K\right]$. 特别地, 解的 p 阶矩是连续的.

证明 注意到

$$E|x(t)-x(s)|^p \leqslant 2^{p-1}E\left|\int_s^t f(x_r,r)\mathrm{d}r\right|^p + 2^{p-1}E\left|\int_s^t g(x_r,r)\mathrm{d}B(r)\right|^p.$$

利用 Hölder 不等式, 定理 1.7.1 和线性增长条件, 可得

$$E|x(t)-x(s)|^p \leqslant [2(t-s)]^{p-1}E\int_s^t|f(x_r,r)|^p\,\mathrm{d}r +$$

$$\frac{1}{2}[2p(p-1)]^{\frac{p}{2}}(t-s)^{\frac{p-2}{2}}E\int_s^t|g(x_r,r)|^p\,\mathrm{d}r$$

$$\leqslant c_2(t-s)^{\frac{p-2}{2}}\int_s^t E\left(1+\|x_r\|^2\right)^{\frac{p}{2}}\,\mathrm{d}r,$$

其中 $c_2 = 2^{\frac{p-2}{2}}K^{\frac{p}{2}}\left([2(t-t_0)]^{\frac{p}{2}}+[p(p-1)]^{\frac{p}{2}}\right)$. 利用式 (4.8) 可知

$$E|x(t)-x(s)|^p \leqslant c_2(t-s)^{\frac{p-2}{2}}\int_s^t\frac{3}{2}2^{\frac{p}{2}}\left(1+E\|\xi\|^p\right)\mathrm{e}^{C(r-t_0)}\mathrm{d}r$$

$$\leqslant \frac{3}{2}c_2 2^{\frac{p}{2}}\left(1+E\|\xi\|^p\right)\mathrm{e}^{C(t-t_0)}(t-s)^{\frac{p}{2}},$$

这就是要证的不等式 (4.10).

5.5 近 似 解

第 2 章已经讨论了随机微分方程的 Caratheodory 近似解和 Euler-Maruyama 近似解，我们也指明了这些近似过程相比于 Picard 迭代的优势. 本节我们将建立关于随机泛函微分方程的 Caratheodory 近似解和 Euler-Maruyama 近似解. 为了使该理论更易理解，我们仅讨论随机微分时滞方程的情形，而读者也会发现该理论可以推广到更一般的泛函微分方程.

首先，讨论 Caratheodory 近似法. 考虑随机微分时滞方程

$$\mathrm{d}x(t) = F(x(t), x(t-\delta(t)), t)\mathrm{d}t + G(x(t), x(t-\delta(t)), t)\mathrm{d}B(t), \quad t \in [t_0, T], \quad (5.1)$$

满足初始条件 (2.2)，其中 $\delta: [t_0, T] \to [0, \tau]$，$F: \mathbf{R}^d \times \mathbf{R}^d \times [t_0, T] \to \mathbf{R}^d$ 和 $G: \mathbf{R}^d \times \mathbf{R}^d \times [t_0, T] \to \mathbf{R}^{d \times m}$ 均为 Borel 可测的. 假设满足下列一致 Lipschitz 条件和线性增长条件. 即，存在 $\bar{K} > 0$ 使得对所有的 $t \in [t_0, T]$ 和所有的 $x, y, \bar{x}, \bar{y} \in \mathbf{R}^d$，有

$$\left| F(x, y, t) - F(\bar{x}, \bar{y}, t) \right|^2 \vee \left| G(x, y, t) - G(\bar{x}, \bar{y}, t) \right|^2 \leqslant \bar{K} \left(\left| x - \bar{x} \right|^2 + \left| y - \bar{y} \right|^2 \right); \quad (5.2)$$

而且，存在 $K > 0$ 使得对所有的 $(x, y, t) \in \mathbf{R}^d \times \mathbf{R}^d \times [t_0, T]$，有

$$\left| F(x, y, t) \right|^2 \vee \left| G(x, y, t) \right|^2 \leqslant K \left(1 + \left| x \right|^2 + \left| y \right|^2 \right). \quad (5.3)$$

在第 2.6 节中，当我们讨论随机微分方程

$$\mathrm{d}x(t) = f(x(t), t)\mathrm{d}t + g(x(t), t)\mathrm{d}B(t)$$

的 Caratheodory 近似法时，主要的思想就是用过去状态 $x(t-1/n)$ 替换当前状态 $x(t)$ 以得到时滞方程

$$\mathrm{d}x_n(t) = f\left(x_n\left(t - \frac{1}{n} \right), t \right)\mathrm{d}t + g\left(x_n\left(t - \frac{1}{n} \right), t \right)\mathrm{d}B(t),$$

然后表明时滞方程的解 $x_n(t)$ 近似于原始方程的解 $x(t)$. 当我们尝试把该过程在时滞方程(5.1)上执行时，自然地，也会用过去状态 $x(t-1/n)$ 替换当前状态 $x(t)$，但用什么代替过去状态 $x(t-\delta(t))$ 呢？在第一种情况下，可能用 $x(t-\delta(t)-1/n)$ 进行代替. 然而，在第二种情况下，人们意识到 $\delta(t) \geqslant 1/n$ 的情形是不必要的. 本着这种精神，我们定义 Caratheodory 近似法如下：对每一个整数 $n \geqslant 2/\tau$，定义 $x_n(t)$ 在 $[t_0 - \tau, T]$ 上的表达式为

$$x_n(t_0 + \theta) = \xi(\theta), \quad -\tau \leqslant \theta \leqslant 0$$

且

$$x_n(t) = \xi(0) + \int_{t_0}^{t} I_{D_n^c}(s)F\left(x_n\left(s - \frac{1}{n}\right), x_n(s - \delta(s)), s\right)\mathrm{d}s +$$

$$\int_{t_0}^{t} I_{D_n}(s)F\left(x_n\left(s - \frac{1}{n}\right), x_n\left(s - \delta(s) - \frac{1}{n}\right), s\right)\mathrm{d}s +$$

$$\int_{t_0}^{t} I_{D_n^c}(s)G\left(x_n\left(s - \frac{1}{n}\right), x_n(s - \delta(s)), s\right)\mathrm{d}B(s) +$$

$$\int_{t_0}^{t} I_{D_n}(s)G\left(x_n\left(s - \frac{1}{n}\right), x_n\left(s - \delta(s) - \frac{1}{n}\right), s\right)\mathrm{d}B(s) \qquad (5.4)$$

对 $t_0 \leqslant t \leqslant T$ 成立，其中

$$D_n = \left\{t \in [t_0, T]: \delta(t) < \frac{1}{n}\right\}, \qquad D_n^c = [t_0, T] - D_n.$$

值得注意的是，每个 $x_n(\cdot)$ 都可以通过 $[t_0, t_0 + 1/n]$, $(t_0 + 1/n, t_0 + 2/n]$ 等区间上的逐步迭代的 Itô 积分明确地进行决定. 为证明主要结果，我们先给出一些引理.

引理 5.1 令式 (5.3) 成立. 则对所有的 $n \geqslant 2/\tau$, 有

$$E\left(\sup_{t_0 - \tau \leqslant t \leqslant T} |x_n(s)|^2\right) \leqslant \left(\frac{1}{2} + 6E\|\xi\|^2\right)\mathrm{e}^{10K(T - t_0 + 4)(T - t_0)}. \qquad (5.5)$$

证明 利用 Itô 不等式，Doob 鞅不等式和线性增长条件 (5.3)，由式 (5.4) 可导出对 $t_0 \leqslant t \leqslant T$ 有

$$E\left(\sup_{t_0 \leqslant s \leqslant t} |x_n(s)|^2\right)$$

$$\leqslant 5E|\xi(0)|^2 + 5K(T - t_0 + 4)\int_{t_0}^{t} I_{D_n^c}(s)\left[1 + E\left|x_n\left(s - \frac{1}{n}\right)\right|^2 + E|x_n(s - \delta(s))|^2\right]\mathrm{d}s +$$

$$5K(T - t_0 + 4)\int_{t_0}^{t} I_{D_n}(s)\left[1 + E\left|x_n\left(s - \frac{1}{n}\right)\right|^2 + E\left|x_n\left(s - \delta(s) - \frac{1}{n}\right)\right|^2\right]\mathrm{d}s$$

$$\leqslant 5E\|\xi\|^2 + 5K(T - t_0 + 4)\int_{t_0}^{t}\left[1 + 2E\left(\sup_{t_0 - \tau \leqslant r \leqslant s} |x_n(r)|^2\right)\right]\mathrm{d}s.$$

因此

$$\frac{1}{2} + E\left(\sup_{t_0 - \tau \leqslant s \leqslant t} |x_n(s)|^2\right) \leqslant \frac{1}{2} + E\|\xi\|^2 + E\left(\sup_{t_0 \leqslant s \leqslant t} |x_n(s)|^2\right)$$

$$\leqslant \frac{1}{2} + 6E\|\xi\|^2 + 10K(T - t_0 + 4)\int_{t_0}^{t}\left[\frac{1}{2} + 2E\left(\sup_{t_0 - \tau \leqslant r \leqslant s} |x_n(r)|^2\right)\right]\mathrm{d}s.$$

利用 Gronwall 不等式得

$$\frac{1}{2} + E\left(\sup_{t_0 - \tau \leqslant s \leqslant t} |x_n(s)|^2\right) \leqslant \left(\frac{1}{2} + 6E\|\xi\|^2\right)\mathrm{e}^{10K(T - t_0 + 4)(t - t_0)}$$

且可立即推出要证的不等式 (5.5).

引理 5.2 令式 (5.3) 成立，则方程 (5.1) 的解具有性质

$$E\left(\sup_{t_0-\tau\leq t\leq T}|x(t)|^2\right)\leq C_1:=\left(\frac{1}{2}+4E\|\xi\|^2\right)e^{6K(T-t_0+4)(T-t_0)}. \tag{5.6}$$

而且，对任意的 $t_0\leq s<t\leq T$，当 $t-s<1$ 时，有

$$E|x(t)-x(s)|^2\leq C_2(t-s), \tag{5.7}$$

其中 $C_2=4K(1+2C_1)$.

证明 式 (5.6) 的证明类似于引理 5.1 的证明，故仅需验证式 (5.7)，但证明过程简单易懂

$$E|x(t)-x(s)|^2\leq 2K(t-s+1)\int_s^t\left[1+E|x(r)|^2+E|x(r-\delta(r))|^2\right]dr$$
$$\leq 4K(1+2C_1)(t-s)$$

就是要证的结果.

现在，我们可以证明本节中的一个重要结论.

定理 5.3 令式 (5.2) 和 (5.3) 成立，则

$$E\left(\sup_{t_0\leq t\leq T}|x(t)-x_n(t)|^2\right)$$
$$\leq 4C_3e^{5C_3(T-t_0)}\left(\frac{6C_1+TC_2}{n}+2C_1\mu\left\{t\in[t_0,t_0+\tau]:0<\delta(t)<\frac{1}{n}\right\}\right), \tag{5.8}$$

其中 C_1, C_2 定义在引理 5.2 中，$C_3=4\bar{K}(T-t_0+4)$ 和 μ 表示 **R** 上的 Lebesgue 测度.

证明 利用 Hölder 不等式，Doob 鞅不等式和 Lipschitz 条件 (5.2)，可得对 $t_0\leq t\leq T$，有

$$E\left(\sup_{t_0\leq s\leq t}|x(s)-x_n(s)|^2\right)$$

$$\leq C_3\int_{t_0}^t I_{D_n^c}(s)\left[E\left|x(s)-x_n\left(s-\frac{1}{n}\right)\right|^2+E|x(s-\delta(s))-x_n(s-\delta(s))|^2\right]ds+$$

$$C_3\int_{t_0}^t I_{D_n}(s)\left[E\left|x(s)-x_n\left(s-\frac{1}{n}\right)\right|^2+E\left|x(s-\delta(s))-x_n\left(s-\delta(s)-\frac{1}{n}\right)\right|^2\right]ds$$

$$\leq 2C_3\int_{t_0}^t\left[E\left|x(s)-x\left(s-\frac{1}{n}\right)\right|^2+E\left|x\left(s-\frac{1}{n}\right)-x_n\left(s-\frac{1}{n}\right)\right|^2\right]ds+$$

$$C_3\int_{t_0}^t I_{D_n^c}(s)E|x(s-\delta(s))-x_n(s-\delta(s))|^2ds+$$

$$2C_3\int_{t_0}^t I_{D_n}(s)\left[E\left|x(s-\delta(s))-x\left(s-\delta(s)-\frac{1}{n}\right)\right|^2+E\left|x\left(s-\delta(s)-\frac{1}{n}\right)-x_n\left(s-\delta(s)-\frac{1}{n}\right)\right|^2\right]ds$$

$$\leq 5C_3\int_{t_0}^t E\left(\sup_{t_0\leq r\leq s}|x(r)-x_n(r)|^2\right)ds+J_1+J_2,$$

其中

$$J_1 = 2C_3 \int_{t_0}^T E\left|x(s) - x\left(s - \frac{1}{n}\right)\right|^2 \mathrm{d}s$$

和

$$J_2 = 2C_3 \int_{t_0}^T I_{D_n}(s) E\left|x(s - \delta(s)) - x\left(s - \delta(s) - \frac{1}{n}\right)\right|^2 \mathrm{d}s.$$

应用 Gronwall 不等式可得

$$E\left(\sup_{t_0 \leqslant s \leqslant T}|x(s) - x_n(s)|^2\right) \leqslant (J_1 + J_2)\mathrm{e}^{5C_3(T-t_0)}. \tag{5.9}$$

但是，利用引理 5.2，有估计

$$J_1 \leqslant 4C_3 \int_{t_0}^{t_0+1/n}\left(E|x(s)|^2 + E\left|x\left(s - \frac{1}{n}\right)\right|^2\right)\mathrm{d}s + 2C_3 \int_{t_0+1/n}^T E\left|x(s) - x\left(s - \frac{1}{n}\right)\right|^2 \mathrm{d}s$$

$$\leqslant \frac{8C_1C_3}{n} + \frac{2C_2C_3T}{n} = \frac{2C_3(4C_1 + TC_2)}{n}. \tag{5.10}$$

另外，记 $D_0 = \{t \in [t_0, T]: \delta(t) = 0\}$，则

$$J_2 \leqslant 2C_3 \int_{t_0}^T I_{D_0}(s)E\left|x(s) - x\left(s - \frac{1}{n}\right)\right|^2 \mathrm{d}s +$$

$$2C_3 \int_{t_0}^T I_{D_n - D_0}(s)E\left|x(s - \delta(s)) - x\left(s - \delta(s) - \frac{1}{n}\right)\right|^2 \mathrm{d}s$$

$$\leqslant 8C_1C_3 \int_{t_0}^{t_0+1/n} I_{D_0}(s)\mathrm{d}s + \frac{2C_2C_3}{n} \int_{t_0+1/n}^T I_{D_0}(s)\mathrm{d}s +$$

$$8C_1C_3 \int_{t_0}^{t_0+\tau+1/n} I_{D_n - D_0}(s)\mathrm{d}s + 2\frac{C_2C_3}{n} \int_{t_0+\tau+1/n}^T I_{D_n - D_0}(s)\mathrm{d}s$$

$$\leqslant \frac{2C_3(8C_1 + TC_2)}{n} + 8C_1C_3\mu([t_0, t_0 + \tau] \cap (D_n - D_0)). \tag{5.11}$$

把式 (5.10) 和 (5.11) 代入式 (5.9) 可得要证的结果式 (5.8). 定理得证.

现在我们开始研究 Euler-Maruyama 近似法. 首先给出 Euler-Maruyama 近似序列的定义. 对每一个整数 $n \geqslant 1$，定义 $x_n(t)$ 在 $[t_0 - \tau, T]$ 上为

$$x_n(t_0 + \theta) = \xi(\theta), \quad -\tau \leqslant \theta \leqslant 0$$

和

$$x_n(t) = x\left(t_0 + \frac{k}{n}\right) +$$

$$\int_{t_0+k/n}^t F\left(x_n\left(t_0 + \frac{k}{n}\right), x_n\left(t_0 + \frac{k}{n} - \delta(s)\right), s\right)\mathrm{d}s +$$

$$\int_{t_0+k/n}^t G\left(x_n\left(t_0 + \frac{k}{n}\right), x_n\left(t_0 + \frac{k}{n} - \delta(s)\right), s\right)\mathrm{d}B(s), \tag{5.12}$$

对 $t_0 + k/n < t \leqslant [t_0 + (k+1)/n] \wedge T$, $k = 0, 1, 2, \cdots$ 成立. 在本节的深入研究中，$x_n(t)$

总是代表 Euler-Maruyama 近似，而不是 Caratheodory 近似. 显然，$x_n(\cdot)$ 可以通过 $(t_0, t_0 + 1/n]$, $(t_0 + 1/n, t_0 + 2/n]$ 等区间上的逐步迭代的 Itô 积分来明确确定. 此外，如 果 定 义 $\hat{x}_n(t_0) = x_n(t_0)$, $\tilde{x}_n(t_0) = x_n(t_0 - \delta(t_0))$, 那 么 对 $t_0 + k/n < t \leqslant [t_0 + (k+1)/n] \wedge T$, $k = 0, 1, 2, \cdots$ 有

$$\hat{x}_n(t) = x_n\left(t_0 + \frac{k}{n}\right), \quad \tilde{x}_n(t) = x_n\left(t_0 + \frac{k}{n} - \delta(t)\right). \tag{5.13}$$

然后由式 (5.12) 可得对 $t_0 \leqslant t \leqslant T$ 有

$$x_n(t) = \xi(0) + \int_{t_0}^{t} F(\hat{x}_n(s), \tilde{x}_n(s), s) \mathrm{d}s + \int_{t_0}^{t} G(\hat{x}_n(s), \tilde{x}_n(s), s) \mathrm{d}B(s). \tag{5.14}$$

下列引理表明 Euler-Maruyama 近似序列在 L^2 中有界.

引理 5.4 令式 (5.3) 成立，则对所有的 $n \geqslant 1$，有

$$E\left(\sup_{t_0 - \tau \leqslant t \leqslant T} |x_n(t)|^2\right) \leqslant \left(\frac{1}{2} + 4E\|\xi\|^2\right) \mathrm{e}^{6K(T - t_0 + 4)(T - t_0)}. \tag{5.15}$$

证明 根据式 (5.14)，不难得到，对 $t_0 \leqslant t \leqslant T$ 有

$$E\left(\sup_{t_0 \leqslant s \leqslant t} |x_n(s)|^2\right) \leqslant 3E|\xi(0)|^2 + 3K(T - t_0 + 4) \int_{t_0}^{t} \left[1 + E|\hat{x}_n(s)|^2 + E|\tilde{x}_n(s)|^2\right] \mathrm{d}s.$$

回忆 $\hat{x}_n(t)$ 和 $\tilde{x}_n(t)$ 的定义，可看出

$$E\left(\sup_{t_0 \leqslant s \leqslant t} |x_n(s)|^2\right) \leqslant 3E\|\xi\|^2 + 3K(T - t_0 + 4) \int_{t_0}^{t} \left[1 + 2E\left(\sup_{t_0 - \tau \leqslant r \leqslant s} |x_n(r)|^2\right)\right] \mathrm{d}s.$$

因此

$$\frac{1}{2} + E\left(\sup_{t_0 - \tau \leqslant s \leqslant t} |x_n(s)|^2\right) \leqslant \frac{1}{2} + 4E\|\xi\|^2 +$$
$$6K(T - t_0 + 4) \int_{t_0}^{t} \left[\frac{1}{2} + E\left(\sup_{t_0 - \tau \leqslant r \leqslant s} |x_n(r)|^2\right)\right] \mathrm{d}s,$$

利用 Gronwall 不等式可知要证的结论式 (5.15) 成立.

下面的定理表明 Euler-Maruyama 近似序列收敛于方程 (5.1) 的唯一解，并给出了近似解 $x_n(t)$ 和精确解 $x(t)$ 之间的误差估计.

定理 5.5 令式 (5.2) 和 (5.3) 成立. 假设初值 $\xi = \{\xi(\theta): -\tau \leqslant \theta \leqslant 0\}$ 是一致 Lipschitz L^2 – 连续的，即存在正常数 β 使得若 $-\tau \leqslant \theta_1 < \theta_2 \leqslant 0$, 则

$$E|\xi(\theta_1) - \xi(\theta_2)|^2 \leqslant \beta(\theta_2 - \theta_1). \tag{5.16}$$

那么方程 (5.1) 的 Euler-Maruyama 近似解与精确解 $x(t)$ 之间的误差可以估计为

$$E\left(\sup_{t_0 \leqslant t \leqslant T} |x(t) - x_n(t)|^2\right) \leqslant \frac{4C_4}{n} \left[C_2(T - t_0) + \tau(\beta \vee C_2)\right] \mathrm{e}^{4C_4(T - t_0)}, \tag{5.17}$$

其中 C_2 定义在引理 5.2 中且 $C_4 = 2\bar{K}(T - t_0 + 4)$.

证明 对 $t_0 \leqslant t \leqslant T$, 不难得到

$$E\left(\sup_{t_0 \leqslant s \leqslant t} |x(s) - x_n(s)|^2\right)$$

$$\leqslant C_4 \int_{t_0}^t \left[E|x(s) - \hat{x}_n(s)|^2 + E|x(s - \delta(s)) - \tilde{x}_n(s)|^2\right] \mathrm{d}s. \quad (5.18)$$

定义 $\hat{x}(t_0) = x(t_0)$, $\tilde{x}(t_0) = x(t_0 - \delta(t_0))$, 则对 $t_0 + k/n < t \leqslant [t_0 + (k+1)/n] \wedge T$, $k = 0, 1, 2, \cdots$ 有

$$\hat{x}(t) = x_n\left(t_0 + \frac{k}{n}\right), \quad \tilde{x}(t) = x\left(t_0 + \frac{k}{n} - \delta(t)\right). \quad (5.19)$$

然后由式 (5.18) 可得

$$E\left(\sup_{t_0 \leqslant s \leqslant t} |x(s) - x_n(s)|^2\right)$$

$$\leqslant 2C_4 \int_{t_0}^t \left[E|\hat{x}(s) - \hat{x}_n(s)|^2 + E|\tilde{x}(s) - \tilde{x}_n(s)|^2\right] \mathrm{d}s + J_3 + J_4$$

$$\leqslant 4C_4 \int_{t_0}^t E\left(\sup_{t_0 \leqslant r \leqslant s} |x(r) - x_n(r)|^2\right) \mathrm{d}s + J_3 + J_4,$$

其中

$$J_3 = 2C_4 \int_{t_0}^T E|x(s) - \hat{x}(s)|^2 \mathrm{d}s,$$

和

$$J_4 = 2C_4 \int_{t_0}^T E|x(s - \delta(s)) - \tilde{x}(s)|^2 \mathrm{d}s.$$

应用 Gronwall 不等式, 可得

$$E\left(\sup_{t_0 \leqslant s \leqslant T} |x(s) - x_n(s)|^2\right) \leqslant (J_3 + J_4)\mathrm{e}^{4C_4(T - t_0)}. \quad (5.20)$$

接下来对 J_3 和 J_4 进行估计. 利用引理 5.2, 则

$$J_3 = 2C_4 \sum_{k \geqslant 0} \int_{t_0 + k/n}^{[t_0 + (k+1)/n] \wedge T} E\left|x(s) - x\left(t_0 + \frac{k}{n}\right)\right|^2 \mathrm{d}s$$

$$\leqslant \frac{2}{n} C_2 C_4 (T - t_0). \quad (5.21)$$

也可得

$$J_4 = 2C_4 \sum_{k \geqslant 0} \int_{t_0 + k/n}^{[t_0 + (k+1)/n] \wedge T} E\left|x(s - \delta(s)) - x\left(t_0 + \frac{k}{n} - \delta(s)\right)\right|^2 \mathrm{d}s$$

$$\leqslant \frac{2}{n} C_2 C_4 (T - t_0) + 2C_4 \sum_k \int_{t_0 + k/n}^{[t_0 + (k+1)/n] \wedge \tau} E\left|x(s - \delta(s)) - x\left(t_0 + \frac{k}{n} - \delta(s)\right)\right|^2 \mathrm{d}s. \quad (5.22)$$

结合条件 (5.16) 和引理 5.2, 易证若 $-\tau \leqslant s < t \leqslant \tau$, $t - s \leqslant 1$, 则

$$E|x(t) - x(s)|^2 \leqslant 2(\beta \vee C_2)(t - s).$$

因此，由式 (5.22) 可得

$$J_4 \leqslant \frac{2C_4}{n}[C_2(T-t_0)+2\tau(\beta \vee C_2)]. \tag{5.23}$$

把式 (5.21) 和 (5.23) 代入式 (5.20) 可推出要证的结论 (5.17). 定理得证.

当时滞函数 $\delta(\cdot)$ 是 Lipschitz 连续时，在这种情形下，Euler-Maruyama 近似解可定义为简单形式，即式 (5.12) 可替换为

$$x_n(t) = x\left(t_0+\frac{k}{n}\right)+$$

$$\int_{t_0+k/n}^{t} F\left(x_n\left(t_0+\frac{k}{n}\right), x_n\left(t_0+\frac{k}{n}-\delta\left(t_0+\frac{k}{n}\right)\right), s\right)\mathrm{d}s +$$

$$\int_{t_0+k/n}^{t} G\left(x_n\left(t_0+\frac{k}{n}\right), x_n\left(t_0+\frac{k}{n}-\delta\left(t_0+\frac{k}{n}\right)\right), s\right)\mathrm{d}B(s), \tag{5.24}$$

对 $t_0+k/n < t \leqslant [t_0+(k+1)/n]\wedge T$, $k=0,1,2,\cdots$, 和之前一样，对 $-\tau \leqslant \theta \leqslant 0$ 有 $x_n(t_0+\theta)=\xi(\theta)$. 当 F 和 G 均独立于 t 时，表达式会更简单，即

$$x_n(t) = x\left(t_0+\frac{k}{n}\right)+F\left(x_n\left(t_0+\frac{k}{n}\right), x_n\left(t_0+\frac{k}{n}-\delta\left(t_0+\frac{k}{n}\right)\right)\right)\left(t-t_0-\frac{k}{n}\right)+$$

$$G\left(x_n\left(t_0+\frac{k}{n}\right), x_n\left(t_0+\frac{k}{n}-\delta\left(t_0+\frac{k}{n}\right)\right)\right)\left[B(t)-B\left(t_0+\frac{k}{n}\right)\right].$$

为了使论证过程更具体，我们在本节末叙述这个结果.

定理 5.6 除了定理 5.5 中的条件，假设 $\delta(\cdot)$ 是 Lipschitz 连续的，即存在正常数 α 使得若 $t_0 \leqslant s < t \leqslant T$, 则

$$|\delta(t)-\delta(s)| \leqslant \alpha(t-s). \tag{5.25}$$

那么对每一个 $n > 1+\alpha$, 方程 (5.1) 的由式 (5.24) 定义的 Euler-Maruyama 近似解 $x_n(t)$ 和精确解 $x(t)$ 之间的误差估计为

$$E\left(\sup_{t_0 \leqslant t \leqslant T} |x(t)-x_n(t)|^2\right)$$

$$\leqslant \frac{4C_4}{n}\left(C_2(1+\alpha)(T-t_0)+\tau[\beta \vee C_2(1+\alpha)]\right)\mathrm{e}^{4C_4(T-t_0)}, \tag{5.26}$$

其中 C_2 和 C_4 和之前定义的一样.

类似于定理 5.5 的证明，只要稍微考虑一下关于 J_4 的估计，就可以证明定理 5.6, 但证明细节留给读者.

5.6 稳定性理论——Razumikhin 定理

随机模型已经在科学和工业的许多分支中发挥了重要作用. 随机系统的自动控制领域对随机模型特别感兴趣,重点强调随机模型的稳定性分析. 在应用中经常出现的最有用的随机模型之一就是随机泛函微分方程(2.10),即

$$dx(t) = f(x_t, t)dt + g(x_t, t)dB(t), \quad t \geq t_0. \tag{6.1}$$

本节我们将讨论稳定性的一些相关性质. 受页数的限制,我们仅研究指数稳定性——最重要的稳定性之一. 为达到该目的,总是假设存在唯一性定理 2.6 中的条件成立,故对满足式(2.2)的任意初值 $x_{t_0} = \xi$,方程(6.1)有唯一全局解,这里,记方程的解为 $x(t; \xi)$. 进一步假设 $f(0, t) \equiv 0$ 和 $g(0, t) \equiv 0$,因此方程(6.1)具有相应于初值 $x_{t_0} = 0$ 的解 $x(t) \equiv 0$. 该解称为平凡解或平衡位置.

当我们尝试把在第 4 章中建立的稳定性理论应用到随机泛函微分方程时,会很自然地利用 Lyapunov 泛函,而不是函数. 例如,不难得到下列结果(参见 Kolmanovskii 和 Nosov 的文献(1986)):

令 $p \geq 2$ 且 c_1, c_2, c_3 为正常数. 假设存在连续函数 $V: C([-\tau, 0]; \mathbf{R}^d) \times [t_0, \infty) \to \mathbf{R}$ 使得

$$c_1 |\varphi(0)|^p \leq V(\varphi, t) \leq c_2 \|\varphi\|^p, \quad (\varphi, t) \in C([-\tau, 0]; \mathbf{R}^d) \times [t_0, \infty) \tag{6.2}$$

和

$$EV(x_{t_2}, t_2) - EV(x_{t_1}, t_1) \leq -c_3 \int_{t_1}^{t_2} E|x(s)|^p ds, \quad t_0 \leq t_1 < t_2 < \infty, \tag{6.3}$$

则方程(6.1)的平凡解是 p 阶矩渐近稳定的.

该结果当然是 Lyapunov 直接法很自然的一个推广,但在应用中有点不方便. 这并不仅仅是因为条件(6.3)与系数 f 和 g 无关,也因为构造 Lyapunov 泛函似乎比构造 Lyapunov 函数更困难. 正是本着这种精神,我们想要探索利用函数在 $\mathbf{R}^d$ 上的变化率来确定稳定性的充分条件的可能性.

为解释该思想,需要介绍更多的新记号. 用 $C_{\mathcal{F}_{t_0}}^b([-\tau, 0]; \mathbf{R}^d)$ 表示所有有界的、$\mathcal{F}_{t_0}$ – 可测的 $C([-\tau, 0]; \mathbf{R}^d)$ – 值的随机变量. 对 $p > 0$ 和 $t \geq 0$,记 $L_{\mathcal{F}_t}^p([-\tau, 0]; \mathbf{R}^d)$ 为由所有 $\mathcal{F}_t$ – 可测的 $C([-\tau, 0]; \mathbf{R}^d)$ – 值的随机变量 $\phi = \{\phi(\theta): -\tau \leq \theta \leq 0\}$ 构成的集合且 $E\|\phi\|^p < \infty$. 此外,对每一个函数 $V(x, t) \in C^{2,1}(\mathbf{R}^d \times [t_0 - \tau, \infty); \mathbf{R}_+)$ 定义从集合 $C([-\tau, 0]; \mathbf{R}^d) \times [t_0, \infty)$ 到 $\mathbf{R}$ 上的算子 $\mathcal{L}V$ 为

$$\mathcal{L}V(\varphi, t) = V_t(\varphi(0), t) + V_x(\varphi(0), t)f(\varphi, t) + \frac{1}{2}\text{trace}\left[g^{\mathrm{T}}(\varphi, t)V_{xx}(\varphi(0), t)g(\varphi, t)\right],$$

则 V 沿着方程(6.1)的解 $x(t, \xi) = x(t)$ 的导数的期望记为 $E\mathcal{L}V(x_t, t)$. 对所有的初

值 ξ 和 $t \geq t_0$，为了使 $E\mathcal{L}V(x_t, t)$ 是负的，人们会被迫对函数 $f(\varphi, t)$ 和 $g(\varphi, t)$ 施加非常严格的限制，以至于点 $\varphi(0)$ 起了主导作用，因此，所得结果仅应用在与随机微分方程非常类似的方程中. 这似乎表明利用 Lyapunov 函数不够好. 幸运的是，在适当的方向上进行片刻的反思表明，为了保持渐近稳定性，对所有的初值和 $t \geq t_0$，没有必要要求 $E\mathcal{L}V(x_t, t)$ 为负值，这就是本节所探索的基本思想. 该思想来源于 Razumikhin (1956，1960)对常微分时滞方程的研究，后来由一些研究者发展成更一般的泛函微分方程(参看 Hale & Lunel 的文献 (1993))并由 Mao (1996b)发展为随机泛函微分方程. 这个方向上的结果一般称为 Razuminkhin 型定理.

现在，我们开始建立关于随机泛函微分方程的指数稳定性的 Razuminkhin 型定理.

定理 6.1 令 λ, p, c_1, c_2 为正常数且 $q > 1$. 假设有函数 $V \in C^{2,1}(\mathbf{R}^d \times [t_0 - \tau, \infty);$ $\mathbf{R}_+)$ 满足对所有的 $(x, t) \in \mathbf{R}^d \times [t_0 - \tau, \infty)$ 有

$$c_1 |x|^p \leq V(x, t) \leq c_2 |x|^p, \tag{6.4}$$

此外，对所有的 $t \geq t_0$ 和满足

$$EV(\phi(\theta), t + \theta) < qEV(\phi(0), t), \quad -\tau \leq \theta \leq 0$$

的 $\phi \in L^p_{\mathcal{F}_t}([-\tau, 0]; \mathbf{R}^d)$ 有

$$E\mathcal{L}V(\phi, t) \leq -\lambda EV(\phi(0), t), \tag{6.5}$$

则对所有的 $\xi \in C^b_{\mathcal{F}_{t_0}}([-\tau, 0]; \mathbf{R}^d)$ 有

$$E|x(t; \xi)|^p \leq \frac{c_2}{c_1} E\|\xi\|^p \, \mathrm{e}^{-\gamma(t - t_0)}, \quad t \geq t_0, \tag{6.6}$$

其中 $\gamma = \min\{\lambda, \log(q) / \tau\}$.

证明 固定任意的初值 $\xi \in C^b_{\mathcal{F}_{t_0}}([-\tau, 0]; \mathbf{R}^d)$ 并简记 $x(t; \xi) = x(t)$. 令 $\varepsilon \in (0, \gamma)$ 为任意的且记 $\bar{\gamma} = \gamma - \varepsilon$. 定义

$$U(t) = \max_{-\tau \leq \theta \leq 0} \left[\mathrm{e}^{\bar{\gamma}(t + \theta)} EV(x(t + \theta), t + \theta) \right], \quad t \geq t_0. \tag{6.7}$$

注意到对所有的 $r > 0$ 有 $E\left(\sup_{0 \leq s \leq t} |x(s)|^r \right) < \infty$. 而且，$x(t), V(x, t)$ 是连续的，则有 $EV(x(t), t)$ 是连续的. 因此 $U(t)$ 有很好的定义且是连续的. 我们称

$$D_+U(t) := \limsup_{h \to 0+} \frac{U(t + h) - U(t)}{t} \leq 0, \quad t \geq 0. \tag{6.8}$$

为验证该结论，对每一个 $t \geq t_0$(暂时固定)，定义

$$\bar{\theta} = \max \left\{ \theta \in [-\tau, 0]: \mathrm{e}^{\bar{\gamma}(t + \theta)} EV(x(t + \theta), t + \theta) = U(t) \right\}.$$

显然，$\bar{\theta}$ 有很好的定义，$\bar{\theta} \in [-\tau, 0]$ 且

$$U(t) = \mathrm{e}^{\bar{\gamma}(t + \bar{\theta})} EV(x(t + \bar{\theta}), t + \bar{\theta}).$$

如果 $\bar{\theta} < 0$，那么对所有的 $\bar{\theta} < \theta \leq 0$ 有

$$e^{\bar{\gamma}(t+\theta)}EV(x(t+\theta),t+\theta) < e^{\bar{\gamma}(t+\bar{\theta})}EV(x(t+\bar{\theta}),t+\bar{\theta}).$$

因此，对所有充分小的 $h>0$，易观察到

$$e^{\bar{\gamma}(t+h)}EV(x(t+h),t+h) < e^{\bar{\gamma}(t+\bar{\theta})}EV(x(t+\bar{\theta}),t+\bar{\theta}),$$

故

$$U(t+h) \leqslant U(t) , \qquad D_+U(t) \leqslant 0.$$

如果 $\bar{\theta}=0$，那么对所有的 $-\tau < \theta \leqslant 0$ 有

$$e^{\bar{\gamma}(t+\theta)}EV(x(t+\theta),t+\theta) < e^{\bar{\gamma}t}EV(x(t),t).$$

于是 对所有的 $-\tau \leqslant \theta \leqslant 0$ 有

$$\begin{aligned} EV(x(t+\theta),t+\theta) &\leqslant e^{-\bar{\gamma}\theta}EV(x(t),t)\\ &\leqslant e^{\bar{\gamma}\tau}EV(x(t),t). \end{aligned} \tag{6.9}$$

注意到 $EV(x(t),t)=0$ 或 $EV(x(t),t)>0$。如果 $EV(x(t),t)=0$，那么利用式 (6.9) 和 (6.4) 可得对所有的 $-\tau < \theta \leqslant 0$ 有 $x(t+\theta)=0$ a.s. 因为 $f(0,t)\equiv 0$ 和 $g(0,t)\equiv 0$，所以可得对所有 $h>0$ 有 $x(t+h)=0$ a.s. 因此 $U(t+h)=0$ 和 $D_+U(t)=0$。另外，对于 $EV(x(t),t)>0$ 的情形，因为 $e^{\bar{\gamma}\tau}<q$，所以式 (6.9) 意味着对所有的 $-\tau < \theta \leqslant 0$ 有

$$EV(x(t+\theta),t+\theta) < qEV(x(t),t).$$

因此，利用条件 (6.5)，则

$$E\mathcal{L}V(x_t,t) \leqslant -\lambda EV(x(t),t).$$

然而，根据 Itô 公式，对所有的 $h>0$ 得

$$e^{\bar{\gamma}(t+h)}EV(x(t+h),t+h) - e^{\bar{\gamma}t}EV(x(t),t)$$
$$= \int_t^{t+h} e^{\bar{\gamma}s}[\bar{\gamma}EV(x(s),s)+E\mathcal{L}V(x_s,s)]\mathrm{d}s.$$

注意到

$$\bar{\gamma}EV(x(t),t)+E\mathcal{L}V(x_t,t) \leqslant -(\lambda-\bar{\gamma})EV(x(t),t) < 0.$$

由 V 等的连续性可知对所有充分小的 $h>0$，若 $t \leqslant s \leqslant t+h$，则

$$\bar{\gamma}EV(x(s),s)+E\mathcal{L}V(x_s,s) \leqslant 0.$$

因此

$$e^{\bar{\gamma}(t+h)}EV(x(t+h),t+h) \leqslant e^{\bar{\gamma}t}EV(x(t),t).$$

于是，对所有充分小的 $h>0$，有 $U(t+h)=U(t)$ 和 $D_+U(t)=0$。不等式 (6.8) 得证。根据式 (6.8) 可立即得对所有的 $t \geqslant t_0$ 有

$$U(t) \leqslant U(0).$$

结合 $U(t)$ 的定义和条件 (6.4) 可知

$$E|x(t)|^p \leqslant \frac{c_2}{c_1} E\|\xi\|^p e^{-\bar{\gamma}(t-t_0)} = \frac{c_2}{c_1} E\|\xi\|^p e^{-(\gamma-\varepsilon)(t-t_0)}.$$

因为 ε 是任意的，所以要证的结论式 (6.6) 必成立. 定理得证.

正如在第 4 章中所指出的那样，p 阶矩指数稳定性和几乎必然指数稳定性一般不能互为充分条件. 然而，我们将证明，如果不限制一些条件，那么 p 阶矩指数稳定性能推导出几乎必然指数稳定性.

定理 6.2 令 $p \geqslant 1$. 假设存在常数 $K > 0$ 使得对方程 (6.1) 的每个解 $x(t)$ 有

$$E\left(|f(x_t, t)|^p + |g(x_t, t)|^p\right) \leqslant K \sup_{-\tau \leqslant \theta \leqslant 0} E|x(t+\theta)|^p, \qquad t \geqslant 0, \qquad (6.10)$$

则式 (6.6) 表明

$$\limsup_{t \to \infty} \frac{1}{t} \log |x(t; \xi)| \leqslant -\frac{\gamma}{p} \qquad \text{a.s.} \qquad (6.11)$$

特别地，如果除上述条件外，定理 6.1 中的所有假设均满足，那么方程 (6.1) 的平凡解是几乎必然指数稳定的.

证明 固定任意的 $\xi \in C^b_{\mathcal{F}_{t_0}}([-\tau, 0]; \mathbf{R}^d)$ 并再次简记 $x(t; \xi) = x(t)$. 对每个整数 $k \geqslant 2$, 有

$$\begin{aligned}
E\|x_{t_0+k\tau}\|^p &= E\left(\sup_{0 \leqslant h \leqslant \tau} |x(t_0+(k-1)\tau+h)|^p\right) \\
&\leqslant 3^{p-1}\left[E|x(t_0+(k-1)\tau)|^p + E\left(\int_{t_0+(k-1)\tau}^{t_0+k\tau} |f(x_t, t)|\mathrm{d}t\right)^p + \right. \\
&\qquad\left. E\left(\sup_{0 \leqslant h \leqslant \tau} \left|\int_{t_0+(k-1)\tau}^{t_0+(k-1)\tau+h} g(x_t, t)\mathrm{d}B(t)\right|^p\right)\right].
\end{aligned} \qquad (6.12)$$

但是，利用 Hölder 不等式，条件 (6.10) 和定理 6.1，可推导出

$$\begin{aligned}
E\left(\int_{t_0+(k-1)\tau}^{t_0+k\tau} |f(x_t, t)|\mathrm{d}t\right)^p &\leqslant \tau^{p-1} \int_{t_0+(k-1)\tau}^{t_0+k\tau} E|f(x_t, t)|^p \mathrm{d}t \\
&\leqslant K\tau^{p-1} \int_{t_0+(k-1)\tau}^{t_0+k\tau} \left(\sup_{-\tau \leqslant \theta \leqslant 0} E|x(t+\theta)|^p\right)\mathrm{d}t \\
&\leqslant \frac{Kc_2\tau^{p-1}}{c_1} E\|\xi\|^p \int_{t_0+(k-1)\tau}^{t_0+k\tau} e^{-\gamma(t-\tau-t_0)}\mathrm{d}t \\
&\leqslant \frac{Kc_2\tau^p}{c_1} E\|\xi\|^p e^{-(k-2)\tau\gamma}.
\end{aligned} \qquad (6.13)$$

另外，利用 Burkholder-Davis-Gundy 不等式，得

$$J := E\left(\sup_{0\leqslant h\leqslant \tau}\left|\int_{t_0+(k-1)\tau}^{t_0+(k-1)\tau+h} g(x_t,t)\mathrm{d}B(t)\right|^p\right)$$

$$\leqslant C_p E\left(\int_{t_0+(k-1)\tau}^{t_0+k\tau}\left|g(x_t,t)\right|^2\mathrm{d}t\right)^{\frac{p}{2}}, \tag{6.14}$$

其中 C_p 是仅依赖于 p 的正常数. 由条件 (6.10) 可得对 $(\varphi,t)\in C([-\tau,0];\mathbf{R}^d)\times[t_0,\infty)$ 有

$$\left|g(\varphi,t)\right|^p \leqslant K\|\varphi\|^p.$$

令 $\sigma\in(0,1/3^{p-1}K)$ 充分小且满足

$$\frac{3^{p-1}K\sigma}{1-3^{p-1}K\sigma} < \mathrm{e}^{-\gamma\tau}. \tag{6.15}$$

根据式 (6.14) 可推导出

$$J \leqslant C_p E\left[\left(\sup_{t_0+(k-1)\tau\leqslant t\leqslant t_0+k\tau}\left|g(x_t,t)\right|\right)+\int_{t_0+(k-1)\tau}^{t_0+k\tau}\left|g(x_t,t)\right|\mathrm{d}t\right]^{\frac{p}{2}}$$

$$\leqslant \sigma E\left(\sup_{t_0+(k-1)\tau\leqslant t\leqslant t_0+k\tau}\left|g(x_t,t)\right|^p\right)+\frac{C_p^2}{4\sigma}E\left[\int_{t_0+(k-1)\tau}^{t_0+k\tau}\left|g(x_t,t)\right|\mathrm{d}t\right]^p$$

$$\leqslant K\sigma E\left(\sup_{t_0+(k-1)\tau\leqslant t\leqslant t_0+k\tau}\|x_t\|^p\right)+\frac{C_p^2\tau^{p-1}}{4\sigma}\int_{t_0+(k-1)\tau}^{t_0+k\tau}E\left|g(x_t,t)\right|^p\mathrm{d}t$$

$$\leqslant K\sigma\left(E\left\|x_{t_0+k\tau}\right\|^p+E\left\|x_{t_0+(k-1)\tau}\right\|^p\right)+\frac{Kc_2C_p^2\tau^p}{4\sigma c_1}E\|\xi\|^p\,\mathrm{e}^{-(k-2)\tau\gamma}. \tag{6.16}$$

把式 (6.6), (6.13) 和式 (6.16) 代入式 (6.12) 并利用式 (6.15) 可得

$$E\left\|x_{t_0+k\tau}\right\|^p \leqslant \mathrm{e}^{-\tau\gamma}E\left\|x_{t_0+(k-1)\tau}\right\|^p+C\mathrm{e}^{-(k-2)\tau\gamma}, \tag{6.17}$$

其中 C 是独立于 k 的常数, 由式 (6.17) 容易得到

$$E\left\|x_{t_0+k\tau}\right\|^p \leqslant \mathrm{e}^{-k\tau\gamma}E\left\|x_{t_0}\right\|^p+kC\mathrm{e}^{-(k-2)\tau\gamma}$$

$$\leqslant \left(C\mathrm{e}^{2\tau\gamma}E\|\xi\|^p\right)(k+1)\mathrm{e}^{-k\tau\gamma}. \tag{6.18}$$

接下来我们将验证利用式 (6.18) 能推出要证的结论 (6.11). 令 $\varepsilon\in(0,\gamma)$ 是任意的. 根据式 (6.18) 可得

$$p\left\{\omega: \left\|x_{t_0+k\tau}\right\| > \mathrm{e}^{-(\gamma-\varepsilon)k\tau/p}\right\}$$

$$\leqslant \mathrm{e}^{(\gamma-\varepsilon)k\tau}E\left\|x_{t_0+k\tau}\right\|^p \leqslant \left(C\mathrm{e}^{2\tau\gamma}+E\|\xi\|^p\right)(k+1)\mathrm{e}^{-\varepsilon k\tau}.$$

根据著名的 Borel-Cantelli 引理, 可知对几乎所有的 $\omega\in\Omega$, 有

$$\left\|x_{t_0+k\tau}\right\| \leqslant \mathrm{e}^{-(\gamma-\varepsilon)k\tau/p} \tag{6.19}$$

对除有限多个 k 外均成立. 因此, 存在 $k_0(\omega)$, 对所有的 $\omega\in\Omega$, 除 P-空集外,

当 $k \geqslant k$ 时，式(6.19)成立. 因此，对几乎所有的 $\omega \in \Omega$, 有

$$\frac{1}{t}\log|x(t)| \leqslant -\frac{k\tau(\gamma-\varepsilon)}{p[t_0+(k-1)\tau]},$$

如果 $t_0+(k-1)\tau \leqslant t \leqslant t_0+k\tau, \ k \geqslant k_0$. 因此

$$\limsup_{t\to\infty}\frac{1}{t}\log|x(t)| \leqslant -\frac{\gamma-\varepsilon}{p} \qquad \text{a.s.}$$

令 $\varepsilon \to 0$, 则要证的式(6.11)成立. 定理得证.

对 $p \in (0,1)$ 的情形，为证明 p 阶矩指数稳定性能推出几乎必然指数稳定性，我们需要比式(6.10)稍强的条件.

定理 6.3 令 $p \in (0,1)$. 假设存在常数 $K > 0$ 使得对方程(6.1)的每个解 $x(t)$ 有

$$E\left(\sup_{-\tau \leqslant \theta \leqslant 0}\left[\left|f(x_{t+\theta},t+\theta)\right|^p + \left|g(x_{t+\theta},t+\theta)\right|^p\right]\right)$$
$$\leqslant K \sup_{-2\tau \leqslant \gamma \leqslant 0} E\left|x(t+r)\right|^p, \quad t \geqslant \tau. \tag{6.20}$$

则式(6.6)表明

$$\limsup_{t\to\infty}\frac{1}{t}\log|x(t;\xi)| \leqslant -\frac{\gamma}{p} \qquad \text{a.s.} \tag{6.21}$$

证明 固定任意的 $\xi \in C_{\mathscr{F}_{t_0}}^b([-\tau,0];\mathbf{R}^d)$ 并记 $x(t;\xi)=x(t)$. 注意到，对任意的 $a,b,c \geqslant 0$, 有

$$(a+b+c)^p \leqslant [3(a \vee b \vee c)]^p \leqslant 3^p(a^p \vee b^p \vee c^p) \leqslant 3^p(a^p+b^p+c^p),$$

对每一个 $k \geqslant 2$ 有

$$E\left\|x_{t_0+k\tau}\right\|^p = E\left(\sup_{0 \leqslant h \leqslant \tau}\left|x(t_0+(k-1)\tau+h)\right|^p\right)$$
$$\leqslant 3^p\left[E\left|x(t_0+(k-1)\tau)\right|^p + E\left(\int_{t_0+(k-1)\tau}^{t_0+k\tau}\left|f(x_t,t)\right|\mathrm{d}t\right)^p + \right.$$
$$\left. E\left(\sup_{0 \leqslant h \leqslant \tau}\left|\int_{t_0+(k-1)\tau}^{t_0+(k-1)\tau+h}g(x_t,t)\mathrm{d}B(t)\right|^p\right)\right]. \tag{6.22}$$

利用条件(6.20)和(6.6)，有

$$E\left(\int_{t_0+(k-1)\tau}^{t_0+k\tau}\left|f(x_t,t)\right|\mathrm{d}t\right)^p \leqslant \tau^p E\left(\sup_{t_0+(k-1)\tau\leqslant t\leqslant t_0+k\tau}\left|f(x_t,t)\right|^p\right)$$

$$\leqslant K\tau^p\left(\sup_{t_0+(k-2)\tau\leqslant t\leqslant t_0+k\tau}E\left|x(t)\right|^p\right)$$

$$\leqslant \frac{Kc_2\tau^p}{c_1}E\left\|\xi\right\|^p\mathrm{e}^{-(k-2)\tau\gamma}. \tag{6.23}$$

根据 Burkholder-Davis-Gundy 不等式等，可得

$$E\left(\sup_{0\leqslant h\leqslant\tau}\left|\int_{t_0+(k-1)\tau}^{t_0+(k-1)\tau+h}g(x_t,t)\mathrm{d}B(t)\right|^p\right)$$

$$\leqslant C_p E\left(\int_{t_0+(k-1)\tau}^{t_0+k\tau}\left|g(x_t,t)\right|^2\mathrm{d}t\right)^{\frac{p}{2}}$$

$$\leqslant C_p\tau^{\frac{p}{2}}E\left[\sup_{t_0+(k-1)\tau\leqslant t\leqslant t_0+k\tau}\left|g(x_t,t)\right|^p\right]$$

$$\leqslant KC_p\tau^{\frac{p}{2}}\left[\sup_{t_0+(k-2)\tau\leqslant t\leqslant t_0+k\tau}E\left|x(t)\right|^p\right]$$

$$\leqslant \frac{Kc_2C_p\tau^{\frac{p}{2}}}{c_1}E\left\|\xi\right\|^p\mathrm{e}^{-(k-2)\tau\gamma}, \tag{6.24}$$

其中 C_p 是仅依赖于 p 的常数. 把式(6.6)，(6.23)和(6.24)代入式(6.22)可得

$$E\left\|x_{t_0+k\tau}\right\|^p \leqslant C\mathrm{e}^{-(k-2)\tau\gamma}, \tag{6.25}$$

其中 C 是独立于 k 的常数. 类似于定理 6.2 的证明，由式(6.25)可得要证的结论式(6.21)成立. 定理得证.

现在，应用上述 Razumikhin 型定理研究方程(6.1)的一些特殊情形.

1. 随机微分时滞方程

首先，考虑随机微分时滞方程

$$\mathrm{d}x(t) = F(x(t),x(t-\delta_1(t)),\cdots,x(t-\delta_k(t)),t)\mathrm{d}t +$$
$$G(x(t),x(t-\delta_1(t)),\cdots,x(t-\delta_k(t)),t)\mathrm{d}B(t), \quad t\geqslant t_0, \tag{6.26}$$

初值为 $x_0=\xi$，满足式(2.2)，其中 $\delta_i:[t_0,\infty)\to[0,\tau]$, $1\leqslant i\leqslant k$ 均连续，且

$$F:\mathbf{R}^d\times\mathbf{R}^{n\times k}\times[t_0,\infty)\to\mathbf{R}^d, \qquad G:\mathbf{R}^d\times\mathbf{R}^{n\times k}\times[t_0,\infty)\to\mathbf{R}^{n\times m}.$$

设 F 和 G 满足局部 Lipschitz 条件和线性增长条件(参见定理3.2)且 $F(0,\cdots,0,t)\equiv0$ 和 $G(0,\cdots,0,t)\equiv0$.

定理 6.4 令 $\lambda,\lambda_1,\cdots,\lambda_k,p,c_1,c_2$ 为正常数. 设函数 $V\in C^{2,1}(\mathbf{R}^d\times[t_0-\tau,\infty);\mathbf{R}_+)$ 满足

$$c_1\left|x\right|^p \leqslant V(x,t) \leqslant c_2\left|x\right|^p, \qquad (x,t)\in\mathbf{R}^d\times[t_0-\tau,\infty) \tag{6.27}$$

和

$$V_t(x,t) + V_x(x,t)F(x,y_1,\cdots,y_k,t) +$$

$$\frac{1}{2}\text{trace}[G^T(x,y_1,\cdots,y_k,t)V_{xx}(x,t)G(x,y_1,\cdots,y_k,t)]$$

$$\leqslant -\lambda V(x,t) + \sum_{i=1}^{k}\lambda_i V(y_i, t - \delta_i(t)) \tag{6.28}$$

对所有的 $(x,y_1,\cdots,y_k,t) \in \mathbf{R}^d \times \mathbf{R}^{n\times k} \times [t_0, \infty)$ 成立. 如果 $\lambda > \sum_{i=1}^{k}\lambda_i$, 那么方程 (6.26)

的平凡解是 p 阶矩指数稳定的且其 p 阶矩 Lyapunov 指数不超过 $-\left(\lambda - q\sum_{i=1}^{k}\lambda_i\right)$, 其

中 $q \in \left(1, \lambda / \sum_{i=1}^{k}\lambda_i\right)$ 是 $\lambda - q\sum_{i=1}^{k}\lambda_i = \log(q)/\tau$ 的唯一根. 如果 $p \geqslant 1$ 和 $k > 0$ 使得对所

有的 $(x,y_1,\cdots,y_k,t) \in \mathbf{R}^d \times \mathbf{R}^{n\times k} \times [t_0, \infty)$ 有

$$\left|F(x,y_1,\cdots,y_k,t)\right| \vee \left|G(x,y_1,\cdots,y_k,t)\right| \leqslant K\left(|x| + \sum_{i=1}^{k}|y_i|\right), \tag{6.29}$$

那么方程 (6.26) 的平凡解是几乎必然指数稳定的且其样本 Lyapunov 指数不超过

$-\left(\lambda - q\sum_{i=1}^{k}\lambda_i\right)/p.$

证明 对 $(\varphi, t) \in C([-\tau, 0]; R^d) \times [t_0, \infty)$ 定义

$$f(\varphi, t) = F(\varphi(0), \varphi(-\delta_1(t)), \cdots, \varphi(-\delta_k(t)), t)$$

和

$$g(\varphi, t) = G(\varphi(0), \varphi(-\delta_1(t)), \cdots, \varphi(-\delta_k(t)), t),$$

则方程 (6.26) 变为方程 (6.1). 而且, 算子 $\mathcal{L}V$ 变为

$$\mathcal{L}V(\varphi, t) = V_t(\varphi(0), t) + V_x(\varphi(0), t)F(\varphi(0), \varphi(-\delta_1(t)), \cdots, \varphi(-\delta_k(t)), t) +$$

$$\frac{1}{2}\text{trace}\Big[G^T(\varphi(0), \varphi(-\delta_1(t)), \cdots, \varphi(-\delta_k(t)), t) \times$$

$$V_{xx}(\varphi(0), t)G(t, \varphi(0), \varphi(-\delta_1(t)), \cdots, \varphi(-\delta_k(t)), t)\Big].$$

如果 $t \geqslant t_0$ 和 $\phi \in L^p_{\mathcal{F}_t}([-\tau, 0]; \mathbf{R}^d)$ 满足对所有的 $-\tau \leqslant \theta \leqslant 0$ 有

$$EV(\phi(\theta), t + \theta) < qEV(\phi(0), t),$$

那么利用条件 (6.28) 得

$$E\mathcal{L}V(\phi, t) \leq -\lambda EV(\phi(0), t) + \sum_{i=1}^{k} \lambda_i EV(\phi(-\delta_i(t)), t - \delta_i(t))$$

$$\leq -\left(\lambda - q\sum_{i=1}^{k} \lambda_i\right) EV(\phi(0), t).$$

故, 利用定理 6.1 得方程(6.26)的平凡解是 p 阶矩指数稳定的, 而且, 其 p 阶矩

Lyapunov 指数不超过 $-\left(\lambda - q\sum_{i=1}^{k} \lambda_i\right)$. 此外, 如果 $p \geq 1$ 和式(6.29)成立, 那么对所

有的 $t \geq t_0$ 和 $\phi \in L_{\mathcal{F}_t}^p([-\tau, 0]; \mathbf{R}^d)$, 有

$$E\left(|f(\phi, t)|^p + |g(\phi, t)|^p\right)$$

$$\leq 2E\left(K\left[|\phi(0)| + \sum_{i=1}^{k} |\phi(-\delta_i(t))|\right]\right)^p$$

$$\leq 2K^p(1+k)^{p-1} E\left[|\phi(0)| + \sum_{i=1}^{k} |\phi(-\delta_i(t))|^p\right]$$

$$\leq 2K^p(1+k)^{p-1} \sup_{-\tau \leq \theta \leq 0} E|\phi(0)|^p.$$

因此, 利用定理 6.2 得方程(6.26)的平凡解是几乎必然指数稳定的且其样本

Lyapunov 指数不超过 $-\left(\lambda - q\sum_{i=1}^{k} \lambda_i\right) / p$. 定理得证.

推论 6.5 假设存在 $\lambda > 0$ 满足对所有的 $(x, t) \in \mathbf{R}^d \times [t_0, \infty)$ 有

$$x^{\mathrm{T}} F(x, 0, \cdots, 0, t) \leq -\lambda |x|^2, \tag{6.30}$$

且存在非负数 $\alpha_i, \beta_i, 0 \leq i \leq k$ 使得对所有的 $t \geq t_0$ 和 $x, \bar{x}, y_1, \cdots, y_k \in \mathbf{R}^d$ 有

$$|F(x, 0, \cdots, 0, t) - F(\bar{x}, y_1, \cdots, y_k, t)| \leq \alpha_0 |x - \bar{x}| + \sum_{i=1}^{k} \alpha_i |y_i| \tag{6.31}$$

和

$$|G(x, y_1, \cdots, y_k, t)|^2 \leq \beta_0 |x|^2 + \sum_{i=1}^{k} \beta_i |y_i|^2. \tag{6.32}$$

如果 $p \geq 2$ 且

$$\lambda > \sum_{i=1}^{k} \alpha_i + \frac{p-1}{2} \sum_{i=0}^{k} \beta_i, \tag{6.33}$$

那么方程 (6.26) 的平凡解是 p 阶矩指数稳定的以及几乎必然指数稳定的.

证明 首先,由式 (6.31),(6.32) 和 $F(0,\cdots,0,t)\equiv0$ 可得式 (6.29) 成立. 令

$V(x,t)=|x|^p$ 并验证式 (6.28) 如下:对所有的 $(x,y_1,\cdots,y_k,t)\in\mathbf{R}^d\times\mathbf{R}^{n\times k}\times[t_0,\infty)$,有

$$V_t(x,t)+V_x(x,t)F(x,y_1,\cdots,y_k,t)+$$

$$\frac{1}{2}\text{trace}\left[G^{\mathrm{T}}(x,y_1,\cdots,y_k,t),V_{xx}(x,t)G(x,y_1,\cdots,y_k,t)\right]$$

$$=p|x|^{p-2}x^{\mathrm{T}}F(x,0,\cdots,0,t)+$$

$$p|x|^{p-2}x^{\mathrm{T}}[F(x,y_1,\cdots,y_k,t)-F(x,0,\cdots,0,t)]+$$

$$\frac{p}{2}|x|^{p-2}|G(x,y_1,\cdots,y_k,t)|^2+$$

$$\frac{p(p-2)}{2}|x|^{p-4}|x^{\mathrm{T}}G(x,y_1,\cdots,y_k,t)|^2$$

$$\leqslant-\left(p\lambda-\frac{p(p-1)\beta_0}{2}\right)|x|^p+p\sum_{i=1}^k\alpha_i|x|^{p-1}|y_i|+\frac{p(p-1)}{2}\sum_{i=1}^k\beta_i|x|^{p-1}|y_i|^2. \tag{6.34}$$

使用基本不等式

$$u^\alpha v^{1-\alpha}\leqslant\alpha u+(1-\alpha)v,\qquad u,v\geqslant0,\qquad0\leqslant\alpha<1, \tag{6.35}$$

有

$$|x|^{p-1}|y_i|=\left(|x|^p\right)^{\frac{p-1}{p}}\left(|y_i|^p\right)^{\frac{1}{p}}\leqslant\frac{p-1}{p}|x|^p+\frac{1}{p}|y_i|^p$$

和

$$|x|^{p-2}|y_i|^2\leqslant\frac{p-2}{p}|x|^p+\frac{2}{p}|y_i|^p.$$

把这两个不等式代入式 (6.34) 可得

式 (6.34) 的左侧

$$\leqslant-\left(p\lambda-\frac{p(p-1)}{2}\beta_0-(p-1)\sum_{i=1}^k\alpha_i-\frac{(p-1)(p-2)}{2}\sum_{i=1}^k\beta_i\right)|x|^p+$$

$$\sum_{i=1}^k\left(\alpha_i+(p-1)\beta_i\right)|y_i|^p.$$

由定理 6.4 可立即推出结论成立. 定理得证.

推论 6.5 的条件和结论均与时滞无关. 然而,式 (6.30) 有时并不成立,相反,

可能有 $x^{\mathrm{T}}F(x,x,\cdots,x,t)\leqslant-\lambda|x|^2$. 例如,对 $0\leqslant\alpha<\sum_{i=1}^k b_i$. 有 $F(x,y_1,\cdots,y_k,t)=$

$ax - \sum_{i=1}^{k} b_i y_i$ 成立. 在这种情形下, 时滞效应在稳定系统方面发挥主要作用. 下面的推论就是针对这种情况的.

推论 6.6 假设 $\lambda > 0$ 满足对所有的 $(x,t) \in \mathbf{R}^d \times [t_0, \infty)$ 有

$$x^{\mathrm{T}} F(x, x, \cdots, x, t) \leqslant -\lambda |x|^2. \tag{6.36}$$

令 $p \geqslant 2$, 假设存在非负数 $\alpha_i, \beta_i, 0 \leqslant i \leqslant k$ 使得对所有的 $t \geqslant t_0$ 和 $x, \overline{x}, y_1, \cdots, y_k \in \mathbf{R}^d$ 有

$$\left| F(x, x, \cdots, x, t) - F(\overline{x}, y_1, \cdots, y_k, t) \right|^p$$
$$\leqslant \alpha_0 |x - \overline{x}|^p + \sum_{i=1}^{k} \alpha_i |x - y_i|^p \tag{6.37}$$

和

$$\left| G(x, y_1, \cdots, y_k, t) \right|^p \leqslant \beta_0 |x|^p + \sum_{i=1}^{k} \beta_i |y_i|^p. \tag{6.38}$$

如果

$$\lambda > (K\hat{\alpha})^{\frac{1}{p}} + \frac{1}{2}(p-1)\hat{\beta}^{\frac{2}{p}}, \tag{6.39}$$

其中

$$K = 2^{p-1} \left[\tau^p (\alpha_0 + \hat{\alpha}) + \overline{C}_p \tau^{\frac{p}{2}} \hat{\beta} \right], \qquad \overline{C}_p = \left[\frac{p(p-1)}{2} \right]^{\frac{p}{2}},$$

$$\hat{\alpha} = \sum_{i=1}^{k} \alpha_i, \qquad \hat{\beta} = \sum_{i=1}^{k} \beta_i,$$

那么方程 (6.26) 的平凡解是 p 阶矩指数稳定的和几乎必然指数稳定的.

证明 把方程 (6.26) 看成对 $t \geqslant t_0 + \tau$ 的时滞方程, 初值属于 $[t_0 - \tau, t_0 + \tau]$, 即考虑长度为 2τ 而不是 τ 的延迟区间. 对 $t \geqslant \tau$, 利用式 (6.36) 很容易得

$$E \mathcal{L} |x_t|^p \leqslant -p\lambda E |x(t)|^p + pE \Big[|x(t)|^{p-1} \big| F(x(t), \cdots, x(t), t) -$$
$$F(x(t), x(t - \delta_1(t)), \cdots, x(t - \delta_k(t)), t) \big| \Big] +$$
$$\frac{p(p-1)}{2} E \Big[|x(t)|^{p-2} \big| G(x(t), x(t - \delta_1(t)), \cdots, x(t - \delta_k(t)), t) \big|^2 \Big].$$

根据式 (6.35), 对 $u, v \geqslant 0$ 和 $\varepsilon_1 > 0$, 有

$$u^{p-1} v \leqslant (\varepsilon_1 u^p)^{\frac{p-1}{p}} \left(\frac{v^p}{\varepsilon_1^{p-1}} \right) \leqslant \frac{\varepsilon_1 (p-1)}{p} u^p + \frac{1}{p\varepsilon_1^{p-1}} v^p.$$

结合该不等式和条件 (6.37) 得

$$pE\left[\left|x(t)\right|^{p-1}\left|F(x(t),\cdots,x(t),t)-F(x(t),x(t-\delta_1(t)),\cdots,x(t-\delta_k(t)),t)\right|\right]$$

$$\leqslant \varepsilon_1(p-1)E\left|x(t)\right|^p+\frac{1}{\varepsilon_1^{p-1}}\sum_{i=1}^{k}\alpha_i E\left|x(t)-x(t-\delta_i(t))\right|^p.$$

类似地，可得

$$\frac{p(p-1)}{2}E\left[\left|x(t)\right|^{p-2}\left|G(x(t),x(t-\delta_1(t)),\cdots,x(t-\delta_k(t)),t)\right|^2\right]$$

$$\leqslant \frac{1}{2}\varepsilon_2(p-1)(p-2)E\left|x(t)\right|^p+\frac{(p-1)}{\varepsilon_2^{(p-2)/2}}\left(\beta_0 E\left|x(t)\right|^p+\sum_{i=1}^{k}\beta_i E\left|x(t-\delta_k(t))\right|^p\right)$$

$$\leqslant \frac{1}{2}\varepsilon_2(p-1)(p-2)E\left|x(t)\right|^p+\frac{(p-1)\hat{\beta}}{\varepsilon_2^{(p-2)/2}}\sup_{-\tau\leqslant\theta\leqslant 0}E\left|x(t+\theta)\right|^p,$$

其中 $\varepsilon_2>0$，像 ε_1 一样，有待确定. 综上，可得

$$E\mathcal{L}\left|x_t\right|^p \leqslant -p\lambda E\left|x(t)\right|^p+\varepsilon_1(p-1)E\left|x(t)\right|^p+\frac{1}{\varepsilon_1^{p-1}}\sum_{i=1}^{k}\alpha_i E\left|x(t)-x(t-\delta_i(t))\right|^p+$$

$$\frac{1}{2}\varepsilon_2(p-1)(p-2)E\left|x(t)\right|^p+\frac{(p-1)\hat{\beta}}{\varepsilon_2^{(p-2)/2}}\sup_{-\tau\leqslant\theta\leqslant 0}E\left|x(t+\theta)\right|^p. \tag{6.40}$$

另外，利用 Hölder 不等式，定理 1.7.1 和假设条件，可导出对 $t\geqslant\tau,1\leqslant i\leqslant k$ 有

$$E\left|x(t)-x(t-\delta_i(t))\right|^p$$

$$\leqslant 2^{p-1}E\left|\int_{t-\delta_i(t)}^{t}F(x(s),x(s-\delta_1(s)),\cdots,x(s-\delta_k(s)),s)\mathrm{d}s\right|^p+$$

$$2^{p-1}E\left|\int_{t-\delta_i(t)}^{t}G(x(s),x(s-\delta_1(s)),\cdots,x(s-\delta_k(s)),s)\mathrm{d}B(s)\right|^p$$

$$\leqslant (2\tau)^{p-1}\int_{t-\delta_i(t)}^{t}E\left|F(x(s),x(s-\delta_1(s)),\cdots,x(s-\delta_k(s)),s)\right|^p\mathrm{d}s+$$

$$2^{p-1}\bar{C}_p\tau^{(p-2)/2}\int_{t-\delta_i(t)}^{t}E\left|G(x(s),x(s-\delta_1(s)),\cdots,x(s-\delta_k(s)),s)\right|^p\mathrm{d}s$$

$$\leqslant (2\tau)^{p-1}\int_{t-\tau}^{t}\left(\alpha_0 E\left|x(s)\right|^p+\sum_{i=1}^{k}\alpha_i E\left|x(s-\delta_i(s))\right|^p\right)\mathrm{d}s+$$

$$2^{p-1}\bar{C}_p\tau^{(p-2)/2}\int_{t-\tau}^{t}\left(\beta_0 E\left|x(s)\right|^p+\sum_{i=1}^{k}\beta_i E\left|x(s-\delta_i(s))\right|^p\right)\mathrm{d}s$$

$$\leqslant 2^{p-1}\left[\tau^p(\alpha_0+\hat{\alpha})+\bar{C}_p\tau^{p/2}\hat{\beta}\right]\sup_{-2\tau\leqslant\theta\leqslant 0}E\left|x(t+\theta)\right|^p$$

$$= K\sup_{-2\tau\leqslant\theta\leqslant 0}E\left|x(t+\theta)\right|^p, \tag{6.41}$$

其中 $K,\bar{C}_p$ 等已定义. 把式 (6.41) 代入式 (6.40) 并选取 $\varepsilon_1=(K\hat{\alpha})^{1/p}$，$\varepsilon_2=\hat{\beta}^{2/p}$，则有

$$E\mathcal{L}\left|x_t\right|^p \leqslant -p\lambda E\left|x(t)\right|^p+\left(p(K\hat{\alpha})^{\frac{1}{p}}+\frac{1}{2}p(p-1)\hat{\beta}^{\frac{2}{p}}\right)\sup_{-2\tau\leqslant\theta\leqslant 0}E\left|x(t+\theta)\right|^p. \tag{6.42}$$

利用式 (6.39), 选取 $q > 1$ 使得

$$\lambda > q\left((K\hat{\alpha})^{\frac{1}{p}} + \frac{1}{2}(p-1)\hat{\beta}^{\frac{2}{p}}\right).$$

因此, 如果对 $-2\tau \leqslant \theta \leqslant 0$ 有 $E|x(t+\theta)|^p < qE|x(t)|^p$, 那么式 (6.42) 意味着

$$E\mathcal{L}|x_t|^p \leqslant -p\left(\lambda - q(K\hat{\alpha})^{\frac{1}{p}} - \frac{1}{2}q(p-1)\hat{\beta}^{\frac{2}{p}}\right)E|x(t)|^p.$$

最后, 由定理 6.1 和 6.2 得结论成立. 定理得证.

2. 随机扰动方程

现在, 考虑如下形式的随机方程

$$dx(t) = [\psi(x(t),t) + F(x_t,t)]dt + g(x_t,t)dB(t), \qquad t \geqslant t_0, \tag{6.43}$$

初值为 $x_0 = \xi \in C^b_{\mathcal{F}_{t_0}}([-\tau,0];\mathbf{R}^d)$. 其中 g 已在 5.2 节中被定义, $\psi: \mathbf{R}^d \times [t_0,\infty) \to \mathbf{R}^d$ 和 $F: C([-\tau,0];\mathbf{R}^d) \times [t_0,\infty) \to \mathbf{R}^d$. 和之前一样, 假设 ψ, F, g 满足局部 Lipschitz 条件和线性增长条件(参看定理 2.6), 而且 $\psi(0,t) = F(0,t) \equiv 0$ 和 $g(0,t) \equiv 0$. 在这些条件下, 方程 (6.43) 有唯一全局解. 方程 (6.43) 可认为是常微分方程

$$\dot{x}(t) = \psi(x(t),t) \tag{6.44}$$

的随机扰动方程. 在一定程度上, 我们已经知道, 如果方程 (6.44) 是指数稳定的且随机扰动充分小, 那么扰动方程 (6.43) 会保持指数稳定(参看 Mao 的文献 (1994a)). 在该方向上研究的关键就是给出随机扰动较好的有界值. 接下来, 我们应用 Razumikhin 型定理建立一些新结果.

定理 6.7 令 $\lambda, c_1, c_2, \beta_1, \cdots, \beta_4$ 均为正常数且有 $p \geqslant 2$, $q > 1$. 假设存在一个函数 $V(x,t) \in C^{2,1}(\mathbf{R}^d \times [-\tau,\infty); \mathbf{R}_+)$ 满足对所有的 $(x,t) \in \mathbf{R}^d \times [t_0 - \tau, \infty)$ 有

$$c_1|x|^p \leqslant V(x,t) \leqslant c_2|x|^p$$

和对所有的 $(x,t) \in \mathbf{R}^d \times [t_0,\infty)$ 有

$$V_t(x,t) + V_x(x,t)\psi(x,t) \leqslant -\lambda V(x,t),$$

$$|V_x(x,t)| \leqslant \beta_1[V(x,t)]^{\frac{p-1}{p}}, \qquad \|V_{xx}(x,t)\| \leqslant \beta_2[V(x,t)]^{\frac{p-2}{p}}.$$

设对所有的 $t \geqslant t_0$ 有

$$E|F(\phi,t)|^p \leqslant \beta_3 EV(\phi(0),t), \qquad E|g(\phi,t)|^p \leqslant \beta_4 EV(\phi(0),t)$$

且 $\phi \in L^p_{\mathcal{F}_t}([-\tau,0];\mathbf{R}^d)$ 满足对所有的 $-\tau \leqslant \theta \leqslant 0$ 有

$$EV(\phi(\theta),t+\theta) < qEV(\phi(0),t). \tag{6.45}$$

如果

$$\lambda > \beta_1\beta_3^{\frac{1}{p}} + \frac{1}{2}\beta_2\beta_4^{\frac{2}{p}}, \tag{6.46}$$

那么方程(6.43)的平凡解是 p 阶矩指数稳定的. 此外, 如果常数 $K>0$ 使得对所有的 $t\geq t_0$ 和 $\phi\in L_{\mathscr{F}_t}^p([-\tau,0];\mathbf{R}^d)$ 有

$$E\left|\psi(\phi(0),t)\right|^p+E\left|F(\phi,t)\right|^p+E\left|g(\phi,t)\right|^p\leq K\sup_{-\tau\leq\theta\leq 0}E\left|\phi(\theta)\right|^p,$$

那么方程(6.43)的平凡解是几乎必然指数稳定的.

证明 定义 $f(\varphi,t)=\psi(\varphi(0),t)+F(\varphi,t)$, 故方程(6.43)变为方程(6.1). 而且

$$\mathcal{L}V(\varphi,t)=V_t(\varphi(0),t)+V_x(\varphi(0),t)[\psi(\varphi(0),t)+F(\varphi,t)]+$$
$$\frac{1}{2}\mathrm{trace}\Big[g^{\mathrm{T}}(\varphi,t)V_{xx}(\varphi(0),t)g(\varphi,t)\Big].$$

因此对 $t\geq t_0$ 和满足式(6.45)的 $\phi\in L_{\mathscr{F}_t}^p([-\tau,0];\mathbf{R}^d)$, 根据假设可推导出

$$E\mathcal{L}V(\phi,t)\leq-\lambda EV(\phi(0),t)+\beta_1 E\Big(\big[V(\phi(0),t)\big]^{\frac{p-1}{p}}\big|F(\phi,t)\big|\Big)+$$
$$\frac{\beta_2}{2}E\Big(\big[V(\phi(0),t)\big]^{\frac{p-2}{p}}\big|g(\phi,t)\big|^2\Big). \tag{6.47}$$

但对任意的 $\varepsilon>0$, 再次利用基本不等式(6.35), 有

$$E\Big(\big[V(\phi(0),t)\big]^{\frac{p-1}{p}}\big|F(\phi,t)\big|\Big)=E\left[\big(\varepsilon V(\phi(0),t)\big)^{\frac{p-1}{p}}\left(\frac{|F(\phi,t)|^p}{\varepsilon^{p-1}}\right)^{\frac{1}{p}}\right]$$
$$\leq\frac{\varepsilon(p-1)}{p}EV(\phi(0),t)+\frac{1}{p\varepsilon^{p-1}}E\big|F(\phi,t)\big|^p$$
$$\leq\left(\frac{\varepsilon(p-1)}{p}+\frac{\beta_3}{p\varepsilon^{p-1}}\right)EV(\phi(0),t).$$

特别地, 若取 $\varepsilon=\beta_3^{1/p}$, 则

$$E\Big(\big[V(\phi(0),t)\big]^{\frac{p-1}{p}}\big|F(\phi,t)\big|\Big)\leq\beta_3^{\frac{1}{p}}EV(\phi(0),t).$$

类似地, 可得

$$E\Big(\big[V(\phi(0),t)\big]^{\frac{p-2}{p}}\big|g(\phi,t)\big|^2\Big)\leq\beta_4^{\frac{2}{p}}EV(\phi(0),t).$$

把这俩不等式代入式(6.47)可得

$$E\mathcal{L}V(\phi,t)\leq-\left(\lambda-\beta_1\beta_3^{\frac{1}{p}}-\frac{1}{2}\beta_2\beta_4^{\frac{2}{p}}\right)EV(\phi(0),t).$$

利用定理6.1和定理6.2立即可知结论成立. 定理得证.

推论 6.8 设 $\lambda>0$ 满足对所有的 $(x,t)\in\mathbf{R}^d\times[t_0,\infty)$ 有

$$x^{\mathrm{T}}\psi(x,t)\leq-\lambda|x|^2.$$

另外, 假设存在两函数 $\alpha_1(\cdot)$, $\alpha_2(\cdot)\in C([-\tau,0];\mathbf{R}_+)$ 使得对所有的 $t\geq t_0$ 和 $\varphi\in C([-\tau,0];\mathbf{R}^d)$ 有

$$|F(\varphi,t)| \leqslant \int_{-\tau}^{0} \alpha_1(\theta)|\varphi(\theta)|\mathrm{d}\theta, \qquad |g(\varphi,t)|^2 \leqslant \int_{-\tau}^{0} \alpha_2(\theta)|\varphi(\theta)|^2 \mathrm{d}\theta.$$

如果 $p \geqslant 2$ 和

$$\lambda > (\tau\bar{\alpha}_1)^{\frac{1}{p}} + \frac{p-1}{2}(\tau\bar{\alpha}_2)^{\frac{2}{p}}, \tag{6.48}$$

其中

$$\bar{\alpha}_1 = \left(\int_{-\tau}^{0} |\alpha_1(\theta)|^{\frac{p}{p-1}}\mathrm{d}\theta\right)^{p-1},$$

$$\bar{\alpha}_2 = \begin{cases} \max\limits_{-\tau \leqslant \theta \leqslant 0} \alpha_2(s), & \text{若 } p = 2, \\ \left(\int_{-\tau}^{0} |\alpha_2(\theta)|^{\frac{p}{p-2}}\mathrm{d}\theta\right)^{\frac{p-2}{2}}, & \text{若 } p > 2, \end{cases}$$

那么方程 (6.43) 的平凡解是 p 阶矩指数稳定的. 此外, 若有 $K > 0$ 满足 $|\psi(x,t)| \leqslant K|x|$ 对所有的 $(x,t) \in \mathbf{R}^d \times [t_0, \infty)$ 成立, 则方程 (6.43) 的平凡解是几乎必然指数稳定的.

证明 令 $V(x,t) = |x|^p$, 则对所有的 $(x,t) \in \mathbf{R}^d \times [t_0, \infty)$ 有

$$V_t(x,t) + V_x(x,t)\psi(x,t) \leqslant -p\lambda|x|^p,$$

$$|V_x(x,t)| \leqslant p|x|^{p-1}, \qquad \|V_{xx}(x,t)\| \leqslant p(p-1)|x|^{p-2}.$$

利用式 (6.48), 选取 $q > 1$ 使得

$$\lambda > (q\tau\bar{\alpha}_1)^{\frac{1}{p}} + \frac{p-1}{2}(q\tau\bar{\alpha}_2)^{\frac{2}{p}}. \tag{6.49}$$

对 $t \geqslant t_0$ 和 $\phi \in L^p_{\mathscr{F}_t}([-\tau,0];\mathbf{R}^d)$ 使得对所有的 $-\tau \leqslant \theta \leqslant 0$ 有

$$E|\phi(\theta)|^p < qE|\phi(0)|^p,$$

不难得到

$$E|F(\phi,t)|^p \leqslant q\tau\bar{\alpha}_1 E|\phi(0)|^p$$

和

$$E|g(\phi,t)|^p \leqslant q\tau\bar{\alpha}_2 E|\phi(0)|^p.$$

利用定理 6.7 可得结论成立. 定理得证.

3. 实例

在下面的两个例子中, 初始条件总是假设在 $C^b_{\mathscr{F}_{t_0}}([-\tau,0];\mathbf{R}^d)$ 中, 故我们不再提到它.

例 6.9 考虑线性随机微分时滞方程

$$\mathrm{d}x(t) = -[Ax(t) + Bx(t-\delta(t))]\mathrm{d}t + Cx(t-\delta(t))\mathrm{d}B(t), \quad t \geqslant t_0, \tag{6.50}$$

其中 A, B, C 均为 $d \times d$ 常量矩阵, $B(t)$ 为 $1-$维 Brown 运动且 $\delta:[t_0,\infty) \to [-\tau,0]$ 是连续的.

情形1. 假设 $A+A^{\mathrm{T}}$ 是正定的且最小特征值记为 $\lambda_{\min}(A+A^{\mathrm{T}})$. 在这种情形中, 利用推论6.5很容易得到

$$\frac{1}{2}\lambda_{\min}(A+A^{\mathrm{T}}) > \|B\| + \frac{p-1}{2}\|C\|^2, \tag{6.51}$$

则方程(6.50)的平凡解是 p 阶矩指数稳定的和几乎必然指数稳定的.

情形2. 假设 $A+A^{\mathrm{T}}+B+B^{\mathrm{T}}$ 是正定的. 为应用推论 6.5, 把方程(6.50)写为

$$\mathrm{d}x(t) = -[(A+B)x(t) + Bx(t-\delta(t)) - Bx(t-\delta_2(t))]\mathrm{d}t + Cx(t-\delta(t))\mathrm{d}B(t) \tag{6.52}$$

且 $\delta_2(t) \equiv 0$. 根据推论 6.5, 可以看出若 $p \geqslant 2$ 和

$$\frac{1}{2}\lambda_{\min}(A+A^{\mathrm{T}}+B+B^{\mathrm{T}}) > 2\|B\| + \frac{p-1}{2}\|C\|^2, \tag{6.53}$$

则方程(6.52), 即方程(6.50)的平凡解是 p 阶矩指数稳定的和几乎必然指数稳定的. 当然, 在这种情形中, 可以利用推论 6.6 得到一个与时滞相关的结果. 为简单起见, 选取 $p=2$.

注意到对任意的 $\rho > 0$, 有

$$\left|Ax+By-A\bar{x}-B\bar{y}\right|^2 \leqslant (1+\rho^{-1})\|A\|^2 |x-\bar{x}|^2 + (1+\rho)\|B\|^2 |y-\bar{y}|^2.$$

然后, 利用推论 6.6(取 $p=2$), 如果

$$\frac{1}{2}\lambda_{\min}(A+A^{\mathrm{T}}+B+B^{\mathrm{T}})$$
$$> \frac{1}{2}\|C\|^2 + \inf_{\rho>0}\left\{\|B\|\left[2(1+\rho)\times\left(\tau^2\left[(1+\rho^{-1})\|A\|^2 + (1+\rho)\|B\|^2\right] + \tau\|C\|^2\right)\right]^{\frac{1}{2}}\right\}, \tag{6.54}$$

那么方程(5.1)的平凡解是 2 阶矩指数稳定的和几乎必然指数稳定的.

作为特殊情形, 我们研究 1−维线性时滞方程

$$\mathrm{d}x(t) = -bx(t-\delta(t))\mathrm{d}t + cx(t-\delta(t))\mathrm{d}B(t) \tag{6.55}$$

且 $b > c^2/2$. 在这种情形中, 判断标准(6.51)和(6.53)失效而式(6.54)弱化为

$$b > \frac{c^2}{2} + b\sqrt{2(\tau^2 b^2 + \tau c^2)}.$$

因此, 如果

$$\tau < \frac{1}{2b^2}\left(\sqrt{c^4 + \frac{1}{2}(2b-c^2)^2} - c^2\right),$$

那么方程(6.55)的平凡解是 2 阶矩指数稳定的和几乎必然指数稳定的.

例 6.10 考虑由半线性随机泛函微分方程刻画的随机振子

$$\ddot{z}(t) + 3\dot{z}(t) + 2z(t) = \sigma_1(z_t, \dot{z}_t) + \sigma_2(z_t, \dot{z}_t)\dot{B}(t), \qquad t \geqslant t_0, \tag{6.56}$$

其中 $\dot{B}(t)$ 为 $1-$维白噪声，即 $B(t)$ 为 $1-$维 Brown 运动，两个函数 $\sigma_1, \sigma_2 : C([-\tau, 0]; \mathbf{R}^2) \to \mathbf{R}$ 是局部 Lipschitz 连续的，而且

$$|\sigma_1(\varphi)| \vee |\sigma_2(\varphi)| \leqslant \int_{-\tau}^0 |\varphi(\theta)| \mathrm{d}\theta, \quad \varphi \in C([-\tau, 0]; \mathbf{R}^2).$$

如果

$$\tau < \frac{\sqrt{42} - \sqrt{14}}{14}, \tag{6.57}$$

那么方程 (6.56) 的平凡解是 2 阶矩指数稳定的和几乎必然指数稳定的. 为证明该结论，介绍一个新变量 $x = (z, \dot{z})^{\mathrm{T}}$，并把方程 (6.56) 写成一个 $2-$维随机泛函微分方程

$$\mathrm{d}x(t) = [Ax(t) + F(x_t)]\mathrm{d}t + G(x_t)\mathrm{d}B(t), \tag{6.58}$$

其中

$$A = \begin{bmatrix} 0 & 1 \\ -2 & -3 \end{bmatrix}, \qquad F(\varphi) = \begin{pmatrix} 0 \\ \sigma_1(\varphi) \end{pmatrix}, \qquad G(\varphi) = \begin{pmatrix} 0 \\ \sigma_2(\varphi) \end{pmatrix}.$$

很容易找到

$$H = \begin{bmatrix} 1 & 1 \\ -1 & -2 \end{bmatrix},$$

因此 $H^{-1} = \begin{bmatrix} 2 & 1 \\ -1 & -1 \end{bmatrix}$，使得

$$H^{-1}AH = \begin{bmatrix} -1 & 0 \\ 0 & -2 \end{bmatrix}.$$

记

$$Q = (H^{-1})^{\mathrm{T}} H^{-1} = \begin{bmatrix} 5 & 3 \\ 3 & 2 \end{bmatrix},$$

并定义 $V(x, t) = x^{\mathrm{T}} Q x$，$x \in \mathbf{R}^2$. 不难验证

$$\frac{1}{7}|x|^2 \leqslant V(x) \leqslant 7|x|^2.$$

进一步可计算得

$$\begin{aligned}
\mathcal{L}V(x, t) &= 2\varphi^{\mathrm{T}}(0)Q[A\varphi(0) + F(\varphi)] + G^{\mathrm{T}}(\varphi)QG(\varphi) \\
&\leqslant -2V(\varphi(0)) + 2\left|\varphi^{\mathrm{T}}(0)(H^{-1})^{\mathrm{T}}\right|\left|H^{-1}F(\varphi)\right| + 2|\sigma_2(\varphi)|^2 \\
&\leqslant -2V(\varphi(0)) + \sqrt{14}\tau V(\varphi(0)) + \frac{2}{\sqrt{14}\tau}|\sigma_1(\varphi)|^2 + 2|\sigma_2(\varphi)|^2 \\
&\leqslant -\left(2 - \sqrt{14}\tau\right)V(\varphi(0)) + \left(\sqrt{14} + 14\tau\right)\int_{-\tau}^0 V(\varphi(\theta))\mathrm{d}\theta.
\end{aligned} \tag{6.59}$$

根据条件 (6.57) 可找到 $q > 1$ 使得

$$2-\sqrt{14}(1+q)\tau-14q\tau^2>0.$$

因此，对任意的 $\phi\in L^2_{\mathcal{F}_t}([-\tau,0];\mathbf{R}^d)$ 满足 $EV(\phi(\theta))<qEV(\phi(0))$，其中 $-\tau\leqslant\theta\leqslant 0$，利用式 (6.59) 可得

$$E\mathcal{L}V(\phi,t)\leqslant-\left(2-\sqrt{14}(1+q)\tau-14q\tau^2\right)EV(\varphi(0)).$$

于是，由定理 6.1 和定理 6.2 可得结论成立.

5.7　随机自稳定

本节考虑下列随机自稳定问题. 假设在 $\mathbf{R}^d$ 中给定非线性 Itô 方程，即

$$dx(t)=f(x(t),t)dt+ug(x(t),t)dB(t),\qquad t\geqslant t_0=0,\qquad(7.1)$$

初值为 $x(0)=x_0\in\mathbf{R}^d$（令 $t_0=0$ 仅仅是为了方便研究，显然，对一般的 $t_0\geqslant 0$ 也成立）. 这里 $u>0$ 是噪声强度参数，$B(t)$ 为 $m-$ 维 Brown 运动，函数 $f:\mathbf{R}^d\times\mathbf{R}_+\to\mathbf{R}^d$ 和 $g:\mathbf{R}^d\times\mathbf{R}_+\to\mathbf{R}^{d\times m}$ 均为局部 Lipschitz 连续的. 提出如下标准的假设：

　　(H7.1)　存在对称的正定 $d\times d-$ 矩阵，三个正常数 K，α，β 且 $2\beta>\alpha$，使得对所有的 $t\geqslant 0$ 和 $x\in\mathbf{R}^d$ 有

$$\left|x^{\mathrm{T}}Qf(x,t)\right|\leqslant K|x|^2,$$

$$\mathrm{trace}\left(g^{\mathrm{T}}(x,t)Qg(x,t)\right)\leqslant\alpha x^{\mathrm{T}}Qx,$$

$$\left|x^{\mathrm{T}}Qg(x,t)\right|\geqslant\beta\left|x^{\mathrm{T}}Qx\right|^2.$$

利用定理 4.3.3，可知该假设能确保对充分大的 u，方程 (7.1) 的平凡解是几乎必然指数稳定的. 方程 (7.1) 认为是一般不稳定的常微分方程 $\dot{x}(t)=f(x(t),t)$ 的随机稳定系统. 换句话说，当噪声强度充分大时，方程 (7.1) 是由白噪声稳定的. 如果将强度参数 u 替换为 $\int_0^t|x(s)|ds$，那么方程 (7.1) 本身是稳定的，该结论是否正确呢？即，随机积分微分方程

$$dx(t)=f(x(t),t)dt+\left(\int_0^t|x(s)|ds\right)g(x(t),t)dB(t)\qquad(7.3)$$

的平凡解是几乎必然 $L^1(\mathbf{R}_+;\mathbf{R}^d)-$ 稳定(即 $\int_0^\infty|x(t)|dt<\infty$ a.s.)的吗？本节的主要目的就是给出肯定的答案. 大致讨论如下. 如果方程 (7.3) 不是几乎必然 $L^1(\mathbf{R}_+;\mathbf{R}^d)-$ 稳定的，那么对一些 $\omega\in\Omega$（概率为正）有 $\int_0^\infty|x(t,\omega)|dt=\infty$. 因此，对所有大的 t，$\int_0^t|x(s,\omega)|ds$ 充分大. 因此，利用方程 (7.1) 的性质，得 $\int_0^\infty|x(t,\omega)|dt<\infty$，这就得到一个矛盾.

　　当然，这个论断并不是数学证明，但表明可以用不同方式代替噪声强度参数 u，从而使系统更加精确地得以稳定，这种方法是可能成功的. 人们可用表达式 $\int_0^t|r(s)x(s)|^p ds$ 代替 u，其中 $p>0$ 且 $r(\cdot)$ 是定义在 $\mathbf{R}_+$ 上的连续 $\mathbf{R}^{n\times d}-$ 值函数，对

所有的 $t \geq 0$，满足 $\|r(t)\| \leq M\mathrm{e}^{\gamma t}$，称之为收敛率函数. 在本节中，我们将证明随机积分方程

$$\mathrm{d}x(t) = f(x(t), t)\mathrm{d}t + \left(\int_0^t |r(s)x(s)|^p \mathrm{d}s\right)g(x(t), t)\mathrm{d}B(t) \tag{7.4}$$

具有性质

$$\int_0^\infty |r(t)x(t)|^p \mathrm{d}t < \infty \qquad \text{a.s.} \tag{7.5}$$

在证明该结果之前，我们指出，通过选取各种各样的收敛率函数，能以不同的方式使系统稳定. 例如，为了在 $\int_0^\infty |x_i(t)|^p \mathrm{d}t < \infty$ a.s.的意义下稳定解的第 i 个部分，可以选取收敛率函数为

$$r(t) = (\underbrace{0, \cdots, 1}_{i \text{ 次}}, 0, \cdots, 0)_{1 \times d}.$$

为了在 $\int_0^\infty |x_i(t) - x_j(t)|^p \mathrm{d}t < \infty$ a.s.的意义下稳定解的第 i 个部分和第 j 个部分之间的误差，可以选取

$$r(t) = (\underbrace{0, \cdots, 1}_{i \text{ 次}}, 0, \cdots, 0, \underbrace{-1, 0, \cdots, 0}_{j \text{ 次}})_{1 \times d}.$$

此外，为了在 $\int_0^\infty \mathrm{e}^{\gamma t}|x(t)|^p \mathrm{d}t < \infty$ a.s.的意义下稳定系统，可选 $r(t) = \mathrm{e}^{\gamma t/p} I_{d \times d}$，其中 $I_{d \times d}$ 是 $d \times d$ 单位矩阵.

现在，我们开始研究性质式(7.5). 首先，指出系数 f 和 g 的局部 Lipschitz 连续性以及标准假设 (H7.1) 确保了方程 (7.4) 的全局解的存在性和唯一性(见定理 2.9，详细的证明可参见 Mao 的文献(1996c))，记为 $x(t; x_0)$. 另外比较显然的结论就是在假设 (H7.1) 下，方程 (7.4) 存在平凡解 $x(t; 0) = 0$，这意味着 $f(t; 0) \equiv 0$ 和 $g(t; 0) \equiv 0$. 为证明主要结果，需要准备一个引理，在引理中证明了在假设 (H7.1) 下，如果起点非 0，那么解永远不会到达 0.

引理 7.1 令假设 (H7.1) 成立，则当 $x_0 \neq 0$ 时，方程 (7.4) 的解具有性质

$$P\{x(t; x_0) \neq 0 \text{ 对所有的 } t \geq 0\} = 1.$$

证明 如果结果不成立. 那么存在一些 $x_0 \neq 0$ 使得 $P(\tau < \infty) > 0$，其中 τ 是首次到达状态 0 的时间，即

$$\tau = \inf\{t \geq 0: x(t) = 0\}.$$

这里记 $x(t; x_0) = x(t)$. 因此可找到充分大的 $\bar{t} > 0$ 和 $\theta > 0$ 以保证 $P(B) > 0$，其中

$$B = \{\omega: \tau \leq \bar{t} \text{ 且 } |x(t)| \leq \theta - 1 \text{ 对所有的 } 0 \leq t \leq \tau\}.$$

对每一个 $0 < \varepsilon < |x_0|$，定义

$$\tau_\varepsilon = \inf\{t \geqslant 0: |x(t)| \leqslant \varepsilon \text{ 或 } |x(t)| \geqslant \theta\}.$$

利用 Itô 公式，对 $0 \leqslant t \leqslant \bar{t}$，有

$$E\left[\left|x^{\mathrm{T}}(t \wedge \tau_\varepsilon)Qx(t \wedge \tau_\varepsilon)\right|^{-1}\right]$$

$$\leqslant \left|x_0^{\mathrm{T}}Qx_0\right|^{-1} + 2E\int_0^{t \wedge \tau_\varepsilon}\left|x^{\mathrm{T}}(s)Qx(s)\right|^{-2}\left|x^{\mathrm{T}}(s)Qf(x(s),s)\right|\mathrm{d}s +$$

$$4E\int_0^{t \wedge \tau_\varepsilon}\left|x^{\mathrm{T}}(s)Qx(s)\right|^{-3}\left|x^{\mathrm{T}}(s)Qg(x(s),s)\right|^2\left(\int_0^s|r(u)x(u)|^p\,\mathrm{d}u\right)^2\mathrm{d}s.$$

由假设 (H7.1)，可推导出

$$E\left[\left|x^{\mathrm{T}}(t \wedge \tau_\varepsilon)Qx(t \wedge \tau_\varepsilon)\right|^{-1}\right]$$

$$\leqslant \left|x_0^{\mathrm{T}}Qx_0\right|^{-1} + \mu E\int_0^{t \wedge \tau_\varepsilon}\left|x^{\mathrm{T}}(s)Qx(s)\right|^{-1}\mathrm{d}s$$

$$\leqslant \left|x_0^{\mathrm{T}}Qx_0\right|^{-1} + \mu\int_0^t E\left[\left|x^{\mathrm{T}}(s \wedge \tau_\varepsilon)Qx(s \wedge \tau_\varepsilon)\right|^{-1}\right]\mathrm{d}s,$$

其中 μ 是依赖于 $K, \alpha, \beta, \bar{t}, \theta, Q$ 但独立于 ε 的常数. 利用 Gronwall 不等式可得

$$E\left[\left|x^{\mathrm{T}}(t \wedge \tau_\varepsilon)Qx(t \wedge \tau_\varepsilon)\right|^{-1}\right] \leqslant \left|x_0^{\mathrm{T}}Qx_0\right|^{-1}\mathrm{e}^{\mu\bar{t}}.$$

注意到如果 $\omega \in B$，那么 $\tau_\varepsilon \leqslant \bar{t}$ 且 $|x(\tau_\varepsilon)| = \varepsilon$. 因此，根据上述不等式，有

$$\left(\varepsilon^2\|Q\|\right)^{-1}P(B) \leqslant \left|x_0^{\mathrm{T}}Qx_0\right|^{-1}\mathrm{e}^{\mu\bar{t}}.$$

令 $\varepsilon \to 0$，则 $P(B) = 0$，但与 B 的定义矛盾. 引理得证.

现在建立本节的主要结果. 为了使陈述更加清楚，把收敛率函数 $r(t)$ 作为另一个假设，如下：

(H7.2) 存在一对常数 $M > 0$ 和 $\gamma \geqslant 0$ 使得对所有的 $t \geqslant 0$ 有

$$\|r(t)\| \leqslant M\mathrm{e}^{\gamma t}.$$

定理 7.2 令假设 (H7.1) 和 (H7.2) 成立. 对所有的 $x_0 \in \mathbf{R}^d$，方程 (7.4) 的解具有性质

$$\int_0^\infty |r(t)x(t;x_0)|^p\mathrm{d}t < \infty \qquad \text{a.s.} \tag{7.5}$$

证明 因为假设 (H7.1) 确保了 $x(t;0) \equiv 0$，我们只需证明当 $x_0 \neq 0$ 时式 (7.5) 成立即可. 对任意的 $x_0 \neq 0$，利用引理 7.1，则对所有的 $t \geqslant 0$，$x(t;x_0) \neq 0$ 几乎处处成立. 若式 (7.5) 不成立，则存在一些 $x_0 \neq 0$ 使得 $P(\Omega^*) > 0$，其中

$$\Omega^* = \left\{\omega \in \Omega: \int_0^\infty |r(t)x(t)|^p\,\mathrm{d}t = \infty\right\}.$$

为简单起见，再次记 $x(t;x_0) = x(t)$. 利用 Itô 公式和假设 (H7.1)，对任意的 $t \geqslant 0$，有

$$\log\left(x^{\mathrm{T}}(t)Qx(t)\right) \leqslant \log\left(x_0^{\mathrm{T}}Qx_0\right) + \frac{2Kt}{\lambda_{\min}(Q)} + \alpha\int_0^t\left(\int_0^s|r(v)x(v)|^p\,\mathrm{d}v\right)^2\mathrm{d}s -$$

$$2\int_0^t\left(\int_0^s|r(v)x(v)|^p\,\mathrm{d}v\right)^2\frac{\left|x^{\mathrm{T}}(s)Qg(x(s),s)\right|^2}{\left(x^{\mathrm{T}}(s)Qx(s)\right)^2}\,\mathrm{d}s + M(t), \qquad (7.6)$$

其中

$$M(t) = 2\int_0^t\left(\int_0^s|r(v)x(v)|^p\,\mathrm{d}v\right)\frac{x^{\mathrm{T}}(s)Qg(x(s),s)}{x^{\mathrm{T}}(s)Qx(s)}\,\mathrm{d}B(s)$$

是连续鞅且消失在 $t=0$ 处. 令 $k=1,2,\cdots$. 利用指数鞅不等式(即定理 1.7.4), 得

$$P\left(\omega: \sup_{0\leqslant t\leqslant k}\left[M(t) - \frac{8\beta-\alpha}{8\beta}\langle M(t),M(t)\rangle\right] > \frac{8\beta\log k}{2\beta-\alpha}\right) \leqslant \frac{1}{k^2},$$

其中

$$\langle M(t),M(t)\rangle = 4\int_0^t\left(\int_0^s|r(v)x(v)|^p\,\mathrm{d}v\right)^2\frac{\left|x^{\mathrm{T}}(s)Qg(x(s),s)\right|^2}{\left(x^{\mathrm{T}}(s)Qx(s)\right)^2}\,\mathrm{d}s.$$

因此, 利用著名的 Borel-Cantelli 引理, 可知对几乎所有的 $\omega\in\Omega$, 存在随机整数 $k_1(\omega)$ 使得对所有的 $k\geqslant k_1$, 有

$$\sup_{0\leqslant t\leqslant k}\left[M(t) - \frac{2\beta-\alpha}{8\beta}\langle M(t),M(t)\rangle\right] \leqslant \frac{8\beta\log k}{2\beta-\alpha},$$

即, 对 $0\leqslant t\leqslant k$, 有

$$M(t) \leqslant \frac{8\beta\log k}{2\beta-\alpha} + \frac{2\beta-\alpha}{8\beta}\langle M(t),M(t)\rangle$$

$$\leqslant \frac{8\beta\log k}{2\beta-\alpha} + \frac{2\beta-\alpha}{2\beta}\int_0^t\left(\int_0^s|r(v)x(v)|^p\,\mathrm{d}v\right)^2\frac{\left|x^{\mathrm{T}}(s)Qg(x(s),s)\right|^2}{\left(x^{\mathrm{T}}(s)Qx(s)\right)^2}\,\mathrm{d}s. \qquad (7.7)$$

把式 (7.7) 代入式 (7.6) 并利用假设 (H7.1) 可得

$$\log\left(x^{\mathrm{T}}(t)Qx(t)\right) \leqslant \log\left(x_0^{\mathrm{T}}Qx_0\right) + \frac{2Kt}{\lambda_{\min}(Q)} + \frac{8\beta\log k}{2\beta-\alpha} -$$

$$\frac{2\beta-\alpha}{2}\int_0^t\left(\int_0^s|r(v)x(v)|^p\,\mathrm{d}v\right)^2\mathrm{d}s \qquad (7.8)$$

对所有的 $0\leqslant t\leqslant k,\ k\geqslant k_1$ 几乎处处成立. 根据 Ω^* 的定义, 可看出对每一个 $\omega\in\Omega^*$, 存在随机常数 $k_2(\omega)$ 使得对所有的 $t\geqslant k_2$ 有

$$\int_0^t|r(s)x(s)|^p\,\mathrm{d}s \geqslant \sqrt{\frac{4K/\lambda_{\min}(Q)+4\gamma+8}{2\beta-\alpha}}. \qquad (7.9)$$

根据式 (7.8) 和 (7.9)，对几乎所有的有的 $\omega \in \Omega^*$，如果 $k-1 \leqslant t \leqslant k$，$k \geqslant k_1 \vee (k_2+1)$，那么有

$$\log\left(x^{\mathrm{T}}(t)Qx(t)\right)$$

$$\leqslant \log\left(x_0^{\mathrm{T}}Qx_0\right) + \frac{2Kk}{\lambda_{\min}(Q)} + \frac{8\beta\log k}{2\beta-\alpha} - \frac{2\beta-\alpha}{2}\int_{k_2}^{t}\left(\int_0^s |r(v)x(v)|^p \,\mathrm{d}v\right)^2 \mathrm{d}s$$

$$\leqslant \log\left(x_0^{\mathrm{T}}Qx_0\right) + \frac{2Kk}{\lambda_{\min}(Q)} + \frac{8\beta\log k}{2\beta-\alpha} - \left(\frac{2K}{\lambda_{\min}(Q)} + 2\gamma + 4\right)(k-1-k_2)$$

$$= \log\left(x_0^{\mathrm{T}}Qx_0\right) + \frac{2K(k_2+1)}{\lambda_{\min}(Q)} + \frac{8\beta\log k}{2\beta-\alpha} - 2(\gamma+2)(k-1-k_2).$$

因此

$$\frac{1}{t}\log\left(x^{\mathrm{T}}(t)Qx(t)\right)$$

$$\leqslant \frac{1}{k-1}\left(\log\left(x_0^{\mathrm{T}}Qx_0\right) + \frac{2K(k_2+1)}{\lambda_{\min}(Q)} + \frac{8\beta\log k}{2\beta-\alpha} - 2(\gamma+2)(k-1-k_2)\right).$$

进而可知对几乎所有的 $\omega \in \Omega^*$ 有

$$\limsup_{t\to\infty}\frac{1}{t}\log\left(x^{\mathrm{T}}(t)Qx(t)\right) \leqslant -2(\gamma+2). \tag{7.10}$$

因此，对几乎所有的 $\omega \in \Omega^*$，存在随机数 $k_3(\omega)$ 使得对所有的 $t \geqslant k_3$ 有

$$\frac{1}{t}\log\left(x^{\mathrm{T}}(t)Qx(t)\right) \leqslant -2(\gamma+2).$$

因此对所有的 $t \geqslant k_3$ 有

$$|x(t)| \leqslant \frac{\mathrm{e}^{-(\gamma+2)t}}{\sqrt{\lambda_{\min}(Q)}}.$$

于是，利用假设 (H7.2)，对几乎所有的 $\omega \in \Omega^*$，有

$$\int_0^{\infty}|r(t)x(t)|^p \,\mathrm{d}t \leqslant \int_0^{k_3} M^p \mathrm{e}^{p\gamma t}|x(t)|^p \,\mathrm{d}t + \int_{k_3}^{\infty}\frac{M^p \mathrm{e}^{-pt}}{[\lambda_{\min}(Q)]^{p/2}}\,\mathrm{d}t < \infty.$$

然而，这与 Ω^* 的定义相矛盾. 故式 (7.5) 必成立. 定理得证.

下面的定理关于解给出了更精确的估计.

定理 7.3 令假设 (H7.1) 和 (H7.2) 成立. 对所有的 $x_0 \in \mathbf{R}^d$，有

$$\int_0^{\infty}|r(t)x(t;x_0)|^p \,\mathrm{d}t \leqslant \sqrt{\frac{2K}{(2\beta-\alpha)\lambda_{\min}(Q)}} \tag{7.11}$$

或

$$\limsup_{t\to\infty}\frac{1}{t}\log\left(|x(t;x_0)|\right) < 0 \tag{7.12}$$

对几乎所有的 $\omega \in \Omega$ 成立.

证明 我们只需证明当 $x_0 \neq 0$ 时结论成立即可. 任意固定 $x_0 \neq 0$，记

$x(t; x_0) = x(t)$. 定义

$$\bar{\Omega} = \left\{ \omega \in \Omega : \int_0^\infty |r(t)x(t)|^p \, dt > \sqrt{\frac{2K}{(2\beta - \alpha)\lambda_{\min}(Q)}} \right\}.$$

显然，仅需证明对几乎所有的 $\omega \in \bar{\Omega}$，式 (7.12) 成立. 对每一个 $i = 1,2,\cdots$，定义

$$\bar{\Omega}_i = \left\{ \omega \in \bar{\Omega} : \int_0^\infty |r(t)x(t)|^p \, dt > (1 + i^{-1})\sqrt{\frac{2K}{(2\beta - \alpha)\lambda_{\min}(Q)}} \right\}.$$

则 $\bar{\Omega} = \bigcup_{i=1}^\infty \bar{\Omega}_i$，因此只需证明对每个 $i \geq 1$，式 (7.12) 对几乎所有的 $\omega \in \bar{\Omega}_i$ 成立. 固定任意的 $i \geq 1$. 利用与式 (7.8) 相同的证明方法可推导出，对每一个 $\omega \in \Omega - \hat{\Omega}$，其中 $\hat{\Omega}$ 为 P−空集，存在随机整数 $k_4(\omega)$ 使得对所有的 $0 \leq t \leq k, k \geq k_4$ 有

$$\log\left(x^{\mathrm{T}}(t)Qx(t)\right) \leq \log\left(x_0^{\mathrm{T}}Qx_0\right) + \frac{2Kt}{\lambda_{\min}(Q)} + \frac{4\beta(1 + i^{-1})\log k}{2\beta - \alpha} -$$

$$\frac{2\beta - \alpha}{1 + i^{-1}} \int_0^t \left(\int_0^s |r(v)x(v)|^p \, dv\right)^2 ds. \tag{7.13}$$

另外，对每一个 $\omega \in \bar{\Omega}_i$，存在随机整数 $k_5(\omega)$ 使得对所有的 $t \geq k_5$ 有

$$\int_0^t |r(s)x(s)|^p \, ds \geq (1 + i^{-1})\sqrt{\frac{2K}{(2\beta - \alpha)\lambda_{\min}(Q)}}. \tag{7.14}$$

根据式 (7.13) 和 (7.14)，对所有的 $\omega \in \bar{\Omega}_i - \hat{\Omega}$，如果 $k - 1 \leq t \leq k, k \geq k_4 \vee (k_5 + 1)$，那么

$$\log\left(x^{\mathrm{T}}(t)Qx(t)\right) \leq \log\left(x_0^{\mathrm{T}}Qx_0\right) + \frac{2K(k_5 + 1)}{\lambda_{\min}(Q)} +$$

$$\frac{4\beta(1 + i^{-1})\log k}{2\beta - \alpha} - \frac{2K}{i\lambda_{\min}(Q)}(k - 1 - k_5).$$

这就意味着对所有的 $\omega \in \bar{\Omega}_i - \hat{\Omega}$ 有

$$\limsup_{t \to \infty} \frac{1}{t} \log\left(x^{\mathrm{T}}(t)Qx(t)\right) \leq -\frac{2K}{i\lambda_{\min}(Q)}.$$

因此对所有的 $\omega \in \bar{\Omega}_i - \hat{\Omega}$ 有

$$\limsup_{t \to \infty} \frac{1}{t} \log\left(|x(t)|\right) \leq -\frac{K}{i\lambda_{\min}(Q)} < 0.$$

定理得证.

定理 7.3 表明，如果

$$\int_0^\infty |r(t)x(t; x_0)|^p \, dt > \sqrt{\frac{2K}{(2\beta - \alpha)\lambda_{\min}(Q)}},$$

那么解 $x(t; x_0)$ 以指数速度趋于 0. 这是相当自然的结论，因为在假设条件 (H7.1)

下，当噪声强度参数

$$u > \sqrt{\frac{2K}{(2\beta-\alpha)\lambda_{\min}(Q)}}$$

时，利用定理 4.3.3 可知方程 (7.1) 是几乎必然指数稳定的. 另外，如果

$$\int_0^\infty |r(t)x(t;x_0)|^p \, dt \leqslant \sqrt{\frac{2K}{(2\beta-\alpha)\lambda_{\min}(Q)}},$$

那么噪声强度可能不会足够大到以指数方式稳定系统. 换句话说，如果将噪声强度参数 u 替换为 $\int_0^t |r(s)x(s)|^p \, ds$，那么方程 (7.1) 有可能不会总是以指数方式自稳定. 但是现在我们开始讨论如何使方程 (7.1) 具有几乎必然渐近稳定性或指数稳定性. 用 $\sup\limits_{0\leqslant s\leqslant t} |r(s)x(s)|$ 代替噪声强度参数 u，则方程 (7.1) 变为随机泛函微分方程

$$dx(t) = f(x(t),t)dt + \left(\sup_{0\leqslant s\leqslant t} |r(s)x(s)| \right) g(x(t),t)dB(t), \quad t \geqslant 0, \tag{7.15}$$

初值为 $x(0) = x_0 \in \mathbf{R}^d$. 类似于引理 7.1 的证明，在假设条件 (H7.2) 下，可得方程 (7.15) 有唯一全局解，再次记为 $x(t;x_0)$，如果起点非 0，那么解永远不会到达 0. 此外，我们有下列结果.

定理 7.4 令假设 (H7.1) 和 (H7.2) 成立，则对所有的 $x_0 \in \mathbf{R}^d$，方程 (7.15) 的解具有性质

$$\sup_{0\leqslant t<\infty} |r(t)x(t;x_0)| < \infty \qquad \text{a.s.} \tag{7.16}$$

此外：

(i) 如果当 $t \to \infty$ 时，有 $\lambda_{\min}(r^{\mathrm{T}}(t)r(t)) \to \infty$，那么

$$\lim_{t\to\infty} |x(t;x_0)| = 0 \qquad \text{a.s.}; \tag{7.17}$$

(ii) 如果 $\liminf\limits_{t\to\infty} \log[\lambda_{\min}(r^{\mathrm{T}}(t)r(t))]/t \geqslant \lambda > 0$，那么

$$\limsup_{t\to\infty} \frac{1}{t} \log(|x(t;x_0)|) \leqslant -\frac{\lambda}{2} \qquad \text{a.s.} \tag{7.18}$$

证明 若式 (7.16) 不正确，则存在一些 $x_0 \neq 0$ 使得 $P(\Omega^*) > 0$，其中

$$\Omega^* = \left\{ \omega \in \Omega : \sup_{0\leqslant t<\infty} |r(t)x(t;x_0)| = \infty \right\}.$$

再次记 $x(t;x_0) = x(t)$. 类似于式 (7.8) 的证明，可知存在一个有限随机整数 $k_6(\omega)$ 使得

$$\log\left(x^{\mathrm{T}}(t)Qx(t)\right) \leqslant \log\left(x_0^{\mathrm{T}}(t)Qx_0\right) + \frac{2Kt}{\lambda_{\min}(Q)} + \frac{8\beta \log k}{2\beta-\alpha} -$$

$$\frac{2\beta-\alpha}{2} \int_0^t \left(\sup_{0\leqslant v\leqslant s} |r(v)x(v)| \right)^2 ds$$

对所有的 $0 \leqslant t \leqslant k$, $k \geqslant k_6$ 几乎处处成立. 根据 Ω^* 的定义，对每一个 $\omega \in \Omega$，存在随

机常数 $k_7(\omega)$ 使得对所有的 $t \geq k_7$ 有

$$\sup_{0 \leq s \leq t} |r(s)x(s)| \geq \sqrt{\frac{2(2K/\lambda_{\min}(Q) + 2(\gamma + 2))}{2\beta - \alpha}}.$$

从这两个不等式可推出，对几乎所有的 $\omega \in \Omega^*$，存在随机常数 $k_8(\omega)$ 使得对所有的 $t \geq k_8$ 有

$$|x(t)| \leq \frac{\mathrm{e}^{-(\gamma + 1)t}}{\sqrt{\lambda_{\min}(Q)}}.$$

因此，利用假设 (H7.2)，对几乎所有的 $\omega \in \Omega^*$，有

$$\sup_{0 \leq t < \infty} |r(t)x(t)| \leq \sup_{0 \leq t \leq k_8} M\mathrm{e}^{\gamma t} |x(t)| + \sup_{k_8 \leq t < \infty} \frac{M\mathrm{e}^{-t}}{\sqrt{\lambda_{\min}(Q)}} < \infty.$$

然而这与 Ω^* 的定义相矛盾. 故式 (7.16) 必然成立，由式 (7.16) 可立即得到式 (7.17) 和 (7.18) 成立. 定理得证.

在讨论具体的例子之前，我们指出把定理 7.3 推广到上述情形是有可能的，甚至会得到解的更精确的估计，但证明细节留给读者.

现在，讨论一些例子，以说明理论的有效性.

例 7.5 首先，考虑 1 – 维方程

$$\mathrm{d}x(t) = f(x(t), t)\mathrm{d}t + \left(\int_0^t \mathrm{e}^s |x(s)|^p \, \mathrm{d}s \right) \sigma x(t)\mathrm{d}B(t), \qquad t \geq 0, \tag{7.19}$$

初值为 $x(0) = x_0 \in \mathbf{R}$. 这里 $B(t)$ 为 1 – 维 Brown 运动，$\sigma \neq 0$, $p > 0$ 以及

$f: \mathbf{R} \times \mathbf{R}_+ \to \mathbf{R}$ 满足对所有的 $x \in \mathbf{R}$, $t \geq 0$ 和一些 $K > 0$ 有

$$|f(x, t)| \leq K|x|. \tag{7.20}$$

很容易看出当 $Q = 1$ 和 $\alpha = \beta = \sigma^2$ 时，假设 (H7.1) 成立. 因此，利用定理 7.2，则方程 (7.19) 的解满足

$$\int_0^\infty \mathrm{e}^t |x(t; x_0)|^p \, \mathrm{d}t < \infty \qquad \text{a.s.}$$

例 7.6 考虑 d – 维半线性方程

$$\mathrm{d}x(t) = f(x(t), t)\mathrm{d}t + \left(\int_0^t |x(s)| \mathrm{d}s \right) \sum_{i=1}^m G_i x(s)\mathrm{d}B_i(s), \qquad t \geq 0, \tag{7.21}$$

初值为 $x(0) = x_0 \in \mathbf{R}^d$. 这里 $f(x, t)$ 和之前定义的一样且 $G_i(1 \leq i \leq m)$ 均为对称的正定 $d \times d$ – 矩阵. 注意到对所有的 $x \in \mathbf{R}^d$ 有

$$\sum_{i=1}^m |G_i x|^2 \leq \sum_{i=1}^m \|G_i\|^2 |x|^2$$

和

$$\sum_{i=1}^{m}\left|x^{\mathrm{T}}G_ix\right|^2\geqslant\sum_{i=1}^{m}\lambda_{\min}^2(G_i)|x|^4.$$

假设

$$2\sum_{i=1}^{m}\lambda_{\min}^2(G_i)\geqslant\sum_{i=1}^{m}\|G_i\|^2,\tag{7.22}$$

存在正数 K 使得对所有的 $x\in\mathbf{R}^d$, $t\geqslant0$ 有

$$\left|x^{\mathrm{T}}f(x,t)\right|\leqslant K|x|^2.\tag{7.23}$$

若 Q 为单位矩阵且

$$\alpha=\sum_{i=1}^{m}\|G_i\|^2,\qquad\beta=\sum_{i=1}^{m}\lambda_{\min}^2(G_i),$$

则假设 (H7.1) 成立. 因此, 利用定理 7.2, 得方程 (7.21) 是几乎必然 $L(\mathbf{R}_+;\mathbf{R}^d)-$稳定的, 即 $\int_0^\infty|x(t;x_0)|\mathrm{d}t<\infty$ a.s. 而且, 应用定理 7.3, 得该解有更精确的估计: 对每一个 $x_0\in\mathbf{R}^d$, 有

$$\int_0^\infty|x(t;x_0)|\mathrm{d}t\leqslant\sqrt{\frac{2K}{\sum_{i=1}^{m}\left(2\lambda_{\min}^2(G_i)-\|G_i\|^2\right)}}$$

或

$$\limsup_{t\to\infty}\frac{1}{t}\log\left(|x(t;x_0)|\right)<0$$

对几乎所有的 $\omega\in\Omega$ 成立.

例 7.7 最后, 考虑 2-维非线性方程

$$\mathrm{d}x(t)=f(x(t))\mathrm{d}t+\left(\sup_{0\leqslant s\leqslant t}\mathrm{e}^s|x_1(s)-x_2(s)|\right)g(x(t))\mathrm{d}B(t),\quad t\geqslant0,\tag{7.24}$$

初值为 $x(0)=x_0\in\mathbf{R}^2$. 这里 $B(t)$ 为 1-维 Brown 运动且对 $x=(x_1,x_2)\in\mathbf{R}^2$, 有

$$f(x)=\begin{bmatrix}x_1\sin x_2-x_2^2\\x_2\cos x_1+x_1x_2\end{bmatrix},$$

$$g(x)=\begin{bmatrix}8x_1+\cos x_2\\9x_2+\sin x_1\end{bmatrix}.$$

容易验证

$$\left|x^{\mathrm{T}}f(x)\right|\leqslant|x|^2,\qquad|g(x)|^2\leqslant91.6|x|^2,\qquad\left|x^{\mathrm{T}}g(x)\right|^2\geqslant54.4|x|^4.$$

故假设 (H7.1) 成立. 因为 $r(t)=\mathrm{e}^t(1,-1)$, 故假设 (H7.2) 也成立. 利用定理 7.4, 可得方程 (7.24) 的解满足

$$\sup_{0 \leqslant t \leqslant \infty} \mathrm{e}^t \left| x_1(t; x_0) - x_2(t; x_0) \right| < \infty \qquad \text{a.s.},$$

这就意味着

$$\limsup_{t \to \infty} \frac{1}{t} \log \left| x_1(t; x_0) - x_2(t; x_0) \right| \leqslant -1 \qquad \text{a.s.}$$

即，解的第一部分和第二部分几乎以指数的速度相互靠近.

6

中立型随机方程

6.1 前　言

在本章中，我们介绍另一类随机方程，它依赖于过去和现在的值，但涉及时滞导数以及函数本身. 这样的函数在历史上被称为中立型随机泛函微分方程，或中立型随机微分时滞方程. 该类函数比较难以理解，但在研究两个或两个以上的简单振荡系统时经常出现. 例如，Brayton (1976)考虑了无损传输问题. 该问题可由下列偏微分方程进行刻画

$$L\frac{\partial i}{\partial t} = -\frac{\partial v}{\partial x}, \quad C\frac{\partial v}{\partial t} = -\frac{\partial i}{\partial x}, \quad 0 < x < 1, \ t > 0,$$

边界条件为

$$E - v(0, t) - Ri(0, t) = 0, \quad C_1\frac{\mathrm{d}v(1, t)}{\mathrm{d}t} = i(1, t) - g(v(1, t)).$$

现在，我们表明如何把传输问题转变为中立型微分时滞方程. 如果$s = (LC)^{-1/2}$和$z = (L/C)^{1/2}$，那么偏微分方程的一般解为

$$v(x, t) = \phi(x - st) + \psi(x + st), \quad i(x, t) = \frac{1}{z}[\phi(x - st) - \psi(x + st)]$$

或

$$2\phi(x - st) = v(x, t) + zi(x, t), \quad 2\psi(x + st) = v(x, t) - zi(x, t).$$

这就意味着

- 176 -

$$2\phi(-st) = v\left(1, t + \frac{1}{z}\right) + zi\left(1, t + \frac{1}{s}\right),$$

$$2\psi(st) = v\left(1, t - \frac{1}{z}\right) - zi\left(1, t - \frac{1}{s}\right).$$

在一般解中利用这些表达式和在 $t-1/s$ 处的第一边界条件，可得

$$i(1, t) - Ki\left(1, t - \frac{2}{s}\right) = \alpha - \frac{1}{z}v(1, t) - \frac{K}{z}v\left(1, t - \frac{2}{s}\right),$$

其中 $K = (z - R)/(z + R)$, $\alpha = 2E/(z + R)$. 插入第二边界条件，并令 $u(t) = v(1 + t)$，则有方程

$$\frac{\mathrm{d}}{\mathrm{d}t}\left[u(t) - Ku\left(t - \frac{2}{s}\right)\right] = f\left(u(t), u\left(t - \frac{2}{s}\right)\right), \tag{1.1}$$

其中

$$C_1 f(u, \bar{u}) = \alpha - \frac{1}{z}u - \frac{K}{z}\bar{u} - g(u) + Kg(\bar{u}).$$

Rubanik (1969)在研究附在弹性杆上的振动质量时遇到的另一个相似的方程为

$$\begin{cases} \ddot{x}(t) + \omega_1^2 x(t) = \varepsilon f_1(x(t), \dot{x}(t), y(t), \dot{y}(t)) + \gamma_1 \ddot{y}(t - \tau), \\ \ddot{y}(t) + \omega_2^2 x(t) = \varepsilon f_2(x(t), \dot{x}(t), y(t), \dot{y}(t)) + \gamma_2 \ddot{x}(t - \tau). \end{cases} \tag{1.2}$$

在研究电动力学中的碰撞问题时，Driver(1963)考虑了中立型系统

$$\dot{x}(t) = f_1(x(t), x(\delta(t))) + f_2(x(t), x(\delta(t)))\dot{x}(\delta(t)), \tag{1.3}$$

其中 $\delta(t) \leqslant t$. 一般来讲，中立型泛函微分方程形如

$$\frac{\mathrm{d}}{\mathrm{d}t}[x(t) - D(x_t)] = f(x_t, t). \tag{1.4}$$

考虑到随机扰动，则得下列中立型随机泛函微分方程

$$\mathrm{d}[x(t) - D(x_t)] = f(x_t, t)\mathrm{d}t + g(x_t, t)\mathrm{d}B(t). \tag{1.5}$$

本章将讨论中立型随机方程的不同性质. 然而，此处的讲解不会像上一章中随机泛函微分方程的讲解那么详细. 我们只把重点放到与泛函方程的证明有明显不同的证明上.

6.2 中立型随机泛函微分方程

和往常一样，我们仍在给定的完备概率空间 $(\Omega, \mathcal{F}, P)$ 上进行研究，其滤子 $\{\mathcal{F}_t\}_{t \geqslant 0}$ 满足通常条件，$B(t)$ 是定义在该空间上的 m-维 Brown 运动. 令 $\tau > 0$ 和

$0 \leqslant t_0 < T < \infty$. 设

$$D: C([-\tau,0]; \mathbf{R}^d) \to \mathbf{R}^d,$$

$$f: C([-\tau,0]; \mathbf{R}^d) \times [t_0, T] \to \mathbf{R}^d,$$

$$g: C([-\tau,0]; \mathbf{R}^d) \times [t_0, T] \to \mathbf{R}^{d \times m}$$

均是 Borel−可测的. 考虑 d−维中立型随机泛函微分方程

$$\mathrm{d}[x(t) - D(x_t)] = f(x_t, t)\mathrm{d}t + g(x_t, t)\mathrm{d}B(t) , \qquad t_0 \leqslant t \leqslant T. \tag{2.1}$$

根据 Itô 随机微分的定义, 方程 (2.1) 表明了对每一个 $t_0 \leqslant t \leqslant T$, 有

$$x(t) - D(x_t) = x(t_0) - D(x_{t_0}) + \int_{t_0}^{t} f(x_s, s)\mathrm{d}s + \int_{t_0}^{t} g(x_s, s)\mathrm{d}B(s). \tag{2.2}$$

关于该方程的初值问题, 必须在整个区间 $[t_0 - \tau, t_0]$ 上指出初值, 因此提出初始条件为

$$x_{t_0} = \xi = \{\xi(\theta): -\tau \leqslant \theta \leqslant 0\} \in L^2_{\mathcal{F}_{t_0}}([-T, 0]; \mathbf{R}^d), \tag{2.3}$$

即, ξ 是 $\mathcal{F}_{t_0}$−可测的 $C([-\tau,0]; \mathbf{R}^d)$−值的随机变量, 使得 $E\|\xi\| < \infty$. 方程 (2.1) 的初值问题就是寻找方程 (2.1) 满足初始条件 (2.3) 的解. 为了使陈述更加具体, 我们给出解的定义.

定义 2.1 对 $-\tau \leqslant t \leqslant T$, 称 $\mathbf{R}^d$−值的随机过程 $x(t)$ 是方程 (2.1) 满足初始条件式 (2.3) 的解, 如果满足下列性质:

(i) $x(t)$ 是连续的且 $\{x_t\}_{t_0 \leqslant t \leqslant T}$ 是 $\mathcal{F}_t$−适应的;

(ii) $\{f(x_t, t)\} \in \mathcal{L}^1([t_0, T]; \mathbf{R}^d)$ 和 $\{g(x_t, t)\} \in \mathcal{L}^2([t_0, T]; \mathbf{R}^{d \times m})$;

(iii) $x_{t_0} = \xi$ 且对每一个 $t_0 \leqslant t \leqslant T$, 式 (2.2) 成立.

称解 $x(t)$ 是唯一的, 如果任意其他解 $\bar{x}(t)$ 与 $x(t)$ 难以区分, 即

$$P\{x(t) = \bar{x}(t), \text{ 对所有的} t_0 - \tau \leqslant t \leqslant T\} = 1.$$

现在, 我们开始建立解的存在唯一性定理. 显然, 函数 f 和 g 的 Lipschitz 条件和线性增长条件均被需要, 如果 $D(\cdot) \equiv 0$, 那么方程 (2.1) 可简化为在第 5 章中所讨论的随机泛函微分方程. 问题是: 应该给函数 D 附加什么条件? 结果是 D 应该是一致 Lipschitz 连续的且 Lipschitz 系数小于 1.

定理 2.2 假设存在两个正常数 $\bar{K}$ 和 K 使得对所有的 $\varphi, \phi \in C([-\tau, 0]; \mathbf{R}^d)$ 和 $t \in [t_0, T]$, 有

$$\left|f(\varphi, t) - f(\phi, t)\right|^2 \vee \left|g(\varphi, t) - g(\phi, t)\right|^2 \leqslant \bar{K}\|\varphi - \phi\|^2; \tag{2.4}$$

且对所有的 $(\varphi, t) \in C([-\tau, 0]; \mathbf{R}^d) \times [t_0, T]$ 满足

$$\left|f(\varphi, t)\right|^2 \vee \left|g(\varphi, t)\right|^2 \leqslant K\left(1 + \|\varphi\|^2\right). \tag{2.5}$$

设存在 $\kappa \in (0,1)$ 使得对所有的 $\varphi, \phi \in C([-\tau, 0]; \mathbf{R}^d)$, 有

$$\left| D(\varphi) - D(\phi) \right| \leqslant \kappa \|\varphi - \phi\|^2, \tag{2.6}$$

则初值为式 (2.3) 的方程 (2.1) 存在唯一解 $x(t)$. 而且, 该解属于 $\mathcal{M}^2([t_0 - \tau, T]; \mathbf{R}^d)$.

为证明该定理, 我们需要下列两个引理.

引理 2.3 对任意的 $a, b \geqslant 0$ 和 $0 < \alpha < 1$, 有

$$(a + b)^2 \leqslant \frac{a^2}{\alpha} + \frac{b^2}{1 - \alpha}.$$

证明 注意到对任意的 $\varepsilon > 0$, 有

$$(a + b)^2 = a^2 + 2ab + b^2 \leqslant (1 + \varepsilon)a^2 + (1 + \varepsilon^{-1})b^2.$$

令 $\varepsilon = (1 - \alpha) / \alpha$ 可得要证的不等式.

引理 2.4 令式 (2.5) 和 (2.6) 成立. 设 $x(t)$ 是初值为式 (2.3) 的方程 (2.1) 的一个解. 则

$$E\left(\sup_{t_0 - \tau \leqslant t \leqslant T} |x(t)|^2 \right) \leqslant \left(1 + \frac{4 + \kappa\sqrt{\kappa}}{(1 - \kappa)(1 - \sqrt{\kappa})} E\|\xi\|^2 \right) \times$$

$$\exp\left[\frac{3K(T - t_0)(T - t_0 + 4)}{(1 - \kappa)(1 - \sqrt{\kappa})} \right]. \tag{2.7}$$

特别地, $x(t)$ 属于 $\mathcal{M}^2([t_0 - \tau, T]; \mathbf{R}^d)$.

证明 对每一个整数 $n \geqslant 1$, 定义停时

$$\tau_n = T \wedge \inf\left\{ t \in [t_0, T] : \|x_t\| \geqslant n \right\}.$$

显然, $\tau_n \uparrow T$ a.s. 记 $x^n(t) = x(t \wedge \tau_n)$, $t \in [t_0 - \tau, T]$, 则对 $t_0 \leqslant t \leqslant T$, 有

$$x^n(t) = D(x_t^n) - D(\xi) + J^n(t),$$

其中

$$J^n(t) = \xi(0) + \int_{t_0}^t f(x_s^n, s) I_{[[t_0, \tau_n]]}(s) \mathrm{d}s + \int_{t_0}^t g(x_s^n, s) I_{[[t_0, \tau_n]]}(s) \mathrm{d}B(s).$$

连续两次利用引理 2.3 和条件 (2.6) 可导出

$$|x^n(t)|^2 \leqslant \frac{1}{\kappa} \left| D(x_t^n) - D(\xi) \right|^2 + \frac{1}{1 - \kappa} |J^n(t)|^2$$

$$\leqslant \kappa \|x_t^n - \xi\|^2 + \frac{1}{1 - \kappa} |J^n(t)|^2$$

$$\leqslant \sqrt{\kappa} \|x_t^n\|^2 + \frac{\kappa}{1 - \sqrt{\kappa}} \|\xi\|^2 + \frac{1}{1 - \kappa} |J^n(t)|^2.$$

因此

$$E\left(\sup_{t_0 \leqslant s \leqslant t} |x^n(s)|^2\right) \leqslant \sqrt{\kappa}E\left(\sup_{t_0-\tau \leqslant s \leqslant t} |x^n(s)|^2\right) +$$

$$\frac{\kappa}{1-\sqrt{\kappa}}E\|\xi\|^2 + \frac{1}{1-\kappa}E\left(\sup_{t_0 \leqslant s \leqslant t} |J^n(s)|^2\right).$$

注意到 $\sup\limits_{t_0-\tau \leqslant s \leqslant t} |x^n(s)|^2 \leqslant \|\xi\|^2 + \sup\limits_{t_0 \leqslant s \leqslant t} |x^n(s)|^2$，则

$$E\left(\sup_{t_0-\tau \leqslant s \leqslant t} |x^n(s)|^2\right) \leqslant \sqrt{\kappa}E\left(\sup_{t_0-\tau \leqslant s \leqslant t} |x^n(s)|^2\right) +$$

$$\frac{1+\kappa-\sqrt{\kappa}}{1-\sqrt{\kappa}}E\|\xi\|^2 + \frac{1}{1-\kappa}E\left(\sup_{t_0 \leqslant s \leqslant t} |J^n(s)|^2\right).$$

因此

$$E\left(\sup_{t_0-\tau \leqslant s \leqslant t} |x^n(s)|^2\right) \leqslant \frac{1+\kappa-\sqrt{\kappa}}{(1-\sqrt{\kappa})^2}E\|\xi\|^2 +$$

$$\frac{1}{(1-\kappa)(1-\sqrt{\kappa})}E\left(\sup_{t_0 \leqslant s \leqslant t} |J^n(s)|^2\right). \tag{2.8}$$

另外，根据 Hölder 不等式，Doob 鞅不等式和线性增长条件 (2.5)，可得

$$E\left(\sup_{t_0 \leqslant s \leqslant t} |J^n(s)|^2\right) \leqslant 3E\|\xi\|^2 + 3K(T-t_0+4)\int_{t_0}^t \left(1+E\|x_s^n\|^2\right)ds.$$

把该式代入式 (2.8) 可得

$$E\left(\sup_{t_0-\tau \leqslant s \leqslant t} |x^n(s)|^2\right) \leqslant \frac{4+\kappa\sqrt{\kappa}}{(1-\kappa)(1-\sqrt{\kappa})}E\|\xi\|^2 +$$

$$\frac{3K(T-t_0+4)}{(1-\kappa)(1-\sqrt{\kappa})}\int_{t_0}^t \left(1+E\|x_s^n\|^2\right)ds.$$

因此

$$1+E\left(\sup_{t_0-\tau \leqslant s \leqslant t} |x^n(s)|^2\right) \leqslant 1 + \frac{4+\kappa\sqrt{\kappa}}{(1-\kappa)(1-\sqrt{\kappa})}E\|\xi\|^2 +$$

$$\frac{3K(T-t_0+4)}{(1-\kappa)(1-\sqrt{\kappa})}\int_{t_0}^t \left[1+E\left(\sup_{t_0-\tau \leqslant r \leqslant s} |x^n(r)|^2\right)\right]ds.$$

运用 Gronwall 不等式可导出

$$1+E\left(\sup_{t_0-\tau \leqslant t \leqslant T} |x^n(t)|^2\right)$$

$$\leqslant \left(1 + \frac{4+\kappa\sqrt{\kappa}}{(1-\kappa)(1-\sqrt{\kappa})}E\|\xi\|^2\right)\exp\left[\frac{3K(T-t_0)(T-t_0+4)}{(1-\kappa)(1-\sqrt{\kappa})}\right].$$

因此

$$E\left(\sup_{t_0-\tau\leqslant t\leqslant\tau_n}|x(t)|^2\right)$$

$$\leqslant\left(1+\frac{4+\kappa\sqrt{\kappa}}{(1-\kappa)(1-\sqrt{\kappa})}E\|\xi\|^2\right)\exp\left[\frac{3K(T-t_0)(T-t_0+4)}{(1-\kappa)(1-\sqrt{\kappa})}\right].$$

令 $n\to\infty$ 可得要证的不等式 (2.7). 定理得证.

定理 2.2 的证明 唯一性. 令 $x(t)$ 和 $\overline{x}(t)$ 是两个解. 由引理 2.4 可知这两个解均属于 $\mathcal{M}^2([t_0-\tau,T];\mathbf{R}^d)$. 注意到

$$x(t)-\overline{x}(t)=D(x_t)-D(\overline{x}_t)+J(t),$$

其中

$$J(t)=\int_{t_0}^t[f(x_s,s)-f(\overline{x}_s,s)]\mathrm{d}s+\int_{t_0}^t[g(x_s,s)-g(\overline{x}_s,s)]\mathrm{d}B(s).$$

利用引理 2.3 和条件 (2.6)，易得

$$|x(t)-\overline{x}(t)|^2\leqslant\kappa\|x_t-\overline{x}_t\|^2+\frac{1}{1-\kappa}|J(t)|^2.$$

因此

$$E\left(\sup_{t_0\leqslant s\leqslant t}|x(s)-\overline{x}(s)|^2\right)$$

$$\leqslant\kappa E\left(\sup_{t_0\leqslant s\leqslant t}|x(s)-\overline{x}(s)|^2\right)+\frac{1}{1-\kappa}E\left(\sup_{t_0\leqslant s\leqslant t}|J(s)|^2\right),$$

这意味着

$$E\left(\sup_{t_0\leqslant s\leqslant t}|x(s)-\overline{x}(s)|^2\right)\leqslant\frac{1}{(1-\kappa)^2}E\left(\sup_{t_0\leqslant s\leqslant t}|J(s)|^2\right).$$

另外，不难得到

$$E\left(\sup_{t_0\leqslant s\leqslant t}|J(s)|^2\right)\leqslant2\overline{K}(T-t_0+4)\int_{t_0}^t E\|x_s-\overline{x}_s\|^2\mathrm{d}s$$

$$\leqslant2\overline{K}(T-t_0+4)\int_{t_0}^t E\left(\sup_{t_0\leqslant r\leqslant s}|x(r)-\overline{x}(r)|^2\right)\mathrm{d}s.$$

因此

$$E\left(\sup_{t_0\leqslant s\leqslant t}|x(s)-\overline{x}(s)|^2\right)\leqslant\frac{2\overline{K}(T-t_0+4)}{(1-\kappa)^2}\int_{t_0}^t E\left(\sup_{t_0\leqslant r\leqslant s}|x(r)-\overline{x}(r)|^2\right)\mathrm{d}s.$$

利用 Gronwall 不等式可得

$$E\left(\sup_{t_0\leqslant t\leqslant T}|x(t)-\overline{x}(t)|^2\right)=0.$$

这就说明 $x(t)=\overline{x}(t)$ 对 $t_0\leqslant t\leqslant T$ 成立，因此对所有的 $t_0-\tau\leqslant t\leqslant T$ 几乎处处成立. 唯一性得证.

存在性. 把存在性的整个证明过程分为两步:

第一步. 增加条件: $T - t_0$ 充分小, 使得

$$\delta := \kappa + \frac{2\bar{K}(T - t_0 + 4)(T - t_0)}{1 - \kappa} < 1. \tag{2.9}$$

定义 $x_{t_0}^0 = \xi$ 和 $x^0(t) = \xi(0)$, $t_0 \leqslant t \leqslant T$. 对每一个 $n = 1, 2, \cdots$, 记 $x_{t_0}^n = \xi$, 根据 Picard 迭代法可知

$$x^n(t) - D(x_t^{n-1}) = \xi(0) - D(\xi) +$$
$$\int_{t_0}^t f(x_s^{n-1}, s)\mathrm{d}s + \int_{t_0}^t g(x_s^{n-1}, s)\mathrm{d}B(s) \tag{2.10}$$

关于 $t \in [t_0, T]$ 成立. 不难证明 $x^n(\cdot) \in \mathcal{M}^2([t_0 - \tau, T]; \mathbf{R}^d)$ (细节留给读者). 注意到对 $t_0 \leqslant t \leqslant T$, 有

$$x^1(t) - x^0(t) = x^1(t) - \xi(0)$$
$$= D(x_t^0) - D(\xi) + \int_{t_0}^t f(x_s^0, s)\mathrm{d}s + \int_{t_0}^t g(x_s^0, s)\mathrm{d}B(s).$$

由类似于唯一性的证明可得

$$E\left(\sup_{t_0 \leqslant t \leqslant T} \left|x^1(t) - x^0(t)\right|^2\right)$$
$$\leqslant \kappa E\left(\sup_{t_0 \leqslant t \leqslant T} \left\|x_t^0 - \xi\right\|^2\right) + \frac{2K(T - t_0 + 4)}{1 - \kappa} E \int_{t_0}^T \left(1 + \left\|x_t^0\right\|^2\right)\mathrm{d}t$$
$$\leqslant 2\kappa E\|\xi\|^2 + \frac{2K(T - t_0 + 4)}{1 - \kappa}\left(1 + E\|\xi\|^2\right)(T - t_0) := C. \tag{2.11}$$

又因为当 $n \geqslant 1$ 且 $t_0 \leqslant t \leqslant T$ 时, 有

$$x^{n+1}(t) - x^n(t) = D(x_t^n) - D(x_t^{n-1}) +$$
$$\int_{t_0}^t [f(x_s^n, s) - f(x_s^{n-1}, s)]\mathrm{d}s + \int_{t_0}^t [g(x_s^n, s) - g(x_s^{n-1}, s)]\mathrm{d}B(s).$$

类似于唯一性的证明, 应用式 (2.11) 可得

$$E\left(\sup_{t_0 \leqslant t \leqslant T} \left|x^{n+1}(t) - x^n(t)\right|^2\right) \leqslant \kappa E\left(\sup_{t_0 \leqslant t \leqslant T} \left|x^n(t) - x^{n-1}(t)\right|^2\right) +$$
$$\frac{2\bar{K}(T - t_0 + 4)}{1 - \kappa} \int_{t_0}^T E\left(\sup_{t_0 \leqslant s \leqslant t} \left|x^n(s) - x^{n-1}(s)\right|^2\right)\mathrm{d}t$$
$$\leqslant \delta E\left(\sup_{t_0 \leqslant t \leqslant T} \left|x^n(t) - x^{n-1}(t)\right|^2\right)$$
$$\leqslant \delta^n E\left(\sup_{t_0 \leqslant t \leqslant T} \left|x^1(t) - x^0(t)\right|^2\right)$$
$$\leqslant C\delta^n. \tag{2.12}$$

使用附加条件式(2.9)，采用与定理2.3.1的证明方法相同的方法，由式(2.12)可得方程(2.1)存在解.

第二步. 我们需要删除附加条件式(2.9). 令 $\sigma > 0$ 充分小，使得

$$\kappa + \frac{2\bar{K}\sigma(\sigma+4)}{1-\kappa} < 1.$$

根据第一步，可知方程(2.1)在 $[t_0-\tau, t_0+\sigma]$ 上存在解. 现在考虑当方程(2.1)的初值为 $x_{t_0+\sigma}$ 时，在 $[t_0+\sigma, t_0+2\sigma]$ 上解的存在情况. 再次利用第一步的结论，可知方程(2.1)在 $[t_0+\sigma, t_0+2\sigma]$ 上存在解. 重复该过程可推出方程(2.1)在整个区间 $[t_0-\tau, T]$ 上存在解. 定理得证.

和随机泛函微分方程的理论一样，我们可以用局部 Lipschitz 条件替代一致 Lipschitz 条件式(2.4).

定理2.5 令式(2.5)和(2.6)成立，而将条件式(2.4)替换为如下局部 Lipschitz 条件：对每一个整数 $n \geq 1$，存在正常数 K_n，使得对所有的 $t \in [t_0, T]$ 和 $\varphi, \phi \in C([-\tau, 0]; \mathbf{R}^d)$，当 $\|\varphi\| \vee \|\phi\| \leq n$ 时，有

$$\left| f(\varphi, t) - f(\phi, t) \right|^2 \vee \left| g(\varphi, t) - g(\phi, t) \right|^2 \leq K_n \|\varphi - \phi\|^2. \tag{2.13}$$

则初值问题(2.1)和(2.3)存在唯一解 $x(t)$，且该解属于 $\mathcal{M}^2([t_0-\tau, T]; \mathbf{R}^d)$.

该定理可通过截断法进行证明，但证明细节留给读者.

接下来经常讨论 $[t_0, \infty)$ 上的中立型随机泛函微分方程，即

$$\mathrm{d}[x(t) - D(x_t)] = f(x_t, t)\mathrm{d}t + g(x_t, t)\mathrm{d}B(t), \quad t \in [t_0, \infty), \tag{2.14}$$

初值为式(2.3)，其中 f 和 g 分别是 $C([-\tau, 0]; \mathbf{R}^d) \times [t_0, \infty)$ 到 $\mathbf{R}^d$ 和 $\mathbf{R}^{d \times m}$ 上的映射. 在 $[t_0, \infty)$ 的每一个有限子区间 $[t_0, T]$ 上，如果存在唯一性定理成立，那么方程(2.14)在整个区间 $[t_0-\tau, \infty)$ 上存在唯一解 $x(t)$，该解称为全局解.

6.3 中立型随机微分时滞方程

中立型随机微分时滞方程是一类重要的中立型随机泛函微分方程. 现在，我们开始讨论下列中立型时滞方程

$$\mathrm{d}[x(t) - \tilde{D}(x(t-\tau))] = F(x(t), x(t-\tau), t)\mathrm{d}t + G(x(t), x(t-\tau), t)\mathrm{d}B(t), \quad t \in [t_0, T], \tag{3.1}$$

初值为式(2.3)，其中 $F: \mathbf{R}^d \times \mathbf{R}^d \times [t_0, T] \to \mathbf{R}^d$，$G: \mathbf{R}^d \times \mathbf{R}^d \times [t_0, T] \to \mathbf{R}^{d \times m}$ 和 $\tilde{D}: \mathbf{R}^d \to \mathbf{R}^d$. 如果定义

$$f(\varphi, t) = F(\varphi(0), \varphi(-\tau), t), \quad g(\varphi, t) = G(\varphi(0), \varphi(-\tau), t),$$

$$D(\varphi) = \tilde{D}(\varphi(-\tau)), \quad \varphi \in C([-\tau, 0]; \mathbf{R}^d), \quad t \in [t_0, T],$$

那么方程 (3.1) 可写成方程 (2.1). 因此, 可对方程 (3.1) 应用在第 6.2 节中建立的存在唯一性定理. 例如, 令 F 和 G 满足局部 Lipschitz 条件 (5.3.2) 和线性增长条件 (5.3.3) 且令 $\tilde{D}$ 是 Lipschitz 连续的, 其 Lipschitz 系数小于 1, 即存在 $\kappa \in (0,1)$ 使得对所有的 $x, y \in \mathbf{R}^d$ 有

$$\left|\tilde{D}(x) - \tilde{D}(y)\right| \leqslant \kappa |x - y|, \tag{3.2}$$

则中立型时滞方程 (3.1) 存在唯一解. 然而, 本着与第 5.3 节相同的精神, 我们可以做得更好.

定理 3.1 假设存在 $K > 0$ 使得对所有的 $x, y \in \mathbf{R}^d \times \mathbf{R}^d$ 和 $t \in [t_0, T]$ 有

$$\left|F(x, y, t)\right|^2 \vee \left|G(x, y, t)\right|^2 \vee \left|\tilde{D}(x)\right|^2 \leqslant K\left(1 + |x|^2 + |y|^2\right). \tag{3.3}$$

若 $F(x, y, t)$ 和 $G(x, y, t)$ 均仅关于 x 是局部 Lipschitz 连续的, 即对每一个整数 $n \geqslant 1$ 存在正常数 K_n, 使得对所有的 $t \in [t_0, T], y \in \mathbf{R}^d$ 以及 $x, \bar{x} \in \mathbf{R}^d$ 且 $|x| \vee |\bar{x}| \leqslant n$, 有

$$\left|F(x, y, t) - F(\bar{x}, y, t)\right|^2 \vee \left|G(x, y, t) - G(\bar{x}, y, t)\right|^2 \leqslant K_n |x - \bar{x}|^2, \tag{3.4}$$

则时滞方程 (3.1) 存在唯一解.

证明 在区间 $[t_0, t_0 + \tau]$ 上, 方程 (3.1) 变为
$$x(t) = \xi(0) + D(\xi(t - t_0 - \tau)) - D(\xi(-\tau)) +$$
$$\int_{t_0}^t F(x(s), \xi(s - t_0 - \tau), s) \mathrm{d}s + \int_{t_0}^t G(x(s), \xi(s - t_0 - \tau), s) \mathrm{d}B(s).$$

但这是随机积分方程 (非中立方程且无时滞), 条件 (3.3) ~ (3.4) 确保了其解在区间 $[t_0, t_0 + \tau]$ 上的存在性和唯一性 (读者可利用类似于定理 2.3.1 的方法证明该结论). 接下来, 在 $[t_0 + \tau, t_0 + 2\tau], [t_0 + 2\tau, t_0 + 3\tau]$ 等区间上重复上述过程, 可知在整个区间 $[t_0 - \tau, T]$ 上存在唯一解.

我们继续讨论时滞依赖于时间的方程. 令 $\delta: [t_0, T] \to [0, T]$ 是 Borel 可测函数. 考虑满足初始条件 (2.3) 的中立型随机微分时滞方程

$$\mathrm{d}[x(t) - \tilde{D}(x(t - \delta(\tau)))]$$
$$= F(x(t), x(t - \delta(t)), t)\mathrm{d}t + G(x(t), x(t - \delta(t)), t)\mathrm{d}B(t), \quad t \in [t_0, T]. \tag{3.5}$$

这又是方程 (2.1) 的特殊情况, 如果定义

$$f(\varphi, t) = F(\varphi(0), \varphi(-\delta(t)), t), \quad g(\varphi, t) = G(\varphi(0), \varphi(-\delta(\tau)), t),$$

$$D(\varphi) = \tilde{D}(\varphi(-\delta(t))), \quad \varphi \in C([-\tau, 0]; \mathbf{R}^d), \quad t \in [t_0, T].$$

因此, 条件 (5.3.2), (5.3.3) 和 (3.2) 能确保该时滞方程的解的存在性和唯一性. 另外, 如果时滞满足 $\sup\limits_{t_0 \leqslant t \leqslant T} \delta(t) > 0$, 那么由类似于定理 3.1 的证明方法可知条件 (3.3) 和 (3.4) 能确保方程 (3.5) 存在唯一解. 把这些结果总结为下列定理.

定理 3.2 设条件 (5.3.2)，(5.3.3) 和 (3.2) 成立，则方程 (3.5) 存在唯一解. 另外，如果时滞 $\delta(t)$ 处处为正，即 $\sup\limits_{t_0 \leqslant t \leqslant T} \delta(t) > 0$, 那么条件 (3.3) 和 (3.4) 足够保证方程 (3.5) 存在唯一解.

将这一结果推广到具有多个时变时滞的更一般的中立型随机微分方程并不困难，但细节留给读者.

6.4 矩和路径估计

本节将研究方程 (2.14) 的解的指数估计，即

$$d[x(t) - D(x_t)] = f(x_t, t)dt + g(x_t, t)dB(t), \quad t \in [t_0, \infty), \tag{4.1}$$

初值条件为式 (2.3). 令 $x(t)$ 是该方程的唯一全局解. 为了给出指数估计，需要添加线性增长条件：存在常数 $K > 1$ 使得对所有的 $(\varphi, t) \in C([-\tau, 0]; \mathbf{R}^d) \times [t_0, T]$, 有

$$|f(\varphi, t)|^2 \vee |g(\varphi, t)|^2 \leqslant K\left(1 + \|\varphi\|^2\right). \tag{4.2}$$

此外，假设存在常数 $\kappa \in (0,1)$，满足对所有的 $\varphi \in C([-\tau, 0]; \mathbf{R}^d)$ 有

$$|D(\varphi)| \leqslant \kappa \|\varphi\|. \tag{4.2}$$

注意到，如果附加条件 $D(0) = 0$，那么根据式 (2.6) 可知式 (4.3) 成立. 相比对随机泛函微分方程的解进行 L^p-估计而言，对中立型随机泛函微分方程进行 L^p-估计更具有技术含量. 首先需要准备几个引理.

引理 4.1 令 $p > 1$, $\varepsilon > 0$ 且 $a, b \in \mathbf{R}$, 则

$$|a + b|^p \leqslant \left[1 + \varepsilon^{\frac{1}{p-1}}\right]^{p-1} \left(|a|^p + \frac{|b|^p}{\varepsilon}\right).$$

证明 利用 Hölder 不等式，则

$$|a + b|^p = \left|a + \varepsilon^{\frac{1}{p}} \frac{b}{\varepsilon^{\frac{1}{p}}}\right|^p \leqslant \left[1 + \varepsilon^{\frac{1}{p-1}}\right]^{p-1} \left(|a|^p + \frac{|b|^p}{\varepsilon}\right)$$

得证.

引理 4.2 令 $p \geqslant 2$ 且 $\varepsilon, a, b > 0$, 则

$$a^{p-1}b \leqslant \frac{(p-1)\varepsilon a^p}{p} + \frac{b^p}{p\varepsilon^{p-1}}$$

和

$$a^{p-2}b^2 \leqslant \frac{(p-2)\varepsilon a^p}{p} + \frac{2b^p}{p\varepsilon^{(p-2)/2}}.$$

证明 对任意的 $r \in [0,1]$，利用基本不等式 $a^r b^{1-r} \leqslant ra + (1-r)b$，可推出

$$a^{p-1}b = (\varepsilon a^p)^{\frac{p-1}{p}} \left(\frac{b^p}{\varepsilon^{p-1}}\right)^{\frac{1}{p}} \leqslant \frac{(p-1)\varepsilon a^p}{p} + \frac{b^p}{p\varepsilon^{p-1}},$$

第一个不等式得证. 利用此不等式，可推导出

$$a^{p-2}b^2 = (a^2)^{\frac{p}{2}-1}b^2 \leqslant \frac{(p-2)\varepsilon a^p}{p} + \frac{2b^p}{p\varepsilon^{(p-2)/2}},$$

第二个不等式得证.

引理 4.3 令 $p \geqslant 1$ 且式 (4.3) 成立，则

$$|\varphi(0) - D(\varphi)|^p \leqslant (1+\kappa)^p \|\varphi\|^p$$

对所有的 $\varphi \in C([-\tau, 0]; \mathbf{R}^n)$ 成立.

证明 当 $p=1$ 时，可直接由式 (4.3) 得要证的不等式成立，故只需证明当 $p > 1$ 时引理成立即可. 令 $\varepsilon > 0$ 是任意的. 根据引理 4.1 和条件 (4.3)，可得

$$|\varphi(0) - D(\varphi)|^p \leqslant \left[1 + \varepsilon^{\frac{1}{p-1}}\right]^{p-1} \left(|\varphi(0)|^p + \frac{|D(\varphi)|^p}{\varepsilon}\right)$$

$$\leqslant \left[1 + \varepsilon^{\frac{1}{p-1}}\right]^{p-1} \left(1 + \frac{\kappa^p}{\varepsilon}\right) \|\varphi\|^p.$$

令 $\varepsilon = \kappa^{p-1}$，则要证的不等式成立.

引理 4.4 令 $p > 1$ 且式 (4.3) 成立，则

$$\sup_{t_0 \leqslant s \leqslant t} |x(s)|^p \leqslant \frac{\kappa}{1-\kappa} \|\xi\|^p + \frac{1}{(1-\kappa)^p} \sup_{t_0 \leqslant s \leqslant t} |x(s) - D(x_s)|^p.$$

证明 对任意的 $\varepsilon > 0$，利用引理 4.1，得

$$|x(s)|^p = |D(x_s) + x(s) - D(x_s)|^p$$

$$\leqslant \left[1 + \varepsilon^{\frac{1}{p-1}}\right]^{p-1} \left(\frac{|D(x_s)|^p}{\varepsilon} + |x(s) - D(x_s)|^p\right)$$

$$\leqslant \left[1 + \varepsilon^{\frac{1}{p-1}}\right]^{p-1} \left(\frac{\kappa^p \|x_s\|^p}{\varepsilon} + |x(s) - D(x_s)|^p\right).$$

令 $\varepsilon = \left[\frac{\kappa}{1-\kappa}\right]^{p-1}$，则

$$|x(s)|^p \leqslant \kappa \|x_s\|^p + \frac{1}{(1-\kappa)^{p-1}} |x(s) - D(x_s)|^p.$$

因此

$$\sup_{t_0 \leqslant s \leqslant t} |x(s)|^p \leqslant \kappa \sup_{t_0 \leqslant s \leqslant t} \|x_s\|^p + \frac{1}{(1-\kappa)^{p-1}} \sup_{t_0 \leqslant s \leqslant t} |x(s) - D(x_s)|^p$$

$$\leqslant \kappa \|\xi\|^p + \kappa \sup_{t_0 \leqslant s \leqslant t} \|x(s)\|^p + \frac{1}{(1-\kappa)^{p-1}} \sup_{t_0 \leqslant s \leqslant t} |x(s) - D(x_s)|^p,$$

从而要证的结论成立.

下面，给出本节的主要结论.

定理 4.5 令 $p \geqslant 2$ 且 $E\|\xi\|^p < \infty$. 假设式 (4.2) 和 (4.3) 成立，则

$$E\left(\sup_{t_0 - \tau \leqslant s \leqslant t} |x(s)|^p \right) \leqslant \left(1 + \bar{C} E\|\xi\|^p \right) \mathrm{e}^{C(t-t_0)}, \tag{4.4}$$

其中

$$C = \frac{2p(1+\kappa)^{p-2}}{(1-\kappa)^p} \left[\sqrt{2K}(1+\kappa) + K(33p-1) \right]$$

和

$$\bar{C} = \frac{1}{1-\kappa} + \frac{2(1+\kappa)^p}{(1-\kappa)^p}.$$

证明 利用 Itô 公式，可得

$$|x(t) - D(x_t)|^p \leqslant |\xi(0) - D(\xi)|^p + \int_{t_0}^t \left[p|x(s) - D(x_s)|^{p-1} |f(x_s, s)| + \right.$$

$$\left. \frac{p(p-1)}{2} |x(s) - D(x_s)|^{p-2} |g(x_s, s)|^2 \right] \mathrm{d}s +$$

$$p \int_{t_0}^t |x(s) - D(x_s)|^{p-2} (x(s) - D(x_s))^{\mathrm{T}} g(x_s, s) \mathrm{d}B(s). \tag{4.5}$$

应用引理 4.2 和引理 4.3 以及条件式 (4.2)，不难看出对任意的 $\varepsilon > 0$，有

$$|x(s) - D(x_s)|^{p-1} |f(x_s, s)| \leqslant \frac{(p-1)\varepsilon(1+\kappa)^p}{p} \|x_s\|^p + \frac{K^{\frac{p}{2}}}{p\varepsilon^{p-1}} \left(1 + \|x_s\|^2 \right)^{\frac{p}{2}}$$

$$\leqslant \left[\frac{(p-1)\varepsilon(1+\kappa)^p}{p} + \frac{(2K)^{\frac{p}{2}}}{p\varepsilon^{p-1}} \right] \left(1 + \|x_s\|^p \right).$$

令 $\varepsilon = \sqrt{2K}/(1+\kappa)$，则

$$|x(s) - D(x_s)|^{p-1} |f(x_s, s)| \leqslant \sqrt{2K}(1+\kappa)^{p-1} \left(1 + \|x_s\|^p \right).$$

类似地，可证

$$|x(s) - D(x_s)|^{p-2} |g(x_s, s)|^2 \leqslant 2K(1+\kappa)^{p-2} \left(1 + \|x_s\|^p \right).$$

再次利用引理 4.3，得

$$\left|\xi(0)-D(\xi)\right|^{p} \leqslant (1+\kappa)^{p}\|\xi\|^{p}.$$

因此，根据式(4.5)可知

$$E\left(\sup_{t_0 \leqslant s \leqslant t}\left|x(s)-D(x_s)\right|^{p}\right)$$

$$\leqslant (1+\kappa)^{p}E\|\xi\|^{p}+C_1\int_{t_0}^{t}\left(1+E\|x_s\|^{p}\right)\mathrm{d}s+$$

$$pE\left(\sup_{t_0 \leqslant s \leqslant t}\left|\int_{t_0}^{s}\left|x(r)-D(x_r)\right|^{p-2}(x(r)-D(x_r))^{\mathrm{T}}g(x_r,r)\mathrm{d}B(r)\right|\right), \tag{4.6}$$

其中 $C_1 = p\sqrt{2K}(1+\kappa)^{p-1}+p(p-1)K(1+\kappa)^{p-2}$. 此外，由 Burkholder-Davis-Gundy 不等式 (即定理 1.7.3) 和假设条件可推导出

$$pE\left(\sup_{t_0 \leqslant s \leqslant t}\left|\int_{t_0}^{s}\left|x(r)-D(x_r)\right|^{p-2}(x(r)-D(x_r))^{\mathrm{T}}g(x_r,r)\mathrm{d}B(r)\right|\right)$$

$$\leqslant 4p\sqrt{2}E\left(\int_{t_0}^{t}\left|x(s)-D(x_s)\right|^{2p-2}\left|g(x_s,s)\right|^{2}\mathrm{d}s\right)^{\frac{1}{2}}$$

$$\leqslant 4p\sqrt{2}E\left\{\left(\sup_{t_0 \leqslant s \leqslant t}\left|x(s)-D(x_s)\right|^{p}\right)\int_{t_0}^{t}\left|x(s)-D(x_s)\right|^{p-2}\left|g(x_s,s)\right|^{2}\mathrm{d}s\right\}^{\frac{1}{2}}$$

$$\leqslant \frac{1}{2}E\left(\sup_{t_0 \leqslant s \leqslant t}\left|x(s)-D(x_s)\right|^{p}\right)+16p^{2}E\int_{t_0}^{t}\left|x(s)-D(x_s)\right|^{p-2}\left|g(x_s,s)\right|^{2}\mathrm{d}s$$

$$\leqslant \frac{1}{2}E\left(\sup_{t_0 \leqslant s \leqslant t}\left|x(s)-D(x_s)\right|^{p}\right)+32Kp^{2}(1+\kappa)^{p-2}\int_{t_0}^{t}\left(1+E\|x_s\|^{p}\right)\mathrm{d}s. \tag{4.7}$$

代入式(4.6)得

$$E\left(\sup_{t_0 \leqslant s \leqslant t}\left|x(s)-D(x_s)\right|^{p}\right) \leqslant 2(1+\kappa)^{p}E\|\xi\|^{p}+C_2\int_{t_0}^{t}\left(1+E\|x_s\|^{p}\right)\mathrm{d}s, \tag{4.8}$$

其中 $C_2 = 2C_1+64Kp^{2}(1+\kappa)^{p-2}$. 利用引理 4.4，有

$$E\left(\sup_{t_0 \leqslant s \leqslant t}\left|x(s)\right|^{p}\right) \leqslant C_3 E\|\xi\|^{p}+\frac{C_2}{(1-\kappa)^{p}}\int_{t_0}^{t}\left(1+E\|x_s\|^{p}\right)\mathrm{d}s,$$

其中 $C_3 = \kappa/(1-\kappa)+2(1+\kappa)^{p}/(1-\kappa)^{p}$. 因此

$$1+E\left(\sup_{t_0-\tau \leqslant s \leqslant t}\left|x(s)\right|^{p}\right) \leqslant 1+E\|\xi\|^{p}+E\left(\sup_{t_0 \leqslant s \leqslant t}\left|x(s)\right|^{p}\right)$$

$$\leqslant 1+(1+C_3)E\|\xi\|^{p}+\frac{C_2}{(1-\kappa)^{p}}\int_{t_0}^{t}\left[1+E\left(\sup_{t_0-\tau \leqslant r \leqslant s}\left|x(r)\right|^{p}\right)\right]\mathrm{d}s.$$

最后，利用 Gronwall 不等式，得

$$1+E\left(\sup_{t_0-\tau\leq s\leq t}|x(s)|^p\right)\leq\left[1+(1+C_3)E\|\xi\|^p\right]\exp\left[\frac{C_2(t-t_0)}{(1-\kappa)^p}\right],$$

由于 $C=C_2/(1-\kappa)^p$ 和 $\bar{C}=1+C_3$, 故结论式(4.4)成立. 定理得证.

在上述证明过程中, 在利用线性增长条件(4.2)估计某些项时, 我们进行了放大处理. 为得到更加精确的结果, 可以把这些项集中到一起, 整体估计.

定理 4.6 令 $p\geq 2$ 且 $E\|\xi\|^p<\infty$. 假设式(4.3)成立. 若存在常数 $\lambda>0$ 使得对所有的 $(\varphi,t)\in C([-\tau,0];\mathbf{R}^d)\times[t_0,\infty)$ 有

$$2p|\varphi(0)-D(\varphi)|^{p-1}|f(\varphi,t)|+p(33p-1)|\varphi(0)-D(\varphi)|^{p-2}|g(\varphi,t)|^2$$
$$\leq\lambda\left(1+\|\varphi\|^p\right),\tag{4.9}$$

则

$$E\left(\sup_{t_0-\tau\leq s\leq t}|x(s)|^p\right)\leq\left(1+\bar{C}E\|\xi\|^p\right)\exp\left[\frac{\lambda(t-t_0)}{(1-\kappa)^p}\right],\tag{4.10}$$

其中 $\bar{C}$ 定义在定理 4.5 中.

证明 根据式(4.5), (4.7)和条件(4.9), 不难得到

$$E\left(\sup_{t_0\leq s\leq t}|x(s)-D(x_s)|^p\right)\leq 2(1+\kappa)^pE\|\xi\|^p+E\int_{t_0}^t\left[2p|x(s)-D(x_s)|^{p-1}|f(x_s,s)|+\right.$$
$$p(33p-1)|x(s)-D(x_s)|^{p-2}|g(x_s,s)|^2\Big]\mathrm{d}s$$
$$\leq 2(1+\kappa)^pE\|\xi\|^p+\lambda\int_{t_0}^t\left(1+E\|x_s\|^p\right)\mathrm{d}s,\tag{4.11}$$

这与式(4.8)类似. 基于此, 采用定理 4.5 的证明方法可得

$$1+E\left(\sup_{t_0-\tau\leq s\leq t}|x(s)|^p\right)\leq\left[1+\bar{C}E\|\xi\|^p\right]\exp\left[\frac{\lambda(t-t_0)}{(1-\kappa)^p}\right],$$

且结论(4.10)成立.

根据定理 4.6 的结论, 可得到关于该解的路径渐近估计.

定理 4.7 令式(4.3)成立. 假设存在常数 $\lambda>0$ 使得

$$4|\varphi(0)-D(\varphi)||f(\varphi,t)|+130|g(\varphi,t)|^2\leq\lambda\left(1+\|\varphi\|^2\right)\tag{4.12}$$

对所有的 $(\varphi,t)\in C([-\tau,0];\mathbf{R}^d)\times[t_0,\infty)$ 成立, 则

$$\limsup_{t\to\infty}\log|x(s)|\leq\frac{\lambda}{2(1-\kappa)^2}\qquad\text{a.s.}$$

推论 4.8 令式(4.2)和(4.3)成立, 则

$$\limsup_{t\to\infty}\frac{1}{t}\log|x(s)|\leq\frac{1}{(1-\kappa)^2}\left[2\sqrt{K}(1+\kappa)+65K\right]\qquad\text{a.s.}\tag{4.13}$$

证明 利用条件 (4.2) 和 (4.3) 可得

$$4|\varphi(0) - D(\varphi)||f(\varphi,t)| + 130|g(\varphi,t)|^2$$

$$\leqslant 4(1+\kappa)\|\varphi\|\sqrt{K\left(1+\|\varphi\|^2\right)} + 130K\left(1+\|\varphi\|^2\right)$$

$$\leqslant \left[4\sqrt{K}(1+\kappa) + 130K\right]\left(1+\|\varphi\|^2\right).$$

因此，由定理 4.7 可知结论成立.

为结束本节，我们指出如果应用定理 4.5，那么仅仅可得

$$\limsup_{t\to\infty}\frac{1}{t}\log|x(s)| \leqslant \frac{1}{(1-\kappa)^2}\left[2\sqrt{2K}(1+\kappa) + 130K\right] \qquad \text{a.s.}$$

与式 (4.13) 相比，该结论较差，于是就突出了定理 4.6 的优势.

6.5 L^p – 连 续

我们继续讨论方程 (4.1) 的解 $x(t)$ 的 L^p – 连续性. 需要牢记的是几乎所有解的样本路径都是 L^p – 连续的，该结论可利用控制收敛定理（即定理 1.2.2）得到. 另外，通过进一步的努力，我们可以更精确地估计 $x(t+\delta)$ 与 $x(t)$ 之间的 L^p – 意义下的差别. 令 $E\|\xi\|^p < \infty$. 因为 $\xi(\cdot)$ 的所有样本路径在 $[-\tau,0]$ 是连续的，且由控制收敛定理可得 $\xi(\cdot)$ 是 L^p – 连续的，因此在 $[-\tau,0]$ 上一致 L^p – 连续. 从而，对任意的 $0 < \delta < \tau$，存在 $\beta_\delta > 0$ 使得如果 $\theta_1, \theta_2 \in [-\tau,0]$ 且 $|\theta_1 - \theta_2| \leqslant \delta$，那么

$$E|\xi(\theta_1) - x(\theta_2)|^p \leqslant \beta_\delta. \tag{5.1}$$

此外，我们引入新的符号 $L_{\mathcal{F}}^p([-\tau,0];\mathbf{R}^d)$ 以表示所有 $C([-\tau,0];\mathbf{R}^d)$ – 值的 $\mathcal{F}$ – 可测的随机变量 ϕ 的集合，使得 $E\|\phi\|^p < \infty$.

定理 5.1 令 $p \geqslant 2$ 且 $E\|\xi\|^p < \infty$. 假设式 (4.2) 成立. 如果 $D(0) = 0$，且存在常数 $\kappa \in (0,1)$ 使得

$$E|D(\phi) - D(\psi)|^p \leqslant \kappa^p \sup_{-\tau \leqslant \theta \leqslant 0} E|\phi(\theta) - \psi(\theta)|^p \tag{5.2}$$

对所有的 $\phi, \psi \in L_{\mathcal{F}}^p([-\tau,0];\mathbf{R}^d)$ 成立，那么对任意的 $T > t_0$ 和 $0 < \delta < \tau$，当 $t_0 \leqslant t \leqslant T$ 时，有

$$E|x(t+\delta) - x(t)|^p \leqslant \frac{\kappa}{1-\kappa}(1+2^{p-1})\beta_\delta + \frac{H_2\delta^{\frac{p}{2}}}{(1-\kappa)^p} +$$

$$\frac{\kappa 2^{p-1}}{(1-\kappa)(1-\sqrt{\kappa})}\left(\kappa H_4\beta_\delta + \frac{H_3\delta^{\frac{p}{2}}}{(1-\kappa)^{p-1}}\right), \tag{5.3}$$

其中 β_δ 已定义，H_2, H_3, H_4 是仅依赖于 $K, \kappa, p, \tau, T, \xi$ 的常数且在下面的证明过程

中被定义.

证明 首先，验证条件 (4.3) 成立. 因为 $C([-\tau,0];\mathbf{R}^d) \in L^p_{\mathcal{F}}([-\tau,0];\mathbf{R}^d)$，根据条件 $D(0)=0$ 和式 (5.2) 可知对任意的 $\varphi \in C([-\tau,0];\mathbf{R}^d)$，有

$$\left|D(\varphi)\right|^p = E\left|D(\varphi)\right|^p = E\left|D(\varphi)-D(0)\right|^p \leqslant \kappa^p E\|\varphi\|^p = \kappa^p \|\varphi\|^p,$$

且式 (4.3) 成立. 因此，根据定理 4.5，得

$$E\left(\sup_{t_0-\tau \leqslant s \leqslant T+\tau}\left|x(s)\right|^p\right) \leqslant H_1 := \left(1+\bar{C}E\|\xi\|^p\right)e^{C(T+\tau-t_0)}, \tag{5.4}$$

其中 C 和 $\bar{C}$ 定义在定理 4.5 中. 采用与定理 5.4.3 相同的证明方法，对 $t_0 \leqslant t \leqslant T$，有

$$E\left|x(t+\delta)-D(x_{t+\delta})-x(t)+D(x_t)\right|^p$$

$$\leqslant (2\delta)^{p-1}E\int_t^{t+\delta}\left|f(x_s,s)\right|^p\mathrm{d}s + \frac{1}{2}[2p(p-1)]^{\frac{p}{2}}\delta^{\frac{p-2}{2}}E\int_t^{t+\delta}\left|g(x_s,s)\right|^p\mathrm{d}s$$

$$\leqslant \left[(2\delta)^{p-1} + \frac{1}{2}[2p(p-1)]^{\frac{p}{2}}\delta^{\frac{p-2}{2}}\right]2^{\frac{p-2}{2}}K^{\frac{p}{2}}(1+H_1)\delta$$

$$\leqslant H_2\delta^{\frac{p}{2}}, \tag{5.5}$$

其中

$$H_2 = 2^{\frac{p-2}{2}}K^{\frac{p}{2}}(1+H_1)\left[2^{p-1}\tau^{\frac{p}{2}} + \frac{1}{2}[2p(p-1)]^{\frac{p}{2}}\right].$$

另外，利用引理 4.1 和条件 (5.2)，对任意的 $\varepsilon > 0$，可推导出

$$E\left|x(t+\delta)-x(t)\right|^p$$

$$=E\left|D(x_{t+\delta})-D(x_t)+x(t+\delta)-D(x_{t+\delta})-x(t)+D(x_t)\right|^p$$

$$\leqslant \left[1+\varepsilon^{\frac{1}{p-1}}\right]^{p-1}\left(\frac{1}{\varepsilon}E\left|D(x_{t+\delta})-D(x_t)\right|^p + \right.$$

$$E\left|x(t+\delta)-D(x_{t+\delta})-x(t)+D(x_t)\right|^p\Big)$$

$$\leqslant \left[1+\varepsilon^{\frac{1}{p-1}}\right]^{p-1}\left(\frac{\kappa^p}{\varepsilon}\sup_{-\tau \leqslant \theta \leqslant 0}E\left|x(t+\delta+\theta)-x(t+\theta)\right|^p + \right.$$

$$E\left|x(t+\delta)-D(x_{t+\delta})-x(t)+D(x_t)\right|^p\Big).$$

令 $\varepsilon = \left[\dfrac{\kappa}{1-\kappa}\right]^{p-1}$ 并利用式 (5.5) 可知

$$E\left|x(t+\delta)-x(t)\right|^p \leqslant \kappa \sup_{-\tau \leqslant \theta \leqslant 0}E\left|x(t+\delta+\theta)-x(t+\theta)\right|^p + \frac{H_2\delta^{\frac{p}{2}}}{(1-\kappa)^{p-1}}$$

对所有的 $t_0 \leqslant t \leqslant T$ 均成立. 因此

$$\sup_{t_0 \leqslant t \leqslant T} E|x(t+\delta) - x(t)|^p$$

$$\leqslant \kappa \sup_{t_0 - \tau \leqslant t \leqslant T} E|x(t+\delta) - x(t)|^p + \frac{H_2 \delta^{\frac{p}{2}}}{(1-\kappa)^{p-1}}$$

$$\leqslant \kappa \sup_{t_0 \leqslant t \leqslant T} E|x(t+\delta) - x(t)|^p +$$

$$\kappa \sup_{t_0 - \tau \leqslant t \leqslant t_0} E|x(t+\delta) - x(t)|^p + \frac{H_2 \delta^{\frac{p}{2}}}{(1-\kappa)^{p-1}}.$$

这就意味着

$$\sup_{t_0 \leqslant t \leqslant T} E|x(t+\delta) - x(t)|^p$$

$$\leqslant \frac{\kappa}{1-\kappa} \sup_{t_0 - \tau \leqslant t \leqslant t_0} E|x(t+\delta) - x(t)|^p + \frac{H_2 \delta^{\frac{p}{2}}}{(1-\kappa)^{p-1}}. \tag{5.6}$$

然而，利用式 (5.1)，得

$$\sup_{t_0 - \tau \leqslant t \leqslant t_0} E|x(t+\delta) - x(t)|^p$$

$$\leqslant \beta_\delta + \sup_{t_0 - \delta \leqslant t \leqslant t_0} E|x(t+\delta) - x(t)|^p$$

$$\leqslant \beta_\delta + 2^{p-1} \sup_{t_0 - \delta \leqslant t \leqslant t_0} \left[E|x(t_0) - x(t)|^p + E|x(t+\delta) - x(t_0)|^p \right]$$

$$\leqslant (1+2^{p-1})\beta_\delta + 2^{p-1} \sup_{t_0 \leqslant t \leqslant t_0 + \delta} E|x(t) - \xi(0)|^p.$$

把该式代入式 (5.6) 可得

$$\sup_{t_0 \leqslant t \leqslant T} E|x(t+\delta) - x(t)|^p \leqslant \frac{\kappa}{1-\kappa}(1+2^{p-1})\beta_\delta + \frac{H_2 \delta^{\frac{p}{2}}}{(1-\kappa)^p} +$$

$$\frac{\kappa 2^{p-1}}{1-\kappa} \sup_{t_0 \leqslant t \leqslant t_0 + \delta} E|x(t) - \xi(0)|^p. \tag{5.7}$$

该定理的结论可由下列引理推出.

引理 5.2 在定理 5.1 的假设条件下，有

$$\sup_{t_0 \leqslant t \leqslant t_0 + \delta} E|x(t) - \xi(0)|^p \leqslant \frac{1}{1 - \sqrt{\kappa}} \left[\kappa H_4 \beta_\delta + \frac{H_3 \delta^{\frac{p}{2}}}{(1-\kappa)^{p-1}} \right], \tag{5.8}$$

其中 H_3 与 H_4 是仅依赖于 K, κ, p, τ, ξ 的常数且在下面的证明过程中被定义.

证明 利用与上述定理相同的证明方法，对任意的 $t_0 \leqslant t \leqslant t_0 + \delta$，有

$$E|x(t) - D(x_t) - \xi(0) + D(\xi)|^p \leqslant H_3 \delta^{\frac{p}{2}}$$

和

$$E|x(t)-\xi(0)|^p \leqslant \kappa \sup_{-\tau \leqslant \theta \leqslant 0} E|x(t+\theta)-x(\theta)|^p +$$

$$\frac{1}{(1-\kappa)^p} E|x(t)-D(x_t)-\xi(0)+D(\xi)|^p,$$

其中

$$H_3 = 2^{\frac{p-2}{2}} K^{\frac{p}{2}} \left[1+\left(1+\bar{C}E\|\xi\|^p\right)e^{C\tau}\right]\left[2^{p-1}\tau^{\frac{p}{2}}+\frac{1}{2}[2p(p-1)]^{\frac{p}{2}}\right],$$

C 与 $\bar{C}$ 在定理 4.5 中已被定义. 因此

$$E|x(t)-\xi(0)|^p \leqslant \kappa \sup_{-\tau \leqslant \theta \leqslant 0} E|x(t+\theta)-\xi(\theta)|^p + \frac{H_3\delta^{\frac{p}{2}}}{(1-\kappa)^{p-1}}. \tag{5.9}$$

另外，利用式 (5.1)，可推出

$$\sup_{-\tau \leqslant \theta \leqslant 0} E|x(t+\theta)-\xi(\theta)|^p$$

$$\leqslant \sup_{-\tau \leqslant \theta \leqslant -(t-t_0)} E|\xi(t-t_0+\theta)-\xi(\theta)|^p + \sup_{-(t-t_0) \leqslant \theta \leqslant 0} E|x(t+\theta)-\xi(\theta)|^p$$

$$\leqslant \beta_\delta + \sup_{-(t-t_0) \leqslant \theta \leqslant 0} E|x(t+\theta)-\xi(0)+\xi(0)-\xi(\theta)|^p. \tag{5.10}$$

然而，利用引理 4.1，可得

$$\sup_{-(t-t_0) \leqslant \theta \leqslant 0} E|x(t+\theta)-\xi(0)+\xi(0)-\xi(\theta)|^p$$

$$\leqslant \sup_{-(t-t_0) \leqslant \theta \leqslant 0} \left(\frac{1}{\sqrt{\kappa}} E|x(t+\theta)-\xi(0)|^p + \frac{1}{[1-\kappa^{1/2(p-1)}]^{p-1}} E|\xi(0)-\xi(\theta)|^p\right)$$

$$\leqslant \frac{1}{\sqrt{\kappa}} \sup_{t_0 \leqslant s \leqslant t_0+\delta} E|x(s)-\xi(0)|^p + \frac{\beta_\delta}{[1-\kappa^{1/2(p-1)}]^{p-1}}.$$

再代入式 (5.10) 得

$$\sup_{-\tau \leqslant \theta \leqslant 0} E|x(t+\theta)-\xi(\theta)|^p$$

$$\leqslant H_4\beta_\delta + \frac{1}{\sqrt{\kappa}} \sup_{t_0 \leqslant s \leqslant t_0+\delta} E|x(s)-\xi(0)|^p,$$

其中 $H_4 = 1+\left[1-\kappa^{1/2(p-1)}\right]^{-(p-1)}$. 代入式 (5.9) 可得

$$E|x(t)-\xi(0)|^p \leqslant \sqrt{\kappa} \sup_{t_0 \leqslant s \leqslant t_0+\delta} E|x(s)-\xi(0)|^p +$$

$$\kappa H_4\beta_\delta + \frac{H_3\delta^{\frac{p}{2}}}{(1-\kappa)^{p-1}},$$

因为该式对所有的 $t_0 \leqslant t \leqslant t_0+\delta$ 均成立，所以必有

$$\sup_{t_0 \leqslant t \leqslant t_0 + \delta} E|x(t) - \xi(0)|^p \leqslant \sqrt{\kappa} \sup_{t_0 \leqslant s \leqslant t_0 + \delta} E|x(s) - \xi(0)|^p +$$

$$\kappa H_4 \beta_\delta + \frac{H_3 \delta^{\frac{p}{2}}}{(1-\kappa)^{p-1}},$$

且要证的结论式 (5.3) 成立. 定理得证.

为结束本节, 我们指出尽管条件 (5.2) 强于 Lipschitz 条件 (2.6), 但在很多重要情形下, 该条件仍然成立. 例如, 在第 3 节中, 如果 $D(\varphi) = \tilde{D}(\varphi(-\tau))$ 对 $\varphi \in C([-\tau, 0]; \mathbf{R}^d)$ 成立且满足条件 (3.2), 那么

$$E|D(\phi) - D(\psi)|^p \leqslant \kappa^p E|\phi(-\tau) - \psi(-\tau)|^p \leqslant \kappa^p \sup_{-\tau \leqslant \theta \leqslant 0} E|\phi(\theta) - \psi(\theta)|^p$$

关于 $\phi, \psi \in L_{\mathcal{F}}^p([-\tau, 0]; \mathbf{R}^d)$ 成立. 此外, 如果将 D 定义为

$$D(\varphi) = \frac{1}{\tau} \int_{-\tau}^0 \Psi(\varphi(\theta)) \mathrm{d}\theta,$$

其中 $\Psi: \mathbf{R}^d \to \mathbf{R}^d$ 满足 $|\Psi(x) - \Psi(y)| \leqslant \kappa|x - y|$ 且 $\kappa \in (0, 1)$, 那么

$$E|D(\varphi) - D(\psi)|^p \leqslant \frac{1}{\tau^p} E\left|\int_{-\tau}^0 [\Psi(\phi(\theta)) - \Psi(\psi(\theta))]\mathrm{d}\theta\right|^p$$

$$\leqslant \frac{1}{\tau} E \int_{-\tau}^0 |\Psi(\phi(\theta)) - \Psi(\psi(\theta))|^p \mathrm{d}\theta$$

$$\leqslant \frac{\kappa^p}{\tau} \int_{-\tau}^0 E|\phi(\theta) - \psi(\theta)|^p \mathrm{d}\theta$$

$$\leqslant \kappa^p \sup_{-\tau \leqslant \theta \leqslant 0} E|\phi(\theta) - \psi(\theta)|^p.$$

6.6　指数稳定性

本节研究下列中立型随机泛函微分方程的稳定性问题

$$\mathrm{d}[x(t) - D(x_t)] = f(x_t, t)\mathrm{d}t + g(x_t, t)\mathrm{d}B(t), \quad t \geqslant t_0.$$

为实现这个目标, 假设 f, g 和 D 是足够光滑的(例如连续的), 使得对任意的初值 $x_{t_0} = \xi \in L_{\mathcal{F}_{t_0}}^2([-\tau, 0]; \mathbf{R}^d)$, 方程具有唯一全局解, 记该解为 $x(t, \xi)$. 我们已经证明了该解几乎所有的样本路径都是连续的, 而且, 解的 2 阶矩是连续的. 进而假设 $f(0, t) \equiv 0, g(0, t) \equiv 0$ 及 $D(0) = 0$. 因此, 当初值 $x_{t_0} = 0$ 时, 方程存在平凡解 $x(t; 0) \equiv 0$. 受篇幅的限制, 我们仅讨论平凡解的均方指数稳定性和几乎必然指数稳定性. 本节采用的主要方法就是 Razumikhin 法(参看第 5.6 节). 首先给出均方指数稳定性的一个结论.

定理 6.1 假设存在常数 $\kappa \in (0,1)$ 使得

$$E|D(\phi)|^2 \leqslant \kappa^2 \sup_{-\tau \leqslant \theta \leqslant 0} E|\phi(\theta)|^2, \quad \phi \in L^2_{\mathcal{F}}([-\tau,0]; \mathbf{R}^d). \tag{6.2}$$

令 $q > (1-\kappa)^{-2}$. 如果存在常数 $\lambda > 0$ 使得

$$E\left[2(\phi(0) - D(\phi))^{\mathrm{T}} f(\phi,t) + |g(\phi,t)|^2\right] \leqslant -\lambda E|\phi(0) - D(\phi)|^2 \tag{6.3}$$

对所有的 $t \geqslant t_0$ 和 $\phi \in L^2_{\mathcal{F}_t}([-\tau,0]; \mathbf{R}^d)$ 成立，且满足

$$E|\phi(\theta)|^2 < qE|\phi(0) - D(\phi)|^2, \quad -\tau \leqslant \theta \leqslant 0,$$

那么对所有的 $\xi \in L^2_{\mathcal{F}_{t_0}}([-\tau,0]; \mathbf{R}^d)$, 有

$$E|x(t,\xi)|^2 \leqslant q(1+\kappa)^2 \mathrm{e}^{-\bar{\gamma}(t-t_0)} \sup_{-\tau \leqslant \theta \leqslant 0} E|\xi(\theta)|^2, \quad t \geqslant t_0, \tag{6.4}$$

其中

$$\bar{\gamma} = \min\left\{\lambda, \frac{1}{\tau}\log\left[\frac{q}{\left(q + \kappa\sqrt{q}\right)^2}\right]\right\} > 0. \tag{6.5}$$

换句话说，方程 (6.1) 的平凡解是均方指数稳定的.

为证明该定理，需要下面两个引理.

引理 6.2 令式 (6.2) 关于 $\kappa \in (0,1)$ 成立，则

$$E|\phi(0) - D(\phi)|^2 \leqslant (1+\kappa)^2 \sup_{-\tau \leqslant \theta \leqslant 0} E|\phi(\theta)|^2$$

对所有的 $\phi \in L^2_{\mathcal{F}}([-\tau,0]; \mathbf{R}^d)$ 成立.

证明 通过计算可得

$$
\begin{aligned}
E|\phi(0) - D(\phi)|^2 &\leqslant E|\phi(0)|^2 + 2E\left(|\phi(0)||D(\phi)|\right) + E|D(\phi)|^2 \\
&\leqslant (1+\kappa)E|\phi(0)|^2 + (1+\kappa^{-1})E|D(\phi)|^2 \\
&\leqslant [1 + \kappa + \kappa(1+\kappa)] \sup_{-\tau \leqslant \theta \leqslant 0} E|\phi(\theta)|^2 \\
&= (1+\kappa)^2 \sup_{-\tau \leqslant \theta \leqslant 0} E|\phi(\theta)|^2.
\end{aligned}
$$

引理得证.

引理 6.3 令式 (6.2) 关于 $\kappa \in (0,1)$ 成立. 设 $\rho \geqslant t_0$ 且 $0 < \gamma < \tau^{-1}\log(1/\kappa^2)$, $x(t)$ 是方程 (6.1) 的解. 如果

$$\mathrm{e}^{\gamma(t-t_0)} E|x(t) - D(x_t)|^2 \leqslant (1+\kappa)^2 \sup_{-\tau \leqslant \theta \leqslant 0} E|x(t_0+\theta)|^2 \tag{6.6}$$

对所有的 $t_0 \leqslant t \leqslant \rho$ 成立，那么

$$\mathrm{e}^{\gamma(t-t_0)} E|x(t)|^2 \leqslant \frac{(1+\kappa)^2}{(1-\kappa\mathrm{e}^{\gamma\tau/2})^2} \sup_{-\tau \leqslant \theta \leqslant 0} E|x(t_0+\theta)|^2$$

对所有的 $t_0 - \tau \leqslant t \leqslant \rho$ 成立.

证明 令 $\kappa^2 e^{\gamma\tau} < \varepsilon < 1$. 对 $t_0 \leqslant t \leqslant \rho$, 注意到

$$E|x(t) - D(x_t)|^2 \geqslant E|x(t)|^2 - 2E\left(|x(t)||D(x_t)|\right) + E|D(x_t)|^2$$
$$\geqslant (1-\varepsilon)E|x(t)|^2 - (\varepsilon^{-1} - 1)E|D(x_t)|^2.$$

因此

$$E|x(t)|^2 \leqslant \frac{1}{1-\varepsilon} E|x(t) - D(x_t)|^2 + \frac{\kappa^2}{\varepsilon} \sup_{-\tau \leqslant \theta \leqslant 0} E|x(t+\theta)|^2.$$

根据条件 (6.6), 对所有的 $t_0 \leqslant t \leqslant \rho$, 有

$$e^{\gamma(t-t_0)}E|x(t)|^2 \leqslant \frac{1}{1-\varepsilon} \sup_{t_0 \leqslant t \leqslant \rho}\left[e^{\gamma(t-t_0)}E|x(t) - D(x_t)|^2\right] +$$
$$\frac{\kappa^2}{\varepsilon} \sup_{t_0 \leqslant t \leqslant \rho}\left[e^{\gamma(t-t_0)} \sup_{-\tau \leqslant \theta \leqslant 0} E|x(t+\theta)|^2\right]$$
$$\leqslant \frac{(1+\kappa)^2}{1-\varepsilon} \sup_{-\tau \leqslant \theta \leqslant 0} E|x(t_0+\theta)|^2 +$$
$$\frac{\kappa^2 e^{\gamma\tau}}{\varepsilon} \sup_{t_0-\tau \leqslant t \leqslant \rho}\left[e^{\gamma(t-t_0)}E|x(t)|^2\right].$$

然而, 该式对所有的 $t_0 - \tau \leqslant t \leqslant t_0$ 也都成立. 因此

$$\sup_{t_0-\tau \leqslant t \leqslant \rho}\left[e^{\gamma(t-t_0)}E|x(t)|^2\right]$$
$$\leqslant \frac{(1+\kappa)^2}{1-\varepsilon} \sup_{-\tau \leqslant \theta \leqslant 0} E|x(t_0+\theta)|^2 + \frac{\kappa^2 e^{\gamma\tau}}{\varepsilon} \sup_{t_0-\tau \leqslant t \leqslant \rho}\left[e^{\gamma(t-t_0)}E|x(t)|^2\right].$$

由于 $1 > \kappa^2 e^{\gamma\tau}/\varepsilon$, 则

$$\sup_{t_0-\tau \leqslant t \leqslant \rho}\left[e^{\gamma(t-t_0)}E|x(t)|^2\right] \leqslant \frac{\varepsilon(1+\kappa)^2}{(1-\varepsilon)(\varepsilon - \kappa^2 e^{\gamma\tau})} \sup_{\tau \leqslant \theta \leqslant 0} E|x(t_0+\theta)|^2.$$

最后, 通过令 $\varepsilon = \kappa e^{\gamma\tau/2}$ 可知要证的结论成立.

现在开始证明定理 6.1.

定理 6.1 的证明 首先, 注意到由于 $q > (1-\kappa)^{-2}$, 故 $q/(1+\kappa\sqrt{q})^2 > 1$, 因此 $\bar{\gamma} > 0$. 固定任意的 $\xi \in L^2_{\mathcal{F}_{t_0}}([-\tau, 0]; \mathbf{R}^d)$ 并简记 $x(t, \xi) = x(t)$. 不失一般性, 假设 $\sup_{-\tau \leqslant \theta \leqslant 0} E|\xi(\theta)|^2 > 0$. 令任意的 $\gamma \in (0, \bar{\gamma})$, 很容易得

$$0 < \gamma < \min\left\{\lambda, \frac{1}{\tau}\log\left(\frac{1}{\kappa^2}\right)\right\}, \qquad q > \frac{e^{\gamma\tau}}{(1-\kappa e^{\gamma\tau/2})^2}. \tag{6.7}$$

显然, 有结论对任意的 $t \geqslant t_0$ 有

$$e^{\gamma(t-t_0)}E|x(t) - D(x_t)|^2 \leqslant (1+\kappa)^2 \sup_{-\tau \leqslant \theta \leqslant 0} E|\xi(\theta)|^2. \tag{6.8}$$

从而，对式(6.8)利用引理6.3可得

$$e^{\gamma(t-t_0)}E|x(t)|^2 \leq \frac{(1+\kappa)^2}{(1-\kappa e^{\gamma\tau/2})^2} \sup_{-\tau \leq \theta \leq 0} E|\xi(\theta)|^2$$
$$\leq q(1+\kappa)^2 \sup_{-\tau \leq \theta \leq 0} E|\xi(\theta)|^2$$

对所有的 $t \geq t_0$ 成立，其中式(6.7)已用，令 $\gamma \to \bar{\gamma}$ 可得要证的结果式(6.4). 为证明式(6.8)可用反证法. 假设式(6.8)不正确，则利用引理6.2可知存在 $\rho \geq 0$ 使得

$$e^{\gamma(t-t_0)}E|x(t)-D(x_t)|^2 \leq e^{\gamma(\rho-t_0)}E|x(\rho)-D(x_\rho)|^2$$
$$= (1+\kappa)^2 \sup_{-\tau \leq \theta \leq 0} E|\xi(\theta)|^2 \qquad (6.9)$$

对所有的 $t_0 \leq t \leq \rho$ 成立，而且，存在序列 $\{t_k\}_{k \geq 1}$ 使得 $t_k \downarrow \rho$ 且

$$e^{\gamma(t_k-t_0)}E|x(t_k)-D(x_{t_k})|^2 > e^{\gamma(\rho-t_0)}E|x(\rho)-D(x_\rho)|^2. \qquad (6.10)$$

根据引理6.3，从式(6.9)可推导出对所有的 $-\tau \leq t \leq \rho$ 有

$$e^{\gamma(t-t_0)}E|x(t)|^2 \leq \frac{(1+\kappa)^2}{(1-\kappa e^{\gamma\tau/2})^2} \sup_{-\tau \leq \theta \leq 0} E|\xi(\theta)|^2$$
$$= \frac{e^{\gamma(\rho-t_0)}}{(1-\kappa e^{\gamma\tau/2})^2} E|x(\rho)-D(x_\rho)|^2.$$

特别地，有对所有的 $-\tau \leq \theta \leq 0$ 有

$$E|x(\rho+\theta)|^2 \leq \frac{e^{\gamma\tau}}{(1-\kappa e^{\gamma\tau/2})^2} E|x(\rho)-D(x_\rho)|^2$$
$$< qE|x(\rho)-D(x_\rho)|^2, \qquad (6.11)$$

其中式(6.7)再次被用. 根据假设(6.3)，有

$$E\left(2(x(\rho)-D(x_\rho))^{\mathrm{T}}f(x_\rho,\rho)+|g(x_\rho,\rho)|^2\right) \leq -\lambda E|x(\rho)-D(x_\rho)|^2.$$

由于 $\gamma < \lambda$，则利用解和函数 D, f 和 g 的连续性(本节的标准假设)，对充分小的 $h > 0$，如果 $\rho \leq t \leq \rho+h$，那么有

$$E\left(2(x(t)-D(x_t))^{\mathrm{T}}f(x_t,t)+|g(x_t,t)|^2\right) \leq -\gamma E|x(t)-D(x_t)|^2.$$

根据 Itô 公式，对充分小的 $h > 0$，有

$$e^{\gamma(\rho+h-t_0)}E\big|x(\rho+h)-D(x_{\rho+h})\big|^2 - e^{\gamma(\rho-t_0)}E\big|x(\rho)-D(x_\rho)\big|^2$$

$$=\int_\rho^{\rho+h} e^{\gamma(t-t_0)}\Big[\gamma E\big|x(t)-D(x_t)\big|^2 +$$

$$E\Big(2(x(t)-D(x_t))^{\mathrm{T}} f(x_t,t)+\big|g(x_t,t)\big|^2\Big)\Big]\mathrm{d}t$$

$$\leqslant 0,$$

但这与式(6.10)矛盾，故式(6.8)必成立. 定理得证.

现在我们开始讨论几乎必然指数稳定性. 需要另外一个引理，该引理在中立型随机泛函微分方程的几乎必然指数稳定性的证明中非常有用.

引理 6.4 假设存在常数 $\kappa\in(0,1)$ 使得

$$\big|D(\varphi)\big|^2 \leqslant \kappa \sup_{-\tau\leqslant\theta\leqslant 0} E\big|\varphi(\theta)\big|, \qquad \varphi\in C([-\tau,0];\mathbf{R}^d). \tag{6.12}$$

令 $z:[t_0-\tau,\infty)\to\mathbf{R}^d$ 是连续函数且 $z_t=\{z(t+\theta):-\tau\leqslant\theta\leqslant 0\}$ ，$t\geqslant t_0$. 假设 $H>0$ 且 $0<\gamma<\tau^{-1}\log(1/\kappa^2)$，如果对所有的 $t\geqslant t_0$ 有

$$\big|z(t)-D(z_t)\big|^2 \leqslant He^{-\gamma(t-t_0)},$$

那么

$$\limsup_{t\to\infty}\frac{1}{t}\log\big|z(t)\big|\leqslant -\frac{\gamma}{2}.$$

证明 选取任意的 $\varepsilon\in(\kappa^2 e^{\gamma\tau},1)$. 利用与引理 6.3 相同的证明方法，则对任意的 $T>t_0$，有

$$\sup_{t_0\leqslant t\leqslant T}\Big[e^{\gamma(t-t_0)}\big|z(t)\big|^2\Big] \leqslant \frac{H}{1-\varepsilon}+\frac{\kappa^2 e^{\gamma\tau}}{\varepsilon}\sup_{t_0-\tau\leqslant t\leqslant T}\Big[e^{\gamma(t-t_0)}\big|z(t)\big|^2\Big].$$

从而

$$\Big(1-\frac{\kappa^2 e^{\gamma\tau}}{\varepsilon}\Big)\sup_{t_0\leqslant t\leqslant T}\Big[e^{\gamma(t-t_0)}\big|z(t)\big|^2\Big]\leqslant \frac{H}{1-\varepsilon}+\frac{\kappa^2 e^{\gamma\tau}}{\varepsilon}\sup_{t_0-\tau\leqslant t\leqslant T}\big|z(t)\big|^2.$$

可立即得到

$$\limsup_{t\to\infty}\frac{1}{t}\log\big|z(t)\big|\leqslant -\frac{\gamma}{2},$$

引理得证.

定理 6.5 令式(6.2)关于 $\kappa\in(0,1)$ 成立. 假设存在正常数 $K>0$ 使得

$$E\Big(\big|f(\phi,t)\big|^2+\big|g(\phi,t)\big|^2\Big)\leqslant K\sup_{-\tau\leqslant\theta\leqslant 0} E\big|\phi(\theta)\big|^2 \tag{6.13}$$

对所有的 $t\geqslant t_0$ 和 $\phi\in L^2_{\mathcal{F}}([-\tau,0];\mathbf{R}^d)$ 成立. 设方程(6.1)的平凡解是均方指数稳定的，即存在一对正常数 γ 和 M 使得对 $t\geqslant t_0$ 以及所有的 $\xi\in L^2_{\mathcal{F}_{t_0}}([-\tau,0];\mathbf{R}^d)$ 有

$$E\big|x(t;\xi)\big|^2 \leqslant Me^{-\gamma(t-t_0)}\sup_{-\tau\leqslant\theta\leqslant 0} E\big|\xi(\theta)\big|^2,$$

则

$$\limsup_{t\to\infty}\frac{1}{t}\log|x(t;\xi)|\leqslant-\frac{\bar{\gamma}}{2}\qquad\text{a.s.,}\tag{6.15}$$

其中 $\bar{\gamma}=\min\{\gamma,\tau^{-1}\log(1/\kappa^2)\}$，即方程 (6.1) 的平凡解是几乎必然指数稳定的. 特别地，如果式 (6.2)，(6.3) 和 (6.12) 成立，那么方程 (6.1) 的平凡解是几乎必然指数稳定的.

证明 固定任意的初值 ξ 并简记 $x(t,\xi)=x(t)$. 根据著名的 Doob 鞅不等式，Hölder 不等式和假设条件，对任意的整数 $k\geqslant1$ 有

$$E\left(\sup_{0\leqslant\theta\leqslant\tau}\left|x(t_0+k\tau+\theta)-D(x_{t_0+k\tau+\theta})\right|^2\right)$$

$$\leqslant 3E\left|x(t_0+k\tau)-D(x_{t_0+k\tau})\right|^2+$$

$$3K(\tau+4)\int_{t_0+k\tau}^{t_0+(k+1)\tau}\left(\sup_{-\tau\leqslant\theta\leqslant0}E|x(s+\theta)|^2\right)\mathrm{d}s$$

$$\leqslant 6E|x(t_0+k\tau)|^2+6\kappa^2\sup_{-\tau\leqslant\theta\leqslant0}E|x(t_0+k\tau+\theta)|^2+$$

$$3KM(\tau+4)\left(\sup_{-\tau\leqslant\theta\leqslant0}E|\xi(\theta)|^2\right)\int_{t_0+k\tau}^{t_0+(k+1)\tau}\mathrm{e}^{-\bar{\gamma}(s-\tau-t_0)}\mathrm{d}s$$

$$\leqslant 3M[2(1+\kappa^2)+K\tau(\tau+4)]\mathrm{e}^{-\bar{\gamma}(k\tau-\tau)}\left(\sup_{-\tau\leqslant\theta\leqslant0}E|\xi(\theta)|^2\right)$$

$$=C\mathrm{e}^{-\bar{\gamma}k\tau},\tag{6.16}$$

其中 $C=3M\mathrm{e}^{\bar{\gamma}\tau}[2(1+\kappa^2)+K\tau(\tau+4)]\sup_{-\tau\leqslant\theta\leqslant0}E|\xi(\theta)|^2$. 令 $\varepsilon\in(0,\bar{\gamma})$ 是任意的. 由式 (6.16) 可知

$$P\left(\omega:\sup_{0\leqslant\theta\leqslant\tau}\left|x(t_0+k\tau+\theta)-D(x_{t_0+k\tau+\theta})\right|^2>\mathrm{e}^{-(\bar{\gamma}-\varepsilon)k\tau}\right)\leqslant C\mathrm{e}^{-\varepsilon k\tau}.$$

根据著名的 Borel-Cantelli 引理，对几乎所有的 $\omega\in\Omega$，有

$$\sup_{0\leqslant\theta\leqslant\tau}\left|x(t_0+k\tau+\theta)-D(x_{t_0+k\tau+\theta})\right|^2\leqslant\mathrm{e}^{-(\bar{\gamma}-\varepsilon)k\tau}\tag{6.17}$$

对除有限多个 k 外均成立. 因此对所有的 $\omega\in\Omega$，除 $P-$零集外，当 $k\geqslant k_0$ 时，存在 $k_0(\omega)$ 使 (6.17) 成立. 换句话说，对几乎所有的 $\omega\in\Omega$，有

$$\left|x(t)-D(x_t)\right|^2\leqslant\mathrm{e}^{-(\bar{\gamma}-\varepsilon)(t-\tau-t_0)},\qquad t\geqslant t_0+k_0\tau.$$

然而，$\left|x(t)-D(x_t)\right|^2$ 在区间 $[t_0,t_0+k_0\tau]$ 上是有限的. 因此，对几乎所有的 $\omega\in\Omega$，存在一个有限的数 $H=H(\omega)$ 使得对所有的 $t\geqslant t_0$ 有

$$\left|x(t)-D(x_t)\right|^2\leqslant H\mathrm{e}^{-(\bar{\gamma}-\varepsilon)(t-t_0)}.$$

因为 $C([-\tau,0);\mathbf{R}^d)\subset L_{\mathscr{F}}^2([-\tau,0];\mathbf{R}^d)$，所以条件 (6.2) 意味着条件 (6.12) 成立. 应用引理 6.4 可得

$$\limsup_{t\to\infty}\frac{1}{t}\log|x(t)|\leqslant-\frac{\bar{\gamma}-\varepsilon}{2}\qquad\text{a.s.}$$

令 $\varepsilon\to0$ 可得要证的结果式 (6.15) 成立. 定理得证.

现在让我们将上述结果用于处理特殊的中立型随机方程.

1. 中立型随机扰动方程

考虑如下形式的中立型随机方程

$$d[x(t) - D(x_t)] = [f_1(x(t), t) + f_2(x(t), t)]dt + g(x(t), t)dB(t), \qquad t \geq t_0, \quad (6.18)$$

初值为 $x_0 = \xi \in L^2_{\mathcal{F}_{t_0}}([-\tau, 0]; \mathbf{R}^d)$，其中 D, g 与之前定义的一样，$f_1: \mathbf{R}^d \times \mathbf{R}_+ \to \mathbf{R}^d$ 和 $f_2: C([-\tau, 0]; \mathbf{R}^d) \times \mathbf{R}_+ \to \mathbf{R}^d$ 是充分光滑的函数，而且，$f_1(0, t) = f_2(0, t) \equiv 0$. 该方程可认为是中立型常泛函微分方程

$$\frac{d}{dt}[x(t) - D(x_t)] = f_1(x(t), t)$$

的随机扰动系统.

推论 6.6 令式(6.2)成立. 假设存在两个正常数 λ_1 和 λ_2 使得

$$E\left(2(\phi(0) - D(\phi))^T[f_1(\phi(0), t) + f_2(\phi, t)] + |g(\phi, t)|^2\right)$$

$$\leq -\lambda_1 E|\phi(0)|^2 + \lambda_2 \sup_{-\tau \leq \theta \leq 0} E|\phi(\theta)|^2 \qquad (6.19)$$

对所有的 $t \geq t_0$ 和 $\phi \in L^2_{\mathcal{F}}([-\tau, 0]; \mathbf{R}^d)$ 成立. 如果

$$0 < \kappa < \frac{1}{2}, \qquad \lambda_1 > \frac{\lambda_2}{(1 - 2\kappa)^2}, \qquad (6.20)$$

那么方程(6.18)的平凡解是均方指数稳定的. 此外，如果存在常数 $K > 0$ 使得对所有的 $t \geq t_0$ 和 $\phi \in L^2_{\mathcal{F}}([-\tau, 0]; \mathbf{R}^d)$ 有

$$E\left(|f_1(\phi(0), t) + f_2(\phi, t)|^2 + |g(\phi, t)|^2\right) \leq K \sup_{-\tau \leq \theta \leq 0} E|\phi(\theta)|^2, \qquad (6.21)$$

那么方程(6.18)的平凡解是几乎必然指数稳定的.

证明 由条件(6.20)，可选取 q 使得

$$\frac{1}{\kappa^2} > q > \frac{1}{(1 - \kappa)^2}, \qquad \lambda_1 > \frac{\lambda_2 q}{(1 - \kappa\sqrt{q})^2}. \qquad (6.22)$$

定义 $f(\varphi, t) = f_1(\varphi(0), t) + f_2(\varphi, t)$，$t \geq t_0$ 和 $\varphi \in C([-\tau, 0]; \mathbf{R}^d)$，则方程(6.18)可写为方程(6.1)，所以我们需要做的就是证明条件(6.3). 为实现这一目的，令 $t \geq t_0$ 和 $\phi \in L^2_{\mathcal{F}_t}([-\tau, 0]; \mathbf{R}^d)$ 满足

$$E|\phi(\theta)|^2 < qE|\phi(0) - D(\phi)|^2, \qquad -\tau \leq \theta \leq 0. \qquad (6.23)$$

注意到对任意的 $\varepsilon \geq 0$ 有

$$E|\phi(0) - D(\phi)|^2 \leq (1 + \varepsilon)E|\phi(0)|^2 + (1 + \varepsilon^{-1})E|D(\phi)|^2.$$

因此，利用式(6.2)和(6.23)，有

$$-E|\phi(0)|^2 \leqslant -\frac{1}{1+\varepsilon}E|\phi(0)-D(\phi)|^2 + \frac{1}{\varepsilon}E|D(\phi)|^2$$

$$\leqslant -\frac{1}{1+\varepsilon}E|\phi(0)-D(\phi)|^2 + \frac{\kappa^2}{\varepsilon}\sup_{-\tau\leqslant\theta\leqslant 0}E|\phi(\theta)|^2$$

$$\leqslant -\left(\frac{1}{1+\varepsilon}-\frac{\kappa^2 q}{\varepsilon}\right)E|\phi(0)-D(\phi)|^2. \tag{6.24}$$

因此，根据式(6.19)，(6.23)和(6.24)得

$$E\left(2(\phi(0)-D(\phi))^{\mathrm{T}}[f_1(t,\phi(0))+f_2(\phi,t)]+|g(t,\phi)^2|\right)$$

$$\leqslant -\lambda_1\left(\frac{1}{1+\varepsilon}-\frac{\kappa^2 q}{\varepsilon}\right)E|\phi(0)-D(\phi)|^2 + \lambda_2 q E|\phi(0)-D(\phi)|^2$$

$$= -\left[\lambda_1\left(\frac{1}{1+\varepsilon}-\frac{\kappa^2 q}{\varepsilon}\right)-\lambda_2 q\right]E|\phi(0)-D(\phi)|^2. \tag{6.25}$$

特别地，选取 $\varepsilon = \kappa\sqrt{q}/(1-\kappa\sqrt{q})$，因此

$$\left[\lambda_1\left(\frac{1}{1+\varepsilon}-\frac{\kappa^2 q}{\varepsilon}\right)-\lambda_2 q\right] = \lambda_1(1-\kappa\sqrt{q})^2 - \lambda_2 q > 0,$$

其中式(6.22)已用. 换句话说，条件(6.3)成立，因此，根据定理6.1和定理6.5，结论成立. 定理得证.

为说明另一个结果，我们介绍一个新的符号 $\mathcal{W}([-\tau,0];\mathbf{R}_+)$ 来表示由所有的 Borel 可测的有界非负函数 $\eta(\theta)$ 构成的集合，其中 $\eta(\theta)$ 定义在 $-\tau\leqslant\theta\leqslant 0$ 上，使得 $\int_{-\tau}^{0}\eta(\theta)\mathrm{d}\theta = 1$. 集合 $\mathcal{W}([-\tau,0];\mathbf{R}_+)$ 的函数有时称为加权函数.

推论 6.7 假设存在正常数 κ 和函数 $\eta_1 \in \mathcal{W}([-\tau,0];\mathbf{R}_+)$ 使得对所有的 $\varphi \in C([-\tau,0];\mathbf{R}^d)$ 有

$$|D(\varphi)|^2 \leqslant \kappa^2 \int_{-\tau}^{0}\eta_1(\theta)|\varphi(\theta)|^2 \mathrm{d}\theta, \tag{6.26}$$

又设存在函数 $\eta_2(\cdot) \in \mathcal{W}([-\tau,0];\mathbf{R}_+)$ 和两个正常数 λ_1 和 λ_2 使得对所有的 $t\geqslant t_0$ 和 $\varphi \in C([-\tau,0];\mathbf{R}^d)$ 有

$$2(\varphi(0)-D(\varphi))^{\mathrm{T}}[f_1(t,\varphi(0))+f_2(t,\varphi)]+|g(t,\varphi)|^2$$

$$\leqslant -\lambda_1|\varphi(0)|^2 + \lambda_2 \int_{-\tau}^{0}\eta_2(\theta)|\varphi(\theta)|^2 \mathrm{d}\theta. \tag{6.27}$$

如果式(6.20)满足，那么方程(6.18)的平凡解是均方指数稳定的. 此外，如果式(6.21)也满足，那么方程(6.18)的平凡解是几乎必然指数稳定的.

证明 若能证明式(6.26)和(6.27)分别意味着式(6.2)和(6.19)成立，则由推论6.6可得结论成立. 如果式(6.26)成立，那么对任意的 $\phi \in L^2_{\mathcal{F}}([-\tau,0];\mathbf{R}^d)$，有

$$E\left|D(\phi)\right|^2 \leqslant \kappa^2 \int_{-\tau}^0 \eta_1(\theta)E\left|\phi(\theta)\right|^2 \mathrm{d}\theta$$

$$\leqslant \kappa^2 \sup_{-\tau \leqslant \theta \leqslant 0} E\left|\phi(\theta)\right|^2 \int_{-\tau}^0 \eta_1(\theta)\mathrm{d}\theta = \kappa^2 \sup_{-\tau \leqslant \theta \leqslant 0} E\left|\phi(\theta)\right|^2,$$

即式(6.2)成立. 类似地, 有

$$E\int_{-\tau}^0 \eta_2(\theta)\left|\phi(\theta)\right|^2 \mathrm{d}\theta = \sup_{-\tau \leqslant \theta \leqslant 0} E\left|\phi(\theta)\right|^2.$$

因此式(6.27)意味着(6.19)成立. 命题得证.

2. 中立型随机微分时滞方程

考虑如下形式的中立型随机微分时滞方程

$$\mathrm{d}[x(t) - \tilde{D}(x(t-\tau))]$$

$$= F(x(t), x(t-\tau), t)\mathrm{d}t + G(x(t), x(t-\tau), t)\mathrm{d}B(t), \qquad t \geqslant t_0, \qquad (6.28)$$

其中 $\tilde{D}: \mathbf{R}^d \to \mathbf{R}^d, F: \mathbf{R}^d \times \mathbf{R}^d \times \mathbf{R}_+ \to \mathbf{R}^d$ 以及 $G: \mathbf{R}^d \times \mathbf{R}^d \times \mathbf{R}_+ \to \mathbf{R}^{d \times m}$. 和以前一样, 假设 $\tilde{D}, F$ 和 G 充分光滑, 使得对任意给定的初值 $x_0 = \xi \in L^2_{\mathcal{F}_{t_0}}([-\tau, 0]; \mathbf{R}^d)$ 方程 (6.28) 有唯一全局解, 该解仍记为 $x(t, \xi)$. 而且, 设 $\tilde{D}(0) = 0, F(0, 0, t) \equiv 0$ 和 $G(0, 0, t) \equiv 0$. 首先应用推论 6.6 给出一个非常重要的结果.

推论 6.8 假设存在正常数 κ 使得对所有的 $x \in \mathbf{R}^d$ 有

$$\left|\tilde{D}(x)\right| \leqslant \kappa^2\left|x\right|,$$

又设存在两个正常数 λ_1 和 λ_2 使得

$$2(x - \tilde{D}(y))^{\mathrm{T}} F(x, y, t) + \left|G(x, y, t)\right|^2 \leqslant -\lambda_1\left|x\right|^2 + \lambda_2\left|y\right|^2$$

对所有的 $(x, y, t) \in \mathbf{R}^d \times \mathbf{R}^d \times [t_0, \infty)$ 成立. 如果式(6.20)成立, 那么方程(6.28)的平凡解是均方指数稳定的. 此外, 如果存在常数 $K > 0$ 使得

$$\left|F(x, y, t)\right|^2 + \left|G(x, y, t)\right|^2 \leqslant K\left(\left|x\right|^2 + \left|y\right|^2\right) \qquad (6.29)$$

对所有的 $(x, y, t) \in \mathbf{R}^d \times \mathbf{R}^d \times [t_0, \infty)$ 成立, 那么方程(6.28)的平凡解是几乎必然指数稳定的.

因为方程(6.28)可以通过定义

$$D(\varphi) = \tilde{D}(\varphi(-\tau)), \qquad f_1(x, t) = F(x, 0, t),$$

$$f_2(\varphi, t) = -F(\varphi(0), 0, t) + F(\varphi(0), \varphi(-\tau), t), \qquad g(\varphi, t) = G(\varphi(0), \varphi(-\tau), t),$$

其中 $t \geqslant t_0$, $x \in \mathbf{R}^d$ 和 $\varphi \in C([-\tau, 0]; \mathbf{R}^d)$ 来写成方程(6.18), 所以推论 6.7 可直接由推论 6.6 得出. 当然, 我们可以利用定理 6.1 和定理 6.5 得到更一般的结果. 为实现这个目标, 我们回忆符号 $L^2(\Omega, \mathbf{R}^d)$, 它表示所有使得 $E\left|X\right|^2 < \infty$ 的 $\mathbf{R}^d$-值 $\mathcal{F}$-可测的随机变量 X 的族.

推论 6.9 令式(6.20)关于 $\kappa \in (0, 1)$ 成立, 且 $q > (1-\kappa)^{-2}$. 假设存在常数 $\lambda > 0$

使得

$$E\left[2(X-\tilde{D}(Y))^{\mathrm{T}}F(X,Y,t)+|G(X,Y,t)|^2\right] \leqslant -\lambda E|X-\tilde{D}(Y)|^2 \qquad (6.30)$$

对所有的 $t \geqslant t_0$ 和满足 $E|y|^2 < qE|X-\bar{D}(Y)|^2$ 的 $X,Y \in L^2(\Omega,\mathbf{R}^d)$ 成立，则方程 (6.28) 的平凡解是均方指数稳定的. 此外，如果式 (6.29) 成立，那么方程 (6.28) 的平凡解是几乎必然指数稳定的.

因为方程 (6.28) 可通过定义

$$D(\varphi)=\tilde{D}(\varphi(-\tau)), \qquad f(\varphi,t)=F(\varphi(0),\varphi(-\tau),t),$$

$$g(\varphi,t)=G(\varphi(0),\varphi(-\tau),t),$$

其中 $t \geqslant t_0$ 和 $\varphi \in C([-\tau,0];\mathbf{R}^d)$ 写成方程 (6.1)，所以推论 6.9 可直接由定理 6.1 和定理 6.5 得到.

3. 线性中立型随机泛函微分方程

作为更一般的应用，考虑线性中立型随机泛函微分方程

$$\mathrm{d}[x(t)-D(x_t)]=[-Ax(t)+G_0(x_t)]\mathrm{d}t+\sum_{i=1}^{m}G_i(x_t)\mathrm{d}B_i(t), \qquad (6.31)$$

其中 $t \geqslant t_0$，初值为 $x_0=\xi \in L^2_{\mathcal{F}_{t_0}}([-\tau,0];\mathbf{R}^d)$. 其中 A 是 $d \times d$ 的常量矩阵且对 $\varphi \in C([-\tau,0];\mathbf{R}^d), 0 \leqslant i \leqslant m$, 有

$$D(\varphi)=\int_{-\tau}^{0}\mathrm{d}\gamma(\theta)\varphi(\theta), \qquad G_i(\varphi)=\int_{-\tau}^{0}\mathrm{d}\beta_i(\theta)\varphi(\theta),$$

其中

$$\gamma(\theta)=(\gamma^{kl}(\theta))_{d \times d}, \qquad \beta_i(\theta)=(\beta_i^{kl}(\theta))_{d \times d}$$

且所有的元素 $\gamma^{kl}(\theta)$ 和 $\beta_i^{kl}(\theta)$ 是定义在 $-\tau \leqslant \theta \leqslant 0$ 上的有界变量函数. 令 $V_{\gamma^{kl}}(\theta)$ 表示由所有的 $[-\tau,0]$ 上的变量 γ^{kl} 构成的集合且 $V_{\gamma}(\theta)=\|V_{\gamma^{kl}}(\theta)\|$. 类似地，可定义 $V_{\beta_i}(\theta)$. 特别地，令

$$\hat{\gamma}=V_{\gamma}(0), \qquad \hat{\beta}_i=V_{\beta_i}(0), \qquad 0 \leqslant i \leqslant m,$$

现在我们提出第一个假设条件

$$0 < \hat{\gamma} < \frac{1}{2}, \qquad (6.32)$$

则对任意的 $\phi \in L^2_{\mathcal{F}}([-\tau,0];\mathbf{R}^d)$, 有

$$E|D(\phi)|^2 \leqslant \hat{\gamma}E\int_{-\tau}^{0}\mathrm{d}V_{\gamma}(\theta)|\phi(\theta)|^2 \leqslant \hat{\gamma}^2 \sup_{-\tau \leqslant \theta \leqslant 0}E|\phi(\theta)|^2. \qquad (6.33)$$

换句话说，当 $\kappa=\hat{\gamma}$ 时，式 (6.2) 成立. 而且

$$2E[|\phi(0)||D(\phi)|] \leqslant \frac{\hat{\gamma}}{1-2\hat{\gamma}}E|\phi(0)|^2+\frac{1-2\hat{\gamma}}{\hat{\gamma}}E|D(\phi)|^2$$

$$\leqslant \frac{\hat{\gamma}}{1-2\hat{\gamma}}E|\phi(0)|^2+\hat{\gamma}(1-2\hat{\gamma})\sup_{-\tau \leqslant \theta \leqslant 0}E|\phi(\theta)|^2. \qquad (6.34)$$

类似地，可得

$$2E[|\phi(0)||G_0(\phi)|] \le \frac{\hat{\beta}_0}{1-2\hat{\gamma}} E|\phi(0)|^2 + \hat{\beta}_0(1-2\hat{\gamma}) \sup_{-\tau \le \theta \le 0} E|\phi(\theta)|^2, \tag{6.35}$$

$$2E[|D(\phi)||G_0(\phi)|] \le 2\hat{\gamma}\hat{\beta}_0 \sup_{-\tau \le \theta \le 0} E|\phi(\theta)|^2 \tag{6.36}$$

和

$$\sum_{i=1}^{m} E|G_i(\phi)|^2 \le \left[\sum_{i=1}^{m} \hat{\beta}_i^2\right] \sup_{-\tau \le \theta \le 0} E|\phi(\theta)|^2. \tag{6.37}$$

利用式(6.34)~(6.37)，有

$$E\left(2(\phi(0)-D(\phi))^{\mathrm{T}}[-A\phi(0)+G_0(\phi)] + \sum_{i=1}^{m}|G_i(\phi)|^2\right)$$
$$\le -\left[\lambda_{\min}(A+A^{\mathrm{T}}) - \frac{\hat{\gamma}\|A\|+\hat{\beta}_0}{1-2\hat{\gamma}}\right] E|\phi(0)|^2 + \tag{6.38}$$
$$\left[\left(\hat{\gamma}\|A\|+\hat{\beta}_0\right)(1-2\hat{\gamma}) + 2\hat{\gamma}\hat{\beta}_0 + \sum_{i=1}^{m}\hat{\beta}_i^2\right] \sup_{-\tau \le \theta \le 0} E|\phi(\theta)|^2.$$

应用推论6.6可得下列结果.

推论 6.10 令式(6.32)成立. 如果

$$\lambda_{\min}(A+A^{\mathrm{T}}) > \frac{2(\hat{\gamma}\|A\|+\hat{\beta}_0)}{1-2\hat{\gamma}} + \frac{1}{(1-2\hat{\gamma})^2}\left(2\hat{\gamma}\hat{\beta}_0 + \sum_{i=1}^{m}\hat{\beta}_i^2\right), \tag{6.39}$$

那么方程(6.31)的平凡解是均方指数稳定的以及几乎必然指数稳定的.

4. 例子

我们讨论两个例子来结束本节内容.

例 6.11 考虑1-维中立型随机微分时滞方程

$$d[x(t)-\kappa x(t-\tau)] = -ax(t)dt + bx(t-\tau)dB(t), \quad t \ge t_0, \tag{6.40}$$

其中$B(t)$是1-维Brown运动，$a>0, b>0$且$\kappa \in \left(0, \frac{1}{2}\right)$. 令$\varepsilon>0$. 对$x,y \in \mathbf{R}$计算得

$$2(x-\kappa y)(-ax) + b^2y^2 = -2ax^2 + 2\kappa axy + b^2y^2$$
$$\le -(2a-\kappa a\varepsilon)x^2 + \left(\frac{\kappa a}{\varepsilon} + b^2\right)y^2.$$

由推论6.8可知，方程(6.40)的平凡解是均方指数稳定的和几乎必然指数稳定的，如果能找到$\varepsilon>0$满足

$$(2a-\kappa a\varepsilon) > \frac{1}{(1-2\kappa)^2}\left(\frac{\kappa a}{\varepsilon} + b^2\right),$$

即

$$2a > \frac{1}{(1-2\kappa)^2}\left(\frac{\kappa a}{\varepsilon}+b^2\right)+\kappa a\varepsilon.$$

因此，稳定性条件变为

$$2a > \min_{\varepsilon>0}\left[\frac{1}{(1-2\kappa)^2}\left(\frac{\kappa a}{\varepsilon}+b^2\right)+\kappa a\varepsilon\right]. \tag{6.41}$$

很容易验证，当 $\varepsilon=(1-2\kappa)^{-1}$ 时，式 (6.41) 的右端能达到最小值

$$\frac{2\kappa a}{1-2\kappa}+\frac{b^2}{(1-2\kappa)^2}.$$

因此式 (6.41) 变为

$$2a > \frac{2\kappa a}{1-2\kappa}+\frac{b^2}{(1-2\kappa)^2}.$$

因此可得方程 (6.40) 的稳定性条件为

$$2a(1-2\kappa)(1-3\kappa) > b^2. \tag{6.42}$$

例 6.12 考虑 $d-$维中立型随机泛函微分方程

$$\mathrm{d}[x(t)-\tilde{D}(\Theta(x_t))] = f(x(t),t)\mathrm{d}t + g(\Theta(x_t),t)\mathrm{d}B(t), \qquad t \geqslant t_0, \tag{6.43}$$

其中 $\tilde{D}:\mathbf{R}^d\to\mathbf{R}^d, f:\mathbf{R}^d\times\mathbf{R}_+\to\mathbf{R}^d, g:\mathbf{R}^d\times\mathbf{R}_+\to\mathbf{R}^{d\times m}$，$\Theta$ 是从集合 $C([-\tau,0];\mathbf{R}^d)$ 到 $\mathbf{R}^d$ 上的线性算子并定义为

$$\Theta(\varphi) = \frac{1}{\tau}\int_{-\tau}^{0}\varphi(\theta)\mathrm{d}\theta.$$

假设存在四个正常数 $\lambda,\kappa,\kappa_1,\kappa_2$ 且 $\kappa\in\left(0,\frac{1}{2}\right)$ 使得

$$\left|\tilde{D}(x)\right|\leqslant\kappa|x|, \qquad -2x^{\mathrm{T}}f(x,t)\leqslant-\lambda|x|,$$

$$\left|f(x,t)\right|\leqslant\kappa_1|x|, \qquad \left|g(x,t)^2\right|\leqslant\kappa_2|x|,$$

则对任意的 $\phi\in L^2_{\mathcal{F}}([-\tau,0];\mathbf{R}^d)$，有

$$E\left|\tilde{D}(\Theta(\phi))\right|^2 \leqslant \kappa^2 E\left|\Theta(\phi)\right|^2 \leqslant \frac{\kappa^2}{\tau^2}E\left|\int_{-\tau}^{0}\phi(\theta)\mathrm{d}\theta\right|^2$$

$$\leqslant \frac{\kappa^2}{\tau}E\int_{-\tau}^{0}\left|\phi(\theta)\right|^2\mathrm{d}\theta \leqslant \kappa^2\sup_{-\tau\leqslant\theta\leqslant0}E\left|\phi(\theta)\right|^2.$$

换句话说，条件 (6.2) 成立(其中 $D(\cdot)=\tilde{D}(\Theta(\cdot))$). 类似地，可得

$$E\left|g(\phi,t)\right|^2 \leqslant \kappa^2 \sup_{-\tau\leqslant\theta\leqslant0} E\left|\phi(\theta)\right|^2.$$

然而，通过计算得

$$E\left(2(\phi(0)-\tilde{D}(\Theta(\phi)))^{\mathrm{T}} f(\phi(0),t)+\left|g(\phi,t)\right|^2\right)$$

$$\leqslant -\lambda E\left|\phi(0)\right|^2 + 2E\left[\left|\tilde{D}(\Theta(\phi))\right|\left|f(\phi(0),t)\right|\right] + E\left|g(\phi,t)\right|^2$$

$$\leqslant -\lambda E\left|\phi(0)\right|^2 + \frac{\kappa_1(1-2\kappa)}{\kappa} E\left|\tilde{D}(\Theta(\phi))\right|^2 +$$

$$\frac{\kappa}{\kappa_1(1-2\kappa)} E\left|f(\phi(0),t)\right|^2 + E\left|g(\phi,t)\right|^2$$

$$\leqslant \left(\lambda - \frac{\kappa\kappa_1}{1-2\kappa}\right) E\left|\phi(0)\right|^2 + \left[\kappa\kappa_1(1-2\kappa)+\kappa_2\right] \sup_{-\tau\leqslant\theta\leqslant0} E\left|\phi(\theta)\right|^2.$$

根据推论 6.6，则均方指数稳定性和几乎必然指数稳定性的条件为

$$\lambda - \frac{\kappa\kappa_1}{1-2\kappa} > \frac{\kappa\kappa_1(1-2\kappa)+\kappa_2}{(1-2\kappa)^2},$$

即

$$\lambda > \frac{2\kappa\kappa_1(1-2\kappa)+\kappa_2}{(1-2\kappa)^2}. \tag{6.44}$$

7

后向随机微分方程

7.1 前　言

本章我们将研究一类新的随机方程，即下列后向随机微分方程

$$x(t) = \int_t^T f(x(s), y(s), s)\mathrm{d}s + \int_t^T [g(x(s), s) + y(s)]\mathrm{d}B(s) = X \tag{1.1}$$

其中 $0 \leqslant t \leqslant T$. 在最优随机控制中伴随过程的方程(见 Bensoussan 的文献 (1982)，Bismut 的文献(1973)，Haussmann 的文献(1986))是该方程的线性形式. 在控制领域，通常认为 $y(t)$ 是一种适应控制以及 $x(t)$ 是系统的状态. 目的就是选取适应控制 $y(t)$ 使系统的状态 $x(t)$ 在时刻 $t = T$ 处达到给定的目标 X. 这就是所谓的可达性问题. 在后向随机微分方程领域，我们希望寻找一对适应过程 $\{x(t), y(t)\}$ 解决该方程. 这样的一对过程称为该方程的适应解. 正是由于过程 $y(t)$ 的选取自由，才使找到适应解成为可能.

Pardoux 和 Peng (1990) 在 $f(x, y, t)$ 和 $g(x, t)$ 分别关于 (x, y) 和 x 一致 Lipschitz 连续的条件下给出了适应解存在性和唯一性的一些结果. Mao (1995a) 沿着该方向在非 Lipschitz 条件下得到一些结论. 更重要的是，Pardoux 和 Peng (1992) 用后向随机微分方程解的形式给出了一类拟线性抛物型偏微分方程系统的解的概率表示. 换句话说，他们得到了著名的 Feynman-Kac 公式的推广. 鉴于 Feynman-Kac 公式在偏微分方程，如 K.P.P.方程(参看 Freidlin 的文献(1985))研究中的影响力，我们可以预料到该广义的 Feynman-Kac 公式在研究拟线性抛物型

偏微分方程时将发挥重大作用. 因此, 从控制论以及偏微分方程研究的观点出发, 我们很清晰地看到研究后向随机微分方程的重要性.

7.2 鞅表示定理

本节我们将介绍重要的鞅表示定理, 它在本章的研究中将发挥重要作用.

不同于其他章, 本章需要强调的是仅仅给出完备的概率空间 $(\Omega, \mathcal{F}, P)$ 和定义在该空间上的 m－维 Brown 运动 $B(t)$ (无滤子). 然后令 $\{\mathcal{F}_t^B\}_{t \geq 0}$ 是由 Brown 运动产生的自然滤子, 即 $\mathcal{F}_t^B = \sigma\{B(s): 0 \leq s \leq t\}$. 令 $\{\mathcal{F}_t\}_{t \geq 0}$ 是该自然滤子在 P 下的增广形式, 则 $\{\mathcal{F}_t\}_{t \geq 0}$ 是 $(\Omega, \mathcal{F}, P)$ 上满足通常条件的滤子, 而且, $B(t)$ 关于该滤子是 Brown 运动(见 1.4 节).

令 $T > 0$. 在 1.5 节已经说明了对任意的 $f \in \mathcal{M}^2([0,T]; \mathbf{R}^{d \times m})$, Itô 积分

$$\int_0^t f(s)\mathrm{d}B(s)$$

在 $t \in [0,T]$ 关于 $\{\mathcal{F}_t\}$ 是连续的均方可积鞅. 本节中, 我们将给出其逆命题——任意连续的均方可积鞅关于 $\{\mathcal{F}_t\}$ 可以表达为 Itô 积分. 这一结论, 称为鞅表示定理, 在很多应用中将发挥重要作用, 叙述如下.

定理 2.1 令 $\{M_t\}_{0 \leq t \leq T}$ 是连续的 $\mathbf{R}^d$－值的关于 $\{\mathcal{F}_t\}$ 的均方可积鞅. 则存在唯一的随机过程 $f \in \mathcal{M}^2([0,T]; \mathbf{R}^{d \times m})$ 使得

$$M_t = M_0 + \int_0^t f(s)\mathrm{d}B(s), \qquad t \in [0,T]. \tag{2.1}$$

由唯一性可知, 如果对其他任意过程 $g \in \mathcal{M}^2([0,T]; \mathbf{R}^{d \times m})$ 满足

$$M_t = M_0 + \int_0^t g(s)\mathrm{d}B(s), \qquad t \in [0,T],$$

那么

$$E\int_0^T |f(s) - g(s)|^2 \, \mathrm{d}s = 0. \tag{2.2}$$

显然, 只需证定理中 $d = 1$ 的情形. 为完成证明, 需要给出一些引理. 令 $C_0^\infty(\mathbf{R}^{m \times n}; \mathbf{R})$ 表示所有的从 $\mathbf{R}^{m \times n}$ 到 $\mathbf{R}$ 的具有紧支撑的无穷多次可微函数构成的集合. 令 $L_{\mathcal{F}_T}^2(\Omega; \mathbf{R})$ 表示所有的实值 $\mathcal{F}_T$－可测的随机变量 ξ 构成的集合使得 $E|\xi|^2 < \infty$. 令 $L^2([0,T]; \mathbf{R}^{1 \times m})$ 表示所有的从 $[0,T]$ 到 $\mathbf{R}^{1 \times m}$ 上的 Borel 可测函数 h 构成的集合且 $\int_0^T |h(t)|^2 \, \mathrm{d}t < \infty$. 注意到 $L^2([0,T]; \mathbf{R}^{1 \times m})$ 中的函数是确定的且 $L^2([0,T]; \mathbf{R}^{1 \times m})$ 是 $\mathcal{M}^2([0,T]; \mathbf{R}^{1 \times m})$ 的子集.

引理 2.2 随机变量的集合

$$\{\varphi(B(t_1), \cdots, B(t_n)): t_i \in [0,T], \varphi \in C_0^\infty(\mathbf{R}^{m \times n}; \mathbf{R}), n = 1, 2, \cdots\}$$

在 $L_{\mathcal{F}_T}^2(\Omega; \mathbf{R})$ 中是稠密的.

证明　令 $\{t_i\}_{i \geqslant 1}$ 是 $[0,T]$ 中的稠密子集. 对每一个整数 $n \geqslant 1$，令 $\mathcal{G}_n$ 是由 $B(t_1),\cdots,B(t_n)$ 产生的 σ-代数，即 $\mathcal{G}_n = \sigma\{B(t_1),\cdots,B(t_n)\}$. 显然

$$\mathcal{G}_n \subset \mathcal{G}_{n+1} \quad \text{且} \quad \mathcal{F}_T = \sigma\left(\bigcup_{n=1}^{\infty} \mathcal{G}_n\right).$$

令 $g \in L^2_{\mathcal{F}_T}(\Omega; \mathbf{R})$ 是任意的. 根据 Doob 鞅收敛定理(即定理 1.3.5)，则

$$E(g \mid \mathcal{G}_n) \to E(g \mid \mathcal{F}_T) = g, \qquad n \to \infty$$

几乎处处成立且属于 L^2. 另外，利用引理 1.2.1，对每一个 n，存在 Borel 可测函数 $g_n : \mathbf{R}^{m \times n} \to \mathbf{R}$ 使得

$$E(g \mid \mathcal{G}_n) = g_n(B(t_1),\cdots,B(t_n)).$$

然而，这样的 $g_n(B(t_1),\cdots,B(t_n))$ 可在 $L^2_{\mathcal{F}_T}(\Omega; \mathbf{R})$ 中由函数 $\varphi_{n,k}\{B(t_1),\cdots,B(t_n)\}$ 近似表示，其中 $\varphi_{n,k} \in C_0^{\infty}\{\mathbf{R}^{m \times n}; \mathbf{R}\}$，因此结论如下.

引理 2.3　随机变量的线性跨度

$$\exp\left(\int_0^T h(t)\mathrm{d}B(t) - \frac{1}{2}\int_0^T |h(t)|^2 \,\mathrm{d}t\right), \quad h \in L^2([0,T]; \mathbf{R}^{1 \times m}) \tag{2.3}$$

在 $L^2_{\mathcal{F}_T}(\Omega; \mathbf{R})$ 中是稠密的.

证明　若能验证当 $g \in L^2_{\mathcal{F}_T}(\Omega; \mathbf{R})$ 正交于(在 $L^2_{\mathcal{F}_T}(\Omega; \mathbf{R})$ 中)形如式 (2.3) 的所有随机变量时，$g = 0$ 成立，则该引理的结论即可得证. 令 g 是任意这样的随机变量. 则对所有的 $\lambda = (\lambda_{ij})_{n \times m} \in \mathbf{R}^{n \times m}$ 和所有的 $t_1,\cdots,t_n \in [0,T]$，有

$$G(\lambda) := E\{g \exp(\mathrm{trace}[\lambda(B(t_1),\cdots,B(t_n))])\} = 0, \tag{2.4}$$

对

$$\exp\left(\int_0^T h(t)\mathrm{d}B(t) - \frac{1}{2}\int_0^T |h(t)|^2 \,\mathrm{d}t\right)$$

$$= \exp\left(\mathrm{trace}[\lambda(B(t_1),\cdots,B(t_n))] - \frac{1}{2}\int_0^T |h(t)|^2 \,\mathrm{d}t\right)$$

成立. 令

$$h(t) = \sum_{i=1}^{n}(\lambda_i + \lambda_{i+1})I_{[t_i,\, t_{i-1}]}(t),$$

其中 $t_0 = 0$，$\lambda_i = (\lambda_{i1},\cdots,\lambda_{im})$ 和 $\lambda_{n+1} = 0$. 函数 $G(\lambda)$ 关于 $\lambda \in \mathbf{R}^{n \times m}$ 是实解析的，因此关于完备空间 $C^{n \times m}$ 有一个解析的推广形式

$$G(z) = E\{g \exp(\mathrm{trace}[\lambda(B(t_1),\cdots,B(t_n))])\}$$

对 $z = (z_{ij})_{n \times m} \in C^{n \times m}$. 因为在 $\mathbf{R}^{n \times m}$ 上 $G = 0$ 且 G 是解析的，所以在整个空间 $C^{n \times m}$ 必有 $G = 0$. 特别地

$$G(\mathrm{i}Y) = E\{g \exp(\mathrm{i}\,\mathrm{trace}[Y(B(t_1),\cdots,B(t_n))])\} \tag{2.5}$$

对所有的 $Y = (y_{ij})_{n \times m} \in \mathbf{R}^{n \times m}$. 在 $C_0^\infty(\mathbf{R}^{m \times n}, \mathbf{R})$ 中，对任意的函数 $\varphi(X)$, $X = (x_{ij})_{m \times n}$, 令 $\hat{\varphi}(Y)$ 是 $\varphi(X)$ 的 Fourier 转换，即

$$\hat{\varphi}(Y) = (2\pi)^{-\frac{nm}{2}} \int_{\mathbf{R}^{n \times m}} \varphi(X) \exp[-\mathrm{i}\ \mathrm{trace}(YX)] \mathrm{d}X.$$

注意到根据 Fourier 转换定理的逆命题可得

$$\varphi(X) = (2\pi)^{-\frac{nm}{2}} \int_{\mathbf{R}^{n \times m}} \hat{\varphi}(Y) \exp[\mathrm{i}\ \mathrm{trace}(YX)] \mathrm{d}Y.$$

经计算可知

$$E[g\varphi(B(t_1), \cdots, B(t_n))]$$

$$= E\left[g(2\pi)^{-\frac{nm}{2}} \int_{\mathbf{R}^{n \times m}} \hat{\varphi}(Y) \exp(\mathrm{i}\ \mathrm{trace}[Y(B(t_1), \cdots, B(t_n))]) \mathrm{d}Y \right]$$

$$= (2\pi)^{-\frac{nm}{2}} \int_{\mathbf{R}^{n \times m}} \hat{\varphi}(Y) E\left\{ g \exp(\mathrm{i}\ \mathrm{trace}[Y(B(t_1), \cdots, B(t_n))]) \right\} \mathrm{d}Y$$

$$= 0. \tag{2.6}$$

结合引理 2.2，则 g 正交于 $L_{\mathcal{F}_T}^2(\Omega; \mathbf{R})$ 的一个稠密子集. 因此必有 $g = 0$. 引理得证.

引理 2.4 对任意的 $\xi \in L_{\mathcal{F}_T}^2(\Omega; \mathbf{R})$，存在唯一的随机过程 $f \in \mathcal{M}^2([0, T]; \mathbf{R}^{1 \times m})$ 使得

$$\xi = E\xi + \int_0^T f(s) \mathrm{d}B(s). \tag{2.7}$$

根据唯一性可知，如果对其他任意的过程 $g \in \mathcal{M}^2([0, T]; \mathbf{R}^{1 \times m})$ 满足

$$\xi = E\xi + \int_0^T g(s) \mathrm{d}B(s), \tag{2.8}$$

那么

$$E\int_0^T |f(s) - g(s)|^2 \mathrm{d}s = 0. \tag{2.9}$$

证明 唯一性显然成立，由式 (2.7) 和 (2.8) 可知

$$\int_0^T [f(s) - g(s)] \mathrm{d}B(s) = 0$$

根据 Itô 积分的性质则得式 (2.9) 成立. 为证明存在性，首先假设 ξ 满足式 (2.3)，即

$$\xi = \exp\left(\int_0^T h(t) \mathrm{d}B(t) - \frac{1}{2} \int_0^T |h(t)|^2 \mathrm{d}t \right)$$

对 $h \in L^2([0, T]; \mathbf{R}^{1 \times m})$. 定义

$$x(t) = \exp\left(\int_0^t h(s) \mathrm{d}B(s) - \frac{1}{2} \int_0^t |h(s)^2| \mathrm{d}s \right), \quad 0 \leqslant t \leqslant T$$

利用 Itô 公式，得

$$\mathrm{d}x(t) = x(t)\left[h(t)\mathrm{d}B(t) - \frac{1}{2}|h(t)|^2\,\mathrm{d}t\right] + \frac{1}{2}x(t)|h(t)|^2\,\mathrm{d}t$$
$$= x(t)h(t)\mathrm{d}B(t).$$

进而

$$x(t) = 1 + \int_0^t x(s)h(s)\mathrm{d}B(s).$$

特别地，有

$$\xi = x(T) = 1 + \int_0^T x(s)h(s)\mathrm{d}B(s),$$

意味着 $E\xi = 1$. 因此当 $f(t) = x(t)h(t)$ 时，要证的结论 (2.7) 成立. 根据结论 (2.7) 的线性表示，可知对具有形式 (2.3) 的任意线性组合的函数，结论 (2.7) 均成立. 令任意的 $\xi \in L^2_{\mathcal{F}_T}(\Omega; \mathbf{R})$. 根据引理 2.3，则在 $L^2_{\mathcal{F}_T}(\Omega; \mathbf{R})$ 中可用 $\{\xi_n\}$ 近似表示 ξ，其中每一个 ξ_n 是具有形式 (2.3) 的线性组合的函数. 因此，对每一个 n，均有过程 $f_n \in \mathcal{M}^2([0,T]; \mathbf{R}^{1\times m})$ 使得

$$\xi_n = E\xi + \int_0^T f_n(s)\mathrm{d}B(s). \tag{2.10}$$

故

$$E\int_0^T |f_n(s) - f_m(s)|^2\,\mathrm{d}s$$
$$= E\left|\int_0^T [f_n(s) - f_m(s)]\mathrm{d}B(s)\right|^2$$
$$= E|\xi_n - E\xi_n - \xi_m + E\xi_m|^2$$
$$= E|\xi_n - \xi_m|^2 - |E\xi_n - E\xi_m|^2$$
$$\to 0, \qquad n, m \to \infty.$$

换句话说，$\{f_n\}$ 在 $\mathcal{M}^2([0,T]; \mathbf{R}^{1\times m})$ 中是 Cauchy 序列，因此收敛于某个函数 $f \in \mathcal{M}^2([0,T]; \mathbf{R}^{1\times m})$. 在式 (2.10) 中令 $n \to \infty$ 可得

$$\xi = E\xi + \int_0^T f(s)\mathrm{d}B(s)$$

成立. 引理得证.

现在开始证明鞅表示定理.

定理 2.1 的证明 不失一般性，假设 $d = 1$. 对 $\xi = M(T)$ 应用引理 2.4，则存在唯一的过程(唯一性成立) $f \in \mathcal{M}^2([0,T]; \mathbf{R}^{1\times m})$ 使得

$$M(T) = EM(T) + \int_0^T f(s)\mathrm{d}B(s).$$

根据 $M(T)$ 的鞅性可知 $EM(t) = EM(0)$. 因为 $M(0)$ 是 $\mathcal{F}_0$ – 可测的，所以必存在一个常数几乎处处成立且 $EM(0) = M(0)$a.s. 则

$$M(t) = M(0) + \int_0^T f(s)\mathrm{d}B(s). \tag{2.11}$$

对任意的 $0 \leq t \leq T$，利用定理 1.5.21，得

$$M(t) = E(M(T) \mid \mathcal{F}_t) = M(0) + E\left(\int_0^T f(s)\mathrm{d}B(s) \mid \mathcal{F}_t\right)$$

$$= M(0) + \int_0^t f(s)\mathrm{d}B(s),$$

这就是要证的结论 (2.1). 定理得证.

7.3　带有 Lipschitz 系数的方程

令 P 表示所有 $[0,T] \times \Omega$ 的 $\mathcal{F}_t$-渐近可测的子集生成的 σ-代数构成的集合. 令 f 是 $\mathbf{R}^d \times \mathbf{R}^{d \times m} \times [0,T] \times \Omega$ 到 $\mathbf{R}^d$ 上的映射且为 $B^d \otimes B^{d \times m} \otimes P$-可测的. 令 g 是 $\mathbf{R}^d \times [0,T] \times \Omega$ 到 $\mathbf{R}^{d \times m}$ 上的映射且为 $B^d \otimes P$-可测的. 令 X 是给定的 $\mathcal{F}_T$-可测的 $\mathbf{R}^d$-值的随机变量，使得 $E|X|^2 < \infty$，即 $X \in L^2_{\mathcal{F}_T}(\Omega; \mathbf{R}^d)$.

本节我们将讨论下列后向随机微分方程

$$x(t) + \int_t^T f(x(s), y(s), s)\mathrm{d}s + \int_t^T [g(x(s), s) + y(s)]\mathrm{d}B(s) = X \tag{3.1}$$

其中 $t \in [0,T]$，$x(\cdot)$ 和 $y(\cdot)$ 分别是 $\mathbf{R}^d$-值和 $\mathbf{R}^{d \times m}$-值的. 若把方程 (3.1) 写为

$$x(T) - x(t) = \int_t^T f(x(s), y(s), s)\mathrm{d}s + \int_t^T [g(x(s), s) + y(s)]\mathrm{d}B(s),$$

显然，可知 $x(t)$ 是 Itô 过程且其随机微分为

$$\mathrm{d}x(t) = f(x(t), y(t), t)\mathrm{d}t + [g(x(t), t) + y(t)]\mathrm{d}B(t). \tag{3.2}$$

因此我们可以把后向方程 (3.1) 理解为终值为 $x(T) = X$ 的随机微分方程 (3.2). 这是一个终值，而不是初值，使得后向随机微分方程与第 2 章讨论的(前向)随机微分方程有很大区别. 现在，我们给出关于后向随机微分方程解的一个精确定义.

定义 3.1　一对随机过程

$$\{x(t), y(t)\}_{0 \leqslant t \leqslant T} \in \mathcal{M}^2([0,T]; \mathbf{R}^d) \times \mathcal{M}^2([0,T]; \mathbf{R}^{d \times m})$$

称为是后向随机微分方程 (3.1) 的解，如果满足下列性质：

(i)　$f(x(\cdot), y(\cdot), \cdot) \in \mathcal{M}^2([0,T]; \mathbf{R}^d)$ 和 $g(x(\cdot), \cdot) \in \mathcal{M}^2([0,T]; \cdot)$;

(ii)　方程 (3.1) 对每一个 $t \in [0,T]$ 成立的概率为 1.

该解 $\{x(t), y(t)\}$ 称为是唯一的，若对其他任意解 $\{\bar{x}(t), \bar{y}(t)\}$ 满足

$$P\{x(t) = \bar{x}(t), \forall\, 0 \leqslant t \leqslant T\} = 1$$

和

$$E\int_0^T |y(s) - \bar{y}(s)|^2 \mathrm{d}s = 0.$$

下列存在唯一性定理可详见 Pardoux 和 Peng 的文献(1990).

定理 3.2 假设

$$f(0,0,\cdot) \in \mathcal{M}^2([0,T];\mathbf{R}^d) \text{ 和 } g(0,\cdot) \in \mathcal{M}^2([0,T];\mathbf{R}^{d\times m}). \tag{3.3}$$

若存在正常数 $K > 0$ 使得

$$\left| f(x,y,t) - f(\bar{x},\bar{y},t) \right|^2 \leqslant K\left(\left| x - \bar{x} \right|^2 + \left| y - \bar{y} \right|^2 \right), \qquad \text{a.s.} \tag{3.4}$$

和

$$\left| g(x,t) - g(\bar{x},t) \right|^2 \leqslant K \left| x - \bar{x} \right|^2, \qquad \text{a.s.} \tag{3.5}$$

对所有的 $x, \bar{x} \in \mathbf{R}^d$, $y, \bar{y} \in \mathbf{R}^{d\times m}$ 和 $t \in [0,T]$ 成立，则方程 (3.1) 存在唯一解 $\{x(t), y(t)\} \in \mathcal{M}^2([0,T];\mathbf{R}^d) \times \mathcal{M}^2([0,T];\mathbf{R}^{d\times m})$.

为证明该定理，需要下列引理.

引理 3.3 令 $f(\cdot) \in \mathcal{M}^2([0,T];\mathbf{R}^d)$ 和 $g(\cdot) \in \mathcal{M}^2([0,T];\mathbf{R}^{d\times m})$. 则存在一对随机过程 $\{x(t), y(t)\} \in \mathcal{M}^2([0,T];\mathbf{R}^d) \times \mathcal{M}^2([0,T];\mathbf{R}^{d\times m})$ 使得

$$x(t) + \int_t^T f(s)\mathrm{d}s + \int_t^T [g(s) + y(s)]\mathrm{d}B(s) = X \tag{3.6}$$

对所有的 $0 \leqslant t \leqslant T$ 成立.

证明 定义

$$M(t) = E\left(X - \int_0^T f(s)\mathrm{d}s \,\Big|\, \mathcal{F}_t \right), \qquad 0 \leqslant t \leqslant T.$$

则 $M(t)$ 是均方可积鞅. 由定理 2.1 可知存在唯一随机过程 $\hat{y}(\cdot) \in \mathcal{M}^2([0,T];\mathbf{R}^{d\times m})$ 使得

$$M(t) = M(0) + \int_0^t \hat{y}(s)\mathrm{d}B(s), \qquad 0 \leqslant t \leqslant T.$$

定义

$$x(t) = M(t) + \int_0^t f(s)\mathrm{d}s \quad \text{和} \quad y(t) = \hat{y}(t) - g(t)$$

其中 $0 \leqslant t \leqslant T$. 显然，$\{x(t), y(t)\} \in \mathcal{M}^2([0,T];\mathbf{R}^d) \times \mathcal{M}^2([0,T];\mathbf{R}^{d\times m})$. 而且，有

$$\int_t^T [g(s) + y(s)]\mathrm{d}B(s)$$

$$= \int_t^T \hat{y}(s)\mathrm{d}B(s)$$

$$= \int_0^T \hat{y}(s)\mathrm{d}B(s) - \int_0^t \hat{y}(s)\mathrm{d}B(s)$$

$$= M(T) - M(t).$$

注意到

$$M(T) = X - \int_0^T f(s)\mathrm{d}s,$$

可得

$$\int_t^T [g(s) + y(s)]\mathrm{d}B(s) = X - \int_0^T f(s)\mathrm{d}s - M(t) = X - x(t) - \int_t^T f(s)\mathrm{d}s,$$

这就是方程(3.6). 为证唯一性，令 $\{\bar{x}(t), \bar{y}(t)\}$ 是方程(3.6)的另外一对解. 则

$$x(t) - \bar{x}(t) = -\int_t^T [y(s) - \bar{y}(s)]\mathrm{d}B(s), \quad 0 \leq t \leq T.$$

因此，对每一个 $t \in [0, T]$，有

$$x(t) - \bar{x}(t) = E(x(t) - \bar{x}(t) \mid \mathcal{F}_t)$$
$$= -E\left(\int_t^T [y(s) - \bar{y}(s)]\mathrm{d}B(s) \Big| \mathcal{F}_t\right) = 0, \quad \text{a.s.,}$$

由于 $x(t)$ 连续，很容易得 $x(t) = \bar{x}(t)$ 对所有的 $0 \leq t \leq T$ 几乎处处成立. 进一步，得

$$0 = x(0) - \bar{x}(0) = -\int_0^T [y(s) - \bar{y}(s)]\mathrm{d}B(s)$$

可立即推出

$$E\int_0^T |y(s) - \bar{y}(s)|^2 \mathrm{d}s = 0.$$

唯一性得证.

引理 3.4 令 $g(\cdot) \in \mathcal{M}^2([0, T]; \mathbf{R}^{d \times m})$. 设 f 是 $\mathbf{R}^{d \times m} \times [0, T] \times \Omega$ 到 $\mathbf{R}^d$ 上的映射且为 $B^{d \times m} \otimes P -$ 可测的. 假设

$$f(0, \cdot) \in \mathcal{M}^2([0, T]; \mathbf{R}^d).$$

又设存在正常数 $K > 0$ 使得

$$|f(y, t) - f(\bar{y}, t)|^2 \leq K|y - \bar{y}|^2, \quad \text{a.s.} \tag{3.7}$$

对所有的 $y, \bar{y} \in \mathbf{R}^{d \times m}$ 和 $t \in [0, T]$. 则后向随机微分方程

$$x(t) + \int_t^T f(y(s), s)\mathrm{d}s + \int_t^T [g(s) + y(s)]\mathrm{d}B(s) = X \tag{3.8}$$

有唯一解 $\{x(t), y(t)\} \in \mathcal{M}^2([0, T]; \mathbf{R}^d) \times \mathcal{M}^2([0, T]; \mathbf{R}^{d \times m})$.

证明 先证唯一性. 令 $\{x(t), y(t)\}$ 和 $\{\bar{x}(t), \bar{y}(t)\}$ 是两个解. 利用方程(3.2), 很容易得

$$\mathrm{d}[x(t) - \bar{x}(t)] = [f(y(t), t) - f(\bar{y}(t), t)]\mathrm{d}t + [y(t) - \bar{y}(t)]\mathrm{d}B(t).$$

根据 Itô 公式，对所有的 $0 \leq t \leq T$, 有

$$\mathrm{d}|x(t) - \bar{x}(t)|^2 = 2[x(t) - \bar{x}(t)]^{\mathrm{T}}[f(y(t), t) - f(\bar{y}(t), t)]\mathrm{d}t +$$
$$|y(t) - \bar{y}(t)|^2 \mathrm{d}t + 2[x(t) - \bar{x}(t)]^{\mathrm{T}}[y(t) - \bar{y}(t)]^{\mathrm{T}}\mathrm{d}B(t).$$

因此

$$-|x(t) - \bar{x}(t)|^2 = 2\int_t^T [x(s) - \bar{x}(s)]^{\mathrm{T}}[f(y(s), s) - f(\bar{y}(s), s)]\mathrm{d}s +$$
$$\int_t^T |y(s) - \bar{y}(s)|^2 \mathrm{d}s + 2\int_t^T [x(s) - \bar{x}(s)]^{\mathrm{T}}[y(s) - \bar{y}(s)]^{\mathrm{T}}\mathrm{d}B(s).$$

等号两边取期望可得

$$E\left|x(t)-\overline{x}(t)\right|^2 + E\int_t^T \left|y(s)-\overline{y}(s)\right|^2 \mathrm{d}s$$

$$= -2E\int_t^T [x(s)-\overline{x}(s)]^{\mathrm{T}}[f(y(s),s)-f(\overline{y}(s),s)]\mathrm{d}s.$$

利用基本不等式 $2ab \leqslant a^2/\varepsilon + \varepsilon b^2$ $(\varepsilon > 0)$ 和 Lipschitz 条件 (3.7) 可知

$$E\left|x(t)-\overline{x}(t)\right|^2 + E\int_t^T \left|y(s)-\overline{y}(s)\right|^2 \mathrm{d}s$$

$$\leqslant \frac{1}{\varepsilon}E\int_t^T \left|x(s)-\overline{x}(s)\right|^2 \mathrm{d}s + \varepsilon K E\int_t^T \left|y(s)-\overline{y}(s)\right|^2 \mathrm{d}s.$$

令 $\varepsilon = 1/2K$ 得

$$E\left|x(t)-\overline{x}(t)\right|^2 + E\int_t^T \left|y(s)-\overline{y}(s)\right|^2 \mathrm{d}s$$

$$\leqslant 2KE\int_t^T \left|x(s)-\overline{x}(s)\right|^2 \mathrm{d}s + \frac{1}{2}E\int_t^T \left|y(s)-\overline{y}(s)\right|^2 \mathrm{d}s. \tag{3.9}$$

特别地, 有

$$E\left|x(t)-\overline{x}(t)\right|^2 \leqslant 2KE\int_t^T \left|x(s)-\overline{x}(s)\right|^2 \mathrm{d}s.$$

利用 Gronwall 不等式可得

$$E\left|x(t)-\overline{x}(t)\right|^2 = 0 , \qquad \forall 0 \leqslant t \leqslant T,$$

这就意味着 $x(t) = \overline{x}(t)$ 对所有的 $0 \leqslant t \leqslant T$ 几乎处处成立. 代入式 (3.9) 可得

$$E\int_0^T \left|y(s)-\overline{y}(s)\right|^2 \mathrm{d}s = 0.$$

唯一性得证.

现在我们继续证明存在性. 令 $y_0(t) \equiv 0$. 利用引理 3.3, 则存在唯一的一对解 $\{x_1(t), y_1(t)\} \in \mathcal{M}^2([0,T]; \mathbf{R}^d) \times \mathcal{M}^2([0,T]; \mathbf{R}^{d \times m})$ 使得

$$x_1(t) + \int_t^T f(y_0(s),s)\mathrm{d}s + \int_t^T [g(s)+y_1(s)]\mathrm{d}B(s) = X.$$

对每一个 $n = 1, 2, \cdots$, 逐步应用引理 3.3, 则在 $\mathcal{M}^2([0,T]; \mathbf{R}^d) \times \mathcal{M}^2([0,T]; \mathbf{R}^{d \times m})$ 中相应的每一对解 $\{x_n(t), y_n(t)\}$ 为

$$x_n(t) + \int_t^T f(y_{n-1}(s),s)\mathrm{d}s + \int_t^T [g(s)+y_n(s)]\mathrm{d}B(s) = X. \tag{3.10}$$

采用与唯一性相同的证明方法, 可得

$$E\left|x_{n+1}(t)-x_n(t)\right|^2 + E\int_t^T \left|y_{n+1}(s)-y_n(s)\right|^2 \mathrm{d}s$$

$$\leqslant 2KE\int_t^T \left|x_{n+1}(s)-x_n(s)\right|^2 \mathrm{d}s + \frac{1}{2}E\int_t^T \left|y_n(s)-y_{n-1}(s)\right|^2 \mathrm{d}s. \tag{3.11}$$

对每一个 $n \geqslant 1$, 定义

$$u_n(t) = E\int_t^T \left|x_n(s)-x_{n-1}(s)\right|^2 \mathrm{d}s$$

和

$$v_n(t) = E\int_t^T |y_n(s) - y_{n-1}(s)|^2 \, \mathrm{d}s.$$

则根据式 (3.11) 可得

$$-\frac{\mathrm{d}}{\mathrm{d}t}\left(u_{n+1}(t)\mathrm{e}^{2Kt}\right) + \mathrm{e}^{2Kt}v_{n+1}(t) \leqslant \frac{1}{2}\mathrm{e}^{2Kt}v_n(t). \tag{3.12}$$

不等式的两边从 t 到 T 积分，有

$$u_{n+1}(t)\mathrm{e}^{2Kt} + \int_t^T \mathrm{e}^{2Ks}v_{n+1}(s)\mathrm{d}s \leqslant \frac{1}{2}\int_t^T \mathrm{e}^{2Ks}v_n(s)\mathrm{d}s.$$

因此

$$u_{n+1}(t) + \int_t^T \mathrm{e}^{2K(s-t)}v_{n+1}(s)\mathrm{d}s \leqslant \frac{1}{2}\int_t^T \mathrm{e}^{2K(s-t)}v_n(s)\mathrm{d}s. \tag{3.13}$$

特别地，上式意味着

$$\int_0^T \mathrm{e}^{2Ks}v_{n+1}(s)\mathrm{d}s \leqslant \frac{1}{2}\int_0^T \mathrm{e}^{2Ks}v_n(s)\mathrm{d}s$$

$$\leqslant \frac{1}{2^n}\int_0^T \mathrm{e}^{2Ks}v_1(s)\mathrm{d}s$$

$$\leqslant \frac{1}{2^n}v_1(0)\int_0^T \mathrm{e}^{2Ks}\mathrm{d}s \leqslant \frac{C\mathrm{e}^{2KT}}{K2^{n+1}}, \tag{3.14}$$

其中 $C = v_1(0) = E\int_0^T |y_1(s)|^2 \, \mathrm{d}s$. 代入式 (3.11) 得

$$u_{n+1}(0) \leqslant \frac{C\mathrm{e}^{2KT}}{K2^{n+1}}. \tag{3.15}$$

由式 (3.11) 和 (3.15) 可知

$$v_{n+1}(0) \leqslant 2Ku_{n+1}(0) + \frac{1}{2}v_n(0) \leqslant \frac{1}{2^n}C\mathrm{e}^{2KT} + \frac{1}{2}v_n(0),$$

于是立即推出

$$v_{n+1}(0) \leqslant \frac{1}{2^n}[nC\mathrm{e}^{2KT} + v_1(0)]. \tag{3.16}$$

从式 (3.15) 和 (3.16) 可知 $\{x_n(\cdot)\}$ 和 $\{y_n(\cdot)\}$ 分别为 $\mathcal{M}^2([0,T];\mathbf{R}^d)$ 和 $\mathcal{M}^2([0,T];\mathbf{R}^{d\times m})$ 中的 Cauchy 序列，记其极限分别为 $x(\cdot)$ 和 $y(\cdot)$. 最后，在式 (3.10) 中令 $n \to \infty$ 可得

$$x(t) + \int_t^T f(y(s), s)\mathrm{d}s + \int_t^T [g(s) + y(s)]\mathrm{d}B(s) = X,$$

即 $\{x(t), y(t)\}$ 是一个解. 存在性得证，因此引理得证.

现在开始证明定理 3.2.

定理 3.2 的证明 首先证明唯一性. 假设 $\{x(t), y(t)\}$ 和 $\{\bar{x}(t), \bar{y}(t)\}$ 是两个解. 利用与引理 3.4 相同的证明方法可得

$$E|x(t) - \bar{x}(t)|^2 + E\int_t^T |y(s) - \bar{y}(s)|^2 \, \mathrm{d}s$$

$$= -2E\int_t^T [x(s) - \bar{x}(s)]^{\mathrm{T}}[f(x(s), y(s), s) - f(\bar{x}(s), \bar{y}(s), s)]\mathrm{d}s -$$

$$E\int_t^T \left|g(x(s),s)-g(\overline{x}(s),s)\right|^2 ds -$$

$$2E\int_t^T \text{trace}\left(\left[g(x(s),s)-g(\overline{x}(s),s)\right]^{\mathrm{T}}\left[y(s)-\overline{y}(s)\right]\right)ds$$

$$\leqslant 4KE\int_t^T \left|x(s)-\overline{x}(s)\right|^2 ds + \frac{1}{4K}E\int_t^T \left|f(x(s),y(s),s)-f(\overline{x}(s),\overline{y}(s),s)\right|^2 ds +$$

$$4E\int_t^T \left|g(x(s),s)-g(\overline{x}(s),s)\right|^2 ds + \frac{1}{4}E\int_t^T \left|y(s)-\overline{y}(s)\right|^2 ds$$

$$\leqslant (8K+1)E\int_t^T \left|x(s)-\overline{x}(s)\right|^2 ds + \frac{1}{2}E\int_t^T \left|y(s)-\overline{y}(s)\right|^2 ds. \tag{3.17}$$

利用 Gronwall 不等式则唯一性得证.

现在证明存在性. 令 $y_0(t)\equiv 0$. 基于引理 3.4, 对每一个 $n=1,2,\cdots$, 逐步应用引理 3.3, 则在 $\mathcal{M}^2([0,T];\mathbf{R}^d)\times\mathcal{M}^2([0,T];\mathbf{R}^{d\times m})$ 中相应的每一对解 $\{x_n(t),y_n(t)\}$ 为

$$x_n(t)+\int_t^T f(x_{n-1}(s),y_n(s),s)ds +$$

$$\int_t^T \left[g(x_{n-1}(s),s)+y_n(s)\right]dB(s) = X. \tag{3.18}$$

采用与式 (3.17) 相同的证明方法, 可得

$$E\left|x_{n+1}(t)-x_n(t)\right|^2 + E\int_t^T \left|y_{n+1}(s)-y_n(s)\right|^2 ds$$

$$\leqslant 4KE\int_t^T \left|x_{n+1}(s)-x_n(s)\right|^2 ds +$$

$$(4K+1)E\int_t^T \left|x_n(s)-x_{n-1}(s)\right|^2 ds +$$

$$\frac{1}{2}E\int_t^T \left|y_{n+1}(s)-y_n(s)\right|^2 ds.$$

因此

$$E\left|x_{n+1}(t)-x_n(t)\right|^2 + \frac{1}{2}E\int_t^T \left|y_{n+1}(s)-y_n(s)\right|^2 ds$$

$$\leqslant (4K+1)E\int_t^T \left[\left|x_{n+1}(s)-x_n(s)\right|^2+\left|x_n(s)-x_{n-1}(s)\right|^2\right]ds \tag{3.19}$$

定义

$$u_n(t)=E\int_t^T \left|x_n(s)-x_{n-1}(s)\right|^2 ds.$$

根据式 (3.19) 可得

$$-\frac{\mathrm{d}}{\mathrm{d}t}\left(u_{n+1}(t)\mathrm{e}^{(4K+1)t}\right)\leqslant (4K+1)\mathrm{e}^{(4K+1)t}u_n(t).$$

不等式的两边从 t 到 T 积分, 有

$$u_{n+1}(t)\leqslant (4K+1)\int_t^T \mathrm{e}^{(4K+1)(s-t)}u_n(s)ds$$

$$\leqslant (4K+1)\mathrm{e}^{(4K+1)T}\int_t^T u_n(s)ds.$$

通过对该不等式进行迭代，则

$$u_{n+1}(0) \leqslant \frac{[(4K+1)Te^{(4K+1)T}]^n}{n!} u_1(0).$$

结合式 (3.19)，可知 $\{x_n(\cdot)\}$ 和 $\{y_n(\cdot)\}$ 分别为 $\mathcal{M}^2([0,T];\mathbf{R}^d)$ 和 $\mathcal{M}^2([0,T];\mathbf{R}^{d \times m})$ 中的 Cauchy 序列. 记其极限分别为 $x(\cdot)$ 和 $y(\cdot)$. 最后，在式 (3.18) 中令 $n \to \infty$ 可得

$$x(t) + \int_t^T f(x(s), y(s), s)\mathrm{d}s + \int_t^T [g(x(s), s) + y(s)]\mathrm{d}B(s) = X.$$

即 $\{x(t), y(t)\}$ 是一个解. 定理得证.

7.4　带有非 Lipschitz 系数的方程

上一节中，在一致 Lipschitz 条件下，我们给出了后向随机微分方程的存在唯一性定理. 另外，在应用中，比如在处理拟线性抛物偏微分方程时，Lipschitz 条件的要求有些太强. 因此找到比 Lipschitz 条件较弱的条件使得后向随机微分方程仍然存在唯一解的问题至关重要. 在最初阶段，我们会尝试局部 Lipschitz 条件加线性增长条件，确保(前向)随机微分方程解的存在性和唯一性. 具体地，条件叙述如下：

对每一个 $n = 1, 2, \cdots$，存在常数 $K_n > 0$ 使得

$$\left| f(x, y, t) - f(\bar{x}, \bar{y}, t) \right|^2 \leqslant K_n \left(\left| x - \bar{x} \right|^2 + \left| y - \bar{y} \right|^2 \right), \quad \text{a.s.}$$

$$\left| g(x, t) - g(\bar{x}, t) \right|^2 \leqslant K_n \left| x - \bar{x} \right|^2, \quad \text{a.s.}$$

对所有的 $0 \leqslant t \leqslant T$, $x, \bar{x} \in \mathbf{R}^d$, $y, \bar{y} \in \mathbf{R}^{d \times m}$ 且 $\max \left\{ |x|, |\bar{x}|, |y|, |\bar{y}| \right\} < n$. 此外，存在常数 $K > 0$ 使得

$$\left| f(x, y, t) \right|^2 \leqslant K \left(1 + |x|^2 + |y|^2 \right), \quad \text{a.s.}$$

$$\left| g(x, t) \right|^2 \leqslant K \left(1 + |x|^2 \right), \quad \text{a.s.}$$

对所有的 $0 \leqslant t \leqslant T$, $x \in \mathbf{R}^d$ 和 $y \in \mathbf{R}^{d \times m}$ 成立.

不幸的是，这些条件能否确保后向随机微分方程解的存在性和唯一性仍然是未知的. 这里遇到的困难就是停时和局部性似乎对后向随机微分方程不适用. 现在的问题是：有弱于 Lipschitz 连续性的条件使得后向随机微分方程存在唯一解吗？答案当然是肯定的，本节主要的目的就是给出下列条件：

对所有的 $0 \leqslant t \leqslant T$, $x, \bar{x} \in \mathbf{R}^d$ 和 $y, \bar{y} \in \mathbf{R}^{d \times m}$，有

$$\left| f(x, y, t) - f(\bar{x}, \bar{y}, t) \right|^2 \leqslant \kappa \left(\left| x - \bar{x} \right|^2 \right) + K \left| y - \bar{y} \right|^2, \quad \text{a.s.} \tag{4.1}$$

和

$$\left| g(x,t) - g(\overline{x},t) \right|^2 \leqslant \kappa\left(\left| x - \overline{x} \right|^2 \right), \quad \text{a.s.,} \tag{4.2}$$

其中 K 是正常数且 $\kappa(\cdot)$ 是 $\mathbf{R}_+$ 到 $\mathbf{R}_+$ 上的凹的递增函数，满足 $\kappa(0) = 0$，$\kappa(u) > 0$，对 $u > 0$ 和

$$\int_{0+} \frac{\mathrm{d}u}{\kappa(u)} = \infty. \tag{4.3}$$

在陈述主要结果之前，对这些条件谈几点看法. 首先，因为 κ 是凹的且 $\kappa(0) = 0$，所以可找到一对正常数 a 和 b 使得

$$\kappa(u) \leqslant a + bu, \qquad \forall u \geqslant 0. \tag{4.4}$$

因此，在条件 (3.3) 和 (4.1)~(4.3) 下，当

$$x(\cdot) \in \mathcal{M}^2([0,T]; \mathbf{R}^d) \quad \text{和} \quad y(\cdot) \in \mathcal{M}^2([0,T]; \mathbf{R}^{d \times m})$$

时，有

$$f(x(\cdot), y(\cdot), \cdot) \in \mathcal{M}^2([0,T]; \mathbf{R}^d) \quad \text{和} \quad g(x(\cdot), y(\cdot), \cdot) \in \mathcal{M}^2([0,T]; \mathbf{R}^{d \times m}).$$

其次，关于函数 $\kappa(\cdot)$ 列出一些例子以验证条件 (4.1)~(4.4) 是必需的. 令 $K > 0$ 以及充分小的 $\delta \in (0,1)$. 定义

$$\kappa_1(u) = Ku, \quad u \geqslant 0;$$

$$\kappa_2(u) = \begin{cases} u \log(u^{-1}), & 0 \leqslant u \leqslant \delta, \\ \delta \log(\delta^{-1}) + \dot{\kappa}_2(\delta-)(u - \delta), & u > \delta; \end{cases}$$

$$\kappa_3(u) = \begin{cases} u \log(u^{-1}) \log \log(u^{-1}), & 0 \leqslant u \leqslant \delta, \\ \delta \log(\delta^{-1}) \log \log(\delta^{-1}) + \dot{\kappa}_3(\delta-)(u - \delta), & u > \delta. \end{cases}$$

很容易验证这些函数均为凹的非降函数，使得

$$\int_{0+} \frac{\mathrm{d}u}{\kappa_i(u)} = \infty.$$

特别地，如果令 $\kappa(u) = Ku$，显然可知条件 (4.1)~(4.3) 简化为 Lipschitz 条件 (3.4) 和 (3.5). 换句话说，条件 (4.1)~(4.3) 弱于条件 (3.4) 和 (3.5). 因此，下面的结果是定理 3.2 的推广.

定理 4.1 假设条件 (3.3) 和 (4.1)~(4.3) 成立. 则后向随机微分方程 (3.1) 存在唯一解 $\{x(\cdot), y(\cdot)\} \in \mathcal{M}^2([0,T]; \mathbf{R}^d) \times \mathcal{M}^2([0,T]; \mathbf{R}^{d \times m})$.

该定理的证明相当有技巧，我们将在本节剩下的部分专门讨论.

我们需要准备几个引理. 首先基于引理 3.4，利用 Picard 迭代构造一个渐近序列. 令 $x_0(t) \equiv 0$，设 $\{x_n(t), y_n(t): 0 \leqslant t \leqslant T\}_{n \geqslant 1}$ 是 $\mathcal{M}^2([0,T]; \mathbf{R}^d) \times \mathcal{M}^2([0,T]; \mathbf{R}^{d \times m})$

中的序列且

$$x_n(t) + \int_t^T f(x_{n-1}(s), y_n(s), s) \mathrm{d}s +$$

$$\int_t^T [g(x_{n-1}(s), s) + y_n(s)] \mathrm{d}B(s) = X, \tag{4.5}$$

其中 $0 \le t \le T$. 该序列的定义非常完美, 一旦给定 $x_{n-1}(\cdot) \in \mathcal{M}^2([0,T]; \mathbf{R}^d)$, 则有 $f(x_{n-1}(t), y, t)$ 关于 y 是 Lipschitz 的且

$$f(x_{n-1}(\cdot), 0, \cdot) \in \mathcal{M}^2([0,T]; \mathbf{R}^d) \quad \text{和} \quad g(x_{n-1}(\cdot), \cdot) \in \mathcal{M}^2([0,T]; \mathbf{R}^{d \times m}),$$

因此可用引理 3.4 去定义 $x_n(t)$ 和 $y_n(t)$.

引理 4.2 假设条件 (3.3) 和 (4.1)~(4.3) 成立. 则对所有的 $0 \le t \le T$ 和 $n \ge 1$, 有

$$E|x_n(t)|^2 \le C_1 \quad \text{和} \quad E\int_0^T |y_n(s)|^2 \mathrm{d}s \le C_2, \tag{4.6}$$

其中 C_1 和 C_2 均为独立于 n 的正常数.

证明 对 $|x_n(t)|^2$ 应用 Itô 公式得

$$|X|^2 - |x_n(t)|^2 = 2\int_t^T \left(x_n(s), f(x_{n-1}(s), y_n(s), s) \right) \mathrm{d}s +$$

$$2\int_t^T \left(x_n(s), [g(x_{n-1}(s), s) + y_n(s)] \mathrm{d}B(s) \right) +$$

$$2\int_t^T |g(x_{n-1}(s), s) + y_n(s)|^2 \mathrm{d}s.$$

因此

$$E|x_n(t)|^2 + E\int_t^T |y_n(s)|^2 \mathrm{d}s$$

$$= E|X|^2 - 2E\int_t^T \left(x_n(s), f(x_{n-1}(s), y_n(s), s) \right) \mathrm{d}s -$$

$$E\int_t^T \left(|g(x_{n-1}(s), s)|^2 + 2\mathrm{trace}[g^\top(x_{n-1}(s), s) y_n(s)] \right) \mathrm{d}s.$$

对任意的 $\alpha > 0$, 利用基本不等式 $2|uv| \le u^2/\alpha + \alpha v^2$ 得

$$E|x_n(t)|^2 + E\int_t^T |y_n(s)|^2 \mathrm{d}s$$

$$\le E|X|^2 + \frac{1}{\alpha} E\int_t^T |x_n(s)|^2 \mathrm{d}s + \alpha E\int_t^T |f(x_{n-1}(s), y_n(s), s)|^2 \mathrm{d}s +$$

$$\frac{1}{\alpha} E\int_t^T |g(x_{n-1}(s), s)|^2 \mathrm{d}s + \alpha E\int_t^T |y_n(s)|^2 \mathrm{d}s. \tag{4.7}$$

但若利用式 (4.1) 和 (4.4) 可知

$$\left| f(x_{n-1}(s), y_n(s), s) \right|^2$$

$$\leqslant 2 \left| f(0,0,s) \right|^2 + 2 \left| f(x_{n-1}(s), y_n(s), s) - f(0,0,s) \right|^2$$

$$\leqslant 2 \left| f(0,0,s) \right|^2 + 2\kappa \left(\left| x_{n-1}(s) \right|^2 \right) + 2K \left| y_n(s) \right|^2$$

$$\leqslant 2 \left| f(0,0,s) \right|^2 + 2a + 2b \left| x_{n-1}(s) \right|^2 + 2K \left| y_n(s) \right|^2.$$

类似地，根据式(4.2)和(4.4)得

$$\left| g(x_{n-1}(s), s) \right|^2 \leqslant 2 \left| g(0,0,s) \right|^2 + 2a + 2b \left| x_{n-1}(s) \right|^2.$$

把这两个不等式代入式(4.7)可推出

$$E \left| x_n(t) \right|^2 + E \int_t^T \left| y_n(s) \right|^2 \mathrm{d}s \leqslant C_3(\alpha) + \frac{1}{\alpha} \int_t^T E \left| x_n(s) \right|^2 \mathrm{d}s +$$

$$2b \left(\alpha + \frac{1}{\alpha} \right) \int_t^T E \left| x_{n-1}(s) \right|^2 \mathrm{d}s + \alpha(2K+1) E \int_t^T \left| y_n(s) \right|^2 \mathrm{d}s,$$

其中

$$C_3(\alpha) = E \left| X \right|^2 + 2a \left(\alpha + \frac{1}{\alpha} \right) + 2\alpha E \int_t^T \left| f(0,0,s) \right|^2 \mathrm{d}s +$$

$$\frac{2}{\alpha} E \int_t^T \left| g(0,0,s) \right|^2 \mathrm{d}s.$$

特别地，选取 $\alpha = 1/(4K+2)$，并记 $C_4 = C_3(1/(4K+2))$，得

$$E \left| x_n(t) \right|^2 + \frac{1}{2} E \int_t^T \left| y_n(s) \right|^2 \mathrm{d}s$$

$$\leqslant C_4 + (4K+2) \int_t^T E \left| x_n(s) \right|^2 \mathrm{d}s +$$

$$2b \left[\frac{1}{4K+2} + 4K+2 \right] \int_t^T E \left| x_{n-1}(s) \right|^2 \mathrm{d}s$$

$$\leqslant C_4 + C_5 \int_t^T \max \left\{ E \left| x_{n-1}(s) \right|^2, E \left| x_n(s) \right|^2 \right\} \mathrm{d}s, \tag{4.8}$$

其中 $C_5 = 4K+2+2b[(4K+2)^{-1}+4K+2]$. 令 κ 是任意的正整数. 如果 $1 \leqslant n \leqslant k$, 那么式(4.8)($x_0(t) \equiv 0$)意味着

$$E \left| x_n(t) \right|^2 \leqslant C_4 + C_5 \int_t^T \left(\max_{1 \leqslant i \leqslant k} E \left| x_i(s) \right|^2 \right) \mathrm{d}s.$$

因此

$$\max_{1 \leqslant n \leqslant k} E \left| x_n(t) \right|^2 \leqslant C_4 + C_5 \int_t^T \left(\max_{1 \leqslant n \leqslant k} E \left| x_n(s) \right|^2 \right) \mathrm{d}s.$$

利用著名的 Gronwall 不等式，则

$$\max_{1 \leqslant n \leqslant k} E \left| x_n(t) \right|^2 \leqslant C_4 \mathrm{e}^{C_5(T-t)} \leqslant C_4 \mathrm{e}^{C_5 T}.$$

因为 k 是任意的，令 $C_1 = C_4 \mathrm{e}^{C_5 T}$，所以式(4.6)的第一个不等式成立. 最后，由式(4.8)得

$$E\int_0^T |y_n(s)|^2\,\mathrm{d}s \leqslant 2(C_4 + C_5 C_1 T) := C_2.$$

引理得证.

引理 4.3 在条件 (3.3) 和 (4.1) ~ (4.3) 下，存在常数 $C_6 > 0$ 使得

$$E|x_{n+k}(t) - x_n(t)|^2 \leqslant C_6 \int_t^T \kappa\big(E|x_{n+k-1}(s) - x_{n-1}(s)|^2\big)\,\mathrm{d}s$$

对所有的 $0 \leqslant t \leqslant T$ 和 $n, k \geqslant 1$ 成立.

证明 关于 $|x_{n+k}(t) - x_n(t)|^2$ 利用 Itô 公式得

$$-E|x_{n+k}(t) - x_n(t)|^2$$

$$= 2E\int_t^T (x_{n+k}(s) - x_n(s),$$

$$f(x_{n+k-1}(s), y_{n+k}(s), s) - f(x_{n-1}(s), y_n(s), s))\mathrm{d}s +$$

$$E\int_t^T |g(x_{n+k-1}(s), s) + y_{n+k}(s) - g(x_{n-1}(s), s) - y_n(s)|^2\mathrm{d}s.$$

采用与引理 4.2 相同的证明方法，则

$$E|x_{n+k}(t) - x_n(t)|^2 + \frac{1}{2}E\int_t^T |y_{n+k}(s) - y_n(s)|^2\,\mathrm{d}s$$

$$\leqslant (4K+2)\int_t^T E|x_{n+k}(s) - x_n(s)|^2\,\mathrm{d}s +$$

$$2\left[4K+2+\frac{1}{4K+2}\right]\int_t^T \kappa\big(|x_{n+k-1}(s) - x_{n-1}(s)|^2\big)\mathrm{d}s. \tag{4.9}$$

现在固定任意的 $t \in [0, T]$. 如果 $t \leqslant r \leqslant T$，那么

$$E|x_{n+k}(r) - x_n(r)|^2 \leqslant (4K+2)\int_r^T E|x_{n+k}(s) - x_n(s)|^2\,\mathrm{d}s +$$

$$2\left[4K+2+\frac{1}{4K+2}\right]\int_t^T \kappa\big(E|x_{n+k-1}(s) - x_{n-1}(s)|^2\big)\mathrm{d}s.$$

利用著名的 Gronwall 不等式，则

$$E|x_{n+k}(r) - x_n(r)|^2 \leqslant 2\left[4K+2+\frac{1}{4K+2}\right]\mathrm{e}^{(4K+2)(T-t)} \times$$

$$\int_t^T \kappa\big(E|x_{n+k-1}(s) - x_{n-1}(s)|^2\big)\mathrm{d}s.$$

令

$$C_6 = 2\left[4K+2+\frac{1}{4K+2}\right]\mathrm{e}^{(4K+2)T},$$

则要证的结论成立. 引理得证.

引理 4.4 在条件 (3.3) 和 (4.1) ~ (4.3) 下，存在常数 $C_7 > 0$ 使得

$$E|x_{n+k}(t) - x_n(t)|^2 \leqslant C_7(T - t)$$

对所有的 $0 \leqslant t \leqslant T$ 和 $n, k \geqslant 1$ 成立.

证明 利用引理 4.2 和 4.3，有

$$E\left|x_{n+k}(t) - x_n(t)\right|^2 \leqslant C_6 \int_t^T \kappa(4C_1)\mathrm{d}s = C_6\kappa(4C_1)(T-t),$$

令 $C_7 = C_6\kappa(4C_1)$，则结论成立. 引理得证.

现在，我们给出一个关键性的引理. 记 $\bar{\kappa}(u) = C_6\kappa(u)$. 选取 $T_1 \in [0,T)$ 使得

$$\kappa(C_7(T-t)) \leqslant C_7, \quad \forall T_1 \leqslant t \leqslant T. \tag{4.10}$$

固定任意的 $k \geqslant 1$，并定义两个函数序列 $\{\varphi_n(t): 0 \leqslant t \leqslant T\}_{n \geqslant 1}$ 和 $\{\tilde{\varphi}_{n,k}(t): 0 \leqslant t \leqslant T\}_{n \geqslant 1}$ 如下：

$$\varphi_1(t) = C_7(T-t),$$

$$\varphi_{n+1}(t) = \int_t^T \bar{\kappa}(\varphi_n(s))\mathrm{d}s, \quad n = 1, 2, \cdots,$$

$$\tilde{\varphi}_{n,k}(t) = E\left|x_{n+k}(t) - x_n(t)\right|^2, \quad n = 1, 2, \cdots.$$

引理 4.5 假设条件 (3.3) 和 (4.1)~(4.3) 成立. 则对每一个 $k \geqslant 1$ 和所有的 $n \geqslant 1$，有

$$0 \leqslant \tilde{\varphi}_{n,k}(t) \leqslant \varphi_n(t) \leqslant \varphi_{n-1}(t) \leqslant \cdots \leqslant \varphi_1(t) \tag{4.11}$$

其中 $t \in [T_1, T]$.

证明 令 $t \in [T_1, T]$. 首先，由引理 4.4 得

$$\tilde{\varphi}_{1,k}(t) = E\left|x_{1+k}(t) - x_1(t)\right|^2 \leqslant C_7(T-t) = \varphi_1(t),$$

即当 $n = 1$ 时，式 (4.11) 成立. 其次，根据引理 4.3，则

$$\tilde{\varphi}_{2,k}(t) = E\left|x_{2+k}(t) - x_2(t)\right|^2 \leqslant C_6 \int_t^T \kappa\left(E\left|x_{1+k}(t) - x_1(t)\right|^2\right)\mathrm{d}s$$

$$= \int_t^T \kappa(\tilde{\varphi}_{1,k}(s))\mathrm{d}s \leqslant \int_t^T \bar{\kappa}(\varphi_1(s))\mathrm{d}s = \varphi_2(t).$$

但利用式 (4.10)，也可得

$$\varphi_2(t) = \int_t^T \bar{\kappa}(C_7(T-s))\mathrm{d}s \leqslant \int_t^T C_7\mathrm{d}s = C_7(T-t) = \varphi_1(t).$$

换句话说，我们已经证明了

$$\tilde{\varphi}_{2,k}(t) \leqslant \varphi_2(t) \leqslant \varphi_1(t), \qquad t \in [T_1, T],$$

即当 $n = 2$ 时，式 (4.11) 成立. 假设当 $n \geqslant 2$ 时，式 (4.11) 成立. 再次利用引理 4.3，则

$$\tilde{\varphi}_{n+1,k}(t) \leqslant \int_t^T \bar{\kappa}(\tilde{\varphi}_{n,k}(s))\mathrm{d}s \leqslant \int_t^T \bar{\kappa}(\varphi_n(s))\mathrm{d}s = \varphi_{n+1}(t)$$

$$\leqslant \int_t^T \bar{\kappa}(\varphi_{n-1}(s))\mathrm{d}s = \varphi_n(t),$$

即式 (4.11) 关于 $n+1$ 的情形也成立. 利用归纳法，则对所有的 $n \geqslant 1$，式 (4.11) 均成立. 引理得证.

最后，我们开始证明主要结论定理 4.1.

定理4.1 的证明　存在性：首先证明解的存在性. 接下来分四步进行证明. 在证明的过程中需要牢记的是常数 $C_1 - C_7$ 以及 T_1 已经在上面叙述中定义过了.

第一步. 下列结论成立，即

$$\sup_{T_1 \leqslant t \leqslant T} E\left|x_n(t) - x_i(t)\right|^2 \to 0, \qquad n, i \to \infty. \tag{4.12}$$

事实上，对每一个 $n \geqslant 1$，$\varphi_n(t)$ 是连续的且在 $[T_1, T]$ 上单调递减，利用引理 4.5，则对每一个 t，当 $n \to \infty$ 时，$\varphi_n(t)$ 是单调非增的. 因此在 $[T_1, T]$ 上定义函数 $\varphi(t)$ 为 $\varphi_n(t) \downarrow \varphi(t)$. 容易验证 $\varphi(t)$ 是连续的且在 $[T_1, T]$ 上是非单调递增的. 根据 $\varphi_n(t)$ 和 $\varphi(t)$ 的定义，则

$$\varphi(t) = \lim_{n \to \infty} \varphi_{n+1}(t) = \lim_{n \to \infty} \int_t^T \bar{\kappa}(\varphi_n(s)) \mathrm{d}s = \int_t^T \bar{\kappa}(\varphi(s)) \mathrm{d}s, \quad t \in [T_1, T].$$

因此，对任意的 $\varepsilon > 0$，有

$$\varphi(t) \leqslant \varepsilon + \int_t^T \bar{\kappa}(\varphi(s)) \mathrm{d}s, \quad t \in [T_1, T].$$

应用 Bihari 不等式(即定理 1.8.2)，则

$$\varphi(t) \leqslant G^{-1}(G(\varepsilon) + T - t) \leqslant G^{-1}(G(\varepsilon) + T - T_1), \quad t \in [T_1, T]. \tag{4.13}$$

其中

$$G(r) = \int_1^r \frac{\mathrm{d}u}{\bar{\kappa}(u)}, \quad r > 0$$

且 $G^{-1}(\cdot)$ 是 G 的逆函数. 由条件 (4.3) 和 $\bar{\kappa}(\cdot)$ 的定义，可知

$$\int_{0+} \frac{\mathrm{d}u}{\bar{\kappa}(u)} = \infty,$$

这就意味着

$$\lim_{\varepsilon \to 0} G(\varepsilon) = -\infty \quad \text{且} \quad \lim_{\varepsilon \to 0} G^{-1}(G(\varepsilon) + T - T_1) = 0.$$

因此，在式 (4.13) 中令 $\varepsilon \to 0$，得

$$\varphi(t) = 0, \quad \forall t \in [T_1, T].$$

特别地，可看出当 $n \to \infty$ 时，$\varphi_n(T_1) \downarrow \varphi(T_1) = 0$. 故对任意的 $\varepsilon > 0$，可找到整数 $N \geqslant 1$ 使得对任意的 $n \geqslant N$，有 $\varphi_n(T_1) < \varepsilon$. 对任意 $k \geqslant 1$ 和 $n \geqslant N$，利用引理 4.5，则有

$$\sup_{T_1 \leqslant t \leqslant T} E\left|x_{n+k}(t) - x_n(t)\right|^2 = \sup_{T_1 \leqslant t \leqslant T} \tilde{\varphi}_{n,k}(t)$$

$$\leqslant \sup_{T_1 \leqslant t \leqslant T} \varphi_n(t) = \varphi_n(T_1) < \varepsilon$$

和式 (4.12) 成立.

第二步. 定义

$$T_2 = \inf\left\{ s \in [0,T] : \sup_{s \leqslant t \leqslant T} E|x_n(t) - x_i(t)|^2 \to 0, n, i \to \infty \right\}.$$

由第一步可立即得 $0 \leqslant T_2 \leqslant T_1 < T$. 在该步骤中我们将验证

$$\sup_{T_2 \leqslant t \leqslant T} E|x_n(t) - x_i(t)|^2 \to 0, \qquad n, i \to \infty. \tag{4.14}$$

令任意的 $\varepsilon > 0$. 选取 $\delta \in (0, T - T_2)$ 满足

$$C_6 \kappa(4C_1)\delta < \frac{\varepsilon}{2}. \tag{4.15}$$

因为 $\kappa(0) = 0$, 所以可找到常数 $\theta \in (0, \varepsilon)$ 使得

$$TC_6 \kappa(\theta) < \frac{\varepsilon}{2}. \tag{4.16}$$

根据 T_2 的定义可知, 对充分大的 N, 当 $n, i \geqslant N$ 时, 有

$$E|x_n(t) - x_i(t)|^2 < \theta, \qquad t \in [T_2 + \delta, T]. \tag{4.17}$$

令 $n, i \geqslant N + 1$. 利用引理 4.3 和 4.2 以及不等式 (4.15)~(4.17), 如果 $T_2 \leqslant t \leqslant T_2 + \delta$, 那么可推出

$$E|x_n(t) - x_i(t)|^2 \leqslant C_6 \int_{T_2}^{T_2+\delta} \kappa\left(E|x_{n-1}(s) - x_{i-1}(s)|^2 \right) \mathrm{d}s +$$
$$C_6 \int_{T_2+\delta}^{T} \kappa\left(E|x_{n-1}(s) - x_{i-1}(s)|^2 \right) \mathrm{d}s$$
$$\leqslant C_6 \kappa(4C_1)\delta + TC_6 \kappa(\theta) < \varepsilon.$$

结合式 (4.17) 以及 $\theta < \varepsilon$, 则

$$\sup_{T_2 \leqslant t \leqslant T} E|x_n(t) - x_i(t)|^2 < \varepsilon, \qquad n, i \geqslant N + 1.$$

即式 (4.14) 成立.

第三步. 在该步骤中, 我们将验证 $T_2 = 0$. 否则假设 $T_2 > 0$. 根据第二步, 则可选取实数序列 $\{a_i\}_{i \geqslant 1}$, 使得当 $i \to \infty$ 时, 有 $a_i \downarrow 0$ 和

$$\sup_{T_2 \leqslant t \leqslant T} E|x_n(t) - x_i(t)|^2 \leqslant a_i, \qquad n > i \geqslant 1. \tag{4.18}$$

如果 $0 \leqslant t \leqslant T_2$ 且 $n > i \geqslant 2$, 那么利用引理 4.3 和 4.2 以及式 (4.18), 有

$$E|x_n(t) - x_i(t)|^2 \leqslant C_6 \int_t^T \kappa\left(E|x_{n-1}(s) - x_{i-1}(s)|^2 \right) \mathrm{d}s$$
$$\leqslant TC_6 \kappa(a_{i-1}) + C_6 \int_t^{T_2} \kappa\left(E|x_{n-1}(s) - x_{i-1}(s)|^2 \right) \mathrm{d}s$$
$$\leqslant TC_6 \kappa(a_{i-1}) + C_6 \kappa(4C_1)(T_2 - t). \tag{4.19}$$

下面我们将验证类似于引理 4.5 的一个结论. 为陈述这个结论, 需要给出一些记号. 选取正常数 $\delta \in (0, T_2)$ 和正整数 $j \geqslant 1$ 使得

$$TC_6 \kappa(a_j) + C_6 \kappa(4C_1)\delta \leqslant 4C_1. \tag{4.20}$$

定义函数序列 $\{\phi_k(t)\}_{k \geqslant 1}$ 关于 $T_2 - \delta \leqslant t \leqslant T_2$ 为

$$\phi_1(t) = TC_6\kappa(a_j) + C_6\kappa(4C_1)(T_2 - t),$$

$$\phi_{k+1}(t) = TC_6\kappa(a_{j+k}) + C_6\int_t^{T_2}\kappa(\phi_k(s))\mathrm{d}s, \quad k \geq 1.$$

固定任意的 $l \geq 1$ 并定义函数序列 $\{\tilde{\phi}_{k,l}(t)\}_{k\geq 1}$ 为

$$\tilde{\phi}_{k,l} = E\left|x_{l+j+k}(t) - x_{j+k}(t)\right|^2, \quad T_2 - \delta \leq t \leq T_2.$$

则有结论

$$\tilde{\phi}_{k,l}(t) \leq \phi_k(t) \leq \phi_{k-1}(t) \leq \cdots \leq \phi_1(t), \quad T_2 - \delta \leq t \leq T_2. \tag{4.21}$$

事实上，由式 (4.19) 得

$$\tilde{\phi}_{1,l}(t) = E\left|x_{l+j+1}(t) - x_{j+1}(t)\right|^2$$
$$\leq TC_6\kappa(a_j) + C_6\kappa(4C_1)(T_2 - t) = \phi_1(t),$$

即当 $k = 1$ 时，式 (4.21) 成立. 则根据式 (4.19) 和 (4.20)，有

$$\tilde{\phi}_{2,l}(t) = E\left|x_{l+j+2}(t) - x_{j+2}(t)\right|^2$$
$$\leq TC_6\kappa(a_{j+1}) + C_6\int_t^{T_2}\kappa\left(E\left|x_{l+j+1}(s) - x_{j+1}(s)\right|^2\right)\mathrm{d}s$$
$$= TC_6\kappa(a_{j+1}) + C_6\int_t^{T_2}\kappa(\tilde{\phi}_{1,l}(s))\mathrm{d}s$$
$$\leq TC_6\kappa(a_{j+1}) + C_6\int_t^{T_2}\kappa(\phi_1(s))\mathrm{d}s = \phi_2(t)$$
$$\leq TC_6\kappa(a_j) + C_6\int_t^{T_2}\kappa[C_6\kappa(a_j) + C_6\kappa(4C_1)(T_2 - t)]\mathrm{d}s$$
$$\leq TC_6\kappa(a_j) + C_6\kappa(4C_1)(T_2 - t) = \phi_1(t),$$

换句话说，我们已经验证了

$$\tilde{\phi}_{2,l}(t) \leq \phi_2(t) \leq \phi_1(t), \quad T_2 - \delta \leq t \leq T_2,$$

即当 $k = 2$ 时，式 (4.21) 成立. 假设当 $k \geq 2$ 时，式 (4.21) 成立. 则利用式 (4.19)，得

$$\tilde{\phi}_{k+1,l}(t) = E\left|x_{l+j+k+1}(t) - x_{j+k+1}(t)\right|^2$$
$$\leq TC_6\kappa(a_{j+k}) + C_6\int_t^{T_2}\kappa\left(E\left|x_{l+j+k}(s) - x_{j+k}(s)\right|^2\right)\mathrm{d}s$$
$$= TC_6\kappa(a_{j+k}) + C_6\int_t^{T_2}\kappa(\tilde{\phi}_{k,l}(s))\mathrm{d}s$$
$$\leq TC_6\kappa(a_{j+k}) + C_6\int_t^{T_2}\kappa(\phi_k(s))\mathrm{d}s = \phi_{k+1}(t)$$
$$\leq TC_6\kappa(a_{j+k-1}) + C_6\int_t^{T_2}\kappa(\phi_{k-1}(s))\mathrm{d}s = \phi_k(t),$$

即式 (4.21) 对 $k+1$ 的情形也成立. 故，利用归纳法，则式 (4.21) 对所有的 $k \geq 1$ 均成立. 注意到对每一个 $k \geq 1$, $\phi_k(t)$ 是连续的且在 $[T_2 - \delta, T_2]$ 上单调递减，而且，对每一个 t，当 $k \to \infty$ 时，$\phi_k(t)$ 是单调非增函数. 因此在 $[T_2 - \delta, T_2]$ 上可定义函数 $\phi(t)$ 为 $\phi_k(t) \downarrow \phi(t)$. 容易验证 $\phi(t)$ 是连续的且在 $[T_2 - \delta, T_2]$ 是非增函数. 根据 $\phi_n(t)$ 和 $\phi(t)$ 的定义可知

$$\phi(t) = \lim_{k \to \infty} \phi_{k+1}(t) = \lim_{k \to \infty}\left[TC_6\kappa(a_{j+k}) + C_6\int_t^{T_2} \kappa(\phi_k(s))\mathrm{d}s \right]$$

$$= C_6\int_t^{T_2} \kappa(\phi(s))\mathrm{d}s, \qquad T_2 - \delta \leqslant t \leqslant T_2.$$

利用与第一步相同的方法，应用 Bihari 不等式可证

$$\phi(t) = 0, \qquad T_2 - \delta \leqslant t \leqslant T_2.$$

特别地，当 $k \to \infty$ 时，$\phi_k(T_2-\delta) \downarrow = \phi(T_2-\delta)0$. 因此，对任意的 $\varepsilon > 0$，可找到整数 $k_0 \geqslant 1$ 使得对任意的 $k \geqslant k_0$，有 $\varphi_k(T_2-\delta) < \varepsilon$. 当 $k \geqslant k_0$ 时，利用式 (4.21) 得

$$\sup_{T_2-\delta \leqslant t \leqslant T_2} E\left|x_{l+j+k}(t) - x_{j+k}(t)\right|^2 \leqslant \phi_k(T_2-\delta) < \varepsilon. \tag{4.22}$$

因为 $l \geqslant 1$ 是任意的且 k_0 独立于 l，所以式 (4.22) 意味着

$$\sup_{T_2-\delta \leqslant t \leqslant T_2} E\left|x_n(t) - x_i(t)\right|^2 \to 0, \quad n, i \to \infty.$$

结合式 (4.14)，则

$$\sup_{T_2-\delta \leqslant t \leqslant T} E\left|x_n(t) - x_i(t)\right|^2 \to 0, \quad n, i \to \infty.$$

但这与 T_2 的定义矛盾. 故必有 $T_2 = 0$. 换句话说，我们已经证明了

$$\sup_{0 \leqslant t \leqslant T} E\left|x_n(t) - x_i(t)\right|^2 \to 0, \quad n, i \to \infty. \tag{4.23}$$

第四步. 对式 (4.9) 应用式 (4.23) 可知，$\{x_n(\cdot)\}$ 是 $\mathcal{M}^2([0, T]; \mathbf{R}^d)$ 中的 Cauchy 序列，且 $\{y_n(\cdot)\}$ 是 $\mathcal{M}^2([0, T]; \mathbf{R}^{d\times m})$ 中的 Cauchy 序列. 定义二者的极限分别为 $x(\cdot)$ 和 $y(\cdot)$. 在式 (4.5) 中令 $n \to \infty$ 可得

$$x(t) + \int_t^T f(x(s), y(s), s)\mathrm{d}s + \int_t^T [g(x(s), s) + y(s)]\mathrm{d}B(s) = X$$

对 $0 \leqslant t \leqslant T$ 成立. 存在性得证.

唯一性：为证唯一性，令 $\{x(\cdot), y(\cdot)\}$ 和 $\{\overline{x}(\cdot), \overline{y}(\cdot)\}$ 是方程 (3.1) 的两个解. 则利用与引理 4.2 相同的证明方法，可得

$$E\left|x(t) - \overline{x}(t)\right|^2 + \frac{1}{2}E\int_t^T \left|y(t) - \overline{y}(t)\right|^2 \mathrm{d}s$$

$$\leqslant 2\left[4K + 2 + \frac{1}{4K+2} \right] \times$$

$$\int_t^T \left[E\left|x(s) - \overline{x}(s)\right|^2 + \kappa\left(E\left|x(s) - \overline{x}(s)\right|^2 \right) \right]\mathrm{d}s \tag{4.24}$$

其中 $0 \leqslant t \leqslant T$. 因为 $\kappa(\cdot)$ 是凹函数且 $\kappa(0) = 0$，所以

$$\kappa(u) \geqslant \kappa(1)u, \qquad 0 \leqslant u \leqslant 1.$$

故

$$\int_{0+} \frac{\mathrm{d}u}{u + \kappa(u)} \geqslant \frac{\kappa(1)}{\kappa(1)+1}\int_{0+} \frac{\mathrm{d}u}{\kappa(u)} = \infty.$$

因此关于式 (4.24) 应用 Bihari 不等式可得

$$E|x(t) - \bar{x}(t)|^2 = 0, \qquad \forall 0 \leqslant t \leqslant T.$$

立即可知 $x(t) = \bar{x}(t)$ 对所有的 $0 \leqslant t \leqslant T$ 几乎处处成立. 由式 (4.23) 得

$$E\int_0^T |y(s) - \bar{y}(s)|^2 \mathrm{d}s = 0.$$

唯一性得证且定理得证.

7.5 正 则 性

上一节中, 我们清晰地研究了后向随机微分方程 (3.1) 解的二阶矩是有限的. 在本节, 我们将讨论解的高阶矩. 为实现这一目的, 给出下列假设: 令 $p \geqslant 2$. 假设

$$f(0,0,\cdot) \in M^2([0,T]; \mathbf{R}^d) \quad \text{和} \quad g(0,\cdot) \in M^2([0,T]; \mathbf{R}^{d \times m}). \tag{5.1}$$

设存在正常数 $K > 0$ 使得

$$|f(x,y,t) - f(0,0,t)|^2 \leqslant K(1 + |x|^2 + |y|^2), \quad \text{a.s.} \tag{5.2}$$

和

$$|g(x,t) - g(0,t)|^2 \leqslant K(1 + |x|^2), \quad \text{a.s.} \tag{5.3}$$

对所有的 $x \in \mathbf{R}^d$, $y \in \mathbf{R}^{d \times m}$ 和 $t \in [0,T]$ 成立. 显然, 式 (3.4) 和 (3.5) 分别意味着式 (5.2) 和 (5.3) 成立. 不难看出式 (4.1) 和 (4.2) 分别意味着式 (5.2) 和 (5.3) 成立. 例如, 利用式 (4.4), 由式 (4.1) 可得

$$|f(x,y,t) - f(0,0,t)|^2 \leqslant a + b|x|^2 + K|y|^2 \leqslant (a \vee b \vee K)(1 + |x|^2 + |y|^2).$$

换句话说, 条件 (5.2) 和 (5.3) 通常由解的存在的唯一性的条件所决定. 而且, 当 $p = 2$ 时, 式 (5.1) 简化为式 (3.3), 但讨论 p 阶矩的时候通常需要式 (5.1).

定理 5.1 令 $p \geqslant 2$ 和 $X \in L_{\mathcal{F}_T}^p(\Omega; \mathbf{R}^d)$. 设式 (5.1) ~ (5.3) 成立. 则方程 (3.1) 的解具有性质

$$E|x(t)|^p \leqslant (E|X|^p + \bar{C}_1)\mathrm{e}^{2pT(4K+1)}, \quad \forall 0 \leqslant t \leqslant T \tag{5.4}$$

和

$$E\int_0^T |x(t)|^{p-2}|y(t)|^2 \mathrm{d}t \leqslant \frac{4}{p}(E|X|^p + \bar{C}_1)[1 + \mathrm{e}^{2pT(4K+1)}], \tag{5.5}$$

其中

$$\bar{C}_1 = \frac{2}{p} E \int_0^T \left[\frac{p}{8K} \left(|f(0,0,s)|^2 + K \right) + 4p \left(|g(0,s)|^2 + K \right) \right]^{\frac{p}{2}} ds < \infty.$$

证明 根据 Itô 公式, 得

$$|X|^p - |x(t)|^p = p \int_t^T |x(s)|^{p-2} x^{\mathrm{T}}(s) f(x(s), y(s), s) ds +$$

$$\frac{p}{2} \int_t^T |x(s)|^{p-2} |g(x(s), s) + y(s)|^2 ds +$$

$$\frac{p(p-2)}{2} \int_t^T |x(s)|^{p-4} \left| x^{\mathrm{T}}(s)[g(x(s), s) + y(s)] \right|^2 ds +$$

$$p \int_t^T |x(s)|^{p-2} x^{\mathrm{T}}(s)[g(x(s), s) + y(s)] dB(s).$$

从而

$$|x(t)|^p + \frac{p}{2} \int_t^T |x(s)|^{p-2} |y(s)|^2 ds$$

$$\leqslant |X|^p - p \int_t^T |x(s)|^{p-2} x^{\mathrm{T}}(s) f(x(s), y(s), s) ds -$$

$$p \int_t^T |x(s)|^{p-2} \mathrm{trace} \left[g^{\mathrm{T}}(x(s), s) y(s) \right] ds -$$

$$p \int_t^T |x(s)|^{p-2} x^{\mathrm{T}}(s)[g(x(s), s) + y(s)] dB(s). \tag{5.6}$$

不等号的两边同时取期望, 得

$$E|x(t)|^p + \frac{p}{2} \int_t^T |x(s)|^{p-2} |y(s)|^2 ds$$

$$\leqslant E|X|^p - pE \int_t^T |x(s)|^{p-2} x^{\mathrm{T}}(s) f(x(s), y(s), s) ds -$$

$$pE \int_t^T |x(s)|^{p-2} \mathrm{trace} \left[g^{\mathrm{T}}(x(s), s) y(s) \right] ds. \tag{5.7}$$

利用条件 (5.2), 则

$$|f(x(s), y(s), s)|^2 \leqslant 2|f(0,0,s)|^2 + 2|f(x(s), y(s), s) - f(0,0,s)|^2$$

$$\leqslant 2|f(0,0,s)|^2 + 2K \left(1 + |x(s)|^2 + |y(s)|^2 \right).$$

经估计可知

$$-px^{\mathrm{T}}(s) f(x(s), y(s), s)$$

$$\leqslant 4pK|x(s)|^2 + \frac{p}{16K} |f(x(s), y(s), s)|^2$$

$$\leqslant \frac{p}{8K} \left(|f(0,0,s)|^2 + K \right) + p(4K+1)|x(s)|^2 + \frac{p}{8} |y(s)|^2. \tag{5.8}$$

类似地, 利用条件 (5.3) 得

$$-p \operatorname{trace}\left[g^{\mathrm{T}}(x(s),s)y(s)\right]$$

$$\leqslant 4p\left(|g(0,s)|^2 + K\right) + p(4K+1)|x(s)|^2 + \frac{p}{8}|y(s)|^2. \tag{5.9}$$

把式 (5.8) 和 (5.9) 代入式 (5.7) 可推出

$$E|x(t)|^p + \frac{p}{2}E\int_t^T |x(s)|^{p-2}|y(s)|^2\,\mathrm{d}s$$

$$\leqslant E|X|^p + p(8K+1)E\int_t^T |x(s)|^p\,\mathrm{d}s + \frac{p}{4}E\int_t^T |x(s)|^{p-2}|y(s)|^2\,\mathrm{d}s +$$

$$E\int_t^T |x(s)|^{p-2}\left[\frac{p}{8K}\left(|f(0,0,s)|^2 + K\right) + 4p\left(|g(0,s)|^2 + K\right)\right]\mathrm{d}s. \tag{5.10}$$

另外，利用基本不等式 $u^\alpha v^{1-\alpha} \leqslant \alpha u + (1-\alpha)v$，其中 $\alpha \in [0,1]$ 且 $u, v \geqslant 0$，则

$$E\int_t^T |x(s)|^{p-2}\left[\frac{p}{8K}\left(|f(0,0,s)|^2 + K\right) + 4p\left(|g(0,s)|^2 + K\right)\right]\mathrm{d}s$$

$$\leqslant \frac{p-2}{p}E\int_t^T |x(s)|^p\,\mathrm{d}s +$$

$$\frac{2}{p}E\int_t^T \left[\frac{p}{8K}\left(|f(0,0,s)|^2 + K\right) + 4p\left(|g(0,s)|^2 + K\right)\right]^{\frac{p}{2}}\mathrm{d}s$$

$$\leqslant E\int_t^T |x(s)|^p\,\mathrm{d}s + \bar{C}_1, \tag{5.11}$$

其中 $\bar{C}_1$ 在定理内容中已定义，根据条件 (5.1)，$\bar{C}_1 < \infty$. 把式 (5.11) 代入式 (5.10) 可知

$$E|x(t)|^p + \frac{p}{2}E\int_t^T |x(s)|^{p-2}|y(s)|^2\,\mathrm{d}s$$

$$\leqslant E|X|^p + \bar{C}_1 + 2p(4K+1)\int_t^T E|x(s)|^p\,\mathrm{d}s +$$

$$\frac{p}{4}E\int_t^T |x(s)|^{p-2}|y(s)|^2\,\mathrm{d}s. \tag{5.12}$$

特别地，有

$$E|x(t)|^p \leqslant E|X|^p + \bar{C}_1 + 2p(4K+1)\int_t^T E|x(s)|^p\,\mathrm{d}s.$$

利用 Gronwall 不等式可得

$$E|x(t)|^p \leqslant \left(E|X|^p + \bar{C}_1\right)\mathrm{e}^{2p(4K+1)(T-t)}, \quad \forall 0 \leqslant t \leqslant T, \tag{5.13}$$

且要证的结论 (5.4) 成立. 最后，由式 (5.12) 和 (5.13) 可得

$$E\int_t^T |x(s)|^{p-2} |y(s)|^2 \, \mathrm{d}s$$

$$\leqslant \frac{4}{p}\left(E|X|^p + \bar{C}_1\right) + 8(4K+1)\int_t^T E|x(s)|^p \mathrm{d}s$$

$$\leqslant \left(E|X|^p + \bar{C}_1\right)\left[\frac{4}{p} + 8(4K+1)\int_t^T \mathrm{e}^{2p(4K+1)(T-s)}\mathrm{d}s\right]$$

$$\leqslant \frac{4}{p}\left(E|X|^p + \bar{C}_1\right)\left[1 + \mathrm{e}^{2pT(4K+1)}\right],$$

这就是要证的结论(5.5). 定理得证.

定理 5.2 令 $p \geqslant 2$ 和 $X \in L^p_{\mathscr{F}_T}(\Omega; \mathbf{R}^d)$. 设式(5.1)~(5.3)成立. 则方程(3.1)的解具有性质

$$E\left(\sup_{0 \leqslant t \leqslant T} |x(t)|^p\right) < \infty \tag{5.14}$$

和

$$E\left(\int_0^T |y(t)|^2 \mathrm{d}t\right)^{\frac{p}{2}} < \infty. \tag{5.15}$$

证明 把式(5.8)和(5.9)代入式(5.6)可得

$$|x(t)|^p + \frac{p}{2}\int_t^T |x(s)|^{p-2}|y(s)|^2 \mathrm{d}s$$

$$\leqslant |X|^p + p(8K+1)\int_t^T |x(s)|^p \mathrm{d}s + \frac{p}{4}\int_t^T |x(s)|^{p-2}|y(s)|^2 \mathrm{d}s +$$

$$\int_t^T |x(s)|^{p-2}\left[\frac{p}{8K}\left(|f(0,0,s)|^2 + K\right) + 4p\left(|g(0,s)|^2 + K\right)\right]^2 \mathrm{d}s -$$

$$p\int_t^T |x(s)|^{p-2} x^{\mathrm{T}}(s)[g(x(s),s) + y(s)]\mathrm{d}B(s).$$

因此

$$E\left(\sup_{0 \leqslant t \leqslant T} |x(t)|^p\right)$$

$$\leqslant E|X|^p + p(8K+1)\int_0^T E|x(s)|^p \mathrm{d}s +$$

$$E\int_0^T |x(s)|^{p-2}\left[\frac{p}{8K}\left(|f(0,0,s)|^2 + K\right) + 4p\left(|g(0,s)|^2 + K\right)\right]^2 \mathrm{d}s +$$

$$E\left(\sup_{0 \leqslant t \leqslant T}\left[-p\int_t^T |x(s)|^{p-2} x^{\mathrm{T}}(s)[g(x(s),s) + y(s)]\mathrm{d}B(s)\right]\right). \tag{5.16}$$

但，在式(5.11)中令 $t = 0$，则

$$E\int_0^T |x(s)|^{p-2}\left[\frac{p}{8K}\left(|f(0,0,s)|^2+K\right)+4p\left(|g(0,s)|^2+K\right)\right]^2 \mathrm{d}s$$

$$\leqslant \int_0^T E|x(s)|^p \,\mathrm{d}s+\bar{C}_1.$$

在式(5.16)中替换它，可得

$$E\left(\sup_{0\leqslant t\leqslant T}|x(t)^p|\right)$$

$$\leqslant \bar{C}_1 + E|X|^p + [p(8K+1)+1]\int_0^T E|x(s)|^p\mathrm{d}s+$$

$$E\left(\sup_{0\leqslant t\leqslant T}\left[-p\int_t^T |x(s)|^{p-2}x^{\mathrm{T}}(s)[g(x(s),s)+y(s)]\mathrm{d}B(s)\right]\right). \tag{5.17}$$

另外，根据 Burkholder-Davis-Gundy 不等式和其他不等式，可知

$$E\left(\sup_{0\leqslant t\leqslant T}\left[-p\int_t^T |x(s)|^{p-2}x^{\mathrm{T}}(s)[g(x(s),s)+y(s)]\mathrm{d}B(s)\right]\right)$$

$$=E\left(\sup_{0\leqslant t\leqslant T}\left[-p\int_0^T |x(s)|^{p-2}x^{\mathrm{T}}(s)[g(x(s),s)+y(s)]\mathrm{d}B(s)+\right.\right.$$

$$\left.\left.p\int_0^t |x(s)|^{p-2}x^{\mathrm{T}}(s)[g(x(s),s)+y(s)]\mathrm{d}B(s)\right]\right)$$

$$=pE\left(\sup_{0\leqslant t\leqslant T}\int_0^T |x(s)|^{p-2}x^{\mathrm{T}}(s)[g(x(s),s)+y(s)]\mathrm{d}B(s)\right)$$

$$\leqslant 4\sqrt{2}pE\left(\int_0^T |x(s)|^{2p-2}|g(x(s),s)+y(s)|^2\mathrm{d}s\right)^{\frac{1}{2}}$$

$$\leqslant 4\sqrt{2}pE\left(\left[\sup_{0\leqslant t\leqslant T}|x(s)|^p\right]\int_0^T |x(s)|^{p-2}|g(x(s),s)+y(s)|^2\mathrm{d}s\right)^{\frac{1}{2}}$$

$$\leqslant \frac{1}{2}E\left(\sup_{0\leqslant t\leqslant T}|x(s)|^p\right)+16p^2E\int_0^T |x(s)|^{p-2}|g(x(s),s)+y(s)|^2\mathrm{d}s$$

$$\leqslant \frac{1}{2}E\left(\sup_{0\leqslant t\leqslant T}|x(s)|^p\right)+32p^2E\int_0^T |x(s)|^{p-2}|y(s)|^2\mathrm{d}s+$$

$$32p^2E\int_0^T |x(s)|^{p-2}|g(x(s),s)|^2\mathrm{d}s. \tag{5.18}$$

然而，利用与定理 5.1 相同的证明方法，可得

$$E\int_0^T |x(s)|^{p-2}|g(x(s),s)|^2\mathrm{d}s$$

$$\leqslant E\int_0^T |x(s)|^{p-2}\left[2|g(0,s)|^2+2K\left(1+|x(s)|^2\right)\right]\mathrm{d}s$$

$$\leqslant \left(2K+\frac{p-2}{p}\right)E\int_0^T |x(s)|^p\mathrm{d}s+\frac{2}{p}E\int_0^T \left[2|g(0,s)|^2+2K\right]^{\frac{p}{2}}\mathrm{d}s$$

$$\leqslant (2K+1)\int_0^T E|x(s)|^p\mathrm{d}s+\bar{C}_1.$$

把该式代入式(5.18)知

$$E\left(\sup_{0\leqslant t\leqslant T}\left[-p\int_t^T|x(s)|^{p-2}x^{\mathrm{T}}(s)[g(x(s),s)+y(s)]\mathrm{d}B(s)\right]\right)$$

$$\leqslant\frac{1}{2}E\left(\sup_{0\leqslant s\leqslant T}|x(s)|^p\right)+32p^2E\int_0^T|x(s)|^{p-2}|y(s)|^2\,\mathrm{d}s+$$

$$32p^2(2K+1)\int_0^TE|x(s)|^p\,\mathrm{d}s+32p^2\overline{C}_1. \tag{5.19}$$

把式 (5.19) 代入式 (5.17) 得

$$E\left(\sup_{0\leqslant t\leqslant T}|x(t)|^p\right)$$

$$\leqslant 2\overline{C}_1(1+32p^2)+2E|X|^p+$$

$$2[32p^2(2K+1)+p(8K+1)+1]E\int_0^T|x(s)|^p\mathrm{d}s+$$

$$64p^2E\int_0^T|x(s)|^{p-2}|y(s)|^2\,\mathrm{d}s:=\overline{C}_2. \tag{5.20}$$

由定理 5.1, $\overline{C}_2<\infty$ 可知要证的结论 (5.14) 成立.

现在, 我们开始证明式 (5.15). 显然, 式 (5.15) 成立如果能验证

$$E\left(\int_u^v|y(s)|^2\,\mathrm{d}s\right)^{\frac{p}{2}}<\infty \tag{5.21}$$

对任意的 $0\leqslant u<v\leqslant T$ 满足

$$c_p>3^{p-1}[4K(v-u)]^{\frac{p}{2}}, \tag{5.22}$$

其中 $c_p=1$ 或 $(2p)^{-p/2}$ 分别关于 $p=2$ 或 $p>2$ 成立. 固定任意这样的 u 和 v. 对 $u\leqslant t\leqslant v$, 有

$$\int_u^t y(s)\mathrm{d}B(s)=x(t)-x(u)-\int_u^t f(x(s),y(s),s)\mathrm{d}s-\int_u^t g(x(s),s)\mathrm{d}B(s).$$

因此

$$E\left(\sup_{u\leqslant t\leqslant v}\left|\int_u^t y(s)\mathrm{d}B(s)\right|^p\right)\leqslant 3^{p-1}E\left(\sup_{u\leqslant t\leqslant v}|x(t)-x(u)|^p\right)+$$

$$3^{p-1}E\left(\int_u^v|f(x(s),y(s),s)|\mathrm{d}s\right)^p+$$

$$3^{p-1}E\left(\sup_{u\leqslant t\leqslant v}\left|\int_u^t g(x(s),s)\mathrm{d}B(s)\right|^p\right). \tag{5.23}$$

由式 (5.20) 可知

$$E\left(\sup_{u\leqslant t\leqslant v}|x(t)-x(u)|^p\right)\leqslant 2^pE\left(\sup_{u\leqslant t\leqslant v}|x(t)|^p\right)\leqslant 2^p\overline{C}_2<\infty. \tag{5.24}$$

另外, 根据 Burkholder-Davis-Gundy 不等式和其他不等式, 则

$$E\left(\sup_{u\leqslant t\leqslant v}\left|\int_u^t g(x(s),s)\mathrm{d}B(s)\right|^p\right)$$

$$\leqslant C_p E\left(\int_u^v |g(x(s),s)|^2\,\mathrm{d}s\right)^{\frac{p}{2}}$$

$$\leqslant C_p(v-u)^{\frac{p-2}{2}} E\int_u^v \left[2|g(0,s)|^2+2K\left(1+|x(s)|^2\right)\right]^{\frac{p}{2}}\mathrm{d}s$$

$$\leqslant C_p 6^{\frac{p}{2}}(v-u)^{\frac{p-2}{2}} E\int_u^v \left[|g(0,s)|^2+K^{\frac{p}{2}}+K^{\frac{p}{2}}|x(s)|^p\right]^{\frac{p}{2}}\mathrm{d}s$$

$$<\infty, \tag{5.25}$$

其中 C_p 是 Burkholder-Davis-Gundy 不等式中的常数，即 $C_p=4$ 或 $[p^{p+1}/2(p-1)^{p-1}]^{p/2}$ 分别关于 $p=2$ 或 $p>2$ 成立. 而且，有

$$E\left(\int_u^t |f(x(s),y(s),s)|\mathrm{d}s\right)^p$$

$$\leqslant E\left((v-u)\int_u^v |f(x(s),y(s),s)|^2\,\mathrm{d}s\right)^{\frac{p}{2}}$$

$$\leqslant (v-u)^{\frac{p}{2}} E\left(\int_u^v \left[2|f(0,0,s)|^2+2K\left(1+|x(s)|^2+|y(s)|^2\right)\right]\mathrm{d}s\right)^{\frac{p}{2}}$$

$$\leqslant \bar{C}_3+[4K(v-u)]^{\frac{p}{2}} E\left(\int_u^v |y(s)|^2\,\mathrm{d}s\right)^{\frac{p}{2}}, \tag{5.26}$$

其中

$$\bar{C}_3=[2(v-u)]^{\frac{p}{2}} E\left(\int_u^v \left[2|f(0,0,s)|^2+2K\left(1+|x(s)|^2\right)\right]\mathrm{d}s\right)^{\frac{p}{2}}$$

$$\leqslant 2^p(v-u)^{p-1} E\int_u^v \left[|f(0,0,s)|^2+K+K|x(s)|^2\right]^{\frac{p}{2}}\mathrm{d}s$$

$$\leqslant 6^p(v-u)^{p-1} E\int_u^v \left[|f(0,0,s)|^p+K^{\frac{p}{2}}+K^{\frac{p}{2}}|x(s)|^p\right]\mathrm{d}s$$

$$<\infty.$$

另外，根据 Burkholder-Davis-Gundy 不等式，有

$$c_p E\left(\int_u^v |y(s)|^2\,\mathrm{d}s\right)^{\frac{p}{2}} \leqslant E\left(\sup_{u\leqslant t\leqslant v}\left|\int_u^t y(s)\mathrm{d}B(s)\right|^p\right), \tag{5.27}$$

其中 c_p 已定义. 结合式 $(5.23)\sim(5.27)$ 可得

$$\left(c_p-3^{p-1}[4K(v-u)]^{\frac{p}{2}}\right) E\left(\int_u^v |y(s)|^2\,\mathrm{d}s\right)^{\frac{p}{2}} <\infty.$$

最后，利用式 (5.22)，则式 (5.21) 成立. 定理得证.

7.6 BSDE 和拟线性 PDE

在 2.8 节中，我们建立了 Feynman-Kac 公式，该公式从相应的随机微分方程解的角度给出了线性偏微分方程解的显性表达式. 然而，我们当时也强调了，拟偏微分方程的解的随机表达式不是线性表示的. 例如，拟线性抛物偏微分方程 (2.8.27)，即

$$\begin{cases} \dfrac{\partial}{\partial t}u(x,t) + Lu(x,t) + c(x,u)u(x,t) = 0, & (x,t) \in \mathbf{R}^d \times [0,T), \\ u(x,T) = \phi(x), & x \in \mathbf{R}^d. \end{cases} \tag{6.1}$$

这里

$$L = \frac{1}{2}\sum_{i,j=1}^{d} a_{ij}(x,t)\frac{\partial^2}{\partial x_i \partial x_j} + \sum_{i=1}^{d} f_i(x,t)\frac{\partial}{\partial x_i},$$

$a_{ij}(x,t)$, $f_i(x,t)$ 和 $c(x,u)$ 与 2.8 中定义的一样. 而且，记

$$f(x,t) = (f_1,\cdots,f_d)^{\mathrm{T}} \quad \text{和} \quad a(x,t) = (a_{ij}(x,t))_{d\times d}.$$

令 $g(x,t) = (g_{ij}(x,t))_{d\times d}$ 是 $a(x,t)$ 的平方根，即

$$g(x,t)g^{\mathrm{T}}(x,t) = a(x,t).$$

令 $B(t)$ 是 $d-$维 Brown 运动. 对每一个 $(x,t) \in \mathbf{R}^d \times [0,T)$，解随机微分方程

$$\begin{cases} d\xi_{x,t}(s) = f(\xi_{x,t}(s),s)\mathrm{d}s + g(\xi_{x,t}(s),s)\mathrm{d}B(s), & t \leqslant s \leqslant T, \\ \xi_{x,t}(t) = x. \end{cases} \tag{6.2}$$

Feynman-Kac 公式告诉我们方程 (6.1) 的解表示为

$$u(x,t) = E\left[\phi(\xi_{x,t}(T))\exp\left(\int_t^T c(\xi_{x,t}(s),u(\xi_{x,t}(s),s))\mathrm{d}s\right)\right]. \tag{6.3}$$

当然，该解不是显性表达式. 然而，本节中，我们将从后向随机微分方程的角度给出解的显性表达式.

一般地，考虑拟线性抛物偏微分方程

$$\begin{cases} \dfrac{\partial}{\partial t}u(x,t) + Lu(x,t) + F(x,u,\nabla u g,t) = 0, & (x,t) \in \mathbf{R}^d \times [0,T), \\ u(x,T) = \phi(x), & x \in \mathbf{R}^d. \end{cases} \tag{6.4}$$

这里 F 是定义在 $\mathbf{R}^d \times \mathbf{R}^d \times \mathbf{R}^d \times [0,T]$ 上的实值函数且 ∇u 是 u 的梯度，即

$$\nabla u = \left(\frac{\partial u}{\partial x_1},\cdots,\frac{\partial u}{\partial x_d}\right).$$

对每一个 $(x,t) \in \mathbf{R}^d \times [0,T)$，令 $\xi_{x,t}(s)(t \leqslant s \leqslant T)$ 是随机微分方程 (6.2) 的解. 考

虑相应的后向随机微分方程

$$X_{x,t}(s) = \phi(\xi_{x,t}(T)) + \int_s^T F(\xi_{x,t}(r), X_{x,t}(r), Y_{x,t}(r), r)\mathrm{d}r -$$

$$\int_s^T Y_{x,t}(r)\mathrm{d}B(r), \quad t \leqslant s \leqslant T, \tag{6.5}$$

其中 $X_{x,t}(\cdot)$ 取值在 $\mathbf{R}$ 中而 $Y_{x,t}(\cdot)$ 取值在 $\mathbf{R}^{1 \times d}$ 中. 鉴于 Pardoux 和 Peng 的文献 (1992), 下面的定理称为广义的 Feynman-Kac 公式.

定理 6.1 假设所有的函数 a, f, g, F, ϕ 充分光滑使得方程 (6.4) 有唯一的 $C^{2,1}$-解且方程 (6.2) 和 (6.5) 也分别具有唯一解. 则方程 (6.4) 的唯一解可表示为

$$u(x,t) = EX_{x,t}(t). \tag{6.6}$$

证明 对 $u(\xi_{x,t}(r), r)$ 应用 Itô 公式可得

$$\mathrm{d}u(\xi_{x,t}(r), r) = \left[\frac{\partial}{\partial t}u(\xi_{x,t}(r), r) + Lu(\xi_{x,t}(r), r)\right]\mathrm{d}r +$$

$$\nabla u(\xi_{x,t}(r), r)g(\xi_{x,t}(r), r)\mathrm{d}B(r).$$

因为 $u(x,t)$ 是方程 (6.4) 的解, 所以

$$\mathrm{d}u(\xi_{x,t}(r), r) = -F(\xi_{x,t}(r), u(\xi_{x,t}(r), r), \nabla u(\xi_{x,t}(r), r)g(\xi_{x,t}(r), r), r)\mathrm{d}r +$$

$$\nabla u(\xi_{x,t}(r), r)g(\xi_{x,t}(r), r)\mathrm{d}B(r).$$

等号两边从 $r = s$ 到 $r = T$ 积分得

$$u(\xi_{x,t}(T), T) - u(\xi_{x,t}(s), s)$$

$$= -\int_s^T F(\xi_{x,t}(r), u(\xi_{x,t}(r), r), \nabla u(\xi_{x,t}(r), r)g(\xi_{x,t}(r), r), r)\mathrm{d}r +$$

$$\int_s^T \nabla u(\xi_{x,t}(r), r)g(\xi_{x,t}(r), r)\mathrm{d}B(r).$$

注意到 $u(x,T) = \phi(x)$, 则

$$u(\xi_{x,t}(s), s) = \phi(\xi_{x,t}(T))$$

$$= \int_s^T F(\xi_{x,t}(r), u(\xi_{x,t}(r), r), \nabla u(\xi_{x,t}(r), r)g(\xi_{x,t}(r), r), r)\mathrm{d}r -$$

$$\int_s^T \nabla u(\xi_{x,t}(r), r)g(\xi_{x,t}(r), r)\mathrm{d}B(r). \tag{6.7}$$

对比方程 (6.7) 和 (6.5), 可以看出, 根据解的唯一性, 可以推出 $\{u(\xi_{x,t}(s), s),$ $\nabla u(\xi_{x,t}(s), s)g(\xi_{x,t}(s), s)\}_{t \leqslant s \leqslant T}$ 必与方程 (6.5) 的唯一解 $\{X_{x,t}(s), Y_{x,t}(s)\}_{t \leqslant s \leqslant T}$ 重合. 特别地, 有

$$u(x,t) = u(\xi_{x,t}(t), t) = X_{x,t}(t), \quad \text{a.s.},$$

等式两边同时取期望, 考虑到 $u(x,t)$ 是确定性的, 则可知要证的结论 (6.6) 成立. 定理得证.

为了说明定理 6.1 是 Feynman-Kac 公式的推广, 令 $F(x, u, y, t) = c(x,t)u$. 在这种情形下, 方程 (6.4) 简化为线性方程

$$
\begin{cases}
\dfrac{\partial}{\partial t}u(x,t)+Lu(x,t)+c(x,t)u(x,t)=0, & (x,t)\in \mathbf{R}^d\times[0,T), \\
u(x,T)=\phi(x), & x\in \mathbf{R}^d.
\end{cases}
\tag{6.8}
$$

而且，后向随机微分方程(6.5)变为

$$
X_{x,t}(s)=\phi(\xi_{x,t}(T))+\int_s^T c(\xi_{x,t}(r),r)X_{x,t}(r)\mathrm{d}r-\int_s^T Y_{x,t}(r)\mathrm{d}B(r).
\tag{6.9}
$$

注意到方程(6.9)具有显性解

$$
X_{x,t}(s)=\phi(\xi_{x,t}(T))\exp\!\left[\int_s^T c(\xi_{x,t}(r),r)\mathrm{d}r\right]-
$$
$$
\int_s^T \exp\!\left[\int_s^r c(\xi_{x,t}(v),v)\mathrm{d}v\right]Y_{x,t}(r)\mathrm{d}B(r),
$$

代入式(6.6)得

$$
u(x,t)=EX_{x,t}(t)=E\!\left(\phi(\xi_{x,t}(T))\exp\!\left[\int_t^T c(\xi_{x,t}(r),r)\mathrm{d}r\right]\right),
$$

但这与2.8节中经典的 Feynman-Kac 公式一样.

8

随 机 振 子

8.1 前　　言

随机振子在数学上叙述为一个合适的常微分方程的解，由外部环境中的白噪声所扰动. 通常，这样的解是随机过程.

本章中，我们将主要讨论随机振子，该振子可描述为如下形式的 d – 维二阶随机微分方程

$$\ddot{x}(t) + f(x(t), \dot{x}(t), t) = g(x(t), \dot{x}(t), t)\dot{B}(t), \quad t \geq 0, \tag{1.1}$$

其中 $\dot{B}(t)$ 是 m – 维白噪声，$x(t)$ 是 $\mathbf{R}^d$ 值的，$f: \mathbf{R}^d \times \mathbf{R}^d \times \mathbf{R}_+ \to \mathbf{R}^d$ 和 $g: \mathbf{R}^d \times \mathbf{R}^d \times \mathbf{R}_+ \to \mathbf{R}^{d \times m}$. 介绍新变量 $y(t) = \dot{x}(t)$，把方程(1.1)写成 $2d$ – 维 Itô 方程

$$\begin{cases} dx(t) = y(t)dt, \\ dy(t) = -f(x(t), y(t), t)dt + g(x(t), y(t), t)dB(t). \end{cases} \tag{1.2}$$

显然，这是一个特殊的 Itô 随机微分方程，因为 $x(t)$ 和 $y(t)$ 具有简单的关系 $dx(t) = y(t)dt$，该表达式并不涉及随机微分. 正是这种特殊的形式使得方程具有很多重要性质. 在本章中，我们将讨论一些性质，例如，振子、零点的统计分布和能量边界.

本章中的知识点主要基于 Markus 和 Weerasinghe 的文献(1988) 及 Mao 和 Markus 的文献 (1991)，不包括经典的 Cameron-Martin-Girsanov 转移定理.

8.2 Cameron-Martin-Girsanov 定理

本节中，我们研究关于 Brown 运动的著名的 Cameron-Martin-Girsanov 转移定理，它在本章将发挥重要作用.

和以前一样，令 $(\Omega, F, \{\mathcal{F}_t\}_{t \geqslant 0}, P)$ 是完备的概率空间，其滤子 $\{\mathcal{F}_t\}$ 满足通常条件. 如果 $\tilde{P}$ 是定义在 $(\Omega, \mathcal{F})$ 上的测度且

$$\tilde{P}(A) = \int_A f(\omega) \mathrm{d}P(\omega), \qquad A \in \mathcal{F},$$

记 $\mathrm{d}\tilde{P}(\omega) = f(\omega)\mathrm{d}P(\omega)$.

定理 2.1(Cameron-Martin-Girsanov 定理)   假设 $\{B(t)\}_{0 \leqslant t \leqslant T}$ 是定义在概率空间 $(\Omega, \mathcal{F}, \{\mathcal{F}_t\}_{t \geqslant 0}, P)$ 上的 $m-$维 Brown 运动. 令 $\phi = (\phi_1, \cdots, \phi_m)^{\mathrm{T}} \in \mathcal{L}^2([0, T]; \mathbf{R}^m)$. 定义

$$\zeta_0^{\mathrm{T}} = -\frac{1}{2} \int_0^T |\phi(u)|^2 \mathrm{d}u + \int_0^T \phi^{\mathrm{T}}(u)\mathrm{d}B(u), \tag{2.1}$$

$$\tilde{B}(t) = B(t) - \int_0^t \phi(u)\mathrm{d}u, \tag{2.2}$$

$$\mathrm{d}\tilde{P}(\omega) = \exp[\zeta_0^{\mathrm{T}}(\phi)]\mathrm{d}P(\omega). \tag{2.3}$$

如果

$$\tilde{P}(\Omega) = 1, \tag{2.4}$$

那么 $\{B(t)\}_{0 \leqslant t \leqslant T}$ 是定义在概率空间 $(\Omega, \mathcal{F}, \tilde{P})$ 上新的 $m-$维 Brown 运动，其滤子 $\{\mathcal{F}_t\}_{t \geqslant 0}$ 保持不变. 而且，使式(2.4)成立的一个充分条件是存在两个正常数 μ 和 C 满足

$$E\left[\mathrm{e}^{\mu|\phi(t)|^2}\right] \leqslant C, \quad \forall 0 \leqslant t \leqslant T. \tag{2.5}$$

此处省略 Cameron-Martin-Girsanov 定理的证明，因为在很多成果中能找到其证明过程，例如 Friedman 的文献 (1975). 相反，我们将解释该定理是如何把复杂的 Itô 方程转化为相对简单的方程且不失去重要性质.

令 $\tilde{P}(\Omega) = 1$. 如果 $g \in \mathcal{L}^2([0, T]; \mathbf{R}^{d \times m})$，那么由定义得

$$P\left\{\omega: \int_0^T |g(t, \omega)|^2 \mathrm{d}t < \infty\right\} = 1.$$

因为 $\tilde{P}$ 关于 P 绝对连续，所以

$$\tilde{P}\left\{\omega: \int_0^T |g(t, \omega)|^2 \mathrm{d}t < \infty\right\} = 1.$$

因此 g 关于 $\tilde{B}$ 的随机积分

$$\int_0^t g(s)\mathrm{d}\tilde{B}(s), \quad 0 \leqslant t \leqslant T$$

很好地被定义. 令 $\{g_k\}$ 是 $\mathcal{L}^2([0, T]; \mathbf{R}^{d \times m})$ 中的简单过程构成的序列使得

$$\int_0^T |g_k(s) - g(s)|^2 \, \mathrm{d}s \to 0, \qquad P\text{-a.s.,}$$

则

$$\int_0^T |g_k(s) - g(s)|^2 \, \mathrm{d}s \to 0, \qquad \tilde{P}\text{-a.s.}$$

故

$$\int_0^t g_k(s)\mathrm{d}B(s) \to \int_0^t g(s)\mathrm{d}B(s), \quad \text{以概率 } P,$$

和

$$\int_0^t g_k(s)\mathrm{d}\tilde{B}(s) \to \int_0^t g(s)\mathrm{d}\tilde{B}(s), \quad \text{以概率 } \tilde{P}.$$

因此，对序列 $\{k'\}$，有

$$\int_0^t g_{k'}(s)\mathrm{d}B(s) \to \int_0^t g(s)\mathrm{d}B(s), \quad P\text{-a.s.} \tag{2.6}$$

和

$$\int_0^t g_{k'}(s)\mathrm{d}\tilde{B}(s) \to \int_0^t g(s)\mathrm{d}\tilde{B}(s) \quad \tilde{P}\text{-a.s.} \tag{2.7}$$

根据式 (2.2) 很容易得

$$\int_0^t g_{k'}(s)\mathrm{d}B(s) = \int_0^t g_{k'}(s)\mathrm{d}\tilde{B}(s) + \int_0^t g_{k'}(s)\phi(s)\mathrm{d}s. \tag{2.8}$$

显然

$$\int_0^t g_{k'}(s)\mathrm{d}s \to \int_0^t g(s)\phi(s)\mathrm{d}s.$$

因此，在式 (2.8) 中令 $k' \to \infty$，并利用式 (2.6) 和 (2.7)，得

$$\int_0^t g(s)\mathrm{d}B(s) = \int_0^t g(s)\mathrm{d}\tilde{B}(s) + \int_0^t g(s)\phi(s)\mathrm{d}s \tag{2.9}$$

以概率 P(或 $\tilde{P}$) 几乎处处成立. 结合该等式和定理 2.1 可得下列结果，即 Girsanov 定理.

定理 2.2(Girsanov 定理) 令 $\{B(t)\}_{0 \leqslant t \leqslant T}$ 是定义在概率空间 $(\Omega, \mathcal{F}, \{\mathcal{F}_t\}_{t \geqslant 0}, P)$ 上的 m−维 Brown 运动. 令 $x(t)$ 是 $[0, T]$ 上的 d−维 Itô 过程，即

$$x(t) = x(0) + \int_0^t f(s)\mathrm{d}s + \int_0^t g(s)\mathrm{d}B(s), \tag{2.10}$$

其中 $f \in \mathcal{L}^2([0, T]; \mathbf{R}^d)$ 且 $g \in \mathcal{L}^2([0, T]; \mathbf{R}^{d \times m})$. 令 $\phi = (\phi_1, \cdots, \phi_m)^{\mathrm{T}} \in \mathcal{L}^2([0, T]; \mathbf{R}^m)$. 设 $\tilde{B}(t)$ 和 $\tilde{P}$ 已定义在定理 2.1 中. 如果 $\tilde{P}(\Omega) = 1$，那么 $x(t)$ 仍然是概率空间 $(\Omega, \mathcal{F}, \tilde{P})$ 中关于 Brown 运动 $\tilde{B}(t)$ 的 Itô 过程. 具体地，有

$$x(t) = x(0) + \int_0^t [f(s) + g(s)\phi(s)]\mathrm{d}s + \int_0^t g(s)\mathrm{d}\tilde{B}(s). \tag{2.11}$$

如果 $x(t)$ 是随机微分方程

$$\mathrm{d}x(t) = f(x(t), t)\mathrm{d}t + g(x(t), t)\mathrm{d}B(t), \quad 0 \leqslant t \leqslant T \tag{2.12}$$

在概率空间 $(\Omega, \mathcal{F}, P)$ 上的解，那么 Girsanov 定理说明 $x(t)$ 是下列新方程

$$\mathrm{d}x(t) = [f(x(t),t) + g(x(t),t)\phi(t)]\mathrm{d}t + g(x(t),t)\mathrm{d}\tilde{B}(t), \quad 0 \leqslant t \leqslant T \quad (2.13)$$

在概率空间 $(\Omega, \mathcal{F}, \tilde{P})$ 上的解. 在很多情形中, 选取 $\phi(t)$ 使得 $f(x,t) + g(x,t)\phi(t)$ 相对简单一些, 这样一来, 方程 (2.13) 比原始方程 (2.12) 更容易处理. 例如, 如果 $d = m$ 且 $g(x,t)$ 是可逆的, $f(x,t)$ 和 $g^{-1}(x,t)$ 均是有界的, 可令

$$\phi(t) = -g^{-1}(x(t),t)f(x(t),t).$$

在这种情形下, 由于 $\phi(t)$ 的有界性, 则式 (2.5) 成立且 $\tilde{P}(\Omega) = 1$. 而且, 方程 (2.13) 简化为

$$\mathrm{d}x(t) = g(x(t),t)\mathrm{d}\tilde{B}(t), \quad 0 \leqslant t \leqslant T,$$

该方程显然比方程 (2.12) 更简单.

8.3 非线性随机振子

令 $B(t)$ 是 $1-$维 Brown 运动. 考虑标量非线性振子

$$\ddot{x}(t) + \kappa(x(t), \dot{x}(t), t) = h\dot{B}(t), \quad t \geqslant 0, \quad (3.1)$$

其中 h 是正常数且 κ 是 $\mathbf{R}^2 \times \mathbf{R}_+$ 上的实函数. 介绍新变量 $y(t) = \dot{x}(t)$, 相应的 Itô 方程为

$$\mathrm{d}\begin{bmatrix} x(t) \\ y(t) \end{bmatrix} = \begin{bmatrix} y(t) \\ -\kappa(x(t), y(t), t) \end{bmatrix}\mathrm{d}t + \begin{bmatrix} 0 \\ h \end{bmatrix}\mathrm{d}B(t). \quad (3.1)'$$

假设 $\kappa(x, y, t)$ 关于 (x, y) 是局部 Lipschitz 连续的且在整个区域 $\mathbf{R}^2 \times \mathbf{R}_+$ 上有界. 利用随机微分方程理论, 可知对任意给定的初值 $(x_0, y_0) \in \mathbf{R}^2$, 方程 $(3.1)'$ 在 $t \geqslant 0$ 上有唯一解. 函数 $\kappa(x, y, t)$ 的有界性当然是非必要的, 例如, 线性增长条件就可以, 但为了简化进一步的处理过程, 我们宁愿用这个有界条件.

本节我们将研究方程 $(3.1)'$ 的某些性质, 例如, 初值在 $(x_0, y_0) \neq 0$ 处的解, 对所有的 $t \geqslant 0$, 几乎会偏离原点, 研究相对简单的方程

$$\mathrm{d}\begin{bmatrix} x(t) \\ y(t) \end{bmatrix} = \begin{bmatrix} y(t) \\ 0 \end{bmatrix}\mathrm{d}t + \begin{bmatrix} 0 \\ h \end{bmatrix}\mathrm{d}\tilde{B}(t) \quad (3.2)$$

关于新 Brown 运动 $\tilde{B}(t)$ 就足够了.

引理 3.1 令 $T > 0$ 且 $(x(t), y(t))$ 是方程

$$\mathrm{d}\begin{bmatrix} x(t) \\ y(t) \end{bmatrix} = \begin{bmatrix} y(t) \\ -\kappa(x(t), y(t), t) \end{bmatrix}\mathrm{d}t + \begin{bmatrix} 0 \\ h \end{bmatrix}\mathrm{d}B(t), \quad 0 \leqslant t \leqslant T \quad (3.3)$$

的解. 令 $\phi(t) = h^{-1}\kappa(x(t), y(t), t) \, (0 \leqslant t \leqslant T)$ 以及

$$\zeta_0^{\mathrm{T}} = -\frac{1}{2}\int_0^T |\phi(u)|^2 \, \mathrm{d}u + \int_0^T \phi(u)\mathrm{d}B(u),$$

$$\tilde{B}(t) = B(t) - \int_0^t \phi(u)\mathrm{d}u,$$

$$\mathrm{d}\tilde{P}(\omega) = \exp[\zeta_0^{\mathrm{T}}(\phi)]\mathrm{d}P(\omega).$$

则 $\tilde{P}(\Omega) = 1$, $\{\tilde{B}(t)\}_{0\leqslant t\leqslant T}$ 是概率空间 $(\Omega, \mathcal{F}, \{\mathcal{F}_t\}_{t\geqslant 0}, \tilde{P})$ 上的 1 – 维 Brown 运动, 所有 P – 零集也是 $\tilde{P}$ – 零集. 而且, $(x(t), y(t))$ 是下列方程

$$\mathrm{d}\begin{bmatrix} x(t) \\ y(t) \end{bmatrix} = \begin{bmatrix} y(t) \\ 0 \end{bmatrix}\mathrm{d}t + \begin{bmatrix} 0 \\ h \end{bmatrix}\mathrm{d}\tilde{B}(t), \quad 0 \leqslant t \leqslant T \tag{3.4}$$

的解.

证明　　$\kappa(x, y, t)$ 的有界性确保了条件 (2.5) 成立. 故, 利用 Cameron-Martin-Girsanov 定理, 则 $\tilde{P}(\Omega) = 1$ 以及 $\{\tilde{B}(t)\}_{0\leqslant t\leqslant T}$ 是 $(\Omega, \mathcal{F}, \tilde{P})$ 上的 1 – 维 Brown 运动. 因为 $\tilde{P}$ 关于 P 是绝对连续的, 所以任意的 P – 零集也是 $\tilde{P}$ – 零集. 而且, 根据 Girsanov 定理, 则 $(x(t), y(t))$ 是方程(3.4) 在概率空间 $(\Omega, \mathcal{F}, \tilde{P})$ 上的解.

引理 3.2　　令 $T > 0$. 设 $(\Omega, \mathcal{F}, \{\mathcal{F}_t\}_{t\geqslant 0}, \tilde{P})$ 是完备的概率空间, $\{\tilde{B}(t)\}_{0\leqslant t\leqslant T}$ 是该空间上的 1 – 维 Brown 运动. 令 $(x(t), y(t))$ 是方程

$$\mathrm{d}\begin{bmatrix} x(t) \\ y(t) \end{bmatrix} = \begin{bmatrix} y(t) \\ 0 \end{bmatrix}\mathrm{d}t + \begin{bmatrix} 0 \\ h \end{bmatrix}\mathrm{d}\tilde{B}(t), \quad 0 \leqslant t \leqslant T$$

的解. 令 $\phi(t) = -h^{-1}\kappa(x(t), y(t), t) \, (0 \leqslant t \leqslant T)$ 以及

$$\zeta_0^{\mathrm{T}} = -\frac{1}{2}\int_0^T |\phi(u)|^2 \, \mathrm{d}u + \int_0^T \phi(u)\mathrm{d}B(u),$$

$$\hat{B}(t) = \tilde{B}(t) - \int_0^t \phi(u)\mathrm{d}u,$$

$$\mathrm{d}\hat{P}(\omega) = \exp[\zeta_0^{\mathrm{T}}(\phi)]\mathrm{d}\tilde{P}(\omega).$$

则 $\hat{P}(\Omega) = 1$, $\{\hat{B}(t)\}_{0\leqslant t\leqslant T}$ 是概率空间 $(\Omega, \mathcal{F}, \{\mathcal{F}_t\}_{t\geqslant 0}, \hat{P})$ 上的 1 – 维 Brown 运动, 所有 $\tilde{P}$ – 零集也是 $\hat{P}$ – 零集. 而且, $(x(t), y(t))$ 是下列方程

$$\mathrm{d}\begin{bmatrix} x(t) \\ y(t) \end{bmatrix} = \begin{bmatrix} y(t) \\ -\kappa(x(t), y(t), t) \end{bmatrix}\mathrm{d}t + \begin{bmatrix} 0 \\ h \end{bmatrix}\mathrm{d}\hat{B}(t), \quad 0 \leqslant t \leqslant T \tag{3.5}$$

的解.

该引理的证明方法与引理 3.1 的证明方法一样. 利用这两个引理, 可得下列结果.

定理 3.3　　令 $(x(t), y(t))$, $\tilde{B}(t)$ 等符号与引理 3.1 和 3.2 中定义的一样. 令 $\mathcal{G}_T$ 是由解 $(x(t), y(t))$ 产生的 σ – 代数, 即 $\mathcal{G}_T = \sigma\{(x(t), y(t)); 0 \leqslant t \leqslant T\}$. 则对任意的 $A \in \mathcal{G}_T$, $P(A) = 0$ 当且仅当 $\tilde{P}(A) = 0$. 故

$$P\left\{|x(t)|^2 + |y(t)|^2 = 0 \text{ 对某些} 0 \leqslant t \leqslant T\right\} = 0,$$

当且仅当

$$\tilde{P}\left\{\left|x(t)\right|^2+\left|y(t)\right|^2=0 \text{ 对某些} 0 \leqslant t \leqslant T\right\}=0.$$

证明 比较方程(3.3)和(3.5), 很容易看出$(x(t), y(t))$在概率测度P和$\hat{P}$下的分布相同. 换句话说

$$P(A)=\hat{P}(A), \quad \forall A \in \mathcal{G}_T.$$

另外, 利用引理3.1和3.2, 则

$$P(A)=0 \Rightarrow \tilde{P}(A)=0 \Rightarrow \hat{P}(A)=0.$$

因此, 对任意的$A \in \mathcal{G}_T$, $P(A)=0$当且仅当$\tilde{P}(A)=0$.

定理 3.4 令$(x(t), y(t))$是唯一解, 初值在$\mathbf{R}^2$中$(x_0, y_0) \neq 0$处, 对非线性随机振子

$$\ddot{x}(t)+\kappa(x(t), \dot{x}(t), t)=h\dot{\tilde{B}}(t), \quad t \geqslant 0$$

或Itô方程

$$\mathrm{d}\begin{bmatrix} x(t) \\ y(t) \end{bmatrix}=\begin{bmatrix} y(t) \\ -\kappa(x(t), y(t), t) \end{bmatrix}\mathrm{d}t+\begin{bmatrix} 0 \\ h \end{bmatrix}\mathrm{d}B(t).$$

则

$$P\left\{\left|x(t)\right|^2+\left|y(t)\right|^2=0, \forall 0 \leqslant t<\infty\right\}=1. \tag{3.6}$$

证明 显然, 式(3.6)成立如果能验证对每一个$T>0$, 有

$$P\left\{\left|x(t)\right|^2+\left|y(t)\right|^2>0, \forall 0 \leqslant t \leqslant T\right\}=1$$

或

$$P\left\{\left|x(t)\right|^2+\left|y(t)\right|^2=0 \text{ 对某些} 0 \leqslant t \leqslant T\right\}=0.$$

但利用定理3.3, 该式等价于

$$\tilde{P}\left\{\left|x(t)\right|^2+\left|y(t)\right|^2=0 \text{ 对某些} 0 \leqslant t \leqslant T\right\}=0, \tag{3.7}$$

其中$\tilde{P}$和下列$\tilde{B}(t)$与引理3.1中定义的一样. 根据引理3.1可知$(x(t), y(t))$是方程

$$\mathrm{d}\begin{bmatrix} x(t) \\ y(t) \end{bmatrix}=\begin{bmatrix} y(t) \\ 0 \end{bmatrix}\mathrm{d}t+\begin{bmatrix} 0 \\ h \end{bmatrix}\mathrm{d}\tilde{B}(t), \quad 0 \leqslant t \leqslant T \tag{3.8}$$

在概率空间$(\Omega, \mathcal{F}, \tilde{P})$上的解. 在区域$\mathbf{R}^2-(0,0)$上定义$C^\infty$-函数

$$V(x, y)=\int_0^\infty p(t, x, y)\mathrm{d}t, \tag{3.9}$$

其中

$$p(t, x, y)=\frac{\sqrt{3}}{\pi t}\exp\left(\frac{-2}{h^2 t^3}[t^2 y^2+3txy+3x^2]\right). \tag{3.10}$$

不难验证 $V(x, y)$ 有下列三个性质：

(i) $V(x, y) > 0,$

(ii) $\lim\limits_{|x|+|y| \to 0} V(x, y) > 0,$

(iii) 在整个区域 $\mathbf{R}^2 - (0, 0)$ 上，$LV(x, y) \equiv 0$，其中 L 是与方程 (3.8) 相关的扩散算子，即

$$L = y \frac{\partial}{\partial x} + \frac{h^2}{2} \frac{\partial^2}{\partial y^2}.$$

验证这些性质的常规计算过程留给读者作为练习. 定义停时

$$\rho = \inf \left\{ t \geq 0 : |x(t)|^2 + |y(t)|^2 = 0 \right\}.$$

对每一个 $k = 1, 2, \cdots$，定义

$$\rho_k = \inf \left\{ t \geq 0 : |x(t)|^2 + |y(t)|^2 \leq \frac{1}{k} \right\}.$$

显然，$\rho_k \uparrow \rho$ 对 $k \to \infty$ $\tilde{P}$-a.s. 利用 Itô 公式和性质 (iii) 可直接得

$$\tilde{E} V(x(\rho_k \wedge T), y(\rho_k \wedge T)) = V(x_0, y_0) < \infty,$$

其中 $\tilde{E}$ 表示与概率测得 $\tilde{P}$ 对应的期望. 令 $v_k = \min \left\{ V(x, y) : |x|^2 + |y|^2 = 1/k \right\}$，则

$$v_k \tilde{P} \{ \rho_k \leq T \} = V(x_0, y_0).$$

但根据性质 (ii) 可知，当 $k \to \infty$ 时有 $v_k \to \infty$. 因此令 $k \to \infty$ 得

$$\tilde{P} \{ \rho \leq T \} = 0,$$

这就是式 (3.7). 定理得证.

为结束本节内容，我们指出用式 (3.9) 和 (3.10) 寻找函数 $V(x, y)$ 的原因可见 Markus 和 Weerasinghe 的文献 (1988).

8.4 线性随机振子

再次令 $B(t)$ 是 $1 -$ 维 Brown 运动. 考虑标量线性振子

$$\ddot{x}(t) + \kappa x(t) = h \dot{B}(t), \quad t \geq 0, \tag{4.1}$$

其中 κ 和 h 是正常数. 当然，式 (4.1) 是非线性随机振子

$$\ddot{x}(t) + \kappa(x(t), \dot{x}(t), t) = h \dot{B}(t), \quad t \geq 0$$

的特殊形式. 然而, 正如在上节讨论的那样, 为理解非线性随机振子的众多性质, 只要这些性质几乎处处成立, 则研究线性随机振子就足够了, 例如, 在原点处解几乎消失的性质. 另外, 某些概率结果仅在一些依赖于参数 κ 和 h 的正概率下成立, 这是线性随机振子所特有的性质.

介绍新变量 $y(t) = \dot{x}(t)$, 则相应的 Itô 方程为

$$\mathrm{d}\begin{bmatrix} x(t) \\ y(t) \end{bmatrix} = A \begin{bmatrix} x(t) \\ y(t) \end{bmatrix} \mathrm{d}t + \begin{bmatrix} 0 \\ h \end{bmatrix} \mathrm{d}B(t), \tag{4.1}'$$

其中

$$A = \begin{bmatrix} 0 & 1 \\ -\kappa & 0 \end{bmatrix}.$$

任给初值 $(x(0), y(0)) = (x_0, y_0) \in \mathbf{R}^2$, 由第 3 章建立的理论, 则方程 (4.1)′ 有唯一解

$$\begin{bmatrix} x(t) \\ y(t) \end{bmatrix} = \mathrm{e}^{At} \begin{bmatrix} x_0 \\ y_0 \end{bmatrix} + \int_0^t \mathrm{e}^{A(t-s)} \begin{bmatrix} 0 \\ h \end{bmatrix} \mathrm{d}B(s). \tag{4.2}$$

注意到 $A^2 = -\kappa I$, 其中 I 是 2×2 的单位矩阵, 则

$$\begin{aligned}
\mathrm{e}^{At} &= \sum_{i=0}^{\infty} \left(\frac{A^{2i} t^{2i}}{(2i)!} + \frac{A^{2i+1} t^{2i+1}}{(2i+1)!} \right) \\
&= \sum_{i=0}^{\infty} \left(\frac{(-\kappa)^i t^{2i} I}{(2i)!} + \frac{(-\kappa)^i t^{2i+1} A}{(2i+1)!} \right) \\
&= \sum_{i=0}^{\infty} (-1)^i \begin{bmatrix} \dfrac{(\sqrt{\kappa}t)^{2i}}{(2i)!} & \dfrac{(\sqrt{\kappa}t)^{2i+1}}{(2i+1)!} \\ -\sqrt{\kappa} \dfrac{(\sqrt{\kappa}t)^{2i+1}}{(2i+1)!} & \dfrac{(\sqrt{\kappa}t)^{2i}}{(2i)!} \end{bmatrix} \\
&= \begin{bmatrix} \cos(\sqrt{\kappa}t) & \dfrac{1}{\sqrt{\kappa}} \sin(\sqrt{\kappa}t) \\ -\sqrt{\kappa} \sin(\sqrt{\kappa}t) & \cos(\sqrt{\kappa}t) \end{bmatrix}.
\end{aligned}$$

把该式代入式 (4.2) 得

$$\begin{cases} x(t) = x_0 \cos(\sqrt{\kappa}t) + \dfrac{y_0}{\sqrt{\kappa}} \sin(\sqrt{\kappa}t) + \dfrac{h}{\sqrt{\kappa}} \int_0^t \sin(\sqrt{\kappa}(t-s)) \mathrm{d}B(s), \\ y(t) = -x_0 \sqrt{\kappa} \sin(\sqrt{\kappa}t) + y_0 \cos(\sqrt{\kappa}t) + h \int_0^t \cos(\sqrt{\kappa}(t-s)) \mathrm{d}B(s). \end{cases} \tag{4.3}$$

为了方便叙述, 我们将考虑 $\kappa = 1$, $x_0 = 1$ 和 $y_0 = 0$ 的基本情形, 即随机振子

$$\ddot{x}(t) + x(t) = h \dot{B}(t) \tag{4.4}$$

或

$$d\begin{bmatrix} x(t) \\ y(t) \end{bmatrix} = \begin{bmatrix} y(t) \\ -x(t) \end{bmatrix} dt + \begin{bmatrix} 0 \\ h \end{bmatrix} dB(t), \tag{4.4}'$$

初值为 $(1, 0)$. 在这种情形下，式 (4.3) 简化为

$$\begin{cases} x(t) = \cos t + h \int_0^t \sin(t-s) dB(s), \\ y(t) = -\sin t + h \int_0^t \cos(t-s) dB(s). \end{cases} \tag{4.5}$$

当然，当 $\kappa \neq 1$, $x_0 \neq 1$ 但 $y_0 = 0$ 依然成立时，可利用标量的适当改变将方程 (4.1) 简化为方程 (4.4) 的研究.

定理 4.1 考虑标量随机过程 $x(t)$ 满足线性随机振子

$$\ddot{x}(t) + x(t) = h\dot{B}(t), \quad t \geqslant 0,$$

初值为 $x(0)=1$, $\dot{x}(0) = 0$，其中参数 $h > 0$. 则 $x(t)$ 在每条半直线 $[t_0, \infty)$ 上对每一个 $t_0 > 0$ 几乎有无穷多个非常简单的零解.

证明 由式 (4.5) 可得

$$x(t) = \cos t - h \cos t \int_0^t \sin s \, dB(s) + h \sin t \int_0^t \cos s \, dB(s).$$

在离散常数 $t = \left(2k + \dfrac{1}{2}\right)\pi$ 处，$k = 1, 2, \cdots$，考虑 $x(t)$，当

$$x\left(\left(2k + \frac{1}{2}\right)\pi\right) = h \int_0^{\left(2k+\frac{1}{2}\right)\pi} \cos s \, dB(s).$$

定义随机变量序列 $\{Y_k\}_{k \geqslant 1}$ 为

$$Y_k = h \int_{\left(2(k-1)+\frac{1}{2}\right)\pi}^{\left(2k+\frac{1}{2}\right)\pi} \cos s \, dB(s).$$

显然

$$x\left(\left(2k + \frac{1}{2}\right)\pi\right) = \sum_{i=1}^k Y_i.$$

由于 Brown 运动的增量在不相交的时间间隔上相互独立，则 $\{Y_k\}_{k \geqslant 1}$ 是相互独立的随机变量. 而且，每一个 Y_k 是正态分布的，其均值为 0，方差为

$$E(Y_k^2) = h^2 \int_{\left(2(k-1)+\frac{1}{2}\right)\pi}^{\left(2k+\frac{1}{2}\right)\pi} \cos^2 s \, ds = h^2 \pi.$$

现在，相互独立的随机变量的和的极限的定理(例如对数定律)表明，序列

$$\left\{x\left(\left(2k+\frac{1}{2}\right)\pi\right)\right\}$$ 当 $k \to \infty$ 时有无穷多个开关的信号. 由于解 $x(t)$ 的几乎所有的

样本路径在 $[0,\infty)$ 上连续，因此 $x(t)$ 在每条半直线 $[t_0,\infty)$ 上对每一个 $t_0 \geqslant 0$ 几乎必

有无穷多零解. 在定理 3.4 中已经证明了 $x(t)$ 的零解的简单性. 定理得证.

现在开始讨论振子的第一个零解.

定理 4.2 考虑标量随机过程 $x(t)$ 满足线性随机振子

$$\ddot{x}(t) + x(t) = h\dot{B}(t), \quad t \geqslant 0,$$

初值为 $x(0)=1$, $\dot{x}(0)=0$, 其中参数 $h > 0$. 令 τ_1 是 $[0,\infty)$ 上 $x(t)$ 首次取到零解的时间，即

$$\tau_1 = \inf\{t \geqslant 0 \colon x(t) = 0\}.$$

则

$$E\tau_1 \geqslant 2\operatorname{arccot} h \operatorname{Erf}\left(\frac{1}{\sqrt{\operatorname{arccot} h}}\right), \tag{4.6}$$

其中 $\operatorname{Erf}(\cdot)$ 是误差函数且

$$\operatorname{Erf}(z) = \frac{1}{\sqrt{2\pi}}\int_0^z \mathrm{e}^{-u^2/2}\mathrm{d}u, \quad z \geqslant 0.$$

为证明该定理，我们需要下列引理.

引理 4.3 对任意的 $b > 0$ 和 $T > 0$, 则

$$P\{B(t) > -b,\ 0 \leqslant t \leqslant T\} = 2\operatorname{Erf}\left(\frac{b}{\sqrt{T}}\right). \tag{4.7}$$

证明 该证明需利用著名的反射原理. 令 τ 是 Brown 运动首次到达 $-b$ 的时间，即

$$\tau = \inf\{t \geqslant 0 \colon B(t) = -b\}.$$

显然

$$P\{\tau < T\} = P\{\tau < T,\ B(T) < -b\} + P\{\tau < T,\ B(T) > -b\}.$$

如果 $\tau < T$ 和 $B(T) > -b$, 那么在时刻 T 之前，Brown 路径达到了 $-b$, 然后在剩下的时间里，从 $-b$ 到点 $-b+c\ (c > 0)$. 由于从 b 开始的 Brown 运动关于 $-b$ 的对称性，这样做的概率与从 $-b$ 到点 $-b-c$ 的概率相同.

反射原理表明

$$P\{\tau < T,\ B(T) > -b\} = P\{\tau < T,\ B(T) < -b\}.$$

因此

$$P\{\tau < T\} = 2P\{\tau < T,\ B(T) < -b\}.$$

但，不难看出

$$P\{\tau < T,\ B(T) < -b\} = P\{B(T) < -b\}.$$

因此可得

$$P\{\tau < T\} = 2P\{B(T) < -b\} = 2P\{B(T) > b\}$$

$$= \frac{2}{\sqrt{2\pi T}} \int_b^\infty e^{-u^2/2T} du = \frac{2}{\sqrt{2\pi}} \int_{b/\sqrt{T}}^\infty e^{-u^2/2} du.$$

即

$$P\left\{ \inf_{0 \leqslant t \leqslant T} B(t) \leqslant -b \right\} = 1 - 2\,\mathrm{Erf}\left(\frac{b}{\sqrt{T}} \right),$$

且要证的结论 (4.7) 成立.

现在开始证明定理 4.2.

定理 4.2 的证明　根据分部积分公式得

$$\int_0^t \sin(t-s)\mathrm{d}B(s) = \int_0^t B(s)\cos(t-s)\mathrm{d}s,$$

利用式 (4.5) 可知

$$x(t) = \cos t + h\int_0^t B(s)\cos(t-s)\mathrm{d}s.$$

记

$$\bar{\Omega} = \{\omega\colon B(t) > -1, 0 \leqslant t \leqslant \mathrm{arccot}\,h\}.$$

根据引理 4.3，则

$$P(\bar{\Omega}) = 2\mathrm{Erf}\left(\frac{1}{\sqrt{\mathrm{arccot}\,h}} \right).$$

因为 $\cos(t-s) > 0$ 关于 $0 \leqslant s \leqslant t < \pi/2$ 成立，所以对所有的 $\omega \in \bar{\Omega}$，当 $0 \leqslant t \leqslant \mathrm{arccot}\,h$ 时，有

$$x(t) > \cos t - h\int_0^t \cos(t-s)\mathrm{d}s = \cos t - h\sin t > 0.$$

因此

$$\tau_1(\omega) \geqslant \mathrm{arccot}\,h, \quad \omega \in \bar{\Omega}.$$

最后

$$E\tau_1 \geqslant E(\tau_1 I_{\bar{\Omega}}) \geqslant \mathrm{arccot}\,h P(\bar{\Omega}) = 2\,\mathrm{arccot}\,h\,\mathrm{Erf}\left(\frac{1}{\sqrt{\mathrm{arccot}\,h}} \right).$$

定理得证.

接下来证明首次到达零解的时刻 τ_1 具有有限矩，根据上述内容我们来估计前两个矩 $E\tau_1$ 和 $E\tau_1^2$.

定理 4.4 考虑标量随机过程 $x(t)$ 满足线性随机振子

$$\ddot{x}(t) + x(t) = h\dot{B}(t), \quad t \geq 0,$$

初值为 $x(0)=1, \dot{x}(0) = 0$，其中参数 $h > 0$. 令 τ_1 是 $[0, \infty)$ 上 $x(t)$ 首次取到零解的时间，则

$$P\{\tau_1 > T\} < \frac{4c(h)}{2^{T/\pi}}, \quad \forall T \geq \pi, \tag{4.8}$$

其中常数 $c(h) = \frac{1}{2} - \text{Erf}(h^{-1}\sqrt{2/\pi})$，故 $\lim_{h\to 0} = 0$. 从而

$$P\{\tau_1 < \infty\} = 1,$$

且 τ_1 的每阶矩均有限，前两个矩具有上界

$$E\tau_1 < \pi(1 + 2c(h)) \leq 2\pi \tag{4.9}$$

和

$$E\tau_1^2 < \pi^2(1 + 22c(h)) \leq 12\pi^2. \tag{4.10}$$

证明 在离散时刻 $t = k\pi, \quad k = 1, 2, \cdots$ 处估计 $x(t)$ 可得

$$x(k\pi) = \cos(k\pi)[1 - h\overline{B}(k\pi)],$$

其中

$$\overline{B}(k\pi) = \int_0^{k\pi} \sin s\, dB(s).$$

因此

$$x(k\pi) > 0$$

当且仅当

$$\overline{B}(k\pi)\begin{cases} > \dfrac{1}{h}, & k = 1, 3, \cdots, \\ < \dfrac{1}{h}, & k = 2, 4, \cdots. \end{cases}$$

记

$$Y_k = \int_{(k-1)\pi}^{k\pi} \sin s\, dB(s).$$

则 Y_k 是相互独立的正则随机变量，均值为 0，方差为

$$E(Y_k^2) = \int_{(k-1)\pi}^{k\pi} \sin^2 s\, ds = \frac{\pi}{2}.$$

而且

$$\overline{B}(k\pi) = \sum_{i=1}^{k} Y_k.$$

根据以上讨论，则

$$\{\tau_1 > \pi\} = \{x(t) > 0, \ \forall \, 0 \leqslant t \leqslant \pi\}$$

$$\subset \{x(\pi) > 0\} = \{\bar{B}(\pi) > \frac{1}{h}\} = \{Y_1 > \frac{1}{h}\}.$$

因此

$$P\{\tau_1 > \pi\} \leqslant P\{Y_1 > \frac{1}{h}\} = \frac{1}{2} - \mathrm{Erf}(h^{-1}\sqrt{\frac{2}{\pi}}) \equiv c(h).$$

而且，有

$$\{\tau_1 > 2\pi\} = \{x(t) > 0, \ \forall \, 0 \leqslant t \leqslant 2\pi\} \subset$$

$$\{x(\pi) > 0, x(2\pi) > 0\} = \{\bar{B}(\pi) > \frac{1}{h}, \bar{B}(2\pi) > \frac{1}{h}\}$$

$$= \{Y_1 > \frac{1}{h}, Y_1 + Y_2 < \frac{1}{h}\} \subset \{Y_1 > \frac{1}{h}, Y_2 < 0\}.$$

因此

$$P\{\tau_1 > 2\pi\} \leqslant P\{Y_1 > \frac{1}{h}, Y_2 < 0\} = P\{Y_1 > \frac{1}{h}\}P\{Y_2 < 0\} = \frac{c(h)}{2}.$$

继续该观点，得

$$P\{\tau_1 > k\pi\} \leqslant \frac{c(h)}{2^{k-1}}, \quad k = 1, 2, \cdots.$$

为了估计 τ_1 超过任意的正常数 $T \geqslant \pi$ 的概率，令 $[T/\pi]$ 是不超过 T/π 的最大整数，故 $[T/\pi]\pi \leqslant T$. 则

$$P\{\tau_1 > T\} \leqslant P\{\tau_1 > \left[\frac{T}{\pi}\right]\pi\} \leqslant \frac{c(h)}{2^{[T/\pi]-1}} < \frac{4c(h)}{2^{T/\pi}},$$

这就是要证的结论 (4.8). 根据对 τ_1 的概率分布的上界估计值，很容易得出结论

$$\lim_{T \to \infty} P\{\tau_1 > T\} = 0 \quad \text{或} \quad P\{\tau_1 < \infty\} = 1.$$

重写结论 (4.8) 为

$$P\{\tau_1 > T\} < 4c(h)\exp\left(-\frac{\log 2}{\pi}T\right),$$

可以看出 $P\{\tau_1 > T\}$ 满足指数衰减的一个界，我们保证了 τ_1 的每一阶矩均有限. 现在对前两阶矩建立相应的上界. 对任意的非负随机变量 ξ，有

$$E\xi \leqslant \sum_{k=1}^{\infty} kP\{k-1 < \xi \leqslant k\} = \sum_{k=1}^{\infty} \sum_{i=1}^{k} P\{k-1 < \xi \leqslant k\}$$

$$= \sum_{k=1}^{\infty} \sum_{k=i}^{\infty} P\{k-1 < \xi \leqslant k\} = \sum_{i=1}^{\infty} P\{i-1 < \xi\}$$

$$\leqslant 1 + \sum_{k=1}^{\infty} P\{\xi > k\}. \tag{4.11}$$

令 $\xi = \tau_1 / \pi$ 可得

$$\frac{1}{\pi}E\tau_1 \leqslant 1 + \sum_{k=1}^{\infty} P\{\tau_1 > k\pi\} \leqslant 1 + c(h)\sum_{k=1}^{\infty}\frac{1}{2^{k-1}} = 1 + 2c(h).$$

因此

$$E\tau_1 \leqslant \pi[1 + 2c(h)] \leqslant 2\pi.$$

对于二阶矩的估计，得

$$E\tau_1^2 \leqslant \sum_{k=0}^{\infty}[(k+1)\pi]^2 P\{k\pi < \tau_1 \leqslant (k+1)\pi\}$$

$$\leqslant \pi^2\left[1 + c(h)\sum_{k=1}^{\infty}\frac{(k+1)^2}{2^{k-1}}\right] = \pi^2 + 4\pi^2 c(h)\left[\sum_{k=0}^{\infty}\frac{(k+1)^2}{2^{k+1}} - \frac{1}{2}\right].$$

不难计算无穷序列的和为

$$\sum_{k=0}^{\infty}\frac{(k+1)^2}{2^{k+1}} = (zq'(z))'\big|_{z=1} = 6,$$

其中

$$q(z) = \sum_{k=0}^{\infty}\frac{z^{k+1}}{2^{k+1}} = \frac{z}{2-z}.$$

因此

$$E\tau_1^2 \leqslant \pi^2[1 + 22c(h)] \leqslant 12\pi^2.$$

定理得证.

接下来，我们继续研究 $x(t)$ 取到其他零解的时间. 对每一个 $i = 2,3,\cdots$，定义 τ_i 为 $x(t)$ 的第 i 个零解达到的时间，即

$$\tau_i = \inf\{t > \tau_{i-1}: x(t) = 0\}.$$

由于 $x(t)$ 的零解几乎都比较简单，故上述停时均很好地被定义. 显然，它们是单调递增的，即 $\tau_1 < \tau_2 < \tau_3 < \cdots$.

定理 4.5 考虑标量随机过程 $x(t)$ 满足线性随机振子

$$\ddot{x}(t) + x(t) = h\dot{B}(t), \quad t \geqslant 0,$$

初值为 $x(0)=1$, $\dot{x}(0) = 0$，其中参数 $h > 0$. 令 τ_i 是 $x(t)$ 的第 i 个零解取得的时间. 则

$$E\tau_i \leqslant 2i\pi, \quad \forall i = 2,\cdots. \tag{4.12}$$

为证明该定理，先给出一个引理.

引理 4.6 考虑标量随机过程 $z(t)$ 满足线性随机振子

$$\ddot{z}(t) + z(t) = h\dot{B}(t), \quad t \geqslant 0,$$

初值为 $z(0)=1$, $\dot{z}(0) \neq 0$, 其中参数 $h > 0$. 令 θ_1 是 $z(t)$ 关于 $t > 0$ 首次取得零解的时间, 即

$$\theta_1 = \inf\{t > 0: z(t) = 0\}.$$

则

$$E\theta_1 \leqslant 2\pi. \tag{4.13}$$

证明 由式 (4.3) 可得

$$z(t) = \dot{z}(0)\sin t + h\int_0^t \sin(t-s)\mathrm{d}B(s)$$

$$= \dot{z}(0)\sin t + h\sin t\int_0^t \cos s\,\mathrm{d}B(s) - h\cos t\int_0^t \sin s\,\mathrm{d}B(s).$$

注意到 $z(t)$ 在离散时刻 $t = k\pi$, $k = 1, 2, \cdots$, 即

$$z(k\pi) = h(-1)^{k+1}\bar{B}(k\pi),$$

其中

$$\bar{B}(k\pi) = \int_0^{k\pi} \sin s\,\mathrm{d}B(s).$$

因此

$$z(k\pi) > 0$$

当且仅当

$$\bar{B}(k\pi)\begin{cases} > 0, & k = 1, 3, \cdots, \\ < 0, & k = 2, 4, \cdots. \end{cases}$$

这些结果并不依赖于 $\dot{z}(0) \neq 0$. 利用该计算结果, 则

$$z(\pi) > 0 \quad \text{当且仅当} \quad \bar{B}(\pi) > 0.$$

故

$$P\{z(t) > 0, 0 < t \leqslant \pi\} \leqslant P\{z(\pi) > 0\} = P\{\bar{B}(\pi) > 0\} = \frac{1}{2}.$$

经计算得

$$P\{z(t) > 0, 0 < t \leqslant 2\pi\}$$

$$\leqslant P\{z(\pi) > 0, z(2\pi) > 0\}$$

$$= P\{\bar{B}(\pi) > 0, \bar{B}(2\pi) < 0\}$$

$$= P\{\bar{B}(\pi) > 0, \bar{B}(\pi) + [\bar{B}(2\pi) - \bar{B}(\pi)] < 0\}$$

$$\leqslant P\{\bar{B}(\pi) > 0, \bar{B}(2\pi) - \bar{B}(\pi) < 0\}$$

$$\leqslant P\{\bar{B}(\pi) > 0\}P\{\bar{B}(2\pi) - \bar{B}(\pi) < 0\}$$

$$= \frac{1}{2^2}.$$

重复该观点, 则

$$P\{z(t)>0, 0<t\leqslant k\pi\}=\frac{1}{2^k}.$$

因此

$$P\{\theta_1>k\pi\}\leqslant\frac{1}{2^k}.$$

现在，在式 (4.11) 中令 $\xi=\theta_1/\pi$ 可知

$$\frac{1}{\pi}E\theta_1\leqslant 1+\sum_{k=1}^{\infty}P\{\theta_1>k\pi\}\leqslant 1+\sum_{k=1}^{\infty}\frac{1}{2^k}=2.$$

即 $E\theta_1\leqslant 2\pi$ 得证.

现在我们很容易证明定理 4.5.

证明　根据定理 4.4, 则有 $E\tau_1\leqslant 2\pi$. 为了估计 $E\tau_2$, 把时标从 $t\geqslant 0$ 转换为 $s=t-\tau_1$. 记 $z(s)=x(s+\tau_1)$, 注意到

$$\ddot{z}(s)+z(s)=h\dot{\omega}(s),$$

初值为 $z(0)=0$ 且 $\dot{z}(0)\neq 0$, 其中 $\omega(s)=B(s+\tau_1)-B(\tau_1)$ 关于 $s\geqslant 0$ 是一个新的 Brown 运动. 定义

$$\theta_1=\inf\{s>0: z(s)=0\}.$$

则 $\tau_2=\tau_1+\theta_1$. 但由引理 4.5 得 $E\theta_1\leqslant 2\pi$. 因此则有 $E\tau_2\leqslant 4\pi$. 通过重复这一观点可推出要证的结果

$$E\tau_i\leqslant 2i\pi,\quad\forall i=1,2,\cdots.$$

8.5　能　量　边　界

本节令 $B(t)$ 是 $m-$维 Brown 运动. 受经典非线性振子理论的激发, 考虑 $d-$维二阶随机微分方程

$$\ddot{x}(t)+b(x(t),\dot{x}(t))+\nabla G(x(t))=\sigma(x(t),\dot{x}(t),t)\dot{B}(t)+h(t) \tag{5.1}$$

其中 $t\geqslant 0$, $x=(x_1,\cdots,x_d)^{\mathrm{T}}\in\mathbf{R}^d$, $-\nabla G(x)$ 是回复力, $-b(x,\dot{x})$ 是耗散力, $h(t)$ 是外部驱动力, 以及 $\sigma(x,\dot{x},t)$ 代表随机扰动的强度. 从数学角度, 有 $b:\mathbf{R}^d\times\mathbf{R}^d\to\mathbf{R}^d$, $G\in C^1(\mathbf{R}^d;\mathbf{R}_+)$ 且 $\nabla G(x)=(G_{x_1},\cdots,G_{x_d})^{\mathrm{T}}$, $\sigma:\mathbf{R}^d\times\mathbf{R}^d\times\mathbf{R}_+\to\mathbf{R}^{d\times m}$ 和 $h:\mathbf{R}_+\to\mathbf{R}^d$. 相应的 $2d-$维 Itô 方程为

$$\begin{cases}\mathrm{d}x(t)=y(t)\mathrm{d}t,\\ \mathrm{d}y(t)=[-b(x(t),y(t))-\nabla G(x(t))+h(t)]\mathrm{d}t+\sigma(x(t),y(t),t)\mathrm{d}B(t).\end{cases} \tag{5.1$'$}$$

假设所有的函数 b,G,σ 和 h 均充分光滑使得对任意的初值 $(x_0,y_0)\in\mathbf{R}^d\times\mathbf{R}^d$,

方程 (5.1)′ 有唯一全局解 $(x(t), y(t))\,(t \geqslant 0)$.

定义能量系统为

$$U(t) = \frac{1}{2}|y(t)|^2 + G(x(t)), \qquad t \geqslant 0. \tag{5.2}$$

需要牢记的是 G 是非负函数, 可以看出能量也总是非负的. 而且, 尽管函数 $\frac{1}{2}|y|^2 + G(x)$ 关于 x 仅仅一次可微(关于 y 是二次可微), 由于关系式 $dx(t) = y(t)dt$ 并不涉及随机积分, 故对 $U(t)$ 仍然应用 Itô 公式. 本节的目的就是建立能量的渐近边界. 为了使该理论更容易理解, 首先讨论无外部驱动力的系统, 然后再回归上述一般情形.

1. 无外部驱动力系统

如果无外部驱动力, 即 $h(t) \equiv 0$, 那么方程 (5.1)′ 变为

$$\begin{cases} dx(t) = y(t)dt, \\ dy(t) = [-b(x(t), y(t)) - \nabla G(x(t))]dt + \sigma(x(t), y(t), t)dB(t). \end{cases} \tag{5.3}$$

我们将证明关于能量边界的一些定理, 以允许扩散项的多项式指数增长. 接下来开始叙述相应的结论.

定理 5.1 令 $p(t)$ 是 q 次实多项式, $t \geqslant 0$, 其最高次幂的系数为 $K > 0$, 且其他系数非负. 假设

$$y^{\mathrm{T}} b(x, y, t) \geqslant 0 \tag{5.4}$$

和

$$|\sigma(x, y, t)|^2 \leqslant p(t) \tag{5.5}$$

对所有的 $x, y \in \mathbf{R}^d$ 和 $t \geqslant 0$ 成立. 则系统 (5.3) 的能量具有性质

$$\limsup_{t \to \infty} \frac{U(t)}{t^{q+1} \log\log t} \leqslant \frac{Ke}{q+1}, \quad \text{a.s.,} \tag{5.6}$$

为证明该定理, 我们先给出下列不等式.

引理 5.2 令 $T > 0$ 和 $z_0 \geqslant 0$. 设 z, u 和 v 是定义在 $[0, T]$ 上的非负函数. 如果

$$z(t) \leqslant z_0 + \int_0^t [u(s) + v(s)z(s)]ds \tag{5.6′}$$

对所有的 $0 \leqslant t \leqslant T$ 成立, 那么

$$z(t) \leqslant \exp\left(\int_0^t v(s)ds\right)\left[z_0 + \int_0^t \exp\left(-\int_0^s v(r)dr\right)u(s)ds\right] \tag{5.7}$$

对所有的 $0 \leqslant t \leqslant T$ 成立.

证明 记

$$\bar{z}(t) = z_0 + \int_0^t [u(s) + v(s)z(s)]ds.$$

由式 (5.6) 可得

$$z(t) \leqslant \overline{z}(t), \quad 0 \leqslant t \leqslant T.$$

而且，经计算可得

$$\frac{\mathrm{d}}{\mathrm{d}t}\left[\exp\left(-\int_0^t v(s)\mathrm{d}s\right)\overline{z}(t)\right]$$

$$= \exp\left(-\int_0^t v(s)\mathrm{d}s\right)\left[\frac{\mathrm{d}\overline{z}(t)}{\mathrm{d}t} - v(t)\overline{z}(t)\right]$$

$$= \exp\left(-\int_0^t v(s)\mathrm{d}s\right)\left[u(t) + v(t)z(t) - v(t)\overline{z}(t)\right]$$

$$\leqslant \exp\left(-\int_0^t v(s)\mathrm{d}s\right)u(t).$$

不等式两边从 0 到 t 积分得

$$\exp\left(-\int_0^t v(s)\mathrm{d}s\right)\overline{z}(t) - z_0 \leqslant \int_0^t \exp\left(-\int_0^s v(r)\mathrm{d}r\right)u(s)\mathrm{d}s.$$

这就说明

$$\overline{z}(t) \leqslant \exp\left(\int_0^t v(s)\mathrm{d}s\right)\left[z_0 + \int_0^t \exp\left(-\int_0^s v(r)\mathrm{d}r\right)u(s)\mathrm{d}s\right]$$

且要证的不等式 (5.7) 成立.

定理 5.1 的证明　应用 Itô 公式以及假设 (5.4) 和 (5.5)，得

$$U(t) = U(0) + \int_0^t \left(-y^{\mathrm{T}}(s)b(x(s), y(s)) + \frac{1}{2}\left|\sigma(x(s), y(s), s)\right|^2\right)\mathrm{d}s +$$

$$\int_0^t y^{\mathrm{T}}(s)\sigma(x(s), y(s), s)\mathrm{d}B(s)$$

$$\leqslant U(0) + \frac{1}{2}\int_0^t p(s)\mathrm{d}s + \int_0^t y^{\mathrm{T}}(s)\sigma(x(s), y(s), s)\mathrm{d}B(s). \tag{5.8}$$

对任意正常数 γ, δ 和 τ，利用指数鞅不等式(即定理 1.7.4)，则

$$P\left\{\sup_{0 \leqslant t \leqslant \tau}\left[\int_0^t y^{\mathrm{T}}\sigma\mathrm{d}B(s) - \frac{\gamma}{2}\int_0^t \left|y^{\mathrm{T}}\sigma\right|^2\mathrm{d}s\right] > \delta\right\} \leqslant \mathrm{e}^{-\gamma\delta}. \tag{5.9}$$

固定任意的 $\theta > 1$ 和 $\beta > 0$. 对每一个 $k = 1, 2, \cdots$，在式 (5.9) 中令

$$\gamma = \beta\theta^{-k(q+1)}, \quad \delta = \beta^{-1}\theta^{k(q+1)+1}\log k, \quad \tau = \theta^k,$$

则

$$P\left\{\sup_{0 \leqslant t \leqslant \theta^k}\left[\int_0^t y^{\mathrm{T}}\sigma\mathrm{d}B(s) - \frac{\beta\theta^{-k(q+1)}}{2}\int_0^t \left|y^{\mathrm{T}}\sigma\right|^2\mathrm{d}s\right]\right.$$

$$\left. > \beta^{-1}\theta^{k(q+1)+1}\log k\right\} \leqslant \frac{1}{k^\theta}.$$

根据 Borel-Cantelli 引理，对几乎所有的 $\omega \in \Omega$，有

$$\sup_{0\le t\le \theta^k}\left[\int_0^t y^{\mathrm T}\sigma\mathrm dB(s)-\frac{\beta\theta^{-k(q+1)}}{2}\int_0^t \left|y^{\mathrm T}\sigma\right|^2 \mathrm ds\right]\le \beta^{-1}\theta^{k(q+1)+1}\log k \ ,$$

除有限多个 k 外均成立. 因此, 对几乎所有的 $\omega\in\Omega$, 存在随机整数 $k_0=k_0(\omega)$ 使得当 $k\ge k_0$ 时, 有

$$\int_0^t y^{\mathrm T}\sigma\mathrm dB(s)\le \beta^{-1}\theta^{k(q+1)+1}\log k+\frac{\beta\theta^{-k(q+1)}}{2}\int_0^t \left|y^{\mathrm T}\sigma\right|^2 \mathrm ds$$

对所有的 $0\le t\le\theta^k$ 均成立. 注意到

$$\frac{1}{2}\int_0^t \left|y^{\mathrm T}\sigma\right|^2 \mathrm ds\le \int_0^t p(s)U(s)\mathrm ds,$$

当 $k\ge k_0$ 时, 则

$$\int_0^t y^{\mathrm T}\sigma\mathrm dB(s)\le \beta^{-1}\theta^{k(q+1)+1}\log k+\beta\theta^{-k(q+1)}\int_0^t p(s)U(s)\mathrm ds$$

对所有的 $0\le t\le\theta^k$ 几乎处处成立. 把该式代入式(5.8), 当 $k\ge k_0$ 时, 有

$$U(t)\le U(0)+\frac{1}{2}\int_0^t p(s)\mathrm ds+\beta^{-1}\theta^{k(q+1)+1}\log k+$$
$$\beta\theta^{-k(q+1)}\int_0^t p(s)U(s)\mathrm ds$$

对所有的 $0\le t\le\theta^k$ 几乎处处成立. 利用引理 5.2, 可推导出当 $k\ge k_0$ 时, 有

$$U(t)\le \exp\left(\beta\theta^{-k(q+1)}\int_0^t p(s)\mathrm ds\right)\times$$
$$\left[U(0)+\beta^{-1}\theta^{k(q+1)+1}\log k+\frac{1}{2}\int_0^t \exp\left(-\beta\theta^{-k(q+1)}\int_0^s p(r)\mathrm dr\right)p(s)\mathrm ds\right]$$
$$\le \exp[\beta\theta^{-k(q+1)}\overline{p}(\theta^k)]\left(U(0)+\beta^{-1}\theta^{k(q+1)+1}\log k+\frac{1}{2\beta}\theta^{k(q+1)}\right) \tag{5.10}$$

对所有的 $0\le t\le\theta^k$ 几乎处处成立, 其中

$$\overline{p}(t)=\int_0^t p(s)\mathrm ds$$

是 $q+1$ 次多项式, 其最高次幂的系数为 $K/(q+1)$ 且

$$\theta^{-k(q+1)}\overline{p}(\theta^k)\to \frac{K}{q+1},\quad k\to\infty.$$

注意到当 $\theta^{k-1}\le t\le\theta^k$ 时, 有

$$\log(k-1)+\log\log\theta\le \log\log t\le \log k+\log\log\theta.$$

根据式 (5.10) 可知，对几乎所有的 $\omega \in \Omega$，如果 $\theta^{k-1} \leqslant t \leqslant \theta^k$ 和 $k \geqslant k_0$，那么

$$\frac{U(t)}{t^{q+1}\log\log t} \leqslant \frac{1}{\theta^{(k-1)(q+1)}[\log(k-1)+\log\log\theta]} \times$$

$$\exp[\beta\theta^{-k(q+1)}\bar{p}(\theta^k)]\left(U(0)+\beta^{-1}\theta^{k(q+1)+1}\log k + \frac{1}{2\beta}\theta^{k(q+1)}\right).$$

因此

$$\limsup_{t\to\infty}\frac{U(t)}{t^{q+1}\log\log t}$$

$$\leqslant \limsup_{t\to\infty}\left\{\frac{1}{\theta^{(k-1)(q+1)}[\log(k-1)+\log\log\theta]} \times\right.$$

$$\left.\exp[\beta\theta^{-k(q+1)}\bar{p}(\theta^k)]\left(U(0)+\beta^{-1}\theta^{k(q+1)+1}\log k + \frac{1}{2\beta}\theta^{k(q+1)}\right)\right\}$$

$$= \beta^{-1}\theta^{q+2}\exp\left(\frac{\beta K}{q+1}\right), \quad \text{a.s.}$$

因为 $\theta > 1$ 是任意的，所以必有

$$\limsup_{t\to\infty}\frac{U(t)}{t^{q+1}\log\log t} \leqslant \beta^{-1}\exp\left(\frac{\beta K}{q+1}\right), \quad \text{a.s.},$$

进一步注意这个平凡的算法描述

$$\min_{\beta>0}\left\{\beta^{-1}\exp\left(\frac{\beta K}{q+1}\right)\right\} = \beta^{-1}\exp\left(\frac{\beta K}{q+1}\right)\Bigg|_{\beta=(q+1)/K} = \frac{Ke}{q+1}.$$

因此，选取 $\beta = (q+1)/K$ 可得要证的结论

$$\limsup_{t\to\infty}\frac{U(t)}{t^{q+1}\log\log t} \leqslant \frac{Ke}{q+1}, \quad \text{a.s.},$$

定理得证.

推论 5.3 令 $\bar{U}(t) = \sup_{0\leqslant s\leqslant t} U(s)$，$0 \leqslant t < \infty$. 那么，在定理 5.1 的假设条件下，有

$$\limsup_{t\to\infty}\frac{\bar{U}(t)}{t^q\log\log t} = \limsup_{t\to\infty}\frac{U(t)}{t^q\log\log t}, \quad \text{a.s.}$$

根据定理 5.1 和下列引理，该推论成立.

引理 5.4 令 $g: \mathbf{R}_+ \to \mathbf{R}_+$ 和 $f: \mathbf{R}_+ \to (0,\infty)$ 是两个函数，其中 f 是非降的，且当 $t \to \infty$ 时，有 $f(t) \to \infty$. 令 $\bar{g}(t) = \sup_{0\leqslant s\leqslant t} g(s)$，$0 \leqslant t < \infty$. 如果

$$\limsup_{t\to\infty}\frac{g(t)}{f(t)} < \infty,$$

那么

$$\limsup_{t\to\infty}\frac{\overline{g}(t)}{f(t)}=\limsup_{t\to\infty}\frac{g(t)}{f(t)}.$$

证明 令

$$\xi=\limsup_{t\to\infty}\frac{g(t)}{f(t)}<\infty.$$

设任意的 $\varepsilon>0$, 存在 $T(\varepsilon)>0$ 使得

$$\frac{g(t)}{f(t)}\leqslant\xi+\varepsilon,\quad\forall t\geqslant T(\varepsilon).$$

即

$$g(t)\leqslant(\xi+\varepsilon)f(t),\quad\forall t\geqslant T(\varepsilon).$$

因此

$$\overline{g}(t)\leqslant\overline{g}(T(\varepsilon))+\sup_{T(\varepsilon)\leqslant s\leqslant t}g(s)\leqslant\overline{g}(T(\varepsilon))+f(t)(\xi+\varepsilon)$$

对所有的 $t\geqslant T(\varepsilon)$ 成立. 从而

$$\limsup_{t\to\infty}\frac{\overline{g}(t)}{f(t)}\leqslant\xi+\varepsilon.$$

因为 $\varepsilon>0$ 是任意的, 所以

$$\limsup_{t\to\infty}\frac{\overline{g}(t)}{f(t)}\leqslant\limsup_{t\to\infty}\frac{g(t)}{f(t)}.$$

由于 $\overline{g}(t)\geqslant g(t)$, 故该性质必成立. 引理得证.

定理 5.5 令 $p(t)$ 是 $t\geqslant0$ 上次数为 q 的实多项式, 最高次幂的系数为 $K>0$ 且其他系数非负. 令 $\rho>0$. 假设

$$y^{\mathrm{T}}b(x,y,t)\geqslant0 \tag{5.11}$$

和

$$\left|\sigma(x,y,t)\right|^2\leqslant p(t)\mathrm{e}^{\rho t} \tag{5.12}$$

对所有的 $x,y\in\mathbf{R}^d$ 和 $t\geqslant0$ 成立. 则系统 (5.3) 的能量具有性质

$$\limsup_{t\to\infty}\frac{U(t)}{\mathrm{e}^{\rho t}t^q\log t}\leqslant\frac{K\mathrm{e}}{\rho},\quad\text{a.s.}, \tag{5.13}$$

而且

$$\limsup_{t\to\infty}\frac{\overline{U}(t)}{\mathrm{e}^{\rho t}t^q\log t}=\limsup_{t\to\infty}\frac{U(t)}{\mathrm{e}^{\rho t}t^q\log t},\quad\text{a.s.} \tag{5.14}$$

证明 利用与定理 5.1 中相同的符号. 根据 Itô 和假设条件不难得到

$$U(t) \leqslant U(0) + \frac{1}{2} \int_0^t p(s) \mathrm{e}^{\rho s} \mathrm{d}s + \int_0^t y^{\mathrm{T}}(s) \sigma(x(s), y(s), s) \mathrm{d}B(s). \tag{5.15}$$

固定任意的 $\theta > 1$ 和 $\beta, \xi > 0$. 对每一个 $k = 1, 2, \cdots$, 在式(5.9) 中令

$$\gamma = \beta(k\xi)^{-q} \mathrm{e}^{-\rho k\xi}, \qquad \delta = \frac{\theta}{\beta}(k\xi)^q \mathrm{e}^{\rho k\xi} \log k, \qquad \tau = k\xi.$$

则

$$P\left\{ \sup_{0 \leqslant t \leqslant k\xi} \left[\int_0^t y^{\mathrm{T}} \sigma \mathrm{d}B(s) - \frac{1}{2} \beta(k\xi)^{-q} \mathrm{e}^{-\rho k\xi} \int_0^t |y^{\mathrm{T}} \sigma|^2 \mathrm{d}s \right] > \frac{\theta}{\beta}(k\xi)^q \mathrm{e}^{\rho k\xi} \log k \right\}$$

$$\leqslant \frac{1}{k^\theta}.$$

根据 Borel-Cantelli 引理, 对几乎所有的 $\omega \in \Omega$, 存在随机整数 $k_0 = k_0(\omega)$ 使得

$$\int_0^t y^{\mathrm{T}} \sigma \mathrm{d}B(s) \leqslant \frac{\theta}{\beta}(k\xi)^q \mathrm{e}^{\rho k\xi} \log k + \frac{1}{2} \beta(k\xi)^{-q} \mathrm{e}^{-\rho k\xi} \int_0^t |y^{\mathrm{T}} \sigma|^2 \mathrm{d}s$$

$$\leqslant \frac{\theta}{\beta}(k\xi)^q \mathrm{e}^{\rho k\xi} \log k + \beta(k\xi)^{-q} \mathrm{e}^{-\rho k\xi} \int_0^t p(s) \mathrm{e}^{\rho s} U(s) \mathrm{d}s$$

对所有的 $0 \leqslant t \leqslant k\xi$ 和 $k \geqslant k_0$ 成立. 把该式代入式(5.15) 可知

$$U(t) \leqslant U(0) + \frac{\theta}{\beta}(k\xi)^q \mathrm{e}^{\rho k\xi} \log k +$$

$$\frac{1}{2} \int_0^t p(s) \mathrm{e}^{\rho s} \mathrm{d}s + \beta(k\xi)^{-q} \mathrm{e}^{-\rho k\xi} \int_0^t p(s) \mathrm{e}^{\rho s} U(s) \mathrm{d}s$$

对所有的 $0 \leqslant t \leqslant k\xi$, $k \geqslant k_0$ 几乎处处成立. 利用引理 5.2, 可得

$$U(t) \leqslant \exp\left(\beta(k\xi)^{-q} \mathrm{e}^{-\rho k\xi} \int_0^t p(s) \mathrm{e}^{\rho s} \mathrm{d}s \right) \times$$

$$\left\{ U(0) + \frac{\theta}{\beta}(k\xi)^q \mathrm{e}^{\rho k\xi} \log k + \right.$$

$$\left. \frac{1}{2} \int_0^t p(s) \mathrm{e}^{\rho s} \exp\left(-\beta(k\xi)^{-q} \mathrm{e}^{-\rho k\xi} \int_0^s p(r) \mathrm{e}^{\rho r} \mathrm{d}r \right) \mathrm{d}s \right\}$$

$$\leqslant \exp\left[\frac{\beta}{\rho}(k\xi)^{-q} p(k\xi) \right] \times$$

$$\left\{ U(0) + \frac{\theta}{\beta}(k\xi)^q \mathrm{e}^{\rho k\xi} \log k + \frac{1}{2\beta}(k\xi)^q \mathrm{e}^{\rho k\xi} \right\}$$

对所有的 $0 \leqslant t \leqslant k\xi$, $k \geqslant k_0$ 几乎处处成立. 因此, 对几乎所有的 $\omega \in \Omega$, 如果 $(k-1)\xi \leqslant t \leqslant k\xi$ 和 $k \geqslant k_0$, 那么

$$\frac{U(t)}{\mathrm{e}^{\rho t}t^q \log t} \leqslant \left(\mathrm{e}^{\rho(k-1)\xi}[(k-1)\xi]^q[\log(k-1)+\log\xi]\right)^{-1} \times$$

$$\exp\left[\frac{\beta}{\rho}(k\xi)^{-q}p(k\xi)\right] \times$$

$$\left\{U(0)+\frac{\theta}{\beta}(k\xi)^q\mathrm{e}^{\rho k\xi}\log k+\frac{1}{2\beta}(k\xi)^q\mathrm{e}^{\rho k\xi}\right\}.$$

注意到

$$(k\xi)^{-q}p(k\xi) \to K, \quad k \to \infty,$$

则

$$\limsup_{t\to\infty}\frac{U(t)}{\mathrm{e}^{\rho t}t^q \log t} \leqslant \frac{\theta}{\beta}\mathrm{e}^{\rho\xi+\beta K/\rho}, \quad \text{a.s.}$$

令 $\theta \to 1$ 和 $\xi \to 0$ 可知

$$\limsup_{t\to\infty}\frac{U(t)}{\mathrm{e}^{\rho t}t^q \log t} \leqslant \frac{1}{\beta}\mathrm{e}^{\beta K/\rho}, \quad \text{a.s.}$$

由于该式对任意的 $\beta > 0$ 均成立, 故选取 $\beta = \rho/K$ 得

$$\limsup_{t\to\infty}\frac{U(t)}{\mathrm{e}^{\rho t}t^q \log t} \leqslant \frac{K\mathrm{e}}{\rho}, \quad \text{a.s.}$$

定理得证.

2. 有外部驱动力系统

现在我们开始考虑在外部驱动力的作用下, 更一般的方程 (5.1) 的能量边界, 即

$$\begin{cases} \mathrm{d}x(t) = y(t)\mathrm{d}t, \\ \mathrm{d}y(t) = [-b(x(t),y(t))-\nabla G(x(t))+h(t)]\mathrm{d}t+\sigma(x(t),y(t),t)\mathrm{d}B(t). \end{cases} \tag{5.16}$$

定理 5.6 令 $p_i(t)$, $1 \leqslant i \leqslant 4$, 关于 $t \geqslant 0$ 是 q_i 次实多项式, 其最高次幂的系数为 $K_i > 0$ 且其他系数非负. 假设

$$y^{\mathrm{T}}b(x,y,t) \geqslant -p_1(t)-p_2(t)\left(\frac{1}{2}|y|^2+G(x)\right),$$

$$|\sigma(x,y,t)|^2 \leqslant p_3(t),$$

$$|h(t)| \leqslant p_4(t)$$

对所有的 $x,y \in \mathbf{R}^d$ 和 $t \geqslant 0$ 成立. 则系统 (5.16) 的能量具有性质

$$\limsup_{t\to\infty}\frac{U(t)}{\exp[t(p_2(t)+p_3(t))]t^{q+1}\log\log t}$$

$$\leqslant\begin{cases}\dfrac{K_3\mathrm{e}}{q_3+1}, & \text{若 } q_3\geqslant q_1\vee q_2,\\[2mm] 0, & \text{否则},\end{cases} \tag{5.17}$$

几乎处处成立, 其中 $q=q_1\vee q_2\vee q_3$.

证明 利用 Itô 公式得

$$U(t)=U(0)+\int_0^t\left(y^{\mathrm{T}}(s)[-b(x(s),y(s))+h(s)]+\frac{1}{2}|\sigma(x(s),y(s),s)|^2\right)\mathrm{d}s+$$

$$\int_0^t y^{\mathrm{T}}(s)\sigma(x(s),y(s),s)\mathrm{d}B(s).$$

注意到

$$y^{\mathrm{T}}(s)h(s)\leqslant|h(s)||y(s)|\leqslant\frac{1}{2}|h(s)|\left(1+|y(s)|^2\right)\leqslant|h(s)|(1+U(s)),$$

并利用假设条件可知

$$U(t)\leqslant U(0)+\int_0^t\left[\bar{p}(s)+[p_2(s)+p_4(s)]U(s)\right]\mathrm{d}s+$$

$$\int_0^t y^{\mathrm{T}}(s)\sigma(x(s),y(s),s)\mathrm{d}B(s), \tag{5.18}$$

其中 $\bar{p}(s)=p_1(s)+1/2p_3(s)+p_4(s)$ 是 $q:=q_1\vee q_2\vee q_3$ 次的多项式. 由于 $\theta>1$ 和 $\beta>0$ 为任意值. 采用与定理 5.1 相同的证明方法, 则对几乎所有的 $\omega\in\Omega$, 存在随机整数 $k_0=k_0(\omega)$ 使得

$$\int_0^t y^{\mathrm{T}}\sigma\mathrm{d}B(s)\leqslant\beta^{-1}\theta^{k(q+1)+1}\log k+\beta\theta^{-k(q+1)}\int_0^t p_3(s)U(s)\mathrm{d}s$$

对所有的 $0\leqslant t\leqslant\theta^k$, $k\geqslant k_0$ 成立. 把该式代入式 (5.18) 可得

$$U(t)\leqslant U(0)+\beta^{-1}\theta^{k(q+1)+1}\log k+\bar{p}(\theta^k)\theta^k+$$

$$\int_0^t\left[\beta\theta^{-k(q+1)}p_3(s)+p_2(s)+p_4(s)\right]U(s)\mathrm{d}s$$

对所有的 $0\leqslant t\leqslant\theta^k$, $k\geqslant k_0$ 几乎处处成立. 根据 Gronwall 不等式, 则

$$U(t)\leqslant\left[U(0)+\beta^{-1}\theta^{k(q+1)+1}\log k+\bar{p}(\theta^k)\theta^k\right]\times$$

$$\exp\left(\int_0^t\left[\beta\theta^{-k(q+1)}p_3(s)+p_2(s)+p_4(s)\right]\mathrm{d}s\right)$$

$$\leqslant\left[U(0)+\beta^{-1}\theta^{k(q+1)+1}\log k+\bar{p}(\theta^k)\theta^k\right]\times$$

$$\exp\left(\beta\theta^{-k(q+1)}\int_0^{\theta^k}p_3(s)\mathrm{d}s+t[p_2(t)+p_4(t)]\right)$$

对所有的 $0\leqslant t\leqslant\theta^k$, $k\geqslant k_0$ 几乎处处成立. 因此, 对几乎所有的 $\omega\in\Omega$, 如果

$\theta^{k-1} \leqslant t \leqslant \theta^k$ 和 $k \geqslant k_0$，那么

$$\frac{U(t)}{\exp[t(p_2(t) + p_4(t))]t^{q+1} \log\log t}$$
$$\leqslant \frac{U(0) + \beta^{-1}\theta^{k(q+1)+1}\log k + \bar{p}(\theta^k)\theta^k}{\theta^{(k-1)(q+1)}[\log(k-1) + \log\log\theta]} \exp\left(\beta\theta^{-k(q+1)}\int_0^{\theta^k} p_3(s)\mathrm{d}s\right).$$

如果 $q_3 \geqslant q_1 \vee q_2$，那么 $q = q_3$ 且

$$\exp\left(\beta\theta^{-k(q+1)}\int_0^{\theta^k} p_3(s)\mathrm{d}s\right) \to \mathrm{e}^{\beta K_3/(q_3+1)}, \quad k \to \infty.$$

因此，有

$$\limsup_{t\to\infty}\frac{U(t)}{\exp[t(p_2(t) + p_4(t))]t^{q+1} \log\log t} \leqslant \beta^{-1}\theta^{q+2}\mathrm{e}^{\beta K_3/(q_3+1)}, \quad \text{a.s.}$$

令 $\theta \to 1$ 并选取 $\beta = (q_3 + 1)/K_3$ 可得

$$\limsup_{t\to\infty}\frac{U(t)}{\exp[t(p_2(t) + p_4(t))]t^{q+1} \log\log t} \leqslant \frac{K_3\mathrm{e}}{q_3 + 1}, \quad \text{a.s.}$$

另外，如果 $q_3 < q_1 \vee q_2$，那么 $q > q_3$ 且

$$\exp\left(\beta\theta^{-k(q+1)}\int_0^{\theta^k} p_3(s)\mathrm{d}s\right) \to 1, \quad k \to \infty.$$

因此

$$\limsup_{t\to\infty}\frac{U(t)}{\exp[t(p_2(t) + p_4(t))]t^{q+1} \log\log t} \leqslant \beta^{-1}\theta^{q+2}, \quad \text{a.s.}$$

令 $\beta \to \infty$ 可得

$$\limsup_{t\to\infty}\frac{U(t)}{\exp[t(p_2(t) + p_4(t))]t^{q+1} \log\log t} \leqslant 0, \quad \text{a.s.}$$

定理得证.

如果所有的 $p_i(t)$ 简化为常数，即 $p_i(t) \equiv K_i$ 和 $q_i = 0$，可得下列结论.

推论 5.7 令 $K_i, 1 \leqslant i \leqslant 4$，是正常数. 假设

$$y^{\mathrm{T}}b(x, y, t) \geqslant -K_1 - K_2\left(\frac{1}{2}|y|^2 + G(x)\right),$$

$$|\sigma(x, y, t)|^2 \leqslant K_3,$$

$$|h(t)| \leqslant K_4$$

对所有的 $x, y \in \mathbf{R}^d$ 和 $t \geqslant 0$ 成立. 则系统 (5.16) 的能量具有性质

$$\limsup_{t \to \infty} \frac{U(t)}{\exp[t(K_2 + K_4)]t \log \log t} \leqslant K_3 \mathrm{e}, \quad \text{a.s.}$$

定理 5.8 令 $p_i(t)$, $1 \leqslant i \leqslant 4$, 关于 $t \geqslant 0$ 是 q_i 次实多项式, 其最高次幂的系数为 $K_i > 0$ 且其他系数非负. 令 $\rho > 0$. 假设

$$y^{\mathrm{T}} b(x, y, t) \geqslant -p_1(t) - p_2(t)\left(\frac{1}{2}|y|^2 + G(x)\right),$$

$$|\sigma(x, y, t)|^2 \leqslant p_3(t)\mathrm{e}^{\rho t},$$

$$|h(t)| \leqslant p_4(t)$$

对所有的 $x, y \in \mathbf{R}^d$ 和 $t \geqslant 0$ 成立. 则系统 (5.16) 的能量具有性质

$$\limsup_{t \to \infty} \frac{U(t)}{\exp[t(\rho + p_2(t) + p_3(t))]t^{q_3} \log t} \leqslant \frac{K_3 \mathrm{e}}{\rho}, \quad \text{a.s.} \tag{5.19}$$

证明 利用 Itô 公式得

$$U(t) \leqslant U(0) + \int_0^t \left[p_1(s) + p_4(s) + \frac{1}{2} p_3(s)\mathrm{e}^{\rho s} \right] \mathrm{d}s +$$

$$\int_0^t [p_2(s) + p_4(s)] U(s) \mathrm{d}s + \int_0^t y^{\mathrm{T}}(s)\sigma(x(s), y(s), s)\mathrm{d}B(s). \tag{5.20}$$

由于 $\theta > 1$ 和 $\beta, \xi > 0$ 为任意值. 采用与定理 5.5 相同的证明方法, 则对几乎所有的 $\omega \in \Omega$, 存在随机整数 $k_0 = k_0(\omega)$ 使得

$$\int_0^t y^{\mathrm{T}} \sigma \mathrm{d}B(s) \leqslant \frac{\theta}{\beta}(k\xi)^{q_3} \mathrm{e}^{\rho k\xi} \log k + \beta(k\xi)^{-q_3} \mathrm{e}^{-\rho k\xi} \int_0^t p_3(s)\mathrm{e}^{\rho s} U(s)\mathrm{d}s$$

对所有的 $0 \leqslant t \leqslant k\xi$ 和 $k \geqslant k_0$ 成立. 把该式代入式 (5.20) 可得

$$U(t) \leqslant U(0) + \int_0^t \left[p_1(s) + p_4(s) + \frac{1}{2} p_3(s)\mathrm{e}^{\rho s} \right] \mathrm{d}s +$$

$$\int_0^t [p_2(s) + p_4(s)] U(s)\mathrm{d}s + \frac{\theta}{\beta}(k\xi)^{q_3} \mathrm{e}^{\rho k\xi} \log k +$$

$$\beta(k\xi)^{-q_3} \mathrm{e}^{-\rho k\xi} \int_0^t p_3(s)\mathrm{e}^{\rho s} U(s)\mathrm{d}s$$

$$\leqslant U(0) + k\xi[p_1(k\xi) + p_4(k\xi)] + \frac{1}{2\rho} p_3(k\xi)\mathrm{e}^{\rho k\xi} + \frac{\theta}{\beta}(k\xi)^{q_3} \mathrm{e}^{\rho k\xi} \log k +$$

$$\int_0^t \left[p_2(s) + p_4(s) + \beta(k\xi)^{-q_3} \mathrm{e}^{-\rho k\xi} p_3(s\mathrm{e}^{\rho s}) \right] U(s)\mathrm{d}s$$

对所有的 $0 \leqslant t \leqslant k\xi$ 和 $k \geqslant k_0$ 几乎处处成立, 在计算过程中用到了下列估计

$$\int_0^{k\xi} p_3(s)\mathrm{e}^{\rho s}\mathrm{d}s \leqslant p_3(k\xi)\int_0^{k\xi} \mathrm{e}^{\rho s}\mathrm{d}s \leqslant \frac{1}{\rho} p_3(k\xi)\mathrm{e}^{\rho k\xi}.$$

利用 Gronwall 不等式可得

$$U(t) \leqslant \left(U(0) + k\xi[p_1(k\xi) + p_4(k\xi)] + \frac{1}{2\rho} p_3(k\xi)\mathrm{e}^{\rho k\xi} + \frac{\theta}{\beta}(k\xi)^{q_3}\mathrm{e}^{\rho k\xi}\log k\right) \times$$
$$\exp\left(\int_0^t \left[p_2(s) + p_4(s) + \beta(k\xi)^{-q_3}\mathrm{e}^{-\rho k\xi}p_3(s)\mathrm{e}^{\rho s}\right]\mathrm{d}s\right)$$
$$\leqslant \left(U(0) + k\xi[p_1(k\xi) + p_4(k\xi)] + \frac{1}{2\rho} p_3(k\xi)\mathrm{e}^{\rho k\xi} + \frac{\theta}{\beta}(k\xi)^{q_3}\mathrm{e}^{\rho k\xi}\log k\right) \times$$
$$\exp\left(t[p_2(t) + p_4(t)] + \frac{\beta}{\rho}(k\xi)^{-q_3}p_3(k\xi)\right)$$

对所有的 $0 \leqslant t \leqslant k\xi$ 和 $k \geqslant k_0$ 几乎处处成立. 因此, 对几乎所有的 $\omega \in \Omega$, 如果 $(k-1)\xi \leqslant t \leqslant k\xi$, 那么

$$\frac{U(t)}{\exp[t(\rho + p_2(t) + p_4(t))]t^{q_3}\log t}$$
$$\leqslant \left(\mathrm{e}^{\rho(k-1)\xi}[(k-1)\xi]^{q_3}[\log(k-1) + \log\xi]\right)^{-1}\exp\left(\frac{\beta}{\rho}(k\xi)^{-q_3}p_3(k\xi)\right) \times$$
$$\left(U(0) + k\xi[p_1(k\xi) + p_4(k\xi)] + \frac{1}{2\rho} p_3(k\xi)\mathrm{e}^{\rho k\xi} + \frac{\theta}{\beta}(k\xi)^{q_3}\mathrm{e}^{\rho k\xi}\log k\right).$$

需要注意的是

$$(k\xi)^{-q_3}p_3(k\xi) \to K_3, \quad k \to \infty,$$

可立即得

$$\limsup_{t\to\infty}\frac{U(t)}{\exp[t(\rho + p_2(t) + p_4(t))]t^{q_3}\log t} \leqslant \frac{\beta}{\theta}\exp\left(\rho\xi + \frac{\beta K_3}{\rho}\right), \quad \text{a.s.}$$

令 $\theta \to 1$ 和 $\xi \to 0$, 选取 $\beta = \rho / K_3$, 则

$$\limsup_{t\to\infty}\frac{U(t)}{\exp[t(\rho + p_2(t) + p_4(t))]t^{q_3}\log t} \leqslant \frac{K_3\mathrm{e}}{\rho}, \quad \text{a.s.,}$$

这就是要证的结论. 定理得证.

为结束本节, 我们给出一个推论.

推论 5.9 令 ρ 和 $K_i(1 \leqslant i \leqslant 4)$ 是正常数. 假设

$$y^{\mathrm{T}}b(x, y, t) \geqslant -K_1 - K_2\left(\frac{1}{2}|y|^2 + G(x)\right),$$

$$|\sigma(x, y, t)|^2 \leqslant K_3\mathrm{e}^{\rho t},$$

$$|h(t)| \leqslant K_4$$

对所有的 $x, y \in \mathbf{R}^d$ 和 $t \geqslant 0$ 成立. 则系统 (5.16) 的能量具有性质

$$\limsup_{t \to \infty} \frac{U(t)}{\exp[t(\rho + K_2 + K_4)] \log t} \leqslant \frac{K_3 \mathrm{e}}{\rho}, \quad \text{a.s.,}$$

9

经济和金融方面的应用

9.1 前　　言

金融衍生品的定价模型，就其本质而言，需要利用连续时间的随机过程，尤其是 Itô 随机计算. 例如，Black-Scholes 模型(Black 和 Scholes 的文献(1973)) 采用无套利定价的方法. 但这篇文章之所以有影响力，是因为它在获得期权价格封闭公式的过程中引入了技术步骤. 该公式足够精确，使用 Itô 计算等抽象概念的方法，从而赢得了市场参与者的关注. 简单地讲，随机模型在金融方面越来越受欢迎. 在本章，我们将把随机微分方程的理论应用到金融的相关问题中. 和以前一样，本章在给定的概率空间 $(\Omega, \mathcal{F}, \{\mathcal{F}_t\}, P)$ 上进行研究.

9.2　资产价格中的随机模型

金融中的重要问题之一就是控制资产行为的随机过程的规则. 在这里，我们用资产这个术语描述任何目前已知的价值，并且在未来可能发生变化的金融对象. 典型的例子为:
- 公司的股份.
- 日用品，比如黄金，油或电.

- 货币，比如 100 美金的英镑.

本节中，我们将描述一些在模拟资产价格中经常用到的随机微分方程.

1. 几何 Brown 运动

在早期研究中，人们假设资产价格满足由 Itô 微分方程

$$dS(t) = \lambda dt + \sigma dB(t) \tag{2.1}$$

关于 $t \geq 0$ 描述的 Gauss 过程. 在这里，以及在本章中，$S(t)$ 是时刻 t 处的资产价格，λ 和 σ 均为正常数，$B(t)$ 是 $1-$维 Brown 运动，而且，初始价格是正常数 S_0，即 $S(0) = S_0 > 0$. 显然

$$S(t) = S_0 + \lambda t + \sigma B(t)$$

是均值为 $S_0 + \lambda t$ 且方差为 $\sigma^2 t$ 的正态分布. 故价格有可能变为负的，但这违反了有限债务的条件. 为了克服这个弱点，很多研究人员，如 Samuelson 的文献(1965)，Black 和 Scholes 的文献 (1973)，建议用几何 Brown 运动模拟的观点.

为解释这一经典模型，我们首先要明白资产价格的绝对变化本身并不是一个有用的量：当资产是 20 便士时，1 便士的变化要比资产为 200 便士时更显著. 相反，每一次资产价格的变化，我们都会把回报联系起来，定义为价格的变化除以原始价格. 这种变化的相对度量显然比任何绝对度量更能反映其规模.

假设在时刻 t 处的资产为 $S(t)$. 考虑一个小的时间间隔 dt，在该时间间隔内，$S(t)$ 变化到 $S(t) + dS(t)$. (当我们打算将任何量在这段时间内的微小变化视为无限小的变化时，用符号 $d\cdot$ 表示.) 根据定义，资产价格在时刻 t 处的回报为 $dS(t)/S(t)$. 那我们如何模拟这种回报呢？

如果资产是一个银行的储蓄账户，那么 $S(t)$ 则是时刻 t 处的储蓄余额. 假设银行存款利率为 r. 因此，时刻 t 处的储蓄回报 $dS(t)/S(t)$ 为 rdt，即

$$\frac{dS(t)}{S(t)} = rdt$$

或

$$\frac{dS(t)}{dt} = rS(t).$$

该常微分方程可以精确求解，使储蓄值呈指数增长，即

$$S(t) = S_0 e^{rt},$$

其中 S_0 是储蓄账户在 $t = 0$ 处的初始存款.

然而，资产价格不会随着资金投资于无风险银行而变化. 人们常说，由于有效市场假说，资产价格必须随机变动. 这个假设有几种不同的形式和不同的限制性假设，但他们基本上都说了两件事：

- 过去的历史完全反映在现在的价格中，不包含任何进一步的信息.
- 市场对资产的任何新信息都会立即做出反应.

在上述两个假设条件下，资产价格中不曾预料到的变化就是 Markov 过程.

根据以上条件，经典的 Black-Scholes 模型可把资产价格的回报 $dS(t)/S(t)$ 分成两部分. 一部分是可预测的，确定的回报，类似于投资到无风险银行的回报. 它对收益的贡献为

$$\lambda dt,$$

其中 λ 是资产价格的平均增长率，就是所谓的漂移项. 对 $dS(t)/S(t)$ 的第二个贡献就是模拟了资产价格在外部影响下的随机变化，比如意想不到的消息. 事实上，有很多外部影响因素，所以根据著名的中心极限定理，第二个贡献可以用一个均值为零的正态分布的随机样本来表示，然后在 $dS(t)/S(t)$ 上加上一项

$$\sigma dB(t),$$

其中 σ 称为波动率的常数，它衡量了回报率的标准差. 变量 $dB(t)$ 是均值为零且方差为 dt 的正态分布样本. 把这些贡献集中在一起，可得线性随机微分方程

$$\frac{dS(t)}{S(t)} = \lambda dt + \sigma dB(t)$$

或

$$dS(t) = \lambda S(t)dt + \sigma S(t)dB(t), \tag{2.2}$$

这是生成资产价格简单方法的数学表示. 该线性 SDE 称为几何 Brown 运动.

利用第 3 章建立的理论，方程 (2.2) 有显式解

$$S(t) = S_0 \exp\left[\left(\lambda - \frac{\sigma^2}{2}\right)t + \sigma B(t)\right]. \tag{2.3}$$

因此价格 $S(t)$ 是对数分布. 注意到对任意的常数 λ，$\exp[-(\lambda^2/2)t + \lambda B(t)]$ 在 $t \geq 0$ 上是指数鞅，因此，$E\exp[-(\lambda^2/2)t + \lambda B(t)] = 1$. 基于此事实，可计算 n 阶矩为

$$ES^n(t) = S_0^n E \exp\left[\left(\lambda - \frac{\sigma^2}{2}\right)nt + n\sigma B(t)\right]$$

$$= S_0^n \exp\left[\left(\lambda - \frac{\sigma^2}{2}\right)nt + \frac{n^2\sigma^2}{2}t\right]E\exp\left[-\frac{n^2\sigma^2}{2}t + n\sigma B(t)\right]$$

$$= S_0^n \exp\left[n\lambda t + \frac{\sigma^2}{2}n(n-1)t\right].$$

特别地，价格 $S(t)$ 具有期望

$$ES(t) = S_0 e^{\lambda t}$$

和方差

$$\text{Var}(S(t)) = ES^2(t) - S_0^2 e^{2\lambda t} = S_0^2 e^{2\lambda t}\left[e^{\sigma^2 t} - 1\right].$$

因此，价格的平均值呈指数增长，与参数 σ 无关. 让我们看一下独立的价格，即 $S(t)$ 的样本性质. 根据对数率(即定理 1.4.2)，很容易知当 $\lambda \neq \sigma^2/2$ 时，则

$$\lim_{t \to \infty} \frac{1}{t} \log S(t) = \lambda - \frac{\sigma^2}{2}$$

几乎处处成立，而当 $\lambda = \sigma^2/2$ 时，有

$$\limsup_{t \to \infty} \frac{\log S(t)}{\sqrt{2t \log \log t}} = \sigma \quad \text{和} \quad \liminf_{t \to \infty} \frac{\log S(t)}{\sqrt{2t \log \log t}} = -\sigma$$

几乎处处成立. 因此可总结如下：

(a) 当 $\lambda > \sigma^2/2$ 时，则 $S(t) \to \infty$ 几乎处处以指数增长的速度成立;

(b) 当 $\lambda < \sigma^2/2$ 时，则 $S(t) \to 0$ 几乎处处以指数增长的速度成立;

(c) 当 $\lambda = \sigma^2/2$ 时，则 $\limsup\limits_{t \to \infty} S(t) = \infty$ 和 $\liminf\limits_{t \to \infty} S(t) = 0$ 几乎处处成立.

特别地，很有趣的一个现象就是当 $\lambda < \sigma^2/2$ 时，如果一个人持有资产的时间足够长，那么几乎肯定会破产.

2. 均值回归过程

在模拟资产价格时，比较有用的随机微分方程就是均值回归模型

$$dS(t) = \lambda(\mu - S(t))dt + \sigma S(t)dB(t). \tag{2.4}$$

特别地，该模型经常用于模拟利率动态行为. 根据此模型可知，当 $S(t)$ 超过某个均值 $\mu\,(\mu > 0)$ 时，漂移项 $\lambda(\mu - S(t))$ 将会为负值. 这就使得 $dS(t)$ 更有可能是负的且 $S(t)$ 会单调递减. 另外，当 $S(t)$ 低于某个值 μ 时，$\lambda(\mu - S(t))$ 将会为正. 因此，我们可能希望 $S(t)$ 最终指向趋于 μ，相反，当 $t \to \infty$ 时，有 $ES(t) \to \mu$. 根据第 3 章的理论，可知方程 (2.4) 有精确解

$$S(t) = S_0 \exp\left[-\left(\lambda + \frac{\sigma^2}{2}\right)t + \sigma B(t)\right] +$$
$$\lambda\mu \int_0^t \exp\left[-\left(\lambda + \frac{\sigma^2}{2}\right)(t-s) + \sigma(B(t) - B(s))\right]ds. \tag{2.5}$$

该公式清晰地说明了，只要 $S_0 > 0$，则 $S(t)$ 会一直为正. 注意到

$$E\left(\exp\left[-\frac{\sigma^2}{2}(t-s) + \sigma(B(t) - B(s))\right]\right) = 1, \quad 0 \leqslant s \leqslant t < \infty,$$

可计算期望如下

$$ES(t) = S_0 e^{-\lambda t} + \lambda\mu \int_0^t e^{-\lambda(t-s)}ds$$
$$= S_0 e^{-\lambda t} + \mu[1 - e^{-\lambda t}] = \mu + (S_0 - \mu)e^{-\lambda t}.$$

则

$$\lim_{t \to \infty} ES(t) = \mu.$$

对于方差, 注意到 $\mathrm{Var}(S(t)) = ES^2(t) - (ES(t))^2$, 因此可计算二阶矩. 利用 Itô 公式, 不难得到

$$\frac{\mathrm{d}(ES(t))^2}{\mathrm{d}t} = 2\lambda\mu ES(t) - (2\lambda - \mu)ES^2(t)$$

$$= 2\lambda\mu[\mu + (S_0 - \mu)\mathrm{e}^{-\lambda t}] - (2\lambda - \sigma^2)ES^2(t).$$

如果 $2\lambda = \sigma^2$, 那么

$$ES^2(t) = S_0^2 + 2\lambda\mu^2 t + 2\mu(S_0 - \mu)(1 - \mathrm{e}^{-\lambda t}) \to \infty, \quad t \to \infty,$$

因此当 $t \to \infty$ 时, $\mathrm{Var}(S(t)) \to \infty$. 另外, 如果 $2\lambda \neq \sigma^2$, 那么

$$ES^2(t) = \mathrm{e}^{-(2\lambda - \sigma^2)t}\left(S_0^2 + \int_0^t 2\lambda\mu[\mu + (S_0 - \mu)\mathrm{e}^{-\lambda t}]\mathrm{e}^{(2\lambda - \sigma^2)u}\mathrm{d}u\right)$$

$$= \mathrm{e}^{-(2\lambda - \sigma^2)t}\left(S_0^2 + \frac{2\lambda\mu^2}{2\lambda - \sigma^2}(\mathrm{e}^{-(2\lambda - \sigma^2)t} - 1) + 2\mu\lambda(S_0 - \mu)J(t)\right),$$

其中

$$J(t) = \int_0^t \mathrm{e}^{(\lambda - \sigma^2)u}\mathrm{d}u = \begin{cases} \dfrac{1}{\lambda - \sigma^2}(\mathrm{e}^{(\lambda - \sigma^2)t} - 1), & \text{若}\lambda \neq \sigma^2, \\ t, & \text{若}\lambda = \sigma^2. \end{cases}$$

故

$$\lim_{t \to \infty} ES^2(t) = \begin{cases} \infty, & \text{若}2\lambda < \sigma^2, \\ \dfrac{2\lambda\mu^2}{2\lambda - \sigma^2}, & \text{若}2\lambda > \sigma^2. \end{cases}$$

综上所述可知

$$\lim_{t \to \infty} \mathrm{Var}(S(t)) = \begin{cases} \infty, & \text{若}2\lambda \leqslant \sigma^2, \\ \dfrac{\mu^2\sigma^2}{2\lambda - \sigma^2}, & \text{若}2\lambda > \sigma^2. \end{cases}$$

3. 均值回归 Ornstein-Uhlenbeck 过程

一个接近刚才讨论的模型就是均值回归 Ornstein-Uhlenbeck 过程

$$\mathrm{d}S(t) = \lambda(\mu - S(t))\mathrm{d}t + \sigma\mathrm{d}B(t). \tag{2.6}$$

在该模型中, 耗散项并不依赖于 $S(t)$. 因此, 我们可以看出 $S(t)$ 有可能变为负的. 方程 (2.6) 具有显式解

$$S(t) = \mathrm{e}^{-\lambda t}\left(S_0 + \lambda\mu\int_0^t \mathrm{e}^{\lambda s}\mathrm{d}s + \sigma\int_0^t \mathrm{e}^{\lambda s}\mathrm{d}B(s)\right)$$

$$= \mu + \mathrm{e}^{-\lambda t}(S_0 - \mu) + \sigma\mathrm{e}^{-\lambda t}\int_0^t \mathrm{e}^{\lambda s}\mathrm{d}B(s). \tag{2.7}$$

显然, $S(t)$ 服从正态分布且有期望

$$ES(t) = \mu + \mathrm{e}^{-\lambda t}(S_0 - \mu) \to \mu, \quad t \to \infty$$

和方差

$$\mathrm{Var}(S(t)) = \frac{\sigma^2}{2\lambda}(1 - \mathrm{e}^{-2\lambda t}) \to \frac{\sigma^2}{2\lambda}, \qquad t \to \infty.$$

因此，我们可观察到当 $t \to \infty$ 时，对任意的 S_0，$S(t)$ 的分布总是接近正态分布 $N(\mu, \sigma^2/2\lambda)$. 也可以观察到，如果 $\mu > 1.5\sigma^2/\lambda$，那么 $S(t)$ 有可能变为负，对充分大的 t，$S(t)$ 变负的概率相当小.

4. 平方根过程

与几何 Brown 运动相接近的模型就是平方根过程

$$\mathrm{d}S(t) = \lambda S(t)\mathrm{d}t + \sigma\sqrt{S(t)}\mathrm{d}B(t). \tag{2.8}$$

这里，均值和以前一样遵从指数趋势，而方差是 $S(t)$ 的平方根的函数，而不是 $S(t)$ 本身. 这使得误差项的方差与 $S(t)$ 成比例. 因此，当 $S(t)$ 增加时(显然大于 1)，如果资产价格的波动率没有增加太多，那么该模型有可能更合适. 对方程 (2.8) 而言，人们可能会问 $S(t)$ 是否会变为负. 如果这样，$\sqrt{S(t)}$ 将会变为更复杂的数，那么，该模型模拟资产价格将失去意义. 接下来，我们将证明这是不可能发生的事情. 非负性显然等价于只要 $S_0 \geq 0$，方程

$$\mathrm{d}S(t) = \lambda S(t)\mathrm{d}t + \sigma\sqrt{|S(t)|}\mathrm{d}B(t) \tag{2.8}'$$

的解不会变为负. 为证明该结论，令 $a_0 = 1$ 和对每一个整数 $k \geq 1$，有 $a_k = \mathrm{e}^{-k(k+1)/2}$. 注意到

$$\int_{a_k}^{a_{k-1}} \frac{\mathrm{d}u}{u} = k.$$

令 $\psi_k(u)$ 是连续函数并取值于区间 (a_k, a_{k-1}) 内，其中 $0 \leq \psi_k(u) \leq 2/ku$，而且

$$\int_{a_k}^{a_{k-1}} \psi_k(u)\mathrm{d}u = 1.$$

这样的函数显然存在. 定义 $\varphi_k(x) = 0$ 对任意的 $x \geq 0$ 成立且

$$\varphi_k(x) = \int_0^{-x}\mathrm{d}y\int_0^y \psi_k(u)\mathrm{d}u, \quad x < 0.$$

容易得 $\varphi_k(x) \in C^2(\mathbf{R}; \mathbf{R})$，且

$$-1 \leq \varphi_k'(x) \leq 0, 若 -\infty < x < -a_k 否则 \varphi_k'(x) = 0;$$

$$|\varphi_k''(x)| \leq \frac{2}{k|x|}, 若 -a_{k-1} < x < -a_k 否则 \varphi_k''(x) = 0.$$

此外

$$x^- - a_{k-1} \leq \varphi_k(x) \leq x^-, \quad \forall x \in \mathbf{R},$$

其中当 $x < 0$ 时，$x^- = -x$，否则 $x^- = 0$. 对任意的 $t \geq 0$，利用 Itô 公式可推导出

$$\varphi_k(S(t)) = \varphi_k(S_0) + \int_0^t [\lambda S(r)\varphi_k'(S(r)) + \frac{\sigma^2}{2}|S(r)|\varphi_k''(S(r))]dr +$$

$$\sigma\int_0^t \varphi_k'(S(r))\sqrt{|S(r)|}dB(r)$$

$$\leqslant \int_0^t \lambda S^-(r) + \frac{\sigma^2 t}{k} + \sigma\int_0^t \varphi_k'(S(r))\sqrt{|S(r)|}dB(r).$$

因此

$$ES^-(t) - a_{k-1} \leqslant E\varphi_k(S(t)) \leqslant \lambda\int_0^t ES^-(r)dr + \frac{\sigma^2 t}{k}.$$

即

$$ES^-(t) \leqslant a_{k-1} + \frac{\sigma^2 t}{k} + \lambda\int_0^t ES^-(r)dr.$$

利用 Gronwall 不等式可知

$$ES^-(t) \leqslant \left(a_{k-1} + \frac{\sigma^2 t}{k}\right)e^{\lambda t}, \quad \forall t \geqslant 0.$$

令 $k \to \infty$ 可得 $ES^-(t) \leqslant 0$，且必有

$$ES^-(t) = 0, \quad \forall t \geqslant 0.$$

这就说明

$$P\{S(t) < 0\} = 0, \quad \forall t \geqslant 0.$$

因为 $S(t)$ 是连续的，所以必有 $S(t) \geqslant 0$ 关于所有的 $t \geqslant 0$ 几乎处处成立. 这就证明了方程 $(2.8)'$ 的解的非负性，鉴于这个性质，我们可以把方程 $(2.8)'$ 写成方程 (2.8).

5. 均值回归平方根过程

结合平方根和均值回归的观点，可以给出均值回归平方根过程

$$dS(t) = \lambda(\mu - S(t))dt + \sigma\sqrt{S(t)}dB(t). \tag{2.9}$$

再次说明该过程不会为负. 事实上，应用 Itô 公式可得

$$E\varphi_k(S(t)) = \varphi_k(S_0) + E\int_0^t [\lambda(\mu - S(r))\varphi_k'(S(r)) + \frac{\sigma^2}{2}|S(r)|\varphi_k''(S(r))]dr \leqslant \frac{\sigma^2 t}{k}.$$

因此

$$-a_{k-1} \leqslant ES^-(t) - a_{k-1} \leqslant \frac{\sigma^2 t}{k}.$$

令 $k \to \infty$ 可得 $ES^-(t) = 0$ 对所有的 $t \geqslant 0$ 成立. 这就说明了 $ES^-(t) \geqslant 0$ 关于所有的 $t \geqslant 0$ 几乎处处成立.

然而，我们可以用经典的 Feller 爆炸试验证明更精确的结果(见 Karatzas 和 Shreve 的文献(1988))，即当 $\sigma^2 \leqslant 2\lambda\mu$ 时，$S(t) > 0$ 关于所有的 $t \geqslant 0$ 几乎处处成立. 事实上，在 $x \in (0, \infty)$ 上，方程(2.9)的耗散项 $g(x) := \sigma(x)$ 是连续的且服从 $g^2(x) > 0$. 而位移系数 $f(x) := \lambda(\mu - x)$ 关于 $x \in (0, \infty)$ 是连续的. 根据常微分方程的标准结果，对任意给定的一对正常数 a 和 b 满足 $a < S_0 < b$，则边界为 $M(a) = M(b) = 0$ 的方程

$$f(x)M'(x) + \frac{1}{2}g^2(x)M''(x) = -1, \quad a < x < b$$

存在唯一解. 利用 Green 函数，则 $M(x)$ 的显式公式可见 Karatzas 和 Shreve 的文献(1988，p.343)，但这里不需要. 定义停时

$$\tau_a = \inf\{t \geqslant 0 : S(t) \leqslant a\} \quad \text{和} \quad \tau_b = \inf\{t \geqslant 0 : S(t) \geqslant b\}.$$

根据 Itô 公式，对任意的 $t > 0$，很容易得

$$EM(S(t \wedge \tau_a \wedge \tau_b)) = M(S_0) - E(t \wedge \tau_a \wedge \tau_b), \tag{2.10}$$

则

$$E(t \wedge \tau_a \wedge \tau_b) \leqslant M(S_0).$$

令 $k \to \infty$ 可得

$$E(\tau_a \wedge \tau_b) \leqslant M(S_0) < \infty.$$

换句话说，在有限期望的时间内，$S(t)$ 存在于 $(0, \infty)$ 的每一个紧子区间上. 故必有 $P(\tau_a \wedge \tau_b < \infty) = 1$. 在这一结论下，可回归于式(2.10)，从有界条件可观察到 $\lim\limits_{t \to \infty} EM(S(t \wedge \tau_a \wedge \tau_b)) = 0$，并总结为

$$E(\tau_a \wedge \tau_b) = M(S_0). \tag{2.11}$$

定义

$$V(x) = \int_1^x \exp\left\{-\int_1^y \frac{2f(z)}{g^2(z)}\mathrm{d}z\right\}\mathrm{d}y, \quad x \in (0, \infty).$$

该函数有一个连续的，严格的正导数 $V'(x)$，$V''(x)$ 处处存在，且

$$V''(x) = -\frac{2f(x)}{g^2(x)}V'(x).$$

Itô 公式表明，对任意的 $t > 0$，有

$$V(S(t \wedge \tau_a \wedge \tau_b)) = V(S_0) + \int_0^{t \wedge \tau_a \wedge \tau_b} V'(S(u))g(S(u))\mathrm{d}B(u).$$

等式两边取期望并令 $t \to \infty$，则

$$V(S_0) = EV(S(\tau_a \wedge \tau_b)) = V(a)P(\tau_a < \tau_b) + V(b)P(\tau_b < \tau_a).$$

由于上面两个概率之和为 1，则

$$P(\tau_a < \tau_b) = \frac{V(b) - V(S_0)}{V(b) - V(a)} \quad \text{和} \quad P(\tau_b < \tau_a) = \frac{V(S_0) - V(a)}{V(b) - V(a)}. \tag{2.12}$$

计算得

$$V(x) = \int_1^x \exp\left\{-\int_1^y \frac{2\lambda(\mu - z)}{\sigma^2 z} \,dz\right\} dy$$

$$= \int_1^x y^{-2\lambda\mu/\sigma^2} \exp\left(\frac{2\lambda\mu}{\sigma^2}(y - 1)\right) dy.$$

当 $2\lambda\mu \geq \sigma^2$ 时，很容易得

$$\lim_{x\downarrow 0} V(x) = -\infty \quad \text{和} \quad \lim_{x\uparrow\infty} V(x) = \infty.$$

定义

$$\tau_0 = \lim_{a\downarrow 0} \tau_a \quad \text{和} \quad \tau_\infty = \lim_{b\uparrow\infty} \tau_b$$

并令 $\tau = \tau_0 \wedge \tau_\infty$. 利用式 (2.12)，有

$$P\left(\inf_{0\leq t<\tau} S(t) \leq a\right) \geq P(\tau_a < \tau_b) = \frac{1 - V(S_0)/V(b)}{1 - V(a)/V(b)}. \tag{2.13}$$

令 $b\uparrow\infty$ 可知

$$P\left(\inf_{0\leq t\leq\tau} S(t) \leq a\right) = 1.$$

该式对任意的 $a > 0$ 均成立. 因此必有

$$P\left(\inf_{0\leq t<\tau} S(t) = 0\right) = 1.$$

双参数表明

$$P\left(\inf_{0\leq t<\tau} S(t) = \infty\right) = 1.$$

假设 $P(\tau < \infty) > 0$；则

$$P\left(\lim_{t\to\tau} S(t) \text{ 存在并等价于 } 0 \text{ 或 } \infty\right) > 0.$$

故 $\left\{\inf_{0\leq t<\tau} S(t) = 0\right\}$ 和 $\left\{\inf_{0\leq t<\tau} S(t) = \infty\right\}$ 的概率不能全为 1. 这与 $P(\tau < \infty) = 0$ 矛盾.

综上所述，当 $\sigma^2 \leq 2\lambda\mu$ 时，有

$$P(\tau = \infty) = P\left(\inf_{0\leq t<\infty} S(t) = 0\right) = P\left(\inf_{0\leq t<\infty} S(t) = \infty\right) = 1. \tag{2.14}$$

接下来考虑 $\sigma^2 > 2\lambda\mu$ 的情况. 在这种情形下，有

$$V(0+) =: \lim_{x\downarrow 0} V(x) > -\infty \quad \text{和} \quad \lim_{x\uparrow\infty} V(x) = \infty.$$

由式(2.13)依然可得

$$P\left(\inf_{0\le t<\tau} S(t)=0\right)=1.$$

但在式(2.12)的第二个等式中，令 $a\downarrow 0$ 可知

$$P(\tau_b<\tau_0)=\frac{V(S_0)-V(0+)}{V(b)-V(0+)}.$$

令 $b\to\infty$ 可推出 $P(\tau_\infty<\tau_0)=0$，即 $P(\sup_{0\le t<\tau} S(t)=\infty)=0$. 因此，当 $\sigma^2>2\lambda\mu$ 时，可总结得

$$P\left(\inf_{0\le t<\tau} S(t)=0\right)=P\left(\sup_{0\le t<\tau} S(t)<\infty\right)=1. \tag{2.15}$$

而且，方程(2.9)的解仍然具有均值回归倾向

$$ES(t)=\mu+\mathrm{e}^{-\lambda t}(S_0-\mu)\to\mu, \qquad t\to\infty.$$

特别有趣的是，观察当参数 λ,σ 和 μ 满足关系式

$$\lambda\mu=\frac{\sigma^2}{4},$$

平方根 $\sqrt{S(t)}$ 是 Ornstein-Uhlenbeck 过程

$$\mathrm{d}\sqrt{S(t)}=-\frac{\lambda}{2}\sqrt{S(t)}\mathrm{d}t+\frac{\sigma}{2}\mathrm{d}B(t), \tag{2.16}$$

且其解为

$$\sqrt{S(t)}=\sqrt{S_0}\mathrm{e}^{-\lambda t/2}+\frac{\sigma}{2}\int_0^t \mathrm{e}^{-\lambda(t-s)/2}\mathrm{d}B(s).$$

6. θ 过程

另一个有用的模型就是 θ 过程，可描述为随机微分方程

$$\mathrm{d}S(t)=\lambda S(t)\mathrm{d}t+\sigma S^\theta(t)\mathrm{d}B(t), \tag{2.17}$$

其中 θ 是不少于 0.5 的常数. 例如，Lewis 的文献 (2000)，假设 $\theta\in[0.5,1.5]$，而 Chan 等人(1992)建议 $\theta\ge 1$. 我们可观察到当 $\theta=1$ 时，方程(2.17)可变为经典的几何 Brown 运动，然而，当 $\theta=0.5$ 时，为平方根过程. 当 $\theta\in(0.5,1)$ 时，对任意的初值 $S_0>0$，采用与平方根过程类似的证明方法可验证方程(2.17)关于 $t\ge 0$ 有唯一非负解.

当 $\theta>1$ 时，可预感到方程(2.17)的解在有限时间内可能爆破至无穷大. 然而，如果 $\theta>1$，对任意的初值 $S_0>0$，那么方程(2.17)关于 $t\ge 0$ 有唯一全局解 $S(t)$ 且该解保持为正的概率为 1，即 $0<S(t)<\infty$ 关于 $t\ge 0$ 几乎处处成立. 事实上，当方程(2.17)的系数在 $(0,\infty)$ 上满足局部 Lipschitz 条件时，利用定理 2.3.4 中的归纳技巧可验证在 $t\in[0,\tau_\infty)$ 上有唯一局部解 $S(t)$，其中 $\tau_\infty=\lim_{k\to\infty}\tau_k$ 和

$$\tau_k=\inf\{t\in[0,\tau_\infty): S(t)\notin(\frac{1}{k},k)\}, \quad k\ge k_0,$$

且 $k_0 > 0$ 对 $S_0 \in [1/k_0, k_0]$ 而言是充分大的数. 显然，我们需要证的就是 $\tau_\infty = \infty$ a.s. 如果该结果不正确，那么存在一对常数 $T > 0$ 和 $\varepsilon \in (0,1)$ 使得

$$P(\tau_\infty \leqslant T) > \varepsilon.$$

因此存在常数 $k_1 \geqslant k_0$ 使得

$$P(\tau_k \leqslant T) \geqslant \varepsilon, \quad \forall k \geqslant k_1. \tag{2.18}$$

定义 C^2 - 函数 $V: (0, \infty) \to \mathbf{R}_+$ 为

$$V(S) = \sqrt{S} - 1 - 0.5\log(S), \quad S > 0.$$

如果 $S(t) \in (0, \infty)$，那么 Itô 公式表明

$$
\begin{aligned}
dV(S(t)) &= 0.5(S^{-0.5}(t) - S^{-1}(t))[\lambda S(t)dt + \sigma S^\theta(t)dB(t)] + \\
&\quad 0.25(-0.5S^{-1.5}(t) + S^{-2}(t))\sigma^2 S^{2\theta}(t)dt \\
&= F(S(t)) + 0.5\sigma(S^{-0.5}(t) - S^{-1}(t))S^\theta(t)dB(t),
\end{aligned}
$$

其中

$$F(S) = 0.5\lambda(S^{0.5} - 1) + 0.25\sigma^2 S^{2\theta - 2} - 0.125\sigma^2 S^{2\theta - 1.5}, \quad S \in (0, \infty).$$

显然，$F(S)$ 是有界的, 在 $S \in (0, \infty)$ 上的边界为 K. 因此, 只要 $S(t) \in (0, \infty)$, 则有

$$dV(S(t)) \leqslant Kdt + 0.5\sigma(S^{-0.5}(t) - S^{-1}(t))S^\theta(t)dB(t).$$

故不等式两边从 0 到 $\tau_k \wedge T$ 进行积分，并取期望，得

$$EV(S(\tau_k \wedge T)) \leqslant V(S_0) + KE(\tau_k \wedge T) \leqslant V(S_0) + KT. \tag{2.19}$$

令 $\Omega_k = \{\tau_k \leqslant T\}$ 对 $k \geqslant k_1$, 根据式 (2.18), $P(\Omega_k) \geqslant \varepsilon$. 对每一个 $\omega \in \Omega_k$, $S(\tau_k, \omega)$ 等价于 k 或 $1/k$, 因此 $V(S(\tau_k, \omega))$ 不少于

$$\sqrt{k} - 1 - 0.5\log(k)$$

或

$$\sqrt{\frac{1}{k}} - 1 - 0.5\log\frac{1}{k} = \sqrt{\frac{1}{k}} - 1 + 0.5\log(k).$$

因此

$$V(S(\tau_k, \omega)) \geqslant \left[\sqrt{k} - 1 - 0.5\log(k)\right] \wedge \left[0.5\log(k) - 1\right].$$

根据式 (2.19) 可得

$$V(S_0) + KT \geqslant E\left[I_{\Omega_k} V(x(\tau_k, \omega))\right]$$

$$\geqslant \varepsilon\left(\left[\sqrt{k} - 1 - 0.5\log(k)\right] \wedge \left[0.5\log(k) - 1\right]\right).$$

令 $k \to \infty$ 可推出矛盾

$$\infty > V(S_0) + KT = \infty,$$

故必有 $\tau_\infty = \infty$ a.s.

7. 均值回归 θ 过程

结合 θ 过程和均值回归的思想，可给出均值回归 θ 过程

$$dS(t) = \lambda(\mu - S(t))dt + \sigma S^\theta(t)dB(t), \tag{2.20}$$

其中 $\theta \geqslant 0.5$. 当 $\theta = 1$ 时，可简化为均值回归过程，当 $\theta = 0.5$ 时，为均值回归平方根过程. 当 $\theta \in (0.5, 1)$ 时，采用与均值回归平方根过程相同的证明方法可知 $S(t) > 0$ 对所有的 $t \geqslant 0$ 几乎处处成立. 当 $\theta > 1$ 时，利用与 θ 过程相同的证明方法可知 $S(t) > 0$ 对所有的 $t \geqslant 0$ 几乎处处成立.

8. 随机波动率

在之前所有的模型中，漂移项和耗散项参数均为常数. 然而，通过使这些参数随机化，可得到更一般的模型. 这样的模型可能会有用处，因为在考虑波动率时，不仅可以考虑随时间变化的，而且也可以考虑随机给定的 $S(t)$. 例如，考虑由随机微分方程

$$dS(t) = \lambda S(t)dt + \sigma(t)S(t)dB(t) \tag{2.21}$$

描述的资产价格，其中 λ 和以前一样是正常数，而波动率 $\sigma(t)$ 假定是随时间变化的. 具体地，$\sigma(t)$ 根据 Ornstein-Uhlenbeck 过程

$$d\sigma(t) = -\beta\sigma(t)dt + \delta d\tilde{B}(t) \tag{2.22}$$

而变化，其中初值为 $\sigma(0) = \sigma_0$，β, δ 是正常数且 $\tilde{B}(t)$ 是另一个独立于 $B(t)$ 的 Brown 运动(也有可能讨论依赖情形). 可解得方程的显式解为

$$S(t) = S_0 \exp\left[\lambda t - \frac{1}{2}\int_0^t \sigma^2(s)ds + \int_0^t \sigma(s)dB(s) \right],$$

其中

$$\sigma(t) = \sigma_0 e^{-\beta t} + \delta\int_0^t e^{-\beta(t-s)}d\tilde{B}(s).$$

显然，$\sigma(t)$ 服从正态分布且其期望为 $\sigma_0 e^{-\beta t}$ 以及方差为 $(\delta^2/2\beta)(1 - \varepsilon^{-2\beta t})$. 因此，在长时期内，$\sigma(t)$ 将服从正态分布 $N(0, \delta^2/2\beta)$. 回忆几何 Brown 运动的模型，我们可合理地猜测 $S(t)$ 趋于 0 的概率为

$$P\left\{ \frac{\sigma^2(t)}{2} > \lambda \right\} = 2P\{\sigma(t) > \sqrt{2\lambda}\} \approx 1 - 2\,\mathrm{Erf}\left(\frac{2\sqrt{\lambda\beta}}{\delta} \right).$$

另外，我们可假设波动率 $\sigma(t)$ 满足均值回归过程

$$d\sigma(t) = \beta(\sigma - \sigma(t))dt + \delta\sigma(t)d\tilde{B}(t), \tag{2.23}$$

其中 σ 是正常数. 在这种情形下，资产的波动率在长时间内的期望为 σ. 因此可

猜测如果 $\sigma^2/2 > \lambda$，那么资产价格极有可能被破坏.

再举一个例子，Heston 随机波动率模型假设 $V(t) = \sigma^2(t)$ 遵从均值回归平方根过程

$$\mathrm{d}V(t) = \beta(\sigma^2 - V(t))\mathrm{d}t + \delta\sqrt{V(t)}\mathrm{d}\tilde{B}(t).$$

显然，使用随机微分方程这样的功能层面，我们可以得到更多更一般的表达现实生活中的金融现象的模型.

9.3 期权及其价值

在之前章节中讨论的随机微分方程描述了资产价格的动力学. 金融学的重要问题之一就是基于资产价格动力学的价格期权.

1. 期权

金融领域中有各种各样的期权，让我们从最简单的欧式看涨期权开始了解.

定义 3.1 欧式看涨期权赋予持有者在未来某一规定时间内以指定价格从期权发行者手中购买特定资产的权利(而非义务).

规定的购买价格就是所谓的合约价格或执行价格，在未来规定的时间称为截止日期.

例如，今天(2007 年 1 月 1 日)Mao 教授写道欧洲看涨期权给你(持有者)在 2008 年 1 月 1 日以每股 1.20 美元的价格购买 200 股 Mao 教授的股票的权利. 在 2008 年 1 月 1 日，你将会有两种选择：

(a) 如果 Mao 教授股票的实际价值高于 1.20 美元，你就会行使你的权利，从 Mao 教授那里购买股票——因为你会立即卖掉它们以获得利润.

(b) 如果 Mao 教授股票的实际价值低于 1.20 美元，你就不会行使你的权利，不会从 Mao 教授那里购买股票——因为交易不值得.

注意到因为你没有义务购买股票，所以你不会赔钱(在(a)中你能赚钱而在(b)中不赚不赔). 另外，Mao 教授在 2008 年 1 月 1 日不会赚钱并有可能损失无限的金额. 为了弥补这种不平衡，当期权在 2007 年 1 月 1 日达成协议时，你将被希望向 Mao 教授支付一笔被称为期权价值的钱. 我们在本节讨论的关键问题是：

持有者应该为持有期权的特权支付多少钱？换句话说，我们如何为期权的价值计算一个公平的价格？

我们把这个问题的答案留给下一个小节，本书介绍一些其他类型的期权. 与欧洲看涨期权相反的是欧洲看跌期权.

定义 3.2 欧洲看跌期权赋予持有者在未来规定时间内以指定价格向期权出售者出售特定资产的权利(而非义务).

确定期权有效期内的收益或价值是有用的，令 K 表示合约价格，S 表示到期日的资产价格.(当然，当期权被取出时，S 在当时是未知的.) 在期权到期日时，

如果 $S > K$，那么对于欧洲看涨期权的持有者来说，执行看涨期权在财务上是合理的，以 K 的价格购买资产，以 S 的价格售出，赚取 $S - K$ 的金额. 相反，如果到期时 $S \leqslant K$，那么持有者无收益，期权到期时无价值. 因此，欧洲看涨期权在到期日的收益或价值为

$$\max(S - K, 0).$$

类似地，可以看出欧洲看跌期权在到期日的收益或价值为

$$\max(K - S, 0).$$

还有许多其他类型的期权可供选择. 它们包括：

- **美式看涨期权和看跌期权**. 合约价格为 K，到期日为 T 的美式看涨期权赋予持有者在 T 之前的任何时间内以价格 K 从期权持有者手中购买资产的权利而非义务. 执行价格为 K，到期日为 T 的美式看跌期权赋予持有者在 T 之前的任何时间内以价格 K 从期权持有者手中出售资产的权利而非义务.
- **回望期权**. 回望期权赋予持有者在到期日 T 购买资产的权利，其价格等于该资产在到期日 T 之前的最低价格.
- **数字期权**. 如果资产价格在到期日超过合约价 K，那么数字期权支付预先商定的金额 A，否则就失去价值.
- **障碍期权**. 障碍期权是指当资产价格越过预设障碍时被激活或停用的期权. 有两种基本类型：

敲击-有效

　　(a) 如果只有当障碍物从下方被击中时该期权才有效，那么该障碍物是上涨生效期权，

　　(b) 如果只有当障碍物从上方被击中时该期权才有效，那么该障碍物是下跌生效期权；

敲击-无效

　　(a) 如果障碍物从下方被击中时该期权无效，那么该障碍物是上涨无效期权，

　　(b) 如果障碍物从上方被击中时该期权无效，那么该障碍物是下跌无效期权.

- **亚式期权**. 到期日的收益取决于起始日和到期日之间的资产平均价格.

为便于说明，令起始日期为 0，到期日期为 T. 用 $S(t), 0 \leqslant t \leqslant T$ 表示基础资产在合约期间的价格. 回望期权在到期日的收益为

$$S(T) - \min_{0 \leqslant t \leqslant T} S(t),$$

数字期权的收益为

$$AI_{\{S(T) > K\}}.$$

如果资产价格在 T 之前的一段时间内超过某些预先商定的障碍 c，那么看涨无效期权就是没有价值的，否则，在到期日支付 $\max\{S(T) - K, 0\}$. 即到期日的收益为

$$\max\{S(T)-K,0\}I_{\{\max_{0\leqslant t\leqslant T}S(t)\leqslant c\}}.$$

如果资产价格在 T 之前的一段时间内低于某些预先商定的障碍 c，那么看跌生效期权在到期日支付 $\max\{K-S(T),0\}$，否则是没有价值的. 即到期日支付

$$\max\{K-S(T),0\}I_{\{\min_{0\leqslant t\leqslant T}S(t)\leqslant c\}}.$$

而且，亚式期权在到期日的收益与

$$\frac{1}{T}\int_0^T S(t)\mathrm{d}t$$

成正比.

2. Black-Scholes PDE

在讨论了各种期权之后，现在可以回到我们的关键问题：如何为期权的价值计算一个公平的价格？在描述导致期权价格的 Black-Scholes 分析之前，先列出为本节所做的假设.

- 资产价格遵循几何 Brown 运动

$$\mathrm{d}S(t)=\mu S(t)\mathrm{d}t+\sigma S(t)\mathrm{d}B(t). \tag{3.1}$$

- 无风险利率 r 和资产波动率 σ 在期权存续期内为已知的常数.
- 不存在与对冲投资组合相关的交易成本.
- 基础资产在期权存续期内不支付股息.
- 不存在套利可能性.
- 基础资产可连续交易.
- 允许卖空且资产可分割.

假设我们有一个看涨或看跌期权，其价值 $V(S,t)$ 只取决于 $S(t)=S$ 和 t. 利用 Itô 公式，有

$$\mathrm{d}V(S,t)=\left(\frac{\partial V(S,t)}{\partial t}+\mu S\frac{\partial V(S,t)}{\partial S}+\frac{1}{2}\sigma^2 S^2\frac{\partial^2 V(S,t)}{\partial S^2}\right)\mathrm{d}t+$$
$$\sigma S\frac{\partial V(S,t)}{\partial S}\mathrm{d}B(t). \tag{3.2}$$

这就得到了 SDE 后面记为 V. 注意，我们要求 V 关于 S 至少连续二次可微，关于 t 中至少连续一次可微.

现在，构造一个投资组合，包含一个期权和基础资产数 $-\Delta$. 这个数字尚未确定. 该投资组合的价值为

$$\Pi(S,t)=V(S,t)-\Delta S. \tag{3.3}$$

该投资组合在第一个时间步长内的价值跳跃为

$$\mathrm{d}\Pi(S,t)=\mathrm{d}V(S,t)-\Delta\mathrm{d}S.$$

这里 Δ 在时间步长期间保持固定；如果不固定，那么 $\mathrm{d}\Pi$ 将包含 $\mathrm{d}\Delta$ 中的项. 结合式(3.1)~(3.3)，则可得 Π 是 Itô 过程且其随机微分为

$$d\Pi(S,t) = \left(\frac{\partial V(S,t)}{\partial t} + \mu S \frac{\partial V(S,t)}{\partial S} + \frac{1}{2}\sigma^2 S^2 \frac{\partial^2 V(S,t)}{\partial S^2} - \mu \Delta S \right) dt +$$

$$\sigma S \left(\frac{\partial V(S,t)}{\partial S} - \Delta \right) dB(t). \tag{3.4}$$

为估计随机部分，选取

$$\Delta = \frac{\partial V(S,t)}{\partial S}. \tag{3.5}$$

注意到 Δ 是在初始步长 dt 时 $\partial V / \partial S$ 的价值. 在投资组合中, 该结论的增量完全是确定的

$$d\Pi(S,t) = \left(\frac{\partial V(S,t)}{\partial t} + \frac{1}{2}\sigma^2 S^2 \frac{\partial^2 V(S,t)}{\partial S^2} \right) dt. \tag{3.6}$$

我们现在求助于套利和供求的概念, 并假设没有交易成本. 投资于无风险资产的金额回报将在时间 dt 处具有 $r\Pi dt$ 的增长效果. 如果式(3.6)的右边大于这个数额, 套利者就可以通过借入一笔钱 Π 来投资于这个投资组合, 从而获得担保的无风险利润. 这种无风险策略的回报将大于借贷成本. 相反, 如果式(3.6)的右边小于 $r\Pi dt$, 那么套利者可以做空投资组合, 并将 Π 投资于银行. 无论哪种方式, 套利者都可以获得无风险、无成本的瞬时利润. 这种具有低成本交易能力的套利者的存在确保了投资组合和无风险账户的回报或多或少相等. 因此, 有

$$r\Pi(S,t)dt = \left(\frac{\partial V(S,t)}{\partial t} + \frac{1}{2}\sigma^2 S^2 \frac{\partial^2 V(S,t)}{\partial S^2} \right) dt. \tag{3.7}$$

把式(3.3)和(3.5)代入式(3.7)并在等式两边均除以 dt 可得

$$\frac{\partial V(S,t)}{\partial t} + \frac{1}{2}\sigma^2 S^2 \frac{\partial^2 V(S,t)}{\partial S^2} + rS \frac{\partial V(S,t)}{\partial S} - rV(S,t) = 0. \tag{3.8}$$

这就是 Black-Scholes PDE.

在继续进行之前, 我们注意到 Black-Scholes PDE(3.8)并不包含增长参数 μ. 从 SDE(3.1)可知影响期权价格的资产价格的唯一参数是波动率 σ. 其结果就是两个人对 μ 的估计可能不同, 但仍然对期权的价值达成一致.(详见下文注3.4)

在推导出期权价值的 Black-Scholes PDE 之后, 我们必须考虑最终条件, 否则 PDE 就没有唯一解. 我们首先讨论一个欧洲看涨期权, 其价值现在记为 $C(S,t)$ 而不是 $V(S,t)$, 行使价格为 K 且到期日为 T. 在前面的小节中, 我们已经证明了看涨期权在到期日的价值为

$$C(S,T) = \max(S-K, 0). \tag{3.9}$$

这是 Black-Scholes PDE 的最终条件. 对于看跌期权, 其价值为 $P(S,t)$ 而非 $V(S,t)$, 则

$$P(S,T) = \max(K-S, 0). \tag{3.10}$$

3．平价关系

虽然看涨期权和看跌期权表面上是不同的,但实际上它们可以以一种完全相关的方式组合在一起. 这可以通过下面的论证进行证明.

假设在时间 t 做多一项资产, 做多一项看跌期权, 做空一项看涨期权. 看涨期权和看跌期权都有相同的到期日 T, 以及相同的行权价格 K. 简单地说, 用 Π 表示这个投资组合的价值, 即

$$\Pi = S + P(S, t) - C(S, t),$$

其中 P 和 C 分别是看跌期权和看涨期权的价值. 该投资组合到期时的收益为

$$S(T) + \max(K - S(T), 0) - \max(S(T) - K, 0) = K. \tag{3.11}$$

换句话说, 不管到期时 $S(T)$ 大于还是小于 K, 收益总是不变的, 也就是 K. 问题是：我愿意为这个在时刻 T 保证收益为 K 的投资组合支付多少钱?

通过折现这个投资组合的最终价值, 它现在的价值是 $Ke^{-r(T-t)}$. 这等于投资组合的回报与银行存款的回报. 如果情况不是这样的话, 那么套利者就可以(而且会)立即获得无风险利润：通过买卖期权和股票, 同时以正确的比例借入或借出资金, 他们可以锁定今天的利润而未来的收益为零. 因此可总结为

$$S + P(S, t) - C(S, t) = Ke^{-r(T-t)}. \tag{3.12}$$

基础资产和相应期权之间的关系称为平价关系.

4. Black-Scholes 公式

我们刚刚表明, 如果资产价格按照几何 Brown 运动 (3.1) 移动, 那么欧氏看涨期权的价值 $C(S, t)$ 在时刻 $t \in [0, T]$ 时关于资产价格的 $S > 0$ 满足 Black-Scholes PDE (3.8), 其中 r 是无风险利率, σ 是波动率. 此外, 看涨期权价值以最终收益式 (3.9) 为最终条件. 要为欧氏看涨期权定价, 我们只需要求解 PDE (3.8) 和最终条件 (3.9). 如果我们得到 PDE 的显式解 V, 且知道资产在某时刻 t 的价格 S, 那么它的期权价格就是 $V(S, t)$.

定理 3.3(欧氏看涨期权的 Black-Scholes 公式) PDE (3.8) 的显式解为

$$C(S, t) = SN(d_1) - Ke^{-r(T-t)}N(d_2), \tag{3.13}$$

其中 $N(x)$ 是标准正态分布的累计概率分布, 即

$$N(x) = \frac{1}{\sqrt{2\pi}} \int_{-\infty}^{x} e^{-\frac{1}{2}z^2} dz,$$

而

$$d_1 = \frac{\log(S/K) + \left(r + \frac{1}{2}\sigma^2\right)(T-t)}{\sigma\sqrt{T-t}}$$

和

$$d_2 = \frac{\log(S/K) + \left(r - \dfrac{1}{2}\sigma^2\right)(T-t)}{\sigma\sqrt{T-t}}.$$

证明 给定任意的一对 $S > 0$ 和 $t \in [0, T]$，引入 SDE

$$dx(u) = rx(u)du + \sigma x(u)dB(u), \quad t \leqslant u \leqslant T \tag{3.14}$$

且在 $u = t$ 处的初值为 $x(t) = S$. 在第 3 章中我们已经证明了线性 SDE 可显性解出. 特别地，有

$$x(T) = S\exp\left[\left(r - \frac{1}{2}\sigma^2\right)(T-t) + \sigma(B(T) - B(t))\right]. \tag{3.15}$$

定义 $C^{2,1}$ – 函数

$$V(x, u) = C(x, u)e^{r(T-u)}, \quad (x, u) \in (0, \infty) \times [t, T].$$

定义 $C(x, u)$ 满足 Black-Scholes PDE (3.8)，即(关于 x 和 u 而非 S 和 t)，

$$\frac{\partial C}{\partial u} + \frac{1}{2}\sigma^2 x^2 \frac{\partial^2 C}{\partial x^2} + rx\frac{\partial C}{\partial x} - rC = 0. \tag{3.16}$$

经计算可得

$$\frac{\partial V}{\partial u} = \left(\frac{\partial C}{\partial u} - rC\right)e^{r(T-u)}, \quad \frac{\partial V}{\partial x} = \frac{\partial C}{\partial x}e^{r(T-u)}, \quad \frac{\partial^2 V}{\partial^2 x} = \frac{\partial^2 C}{\partial^2 x}e^{r(T-u)}.$$

根据 Itô 公式，则

$$dV(x(u), u) = \left[\frac{\partial V(x(u), u)}{\partial u} + \frac{\partial V(x(u), u)}{\partial x}rx(u) + \frac{1}{2}\frac{\partial^2 V(x(u), u)}{\partial^2 x}\sigma^2 x^2(u)\right]du +$$

$$\frac{\partial V(x(u), u)}{\partial x}\sigma x(u)dW(u)$$

$$= e^{r(T-u)}\left[\frac{\partial C(x(u), u)}{\partial u} - rC(x(u), u) + rx(u)\frac{\partial V(x(u), u)}{\partial x} + \right.$$

$$\left.\frac{1}{2}\sigma^2 x^2(u)\frac{\partial^2 V(x(u), u)}{\partial^2 x}\right]du +$$

$$\sigma x(u)e^{r(T-u)}\frac{\partial C(x(u), u)}{\partial x}dB(u).$$

利用式 (3.16) 可知

$$dV(x(u), u) = \frac{\partial V(x(u), u)}{\partial x}\sigma x(u)dB(u).$$

等式两边从 $u = t$ 到 $u = T$ 积分得

$$V(x(T),T) - V(x(t),t) = \int_t^T \frac{\partial V(x(u),u)}{\partial x} \sigma x(u) \mathrm{d}B(u).$$

两边取期望并利用 Itô 积分的性质可得

$$EV(x(T),T) - EV(x(t),t) = 0.$$

注意到

$$V(x(T),T) = C(x(T),T) = \max(x(T) - K, 0)$$

和

$$V(x(t),t) = C(x(t),t)\mathrm{e}^{r(T-t)} = C(S,t)\mathrm{e}^{r(T-t)}.$$

因此

$$E[\max(x(T) - K, 0)] - C(S,t)\mathrm{e}^{r(T-t)} = 0,$$

即

$$C(S,t) = \mathrm{e}^{-r(T-t)} E[\max(x(T) - K, 0)]. \tag{3.17}$$

注意到

$$\log(x(t)) = \log(S) + \left(r - \frac{1}{2}\sigma^2\right)(T-t) + \sigma(B(T) - B(t)) \sim N(\hat{\mu}, \hat{\sigma}^2),$$

其中

$$\hat{\mu} = \log(S) + \left(r - \frac{1}{2}\sigma^2\right)(T-t), \quad \hat{\sigma} = \sigma\sqrt{T-t}.$$

因此

$$Z := \frac{\log(x(T)) - \hat{\mu}}{\hat{\sigma}} \sim N(0,1)$$

从而

$$x(T) = \mathrm{e}^{\hat{\mu}+\hat{\sigma}Z}.$$

此外，如果 $x(T) - K \geqslant 0$，那么 $\mathrm{e}^{\hat{\mu}+\hat{\sigma}Z} \geqslant K$，即

$$Z \geqslant \frac{\log(K) - \hat{\mu}}{\hat{\sigma}}.$$

因此

$$E[\max(x(T) - K, 0)] = E\left[\max\left(\mathrm{e}^{\hat{\mu}+\hat{\sigma}Z} - K, 0\right)\right]$$

$$= \int_{\frac{\log(K)-\hat{\mu}}{\hat{\sigma}}}^{8} \left(\mathrm{e}^{\hat{\mu}+\hat{\sigma}Z} - K\right)\frac{1}{\sqrt{2\pi}}\mathrm{e}^{-\frac{1}{2}z^2}\mathrm{d}z.$$

计算得

$$\frac{\log(K) - \hat{\mu}}{\hat{\sigma}} = \frac{\log(K) - \log(S) - \left(r - \frac{1}{2}\sigma^2\right)(T-t)}{\sigma\sqrt{T-t}}$$

$$= -\frac{\log\frac{S}{K} + \left(r - \frac{1}{2}\sigma^2\right)(T-t)}{\sigma\sqrt{T-t}} = -d_2.$$

故

$$E[\max(x(T) - K, 0)] = \frac{1}{\sqrt{2\pi}} \int_{-d_2}^{\infty} \left(e^{\hat{\mu}+\hat{\sigma}z} - K\right) e^{-\frac{1}{2}z^2} dz$$

$$= \frac{1}{\sqrt{2\pi}} \int_{-d_2}^{\infty} e^{\hat{\mu}+\hat{\sigma}z-\frac{1}{2}z^2} - \frac{K}{\sqrt{2\pi}} \int_{-d_2}^{\infty} e^{-\frac{1}{2}z^2} dz. \tag{3.18}$$

但

$$\frac{1}{\sqrt{2\pi}} \int_{-d_2}^{\infty} e^{-\frac{1}{2}z^2} dz = \frac{1}{\sqrt{2\pi}} \int_{-\infty}^{d_2} e^{-\frac{1}{2}z^2} dz = N(d_2), \tag{3.19}$$

而

$$\frac{1}{\sqrt{2\pi}} \int_{-d_2}^{\infty} e^{\hat{\mu}+\hat{\sigma}z-\frac{1}{2}z^2} dz = \frac{1}{\sqrt{2\pi}} \int_{-d_2}^{\infty} e^{\hat{\mu}+\frac{1}{2}\hat{\sigma}^2-\frac{1}{2}(z-\hat{\sigma})^2} dz$$

$$= \frac{e^{\hat{\mu}+\frac{1}{2}\hat{\sigma}^2}}{\sqrt{2\pi}} \int_{-d_2}^{\infty} e^{-\frac{1}{2}(z-\hat{\sigma})^2} dz = \frac{e^{\hat{\mu}+\frac{1}{2}\hat{\sigma}^2}}{\sqrt{2\pi}} \int_{-(d_2+\hat{\sigma})}^{\infty} e^{-\frac{1}{2}x^2} dx$$

$$= \frac{e^{\hat{\mu}+\frac{1}{2}\hat{\sigma}^2}}{\sqrt{2\pi}} \int_{-\infty}^{d_2+\hat{\sigma}} e^{-\frac{1}{2}x^2} dx = \frac{e^{\hat{\mu}+\frac{1}{2}\hat{\sigma}^2}}{\sqrt{2\pi}} N(d_2+\hat{\sigma})$$

$$= \frac{e^{\hat{\mu}+\frac{1}{2}\hat{\sigma}^2}}{\sqrt{2\pi}} N(d_1), \tag{3.20}$$

由于 $d_2 + \hat{\sigma} = d_1$. 把式 (3.19) 和 (3.20) 代入式 (3.18) 可得

$$E[\max(x(T) - K, 0)] = \frac{e^{\hat{\mu}+\frac{1}{2}\hat{\sigma}^2}}{\sqrt{2\pi}} N(d_1) - KN(d_2).$$

把该式代入式 (3.17) 可知

$$C(S,t) = e^{-r(T-t)} \left(e^{\hat{\mu}+\frac{1}{2}\hat{\sigma}^2} N(d_1) - KN(d_2) \right)$$

$$= N(d_1) \exp\left[-r(T-t) + \log S + \left(r - \frac{1}{2}\sigma^2\right)(T-t) + \frac{1}{2}\sigma^2(T-t) \right] -$$

$$Ke^{-r(T-t)} N(d_2)$$

$$= SN(d_1) - Ke^{-r(T-t)} N(d_2)$$

就是要证的结论. 定理得证.

注 3.4 我们讨论一下式 (3.17). 假设给定时刻 t 处的资产价格, 持股人签订了一份欧式看涨期权, 其截止日期为 T, 合约价格为 K. 假设市场波动率为 σ, 已知时刻 t 处的无风险利率为 r 且在看涨期间保持不变. 不管持有者认为的增长率是多少, 则汇融的债务重估在定价时是基于 SDE (3.14) 而非

$$dX(u) = \mu X(u)du + \sigma X(u)dB(u), \quad t \leqslant u \leqslant T, \ X(t) = S,$$

对个别的 SDE 而言, 持有者会有上述观点. 因此, 在到期日 T 时期望的收益为

$$E[\max(x(T) - K, 0)].$$

通过在未来折现这个期望值, 现在的价值为

$$e^{-r(T-t)}E[\max(x(T) - K, 0)],$$

这就给出了看涨期权的价值 $C(S, t)$, 与式 (3.17) 一样.

一旦我们有了欧式看涨期权的公式, 就可以很容易得到欧式看跌期权的相应公式. 令 $P(S, t)$ 是时刻 t 处资产价格为 S 时的欧式看跌期权的价值. 看跌期权在到期日的价值可写为

$$P(S, T) = \max(K - S, 0).$$

根据平价关系可知

$$S + P(S, t) - C(S, t) = Ke^{-r(T-t)}.$$

因此

$$P(S, t) = Ke^{-r(T-t)} + C(S, t) - S.$$

把式 (3.13) 代入上式得

$$P(S, t) = Ke^{-r(T-t)} + SN(d_1) - Ke^{-r(T-t)}N(d_2) - S$$
$$= Ke^{-r(T-t)}N(-d_2) - SN(-d_1).$$

定理 3.5(欧式看跌期权的 Black-Scholes 公式) 欧式看跌期权在时刻 t 处资产价格为 S 时的价值为

$$P(S, t) = KN(-d_2)e^{-r(T-t)} - SN(-d_1), \tag{3.21}$$

其中 d_1 和 d_2 与之前定义的一样.

5. Monte Carlo 模拟

Black-Scholes 公式受益于一般几何 Brown 运动的显式解. 然而, 大多数应用在金融中的 SDEs, 正如第 9.2 节所介绍的那样, 并没有显式解. 因此, 数值方法和 Monte Carlo 模拟在期权价值中越来越受到重视.

典型地, 本节我们考虑均值回归平方根过程

$$dS(t) = \lambda(\mu - S(t))dt + \sigma\sqrt{S(t)}dB(t), \quad 0 \leqslant t \leqslant T. \tag{3.22}$$

这里, λ, μ 和 σ 是正常数. 在文献中有很多离散的 SDEs, 尤其是关于 Euler-型的结构. 在金融背景下, 这样的模拟有两个主要的动机:

● 利用 Monte Carlo 方法计算函数 $S(t)$ 的期望值，比如对债券进行估值或计算期权的预期收益;

● 生成时间序列以检测参数估计算法.

数值理论，例如，在 2.7 节讨论的 Euler-Maruyama，应用到式 (3.22) 时可能会崩溃，是因为平方根函数被赋予负值. 这里我们已经采用的一个很自然的解决方法，就是替换 SDE (3.22) 为等价的但计算安全的问题

$$dS(t) = \lambda(\mu - S(t))dt + \sigma\sqrt{|S(t)|}dB(t), \quad 0 \leqslant t \leqslant T. \tag{3.23}$$

给定一个步长 $\Delta > 0$，对式 (3.23) 应用 Euler-Maruyama (EM)法，令 $s_0 = S(0)$ 并计算近似值 $s_n \approx S(t_n)$，其中 $t_n = n\Delta$，根据

$$s_{n+1} = s_n(1 - \lambda\Delta) + \lambda\Delta\mu + \sigma\sqrt{|s_n|}\Delta B_n, \tag{3.24}$$

其中 $\Delta B_n = B(t_{n+1}) - B(t_n)$.

现在我们考虑数值解的误差，在强 L^2 意义下进行判定. 在收敛性分析中比较便于工作的就是利用关于时间连续的近似值 $s(t)$ 且

$$s(t) := s_n + (t - t_0)\lambda(\mu - s_n) + \sigma\sqrt{|s_n|}(B(t) - B(t_n)), \quad t \in [t_n, t_{n+1}). \tag{3.25}$$

在分析中 $s(t)$ 比较有用的一个特点就是

$$s(t) := s_0 + \int_0^r \lambda(\mu - \bar{s}(u))du + \sigma\int_0^t \sqrt{|\bar{s}(u)|}dB(s) \tag{3.26}$$

其中 $\bar{s}(t)$ 定义为

$$\bar{s}(t) := s_n, \quad t \in [t_n, t_{n+1}). \tag{3.27}$$

注意到 $s(t)$ 与 $\bar{s}(t)$ 在网格点处于离散解重合; 即 $\bar{s}(t_n) = s(t_n) = s_n$. 离散方法式 (3.24) 在离散点 $\{t_n\}$ 处近似真实解的能力是由 $s(t)$ 与 $\bar{s}(t)$ 中任意一个近似 $S(t)$ 的能力保证的，并描述为下列定理.

定理 3.6 在上述标记中

$$\lim_{\Delta \to 0} E\left(\sup_{0 \leqslant t \leqslant T} |s(t) - S(t)|^2\right) = 0 \tag{3.28a}$$

且

$$\lim_{\Delta \to 0}\left(\sup_{0 \leqslant t \leqslant T} E|\bar{s}(t) - S(t)|^2\right) = 0. \tag{3.28b}$$

该定理的证明非常有技巧，故详细过程我们只是让读者参考 Higham 和 Mao 的文献(2005). 在继续讨论期权价值的数值近似之前，先给出一个有用的注释.

注 3.7 为避免 EM 方法由于平方根函数被赋予负值而引起的崩溃，我们已经替代 SDE (3.22) 为等价的但计算安全的方程 (3.23). 另外，我们可使用另一个等价方程

$$dS(t) = \lambda(\mu - S(t))dt + \sigma\sqrt{|S(t)| \vee 0}dB(t), \quad 0 \leqslant t \leqslant T. \tag{3.29}$$

相应地，对式 (3.29) 应用 EM 法，令 $s_0 = S(0)$ 并计算近似值 $s_n \approx S(t_n)$，根据

$$s_{n+1} = s_n(1 - \lambda\Delta) + \lambda\Delta\mu + \sigma\sqrt{s_n \vee 0}\Delta B_n. \tag{3.30}$$

随时间连续的近似值 $s(t)$ 以及步骤过程可分别定义为式 (3.26) 和 (3.27)，他们仍然满足式 (3.28a) 和 (3.28b) 理论上，利用式 (3.23) 或 (3.29) 没有区别. 然而，数值模拟似乎表明了利用式 (3.29) 比利用式 (3.23) 稍微好一点. 在本节剩余的讨论中，我们仅仅使用性质 (3.28a) 和 (3.28b)，但 $s(t)$ 与 $\bar{s}(t)$ 的定义是否基于式 (3.23) 或 (3.29) 无关紧要.

现在我们开始展示在近似金融相关数量方面的近似数值能力. 在式 (3.22) 中 $S(t)$ 模拟了短期内的利率动力学，在这种情形下，考虑债券的预期收益

$$\beta := E\exp\left(-\int_0^T S(t)\mathrm{d}t\right) \tag{3.31}$$

是恰当的. 基于 EM 方法的一个自然的近似为

$$\beta := E\exp\left(-\Delta\sum_{n=0}^{N-1}|s_n|\right),$$

其中 $N\Delta = T$. 利用式 (3.27) 中的函数 $\bar{s}(t)$，该表达式便于写为

$$\beta_\Delta = E\exp\left(-\int_0^T|\bar{s}(t)|\mathrm{d}t\right), \tag{3.32}$$

下面的结果表明 SDE (3.28) 近似的强收敛性表明了在这种情形下的收敛性.

定理 3.8 在上述标记中

$$\lim_{\Delta\to 0}|\beta - \beta_\Delta| = 0.$$

证明 利用 $\mathrm{e}^{-|x|} - \mathrm{e}^{-|y|} \leqslant |x - y|$ 和 $S(t)$ 的非负性，有

$$
\begin{aligned}
|\beta - \beta_\Delta| &= E\left[\exp\left(-\int_0^T S(t)\mathrm{d}t\right) - \exp\left(-\int_0^T|\bar{s}(t)|\mathrm{d}t\right)\right] \\
&\leqslant E\left|\int_0^T S(t)\mathrm{d}t - \int_0^T|\bar{s}(t)|\mathrm{d}t\right| \\
&\leqslant E\int_0^T \big| S(t) - |\bar{s}(t)| \big|\mathrm{d}t \\
&\leqslant E\int_0^T |S(t) - \bar{s}(t)|\mathrm{d}t \\
&\leqslant E\sup_{[0,T]}\big(E|S(t) - s(t)| + E|s(t) - \bar{s}(t)|\big).
\end{aligned}
$$

利用定理 3.6，则定理得证.

现在我们考虑均值回归平方根过程 (3.22) 所模拟的资产价格已写入期权的情形. 在这种情形中，期权的预期收益是相关的(见注 3.4). 为了表明 EM 方法近似期权价值的能力，通常我们考虑上涨无效的看涨期权，在到期日 T，如果 $S(t)$ 从不超过固定的障碍 c，那么以合约价支付欧式价值，否则不用支付. 假设基于

EM 方法用 Monte Carlo 模拟计算预期收益. 这里,用离散数值解近似真实路径产生了两个不同的误差来源:

• 由于路径并非完全遵循事实而产生的离散误差——当真解在下面时，数值解可能在时刻 t_n 处越过障碍，反之亦然，

• 由于路径仅在离散时间点处进行近似而产生的离散误差——例如，真实路径有可能越过障碍并返回到区间 (t_n, t_{n+1}) 内.

下面的定理利用强收敛性质以说明当 $\Delta \to 0$ 时，数值方法的预期收益收敛于正确的预期收益. 注意到利用式 (3.34) 中的函数 $\bar{s}(t)$ 等价于利用随时间离散的近似.

定理 3.9 定义

$$V := E[(S(T) - K)^+ I_{\{0 \leqslant S(t) \leqslant c, 0 \leqslant t \leqslant T\}}], \tag{3.33}$$

$$V_\Delta := E[(\bar{s}(T) - K)^+ I_{\{0 \leqslant S(t) \leqslant B, 0 \leqslant t \leqslant T\}}], \tag{3.34}$$

其中 $x^+ = \max(x, 0)$. 则

$$\lim_{\Delta \to 0} |V - V_\Delta| = 0. \tag{3.35}$$

证明 令 $A := \{0 \leqslant S(t) \leqslant c, 0 \leqslant t \leqslant T\}$ 和 $A_\Delta := \{0 \leqslant \bar{s}(t) \leqslant c, 0 \leqslant t \leqslant T\}$，利用不等式

$$\left| (S(T) - K)^+ - (\bar{s}(T) - K)^+ \right| \leqslant |S(T) - \bar{s}(T)|,$$

得

$$\begin{aligned}
|V - V_\Delta| &\leqslant E \left| (S(T) - K)^+ I_A - (\bar{s}(T) - K)^+ I_{A_\Delta} \right| \\
&\leqslant E \left(\left| (S(T) - K)^+ - (\bar{s}(T) - K)^+ \right| I_{A \cap A_\Delta} \right) + \\
&\quad E \left((S(T) - K)^+ I_{A \cap A_\Delta^c} \right) - E \left((\bar{s}(T) - K)^+ I_{A \cap A_\Delta^c} \right) \\
&\leqslant E \left(|S(T) - \bar{s}(T)| I_{A \cap A_\Delta^c} \right) + (B - E) P(A \cap A_\Delta^c) + (B - E) P(A^c \cap A_\Delta).
\end{aligned}$$

现在，利用定理 3.6，有 $\lim\limits_{\Delta \to 0} E \left(|S(T) - \bar{s}(T)| \right) = 0$. 因此，若能验证

$$\lim_{\Delta \to 0} P(A \cap A_\Delta^c) = 0 \tag{3.36}$$

和

$$\lim_{\Delta \to 0} P(A^c \cap A_\Delta) = 0, \tag{3.37}$$

则证明完成. 对任意充分小的 δ，则

$$A = \left\{ \sup_{0 \leq t \leq T} S(t) \leq c \right\}$$

$$= \left\{ \sup_{0 \leq t \leq T} S(t) \leq c - \delta \right\} \cup \left\{ c - \delta < \sup_{0 \leq t \leq T} S(t) \leq c \right\}$$

$$\subseteq \left\{ \sup_{0 \leq t \leq T} S(k\Delta) \leq c - \delta \right\} \cup \left\{ c - \delta < \sup_{0 \leq t \leq T} S(t) \leq c \right\}$$

$$=: \bar{A}_1 \cup \bar{A}_2.$$

因此，则

$$A \cap A_\Delta^c \subseteq (\bar{A}_1 \cap A_\Delta^c) \cup (\bar{A}_2 \cap A_\Delta^c)$$

$$\subseteq \left\{ \sup_{0 \leq k\Delta \leq T} |S(k\Delta) - \bar{s}(k\Delta)| \geq \delta \right\} \cup \bar{A}_2.$$

故

$$P(A \cap A_\Delta^c) \leq P\left(\sup_{0 \leq k\Delta \leq T} |S(k\Delta) - \bar{s}(k\Delta)| \geq \delta \right) + P(\bar{A}_2)$$

$$\leq \frac{1}{\delta^2} E\left(\sup_{0 \leq k\Delta \leq T} (S(k\Delta) - \bar{s}(k\Delta))^2 \right) + P(\bar{A}_2).$$

对任意的 $\varepsilon > 0$，可选取 δ 充分小使得

$$P(\bar{A}_2) < 0.5\varepsilon,$$

然后再选取 Δ 充分小使得

$$\frac{1}{\sigma^2} E\left(\sup_{0 \leq k\Delta \leq T} (S(k\Delta) - \bar{s}(k\Delta))^2 \right) < 0.5\varepsilon,$$

其中 $P(A \cup A_\Delta^c) < \varepsilon$. 这就确认了式(3.36)成立.

接下来，对任意的 $\delta > 0$，有

$$A^c = \left\{ \sup_{0 \leq t \leq T} S(t) > c \right\}$$

$$= \left\{ \sup_{0 \leq t \leq T} S(t) > c + \delta \right\} \cup \left\{ c < \sup_{0 \leq t \leq T} S(t) \leq c + \delta \right\}$$

$$=: \bar{A}_3 \cup \bar{A}_4.$$

故

$$P(A^c \cap A_\Delta) \leq P(\bar{A}_3 \cap A_\Delta) + P(\bar{A}_4 \cap A_\Delta)$$

$$\leq P\left(\sup_{0 \leq k\Delta \leq T} |S(t) - \bar{s}(t)| > \delta \right) + P(\bar{A}_4). \tag{3.38}$$

定义

$$s^*(t) = \sum_{k=0}^{\infty} S(k\Delta) I_{[k\Delta, (k+1)\Delta)}(t), \quad 0 \leq t \leq T,$$

注意到

$$\left\{\sup_{0\leqslant t\leqslant T}\left|S(t)-\overline{s}(t)\right|>\delta\right\}$$

$$\subseteq\left\{\sup_{0\leqslant t\leqslant T}\left|S(t)-s^*(t)\right|>0.5\delta\right\}\cup\left\{\sup_{0\leqslant t\leqslant T}\left|s^*(t)-\overline{s}(t)\right|>0.5\delta\right\}$$

$$=\left\{\sup_{0\leqslant k\Delta\leqslant T}\sup_{k\Delta\leqslant t\leqslant(k+1)\Delta}\left|S(t)-S(k\Delta)\right|>0.5\delta\right\}+$$

$$\left\{\sup_{0\leqslant k\Delta\leqslant T}\left|S(k\Delta)-s(k\Delta)\right|>0.5\delta\right\}.$$

因此

$$P\left\{\sup_{0\leqslant t\leqslant T}\left|S(t)-\overline{s}(t)\right|>\delta\right\}\leqslant P\left(\sup_{0\leqslant k\Delta\leqslant T}\sup_{k\Delta\leqslant t\leqslant(k+1)\Delta}\left|S(t)-S(k\Delta)\right|>0.5\delta\right)+$$

$$\frac{4}{\delta^2}E\left(\sup_{0\leqslant k\Delta\leqslant T}(S(k\Delta)-s(k\Delta))^2\right). \tag{3.39}$$

因为 $S(t)$ 关于 $t\in[0,T]$ 是连续过程，$S(\cdot)$ 的几乎每一个样本路径在 $[0,T]$ 上一致连续. 立即可推出

$$\lim_{\Delta\to0}P\left(\sup_{0\leqslant k\Delta\leqslant T}\sup_{k\Delta\leqslant t\leqslant(k+1)\Delta}\left|S(t)-S(k\Delta)\right|>0.5\delta\right)=0.$$

根据定理 3.6 可得

$$\lim_{\Delta\to0}E\left(\sup_{0\leqslant k\Delta\leqslant T}(S(k\Delta)-s(k\Delta))^2\right)=0.$$

因此，对任意的 $\delta>0$，从式 (3.39) 可知

$$\lim_{\Delta\to0}P\left(\sup_{0\leqslant t\leqslant T}\left|S(t)-\overline{s}(t)\right|>\delta\right)=0.$$

现在，根据 $\overline{A}_4$ 的定义，可以看出对 $\varepsilon>0$，可找到充分小的 $\delta>0$ 使得 $P(\overline{A}_4)<0.5\varepsilon$，然后选取 Δ 充分小使得 $P\left(\sup_{0\leqslant t\leqslant T}\left|S(t)-\overline{s}(t)\right|>\delta\right)<0.5\varepsilon$. 把该式代入式 (3.38) 可得 $P(A^c\bigcup A_\Delta)<\varepsilon$，对充分小的 Δ，可确认式 (3.37) 成立. 定理得证.

9.4　最优停时问题

假设一个人拥有一种资产或资源，它会根据时齐的 d −维随机微分方程

$$\mathrm{d}\xi(t)=F(\xi(t))\mathrm{d}t+G(\xi(t))\mathrm{d}B(t)，\qquad t\geqslant0 \tag{4.1}$$

的变化而变化. 这里 $B(t)$ 是 m – 维 Brown 运动，作为标准假设条件，设

$$F:\mathbf{R}^d \to \mathbf{R}^d \text{ 和 } G:\mathbf{R}^d \to \mathbf{R}^{d\times m} \text{ 是一致 Lipschitz 连续的.}$$

假设一个人希望出售其资产且在时刻 t 处的价格是 $\xi(t)$ 的函数，记为 $\phi(\xi(t))$. 这里 ϕ 是 $\mathbf{R}^d$ 上连续的非负函数并称为奖励函数. 假设该人知道奖励函数 ϕ 和 $\xi(t)$ 直到现在的时刻 t 处的行为，但由于系统中的噪声他不确定出售的时候自己选择的时间是否最佳. 最优停时问题就是寻找一种能产生最佳结果的止损策略，其意义在于该策略能使长期预期收益最大化. 为了从数学上阐述这个问题，让我们回忆一下第 2.9 节中介绍的记号

$$E_x\phi(\xi(t)) = \int_{\mathbf{R}^d} \phi(y)P(x;dy,t),$$

其中 $P(x;A,t)$ 表示 Markov 解 $\xi(t)$ 的转移概率. 正如第 2.9 节所介绍的那样，该记号等价于

$$E_x\phi(\xi(t)) = E\phi(\xi_x(t)),$$

其中 $\xi_x(t)$ 是方程

$$\xi_x(t) = x + \int_0^t F(\xi_x(s))\mathrm{d}s + \int_0^t G(\xi_x(s))\mathrm{d}B(s) \tag{4.2}$$

的唯一解. 换句话说，如果用 P_x 表示 $\xi_x(t)$ 的概率，那么 E_x 就是关于 P_x 的期望. 记 $\mathcal{T}$ 为所有的 $\mathcal{F}_t$ – 停时(有可能取值为 ∞)构成的集合. 最优停时问题就是寻找一个停时 $\tau^* = \tau^*(x,\omega)$ 使得

$$E_x\phi(\xi(\tau^*)) = \sup_{\tau\in T} E_x\phi(\xi(\tau)), \qquad \forall x\in\mathbf{R}^d \tag{4.3}$$

其中 $\phi(\xi(\tau))$ 在点 $\omega\in\Omega$ 处的值设置为 0 且 $\tau(\omega) = \infty$. 此外，我们也希望能找到相应的最优预期奖励

$$\phi^*(x) := \sup_{\tau\in T} E_x\phi(\xi(\tau)). \tag{4.4}$$

为解决该问题，我们需要介绍下面的基本概念.

定义 4.1　Borel 可测函数 $f:\mathbf{R}^d \to [0,\infty]$ 称为关于方程 (4.1) 的 Markov 解 $\xi(t)$ 是上均值的，如果

$$f(x) \geqslant E_x f(\xi(\tau))$$

对所有的 $\tau\in T$ 和 $x\in\mathbf{R}^d$ 均成立. 函数 f 称为是下半连续的，如果

$$f(x) \leqslant \liminf_{y\to x} f(y)$$

对所有的 $x\in\mathbf{R}^d$ 均成立. 如果 f 不仅是上均值的而且是下半连续的，那么 f 称为 l.s.c. 上调和的或简单上调和的.

下面的引理列举了上均值和上调和函数的一系列性质.

引理 4.2

(i) 如果 f, g 是上均值(上调和)的且 $\alpha, \beta \geqslant 0$，那么 $\alpha f + \beta g$ 是上均值(上调和)的.

(ii) 如果 $\{f_i\}_{i \in I}$ 是所有上均值函数构成的集合，那么 $f := \inf_{i \in I} f_i$ 是上均值的.

(iii) 如果 $\{f_i\}_{i \in I}$ 是所有上均值(上调和)函数序列且 $f_i \uparrow f$ 点态成立，那么 f 是上均值(上调和)的.

(iv) 如果 f 是上均值且 $\tau_1, \tau_2 \in \mathcal{T}$ 以及 $\tau_1 \leqslant \tau_2$，那么 $E_x f(\xi(\tau_1)) \geqslant E_x f(\xi(\tau_2))$.

(v) 如果 f 是上均值的且 D 是 $\mathbf{R}^d$ 中的开子集，那么 $f_D(x) := E_x f(\xi(\tau_D))$ 是上均值的，其中 τ_D 是 $\xi(t)$ 首次离开 D 的时间，i.e. $\tau_D = \inf\{t \geqslant 0 : \xi(t) \notin D\}$.

(vi) 如果 f 是上均值的且 $\{\tau_i\}$ 是任意的停时序列使得 $\tau_i \to 0$ a.s.，那么

$$f(x) = \lim_{i \to \infty} E_x f(\xi(\tau_i)), \qquad \forall x.$$

证明 (i) 显然成立.

(ii) 令任意的 $\tau_1 \in \mathcal{T}$ 和 $x \in \mathbf{R}^d$，注意到对每一个 $i \in I$，则

$$f_i(x) \geqslant E_x f_i(\xi(\tau)) \geqslant E_x f(\xi(\tau)).$$

因此

$$f(x) = \inf_{i \in I} f_i(x) \geqslant E_x f(\xi(\tau))$$

得证.

(iii) 首先假设 $\{f_i\}_{i \in I}$ 是所有上均值函数序列且 $f_i \uparrow f$ 点态成立. 则

$$f(x) \geqslant f_i(x) \geqslant E_x f_i(\xi(\tau)),, \quad \forall i.$$

故利用单调收敛定理，有

$$f(x) \geqslant \lim_{i \to \infty_x} E_x f_i(\xi(\tau)) = E_x f(\xi(\tau))$$

意味着 f 是上均值的. 下面，如果所有的 f_i 是上调和的，那么为下半连续的且

$$f_i(x) \leqslant \liminf_{y \to x} f_i(y) \leqslant \liminf_{y \to x} f(y).$$

从而

$$f(x) \leqslant \lim_{i \to \infty} f_i(y) \leqslant \liminf_{y \to x} f(y).$$

这就证明了 f 是下半连续的且为上调和的.

(iv) 在第 2 章中我们已经证明了方程(4.1)的解 $\xi(t)$ 是齐次强 Markov 过程. 因此利用 Markov 性质和 f 的上均值性，有

$$E[f(\xi_x(t)) \mid \mathcal{F}_s] = E_{\xi_x(s)} f(\xi(t-s)) \leqslant f(\xi_x(s)), \quad 0 \leqslant s \leqslant t < \infty.$$

即，$f(\xi_x(t))$ 是上鞅的. 因此，利用 Doob 停时定理(见第 1.3 节)，得

$$E[f(\xi_x(\tau_2)) \mid \mathcal{F}_s] \leqslant f(\xi_x(\tau_1)).$$

不等式两边取期望得

$$Ef(\xi_x(\tau_2)) \leqslant Ef(\xi_x(\tau_1)).$$

即 $E_x f(\xi(\tau_2)) \leqslant E_x f(\xi(\tau_1))$. 得证.

(v) 令任意的 $\rho \in \mathcal{T}$ 并定义 $\tau_D^\rho = \inf\{t \geqslant \rho: \xi(t) \notin D\}$. 根据强 Markov 性可得

$$E_x f(\xi(\tau_D^\rho)) = E_x[E_{\xi(\rho)} f(\xi(\tau_D))] = E_x f_D(\xi(\rho)).$$

但 $\tau_D^\rho \geqslant \tau_D$, 故使用性质(iv)则有

$$E_x f(\xi(\tau_D^\rho)) \leqslant E_x f(\xi(\tau_D)) = f_D(x).$$

因此

$$f_D(x) \geqslant E_x f(\xi(\rho))$$

且 f_D 是上均值的.

(vi) 利用下半连续性和著名的 Fatou 引理可得

$$f(x) \leqslant E_x\left(\liminf_{i \to \infty} f(\xi(\tau_i))\right) \leqslant \liminf_{i \to \infty} E_x f(\xi(\tau_i)).$$

另外, 利用上均值性, 则

$$f(x) \geqslant \limsup_{i \to \infty} E_x f(\xi(\tau_i)).$$

故必有等式

$$f(x) = \lim_{i \to \infty} E_x f(\xi(\tau_i))$$

成立. 得证.

下面结论是关于上调和函数的一个有用的准则(cf. Dynkin (1965)).

引理 4.3 如果 $f \in C^2(\mathbf{R}^d, \mathbf{R}_+)$, 那么 f 是上调和的当且仅当

$$Lf(x) \leqslant 0, \qquad \forall x \in \mathbf{R}^d, \tag{4.6}$$

其中 L 是关于方程(4.1)的扩散算子, 即

$$Lf(x) = f_x(x)F(x) + \frac{1}{2}\text{trace}[G^{\mathrm{T}}(x)f_{xx}(x)G(x)].$$

证明 令式(4.6)成立且 $\tau \in \mathcal{T}$. 对任意的 $t \geqslant 0$ 根据 Itô 公式可得

$$E_x f(\xi(\tau \wedge t)) \leqslant f(x).$$

令 $t \to \infty$, 根据 Fatou 引理可知

$$E_x f(\xi(\tau)) \leqslant f(x).$$

故 f 是上均值的且上调和的. 反之, 若式(4.6)不成立. 则存在 $\bar{x} \in \mathbf{R}^d$ 使得 $Lf(\bar{x}) > 0$. 由于 $Lf(\cdot)$ 的连续性, 可找到 $\bar{x}$ 的一个开邻域 U 使得

$$\theta := \sup_{x \in U} Lf(x) \leqslant f(x).$$

定义停时 $\tau_U = \inf\{t \geq 0 : \xi_{\bar{x}}(t) \notin U\}$. 显然, $1 \wedge \tau_U$ 也是停时且 $1 \wedge \tau_U > 0$ a.s. 现在, 根据 Itô 公式, 则

$$E_{\bar{x}} f(\xi(1 \wedge \tau_U)) = E f(\xi_{\bar{x}}(1 \wedge \tau_U))$$
$$= f(\bar{x}) + E \int_0^{1 \wedge \tau_U} L f(\xi_{\bar{x}}(s)) \mathrm{d}s$$
$$\geq f(\bar{x}) + \theta E(1 \wedge \tau_U) > f(\bar{x}).$$

这就意味着 f 不是上均值的, 当然也不是上调和的. 引理得证.

然而, 要求 f 是 C^2 函数是严格的限制. 幸运的是, Dynkin (1965) 给我们提供了另外一个充分必要条件. 为了陈述该条件, 我们给出一个新的定义.

定义 4.4   一个下半连续函数 $f : \mathbf{R}^d \to [0, \infty]$ 关于 $\xi(t)$ 是过度的, 如果

$$f(x) \geq E_x f(\xi(t)), \quad \forall t \geq 0, x \in \mathbf{R}^d.$$

显然, 一个上调和函数是过度的, 现在我们验证反之也成立.

引理 4.5   函数 f 是上调和的当且仅当是过度的.

证明   我们只需证必要性, 故令 f 是过度的. 首先, 假设 f 是 C^2 函数. 对任意的 $x \in \mathbf{R}^d$, 根据 Itô 公式, 则

$$\int_0^t E[L f(\xi_x(s))] \mathrm{d}s = E_x(f(\xi(t)) - f(x)) \leq 0, \quad \forall t \geq 0.$$

由于 $E[L f(\xi_x(s))]$ 关于 s 连续, 故必有 $E[L f(\xi_x(0))] = L f(x) \leq 0$ 对所有的 $x \in \mathbf{R}^d$ 均成立. 利用引理 4.3, 则 f 是上调和的. 一般情形可利用标准的近似法进行证明(细节可见 Dynkin 的文献(1965)).

在说明本节的主要结果之前, 我们仍然需要介绍一些新概念.

定义 4.6   令 g 是 Borel 可测的 $\mathbf{R}^d$ 上的实值函数. 如果 f 是上均值的(上调和)的函数且 $f \geq g$, 称 f 是 g 的一个上均值(上调和)的强函数. 如果 $\bar{g}$ 是 g 的一个上均值强函数, 且 $\bar{g} \leq f$ 对 g 的任意其他的上均值强函数 f 均成立, 那么 $\bar{g}$ 称为 g 的最小上均值强函数. 类似地, 如果 $\hat{g}$ 是 g 的一个上调和强函数, 且 $\hat{g} \leq f$ 对 g 的任意其他的上调和强函数 f 均成立, 那么 $\hat{g}$ 称为 g 的最小上调和强函数.

引理 4.7 g 的最小上均值强函数 $\bar{g}$ 总存在并为

$$\bar{g}(x) = \inf_f f(x), \quad x \in \mathbf{R}^d,$$

其中 inf 取遍 g 的所有的上均值强函数 f.

证明   利用引理 4.2(b), 则函数 $\inf_f f(x)$ 也是上均值的且显然是 g 的最小上均值强函数.

g 的最小上调和强函数 $\hat{g}$ 不一定总存在. 然而, 从引理 4.7 很清晰地看到如果 $\hat{g}$ 存在, 那么 $\bar{g} \geq \hat{g}$ 此外, 如果 $\bar{g}$ 是下半连续的, 那么 $\bar{g}$ 是 g 的上调和强函数, 且 $\bar{g} \leq f$ 对任意的 g 的上调和强函数 f 均成立, 因此, 利用定义, 则 $\hat{g}$ 存在且与 $\bar{g}$ 重合. 下面的定理不仅给出了只要 g 是非负的下半连续的则 $\hat{g}$ 就存在, 而且给出了构造 $\hat{g}$ 的迭代序列.

定理 4.8   令 g 是 $\mathbf{R}^d$ 上的下半连续的非负函数. 则 g 的最小上调和强函数 $\hat{g}$ 存在且与 g 的上均值强函数 $\bar{g}$ 重合, 即 $\hat{g} = \bar{g}$. 此外, 令 $g_0 = g$ 并定义迭代

$$g_n(x) = \sup_{t \in J_n} E_x g_{n-1}(\xi(t)) \tag{4.7}$$

对 $n = 1, 2, \cdots$，其中 $J_n = \{k/2^n : 0 \leqslant k \leqslant n2^n\}$．则 $g_n \uparrow \hat{g}$．

证明 首先声明对任意的 $t \geqslant 0$，函数

$$h(x) := E_x g_0(\xi(t))$$

是下半连续的．如果不是，那么存在 $z \in \mathbf{R}^d$ 和序列 $\{z_k\}$ 使得 $z_k \to z$ 且

$$h(z) > \lim_{k \to \infty} h(z_k). \tag{4.8}$$

另外，利用标准的一致 Lipschitz 连续性假设条件，很容易验证

$$E\left|\xi_z(t) - \xi_{z_k}(t)\right|^2 \leqslant C\left|z - z_k\right|^2,$$

其中 C 是独立于 z 和 z_k 的正数．因此，存在 $\{z_k\}$ 的子序列 $\{y_k\}$ 使得

$$\xi_{y_k}(t) \to \xi_z(t)，\qquad \text{a.s.}$$

利用 g_0 的下半连续性和 Fatou 引理可推导出

$$h(z) = E g_0(\xi_z(t)) \leqslant E\left[\liminf_{k \to \infty} g_0(\xi_{y_k}(t))\right]$$
$$\leqslant \liminf_{k \to \infty} E\left[g_0(\xi_{y_k}(t))\right] = \liminf_{k \to \infty} h(y_k) = \lim_{k \to \infty} h(z_k).$$

但这与式 (4.8) 矛盾，因此 $h(x)$ 必是下半连续的．注意到任意下半连续函数的上确界是下半连续的．则很容易验证 g_1 是下半连续的，根据迭代法可知，g_n 也是下半连续的．而且，g_n 显然单调递增，故

$$\hat{g}(x) := \lim_{n \to \infty} g_n(x) = \sup_{n \geqslant 1} g_n(x)$$

也是下半连续的．注意到

$$\hat{g}(x) \geqslant g_n(x) \geqslant E_x g_{n-1}(\xi(t))，\qquad \forall\, n, t \in J_n,$$

则

$$\hat{g}(x) \geqslant \lim_{n \to \infty} E_x g_{n-1}(\xi(t)) = E_x \hat{g}(\xi(t)) \tag{4.9}$$

对所有的 $t \in J = \bigcup_{n=1}^{\infty} J_n$．因为 J 在 $\mathbf{R}_+$ 中稠密，所以对任意的 $t \geqslant 0$ 可选取 J 中的序列 $\{t_k\}$ 使得 $t_k \to t$．利用式 (4.9)，则有

$$\hat{g}(x) \geqslant \liminf_{n \to \infty} E_x \hat{g}(\xi(t_k)) \geqslant E_x\left(\liminf_{n \to \infty} \hat{g}(\xi(t_k))\right) = E_x \hat{g}(\xi(t)).$$

这就意味着 $\hat{g}$ 是过度的．利用引理 4.5，则 $\hat{g}$ 是上调和的，从而是 g 的上调和强函数．另外，如果 f 是 g 的任意上均值强函数，根据归纳法容易验证

$$f(x) \geqslant g_n(x)，\qquad \forall\, n,$$

意味着 $f(x) \geqslant \hat{g}(x)$，这就证明了 $\hat{g}$ 是 g 的最小上均值强函数 $\bar{g}$．但 $\hat{g}$ 是上调和的，故必为 g 的最小上调和强函数．定理得证．

应该强调的是式 (4.7) 中 J_n 替换为 $\mathbf{R}_+$ 且证明过程甚至更简单一点. 但式 (4.7) 中 J_n 在实际应用中会比较容易.

经过这么多的准备, 现在我们返回到最优停时问题式 (4.3) ~ (4.4) 让我们首先快速地看一下最小上调和强函数是如何与这个问题相联系的. 令 ϕ 是奖励函数, 故它是非负连续的. 利用定理 4.8, 则其最小上调和强函数 $\hat{\phi}$ 存在. 如果 $\tau \in T$, 那么

$$\hat{\phi}(x) \geq E_x \hat{\phi}(\xi(\tau)) \geq E_x \phi(\xi(\tau)),$$

意味着

$$\hat{\phi}(x) \geq \sup_{\tau \in T} E_x \phi(\xi(\tau)) = \phi^*(x), \tag{4.10}$$

不太明显的就是反向不等式也成立. 换句话说, 我们总是有 $\hat{\phi} = \phi^*$, 鉴于 Dynkin 的文献 (1963) 的相关知识点, 现在开始证明这一主要结果.

定理 4.9 令 ϕ 是奖励函数(故连续非负)且 ϕ^* 是定义在式 (4.4) 中的最优奖励. 令 $\hat{\phi}$ 是 ϕ 的最小上调和强函数. 则

$$\phi^* = \hat{\phi}. \tag{4.11}$$

证明 首先假设 ϕ 是有界的. 对任意的 $\varepsilon > 0$, 令

$$D_\varepsilon = \left\{ x \in \mathbf{R}^d : \phi(x) < \hat{\phi}(x) - \varepsilon \right\}. \tag{4.12}$$

因为 ϕ 是连续的, $\hat{\phi}$ 是下半连续的, D_ε 是开集. 令 τ_ε 是 $\xi(t)$ 首次离开 D_ε 的时间, 即

$$\tau_\varepsilon = \inf \left\{ t \geq 0 : \xi(t) \notin D_\varepsilon \right\}.$$

显然, τ_ε 是停时. 定义

$$\phi_\varepsilon(x) = E_x \hat{\phi}(\xi(\tau_\varepsilon)), \qquad x \in \mathbf{R}^d. \tag{4.13}$$

利用引理(e), 则 ϕ_ε 是上均值的. 现在我们声称

$$\phi(x) \leq \phi_\varepsilon(x) + \varepsilon, \qquad \forall x \in \mathbf{R}^d. \tag{4.14}$$

如果该结论不正确, 则必有

$$\beta := \sup_{y \in \mathbf{R}^d} [\phi(x) - \phi_\varepsilon(x)] > \varepsilon$$

故可找到 x_0 使得

$$\phi(x) - \phi_\varepsilon(x) \geq \beta - \frac{\varepsilon}{2} > 0 \tag{4.15}$$

注意到要么 $x_0 \in D_\varepsilon$, 要么 $x_0 \notin D_\varepsilon$ 成立. 如果后者正确, 有 $\tau_\varepsilon = 0 \ P_{x_0}$-a.s. 则 $\phi_\varepsilon(x_0) = \hat{\phi}(x_0) \geq \phi(x_0)$, 这与式 (4.15) 矛盾. 因此, 必有 $x_0 \in D_\varepsilon$, 根据解的连续性, 则 $\tau_\varepsilon > 0 \ P_{x_0}$-a.s. 又知 $\phi_\varepsilon + \beta$ 是 ϕ 的上均值强函数, 则

$$\hat{\phi}(x_0) \leq \phi_\varepsilon(x_0) + \beta.$$

结合式(4.15)，有

$$\hat{\phi}(x_0) \leq \phi(x_0) + \frac{\varepsilon}{2}. \tag{4.16}$$

另外，对任意的 $t > 0$，利用 $\hat{\phi}$ 的上调和性和 τ_ε 的定义可得

$$\hat{\phi}(x_0) \geq E_{x_0}\hat{\phi}(\xi(t \wedge \tau_\varepsilon)) \geq E_{x_0}\left([\phi(\xi(t)) + \varepsilon]I_{\{t < \tau_\varepsilon\}}\right).$$

由 Fatou 引理可知

$$\hat{\phi}(x_0) \geq \liminf_{t \to 0}\left([\phi(\xi(t)) + \varepsilon]I_{\{t < \tau_\varepsilon\}}\right)$$
$$\geq E_{x_0}\left(\liminf_{t \to 0}[\phi(\xi(t)) + \varepsilon]I_{\{t < \tau_\varepsilon\}}\right) = \phi(x_0) + \varepsilon.$$

但这与式(4.16)矛盾，故式(4.14)必成立. 从而，$\phi_\varepsilon + \varepsilon$ 是 ϕ 的上均值强函数. 结合 τ_ε 的定义可得

$$\hat{\phi}(x) \leq \phi_\varepsilon + \varepsilon = E_x\hat{\phi}(\xi(\tau_\varepsilon)) + \varepsilon$$
$$\leq E_x[\phi(\xi(\tau_\varepsilon)) + \varepsilon] + \varepsilon \leq \phi^*(x) + 2\varepsilon \tag{4.17}$$

因为 ε 是任意的，所以 $\hat{\phi} \leq \phi^*$. 利用式(4.10)，必有 $\phi^* = \hat{\phi}$. 换句话说，我们已经证明了如果 ϕ 有界，那么式(4.11)成立. 如果 ϕ 无界，令 $\phi_n = n \wedge \phi$ 对 $n = 1, 2, \cdots$. 那么

$$\phi^* \geq \phi_n^* = \hat{\phi}_n \uparrow f, \qquad n \to \infty.$$

显然，$f \geq \phi$，利用引理4.2 (c)，则 f 是上调和的. 故 f 是 ϕ 的上调和强函数. 因此 $\phi^* \geq f \geq \hat{\phi}$，结合式(4.10)，则 $\phi^* = \hat{\phi}$ 再次成立. 定理得证.

根据以上证明过程，可以得下面一个有用的近似结果.

推论 4.10　如果奖励函数 ϕ 是有界的，则在定理 4.9 中定义的 τ_ε 接近最优停时，如果

$$0 < \phi^*(x) - E_x\phi(\xi(\tau_\varepsilon)) \leq 2\varepsilon \tag{4.18}$$

对所有的 $x \in \mathbf{R}^d$.

利用式(4.17)和(4.11)可直接得到该推论. 现在我们关于最优停时建立两个有用的准则.

推论 4.11　令 $\phi, \hat{\phi}$ 和 ϕ^* 和定理 4.9 中定义的一样. 假设存在停时 $\tau_0 \in T$ 使得

$$\phi_0(x) := E_x\phi(\xi(\tau_0))$$

是 ϕ 的上均值强函数. 则

$$\phi^*(x) = \phi_0(x)$$

且 $\tau^* = \tau_0$ 是问题(4.3)的最优停时.

证明　因为 ϕ_0 是 ϕ 的上均值强函数，所以

$$\bar{\phi}(x) \leq \phi_0(x).$$

另外，我们总有

$$\phi_0(x) \leqslant \sup_{\tau \in T} E_x \phi(\xi(\tau)) = \phi^*(x).$$

利用定义 4.8 和 4.9，则 $\phi^*(x) \leqslant \phi_0(x)$，且 $\tau^* = \tau_0$ 是最优停时.

推论 4.12 令 $\phi, \hat{\phi}$ 和 ϕ^* 和定理 4.9 中定义的一样. 设

$$D = \left\{ x \in \mathbf{R}^d : \phi(x) < \hat{\phi}(x) \right\} \quad \text{和} \quad \tau_D = \inf \left\{ t \geqslant 0 : \xi(t) \notin D \right\}.$$

定义

$$\phi_D(x) = E_x \phi(\xi(\tau_D)).$$

如果 $\phi_D \geqslant \phi$，那么 $\phi^* = \phi_D$，且 τ_D 是最优停时.

证明 注意到 $\xi(\tau_D) \notin D$，则 $\phi(\xi(\tau_D)) \geqslant \hat{\phi}(\xi(\tau_D))$ 且必有 $\phi(\xi(\tau_D)) = \hat{\phi}(\xi(\tau_D))$. 利用引理 4.2 (e)，则 $\phi_D(x) = E_x \hat{\phi}(\xi(\tau_D))$ 是上均值的. 根据推论 4.11 可得结论成立.

问题 (4.3) 的最优停时 τ^* 可能并不总是存在. 下面的定理不仅关于最优停时的存在性给出了一个充分条件，而且对其进行刻画.

定理 4.13 令 $\phi, \hat{\phi}$ 和 ϕ^* 和定理 4.9 中定义的一样. 设

$$D = \left\{ x \in \mathbf{R}^d : \phi(x) < \hat{\phi}(x) \right\} \quad \text{和} \quad \tau_D = \inf \left\{ t \geqslant 0 : \xi(t) \notin D \right\}.$$

对每一个 $n = 1, 2, \cdots$，令 $\phi_n = n \wedge \phi$ 并定义

$$D_n = \left\{ x \in \mathbf{R}^d : \phi_n(x) < \hat{\phi}_n(x) \right\} \quad \text{和} \quad \tau_n = \inf \left\{ t \geqslant 0 : \xi(t) \notin D_n \right\}.$$

如果 $P_x \{ \tau_n < \infty \} = 1$ 对所有的 $x \in \mathbf{R}^d$ 和 $n \geqslant 1$ 均成立，则

$$\phi^*(x) = \lim_{n \to \infty} E_x \phi(\xi(\tau_n)). \tag{4.19}$$

特别地，如果对每一个 $x \in \mathbf{R}^d$，$P_x \{ \tau_D < \infty \} = 1$ 且 $\{ \phi(\xi(\tau_n)) \}_{n \geqslant 1}$ 关于 P_x 一致可积，即

$$\lim_{K \to \infty} \left(\sup_{n \geqslant 1} E_x \left[\phi(\xi(\tau_n)) I_{\{ \phi(\xi(\tau_n)) \geqslant K \}} \right] \right) = 0,$$

则

$$\phi^*(x) = E_x \phi(\xi(\tau_D)). \tag{4.20}$$

换句话说，$\tau^* = \tau_D$ 是问题 (4.3) 的最优停时.

证明 首先我们声称如果 ϕ 有界且 $P_x \{ \tau_D < \infty \} = 1$ 对所有的 $x \in \mathbf{R}^d$ 均成立，那么有

$$\phi^*(x) = E_x \phi(\xi(\tau_D)). \tag{4.21}$$

为证明该结论，令 τ_ε 与定理 4.9 中定义的一样. 显然，当 $\varepsilon \downarrow 0$ 时，$\tau_\varepsilon \uparrow \tau_D$ a.s. 利用有界收敛定理，有

$$E_x \phi(\xi(\tau_\varepsilon)) \to E_x \phi(\xi(\tau_D)), \qquad \varepsilon \to 0.$$

结合推论 4.10, 则式 (4.21) 成立.

现在我们开始证明式 (4.19). 根据刚刚给出的结论, 有

$$\phi_n^*(x) = E_x\phi_n(\xi(\tau_n)), \qquad \forall n \geqslant 1. \tag{4.22}$$

因为 $\hat{\phi}_n$ 单调递增, 所以可定义

$$f = \lim_{n \to \infty} \hat{\phi}_n.$$

根据引理 4.2 (c), 则 f 是上调和的. 由于 $\phi_n \leqslant \hat{\phi}_n \leqslant f$ 对所有的 n 均成立, 则 $\phi \leqslant f$. 因此 f 是 ϕ 的上调和的强函数且 $f \geqslant \hat{\phi}$. 另外, 注意到 $\hat{\phi}_n \leqslant \hat{\phi}$ 对所有的 n 均成立, 则可看出 $f \leqslant \hat{\phi}$. 因此, 必有

$$\hat{\phi} = \lim_{n \to \infty} \hat{\phi}_n. \tag{4.23}$$

利用定理 4.9 和不等式 (4.22) ~ (4.23) 可推出

$$\phi^*(x) = \lim_{n \to \infty} \phi_n^*(x) = \lim_{n \to \infty} E_x\phi_n(\xi(\tau_n))$$
$$\leqslant \liminf_{n \to \infty} E_x\phi(\xi(\tau_n)) \leqslant \limsup_{n \to \infty} E_x\phi(\xi(\tau_n)) \leqslant \phi^*(x)$$

且要证的结论 (4.19) 成立.

现在验证式 (4.20). 显然, $\hat{\phi} \leqslant n$. 故如果 $x \in D_n$, 那么 $\phi_n(x) < n$. 从而, 得 $\phi(x) < n$, $\phi(x) = \phi_n(x) < \hat{\phi}_n(x) \leqslant \phi(x)$ 和 $\phi_{n+1}(x) = \phi_n(x) < \hat{\phi}_n(x) \leqslant \hat{\phi}_{n+1}(x)$. 换句话说, 我们已经验证了

$$D_n \subset D_{n+1} \quad \text{且} \quad D_n \subset D \bigcap \{x : \phi(x) < n\}.$$

根据式 (4.23), 可以看出 D 是 D_n 的递增并集且

$$\tau_D = \lim_{n \to \infty} \tau_n.$$

因此, $\xi(\tau_n) \to \xi(\tau_D)$ P_x-a.s. 利用一致可积性, 则也在 L^1 中收敛. 故, 由式 (4.19) 可得

$$\phi^*(x) = \lim_{n \to \infty} E_x\phi(\xi(\tau_n)) = E_x\phi(\xi(\tau_D)),$$

这就是要证的结论 (4.20). 定理得证.

定理 4.13 说明了在一定条件下 τ_D 是最优停时. 下面的定理表明如果最优停时 τ^* 存在, 则 τ^* 具有唯一性, 那么 τ_D 必为最优停时(但有可能与 τ^* 不同).

定理 4.14 令 τ_D 与定理 4.14 中定义的一样. 如果问题 (4.3) 存在最优停时 τ^*, 则

$$P_x\{\tau^* \geqslant \tau_D\} = 1, \qquad \forall x \in \mathbf{R}^d \tag{4.24}$$

均成立且 τ_D 是最优停时.

证明 如果式 (4.24) 不正确, 则存在 $x_0 \in \mathbf{R}^d$ 使得 $P_{x_0}\{\tau^* < \tau_D\} > 0$. 对 $\omega \in \{\tau^* < \tau_D\}$, 根据 τ_D 的定义和定理 4.9, 则有 $\phi(\xi(\tau^*)) < \hat{\phi}(\xi(\tau^*)) = \phi^*(\xi(\tau^*))$. 此外, 总有 $\phi \leqslant \phi^*$. 因此得如下矛盾

$$\phi^*(x_0) = E_{x_0}\phi(\xi(\tau^*)) = E_{x_0}\left[\phi(\xi(\tau^*))I_{\{\tau^* < \tau_D\}}\right] + E_{x_0}\left[\phi(\xi(\tau^*))I_{\{\tau^* \geq \tau_D\}}\right]$$

$$< E_{x_0}\left[\phi^*(\xi(\tau^*))I_{\{\tau^* < \tau_D\}}\right] + E_{x_0}\left[\phi^*(\xi(\tau^*))I_{\{\tau^* \geq \tau_D\}}\right]$$

$$= E_{x_0}\phi^*(\xi(\tau^*)) \leq \phi^*(x_0),$$

其中最后一个不等式成立是因为 ϕ^* 是上调和的. 故式 (4.24) 必正确. 根据引理 4.2 (d) etc，可推出

$$\phi^*(x) = E_x\phi(\xi(\tau^*)) \leq E_x\hat{\phi}(\xi(\tau^*))$$

$$\leq E_x\hat{\phi}(\xi(\tau_D)) \leq E_x\phi(\xi(\tau_D)) \leq \phi^*(x).$$

这就证明了 τ_D 是最优停时.

下面的两个重要注释解释了上述讨论的理论如何应对更一般的问题.

注 4.15 在很多情形中奖励函数 ϕ 不仅依赖于空间而且依赖于时间. 即 $\phi = \phi(x, t)$ 是 $\mathbf{R}^d \times \mathbf{R}_+$ 上的连续非负函数. 最优停时问题变成寻找最优预期价值

$$\phi_0(x) = \sup_{\tau \in T} E_x\phi(\xi(\tau), \tau) \tag{4.25}$$

和相应的最优停时 τ^*，如果存在任意的 τ^*，那么满足

$$\phi_0(x) = E_x\phi(\xi(\tau^*), \tau^*). \tag{4.26}$$

显然，该问题看起来比问题 (4.3)~(4.4) 更一般. 然而，我们可利用上述已经建立的理论证明该问题. 通过定义

$$\phi(x, t) = \phi(x, 0), \qquad x \in \mathbf{R}^d, t < 0,$$

把 ϕ 扩展到整个 $d+1-$ 维 Euclid 空间 $\mathbf{R}^d \times \mathbf{R}_+$. 则 $\phi(x, t)$ 在 $\mathbf{R}^d \times \mathbf{R}_+$ 上连续. 引入 $d+1-$ 维随机微分方程

$$\mathrm{d}\eta(t) = \mathrm{d}\begin{bmatrix} \xi(t) \\ \tilde{\eta}(t) \end{bmatrix} = \begin{bmatrix} F(\xi(t)) \\ 1 \end{bmatrix}\mathrm{d}t + \begin{bmatrix} G(\xi(t)) \\ 1 \end{bmatrix}\mathrm{d}B(t).$$

初值为 $(x, s) \in \mathbf{R}^d \times \mathbf{R}$ 的解记为 $\eta_{x,s}(t)$ 并定义 $E_{x,s}\phi(\eta(t)) = E\phi(\eta_{x,s}(t))$. 根据上述已经建立的理论可找到最优平均奖励

$$\phi^*(x, s) = \sup_{\tau \in T} E_{x,s}\phi(\eta(\tau)),$$

如果存在这样的最优平均奖励，则最优停时 τ^* 满足

$$\phi^*(x, s) = E_{x,s}\phi(\eta(\tau^*)).$$

特别地

$$\phi_0(x) = \phi^*(x, 0) = E_{x,0}\phi(\eta(\tau^*)) = E_x\phi(\xi(\tau^*), \tau^*),$$

这就解决了问题 (4.25)~(4.26).

注 4.16 有时候奖励函数在出售时刻 t 处不仅依赖于当前状态 $x(t)$ 而且依赖

于整个过去状态 $\{x(s): 0 \le s \le t\}$. 例如，令 ϕ_1 和 ϕ_2 是 $\mathbf{R}^d$ 上的两个连续非负函数，考虑下列最优停时问题：决定最优平均奖励

$$\phi_0(x) := \sup_{\tau \in T} E_x \left[\int_0^\tau \phi_1(\xi(t))dt + \phi_2(\xi(\tau)) \right], \qquad (4.27)$$

如果存在最优平均奖励，那么最优停时 τ^* 满足

$$\phi_0(x) = E_x \left[\int_0^{\tau^*} \phi_1(\xi(t))dt + \phi_2(\xi(\tau^*)) \right]. \qquad (4.28)$$

该问题看起来比问题 $(4.3) \sim (4.4)$ 更一般，但我们仍然利用上述已经建立的理论去解决. 定义

$$\phi(x, y) = \phi_2(x) + 0 \wedge y, \quad (x, y) \in \mathbf{R}^d \times \mathbf{R}.$$

故 $\phi(x, y)$ 连续且非负. 引入 $d+1-$维随机微分方程

$$\mathrm{d}\eta(t) = \mathrm{d} \begin{bmatrix} \xi(t) \\ \tilde{\eta}(t) \end{bmatrix} = \begin{bmatrix} F(\xi(t)) \\ \phi_1(\xi(t)) \end{bmatrix} \mathrm{d}t + \begin{bmatrix} G(\xi(t)) \\ 0 \end{bmatrix} \mathrm{d}B(t).$$

初值为 $(x, y) \in \mathbf{R}^d \times \mathbf{R}$ 的解记为 $\eta_{x,s}(t)$ 并定义 $E_{x,y}\phi(\eta(t)) = E\phi(\eta_{x,y}(t))$. 而且，在点 $\omega \in \Omega$ 处，$\tau(\omega) = \infty$，$E_{x,y}\phi(\eta(t))$ 可解释为

$$E_{x,y}[0 \wedge \tilde{\eta}(\infty)] = E_x \left(0 \vee \left[y + \int_0^\infty \phi_1(\xi(t))dt \right] \right)$$

而不是令为 0，这并不会影响前面已经讨论的理论. 因此可找到最优平均值

$$\phi^*(x, y) = \sup_{\tau \in T} E_{x,y}\phi(\eta(\tau))$$

以及最优停时 τ^*，如果存在这样的最优平均值，那么

$$\phi^*(x, y) = E_{x,y}\phi(\eta(\tau^*)).$$

特别地

$$\phi_0(x) = \phi^*(x, 0) = E_{x,0}\phi(\eta(\tau^*))$$
$$= E_x \left[\int_0^{\tau^*} \phi_1(\xi(t))dt + \phi_2(\xi(\tau^*)) \right],$$

这就解决了问题 $(4.27) \sim (4.28)$.

9.5 随机游戏

考虑 $d-$维随机微分方程

$$\mathrm{d}\xi(t) = F(\xi(t))dt + G(\xi(t))dB(t), \quad t \geqslant 0. \qquad (5.1)$$

这里 $B(t)$ 是 $m-$维 Brown 运动，假设

(H1) $F:\mathbf{R}^d \to \mathbf{R}^d$ 和 $G:\mathbf{R}^d \to \mathbf{R}^{d \times m}$ 是一致 Lipschitz 连续的. 给定初值 $\xi(0)=x$, 方程 (5.1) 的解记为 $\xi_x(t)$ 且相应的 E_x 和 P_x 和以前定义的一样.

对 R^d 的任意非空闭子集 U, 记 h_U 表示集合 U 首次击中时间, 即

$$h_U = \inf\{t \geq 0: \xi(t) \in U\}.$$

对任意的结合 $H \subset \mathbf{R}^d$, 用 H^c 表示 H 在 $\mathbf{R}^d$ 中的补集. 令 D 是 $\mathbf{R}^d$ 中给定的非空开集. (特别地, 可选取 $D=\mathbf{R}^d$.) 用 ∂D 表示 D 的边界并记 $\bar{D}=D \cup \partial D$. 令 A, B 是两个给定的 $\bar{D}$ 的子集使得 $\partial D \subset A \cap B$. 对每一个 $x \in \bar{D}$, 记 A_x 表示所有的有限停时 σ 构成的集合使得 $\sigma \leq h_{D^c}$ 和 $\xi_x(\sigma) \in A$. 类似地, 记 B_x 表示所有的有限停时 τ 构成的集合使得 $\tau \leq h_{D^c}$ 和 $\xi_x(\sigma) \in B$. 注意到 $\sigma = 0$ 属于 A_x 当且仅当 $x \in A$. 如果 $D=\mathbf{R}^d$, 那么 $\sigma \in A_x$ 当且仅当 $P_x\{\sigma < \infty, \xi(\sigma) \in A\}=1$. 如果 $A=B$, 那么 $A_x=B_x$. 令 f, φ, ϕ_1 和 ϕ_2 是定义在 $\bar{D}$ 上的连续函数且 φ 非负. 对 $x \in \bar{D}$, $\sigma \in A_x$ 和 $\tau \in B_x$, 定义

$$J_x(\sigma,\tau) = E_x \int_0^{\sigma \wedge \tau} \exp\left[-\int_0^t \varphi(\xi(s))\mathrm{d}s\right] f(\xi(t))\mathrm{d}t +$$

$$E_x\left(\exp\left[-\int_0^\sigma \varphi(\xi(s))\mathrm{d}s\right]\phi_1(\xi(\sigma))I_{\{\sigma<\tau\}}\right)+$$

$$E_x\left(\exp\left[-\int_0^\tau \varphi(\xi(s))\mathrm{d}s\right]\phi_2(\xi(\tau))I_{\{\sigma \geq \tau\}}\right). \tag{5.2}$$

这将称为报酬函数.

我们考虑这样一个方案, 对给定的 $x \in \bar{D}$, 参与者(a)选取任意的停时 $\sigma \in A_x$, 参与者(b)选取任意的停时 $\tau \in B_x$, 得到的报酬 $J_x(\sigma,\tau)$ 是由参与者(a)支付给参与者(b)的(当然, 如果 $J_x(\sigma,\tau)$ 是负的, 应该由参与者(b)支付给参与者(a)). 因此, 参与者(a)的目标就是使 $J_x(\sigma,\tau)$ 最小化, 而参与者(b)的目标就是使 $J_x(\sigma,\tau)$ 最大化. 我们称这样的计划为与式 (5.1)~(5.2) 相关的随机游戏并记为 G_x. 用 G 表示集合 $\{G_x:x \in \bar{D}\}$ 并称之为 $\bar{D}$ 中的与式 (5.1)~(5.2) 相关的随机游戏. 如果

$$\inf_{\sigma \in A_x} \sup_{\tau \in B_x} J_x(\sigma,\tau) = \sup_{\tau \in B_x} \inf_{\sigma \in A_x} J_x(\sigma,\tau), \tag{5.3}$$

称随机游戏 G_x 有价值, 式 (5.3) 中的常见数量称为游戏 G_x 的价值并记为 $V(x)$. 如果在 A_x 和 B_x 中分别存在 σ_x^* 和 τ_x^*, 对所有的 $\sigma \in A_x$ 和 $\tau \in B_x$, 满足

$$J_x(\sigma_x^*,\tau) \leq J_x(\sigma_x^*,\tau_x^*) \leq J_x(\sigma,\tau_x^*), \tag{5.4}$$

那么称 (σ_x^*, τ_x^*) 是 G_x 的鞍点. 如果式 (5.4) 成立, 有

$$\inf_{\sigma \in A_x} \sup_{\tau \in B_x} J_x(\sigma,\tau) \leq \sup_{\tau \in B_x} J_x(\sigma_x^*,\tau)$$

$$\leq J_x(\sigma_x^*,\tau_x^*) \leq \inf_{\sigma \in A_x} J_x(\sigma,\tau_x^*) \leq \sup_{\tau \in B_x} \inf_{\sigma \in A_x} J_x(\sigma,\tau).$$

另外, 总有

$$\inf_{\sigma \in \mathcal{A}_x} \sup_{\tau \in \mathcal{B}_x} \geqslant \sup_{\tau \in \mathcal{B}_x} \inf_{\sigma \in \mathcal{A}_x} J_x(\sigma, \tau).$$

因此可以看出如果 (σ_x^*, τ_x^*) 是 $\mathcal{G}_x$ 的鞍点，那么游戏的价值为

$$V(x) = J_x(\sigma_x^*, \tau_x^*). \tag{5.5}$$

如果存在闭集 $A^* \subset A$ 和 $B^* \subset B$ 使得对每一个 $x \in \bar{D}$，这一对

$$\sigma_x^* = h_{A^*} \quad \text{和} \quad \tau_x^* = h_{B^*}$$

构成了 $\mathcal{G}_x$ 的鞍点，那么称 (h_{A^*}, h_{B^*}) 是 $\mathcal{G}$ 的鞍点且 (A^*, B^*) 是 $\mathcal{G}$ 的鞍点集.

为了刻画鞍点，需要下列条件：

(H2) 对任意的 $x \in \bar{D}$，$\mathcal{A}_x$ 和 $\mathcal{B}_x$ 是非空的.

(H3) 函数 f, φ, ϕ_1 和 ϕ_2 是有界的且关于 $\varphi \geqslant 0$ 连续，此外

$$E_x \int_0^{\sigma \wedge \tau} \exp\left[-\int_0^t \varphi(\xi(s))\mathrm{d}s\right] f(\xi(t))\mathrm{d}t < \infty \tag{5.6}$$

对所有的 $x \in \bar{D}, \sigma \in \mathcal{A}_x$ 和 $\tau \in \mathcal{B}_x$ 成立.

条件(H2)和(H3)的限制性不太强. 例如，如果 $P_x\{h_{D^c} < \infty\} = 1$ 对每一个 $x \in \bar{D}$ 均成立，那么 $\mathcal{A}_x$ 和 $\mathcal{B}_x$ 至少包含一个元素，即 h_{D^c}，因为 $\partial D \subset A \cap B$，如果 $E_x h_{D^c} < \infty$，那么式(5.6)成立. 接下来我们建立两个简单但比较有用的引理，给出 $E_x h_{D^c} < \infty$ 的标准. 令 L 是方程(5.1)相应的耗散算子，即关于 C^2 – 函数 u，有

$$Lu(x) = u_x(x)F(x) + \frac{1}{2}\text{trace}[G^\mathrm{T}(x)u_{xx}(x)G(x)].$$

引理 5.1 假设存在函数 $u \in C(\bar{D}; R) \cap C^2(D; R)$ 和正常数 K 使得

$$Lu(x) \leqslant -1 \quad \text{和} \quad |u(x)| \leqslant K, \quad x \in D.$$

则

$$E_x h_{D^c} \leqslant 2K, \quad \forall\, x \in D.$$

证明 对任意的 $t \geqslant 0$，利用 Itô 公式和已知条件可推出

$$-K \leqslant E_x u(\xi(t \wedge h_{D^c})) \leqslant u(x) + E_x \int_0^{t \wedge h_{D^c}} Lu(\xi(s))\mathrm{d}s \leqslant K - E_x(t \wedge h_{D^c}).$$

即

$$E_x(t \wedge h_{D^c}) \leqslant 2K.$$

令 $t \to \infty$ 可得要证的结论.

引理 5.2 令 $\Phi = (\Phi_{ij})_{d \times d} = GG^\mathrm{T}$ 和 $F = (F_1, \cdots, F_d)^\mathrm{T}$. 对正常数 γ，设 D 是包含在带状 $|x_1| \leqslant \gamma$ 中的区域. 假设存在常数 λ 使得

$$\lambda F_1(x) + \frac{\lambda^2}{2}\Phi_{11}(x) \geqslant 1, \quad \forall\, x \in \bar{D}.$$

则

$$E_x h_{D^c} \leqslant 2\mathrm{e}^{2|\lambda|\gamma}, \quad \forall\, x \in D.$$

证明　令 $\mu = \mathrm{e}^{|\lambda|\gamma}$ 并定义

$$\mu(x) = -\mu \mathrm{e}^{\lambda x_1}, \qquad x \in \bar{D}.$$

则 $|u(x)| \leqslant 2\mathrm{e}^{|\lambda|\gamma}$, 而且

$$Lu(x) = -\mu \mathrm{e}^{\lambda x_1}\left(\lambda F_1(x) + \frac{\lambda^2}{2}\Phi_{11}(x)\right) \leqslant -\mu \mathrm{e}^{\lambda x_1} \leqslant -\mu \mathrm{e}^{|\lambda|\gamma} = -1$$

由引理 5.1 可知要证的结论成立.

下面的定理描述了对应于鞍点集的价值函数 $V(x)$ 的性质.

定理 5.3　令(H1)~(H3)成立并假设 (A^*, B^*) 是随机游戏 $\mathcal{G}$ 的鞍点集. 则价值函数 $V(x)$ 有下列性质

$$V(x) \leqslant \phi_1(x) \qquad 若 x \in A - B^*, \tag{5.7}$$

$$V(x) \geqslant \phi_2(x) \qquad 若 x \in B, \tag{5.8}$$

$$V(x) = \phi_1(x) \qquad 若 x \in A^* - B^*, \tag{5.9}$$

$$V(x) = \phi_2(x) \qquad 若 x \in B^*, \tag{5.10}$$

如果 α 是停时满足 $\alpha \leqslant h_{B^*}$, 那么

$$V(x) \leqslant E_x \int_0^\alpha \exp\left[-\int_0^t \varphi(\xi(s))\mathrm{d}s\right] f(\xi(t))\mathrm{d}t +$$

$$\leqslant E_x\left(\exp\left[-\int_0^\alpha \varphi(\xi(s))\mathrm{d}s\right] V(\xi(\alpha))\right), \tag{5.11}$$

而且, 如果 β 是停时满足 $\beta \leqslant h_{A^*}$, 那么

$$V(x) \geqslant E_x \int_0^\beta \exp\left[-\int_0^t \varphi(\xi(s))\mathrm{d}s\right] f(\xi(t))\mathrm{d}t +$$

$$E_x\left(\exp\left[-\int_0^\beta \varphi(\xi(s))\mathrm{d}s\right] V(\xi(\beta))\right), \tag{5.12}$$

证明　根据定义, 有

$$J_x(h_{A^*}, \tau) \leqslant V(x) \leqslant J_x(\sigma, h_{B^*}), \quad \forall\, \sigma \in \mathcal{A}_x, \ \tau \in \mathcal{B}_x. \tag{5.13}$$

如果 $x \in A - B^*$, $\sigma \equiv 0$ 属于 $\mathcal{A}_x$ 且 $h_{B^*} > 0$ P_x-a.s. 因此

$$J_x(0, h_{B^*}) = \phi_1(x).$$

结合式(5.13)中的第二个不等式, 可得式(5.7). 如果 $x \in B$, $\sigma \equiv 0$ 属于 $\mathcal{B}_x$ 且

$$J_x(h_{A^*}, 0) = \phi_2(x).$$

结合式(5.13)中的第一个不等式, 可得式(5.8). 为证式(5.9), 注意到如果 $x \in A^* - B^*$, 那么 $h_{A^*} = 0 < h_{B^*}$ P_x-a.s. 因此

$$V(x) = J_x(h_{A^*}, h_{B^*}) = \phi_1(x).$$

接下来, 如果 $x \in B^*$, 那么 $h_{B^*} = 0 < h_{A^*}$ P_x-a.s. 因此

$$V(x) = J_x(h_{A^*}, h_{B^*}) = \phi_2(x)$$

就是式 (5.10). 我们继续证明式 (5.11). 令 α 是任意的停时使得 $\alpha \le h_{B^*}$. 注意到

$$V(x) = \inf_{\sigma \in \mathcal{A}_x} J_x(\sigma, h_{B^*}) \le \inf_{\sigma \in \mathcal{A}_x, \sigma \ge \alpha} J_x(\sigma, h_{B^*})$$

$$= \inf_{\sigma \in \mathcal{A}_x, \sigma \ge \alpha} E_x \left\{ E_x \int_0^{\sigma \wedge h_{B^*}} \exp\left[-\int_0^t \varphi(\xi(s))\mathrm{d}s \right] f(\xi(t))\mathrm{d}t + \right.$$

$$\exp\left[-\int_0^\sigma \varphi(\xi(s))\mathrm{d}s \right] \phi_1(\xi(\sigma)) I_{\{\sigma < h_{B^*}\}} +$$

$$\left. \exp\left[-\int_0^{h_{B^*}} \varphi(\xi(s))\mathrm{d}s \right] \phi_2(\xi(h_{B^*})) I_{\{\sigma \ge h_{B^*}\}} \Big| \mathcal{F}_\alpha \right\}$$

$$= E_x \int_0^\alpha \exp\left[-\int_0^t \varphi(\xi(s))\mathrm{d}s \right] f(\xi(t))\mathrm{d}t +$$

$$\inf_{\sigma \in \mathcal{A}_x, \sigma \ge \alpha} E_x \left\{ \exp\left[-\int_0^\alpha \varphi(\xi(s))\mathrm{d}s \right] \times \right.$$

$$E_x \left(\int_0^{\sigma \wedge h_{B^*}} \exp\left[-\int_0^t \varphi(\xi(s))\mathrm{d}s \right] f(\xi(t))\mathrm{d}t \right) +$$

$$\exp\left[-\int_\alpha^\sigma \varphi(\xi(s))\mathrm{d}s \right] \phi_1(\xi(\sigma)) I_{\{\sigma < h_{B^*}\}} +$$

$$\left. \exp\left[-\int_\alpha^{h_{B^*}} \varphi(\xi(s))\mathrm{d}s \right] \phi_2(\xi(h_{B^*})) I_{\{\sigma \ge h_{B^*}\}} \Big| \mathcal{F}_\alpha \right\}.$$

利用强 Markov 性，上式右边等价于

$$E_x \int_0^\alpha \exp\left[-\int_0^t \varphi(\xi(s))\mathrm{d}s \right] f(\xi(t))\mathrm{d}t +$$

$$E_x \left\{ \exp\left[-\int_0^\alpha \varphi(\xi(s))\mathrm{d}s \right] \inf_{\sigma \in \mathcal{A}_{\xi(\alpha)}} J_{\xi(\alpha)}(\sigma, h_{B^*}) \right\}$$

$$= E_x \int_0^\alpha \exp\left[-\int_0^t \varphi(\xi(s))\mathrm{d}s \right] f(\xi(t))\mathrm{d}t +$$

$$E_x \left\{ \exp\left[-\int_0^\alpha \varphi(\xi(s))\mathrm{d}s \right] V(\xi(\alpha)) \right\}.$$

这就证明了式 (5.11). 类似地，可证式 (5.12). 定理得证.

注意到从不等式 (5.7) 和 (5.8) 可得

$$\phi_1(x) \ge \phi_2(x), \quad x \in A \bigcap B - B^*. \tag{5.14}$$

因此，对于鞍点集 (A^*, B^*) 的存在性，式 (5.14) 的成立是必要的. 现在我们给出定理 5.3 的逆命题.

定理 5.4 令 (H1)~(H3) 成立. 假设在 $\bar{D}$ 中存在 Borel 可测函数 $V(x)$ 和闭集 $A^* \subset A$, $B^* \subset B$ 使得式 (5.7)~(5.12) 成立

$$h_{A^*} \in \mathcal{A}_x, \quad h_{B^*} \in \mathcal{B}_x, \quad x \in D, \tag{5.15}$$

而且

$$\phi_1(x) = \phi_2(x), \qquad x \in A^* \bigcap B^*. \tag{5.16}$$

则 (A^*, B^*) 是随机游戏 $\mathcal{G}$ 的鞍点集且 $V(x)$ 为游戏的价值.

在证明之前,我们指出如果 $h_{D^c} < \infty$ P_x-a.s. 对每一个 $x \in D$ 以及 $\partial D \in A^* \bigcap B^*$,那么条件 (5.15) 成立. 此外,条件 (5.16) 意味着游戏是公平的. 的确,根据 $J_x(\sigma, \tau)$ 的定义可以看出参与者(b)在集合 $\{\sigma = \tau\}$ 上操控 ϕ_2 时有轻微的优势,但条件 (5.16) 在集合 $A^* \bigcap B^*$ 上取消了该优势,而在 $A^* \bigcap B^*$ 的补集中,该优势不存在.

证明 我们要证的就是

$$J_x(h_{A^*}, \tau) \leqslant V(x) \leqslant J_x(\sigma, h_{B^*}) \tag{5.17}$$

对 $\sigma \in \mathcal{A}_x$ 和 $\tau \in \mathcal{B}_x$ 均成立. 注意到,总有 $\xi(h_{A^*}) \in A^*$. 如果 $\xi(h_{A^*}) \notin B^*$,那么利用式 (5.9) 可知, $V(\xi(h_{A^*})) = \phi_1(\xi(h_{A^*}))$,然而如果 $\xi(h_{A^*}) \in B^*$,那么利用式 (5.10) 和 (5.16) 可得, $V(\xi(h_{A^*})) = \phi_1(\xi(h_{A^*})) = \phi_2(\xi(h_{A^*}))$. 因此,有

$$V(\xi(h_{A^*})) = \phi_1(\xi(h_{A^*})). \tag{5.18}$$

而且,对任意的 $\tau \in \mathcal{B}_x$, $\xi(\tau) \in B$,利用式 (5.8) 可得

$$V(\xi(t)) \geqslant \phi_2(\xi(\tau)). \tag{5.19}$$

根据 (5.18) ~ (5.19) 则

$$
\begin{aligned}
&J_x(h_{A^*}, \tau) \\
&= E_x \int_0^{h_{A^*} \wedge \tau} \exp\left[-\int_0^t \varphi(\xi(s))ds\right] f(\xi(t))dt + \\
&\quad E_x \left(\exp\left[-\int_0^{h_{A^*}} \varphi(\xi(s))ds\right] \phi_1(\xi(h_{A^*})) I_{\{h_{A^*} < \tau\}} \right) + \\
&\quad E_x \left(\exp\left[-\int_0^\tau \varphi(\xi(s))ds\right] \phi_2(\xi(\tau)) I_{\{h_{A^*} \geqslant \tau\}} \right) \\
&\leqslant E_x \int_0^{h_{A^*} \wedge \tau} \exp\left[-\int_0^t \varphi(\xi(s))ds\right] f(\xi(t))dt + \\
&\quad E_x \left(\exp\left[-\int_\alpha^{h_{A^*} \wedge \tau} \varphi(\xi(s))ds\right] V(\xi(h_{A^*} \wedge \tau)) \right).
\end{aligned}
$$

结合式 (5.12) 和 $\beta = h_{A^*} \wedge \tau$,得

$$J_x(h_{A^*}, \tau) \leqslant V(x),$$

这就是式 (5.17) 中的第一个不等式. 式 (5.17) 中的第二个不等式可类似证明.

下面的定理表明寻找随机游戏 $\mathcal{G}$ 的鞍点问题可以简化为求解椭圆变分不等式问题.

定理 5.5 令 $V \in C(\bar{D}; \mathbf{R}) \bigcap C^2(\bar{D}; \mathbf{R})$ 以及

$$A^* = \{x \in A : V(x) = \phi_1(x)\} \quad \text{和} \quad B^* = \{x \in A : V(x) = \phi_2(x)\}.$$

假设

$$LV(x) - \varphi(x)V(x) + f(x) \leqslant 0 \qquad 若 x \in D - A^*, \qquad (5.20)$$

$$LV(x) - \varphi(x)V(x) + f(x) \geqslant 0 \qquad 若 x \in D - B^*, \qquad (5.21)$$

$$V(x) \leqslant \phi_1(x) \qquad 若 x \in A - B^*, \qquad (5.22)$$

$$V(x) \geqslant \phi_2(x) \qquad 若 x \in B, \qquad (5.23)$$

$$V(x) = \phi_1(x) = \phi_2(x) \qquad 若 x \in \partial D. \qquad (5.24)$$

又设 $h_{Dc} < \infty$ P_x- a.s. 对所有的 $x \in D$. 则 (A^*, B^*) 是随机游戏 $\mathcal{G}$ 的鞍点集且 $V(x)$ 为游戏的价值.

证明 显然, A^* 和 B^* 分别是 A 和 B 的闭子集. 利用式(5.24), $\partial D \subset A^* \bigcap B^*$ 以及 $h_{A^*} \vee h_{B^*} \leqslant h_{D^c}$. 结合条件 $h_{Dc} < \infty$ P_x- a.s., 则有

$$h_{A^*} \in \mathcal{A}_x, \qquad h_{B^*} \in \mathcal{B}_x, \qquad x \in D.$$

对任意的 $\tau \in \mathcal{B}_x$, 应用 Itô 公式很容易得

$$E_x\left(\exp\left[-\int_0^{h_{A^*} \wedge \tau} \varphi(\xi(s)) \mathrm{d}s \right] V(\xi(h_{A^*} \wedge \tau)) \right) - V(x)$$

$$= E_x \int_0^{h_{A^*} \wedge \tau} \exp\left[-\int_0^t \varphi(\xi(s)) \mathrm{d}s \right] (LV(\xi(t)) - \varphi(\xi(t))V(\xi(t))) \mathrm{d}t.$$

利用条件(5.20) 和(5.23), 则

$$V(x) \geqslant E_x \int_0^{h_{A^*} \wedge \tau} \exp\left[-\int_0^t \varphi(\xi(s)) \mathrm{d}s \right] f(\xi(t)) \mathrm{d}t +$$

$$E_x\left(\exp\left[-\int_0^{h_{A^*}} \varphi(\xi(s)) \mathrm{d}s \right] \phi_1(\xi(h_{A^*})) I_{\{h_{A^*} < \tau\}} \right) +$$

$$E_x\left(\exp\left[-\int_0^\tau \varphi(\xi(s)) \mathrm{d}s \right] \phi_1(\xi(\tau)) I_{\{h_{A^*} \geqslant \tau\}} \right)$$

$$= J_x(h_{A^*}, \tau). \qquad (5.25)$$

另外, 对任意的 $\sigma \in \mathcal{A}_x$, 则

$$V(x) = -E_x \int_0^{\sigma \wedge h_{B^*}} \exp\left[-\int_0^t \varphi(\xi(s)) \mathrm{d}s \right] (LV(\xi(t)) - \varphi(\xi(t))V(\xi(t))) \mathrm{d}t +$$

$$E_x\left(\exp\left[-\int_0^{\sigma \wedge h_{B^*}} \varphi(\xi(s)) \mathrm{d}s \right] V(\xi(\sigma \wedge h_{B^*})) \right)$$

$$\leqslant E_x \int_0^{\sigma \wedge h_{B^*}} \exp\left[-\int_0^t \varphi(\xi(s)) \mathrm{d}s \right] f(\xi(t)) \mathrm{d}t +$$

$$E_x\left(\exp\left[-\int_0^\sigma \varphi(\xi(s)) \mathrm{d}s \right] \phi_1(\xi(\sigma)) I_{\{\sigma < h_{B^*}\}} \right) +$$

$$E_x\left(\exp\left[-\int_0^\sigma \varphi(\xi(s)) \mathrm{d}s \right] \phi_1(\xi(\sigma)) I_{\{\sigma \geqslant h_{B^*}\}} \right)$$

$$= J_x(\sigma, h_{A^*}). \qquad (5.26)$$

换句话说, 我们已经证明了

$$J_x(h_{A^*}, \tau) \leqslant V(x) \leqslant J_x(\sigma, h_{B^*})$$

对所有的 $\sigma \in \mathcal{A}_x$ 和 $\tau \in \mathcal{B}_x$ 均成立，因此要证的结论成立. 定理得证.

由于页数限制，我们不讨论椭圆变分不等式 (5.20)~(5.24) 的解. 读者可在 Friedman 的文献(1975)或 Wu 和 Mao 的文献(1988)中寻找求解细节.

10

随机神经网络

10.1 前　　言

自 Hopfield (1982)开启了神经网络的研究以来，神经网络动力学的理论也有了很大提升，这里我们提到 Hopfield 的文献(1984)，Hopfield 和 Tank 的文献(1986)和 Denker 的文献(1986)等. 目前人们对人工网络的兴趣，不仅源于其作为集体动力学理论模型的丰富内涵，还源于其作为执行计算的实用工具的前景. 在执行计算时，网络中存在多种随机扰动，重要的是理解这些扰动是如何影响网络的. 特别地，了解网络在扰动下是否稳定至关重要. 尽管神经网络的稳定性已被大量研究，但随机因素对稳定性的影响是 Liao 和 Mao (1996a，b)首先研究的，本章的主要目的就是介绍这一新方向的研究内容.

10.2 随机神经网络

由 Hopfield (1982)提出的神经网络可描述为下列常微分方程的形式

$$C_i \dot{u}_i(t) = -\frac{1}{R_i} u_i(t) + \sum_{j=1}^{d} T_{ij} g_j(u_j(t)), \qquad 1 \leqslant i \leqslant d, \ t \geqslant 0. \qquad (2.1)$$

变量 $u_i(t)$ 代表第 i 个神经输入端的电压. 每一个神经元通过输入电容 C_i 和传递函数 $g_i(u)$ 进行刻画. 连接矩阵单元 T_{ij} 的值为 $+1/R_{ij}$ 或 $-1/R_{ij}$, 这取决于第 j 个神经元的非逆输出或逆输出通过电阻 R_{ij} 连接到第 i 个神经元的输入. 第 i 个神经元输入端的并联电阻为

$$R_i = \frac{1}{\sum_{j=1}^{d} |T_{ij}|}.$$

非线性转移函数 $g_i(u)$ 是 S 型的, 在 ± 1 处饱和, 在 $u = 0$ 处斜率最大. 在数学中, $g_i(u)$ 是非降的 Lipschitz 连续函数, 具有性质

$$ug_i(u) \geq 0 \quad \text{和} \quad |g_i(u)| \leq 1 \wedge \beta_i |u|, \quad -\infty < u < \infty, \tag{2.2}$$

其中 β_i 是 $g_i(u)$ 在 $u = 0$ 处的斜率且假定为正的并有限. 定义

$$b_i = \frac{1}{C_i R_i} \quad \text{和} \quad a_{ij} = \frac{T_{ij}}{C_i},$$

则方程 (2.1) 可重写为

$$\dot{u}_i(t) = -b_i u_i(t) + \sum_{j=1}^{d} a_{ij} g_j(u_j(t)), \quad 1 \leq i \leq n, \tag{2.3}$$

或等价为

$$\dot{u}(t) = -Bu(t) + Ag(u(t)), \tag{2.4}$$

其中

$$u(t) = (u_1(t), \cdots, u_d(t))^{\mathrm{T}}, \quad \bar{B} = \mathrm{diag}(b_1, \cdots, b_d),$$

$$A = (a_{ij})_{d \times d}, \quad g(u) = (g_1(u_1), \cdots, g_d(u_d))^{\mathrm{T}}.$$

注意到

$$b_i = \sum_{j=1}^{d} |a_{ij}|, \quad 1 \leq i \leq d. \tag{2.5}$$

假设神经网络存在随机扰动且随机扰动的网络可描述为随机微分方程

$$dx(t) = [-\bar{B}x(t) + Ag(x(t))]dt + \sigma(x(t))dB(t), \quad t \geq 0. \tag{2.6}$$

这里 $B(t)$ 是定义在给定的完备概率空间 $(\Omega, \mathcal{F}, \{\mathcal{F}_t\}, P)$ 上的 m-维 Brown 运动, $\sigma(x) = (\sigma_{ij}(x))_{d \times m}$ 是定义在 $\mathbf{R}^d$ 上的 $d \times m$-矩阵值函数. 我们总是假设 $\sigma(x)$ 是局部 Lipschitz 连续的并满足线性增长条件. 根据第 2 章的理论, 则对任意给定的初值 $x(0) = x_0 \in \mathbf{R}^d$, 方程 (2.6) 关于 $t \geq 0$ 有唯一全局解, 记该解为 $x(t; x_0)$. 此外, 本章为了研究稳定性, 也假设 $\sigma(0) = 0$. 故方程 (2.6) 存在平凡解 $x(t; 0) \equiv 0$. 而且, 利用引理 4.3.2, 若初值 $x_0 \neq 0$, 则该解永远不会以 1 的概率等于 0, 即 $x(t; x_0) \neq 0$

对所有的 $t \geq 0$ a.s.

方程 (2.6) 是方程 (2.4) 的随机扰动系统，有趣的是了解随机扰动是如何影响方程 (2.4) 的稳定性. 更确切地说，需要了解当方程 (2.4) 稳定时，扰动方程 (2.6) 是否保持稳定或变为不稳定，但当方程 (2.4) 不稳定时，需要了解扰动方程 (2.6) 是否变为稳定或保持不稳定. 在本节接下来的研究中，我们将详细讨论这些问题.

1. 指数稳定性

我们先给出一个有用的引理.

引理 2.1 假设存在一个对称的正定矩阵 $Q = (q_{ij})_{d \times d}$ 以及两个实数 $\mu \in \mathbf{R}$ 和 $\rho \geq 0$ 使得

$$2x^{\mathrm{T}}Q[-\bar{B}x + Ag(x)] + \mathrm{trace}[\sigma^{\mathrm{T}}(x)Q\sigma(x)] \leq \mu x^{\mathrm{T}}Qx \tag{2.7}$$

和

$$\left|x^{\mathrm{T}}Q\sigma(x)\right|^2 \geq \rho(x^{\mathrm{T}}Qx)^2 \tag{2.8}$$

对所有的 $x \in \mathbf{R}^d$. 则当 $x_0 \neq 0$ 时，方程 (2.6) 的解具有性质

$$\limsup_{t \to \infty} \frac{1}{t} \log(|x(t; x_0)|) \leq -\left(\rho - \frac{\mu}{2}\right), \qquad \text{a.s.} \tag{2.9}$$

特别地，如果 $\rho > \mu/2$，那么随机神经网络 (2.6) 是几乎指数稳定的.

令 $V(x) = x^{\mathrm{T}}Qx$，则该引理可直接由定理 4.3.3 得到. 接下来应用这一引理关于随机神经网络式 (2.6) 的几乎必然指数稳定性建立很多有用的定理.

定理 2.2 令式 (2.2) 成立. 假设存在一个正定对角矩阵 $Q = \mathrm{diag}(q_1, q_2, \cdots, q_d)$ 以及两个实数 $\mu > 0$ 和 $\rho \geq 0$ 使得

$$\mathrm{trace}[\sigma^{\mathrm{T}}(x)Q\sigma(x)] \leq \mu x^{\mathrm{T}}Qx$$

和

$$\left|x^{\mathrm{T}}Q\sigma(x)\right|^2 \geq \rho(x^{\mathrm{T}}Qx)^2$$

对所有的 $x \in \mathbf{R}^d$. 令 $H = (h_{ij})_{d \times d}$ 是对称矩阵且定义为

$$h_{ij} = \begin{cases} 2q_i[-b_i + (0 \vee a_{ii})\beta_i] & \text{对 } i = j, \\ q_i|a_{ij}|\beta_j + q_j|a_{ji}|\beta_i & \text{对 } i \neq j. \end{cases}$$

则当 $\lambda_{\max}(H) \geq 0$ 时，方程 (2.6) 的解具有性质

$$\limsup_{t \to \infty} \frac{1}{t} \log(|x(t; x_0)|) \leq -\left(\rho - \frac{1}{2}\left[\mu + \frac{\lambda_{\max}(H)}{\min_{1 \leq i \leq n} q_i}\right]\right), \qquad \text{a.s.} \tag{2.10}$$

否则当 $x_0 \neq 0$ 时，有

$$\limsup_{t\to\infty}\frac{1}{t}\log\left(|x(t;x_0)|\right)\leqslant-\left(\rho-\frac{1}{2}\left[\mu+\frac{\lambda_{\max}(H)}{\max_{1\leqslant i\leqslant n}q_i}\right]\right),\qquad \text{a.s.}\qquad(2.11)$$

证明 利用式(2.2)，计算得

$$2x^{\mathrm{T}}QAg(x)=2\sum_{i,j=1}^{d}x_iq_ia_{ij}g_j(x_j)$$

$$\leqslant2\sum_i q_i(0\vee a_{ii})x_ig_i(x_i)+2\sum_{i\neq j}|x_i||q_i||a_{ij}||\beta_j||x_j|$$

$$\leqslant2\sum_i q_i(0\vee a_{ii})\beta_ix_i^2+\sum_{i\neq j}|x_i|\left(q_i|a_{ij}|\beta_j+q_j|a_{ji}|\beta_i\right)|x_j|.$$

在$\lambda_{\max}(H)\geqslant0$的情形下，有

$$2x^{\mathrm{T}}Q[-\bar{B}x+Ag(x)]\leqslant\left(|x_1|,\cdots,|x_d|\right)H\left(|x_1|,\cdots,|x_d|\right)^{\mathrm{T}}$$

$$\leqslant\lambda_{\max}(H)|x|^2\leqslant\frac{\lambda_{\max}(H)}{\min_{1\leqslant i\leqslant n}q_i}x^{\mathrm{T}}Qx,$$

则根据引理2.1容易得出结论(2.10). 类似地，在$\lambda_{\max}(H)<0$的情形下，有

$$2x^{\mathrm{T}}Q[-\bar{B}x+Ag(x)]\leqslant\lambda_{\max}(H)|x|^2\leqslant\frac{\lambda_{\max}(H)}{\max_{1\leqslant i\leqslant n}q_i}x^{\mathrm{T}}Qx,$$

再次利用引理2.1可得结论(2.11).

定理 2.3 令式(2.2)和(2.5)成立. 假设存在d个正实数$q_1,q_2,\cdots,q_d$使得

$$\beta_j^2\sum_{i=1}^{d}q_i[0\vee\mathrm{sign}(a_{ii})]^{\delta_{ij}}|a_{ij}|\leqslant q_jb_j,\qquad1\leqslant j\leqslant d,$$

其中δ_{ij}是Dirac δ函数，即

$$\delta_{ij}=\begin{cases}1,&i=j,\\0,&i\neq j.\end{cases}$$

进一步假设

$$\mathrm{trace}[\sigma^{\mathrm{T}}(x)Q\sigma(x)]\leqslant\mu x^{\mathrm{T}}Qx$$

和

$$\left|x^{\mathrm{T}}Q\sigma(x)\right|^2\geqslant\rho(x^{\mathrm{T}}Qx)^2$$

对所有的$x\in\mathbf{R}^d$，其中$Q=\mathrm{diag}(q_1,q_2,\cdots,q_d)$，$\mu>0$和$\rho\geqslant0$均为实数. 则方程(2.6)的解当$x_0\neq0$时满足

$$\limsup_{t\to\infty}\frac{1}{t}\log\left(|x(t;x_0)|\right)\leqslant-\left(\rho-\frac{\mu}{2}\right),\qquad \text{a.s.}$$

证明 利用已知条件，计算得

$$2x^{\mathrm{T}}QAg(x) = 2\sum_{i,j=1}^{d} x_i q_i a_{ij} g_j(x_j)$$

$$\leqslant 2\sum_{i,j=1}^{d} |x_i| q_i [0 \vee \mathrm{sign}(a_{ii})]^{\delta_{ij}} |a_{ij}| \beta_j |x_j|$$

$$\leqslant \sum_{i,j=1}^{d} q_i [0 \vee \mathrm{sign}(a_{ii})]^{\delta_{ij}} |a_{ij}| (x_i^2 + \beta_j^2 x_j^2)$$

$$\leqslant \sum_{i=1}^{d} q_i \left(\sum_{i=1}^{d} |a_{ij}| \right) x_i^2 + \sum_{j=1}^{d} \left(\beta_j^2 \sum_{i=1}^{d} q_i [0 \vee \mathrm{sign}(a_{ii})]^{\delta_{ij}} |a_{ij}| \right) x_j^2$$

$$\leqslant \sum_{i=1}^{d} q_i b_i x_i^2 + \sum_{i=1}^{d} q_j b_j x_j^2 = 2x^{\mathrm{T}}Q\bar{B}x.$$

因此

$$2x^{\mathrm{T}}Q[-\bar{B}x + Ag(x)] + \mathrm{trace}[\sigma^{\mathrm{T}}(x)Q\sigma(x)] \leqslant \mu x^{\mathrm{T}}Qx,$$

利用引理 2.1 可知要证的结论成立.

定理 2.4 令式 (2.2) 和 (2.5) 成立. 假设网络在

$$|a_{ij}| = |a_{ji}|, \quad \forall 1 \leqslant i, j \leqslant d$$

意义下是对称的. 又设存在一对实数 $\mu > 0$ 和 $\rho \geqslant 0$ 使得

$$|\sigma(x)|^2 \leqslant \mu |x|^2 \quad \text{和} \quad |x^{\mathrm{T}}\sigma(x)|^2 \geqslant \rho |x|^4$$

对所有的 $x \in \mathbf{R}^d$. 则当 $\check{\beta} \leqslant 1$ 时，方程 (2.6) 的解具有性质

$$\limsup_{t \to \infty} \frac{1}{t} \log(|x(t; x_0)|) \leqslant -\left[\rho + \hat{b}(1 - \check{\beta}) - \frac{\mu}{2} \right], \qquad \text{a.s.} \tag{2.12}$$

如果 $\check{\beta} > 1$, $x_0 \neq 0$, 则

$$\limsup_{t \to \infty} \frac{1}{t} \log(|x(t; x_0)|) \leqslant -\left[\rho - \check{b}(\check{\beta} - 1) - \frac{\mu}{2} \right], \qquad \text{a.s.}, \tag{2.13}$$

其中

$$\check{\beta} = \max_{1 \leqslant i \leqslant d} \beta_i, \qquad \check{b} = \max_{1 \leqslant i \leqslant d} b_i, \qquad \hat{b} = \min_{1 \leqslant i \leqslant d} b_i.$$

证明 计算得

$$2x^{\mathrm{T}}Ag(x) = 2\sum_{i,j=1}^{d} x_i a_{ij} g_j(x_j)$$

$$\leqslant 2\sum_{i,j=1}^{d} |x_i| |a_{ij}| \beta_j |x_j|$$

$$\leqslant \check{\beta} \sum_{i,j=1}^{d} |a_{ij}| (x_i^2 + x_j^2)$$

$$= \breve{\beta}\left[\sum_{i=1}^{d}\left(\sum_{j=1}^{d}|a_{ij}|\right)x_i^2 + \sum_{j=1}^{d}\left(\sum_{i=1}^{d}|a_{ji}|\right)x_j^2\right]$$

$$= \breve{\beta}\left[\sum_{i=1}^{d}b_i x_i^2 + \sum_{j=1}^{d}b_j x_j^2\right] = 2\breve{\beta}x^{\mathrm{T}}\bar{B}x.$$

因此

$$2x^{\mathrm{T}}[-\bar{B}x + Ag(x)] \leqslant -2(1-\breve{\beta})x^{\mathrm{T}}\bar{B}x.$$

如果 $\breve{\beta} \leqslant 1$，那么

$$2x^{\mathrm{T}}[-\bar{B}x + Ag(x)] + |\sigma(x)|^2 \leqslant [-2\hat{b}(1-\breve{\beta}) + \mu]|x|^2,$$

利用引理 2.1 且 Q 为单位矩阵可得结论 (2.12). 另外，如果 $\breve{\beta} > 1$，那么

$$2x^{\mathrm{T}}[-\bar{B}x + Ag(x)] + |\sigma(x)|^2 \leqslant [2\hat{b}(\breve{\beta}-1) + \mu]|x|^2,$$

再次利用引理 2.1 可得结论 (2.13).

2. 指数不稳定性

现在我们开始讨论随机神经网络 (2.6) 的指数不稳定性. 下面的引理是有用的.

引理 2.5 假设存在一个对称的正定矩阵 $Q = (q_{ij})_{d\times d}$ 以及两个实数 $\mu \in \mathbf{R}$ 和 $\rho > 0$ 使得

$$2x^{\mathrm{T}}Q[-\bar{B}x + Ag(x)] + \mathrm{trace}[\sigma^{\mathrm{T}}(x)Q\sigma(x)] \leqslant \mu x^{\mathrm{T}}Qx \tag{2.14}$$

和

$$|x^{\mathrm{T}}Q\sigma(x)|^2 \geqslant \rho(x^{\mathrm{T}}Qx)^2 \tag{2.15}$$

对所有的 $x \in \mathbf{R}^d$ 成立. 则当 $x_0 \neq 0$ 时，方程 (2.6) 的解具有性质

$$\liminf_{t\to\infty}\frac{1}{t}\log(|x(t;x_0)|) \geqslant \frac{\mu}{2} - \rho, \qquad \text{a.s.} \tag{2.16}$$

特别地，如果 $\rho < \mu/2$，那么随机神经网络 (2.6) 是几乎指数不稳定的.

令 $V(x) = x^{\mathrm{T}}Qx$，则该引理可直接由定理 4.3.5 得到. 接下来应用这一引理建立两个有用的结果.

定理 2.6 令式 (2.2) 成立. 假设存在一个正定对角矩阵 $Q = \mathrm{diag}(q_1, q_2, \cdots, q_d)$ 以及两个正数 μ 和 ρ 使得

$$\mathrm{trace}[\sigma^{\mathrm{T}}(x)Q\sigma(x)] \leqslant \mu x^{\mathrm{T}}Qx$$

和

$$|x^{\mathrm{T}}Q\sigma(x)|^2 \geqslant \rho(x^{\mathrm{T}}Qx)^2$$

对所有的 $x \in \mathbf{R}^d$ 成立. 令 $S = (s_{ij})_{d\times d}$ 是对称矩阵且定义为

$$s_{ij} = \begin{cases} 2q_i[-b_i + (0 \wedge a_{ii})\beta_i], & i = j, \\ -q_i|a_{ij}|\beta_j - q_j|a_{ji}|\beta_i, & i \neq j. \end{cases}$$

则当 $x_0 \neq 0$ 时，方程 (2.6) 的解满足

$$\liminf_{t \to \infty} \frac{1}{t} \log\left(|x(t; x_0)|\right) \geq \frac{1}{2}\left[\mu + \frac{\lambda_{\min}(S)}{\min_{1 \leq i \leq n} q_i}\right] - \rho, \qquad \text{a.s.}$$

证明 利用与定理 2.2 相同的证明方法可得

$$2x^{\mathrm{T}}Q[-\bar{B}x + Ag(x)] \geq \left(|x_1|, \cdots, |x_d|\right)S\left(|x_1|, \cdots, |x_d|\right)^{\mathrm{T}} \geq \lambda_{\max}(S)|x|^2.$$

因为 S 的所有元素非正，所以必有 $\lambda_{\min}(S) \leq 0$. 故

$$2x^{\mathrm{T}}Q[-\bar{B}x + Ag(x)] \geq \frac{\lambda_{\min}(S)}{\max_{1 \leq i \leq d} q_i} x^{\mathrm{T}}Qx,$$

利用引理 2.5 立即可得要证的结论.

定理 2.7 令式 (2.2) 和 (2.5) 成立. 假设网络在

$$|a_{ij}| = |a_{ji}|, \quad \forall 1 \leq i, j \leq d$$

意义下是对称的. 又设存在两个正常数 μ 和 ρ 使得

$$|\sigma(x)|^2 \geq \mu|x|^2 \quad \text{和} \quad |x^{\mathrm{T}}\sigma(x)|^2 \leq \rho|x|^4$$

对所有的 $x \in \mathbf{R}^d$ 成立. 则当 $x_0 \neq 0$ 时，方程 (2.6) 的解满足

$$\liminf_{t \to \infty} \frac{1}{t} \log\left(|x(t; x_0)|\right) \leq \frac{\mu}{2} - \breve{b}(1 + \breve{\beta}) - \rho, \qquad \text{a.s.}$$

其中

$$\breve{\beta} = \max_{1 \leq i \leq n} \beta_i \quad \text{和} \quad \breve{b} = \max_{1 \leq i \leq n} b_i.$$

证明 计算得

$$2x^{\mathrm{T}}Ag(x) = 2\sum_{i,j=1}^{d} x_i a_{ij} g_j(x_j)$$

$$\geq -2\sum_{i,j=1}^{d} |x_i||a_{ij}|\beta_j|x_j| \geq -\breve{\beta}\sum_{i,j=1}^{d} |a_{ij}|(x_i^2 + x_j^2)$$

$$= -\breve{\beta}\left[\sum_{i=1}^{d}\left(\sum_{j=1}^{d}|a_{ij}|\right)x_i^2 + \sum_{j=1}^{d}\left(\sum_{i=1}^{d}|a_{ji}|\right)x_j^2\right]$$

$$= -\breve{\beta}\left[\sum_{i=1}^{d} b_i x_i^2 + \sum_{j=1}^{d} b_j x_j^2\right] = -2\breve{\beta}x^{\mathrm{T}}\bar{B}x.$$

因此

$$2x^{\mathrm{T}}[-\bar{B}x + Ag(x)] \geq -2(1 + \breve{\beta})x^{\mathrm{T}}\bar{B}x \geq -2\breve{b}(1 + \breve{\beta})|x|^2,$$

则

$$2x^{\mathrm{T}}[-\bar{B}x + Ag(x)] + |\sigma(x)|^2 \geqslant [\mu - 2\breve{b}(1+\breve{\beta})]|x|^2,$$

利用引理 2.5 且 Q 为单位矩阵可得要证的结论.

3. 稳定性的坚固性和随机稳定化

在第 1 部分得到的结果可应用到研究稳定性的坚固性以及随机稳定化. 为解释在稳定性的坚固性研究中的应用, 我们假设存在一个对称的正定矩阵 $Q = (q_{ij})_{d\times d}$ 和正常数 μ_1 使得

$$2x^{\mathrm{T}}Q[-\bar{B}x + Ag(x)] \leqslant -\mu_1 x^{\mathrm{T}}Qx, \quad x \in \mathbf{R}^n. \tag{2.17}$$

众所周知, 假设式 (2.17) 确保了神经网络 (2.4) 的指数稳定性. 进一步假设随机扰动不太强, 存在 μ_2 使得

$$0 < \mu_2 < \frac{\mu_1 \lambda_{\min}(Q)}{\lambda_{\max}(Q)} \quad \text{和} \quad |\sigma(x)|^2 \leqslant \mu_2 |x|^2, \quad x \in \mathbf{R}^n. \tag{2.18}$$

容易验证

$$2x^{\mathrm{T}}Q[-\bar{B}x + Ag(x)] + \mathrm{trace}[\sigma^{\mathrm{T}}(x)Q\sigma(x)] \leqslant -\left[\mu_1 - \frac{\mu_2 \lambda_{\max}(Q)}{\lambda_{\min}(Q)}\right]x^{\mathrm{T}}Qx.$$

因此, 利用引理 2.1 且 $\rho = 0$ (当 $\rho = 0$ 时, 式 (2.8) 总成立), 则随机神经网络 (2.6) 是几乎指数稳定的. 换句话说, 随机扰动并不改变神经网络 (2.4) 的稳定性.

现在讨论随机稳定性. 我们已经知道神经网络 (2.4) 有时是不稳定的. 或许有人会这么认为, 不稳定的神经网络如果受到随机扰动, 其轨迹应该更糟糕. 然而, 这不一定总正确. 每一件事情均有两面性, 随机扰动有可能使给定的不稳定网络变得更好(稳定). 的确, 我们将证明任何形如式 (2.4) 的神经网络可通过随机扰动得以稳定. 从实际的观点来看, 我们将局限于仅讨论线性随机扰动. 换句话说, 我们仅讨论如下形式的随机扰动

$$\sigma(x(t))\mathrm{d}B(t) = \sum_{k=1}^{m} G_k x(t)\mathrm{d}B_k(t),$$

即 $\sigma(x) = (G_1 x, G_2 x, \cdots, G_m x)$, 其中 $G_k (1 \leqslant k \leqslant m)$ 均是 $d \times d$ 矩阵. 在这一情形下, 随机扰动网络 (2.6) 变为

$$\mathrm{d}x(t) = [-\bar{B}x(t) + Ag(x(t))]\mathrm{d}t + \sum_{k=1}^{m} G_k x(t)\mathrm{d}B_k(t), \quad t \geqslant 0. \tag{2.19}$$

注意到对任意的 $d \times d -$ 矩阵 Q, 有

$$\mathrm{trace}[\sigma^{\mathrm{T}}(x)Q\sigma(x)] = \sum_{k=1}^{m} x^{\mathrm{T}}G_k^{\mathrm{T}}QG_k x$$

和

$$\left|x^{\mathrm{T}}Q\sigma(x)\right|^2 = \mathrm{trace}[\sigma^{\mathrm{T}}(x)Qxx^{\mathrm{T}}Q\sigma(x)]$$

$$= \sum_{k=1}^{m} x^{\mathrm{T}}G_k^{\mathrm{T}}Qxx^{\mathrm{T}}QG_k x = \sum_{k=1}^{m}(x^{\mathrm{T}}QG_k x)^2.$$

因此，根据引理 2.1 可得下列有用的结果.

定理 2.8　假设存在一个对称的正定矩阵 $Q=(q_{ij})_{d\times d}$ 以及两个常数 $\mu\in\mathbf{R}$ 和 $\rho\geqslant 0$ 使得

$$2x^{\mathrm{T}}Q[-\bar{B}x+Ag(x)]+\sum_{k=1}^{m}x^{\mathrm{T}}G_k^{\mathrm{T}}QG_k x \leqslant \mu x^{\mathrm{T}}Qx$$

和

$$\sum_{k=1}^{m}(x^{\mathrm{T}}QG_k x)^2 \geqslant \rho(x^{\mathrm{T}}Qx)^2$$

对所有的 $x\in\mathbf{R}^d$ 成立. 则当 $x_0\neq 0$ 时，方程 (2.19) 的解满足

$$\limsup_{t\to\infty}\frac{1}{t}\log\left(|x(t;x_0)|\right)\leqslant -\left(\rho-\frac{\mu}{2}\right),\qquad \text{a.s.},$$

特别地，如果 $\rho>\mu/2$，那么随机神经网络 (2.19) 是几乎指数稳定的.

我们通过例子来解释如何应用该定理使给定的神经网络稳定化.

例 2.9　令

$$G_k=\theta_k I,\quad 1\leqslant k\leqslant m,$$

其中 I 是单位矩阵且 $\theta_k(1\leqslant k\leqslant m)$ 均为实数. 则方程 (2.19) 变为

$$\mathrm{d}x(t)=[-\bar{B}x(t)+Ag(x(t))]\mathrm{d}t+\sum_{k=1}^{m}\theta_k x(t)\mathrm{d}B_k(t).\tag{2.20}$$

显然，我们可以把 $\theta_k(1\leqslant k\leqslant m)$ 理解为随机扰动的强度. 选取单位矩阵 Q. 则

$$\sum_{k=1}^{m}x^{\mathrm{T}}G_k^{\mathrm{T}}QG_k x = \sum_{k=1}^{m}|G_k x|^2 = \sum_{k=1}^{m}\theta_k^2|x|^2\tag{2.21}$$

和

$$\sum_{k=1}^{m}(x^{\mathrm{T}}QG_k x)^2 = \sum_{k=1}^{m}(x^{\mathrm{T}}\theta_k x)^2 = \sum_{k=1}^{m}\theta_k^2|x|^4.\tag{2.22}$$

成立. 而且，利用式 (2.2)，有

$$2x^{\mathrm{T}}QAg(x)\leqslant 2|x|\|A\||g(x)|\leqslant 2\breve{\beta}\|A\||x|^2,$$

其中 $\breve{\beta}=\max_{1\leqslant k\leqslant d}\beta_k$. 因此

$$2x^{\mathrm{T}}Q[-\bar{B}x+Ag(x)]\leqslant 2\left(\breve{\beta}\|A\|-\hat{b}\right)|x|^2,\tag{2.23}$$

其中 $\hat{b} = \min\limits_{1 \leqslant k \leqslant d} b_k$. 结合式 (2.21)~(2.23) 并应用定理 2.8, 则可看出当 $x_0 \neq 0$ 时, 方程 (2.20) 的解满足

$$\limsup_{t \to \infty} \frac{1}{t} \log\left(|x(t; x_0)|\right) \leqslant -\left[\frac{1}{2}\sum_{k=1}^{m}\theta_k^2 - \left(\breve{\beta}\|A\| - \hat{b}\right)\right], \qquad \text{a.s.}$$

特别地, 如果选取 θ_k 充分大使得

$$\sum_{k=1}^{m}\theta_k^2 > 2\left(\breve{\beta}\|A\| - \hat{b}\right),$$

那么无论神经网络 (2.4) 是否不稳定, 随机神经网络 (2.20) 总是几乎指数稳定的. 此外, 如果令 $\theta_k = 0$ 对 $2 \leqslant k \leqslant m$ 成立, 那么方程 (2.20) 变为更简单的

$$\mathrm{d}x(t) = [-\bar{B}x(t) + Ag(x(t))]\mathrm{d}t + \theta_1 x(t)\mathrm{d}B_1(t). \qquad (2.24)$$

这就是我们仅使用标量 Brown 运动作为随机扰动的原因. 当

$$\theta_1^2 > 2\left(\breve{\beta}\|A\| - \hat{b}\right)$$

时, 该随机网络总是几乎指数稳定的.

从这一简单的例子我们可以看出如果一个足够强的随机扰动以一定的方式附加到神经网络 $\dot{u}(t) = -\bar{B}u(t) + Ag(u(t))$ 上, 那么网络可以稳定化. 换句话说, 我们已经得到了下列更一般的结果.

定理 2.10 当式 (2.2) 成立时, 任意形如

$$\dot{u}(t) = -\bar{B}u(t) + Ag(u(t))$$

的神经网络可由 Brown 运动得以稳定化. 而且, 甚至仅利用标量 Brown 运动即可.

为了使给定的网络得以稳定化, 定理 2.8 确保了矩阵 G_k 有多重选择. 当然在例 2.9 中的选择只是最简单的. 为了说明问题, 我们再举一个例子.

例 2.11 对每一个 k, 选取一个正定的 $d \times d$ 矩阵 D_k, 使得

$$x^{\mathrm{T}}D_k x \geqslant \frac{\sqrt{3}}{2}\|D_k\|\,|x|^2,$$

显然, 有很多这样的矩阵. 令 θ 是实数且 $G_k = \theta D_k$. 则方程 (2.19) 变为

$$\mathrm{d}x(t) = [-\bar{B}x(t) + Ag(x(t))]\mathrm{d}t + \theta\sum_{k=1}^{m}D_k x(t)\mathrm{d}B_k(t). \qquad (2.25)$$

再令 Q 是单位矩阵. 注意到

$$\sum_{k=1}^{m}x^{\mathrm{T}}G_k^{\mathrm{T}}QG_k x = \sum_{k=1}^{m}|\theta D_k x|^2 \leqslant \theta^2\sum_{k=1}^{m}\|D_k\|^2|x|^2$$

和

$$\sum_{k=1}^{m}(x^{\mathrm{T}}QG_kx)^2 = \theta^2\sum_{k=1}^{m}(x^{\mathrm{T}}D_kx)^2 \geqslant \frac{3\theta^2}{4}\sum_{k=1}^{m}\|D_k\|^2|x|^4.$$

结合这些条件和式(2.23)，应用定理 2.8 可得当 $x_0 \neq 0$ 时，方程(2.25)的解满足

$$\limsup_{t\to\infty}\frac{1}{t}\log\left(|x(t;x_0)|\right) \leqslant -\left[\frac{\theta^2}{4}\sum_{k=1}^{m}\|D_k\|^2 - \left(\breve{\beta}\|A\|-\hat{b}\right)\right], \qquad \text{a.s.},$$

特别地，如果选取 θ 充分大使得

$$\theta^2 > \frac{4\left(\breve{\beta}\|A\|-\hat{b}\right)}{\sum_{k=1}^{m}\|D_k\|^2},$$

那么随机网络(2.25)是几乎指数稳定的.

根据上述例子很清晰地看出，为了使给定的不稳定网络得以稳定化，随机扰动应该足够强. 这并不奇怪，因为如果随机扰动太弱，有可能没有改变网络不稳定性质的能力，在下一节我们将更清晰地看到这个现象.

4. 不稳定性的坚固性和随机不稳定化

在第 2 部分建立的结果可以应用到不稳定的坚固性以及随机不稳定化的研究中. 为了解释前者，我们假设网络(2.4)是指数不稳定的，该性质可由条件

$$2x^{\mathrm{T}}Q[-\bar{B}x + Ag(x)] \geqslant \mu_1 x^{\mathrm{T}}Qx, \qquad x \in \mathbf{R}^n \tag{2.26}$$

对 $\mu_1 > 0$ 和一些对称的正定矩阵 Q 得以保证. 又设随机扰动足够小，使得

$$|\sigma(x)|^2 \leqslant \mu_2|x|^2, \qquad x \in \mathbf{R}^n, \tag{2.27}$$

其中 $0 < \mu_2 < \mu_1[\lambda_{\min}(Q)]^2 / \left(2\|Q\|^2\right)$. 注意到

$$|x^{\mathrm{T}}Q\sigma(x)|^2 \leqslant \frac{\mu_2\|Q\|^2}{[\lambda_{\min}(Q)]^2}(x^{\mathrm{T}}Qx)^2 \quad \text{和} \quad \mathrm{trace}[\sigma^{\mathrm{T}}(x)Q\sigma(x)] \geqslant 0.$$

利用引理 2.5，则可以看出在条件(2.26)和(2.27)下，方程(2.6)的解具有性质

$$\liminf_{t\to\infty}\frac{1}{t}\log\left(|x(t;x_0)|\right) \geqslant \frac{\mu_1}{2} - \frac{\mu_2\|Q\|^2}{[\lambda_{\min}(Q)]^2} > 0, \qquad \text{a.s.},$$

即随机神经网络(2.6)是保持不稳定的. 这再次证明了如果随机扰动太弱就没有改变网络不稳定性质的能力这一事实.

在前面小节中我们已经讨论了随机稳定化问题. 现在我们开始讨论其相反问题——随机不稳定化. 即我们将对给定的稳定网络附加随机扰动，希望随机扰动网络变为不稳定的. 在之前的小节中我们已经看出了随机扰动应该足够强，否则稳定性质不会遭到破坏. 然而，扰动的强度不是唯一因素，正如前面小节中已经说明的那样，因为有时候附加的随机扰动越强，网络变的越稳定. 事实上，随

机扰动如何附加到网络的方式是更重要的. 从实用的观点来看，我们再次只局限于线性随机扰动. 换句话说，仍假设随机扰动网络描述为方程 (2.19). 对方程 (2.19) 应用引理 2.5 可立即得到下列有用的结果.

定理 2.12 假设存在一个对称的正定矩阵 $Q = (q_{ij})_{d \times d}$ 以及两个常数 $\mu \in \mathbf{R}$ 和 $\rho > 0$ 使得

$$2x^{\mathrm{T}}Q[-\bar{B}x + Ag(x)] + \sum_{k=1}^{m} x^{\mathrm{T}}G_k^{\mathrm{T}}QG_k x \geqslant \mu x^{\mathrm{T}}Qx$$

和

$$\sum_{k=1}^{m} (x^{\mathrm{T}}QG_k x)^2 \leqslant \rho(x^{\mathrm{T}}Qx)^2$$

对所有的 $x \in \mathbf{R}^d$ 成立. 则当 $x_0 \neq 0$ 时，方程 (2.19) 的解满足

$$\liminf_{t \to \infty} \frac{1}{t} \log\left(|x(t; x_0)|\right) \geqslant \frac{\mu}{2} - \rho, \qquad \text{a.s.,}$$

特别地，如果 $\rho < \mu / 2$，那么随机神经网络 (2.19) 是几乎指数不稳定的.

现在我们应用该定理以说明如何应用随机扰动使给定的网络不稳定化.

例 2.13 首先，令网络的维数为 $d(d \geqslant 3)$. 设 $m = d$，即我们选择了一个 $d-$ 维 Brown 运动 $(B_1(t), B_2(t), \cdots, B_d(t))^{\mathrm{T}}$. 令 θ 为实数. 对每一个 $k = 1, 2, \cdots, d-1$，若 $i = k$ 和 $j = k+1$，则依据 $g_{ij}^k = \theta$ 定义 $G_k = (g_{ij}^k)_{d \times d}$，否则 $g_{ij}^k = 0$. 此外，若 $i = d$ 和 $j = 1$，则依据 $g_{ij}^d = \theta$ 定义 $G_d = (g_{ij}^d)_{d \times d}$，否则 $g_{ij}^d = 0$. 则随机网络 (2.19) 变为

$$\mathrm{d}x(t) = [-\bar{B}x(t) + Agx(t)]\mathrm{d}t + \theta \begin{pmatrix} x_2(t)\mathrm{d}B_1(t) \\ \vdots \\ x_d(t)\mathrm{d}B_{d-1}(t) \\ x_1(t)\mathrm{d}B_d(t) \end{pmatrix}. \tag{2.28}$$

令 Q 为单位矩阵. 注意到

$$\sum_{k=1}^{d} x^{\mathrm{T}}G_k^{\mathrm{T}}QG_k x = \sum_{k=1}^{d} |G_k x|^2 = \sum_{k=1}^{d} |\theta x_k|^2 = \theta^2 |x|^2. \tag{2.29}$$

又令 $x_{d+1} = x_1$，则

$$\sum_{k=1}^{d} (x^{\mathrm{T}}QG_k x)^2 = \theta^2 \sum_{k=1}^{d} x_k^2 x_{k+1}^2$$

$$\leqslant \frac{2\theta^2}{3} \sum_{k=1}^{d} x_k^2 x_{k+1}^2 + \frac{\theta^2}{6} \sum_{k=1}^{d} (x_k^4 + x_{k+1}^4) \leqslant \frac{\theta^2}{3} |x|^4. \tag{2.30}$$

此外，利用式 (2.2) 可得

$$2x^{\mathrm{T}}Q[-\bar{B}x + Ag(x)] \geqslant -2\left(\breve{b} + \bar{\beta}\|A\|\right)|x|^2, \tag{2.31}$$

其中 $\breve{b} = \max_{1 \leqslant k \leqslant d} b_k$ 和 $\bar{\beta} = \max_{1 \leqslant k \leqslant d} \beta_k$. 结合式 (2.29)~(2.31) 并应用定理 2.12，则可看出

当 $x_0 \neq 0$ 时, 方程 (2.28) 的解满足

$$\liminf_{t\to\infty} \frac{1}{t}\log\left(|x(t;x_0)|\right) \geq \frac{\theta^2}{2} - \left(\breve{b} + \breve{\beta}\|A\|\right) - \frac{\theta^2}{3} = \frac{\theta^2}{6} - \left(\breve{b} + \breve{\beta}\|A\|\right), \qquad \text{a.s.}$$

如果

$$\theta^2 > 6\left(\breve{b} + \breve{\beta}\|A\|\right),$$

那么随机神经网络 (2.28) 是几乎指数不稳定的. 其次, 我们考虑网络的维数为偶数的情形. 令 $m=1$, 即选择了标量 Brown 运动 $B_1(t)$. 令 θ 为实数. 定义

$$G_1 = \begin{pmatrix} 0 & \theta & \cdots & 0 & 0 \\ -\theta & 0 & \cdots & 0 & 0 \\ \vdots & \vdots & \vdots & \vdots & \vdots \\ 0 & 0 & \cdots & 0 & \theta \\ 0 & 0 & \cdots & -\theta & 0 \end{pmatrix}.$$

则方程 (2.19) 变为

$$dx(t) = [-\bar{B}x(t) + Agx(t)]dt + \theta \begin{pmatrix} x_2(t) \\ -x_1(t) \\ \vdots \\ x_d(t) \\ -x_{d-1}(t) \end{pmatrix} dB_1(t). \tag{2.32}$$

再次令 Q 为单位矩阵. 注意到

$$x^{\mathrm{T}}G_1^{\mathrm{T}}QG_1x = \theta^2|x|^2 \qquad \text{和} \qquad (x^{\mathrm{T}}QG_1x)^2 = 0. \tag{2.33}$$

结合式 (2.31) 并应用定理 2.12, 则可看出当 $x_0 \neq 0$ 时, 方程 (2.32) 的解满足

$$\liminf_{t\to\infty} \frac{1}{t}\log\left(|x(t;x_0)|\right) \geq \frac{\theta^2}{2} - \left(\breve{b} + \breve{\beta}\|A\|\right), \qquad \text{a.s.}$$

如果

$$\theta^2 > 2\left(\breve{b} + \breve{\beta}\|A\|\right),$$

那么随机神经网络 (2.32) 是几乎指数不稳定的. 这个例子证明了下列定理.

定理 2.14 当维数 $d \geq 2$ 且式 (2.2) 成立时, 任意形如

$$\dot{x}(t) = -\bar{B}x(t) + Ag(x(t))$$

的神经网络可由 Brown 运动进行不稳定化.

自然地, 人们会问当 $d=1$ 时发生了什么. 尽管根据实际观点 1－维网络很罕见, 但为了理论的完善性, 这个问题需要回答. 故我们考虑 1－维网络

$$\dot{u}(t) = -bu(t) + ag(u(t)), \tag{2.34}$$

其中 $b > 0$ 且 $a = b$ 或 $-b$，$g(u)$ 是 S 型实值函数使得

$$ug(u) \geqslant 0 \quad \text{和} \quad |g(u)| \leqslant 1 \wedge \beta|u|, \quad \forall -\infty < u < \infty.$$

假设 $\beta < 1$. 则容易验证初值为 $u(0) = x_0 \neq 0$ 的方程 (2.34) 的解 $u(t; x_0)$ 满足

$$\limsup_{t \to \infty} \frac{1}{t} \log\big(|x(t; x_0)|\big) \leqslant -b[1 - \beta(0 \vee \operatorname{sign}(a))] < 0.$$

换句话说，网络 (2.34) 是指数稳定的. 现在对该网络进行随机扰动并假设扰动网络可描述为

$$dx(t) = [-bx(t) + ag(x(t))]dt + \sum_{k=1}^{m} \theta_k x(t) dB_k(t), \tag{2.35}$$

其中 θ_k 均为实数. 根据定理 2.8 不难证明初值为 $x(0) = x_0 \neq 0$ 的方程 (2.35) 的解 $x(t; x_0)$ 满足

$$\limsup_{t \to \infty} \frac{1}{t} \log\big(|x(t; x_0)|\big) \leqslant -b[1 - \beta(0 \vee \operatorname{sign}(a))] - \frac{1}{2} \sum_{k=1}^{m} \theta_k^2 < 0, \quad \text{a.s.},$$

因此随机神经网络 (2.35) 甚至变得更稳定. 故如果随机扰动限制为线性的，那么可以看出 $1-$维稳定网络可能不会被 Brown 运动破坏.

10.3 随机时滞神经网络

在很多网络中，时滞不可避免. 例如，在电子神经网络中，由于放大器的开关速度有限，有可能出现时滞. 就像 Hopfield 的文献(1982)一样，带有时滞的网络模型可描述为微分时滞方程

$$G_i \dot{u}_i(t) = -\frac{1}{R_i} u_i(t) + \sum_{j=1}^{d} T_{ij} g_j(u_j(t - \tau_j)), \quad 1 \leqslant i \leqslant d, \tag{3.1}$$

其中 G_i, R_i 等与上节叙述的一样，τ_j 是正常数并代表时滞. 令 $A, \bar{B}, g$ 和 u 与上节定义的一样，令

$$u_\tau(t) = (u_1(t - \tau_1), \cdots, u_d(t - \tau_d))^{\mathrm{T}}.$$

方程 (3.1) 可重写为

$$\dot{u}(t) = -\bar{B}u(t) + Ag(u_\tau(t)). \tag{3.2}$$

本节我们将讨论时滞神经网络 (3.2) 的随机影响. 假设时滞神经网络 (3.2) 存在随机扰动且随机扰动的网络可描述为随机微分时滞方程

$$dx(t) = [-\bar{B}x(t) + Ag(x_\tau(t))]dt + \sigma(x(t), x_\tau(t))dB(t), \quad t \geqslant 0, \tag{3.3}$$

其初值为 $x(s) = \xi(s)$ 且 $-\bar{\tau} \leqslant s \leqslant 0$. 因此

$$x_\tau(t) = (x_1(t-\tau_1), \cdots, (x_d(t-\tau_d)), \quad \sigma: \mathbf{R}^d \times \mathbf{R}^d \to \mathbf{R}^{d \times m},$$

$$\bar{\tau} = \max_{1 \leqslant i \leqslant d} \tau_i, \quad \xi = \{\xi(s): -\bar{\tau} \leqslant s \leqslant 0\} \in C([-\bar{\tau}, 0]; \mathbf{R}^d).$$

假设 $\sigma(x, y)$ 是局部 Lipschitz 连续的并满足线性增长条件. 根据第 5 章的理论, 则方程(3.3)关于 $t \geqslant 0$ 存在唯一全局解, 记该解为 $x(t, \xi)$. 而且, 为了达到稳定性, 令设 $\sigma(0, 0) = 0$, 因此方程(3.3)存在平凡解 $x(t, 0) \equiv 0$.

定理 3.1 令式(2.2)成立. 假设存在 d 个正常数 $\delta_i, 1 \leqslant i \leqslant d$ 使得对称矩阵

$$H = \begin{pmatrix} C & A \\ A^{\mathrm{T}} & D \end{pmatrix}$$

是负定的, 其中

$$C = \mathrm{diag}(-2b_1 + \delta_1\beta_1^2, \cdots, -2b_d + \delta_d\beta_d^2) \quad \text{和} \quad D = \mathrm{diag}(-\delta_1, \cdots, -\delta_d).$$

令 $-\lambda = \lambda_{\max}(H)$ (故 $\lambda > 0$). 又设存在 $\mu \in [0, \lambda)$ 使得

$$|\sigma(x, y)|^2 \leqslant \mu|x|^2 + \lambda|g(y)|^2 \tag{3.4}$$

对所有的 $(x, y) \in \mathbf{R}^d \times \mathbf{R}^d$ 成立. 则方程(3.3)具有性质

$$\limsup_{t \to \infty} \frac{1}{t} \log\left(E|x(t; \xi)|^2\right) \leqslant -\varepsilon, \tag{3.5}$$

其中 $\varepsilon \in (0, \lambda - \mu)$ 是方程

$$\max_{1 \leqslant i \leqslant d}(\varepsilon\delta_i\tau_i\beta_i^2 \mathrm{e}^{\varepsilon\tau_i} + \varepsilon) = \lambda - \mu \tag{3.6}$$

的唯一根. 换句话说, 随机时滞网络(3.3)是均方指数稳定的.

证明 固定任意的初值 ξ 并记 $x(t; \xi) = x(t)$. 引入 Lyapunov 函数

$$V(x, t) = |x|^2 + \sum_{i=1}^d \delta_i \int_{-\tau_i}^0 g_i^2(x_i(t+s)) \mathrm{d}s$$

对 $(x, t) \in \mathbf{R}^d \times [0, \infty)$ 成立. 根据 Itô 公式, 则

$$\begin{aligned} \mathrm{d}V(x(t), t) = &\left(\sum_{i=1}^d \delta_i[g_i^2(x_i(t)) - g_i^2(x_i(t-\tau_i))] + \right. \\ &\left. 2x^{\mathrm{T}}(t)[-\bar{B}x(t) + Ag(x_\tau(t))] + |\sigma(x(t), x_\tau(t))|^2\right) \mathrm{d}t + \\ &2x^{\mathrm{T}}(t)\sigma(x(t), x_\tau(t)) \mathrm{d}B(t). \end{aligned} \tag{3.7}$$

利用式(2.2)以及关于 H 的假设可推导出

$$\begin{aligned} &\sum_{i=1}^d \delta_i[g_i^2(x_i(t)) - g_i^2(x_i(t-\tau_i))] + 2x^{\mathrm{T}}(t)[-\bar{B}x(t) + Ag(x_\tau(t))] \\ &\leqslant (x^{\mathrm{T}}(t), g^{\mathrm{T}}(x_\tau(t)))H\begin{pmatrix} x(t) \\ g(x_\tau(t)) \end{pmatrix} \\ &\leqslant -\lambda\left(|x(t)|^2 + |g(x_\tau(t))|^2\right). \end{aligned}$$

再利用式 (3.4)，则

$$|\sigma(x(t), x_\tau(t))|^2 \leqslant \mu |x(t)|^2 + \lambda |g(x_\tau(t))|^2.$$

把这两个不等式代入式 (3.7) 可知

$$dV(x(t), t) \leqslant -(\lambda - \mu)|x(t)|^2 dt + 2x^T(t)\sigma(x(t), x_\tau(t))dB(t). \tag{3.8}$$

令 $0 < \varepsilon < \lambda - \mu$ 是方程 (3.6) 的根. 再次使用 Itô 公式，则

$$d[e^{\varepsilon t}V(x(t), t)] = e^{\varepsilon t}\left[\varepsilon V(x(t), t)dt + dV(x(t), t)\right]$$

$$\leqslant e^{\varepsilon t}\left[\varepsilon \sum_{i=1}^{d}\delta_i \int_{-\tau_i}^{0} g_i^2(x_i(t+s))ds - (\lambda - \mu - \varepsilon)|x(t)|^2\right]dt +$$

$$2e^{\varepsilon t}x^T(t)\sigma(x(t), x_\tau(t))dB(t),$$

在计算过程中用到了式 (3.8). 对不等式的两边从 0 到 $T(T > 0)$ 进行积分并取期望可得

$$e^{\varepsilon T}EV(x(T), T)$$

$$\leqslant c_1 + E\int_0^T e^{\varepsilon t}\left[\varepsilon \sum_{i=1}^{d}\delta_i \int_{-\tau_i}^{0} g_i^2(x_i(t+s))ds - (\lambda - \mu - \varepsilon)|x(t)|^2\right]dt, \tag{3.9}$$

其中

$$c_1 = |\xi(0)|^2 + \sum_{i=1}^{d}\delta_i\tau_i.$$

由计算可知

$$\int_0^T e^{\varepsilon t}\int_{-\tau_i}^{0} g_i^2(x_i(t+s))dsdt = \int_0^T e^{\varepsilon t}\int_{t-\tau_i}^{t} g_i^2(x_i(s))dsdt$$

$$= \int_{-\tau_i}^{T}\left[\int_{s\vee 0}^{(s+\tau_i)\wedge T} e^{\varepsilon t}dt\right]g_i^2(x_i(s))ds$$

$$\leqslant \int_{-\tau_i}^{T} \tau_i e^{\varepsilon(s+\tau_i)} g_i^2(x_i(s))ds$$

$$\leqslant \tau_i^2 e^{\varepsilon\tau_i} + \tau_i\beta_i^2 e^{\varepsilon\tau_i}\int_0^T e^{\varepsilon s}|x_i(s)|^2 ds. \tag{3.10}$$

因此，根据式 (3.6)，则

$$\int_0^T e^{\varepsilon t}\left(\varepsilon \sum_{i=1}^{d}\delta_i \int_{-\tau_i}^{0} g_i^2(x_i(t+s))ds\right)dt$$

$$\leqslant c_2 + (\lambda - \mu - \varepsilon)\int_0^T e^{\varepsilon t}|x_i(t)|^2 dt, \tag{3.11}$$

其中

$$c_2 = \varepsilon \sum_{i=1}^{d}\delta_i\tau_i^2 e^{\varepsilon\tau_i}.$$

把式 (3.11) 代入式 (3.9) 得

$$e^{\varepsilon T}EV(x(T),T) \le c_1 + c_2.$$

特别地，有

$$e^{\varepsilon T}E|x(T)|^2 \le c_1 + c_2.$$

因此

$$\limsup_{T\to\infty} \frac{1}{T}\log\left(E|x(T)|^2\right) \le -\varepsilon,$$

这就是要证的式(3.5). 定理得证.

在该定理中，条件(3.4)有一点限制性，尽管它涵盖了一些有趣的情形(见下列例子). 下面的定理是该定理的升华.

定理3.2 假设定理3.1中的所有条件均成立，其中式(3.4)被替换为

$$|\sigma(x,y)|^2 \le \mu|x|^2 + \lambda|g(y)|^2 + \rho|y|^2 \tag{3.12}$$

对所有的$(x,y) \in \mathbf{R}^d \times \mathbf{R}^d$成立，其中$\mu$和$\rho$均为非负常数使得

$$\mu + \rho < \lambda.$$

则方程(3.3)的解满足

$$\limsup_{t\to\infty} \frac{1}{t}\log\left(E|x(t;\xi)|^2\right) \le -\varepsilon, \tag{3.13}$$

其中$\varepsilon \in (0, \lambda-\mu-\delta)$是方程

$$\max_{1\le i\le d}\left[(\varepsilon\delta_i\tau_i\beta_i^2 + \rho)e^{\varepsilon\tau_i} + \varepsilon\right] = \lambda - \mu \tag{3.14}$$

的唯一解.

证明 再次固定任意的初值ξ并记$x(t;\xi) = x(t)$. 令$\varepsilon \in (0, \lambda-\mu-\rho)$是方程(3.14)的唯一解且$T > 0$. 利用与定理3.1相同的证明方法，可得

$$e^{\varepsilon T}EV(x(T),T) \le c_1 + E\int_0^T e^{\varepsilon t}\left\{\varepsilon\sum_{i=1}^d \delta_i\int_{-\tau_i}^0 g_i^2(x_i(t+s))\mathrm{d}s - \right.$$

$$\left. (\lambda-\mu-\varepsilon)|x(t)|^2 + \rho|x_\tau(t)|^2\right\}\mathrm{d}t. \tag{3.15}$$

由计算可知

$$\int_0^T \rho e^{\varepsilon t}|x_\tau(t)|^2\,\mathrm{d}t = \sum_{i=1}^d\int_0^T \rho e^{\varepsilon t}|x_i(t-\tau_i)|^2\,\mathrm{d}t$$

$$= \sum_{i=1}^d\int_{-\tau_i}^{T-\tau_i} \rho e^{\varepsilon(t+\tau_i)}|x_i(t)|^2\,\mathrm{d}t$$

$$\le c_3 + \sum_{i=1}^d \rho e^{\varepsilon\tau_i}\int_0^T e^{\varepsilon t}|x_i(t)|^2\,\mathrm{d}t, \tag{3.16}$$

其中

$$c_3 = \rho\bar{\tau}e^{\varepsilon\bar{\tau}}\sup_{-\bar{\tau}\le s\le 0}|\xi(s)|^2.$$

结合式(3.10)，(3.14)和(3.16)可得

$$\int_0^T e^{\varepsilon t}\left(\varepsilon\sum_{i=1}^d \delta_i \int_{-\tau_i}^0 g_i^2(x_i(t+s))\mathrm{d}s + \rho|x_\tau(t)|^2\right)\mathrm{d}t$$

$$\leqslant c_2 + c_3 + \sum_{i=1}^d (\varepsilon\delta_i\tau_i\beta_i^2 + \rho)e^{\varepsilon\tau_i}\int_0^T e^{\varepsilon t}|x_i(t)|^2\,\mathrm{d}t$$

$$\leqslant c_2 + c_3 + (\lambda - \mu - \varepsilon)\int_0^T e^{\varepsilon t}|x(t)|^2\,\mathrm{d}t. \tag{3.17}$$

把式(3.17)代入式(3.15)可知

$$e^{\varepsilon T}EV(x(T),T) \leqslant c_1 + c_2 + c_3.$$

剩余的证明过程和以前一样. 定理得证.

通过更细心的讨论, 我们甚至可给出下列更一般的结果.

定理 3.3 假设定理 3.1 中的所有条件均成立, 其中式(3.4)被替换为

$$|\sigma(x,y)|^2 \leqslant \sum_{i=1}^d (\mu_i x_i^2 + \rho_i y_i^2) + \lambda|g(y)|^2 \tag{3.18}$$

对所有的 $(x,y) \in \mathbf{R}^d \times \mathbf{R}^d$ 成立, 其中 μ_i 和 ρ_i 均为非负常数使得

$$\mu_i + \rho_i < \lambda, \quad \forall 1 \leqslant i \leqslant d. \tag{3.19}$$

则方程(3.3)的解满足

$$\limsup_{t\to\infty} \frac{1}{t}\log\left(E|x(t;\xi)|^2\right) \leqslant -\varepsilon,$$

其中 $\varepsilon \in (0, \min_{1\leqslant i\leqslant d} \lambda - \mu_i - \rho_i)$ 是方程

$$\max_{1\leqslant i\leqslant d}\left[(\varepsilon\delta_i\tau_i\beta_i^2 + \rho_i)e^{\varepsilon\tau_i} + \mu_i + \varepsilon\right] = \lambda$$

的唯一解.

证明细节留给读者. 我们将使用该定理给出一系列有用的推论.

推论 3.4 令式(2.2)和(2.5)成立. 假设

$$b_i > \beta_i^2\sum_{j=1}^d |a_{ji}|, \quad \forall 1 \leqslant i \leqslant d.$$

又设式(3.18)和(3.19)成立且

$$\lambda = \min_{1\leqslant i\leqslant d} \frac{b_i - \beta_i^2\sum_{j=1}^d |a_{ji}|}{1+\beta_i^2}.$$

则随机时滞网络(3.3)是均方指数稳定的.

证明 记

$$\delta_i = \frac{b_i + \sum_{j=1}^{d}|a_{ji}|}{1+\beta_i^2}, \qquad \forall 1 \leqslant i \leqslant d.$$

令对称矩阵 H 与定理 3.1 中定义的一样. 我们有结论 $\lambda_{max}(H) \leqslant -\lambda$. 事实上, 对任意的 $x, y \in \mathbf{R}^d$, 有

$$(x^T, y^T)H\binom{x}{y} = \sum_{i=1}^{d}(-2b_i+\delta_i\beta_i^2)x_i^2 + 2\sum_{i,j=1}^{d}a_{ij}x_iy_j - \sum_{i=1}^{d}\delta_iy_i^2$$

$$\leqslant \sum_{i=1}^{d}(-2b_i+\delta_i\beta_i^2)x_i^2 + \sum_{i,j=1}^{d}|a_{ij}|(x_i^2+y_i^2) - \sum_{i=1}^{d}\delta_iy_i^2$$

$$= -\sum_{i=1}^{d}(b_i-\delta_i\beta_i^2)x_i^2 - \sum_{i=1}^{d}\left(\delta_i - \sum_{i=1}^{d}|a_{ij}|\right)y_i^2,$$

在计算过程中用到了式 (2.5). 但

$$b_i - \delta_i\beta_i^2 = \delta_i - \sum_{j=1}^{d}|a_{ji}| = \frac{b_i - \beta_i^2\sum_{j=1}^{d}|a_{ji}|}{1+\beta_i^2} \geqslant \lambda.$$

故

$$(x^T, y^T)H\binom{x}{y} \leqslant -\lambda\left(|x|^2+|y|^2\right).$$

现在可由定理 3.3 立即得到该推论的结果. 推论得证.

推论 3.5 令式 (2.2) 成立. 假设

$$2b_i > \|A\|(1+\beta_i^2), \qquad \forall 1 \leqslant i \leqslant d.$$

又设式 (3.18) 和 (3.19) 成立且

$$\lambda = \min_{1 \leqslant i \leqslant d}\left(\frac{2b_i}{1+\beta_i^2} - \|A\|\right).$$

则随机时滞网络 (3.3) 是均方指数稳定的.

证明 令

$$\delta_i = \frac{2b_i}{1+\beta_i^2}, \qquad \forall 1 \leqslant i \leqslant d$$

且对称矩阵 H 与定理 3.1 中定义的一样. 采用与推论 3.4 相同的证明方法可得出 $\lambda_{max}(H) \leqslant -\lambda$, 因此由定理 3.3 可知结论成立. 推论得证.

在实践中, 网络经常在 $|a_{ij}| = |a_{ji}|$ 的意义下是对称的. 关于这样的对称网络, 我们有下列有用的结果.

推论 3.6 令式(2.2)和(2.5)成立. 假设网络在

$$|a_{ij}| = |a_{ji}|, \quad \forall 1 \leqslant i, j \leqslant d$$

的意义下是对称的. 又设

$$\beta_i < 1, \quad \forall 1 \leqslant i \leqslant d.$$

假设式(3.18)和(3.19)成立且

$$\lambda = \min_{1 \leqslant i \leqslant d} \frac{b_i(1-\beta_i^2)}{1+\beta_i^2}. \tag{3.20}$$

则随机时滞网络(3.3)是均方指数稳定的.

证明 根据假设条件，则

$$\beta_i^2 \sum_{j=1}^d |a_{ji}| < \sum_{j=1}^d |a_{ij}| = b_i$$

对所有的 $1 \leqslant i \leqslant d$ 成立. 也可得

$$\min_{1 \leqslant i \leqslant d} \frac{b_i - \beta_i^2 \sum_{j=1}^d |a_{ji}|}{1+\beta_i^2} = \min_{1 \leqslant i \leqslant d} \frac{b_i(1-\beta_i^2)}{1+\beta_i^2}.$$

因此，根据推论 3.4 可直接推出结论成立. 推论得证.

现在我们开始讨论随机时滞网络(3.3)的几乎必然指数稳定性. 下面的引理是有用的.

引理 3.7 令(2.2)成立. 假设存在常数 $K > 0$ 使得

$$|\sigma(x,y)|^2 \leqslant K(|x|^2 + |y|^2), \quad x, y \in \mathbf{R}^d. \tag{3.21}$$

如果

$$\limsup_{t \to \infty} \frac{1}{t} \log(E|x(t;\xi)|^2) \leqslant -\gamma \tag{3.22}$$

关于某 $\gamma > 0$ 成立，则

$$\limsup_{t \to \infty} \frac{1}{t} \log(|x(t;\xi)|) \leqslant -\frac{\gamma}{2}, \quad \text{a.s.} \tag{3.23}$$

换句话说，在条件(2.2)和(3.21)下，方程(3.3)的均方指数稳定性意味着几乎必然指数稳定性.

证明 再次固定 ξ 并记 $x(t;\xi) = x(t)$. 令任意的 $\varepsilon \in (0, \gamma/2)$. 根据式(3.22)可知存在常数 $M > 0$，使得

$$E|x(t)|^2 \leqslant Me^{-(\gamma-\varepsilon)t}, \quad \forall t \geqslant -\tau. \tag{3.24}$$

令 $k = 1, 2, \cdots$. 利用 Doob 鞅不等式，Hölder 不等式以及条件(2.2)和(3.21)，很容易得

$$E\left[\sup_{k\leqslant t\leqslant k+1}|x(t)|^2\right]\leqslant 3E|x(t)|^2+c_4\int_k^{k+1}\left[E|x(t)|^2+E|x_\tau(t)|^2\right]\mathrm{d}t,\qquad(3.25)$$

其中 c_4 和下列 c_5 均为独立于 k 的正常数. 注意到

$$E|x_\tau(t)|^2=\sum_{i=1}^d E|x_i(t-\tau_i)|^2\leqslant\sum_{i=1}^d E|x(t-\tau_i)|^2.$$

把该式和式 (3.24) 代入式 (3.25) 可得

$$E\left[\sup_{k\leqslant t\leqslant k+1}|x(t)|^2\right]\leqslant c_5\mathrm{e}^{-(\gamma-\varepsilon)k}.\qquad(3.26)$$

因此

$$P\left\{\omega:\sup_{k\leqslant t\leqslant k+1}|x(t)|^2>\mathrm{e}^{-(\gamma-2\varepsilon)k}\right\}\leqslant c_5\mathrm{e}^{-\varepsilon k}.$$

利用 Borel-Cantelli 引理，则对几乎所有的 $\omega\in\Omega$，存在随机整数 $k_0(\omega)$，使得对所有的 $k\geqslant k_0$，有

$$\sup_{k\leqslant t\leqslant k+1}|x(t)|^2\leqslant\mathrm{e}^{-(\gamma-2\varepsilon)k}.$$

这就意味着

$$\limsup_{t\to\infty}\frac{1}{t}\log\left(|x(t;\xi)|\right)\leqslant-\frac{\gamma}{2}+\varepsilon,\quad\text{a.s.}$$

令 $\varepsilon\to 0$，则要证的结论 (3.23) 成立. 引理得证.

定理 3.8 令式 (2.2) 和 (3.21) 成立. 则在定理 3.3 或推论 3.4～3.6 中任意一个推论的条件下，随机时滞网络 (3.3) 是几乎指数稳定的.

现在讨论一系列例子以说明我们的结论.

例 3.9 考虑 $2-$维随机时滞网络

$$\mathrm{d}\begin{pmatrix}x_1(t)\\x_2(t)\end{pmatrix}=\begin{pmatrix}-4&0\\0&-2\end{pmatrix}\begin{pmatrix}x_1(t)\\x_2(t)\end{pmatrix}\mathrm{d}t+\begin{pmatrix}2&-2\\1&1\end{pmatrix}\begin{pmatrix}g_1(x_1(t-\tau_1))\\g_2(x_2(t-\tau_2))\end{pmatrix}\mathrm{d}t+$$

$$G_1\begin{pmatrix}g_1(x_1(t-\tau_1))\\g_2(x_2(t-\tau_2))\end{pmatrix}\mathrm{d}B(t).\qquad(3.27)$$

这里 τ_1,τ_2 均为正常数，$B(t)$ 是实值 Brownian 运动，G_1 是 2×2 的常量矩阵，且

$$g_i(u)=\frac{\mathrm{e}^u-\mathrm{e}^{-u}}{\mathrm{e}^u+\mathrm{e}^{-u}}\quad,\qquad u\in\mathbf{R},\ i=1,2.$$

故式 (2.2) 成立且 $\beta_i=1$. 为应用定理 3.1，令 $\delta_1=4$ 和 $\delta_2=2$. 则

$$H = \begin{pmatrix} -4 & 0 & 2 & -2 \\ 0 & -2 & 1 & 1 \\ 2 & 1 & -4 & 0 \\ -2 & 1 & 0 & -2 \end{pmatrix}.$$

不难计算出 $\lambda_{max}(H) = -0.247\ 4$. 注意到

$$\sigma(x, y) = G_1 g(y), \qquad (x, y) \in \mathbf{R}^2 \times \mathbf{R}^2,$$

其中 $g(y) = (g_1(y), g_2(y))^{\mathrm{T}}$. 因此

$$|\sigma(x, y)|^2 = |G_1 g(y)|^2 \leqslant \|G_1\|^2 |g(y)|^2.$$

故，如果

$$\|G_1\|^2 \leqslant 0.247\ 4, \tag{3.28}$$

根据定理 2.1，则随机时滞网络 (3.27) 是均方指数稳定的. 而且，令 $\varepsilon > 0$ 是方程

$$\max\{4\varepsilon\tau_1 \mathrm{e}^{\varepsilon\tau_1} + \varepsilon, 2\varepsilon\tau_2 \mathrm{e}^{\varepsilon\tau_2} + \varepsilon\} = 0.247\ 4 \tag{3.29}$$

的根. 则 Lyapunov 指数的二阶矩不应该超过 $-\varepsilon$. 例如，如果 $\tau_1 = 0.005$ 和 $\tau_2 = 0.01$，那么式 (3.29) 变为

$$0.02\varepsilon\mathrm{e}^{0.01\varepsilon} + \varepsilon = 0.247\ 4,$$

其根为 $\varepsilon = 0.242\ 53$，因此在这种情形下，Lyapunov 指数的二阶矩不应该超过 $-0.242\ 53$. 鉴于定理 3.8，我们可得出只要式 (3.28) 满足，那么随机时滞网络 (3.27) 就是几乎指数稳定的结论.

例 3.10 考虑比式 (3.27) 更一般的随机时滞网络，可描述为如下方程

$$\mathrm{d}\begin{pmatrix} x_1(t) \\ x_2(t) \end{pmatrix} = \begin{pmatrix} -4 & 0 \\ 0 & -2 \end{pmatrix}\begin{pmatrix} x_1(t) \\ x_2(t) \end{pmatrix}\mathrm{d}t + \begin{pmatrix} 2 & -2 \\ 1 & 1 \end{pmatrix}\begin{pmatrix} g_1(x_1(t-\tau_1)) \\ g_2(x_2(t-\tau_2)) \end{pmatrix}\mathrm{d}t +$$

$$G_1\begin{pmatrix} g_1(x_1(t-\tau_1)) \\ g_2(x_2(t-\tau_2)) \end{pmatrix}\mathrm{d}B_1(t) + G_2\begin{pmatrix} x_1(t) \\ x_2(t) \end{pmatrix}\mathrm{d}B_2(t) +$$

$$G_3\begin{pmatrix} x_1(t-\tau_1) \\ x_2(t-\tau_2) \end{pmatrix}\mathrm{d}B_3(t). \tag{3.30}$$

这里 $(B_1(t), B_2(t), B_3(t))$ 是 3-维 Brown 运动，g_1 和 g_2 与例 3.9 中一样，而 G_i $(1 \leqslant i \leqslant 3)$ 均是 2×2 的常量矩阵. 假设式 (3.28) 成立且

$$\|G_2\|^2 \vee \|G_3\|^2 \leqslant 0.1. \tag{3.31}$$

注意到在这种情形下，有

$$\sigma(x, y) = (G_1 g(y), G_2 x, G_3 y), \qquad (x, y) \in \mathbf{R}^2 \times \mathbf{R}^2,$$

其中 $g(y) = (g_1(y_1), g_2(y_2))^{\mathrm{T}}$. 故

$$|\sigma(x,y)|^2 = |G_1 g(y)|^2 + |G_2 x|^2 + |G_3 y|^2$$
$$\leqslant 0.247\,4|g(y)|^2 + 0.1|x|^2 + 0.1|y|^2.$$

因此，利用定理 3.2 和 3.8，可得出随机时滞网络 (3.30) 是均方指数稳定的和几乎几乎稳定的结论. 此外，若 $\varepsilon > 0$ 是方程

$$\max\{(4\varepsilon\tau_1 + 0.1)\mathrm{e}^{\varepsilon\tau_1} + \varepsilon, (2\varepsilon\tau_2 + 0.1)\mathrm{e}^{\varepsilon\tau_2} + \varepsilon\} = 0.147\,4 \tag{3.32}$$

的根，则 Lyapunov 指数的二阶矩不应该超过 $-\varepsilon$，例如，如果 $\tau_1 = \tau_2 = 0.01$, 那么等式 (3.32) 变为 $(0.04\varepsilon + 0.1)\mathrm{e}^{0.01\varepsilon} = 0.147\,4$ 且根 $\varepsilon = 0.045\,53$，并且 Lyapunov 指数的二阶矩应该不会超过 $-0.045\,53$，且样本 Lyapunov 指数不应超过 $-0.022\,765$.

例 3.11 最后，考虑 3-维对称的的随机时滞网络

$$\mathrm{d}x(t) = [-\bar{B}x(t) + Ag(x_\tau(t))]\mathrm{d}t + G_1 x(t)\mathrm{d}B_1(t) +$$

$$G_2 \begin{bmatrix} \sin(x_1(t-\tau_1)) \\ \sin(x_2(t-\tau_2)) \\ \sin(x_3(t-\tau_3)) \end{bmatrix} \mathrm{d}B_2(t). \tag{3.33}$$

这里 $(B_1(t), B_2(t))$ 是 2-维 Brown 运动，G_1 和 G_2 均为 3×3 的常量矩阵，且

$$\bar{B} = \mathrm{diag}(2,3,4), \qquad A = \begin{pmatrix} 0 & 1 & 1 \\ 1 & 1 & 1 \\ 1 & 1 & 2 \end{pmatrix},$$

$$g_i(u_i) = (0.5u_i \wedge 1) \vee (-1), \qquad g(u) = (g_1(u_1), g_2(u_2), g_3(u_3))^{\mathrm{T}}.$$

注意到式 (2.2) 和 (2.5) 成立，且 $\beta_1 = \beta_2 = \beta_3 = 0.5$. 为应用推论 3.6，根据式 (3.20) 可计算得 $\lambda = 1.2$. 假设

$$\|G_1\|^2 < 1.2 \qquad 和 \qquad \|G_2\|^2 < 0.3. \tag{3.34}$$

注意到

$$\sigma(x,y) = (G_1 x, G_2(\sin y_1, \sin y_2, \sin y_3)^{\mathrm{T}})$$

对 $(x,y) \in \mathbf{R}^3 \times \mathbf{R}^3$ 成立. 又已知

$$\sin^2 z \leqslant [(z \wedge 1) \vee (-1)]^2 \leqslant 4[(0.5z \wedge 1) \vee (-1)]^2, \qquad -\infty < z < \infty.$$

因此

$$|\sigma(x,y)|^2 \leqslant \|G_1\|^2 |x|^2 + 4\|G_2\|^2 |g(y)|^2$$
$$\leqslant \|G_1\|^2 |x|^2 + 1.2|g(y)|^2.$$

应用推论 3.6 和定理 3.8，可得出随机时滞网络 (3.33) 是均方指数稳定的和几乎指数稳定的结论.

11

随机时滞种群系统

11.1 前 言

d-维时滞微分方程

$$\frac{\mathrm{d}x(t)}{\mathrm{d}t} = \mathrm{diag}(x_1(t), \cdots, x_d(t))[b + Ax(t) + Gx(t-\tau)], \tag{1.1}$$

已经被用于模拟 d 类相互作用的物种的种群增长问题，就是著名的时滞 Lotka-Volterra 模型，或者时滞 logistic 方程. 这里

$$x = (x_1, \cdots, x_d)^{\mathrm{T}}, \quad b = (b_1, \cdots, b_d)^{\mathrm{T}}, \quad A = (a_{ij})_{d\times d}, \quad G = (g_{ij})_{d\times d}.$$

当 $\bar{x} = (\bar{x}_1, \cdots, \bar{x}_d)^{\mathrm{T}}$ 在正锥形区域 $\mathbf{R}_+^d = \{x \in \mathbf{R}^d : x_i > 0, 1 \leqslant i \leqslant d\}$ 内是方程的平衡状态时，即

$$b + (A+G)\bar{x} = 0.$$

该方程有时候可能写为

$$\frac{\mathrm{d}x(t)}{\mathrm{d}t} = \mathrm{diag}(x_1(t), \cdots, x_d(t))[A(x(t) - \bar{x}) + G(x(t-\tau) - \bar{x})].$$

关于这一时滞模型的动力学有大量的文献存在. 特别地，Gopalsamy 的书籍 (1992)，Kolmanovskii 和 Myshkis 的书籍(1992)以及 Kuang 的书籍(1993)在该领域均是好的参考文献.

另外，种群系统经常受到环境噪声的扰动且噪声有不同的类型. 例如，

参数 b_i 表示第 i 个物种的内在增长率. 在实际中我们通常利用平均值外加误差项进行估计. 如果我们仍然使用 b_i 表示平均增长率, 那么内在增长率变为 $b_i + \text{error}_i$. 考虑一个小的后续时间间隔 dt, 在此期间, $x_i(t)$ 变为 $x_i(t) + dx_i(t)$. 相应地, 方程 (1.1) 变为

$$dx_i(t) = x_i(t)\left(b_i + \sum_{j=1}^{d}[a_{ij}x_j(t) + g_{ij}x_j(t-\tau)]\right)dt + x_i(t)\,\text{error}_i\,dt$$

其中 $1 \leqslant i \leqslant d$. 根据著名中心极限定理, 则误差项 $\text{error}_i\,dt$ 可能近似为期望为 0 方差为 $v_i^2\,dt$ 的正态分布. 在数学中, 误差 $\text{error}_i\,dt \sim N(0, v_i^2\,dt)$, 可写为 $\text{error}_i\,dt \sim v_i\,dB(t)$, 其中 $dB(t) = B(t+dt) - B(t)$ 是 Brown 运动的增量且服从 $N(0, dt)$. 因此方程 (1.1) 变为 Itô 随机微分方程

$$dx_i(t) = x_i(t)\left[(b_i + \sum_{j=1}^{d}[a_{ij}x_j(t) + g_{ij}x_j(t-\tau)])dt + v_i\,dB(t)\right], \tag{1.2}$$

其中 $v = (v_1, \cdots, v_d)^{\mathrm{T}}$, 这是误差的标准差向量, 称为噪声强度. 这些强度可能或不可能依赖于种群数量. 如果独立于种群数量, 我们可以把 v 写为常向量 $\beta = (\beta_1, \cdots, \beta_d)^{\mathrm{T}}$. 作为一个结果, 方程 (1.2) 变为随机时滞种群系统 (SDPS)

$$dx(t) = \text{diag}(x_1(t), \cdots, x_d(t))\left([b + Ax(t) + Gx(t-\tau)]dt + \beta\,dB(t)\right). \tag{1.3}$$

如果噪声强度依赖于种群数量, 可把 v_i 替换为

$$\sum_{j=1}^{d}\sigma_{ij}x_j(t), \tag{1.4}$$

因此方程 (1.2) 变为

$$dx(t) = \text{diag}(x_1(t), \cdots, x_d(t))\left([b_i + Ax(t) + Gx(t-\tau)]dt + \sigma x(t)\,dB(t)\right), \tag{1.5}$$

其中 $\sigma = (\sigma_{ij})_{d \times d}$. 然而, 噪声强度有时候可能依赖于种群数量和平衡状态之间的差异. 换句话说, v_i 可能具有形式

$$\sum_{j=1}^{d}\sigma_{ij}(x_j(t) - \bar{x}_j). \tag{1.6}$$

在这种情形下, 方程 (1.1) 变为另一个 SDPS

$$dx(t) = \text{diag}(x_1(t), \cdots, x_d(t)) \times$$

$$\left([A(x(t) - \bar{x}) + G(x(t-\tau) - \bar{x})]dt + \sigma(x(t) - \bar{x})\,dB(t)\right). \tag{1.7}$$

当然, 噪声还存在其他类型, 但在本章中, 我们专注于上述三类, 即方程 (1.3), (1.5) 和 (1.7). 由于这些系统描述了随机种群动力学, 故重要的是找到这些解是否:

- 保持正的或从不变为负的.
- 在有限时间内爆破到无穷.

- 最终有界.
- 消失.

我们将讨论这三个方程的不同行为, 从而揭示不同噪声对时滞种群系统的影响是不同的. 我们还应该提到驱动的白噪声通常是多维的, 但这里我们使用 1 - 维的以避免复杂的记号.

在我们继续之前, 先引入一个新的记号. 对一个对称矩阵 $A = (a_{ij})_{d \times d} \in \mathbf{R}^{d \times d}$, 定义

$$\lambda_{\max}^+ (A) = \sup_{x \in \mathbf{R}_+^d, |x|=1} x^{\mathrm{T}} A x.$$

应该强调该式不同于最大特征值 $\lambda_{\max}(A)$. 为更清晰地看到二者的区别, 我们回忆关于最大特征值的一个重要性质

$$\lambda_{\max}(A) = \sup_{x \in \mathbf{R}_+^d, |x|=1} x^{\mathrm{T}} A x.$$

因此很清楚的是总有

$$\lambda_{\max}^+ (A) \leqslant \lambda_{\max}(A).$$

在很多情形中, 我们甚至有 $\lambda_{\max}^+ (A) < \lambda_{\max}(A)$. 例如

$$A = \begin{pmatrix} -1 & -1 \\ -1 & -1 \end{pmatrix},$$

则 $\lambda_{\max}^+ (A) = -1 < \lambda_{\max}(A) = 0$. 另外, $\lambda_{\max}^+ (A)$ 有很多类似于 $\lambda_{\max}(A)$ 具有的性质. 例如, 由定义可直接得

$$x^{\mathrm{T}} A x \leqslant \lambda_{\max}^+ (A) |x|^2 \quad \forall x \in \mathbf{R}_+^d$$

和

$$\lambda_{\max}^+ (A) \leqslant \|A\|.$$

此外, 如果 B 是另一个 $\mathbf{R}^{d \times d}$ – 值的对称矩阵, 则

$$\lambda_{\max}^+ (A + B) \leqslant \lambda_{\max}^+ (A) + \lambda_{\max}^+ (B).$$

本章建立的结果需要证明 $\lambda_{\max}^+ (A) \leqslant 0$ 或 $\lambda_{\max}^+ (A) < 0$. 根据定义很容易看出如果

$$a_{ij} \leqslant 0, \quad \forall 1 \leqslant i, j \leqslant d,$$

则 $\lambda_{\max}^+ (A) \leqslant 0$. 但下面的两个引理给出了更好的结果.

引理 1.1 我们总有

$$\lambda_{\max}^+ (A) \leqslant \max_{1 \leqslant i \leqslant d} \left(a_{ii} + \sum_{j \neq i} (0 \vee a_{ij}) \right). \tag{1.8}$$

相应地, 若

$$a_{ii} \leqslant -\sum_{j \neq i}(0 \vee a_{ij}), \quad 1 \leqslant i \leqslant d,$$

则 $\lambda_{\max}^{+}(A) \leqslant 0$；若

$$a_{ii} < -\sum_{j \neq i}(0 \vee a_{ij}), \quad 1 \leqslant i \leqslant d,$$

则 $\lambda_{\max}^{+}(A) < 0$.

证明　对任意的 $x \in \mathbf{R}_{+}^{d}$ 且 $|x|=1$，计算得

$$
\begin{aligned}
x^{\mathrm{T}} A x &= \sum_{i=1}^{d}\sum_{j=1}^{d} a_{ij} x_i x_j \\
&\leqslant \sum_{i=1}^{d} a_{ii} x_i^2 + \sum_{i=1}^{d}\sum_{j \neq 1}(0 \vee a_{ij})x_i x_j \\
&\leqslant \sum_{i=1}^{d} a_{ii} x_i^2 + \frac{1}{2}\sum_{i=1}^{d}\sum_{j \neq 1}(0 \vee a_{ij})(x_i^2 + x_j^2) = \sum_{i=1}^{d} a_{ii} x_i^2 + \sum_{i=1}^{d}\left(\sum_{j \neq 1}(0 \vee a_{ij})\right)x_i^2 \\
&= \sum_{i=1}^{d}\left(a_{ii} + \sum_{j \neq 1}(0 \vee a_{ij})\right)x_i^2 \\
&\leqslant \max_{1 \leqslant i \leqslant d}\left(a_{ii} + \sum_{j \neq 1}(0 \vee a_{ij})\right).
\end{aligned}
$$

故要证的结论 (1.8) 成立.

引理 1.2　给定对称矩阵 $A=(a_{ij})_{d \times d}$，定义其关联矩阵 $\tilde{A}=(\tilde{a}_{ij})_{d \times d}$ 为

$$\tilde{a}_{ii} = a_{ii}, \quad 1 \leqslant i \leqslant d,$$

而

$$\tilde{a}_{ij} = 0 \vee a_{ij}, \quad 1 \leqslant i, j \leqslant d, i \neq j.$$

则 $\lambda_{\max}^{+}(A) \leqslant \lambda_{\max}(\tilde{A})$.

证明　显然

$$a_{ij} \leqslant \tilde{a}_{ij}, \quad 1 \leqslant i, j \leqslant d.$$

根据定义，很容易看出

$$\lambda_{\max}^{+}(A) \leqslant \lambda_{\max}^{+}(\tilde{A}).$$

但总有

$$\lambda_{\max}^{+}(\tilde{A}) \leqslant \lambda_{\max}(\tilde{A}).$$

因此要证的结论成立.

11.2 独立于种群数量的噪声

现在我们开始讨论 SDPS (1.3)，其中环境噪声独立于种群数量. 一般地，种群系统的解应该不仅仅是正的而且在任意有限时间内不爆破. 为了达到这一目的，需要对系统参数附加一些条件. 甚至对确定方程(1.1)，系统矩阵 A 和 G 需要满足一些条件(例如可参见 Gopalsamy 的文献 (1992)，Kolmanovskii 和 Myshkis 的文献(1992)，Kuang 的文献(1993))，而且关于更好条件的研究仍在继续.

类似地，对任意给定的初值，SDPS 有唯一全局解(即在有限时间内不爆破)，方程的系数一般需要遵循线性增长条件和局部 Lipschitz 条件(见第 5 章). 然而，SDPS (1.3) 的系数尽管是局部 Lipschitz 连续的但不满足线性增长条件，故 SDPS (1.3) 的解在有限时间内可能爆破. 因此，建立使 SDPS (1.3) 的解不仅是正的而且在任意有限时间内不爆破的条件是有用的. 下面的结果给出了一个充分条件.

定理 2.1 假设存在正常数 $c_1,\cdots,c_d$ 使得

$$\lambda_{\max}^+(\bar{C}A + A^{\mathrm{T}}\bar{C}) < 0, \tag{2.1}$$

其中 $\bar{C} = \mathrm{diag}(c_1,\cdots,c_d)$. 则对任意给定的初值 $\{x(t): -\tau \leq t \leq 0\} \in C([-\tau,0]; \mathbf{R}_+^d)$，SDPS (1.3) 关于 $t \geq -\tau$ 存在唯一解 $x(t)$，且该解以概率 1 保持在 $\mathbf{R}_+^d$ 内，即 $x(t) \in \mathbf{R}_+^d$ 对所有的 $t \geq -\tau$ 几乎处处成立.

注意到该定理对系统参数 b, G 和 β 没有附加任何条件. 为证明该定理我们给出一个引理.

引理 2.2 下列不等式成立

$$u \leq 2(u-1-\log u)+2, \qquad \forall u > 0.$$

证明 因为我们总有 $u-1-\log u \geq 0$ 关于 $u > 0$ 成立，所以不等式关于 $u \in (0,2)$ 恒成立. 为证明不等式对 $u \geq 2$ 也成立，定义

$$f(u) = u - 2\log u.$$

因为

$$\frac{\mathrm{d}f(u)}{\mathrm{d}u} = 1 - \frac{2}{u} \geq 0.$$

故 $f(u)$ 关于 $u \geq 2$ 是非降函数，因此

$$2(u-1-\log u)+2-u = u-2\log u = f(u) \geq f(2) = 2-2\log 2 > 0.$$

换句话说，要证的不等式对 $u \geq 2$ 也成立.

定理 2.1 的证明 因为方程的系数是局部 Lipschitz 连续的，利用定理 5.2.8，我们观察到对任意给定的初值 $\{x(t): -\tau \leq t \leq 0\} \in C([-\tau,0]; \mathbf{R}_+^d)$，所以存在唯一的最大局部解 $x(t)$ 对 $t \in [-\tau, \tau_e)$ 均成立，其中 τ_e 是爆破时间. 令 $k_0 > 0$ 充分大使得

$$\frac{1}{k_0} < \min_{-\tau \leqslant t \leqslant 0} |x(t)| \leqslant \max_{-\tau \leqslant t \leqslant 0} |x(t)| < k_0.$$

对每一个整数 $k \geqslant k_0$, 定义停时

$$\tau_k = \inf\{t \in [0, \tau_e): x_i(t) \notin (\frac{1}{k}, k), i = 1, \cdots, d\}.$$

显然, 当 $k \to \infty$ 时, τ_k 单调递增. 记 $\tau_\infty = \lim_{k \to \infty} \tau_k$, 由此得 $\tau_\infty \leqslant \tau_e$ a.s., 若我们能验证 $\tau_\infty = \infty$ a.s., 则 $\tau_e = \infty$ a.s.且对所有的 $t \geqslant 0$, 有 $x(t) \in \mathbf{R}_+^d$ a.s. 为了验证这一观点, 定义 C^2 – 函数 $V: \mathbf{R}_+^d \to \mathbf{R}_+$ 为

$$V(x) = \sum_{i=1}^n c_i [x_i - 1 - \log(x_i)].$$

从 $u - 1 - \log u \geqslant 0$ 关于 $u > 0$ 成立可看出该函数的非负性. 对 $0 \leqslant t < \tau_\infty$, 利用 Itô 公式不难证明

$$dV(x(t)) = LV(x(t), x(t - \tau))dt + (x^T(t)\bar{C} - C)\beta dB(t), \tag{2.2}$$

其中 $C = (c_1, \cdots, c_d)$ 且 $LV: \mathbf{R}_+^d \times \mathbf{R}_+^d \to \mathbf{R}$ 定义为

$$LV(x, y) = (x^T\bar{C} - C)(b + Ax + Gy) + \frac{1}{2}\beta^T\bar{C}\beta. \tag{2.3}$$

利用条件 (2.1) 可得

$$LV(x, y) \leqslant K_1(1 + |x| + |y|) - \lambda|x|^2 + K_2|y|^2, \tag{2.4}$$

其中 K_1, K_2 和下列 K_3 均为正常数且

$$\lambda := -\frac{1}{4}\lambda_{\max}^+(\bar{C}A + A^T\bar{C}) > 0.$$

根据引理 2.2, 则有

$$|x| \leqslant 2d + \frac{2}{\min_{1 \leqslant i \leqslant d} c_i}V(x), \quad \forall x \in \mathbf{R}_+^d. \tag{2.5}$$

鉴于式 (2.4) 和 (2.5), 由式 (2.2) 得

$$dV(x(t)) \leqslant [K_3(1 + V(x(t)) + V(x(t - \tau))) - \lambda|x(t)|^2 + K_2|x(t - \tau)|^2 dt +$$
$$(x^T(t)\bar{C} - C)\beta dB(t). \tag{2.6}$$

对任意的 $k \geqslant k_0$ 和 $t_1 \in [0, \tau]$, 对式 (2.6) 的不等号两边从 0 到 $\tau_k \wedge \tau_1$ 进行积分并取期望可得

$$EV(x(\tau_k \wedge \tau_1)) \leqslant K_4 + K_3 E\int_0^{\tau_k \wedge \tau_1} V(x(t))dt - \lambda E\int_0^{\tau_k \wedge \tau_1} |x(t)|^2 dt, \tag{2.7}$$

其中

$$K_4 = V(x(0)) + K_3\tau + \int_0^\tau [K_3 V(x(t - \tau)) + K_2|x(t - \tau)|^2]dt < \infty.$$

由式 (2.7) 可知

$$EV(x(\tau_k \wedge \tau_1)) \leqslant K_4 + K_3 \int_0^{t_1} EV(x(\tau_k \wedge t)) \mathrm{d}t.$$

根据 Gronwall 不等式可推出

$$EV(x(\tau_k \wedge \tau_1)) \leqslant K_4 \mathrm{e}^{\tau K_3}, \quad 0 \leqslant t_1 \leqslant \tau, \ k \geqslant k_0. \tag{2.8}$$

特别地,对所有的 $k \geqslant k_0$,有 $EV(x(\tau_k \wedge \tau)) \leqslant K_4 \mathrm{e}^{\tau K_3}$. 由此容易验证 $\tau_\infty \geqslant \tau$ a.s. 该结论留给读者作为练习. 现在,在式 (2.8) 中令 $k \to \infty$ 可知

$$EV(x(t_1)) \leqslant K_4 \mathrm{e}^{\tau K_3}, \quad 0 \leqslant t_1 \leqslant \tau. \tag{2.9}$$

此外,在式 (2.7) 中令 $t_1 = \tau$ 并令 $k \to \infty$ 得

$$E \int_0^\tau |x(t)|^2 \mathrm{d}t \leqslant \frac{1}{\lambda} \left(K_4 + \tau K_3 K_4 \mathrm{e}^{\tau K_3} \right) < \infty. \tag{2.10}$$

重复该过程,可证 $\tau_\infty \geqslant 2\tau$ a.s. 且对任意的整数 $m \geqslant 1$,有 $\tau_\infty \geqslant m\tau$ a.s. 因此,必有要证的结论 $\tau_\infty = \infty$ a.s. 定理得证.

种群系统中重要的一个性质就是最终有界性. 对于确定性时滞方程 (1.1) 的解 $x(t)$,其最终有界性意味着存在独立于初值的正常数 K 使得

$$\limsup_{t \to \infty} |x(t)| \leqslant K.$$

SDPS (1.3) 最自然的一个类比就是

$$\limsup_{t \to \infty} E|x(t)| \leqslant K.$$

在这种情形下,方程 (1.3) 称为均方最终有界性. 下面的定理关于该性质给出了判断法则.

定理 2.3 假设存在正常数 $c_1, \cdots, c_n$ 和 θ 使得

$$-\lambda := \lambda_{\max}^+ \left(\frac{1}{2} (\bar{C}A + A^{\mathrm{T}}\bar{C}) + \frac{1}{4\theta} \bar{C}GG^{\mathrm{T}}\bar{C} + \theta I \right) < 0, \tag{2.11}$$

其中 I 是 $d \times d$ 的单位矩阵且 $\bar{C}$ 与定理 2.1 中定义的一样. 则对任意给定的初值 $\{x(t): -\tau \leqslant t \leqslant 0\} \in C([-\tau, 0]; \mathbf{R}_+^n)$, 则 SDPS (1.3) 的解具有性质

$$\limsup_{t \to \infty} E|x(t)| \leqslant \frac{\left(\gamma |C| + |\bar{C}b| \right)^2}{2\gamma \lambda \min_{1 \leqslant i \leqslant n} c_i} \tag{2.12}$$

和

$$\limsup_{t \to \infty} \frac{1}{t} \int_0^t E|x(s)|^2 \mathrm{d}s \leqslant \frac{|\bar{C}b|^2}{\lambda^2}, \tag{2.13}$$

其中 $C = (c_1, \cdots, c_n)$ 和

$$\gamma = \frac{1}{\tau} \log \left(\frac{\lambda + 2\theta}{2\theta} \right) > 0.$$

即，方程 (1.3) 不仅是均方最终有界的而且二阶矩的平均时间是有界的.

证明 利用定理 2.1，则解 $x(t)$ 对所有的 $t \geqslant -\tau$ 保持在 $\mathbf{R}^n_+$ 的概率为 1. 定义

$$V(x) = Cx = \sum_{i=1}^n c_i x_i, \qquad x \in \mathbf{R}^n_+.$$

利用 Itô 公式，则

$$dV(x(t)) = x^{\mathrm{T}}(t)\bar{C}[(b + Ax(t) + Bx(t-\tau))dt + \beta d\omega(t)]. \tag{2.14}$$

计算得

$$x^{\mathrm{T}}(t)\bar{C}(Ax(t) + Gx(t-\tau))$$

$$= \frac{1}{2}x^{\mathrm{T}}(t)(\bar{C}A + A^{\mathrm{T}}\bar{C})x(t) + x^{\mathrm{T}}(t)\bar{C}Gx(t-\tau)$$

$$= \frac{1}{2}x^{\mathrm{T}}(t)(\bar{C}A + A^{\mathrm{T}}\bar{C})x(t) + \frac{1}{4\theta}x^{\mathrm{T}}(t)\bar{C}GG^{\mathrm{T}}\bar{C}x(t) + \theta|x(t-\tau)|^2$$

$$\leqslant -(\lambda+\theta)|x(t)|^2 + \theta|x(t-\tau)|^2.$$

因此由式 (2.14) 可得

$$dV(x(t)) \leqslant \left(|\bar{C}b||x(t)| - (\lambda+\theta)|x(t)|^2 + \theta|x(t-\tau)|^2\right)dt + x^{\mathrm{T}}(t)\bar{C}\beta dB(t). \tag{2.15}$$

再次利用 Itô 公式，有

$$d[e^{\gamma t}V(x(t))] = e^{\gamma t}[\gamma V(x(t))dt + dV(x(t))]$$

$$\leqslant e^{\gamma t}\left[\left(\gamma|C| + |\bar{C}b|\right)|x(t)| - (\lambda+\theta)|x(t)|^2 + \theta|x(t-\tau)|^2\right]dt +$$

$$e^{\gamma t}x^{\mathrm{T}}(t)\bar{C}\beta dB(t).$$

这就意味着

$$e^{\gamma t}EV(x(t))$$

$$\leqslant V(x(0)) + E\int_0^t e^{\gamma s}\left[\left(\gamma|C| + |\bar{C}b|\right)|x(s)| - (\lambda+\theta)|x(s)|^2 + \theta|x(s-\tau)|^2\right]ds. \tag{2.16}$$

但

$$\int_0^t e^{\gamma s}|x(s-\tau)|^2\,ds = e^{\gamma\tau}\int_0^t e^{\gamma(s-\tau)}|x(s-\tau)|^2\,ds = e^{\gamma\tau}\int_{-\tau}^{t-\tau} e^{\gamma(s)}|x(s)|^2\,ds$$

$$\leqslant e^{\gamma\tau}\int_{-\tau}^0 |x(s)|^2\,ds + e^{\gamma\tau}\int_0^t e^{\gamma(s)}|x(s)|^2\,ds.$$

把该式代入式 (2.16) 并根据 γ 的定义可知

$$\lambda + \theta - \theta e^{\gamma\tau} = \lambda + \theta - \frac{\lambda+2\theta}{2} = \frac{\lambda}{2},$$

则

$$e^{\gamma t}EV(x(t)) \leqslant H + E\int_0^t e^{\gamma s}\left[\left(\gamma|C| + |\bar{C}b|\right)|x(s)| - \frac{\lambda}{2}|x(s)|^2\right]ds, \tag{2.17}$$

其中

$$H = V(x(0)) + \theta e^{\gamma t} \int_{-\tau}^{0} |x(s)|^2 \, ds.$$

注意到

$$\left(\gamma|c| + |\bar{C}b|\right)|x(s)| - \frac{\lambda}{2}|x(s)|^2 \leqslant \frac{\left(\gamma|C| + |\bar{C}b|\right)^2}{2\lambda},$$

因此有

$$e^{\gamma t} EV(x(t)) \leqslant H + \frac{\left(\gamma|C| + |\bar{C}b|\right)^2}{2\lambda} \int_{0}^{t} e^{\gamma s} ds$$

$$= H + \frac{\left(\gamma|C| + |\bar{C}b|\right)^2}{2\gamma\lambda}[e^{\gamma t} - 1].$$

则

$$\limsup_{t \to \infty} EV(x(t)) \leqslant \frac{\left(\gamma|C| + |\bar{C}b|\right)^2}{2\gamma\lambda}.$$

然而

$$|x(t)| \leqslant \sum_{i=1}^{n} x_i(t) \leqslant \frac{V(x(t))}{\min_{1 \leqslant i \leqslant n} c_i}.$$

因此

$$\limsup_{t \to \infty} E(x(t)) \leqslant \frac{\left(\gamma|C| + |\bar{C}b|\right)^2}{2\gamma\lambda \min_{1 \leqslant i \leqslant n} c_i},$$

这就是要证的结论(2.12). 为验证另一个结论(2.13)，根据式(2.15)可推导出

$$0 \leqslant EV(x(t)) \leqslant V(x(0)) + E\int_{0}^{t}\left(|\bar{C}b||x(s)| - (\lambda + \theta)|x(s)|^2 + \theta|x(s-\tau)|^2\right)ds.$$

但

$$\int_{0}^{t}|x(s-\tau)|^2 \, ds \leqslant \int_{-\tau}^{0}|x(s)|^2 \, ds + \int_{0}^{t}|x(s)|^2 \, ds.$$

因此

$$0 \leqslant H_1 + E\int_{0}^{t}\left(|\bar{C}b||x(s)| - \lambda|x(s)|^2\right)ds.$$

其中 $H_1 = V(x(0)) + \theta\int_{-\tau}^{0}|x(s)|^2 \, ds.$ 这就暗示了

$$\frac{\lambda}{2}\int_{0}^{t}E|x(s)|^2 \, ds \leqslant H_1 + E\int_{0}^{t}\left(|\bar{C}b||x(s)| - \lambda|x(s)|^2\right)ds.$$

注意到

$$|\bar{C}b||x(s)| - \lambda|x(s)|^2 \leqslant \frac{|\bar{C}b|^2}{2\lambda},$$

则

$$\frac{\lambda}{2}\int_0^t E|x(s)|^2 \, \mathrm{d}s \leqslant H_1 + \frac{|\bar{C}b|^2 t}{2\lambda}.$$

这就立即可推导出

$$\limsup_{t\to\infty} \frac{1}{t}\int_0^t E|x(s)|^2 \, \mathrm{d}s \leqslant \frac{|\bar{C}b|^2}{\lambda^2},$$

这就是要证的结论(2.13).

定理 2.1 和 2.3 均表明在某些条件下，原始时滞方程(1.1)及其关联的 SDPS (1.3)的行为在某种意义上是类似的，它们都有正解且在有限时间内不会爆破到无穷，事实上，这些解是均方最终有界的. 换句话说，我们已经证明了在某种条件下，噪声不会破坏这些好的性质. 然而，下面的定理表明如果噪声充分大，尽管原始时滞方程(1.1)的解可能持续存在，但其关联的 SDPS(1.3)的解将以概率 1 消失.

定理 2.4 假设存在正常数 $c_1,\cdots,c_d$ 使得

$$\lambda_{\max}^+\left(\frac{1}{2}(\bar{C}A + A^\mathrm{T}\bar{C})\right) \leqslant -\frac{|C|}{\hat{c}}\|\bar{C}B\|, \tag{2.18}$$

其中 $\bar{C} = \mathrm{diag}(c_1,\cdots,c_d)$ 和 $C = (c_1,\cdots,c_d)$ 与之前一样，而 $\hat{c} = \min\limits_{1\leqslant i\leqslant n} c_i$. 此外假设噪声强度 β_i 充分大且

$$\beta_i\beta_j > b_i + b_j, \quad 1\leqslant i,j\leqslant d. \tag{2.19}$$

则对任意给定的初值 $\{x(t): -\tau \leqslant t \leqslant 0\} \in C([-\tau, 0]; \mathbf{R}_+^n)$，则方程(1.3)的解具有性质

$$\limsup_{t\to\infty} \frac{1}{t}\log(|x(t)|) \leqslant -\frac{\varphi}{2}, \quad \text{a.s.} \tag{2.20}$$

其中

$$\varphi = \min_{1\leqslant i,j\leqslant d}(\beta_i\beta_j - b_i - b_j) > 0.$$

即，种群以概率 1 指数性灭绝.

证明 显然，定理 2.1 确保了解 $x(t)$ 对所有的 $t \geqslant -\tau$ 保持在 $\mathbf{R}_+^n$ 的概率为 1. 定义

$$V(x) = Cx = \sum_{i=1}^n c_i x_i, \quad x \in \mathbf{R}_+^n.$$

利用 Itô 公式，则

$$\mathrm{d}[\log(V(x(t)))] = \frac{1}{V(x(t))} x^\mathrm{T}(t)\bar{C}[(b + Ax(t) + Bx(t-\tau))\mathrm{d}t + \beta\mathrm{d}B(t)] - $$
$$\frac{1}{2V^2(x(t))}|x^\mathrm{T}(t)\bar{C}\beta|^2 \, \mathrm{d}t. \tag{2.21}$$

利用基本不等式

$$\hat{c}|x| \leqslant V(x) \leqslant |C||x|, \quad \forall x \in \mathbf{R}_+^n,$$

并记 $\mu = \dfrac{\|\bar{C}B\|}{\hat{c}}$，计算得

$$\frac{1}{V(x(t))} x^{\mathrm{T}}(t)\bar{C}Ax(t) \leqslant \lambda_{\max}^+\left(\frac{1}{2}(\bar{C}A + A^{\mathrm{T}}\bar{C})\right)\frac{|x(t)|^2}{V(x(t))}$$

$$\leqslant \lambda_{\max}^+\left(\frac{1}{2}(\bar{C}A + A^{\mathrm{T}}\bar{C})\right)\frac{|x(t)|}{|C|} \leqslant -\mu|x(t)|,$$

在最后一步用到了条件 (2.18). 也可得

$$\frac{1}{V(x(t))} x^{\mathrm{T}}(t)\bar{C}Bx(t-\tau) \leqslant \frac{|x(t)|^2}{V(x(t))}\|\bar{C}B\||x(t-\tau)|$$

$$\leqslant \frac{\|\bar{C}B\|}{\hat{c}}|x(t-\tau)| = \mu|x(t-\tau)|.$$

此外

$$\frac{1}{V(x(t))} x^{\mathrm{T}}(t)\bar{C}b - \frac{1}{2V^2(x(t))}\left|x^{\mathrm{T}}(t)\bar{C}\beta\right|^2$$

$$= \frac{1}{2V^2(x(t))}\left[2x^{\mathrm{T}}(t)\bar{C}bCx(t) - x^{\mathrm{T}}(t)\bar{C}\beta\beta^{\mathrm{T}}\bar{C}x(t)\right]$$

$$= \frac{1}{2V^2(x(t))}\left[2x^{\mathrm{T}}(t)\bar{C}b\vec{1}\bar{C}x(t) - x^{\mathrm{T}}(t)\bar{C}\beta\beta^{\mathrm{T}}\bar{C}x(t)\right]$$

$$= \frac{1}{2V^2(x(t))}\left[2x^{\mathrm{T}}(t)\bar{C}(b\vec{1} + \vec{1}b)\bar{C}x(t) - x^{\mathrm{T}}(t)\bar{C}\beta\beta^{\mathrm{T}}\bar{C}x(t)\right]$$

$$= -\frac{1}{2V^2(x(t))} x^{\mathrm{T}}(t)\bar{C}Q\bar{C}x(t),$$

其中 $\vec{1} = (1, \cdots, 1)$ 和 $Q = \beta\beta^{\mathrm{T}} - (b\vec{1} + \vec{1}^{\mathrm{T}}b)$. 把这些表达式代入式 (2.21) 可得

$$\mathrm{d}[\log(V(x(t)))] \leqslant \left[-\frac{x^{\mathrm{T}}(t)\bar{C}Q\bar{C}x(t)}{2V^2(x(t))} - \mu|x(t)| + \mu|x(t-\tau)|\right]\mathrm{d}t +$$

$$\frac{x^{\mathrm{T}}(t)\bar{C}\beta}{V(x(t))}\mathrm{d}B(t). \tag{2.22}$$

注意到 Q 的第 ij 个元素为

$$\beta_i\beta_j - b_i - b_j,$$

由条件 (2.19) 可知上式为正. 由于 $x(t) \in \mathbf{R}_+^d$，因此，容易证明

$$x^{\mathrm{T}}(t)\bar{C}Q\bar{C}x(t) \geqslant \varphi V^2(x(t)),$$

其中 φ 已在定理的叙述过程中被定义. 把该式代入式 (2.22) 可得

$$d[\log(V(x(t)))] \leqslant \left[-\frac{\varphi}{2} - \mu|x(t)| + \mu|x(t-\tau)| \right] dt + \frac{x^{\mathrm{T}}(t)\bar{C}\beta}{V(x(t))} dB(t).$$

这就意味着

$$\log(V(x(t))) \leqslant \log(V(x(0))) - \frac{\varphi}{2} + \int_0^t \left[-\mu|x(s)| + \mu|x(s-\tau)| \right] ds + M(t)$$

$$\leqslant \log(V(x(0))) + \mu\int_{-\tau}^0 |x(s)| ds - \frac{\varphi t}{2} + M(t), \tag{3.23}$$

其中 $M(t)$ 是鞅且定义为

$$M(t) = \int_0^t \frac{x^{\mathrm{T}}(s)\bar{C}\beta}{V(x(s))} dB(s).$$

该鞅的二次变差为

$$\langle M, M \rangle_t = \int_0^t \frac{|x^{\mathrm{T}}(s)\bar{C}\beta|^2}{V^2(x(s))} ds \leqslant \frac{|\bar{C}\beta|^2 t}{\hat{c}^2}.$$

因此

$$\limsup_{t\to\infty} \frac{\langle M, M \rangle_t}{t} \leqslant \frac{|\bar{C}\beta|^2}{\hat{c}^2}, \qquad \text{a.s.}$$

利用定理 1.3.4，则

$$\lim_{t\to\infty} \frac{M(t)}{t} = 0, \qquad \text{a.s.}$$

最后，在式 (2.23) 中两边同时除以 t 并令 $t \to \infty$ 可得

$$\limsup_{t\to\infty} \frac{1}{t} \leqslant \log(V(x(t))) \leqslant -\frac{\varphi}{2}, \qquad \text{a.s.}$$

这就是要证的结论 (2.20).

该定理揭示的重要事实就是环境噪声有可能使物种灭绝. 例如，考虑标量时滞方程

$$\frac{dx(t)}{dt} = x(t)[\mu + \alpha x(t) + \delta x(t-\tau)].$$

众所周知，若 $\mu > 0$, $\alpha < 0$ 和 $0 < \delta < |\alpha|$，则解 $x(t)$ 是持久的，即

$$\liminf_{t\to\infty} x(t) > 0.$$

然而，考虑其关联的 SDPS

$$dx(t) = x(t)\big([\mu + \alpha x(t) + \delta x(t-\tau)]dt + \sigma dB(t) \big),$$

其中 $\sigma > 0$. 根据定理 2.4 容易看出若 $\sigma^2 > 2\mu$，则该 SDPS 的解消失的概率为 1.

11.3 依赖于种群大小的噪声：第 I 部分

现在我们开始讨论 SDPS (1.5)，其中环境噪声依赖于种群大小. 在上一节中我们已经知道类型 (1.2) 的噪声是如何影响时滞方程 (1.1) 的. 接下来我们将讨论类型 (1.4) 的噪声影响.

我们知道为了避免时滞 Lotka-Volterra 模型 (1.1) 的爆破问题，需要对系统矩阵 A 和 G 附加一些条件，该方向的研究仍在进行. 另外，Mao，Marion 和 Renshaw 的文献(2002)揭示了环境噪声可抑制潜在的人口爆破的重要事实. 因此，我们想知道时滞方程 (1.1) 的爆破问题是否能通过考虑引入噪声而不是对系统矩阵 A 和 G 附加一些条件就能避免. 下面的定理给出了肯定的答案.

定理 3.1 假设

$$\sigma_{ii} > 0 \,\text{对}\, 1 \leqslant i \leqslant d, \ \sigma_{ij} \geqslant 0 \,\text{对}\, i \neq j. \tag{3.1}$$

则对任意的系统参数 $b \in \mathbf{R}^d$ 和 $A, G \in \mathbf{R}^{d \times d}$， 以及任意给定的初值 $\{x(t): -\tau \leqslant t \leqslant 0\} \in C([-\tau, 0]; \mathbf{R}_+^n)$，则方程 (1.5) 对 $t \geqslant -\tau$ 存在唯一解 $x(t)$，且该解保持在 $\mathbf{R}_+^d$ 中的概率为 1，即 $x(t) \in \mathbf{R}_+^d$ 对所有的 $t \geqslant -\tau$ 几乎处处成立.

证明 对任意给定的初值 $\{x(t): -\tau \leqslant t \leqslant 0\} \in C([-\tau, 0]; \mathbf{R}_+^n)$，存在唯一的最大局部解 $x(t)$，$t \in [-\tau, \tau_e)$. 令 k_0，τ_k 和 τ_∞ 与定理 2.1 的证明过程中定义的一样. 我们需要验证 $\tau_\infty = \infty$ a.s. 定义 C^2 – 函数 $V: \mathbf{R}_+^d \to \mathbf{R}_+$ 为

$$V(x) = \sum_{i=1}^d \left[\sqrt{x_i} - 1 - 0.5 \log(x_i) \right].$$

令任意的 $k \geqslant k_0$ 和 $T > 0$. 对 $0 \leqslant t \leqslant \tau_k \wedge T$，关于 $\int_{t-\tau}^t |x(s)|^2 \mathrm{d}s + V(x(t))$ 应用 Itô 公式可得

$$\mathrm{d}\left[\int_{t-\tau}^t |x(s)|^2 \mathrm{d}s + V(x(t)) \right]$$
$$= F(x(t), x(t-\tau))\mathrm{d}t + \sum_{i=1}^d \sum_{j=1}^d 0.5[x_i^{0.5}(t) - 1]\sigma_{ij} x_j(t)\mathrm{d}B(t), \tag{3.2}$$

其中

$$F(x(t), x(t-\tau)) = |x(t)|^2 - |x(t-\tau)|^2 +$$
$$\sum_{i=1}^d 0.5[x_i^{0.5}(t) - 1]\left(b_i + \sum_{j=1}^d a_{ij} x_j(t) + \sum_{j=1}^d g_{ij} x_j(t-\tau) \right) +$$
$$\sum_{i=1}^d [0.25 - 0.125 x_i^{0.5}(t)]\left[\sum_{j=1}^d \sigma_{ij} x_j(t) \right]^2.$$

注意到

$$\sum_{i=1}^{d} 0.5[x_i^{0.5}(t)-1]\sum_{j=1}^{d} g_{ij}x_j(t-\tau) \leqslant \frac{d}{16}\sum_{i=1}^{d}\sum_{j=1}^{d} g_{ij}^2[x_i^{0.5}(t)-1]^2+|x(t-\tau)|^2,$$

$$\sum_{i=1}^{d}\left[\sum_{j=1}^{d}\sigma_{ij}x_j(t)\right]^2 \leqslant \sum_{i=1}^{d}\left[\sum_{j=1}^{d}\sigma_{ij}^2\sum_{j=1}^{d} x_j^2(t)\right]=|\sigma|^2|x(t)|^2,$$

利用假设 (3.1)

$$\sum_{i=1}^{d} x_i^{0.5}(t)\left[\sum_{j=1}^{d}\sigma_{ij}x_j(t)\right]^2 \geqslant \sum_{i=1}^{d}\sigma_{ii}^2 x_i^{2.5}(t),$$

则

$$F(x(t),x(t-\tau)) \leqslant U(x(t)),$$

其中

$$U(x)=\left(1+0.25|\sigma|^2\right)|x(t)|^2+\sum_{i=1}^{d} 0.5[x_i^{0.5}(t)-1]\left(b_i+\sum_{j=1}^{d} a_{ij}x_j(t)\right)+$$

$$\frac{d}{16}\sum_{i=1}^{d}\sum_{j=1}^{d} a_{ij}^2[x_i^{0.5}-1]^2-\frac{1}{8}\sum_{i=1}^{d}\sigma_{ii}^2 x_i^{2.5}.$$

可直接看出 $U(x)$ 是有界的，记为 K，属于 $\mathbf{R}_+^d$. 因此由式 (3.2) 可知

$$d\left[\int_{t-\tau}^{t}|x(s)|^2\,ds+V(x(t))\right] \leqslant Kdt+\sum_{i=1}^{d}\sum_{j=1}^{d} 0.5[x_i^{0.5}(t)-1]\sigma_{ij}x_j(t)dB(t).$$

不等式两边从 0 到 $\tau_k \wedge T$ 进行积分，然后取期望，得

$$E\left[\int_{t_k\wedge T-\tau}^{\tau_k\wedge T}|x(s)|^2\,ds+V(x(\tau_k\wedge T))\right] \leqslant \int_{-\tau}^{0}|x(s)|^2\,ds+V(x(0))+KE(\tau_k\wedge T).$$

相应地

$$EV(x(\tau_k\wedge T)) \leqslant \int_{-\tau}^{0}|x(s)|^2\,ds+V(x(0))+KT. \tag{3.3}$$

注意到对每一个 $\omega\in\{\tau_k\leqslant T\}$，有

$$V(x(\tau_k,\omega)) \geqslant \left[\sqrt{k}-1-0.5\log(k)\right]\wedge\left[0.5\log(k)-1+\sqrt{\frac{1}{k}}\right].$$

由式 (3.3) 可得

$$\int_{-\tau}^{0}|x(s)|^2\,ds+V(x(0))+KT$$

$$\geqslant E\left[I_{\{\tau_k\leqslant T\}}(\omega)V(x(\tau_k,\omega))\right]$$

$$\geqslant P\{\tau_k\leqslant T\}\left(\left[\sqrt{k}-1-0.5\log(k)\right]\wedge\left[0.5\log(k)-1+\sqrt{\frac{1}{k}}\right]\right).$$

令 $k\to\infty$ 可得 $\lim_{k\to\infty}P\{\tau_k\leqslant T\}=0$，因此 $P\{\tau_k\leqslant T\}=0$. 由于 $T>0$ 是任意的，故必有 $P\{\tau_\infty<\infty\}=0$，从而 $P\{\tau_\infty=\infty\}=1$ 就是要证的结果. 定理得证.

该定理表明即使是很小的噪声也能抑制潜在的人口爆破. 为了使这一重要的特征更清晰，我们考虑标量时滞方程

$$\frac{\mathrm{d}x(t)}{\mathrm{d}t} = x(t)[\mu + \alpha x(t) + \delta x(t-\tau)]. \tag{3.4}$$

众所周知，如果 μ, α 和 δ 均为正，那么上述方程的解在有限时间内会爆破到无穷. 然而，若考虑其关联的 SDPS

$$\mathrm{d}x(t) = x(t)\big([\mu + \alpha x(t) + \delta x(t-\tau)]\mathrm{d}t + \sigma x(t)\mathrm{d}B(t)\big), \tag{3.5}$$

其中 $\sigma > 0$. 从定理 3.1 容易看出 SDPS 的解在任意有限时间内均不会爆破到无穷.

和之前提到的一样，在种群动力系统中非爆破性质往往不够好，而最终有界是更期望的. 定理 3.1 仅仅表明噪声可抑制有限时间内的爆破，但我们仍然不知道种群在长时期内是否会增加到无穷. 下面的定理表明噪声也能防止这种情形出现.

定理 3.2　令式 (3.1) 成立且 $\theta \in (0,1)$. 则存在与初值 $\{x(t): -\tau \leq t \leq 0\} \in C([-\tau, 0]; \mathbf{R}_+^n)$ 相互独立的正数 $K = K(\theta)$，使得方程 (1.5) 的解 $x(t)$ 具有性质

$$\limsup_{t\to\infty} E|x(t)|^\theta \leq K. \tag{3.6}$$

证明　定义

$$V(x) = \sum_{i=1}^n x_i^\theta, \qquad x \in \mathbf{R}_+^d.$$

利用 Itô 公式，得

$$\mathrm{d}V(x(t)) = LV(x(t), x(t-\tau))\mathrm{d}t + \left(\sum_{i=1}^d \theta x_i^\theta(t)\sum_{j=1}^d \sigma_{ij}x_j(t)\right)\mathrm{d}B(t), \tag{3.7}$$

其中 $LV: \mathbf{R}_+^d \times \mathbf{R}_+^d \to \mathbf{R}$ 定义为

$$LV(x,y) = \sum_{i=1}^d \theta x_i^\theta\left[b_i + \sum_{j=1}^d a_{ij}y_j\right] - \frac{\theta(1-\theta)}{2}\sum_{i=1}^d x_i^\theta\left[\sum_{j=1}^d \sigma_{ij}x_j\right]^2.$$

计算得

$$LV(x,y) \leq \sum_{i=1}^d \theta b_i x_i^\theta + \sum_{i=1}^d\sum_{j=1}^d\left[\frac{d}{4}\theta^2 a_{ij}^2 x_i^{2\theta} + \frac{1}{d}y_j^2\right] - \frac{\theta(1-\theta)}{2}\sum_{i=1}^d \sigma_{ii}^\theta x_i^{2+\theta}$$

$$= \sum_{i=1}^d \theta b_i x_i^\theta + \frac{d}{4}\theta^2\sum_{i=1}^d\sum_{j=1}^d a_{ij}^2 x_i^{2\theta} - \frac{\theta(1-\theta)}{2}\sum_{i=1}^d \sigma_{ii}^\theta x_i^{2+\theta} + |y|^2$$

$$= F(x) - V(x) - \mathrm{e}^\tau|x|^2 + |y|^2, \tag{3.8}$$

其中

$$F(x) = \mathrm{e}^\tau|x|^2 + \sum_{i=1}^d(1+\theta b_i)x_i^\theta + \frac{d}{4}\theta^2\sum_{i=1}^d\sum_{j=1}^d a_{ij}^2 x_i^{2\theta} - \frac{\theta(1-\theta)}{2}\sum_{i=1}^d \sigma_{ii}^\theta x_i^{2+\theta}.$$

注意到 $F(x)$ 在 $\mathbf{R}_+^d$ 中有界，即

$$K_1 := \sup_{x \in \mathbf{R}_+^d} F(x) < \infty.$$

因此可得

$$LV(x, y) \leqslant K_1 - V(x) - \mathrm{e}^\tau |x|^2 + |y|^2.$$

把该式代入式 (3.7) 可知

$$\mathrm{d}V(x(t)) = \left[K_1 - V(x(t)) - \mathrm{e}^\tau |x(t)|^2 + |x(t-\tau)|^2 \right] \mathrm{d}t + \left(\sum_{i=1}^d \theta x_i^\theta(t) \sum_{j=1}^d \sigma_{ij} x_j(t) \right) \mathrm{d}B(t).$$

再次利用 Itô 公式得

$$\mathrm{d}[\mathrm{e}^t V(x(t))] = \mathrm{e}^t [V(x(t))\mathrm{d}t + \mathrm{d}V(x(t))]$$
$$\leqslant \mathrm{e}^t \left[K_1 - \mathrm{e}^\tau |x(t)|^2 + |x(t-\tau)|^2 \right] \mathrm{d}t + \mathrm{e}^t \left(\sum_{i=1}^d \theta x_i^\theta(t) \sum_{j=1}^d \sigma_{ij} x_j(t) \right) \mathrm{d}B(t).$$

因此可推导出

$$\mathrm{e}^t EV(x(t)) \leqslant V(x(0)) + K_1 \mathrm{e}^t - E\int_0^t \mathrm{e}^{s+\tau} |x(s)|^2 \,\mathrm{d}s + E\int_0^t \mathrm{e}^s |x(s-\tau)|^2 \,\mathrm{d}s$$
$$= V(x(0)) + K_1 \mathrm{e}^t - E\int_0^t \mathrm{e}^{s+\tau} |x(s)|^2 \,\mathrm{d}s + E\int_{-\tau}^{t-\tau} \mathrm{e}^{s+\tau} |x(s)|^2 \,\mathrm{d}s$$
$$= V(x(0)) + K_1 \mathrm{e}^t + \int_{-\tau}^0 |x(s)|^2 \,\mathrm{d}s.$$

可立即推出

$$\limsup_{t \to \infty} EV(x(t)) \leqslant K_1.$$

另外，有

$$|x|^2 \leqslant d \max_{1 \leqslant i \leqslant d} x_i^2,$$

故

$$|x|^\theta \leqslant d^{\theta/2} \max_{1 \leqslant i \leqslant d} x_i^\theta \leqslant d^{\theta/2} V(x).$$

因此，最终有

$$\limsup_{t \to \infty} E|x(t)|^\theta \leqslant d^{\theta/2} K_1,$$

令 $K = d^{\theta/2} K_1$，则结论 (3.6) 成立. 定理得证.

利用定理 3.2 容易验证对任意的 $\varepsilon \in (0,1)$，存在正常数 $H = H(\varepsilon)$ 使得对任意的初值 $\{x(t): -\tau \leqslant t \leqslant 0\} \in C([-\tau, 0]; \mathbf{R}_+^d)$ 使得方程 (1.5) 的解 $x(t)$ 具有性质

$$\limsup_{t \to \infty} P\{|x(t)| \leqslant H\} \geqslant 1 - \varepsilon. \tag{3.9}$$

在这种情形下，方程 (1.5) 称为以概率最终有界或随机最终有界. 但在条件

(3.1) 下，我们仍然不知道该解是否是均方最终有界的. 然而，下面的结果表明解的二阶矩的平均时间是有界的.

定理 3.3 在条件 (3.1) 下，存在独立于初值 $\{x(t): -\tau \leqslant t \leqslant 0\} \in C([-\tau, 0]; \mathbf{R}_+^d)$ 的正数 K，使得方程 (1.5) 的解 $x(t)$ 具有性质

$$\limsup_{t \to \infty} \frac{1}{T} \int_0^T E|x(t)|^2 \, dt \leqslant K. \tag{3.10}$$

证明 使用与定理 3.1 中相同的记号. 令

$$U(t) = U_1(t) - |x|^2,$$

其中

$$U_1(x) = \left(2 + 0.25|\sigma|^2\right)|x|^2 + \sum_{i=1}^{d} 0.5[x_i^{0.5} - 1]\left(b_i + \sum_{j=1}^{d} a_{ij}x_j\right) +$$

$$\frac{d}{16}\sum_{i=1}^{d}\sum_{j=1}^{d} a_{ij}^2[x_i^{0.5} - 1]^2 - \frac{1}{8}\sum_{i=1}^{d}\sigma_{ii}^2 x_i^{2.5}.$$

显然，U_1 在 $\mathbf{R}_+^d$ 中有界，即

$$K = \max_{x \in \mathbf{R}_+^d} U_1(x) < \infty.$$

故

$$F(x(t), x(t-\tau)) \leqslant K - |x(t)|^2.$$

利用该估计，对式 (3.2) 的两边从 0 到 $\tau_k \wedge T$ 进行积分，然后取期望，则

$$0 \leqslant \int_{-\tau}^{0} |x(s)|^2 ds + V(x(0)) + KE(\tau_k \wedge T) - E\int_0^{\tau_k \wedge T} |x(t)|^2 \, dt.$$

令 $k \to \infty$ 可得

$$E\int_0^T |x(t)|^2 \, dt \leqslant \int_{-\tau}^{0} |x(s)|^2 ds + V(x(0)) + KT.$$

不等号两边均除以 T 并令 $T \to \infty$ 可知

$$\limsup_{T \to \infty} \frac{1}{T} \int_0^T E|x(t)|^2 \, dt \leqslant K,$$

这就是要证的结论.

11.4　依赖于种群大小的噪声：第 II 部分

在上一节我们已经证明了类型 (1.2) 和 (1.4) 的噪声对时滞方程 (1.1) 的影响大不相同. 类型 (1.6) 的噪声会有更不同的影响吗？为回答这一问题，现在我们研究 SDPS (1.7).

首先建立一些条件，使方程 (1.7) 不仅为正而且在任意有限的时间内不会爆破到无穷.

定理 4.1　假设存在正数 $c_1, \cdots, c_d$ 和 θ 使得

$$\lambda_{\max}\left(\frac{1}{2}[\bar{C}A + A^{\mathrm{T}}\bar{C} + \sigma^{\mathrm{T}}\bar{C}\bar{X}\sigma] + \frac{1}{4\theta}\bar{C}GG^{\mathrm{T}}\bar{C} + \theta I\right) \leqslant 0, \tag{4.1}$$

其中 $\bar{C} = \operatorname{diag}(c_1, \cdots, c_d)$，$\bar{X} = \operatorname{diag}(\bar{x}_1, \cdots, \bar{x}_d)$，且 I 是 $d \times d$ 的单位矩阵. 则对任意给定的初值 $\{x(t): -\tau \leqslant t \leqslant 0\} \in C([-\tau, 0]; \mathbf{R}_+^d)$，方程 (1.7) 对 $t \geqslant -\tau$ 存在唯一解 $x(t)$ 且该解保持在 $\mathbf{R}_+^d$ 中的概率为 1，即 $x(t) \in \mathbf{R}_+^d$ 对所有的 $t \geqslant -\tau$ 几乎处处成立.

证明　因为 SDDE (1.7) 的系数是局部 Lipschitz 连续的，所以根据定理 5.2.8，可观察到对任意给定的初值 $\{x(t): -\tau \leqslant t \leqslant 0\} \in C([-\tau, 0]; \mathbf{R}_+^n)$，存在唯一的最大局部解 $x(t)$，$t \in [-\tau, \tau_e)$，其中 τ_e 是爆破时间. 令 k_0，τ_k 和 τ_∞ 与定理 2.1 的证明过程中定义的一样. 我们需要验证 $\tau_\infty = \infty$ a.s. 为实现这一目的，定义 C^2 – 函数 $V: \mathbf{R}_+^d \to \mathbf{R}_+$ 为

$$V(x) = \sum_{i=1}^{n} c_i \bar{x}_i \left[\frac{x_i}{\bar{x}_i} - 1 - \log\left(\frac{x_i}{\bar{x}_i}\right)\right]. \tag{4.2}$$

令任意的 $k \geqslant k_0$ 和 $T > 0$. 对 $0 \leqslant t \leqslant \tau_k \wedge T$，根据 Itô 公式不难得到

$$dV(x(t)) = LV(x(t), x(t-\tau))dt + (x(t) - \bar{x})^{\mathrm{T}}\bar{C}\sigma(x(t) - \bar{x})dB(t), \tag{4.3}$$

其中 $LV: \mathbf{R}_+^d \times \mathbf{R}_+^d \to \mathbf{R}$ 定义为

$$LV(x, y) = \frac{1}{2}(x - \bar{x})^{\mathrm{T}}[\bar{C}A + A^{\mathrm{T}}\bar{C} + \sigma^{\mathrm{T}}\bar{C}\bar{X}\sigma](x - \bar{x}) + (x - \bar{x})^{\mathrm{T}}\bar{C}G(y - \bar{x}). \tag{4.4}$$

注意到

$$(x - \bar{x})^{\mathrm{T}}\bar{C}G(y - \bar{x}) \leqslant \frac{1}{4\theta}(x - \bar{x})^{\mathrm{T}}\bar{C}GG^{\mathrm{T}}\bar{C}(x - \bar{x}) + \theta|y - \bar{x}|^2,$$

因为 $\theta > 0$，所以

$$\begin{aligned} LV(x, y) &\leqslant (x - \bar{x})^{\mathrm{T}}\left[\frac{1}{2}(\bar{C}A + A^{\mathrm{T}}\bar{C} + \sigma^{\mathrm{T}}\bar{C}\bar{X}\sigma) + \frac{1}{4\theta}\bar{C}GG^{\mathrm{T}}\bar{C} + \theta I\right](x - \bar{x}) - \\ &\quad \theta|x - \bar{x}|^2 + \theta|y - \bar{x}|^2 \\ &\leqslant -\theta|x - \bar{x}|^2 + \theta|y - \bar{x}|^2, \end{aligned} \tag{4.5}$$

其中用到了条件 (4.1). 把该式代入式 (4.3) 得

$$\begin{aligned} dV(x(t)) &\leqslant \left[-\theta|x(t) - \bar{x}|^2 + \theta|x(t-\tau) - \bar{x}|^2\right]dt + \\ &\quad (x(t) - \bar{x})^{\mathrm{T}}\bar{C}\sigma(x(t) - \bar{x})dB(t). \end{aligned} \tag{4.6}$$

对式 (4.6) 不等号两边从 0 到 $\tau_k \wedge T$ 进行积分，然后取期望可知

$$EV(x(\tau_k \wedge T)) \leqslant V(x(0)) + E\int_0^{\tau_k \wedge T}\left[-\theta|x(t) - \bar{x}|^2 + \theta|x(t-\tau) - \bar{x}|^2\right]dt. \tag{4.7}$$

计算得

$$E\int_0^{\tau_k \wedge T}|x(t-\tau)-\overline{x}|^2\,\mathrm{d}t = E\int_{-\tau}^{\tau_k \wedge T-\tau}|x(t)-\overline{x}|^2\,\mathrm{d}t$$
$$\leqslant \int_{-\tau}^0|x(t)-\overline{x}|^2\,\mathrm{d}t + E\int_0^{\tau_k \wedge T}|x(t)-\overline{x}|^2\,\mathrm{d}t.$$

代入式 (4.7) 可知

$$EV(x(\tau_k \wedge T)) \leqslant K := V(x(0)) + \theta\int_{-\tau}^0|x(t)-\overline{x}|^2\,\mathrm{d}t. \tag{4.8}$$

注意到对每一个 $\omega \in \{\tau_k \leqslant T\}$，存在某些 i 使得 $x_i(\tau_k,\omega)$ 等价于 k 或 $1/k$，因此 $V(x(\tau_k,\omega))$ 不少于

$$\min_{1\leqslant i\leqslant d}\left\{c_i\overline{x}_i\left[\frac{k}{\overline{x}_i}-1-\log\left(\frac{k}{\overline{x}_i}\right)\right]\right\}$$

或

$$\min_{1\leqslant i\leqslant d}\left\{c_i\overline{x}_i\left[\frac{k}{k\overline{x}_i}1-1-\log\left(\frac{1}{k\overline{x}_i}\right)\right]\right\}.$$

即

$$V(x(\tau_k,\omega)) \geqslant \min_{1\leqslant i\leqslant d}\left\{c_i\overline{x}_i\left(\left[\frac{k}{\overline{x}_i}-1-\log\left(\frac{k}{\overline{x}_i}\right)\right]\wedge\left[\frac{1}{k\overline{x}_i}-1-\log\left(\frac{1}{k\overline{x}_i}\right)\right]\right)\right\}.$$

由式 (4.8) 得

$$K \geqslant E\left[I_{\{\tau_k \leqslant T\}}(\omega)V(x(\tau_k,\omega))\right]$$
$$\geqslant P\{\tau_k \leqslant T\}\min_{1\leqslant i\leqslant d}\left\{c_i\overline{x}_i\left(\left[\frac{k}{\overline{x}_i}-1-\log\left(\frac{k}{\overline{x}_i}\right)\right]\wedge\left[\frac{1}{k\overline{x}_i}-1-\log\left(\frac{1}{k\overline{x}_i}\right)\right]\right)\right\}.$$

令 $k \to \infty$ 可知

$$\lim_{k\to\infty}P\{\tau_k \leqslant T\} = 0,$$

因此

$$P\{\tau_\infty \leqslant T\} = 0.$$

因为 $T > 0$ 是任意的，所以必有

$$P\{\tau_\infty < \infty\} = 0,$$

因此 $P\{\tau_\infty = \infty\} = 1$ 就是要证的结论. 定理得证.

有趣的是观察到条件 (4.1) 能推出

$$\lambda_{\max}\left(\frac{1}{2}[\overline{C}A+A^{\mathrm{T}}\overline{C}]+\frac{1}{4\theta}\overline{C}GG^{\mathrm{T}}\overline{C}+\theta I\right) \leqslant 0,$$

该条件确保了时滞 Lotka-Volterra 方程 (1.1) 存在全局正解. 因此, 定理 4.1 说明在该条件下, 若 (4.1) 的噪声强度矩阵 σ 充分小, 则随机扰动系统 (1.7) 也有全局正

解. 换句话说, 定理 4.1 给出了关于全局正解的坚固性结果.

我们也观察到在上述证明过程中, 从式(4.4)推导式(4.5)时用到了条件(4.1). 但在估计式(4.4)时有很多不同的方式, 这将导致得出全局正解的结论时具有不同的选择条件. 例如, 我们知道

$$(x-\overline{x})^{\mathrm{T}}\overline{C}G(y-\overline{x}) \leqslant \frac{1}{2\theta}(x-\overline{x})^{\mathrm{T}}\overline{C}(x-\overline{x}) + \frac{\theta}{2}(y-\overline{x})^{\mathrm{T}}B^{\mathrm{T}}\overline{C}G(y-\overline{x})$$

对任意的 $\theta > 0$ 均成立. 故

$$LV(x,y) \leqslant \frac{1}{2}(x-\overline{x})^{\mathrm{T}}\Big[\overline{C}A+A^{\mathrm{T}}\overline{C}+\sigma^{\mathrm{T}}\overline{C}\overline{X}\sigma+\theta^{-1}\overline{C}+\theta G^{\mathrm{T}}\overline{C}G\Big](x-\overline{x}) -$$
$$\frac{\theta}{2}(x-\overline{x})^{\mathrm{T}}B^{\mathrm{T}}\overline{C}B(x-\overline{x}) + \frac{\theta}{2}(y-\overline{x})^{\mathrm{T}}B^{\mathrm{T}}\overline{C}B(y-\overline{x}). \tag{4.9}$$

若假设

$$\lambda_{\max}\Big(\overline{C}A+A^{\mathrm{T}}\overline{C}+\sigma^{\mathrm{T}}\overline{C}\overline{X}\sigma+\theta^{-1}\overline{C}+\theta G^{\mathrm{T}}\overline{C}G\Big) \leqslant 0,$$

则有

$$LV(x,y) \leqslant -\frac{\theta}{2}(x-\overline{x})^{\mathrm{T}}B^{\mathrm{T}}\overline{C}B(x-\overline{x}) + \frac{\theta}{2}(y-\overline{x})^{\mathrm{T}}B^{\mathrm{T}}\overline{C}B(y-\overline{x}). \tag{4.10}$$

基于此, 则方程(1.7)的解是正的全局的. 换句话说, 上述讨论给出了一个可供选择的结果, 可描述为下列定理.

定理 4.2 假设存在正数 $c_1,\cdots,c_d$ 和 θ 使得

$$\lambda_{\max}\Big(\overline{C}A+A^{\mathrm{T}}\overline{C}+\sigma^{\mathrm{T}}\overline{C}\overline{X}\sigma+\theta^{-1}\overline{C}+\theta G^{\mathrm{T}}\overline{C}G\Big) \leqslant 0, \tag{4.11}$$

其中 $\overline{C}$ 和 $\overline{X}$ 与定理 4.1 定义的一样. 则定理 4.1 的结论仍然成立.

我们把其他的选择条件留给读者思考. 条件(4.1)和(4.11)均涉及到方程(1.7)中出现的 A, G 和 σ 这三个矩阵. 上述定理告诉我们若方程(1.1)(无噪声)具有全局正解, 只要噪声足够小, 则随机扰动系统(1.7)也有全局正解. 问题是: 如果噪声不是足够小时会发生什么? 一般地, 人们会认为 SDPS(1.7)可能不会再有全局正解. 然而, 现在我们关于全局正解建立一个令人惊讶的结果, 其中对噪声强度矩阵 σ 附加一个非常简单的条件但对矩阵 A 或 G 不附加任何条件.

定理 4.3 假设噪声强度矩阵 $\sigma = (\sigma_{ij})_{d\times d}$ 满足性质

$$\sigma_{ii} > 0, \ 1 \leqslant i \leqslant d \ \text{且} \ \sigma_{ij} \geqslant 0, \ i \neq j, 1 \leqslant i,j \leqslant d. \tag{4.12}$$

则定理 4.1 的结论仍然成立.

在证明该定理之前, 我们讨论其重要特性. 首先, 该定理表明若方程(1.1)(无噪声)有全局正解, 则大噪声可能不会改变这一性质. 其次, 该定理表明尽管方程(1.1)有可能不存在全局正解(例如其解在有限时间内可能爆破), 则相应的 SDPS(1.7)将具有全局正解. 例如, 考虑 1-维微分时滞方程

$$\frac{\mathrm{d}x(t)}{\mathrm{d}t} = x(t)[2(x(t)-1)-(x(t-\tau)-1)].$$

如果初始函数 $x(t)$ 在 $[-\tau, 0]$ 上单调递增且 $x(-\tau) > 1$，不难证明相应解在有限时间内爆破到无穷. 然而，利用定理 4.3，则 SDPS

$$\mathrm{d}x(t) = x(t)\big([2(x(t)-1)-(x(t-\tau)-1)]\mathrm{d}t + \sigma(x(t)-1)\mathrm{d}B(t)\big),$$

对 $C([-\tau, 0]; (0, \infty))$ 中的初值存在唯一全局解，其中 $\sigma > 0$. 换句话说，该定理揭示了噪声在种群系统中可抑制潜在的人口数量爆破的事实.

定理 4.3 的证明　利用与定理 4.1 相同的记号，其中 C^2- 函数 $V: \mathbf{R}_+^d \to \mathbf{R}_+$ 定义为

$$V(x) = \sum_{i=1}^{n}\Big[\sqrt{x_i} - 1 - 0.5\log(x_i)\Big]. \tag{4.13}$$

令任意的 $k \geqslant k_0$ 和 $T > 0$. 对 $0 \leqslant t \leqslant \tau_k \wedge T$，利用 Itô 公式可得

$$\mathrm{d}V(x(t)) = LV(x(t), x(t-\tau))\mathrm{d}t + 0.5\psi(x(t))\sigma(x(t)-\bar{x})\mathrm{d}B(t), \tag{4.14}$$

其中 $\psi(x) = \left(\sqrt{x_1}-1, \cdots, \sqrt{x_d}-1\right)$ 且 $LV: \mathbf{R}_+^d \times \mathbf{R}_+^d \to \mathbf{R}$ 定义为

$$LV(x, y) = 0.5\psi(x)[A(x-\bar{x}) + B(y-\bar{x})] + 0.5\left|\sigma(x-\bar{x})\right|^2 -$$

$$0.125\sum_{i=1}^{d}\sqrt{x_i}\left(\sum_{j=1}^{d}\sigma_{ij}(x_j - \bar{x}_j)\right)^2. \tag{4.15}$$

注意到 $|\psi(x)| \leqslant \sqrt{d(|x|+1)}$，计算得

$$0.5\psi(x)[A(x-\bar{x}) + B(y-\bar{x})] + 0.5\left|\sigma(x-\bar{x})\right|^2$$

$$\leqslant 0.5\sqrt{d(|x|+1)}\Big[\|A\|(|x|+|\bar{x}|) + \|G\|(|y|+|\bar{x}|)\Big] + 0.5\|\sigma\|^2|x-\bar{x}|^2$$

$$\leqslant 0.5\sqrt{d(|x|+1)}\Big[\|A\|(|x|+|\bar{x}|) + \|G\|(|y|+|\bar{x}|)\Big] +$$

$$0.25\|G\|\Big[d(|x|+1) + |y|^2\Big] + \|\sigma\|^2\left(|x|^2 + |\bar{x}|^2\right). \tag{4.16}$$

此外，有

$$\sum_{i=1}^{d}\sqrt{x_i}\left(\sum_{j=1}^{d}\sigma_{ij}(x_j - \bar{x}_j)\right)^2$$

$$= \sum_{i=1}^{d}\sqrt{x_i}\left\{\left(\sum_{j=1}^{d}\sigma_{ij}x_j\right)^2 + \left(\sum_{j=1}^{d}\sigma_{ij}\bar{x}_j\right)\left(\sum_{j=1}^{d}\sigma_{ij}\bar{x}_j - 2\sum_{j=1}^{d}\sigma_{ij}x_j\right)\right\}$$

$$\geqslant \sum_{i=1}^{d}\sigma_{ii}x_i^{2.5} + \sum_{i=1}^{d}\sqrt{x_i}\left(\sum_{j=1}^{d}\sigma_{ij}\bar{x}_j\right)\left(\sum_{j=1}^{d}\sigma_{ij}\bar{x}_j - 2\sum_{j=1}^{d}\sigma_{ij}x_j\right). \tag{4.17}$$

把式 (4.16) 和 (4.17) 代入式 (4.15) 可得

$$LV(x, y) \leqslant \kappa(x) - 0.25\|B\|\left(|x|^2 - |y|^2\right), \tag{4.18}$$

其中

$$\kappa(x) = 0.5\sqrt{d\left(|x|+1\right)}\Big[\|A\|\left(|x|+|\bar{x}|\right)+\|B\|\,|\bar{x}|\Big]+$$

$$0.25\|B\|\Big[d\left(|x|+1\right)+|x|^2\Big]+\|\sigma\|^2\left(|x|^2+|\bar{x}|^2\right)-$$

$$0.125\sum_{i=1}^{d}\sigma_{ii}x_i^{2.5}-0.125\sum_{i=1}^{d}\sqrt{x_i}\left(\sum_{j=1}^{d}\sigma_{ij}\bar{x}_j\right)\left(\sum_{j=1}^{d}\sigma_{ij}\bar{x}_j-2\sum_{j=1}^{d}\sigma_{ij}x_j\right).$$

容易看出上述 $\kappa(x)$ 是有界的, 记其界为 K_1, 属于 $\mathbf{R}_+^d$. 因此

$$LV(x,y) \leqslant K_1 - 0.25\|B\|\left(|x|^2-|y|^2\right).$$

把该式插入式 (4.14) 可知

$$\mathrm{d}V(x(t)) \leqslant \Big[K_1 - 0.25\|B\|\left(|x(t)|^2-|x(t-\tau)|^2\right)\Big]\mathrm{d}t +$$

$$0.5\psi(x(t))\sigma(x(t)-\bar{x})\mathrm{d}B(t). \tag{4.19}$$

对不等号两边从 0 到 $\tau_k \wedge T$ 进行积分, 然后取期望得

$$V(x(\tau_k \wedge T)) \leqslant V(x(0)) + K_1 T - 0.25\|B\|E\int_0^{\tau_k \wedge T}\Big[|x(t)|^2-|x(t-\tau)|^2\Big]\mathrm{d}t.$$

注意到

$$E\int_0^{\tau_k \wedge T}|x(t-\tau)|^2\mathrm{d}t \leqslant \int_{-\tau}^0|x(t)|^2\mathrm{d}t + E\int_0^{\tau_k \wedge T}|x(t)|^2\mathrm{d}t,$$

则

$$EV(x(\tau_k \wedge T)) \leqslant V(x(0)) + K_1 T + 0.25\|B\|\int_{-\tau}^0|x(t)|^2\mathrm{d}t. \tag{4.20}$$

余下的证明过程非常类似于定理 4.1 的相应部分, 定理得证.

从现在开始, 对给定初值 $\xi = \{\xi(t): -\tau \leqslant t \leqslant 0\} \in C([-\tau,0]; \mathbf{R}_+^d)$, 我们用 $x(t;\xi)$ 表示 SDPS(1.7) 的唯一全局正解. 在种群动力学中最重要的一个性质就是持久性, 意思就是每一个种群都不会灭绝. 关于 SDPS(1.7) 最自然的一个近似就是每一个种群以概率 1 不灭绝. 为了更加具体, 我们给出一个定义.

定义 4.4 SDPS(1.7) 称为以概率 1 持久的, 如果对每一初值 $\xi = \{\xi(t): -\tau \leqslant t \leqslant 0\} \in C([-\tau,0]; \mathbf{R}_+^d)$, 其解 $x(t;\xi)$ 具有性质

$$\liminf_{t\to\infty} x(t;\xi) > 0, \quad \text{a.s.} \quad \forall 1 \leqslant i \leqslant d. \tag{4.21}$$

在上一节我们已经证明了条件 (4.1) 或 (4.11) 确保了方程存在唯一的全局正解. 接下来将证明这两个条件中任意一个也能确保其持久性的概率为 1.

定理 4.5 假设存在正数 $c_1,\cdots,c_d$ 和 θ 使得式 (4.1) 或 (4.11) 成立. 则方程 (1.7) 持久性的概率为 1. 此外, 对任意的初值 $\xi = \{\xi(t): -\tau \leqslant t \leqslant 0\} \in C([-\tau,0]; \mathbf{R}_+^d)$, 其解 $x(t;\xi)$ 具有性质

$$\limsup_{t\to\infty} x_i(t;\xi) < \infty, \quad \text{a.s.} \quad \forall 1 \leqslant i \leqslant d. \tag{4.22}$$

证明 我们仅证明在条件 (4.1) 下成立, 因为可利用相同的方法证明在条件 (4.11) 下也成立. 固定任意的初值 ξ 并简记 $x(t;\xi) = x(t)$. 利用与定理 4.1 证明过程中的相同记号, 从式 (4.5) 可推导出

$$V(x(t)) \leqslant V(\xi(0)) + \int_0^t \left[-\theta |x(s) - \overline{x}|^2 + \theta |x(s-\tau) - \overline{x}|^2 \right] ds + M(t),$$

其中

$$M(t) = \int_0^t (x(s) - \overline{x})^T \overline{C} \sigma(x(s) - \overline{x}) dB(s)$$

是连续的局部鞅且 $M(0) = 0$. 容易验证

$$\int_0^t |x(s-\tau) - \overline{x}|^2 ds \leqslant \int_{-\tau}^0 |\xi(s) - \overline{x}|^2 ds + \int_0^t |x(s) - \overline{x}|^2 ds.$$

把该式代入前面的不等式可得

$$V(x(t)) \leqslant \varsigma + M(t),$$

其中 $\varsigma = V(\xi(0)) + \int_{-\tau}^0 |\xi(s) - \overline{x}|^2 ds$ 是正数. 因为 $V(x(t)) \geqslant 0$, 所以

$$X(t) := \varsigma + M(t) \geqslant 0.$$

利用定理 1.3.9, 则 $\lim_{t \to \infty} X(t) < \infty$ a.s. 因此

$$\limsup_{t \to \infty} V(x(t)) < \infty, \qquad a.s.$$

回顾 V 的定义(即式(4.2))可得

$$\limsup_{t \to \infty} \left[\frac{x_i(t)}{\overline{x}_i} - 1 - \log\left(\frac{x_i(t)}{\overline{x}_i} \right) \right] < \infty, \qquad a.s.$$

对所有的 $1 \leqslant i \leqslant d$ 成立. 注意到

$$u - 1 - \log(u) \to \infty \text{ 当且仅当 } u \downarrow 0 \text{ 或 } u \uparrow \infty.$$

因此必有

$$0 < \liminf_{t \to \infty} x_i(t) \leqslant \limsup_{t \to \infty} x_i(t) < \infty, \qquad a.s.$$

对每一个 $i = 1, \cdots, d$ 成立. 定理得证.

定理 4.5 表明, 对每一个 i, 有

$$u_i := \liminf_{t \to \infty} x_i(t) \quad \text{和} \quad v_i := \limsup_{t \to \infty} x_i(t)$$

均是有限的且是正的随机变量. 因此存在随机标量 $T = T(\omega) > 0$ 使得

$$\frac{u_i}{2} \leqslant x_i(t) \leqslant v_i + 1, \quad \forall t \geqslant T.$$

另外, $x_i(t)$ 在 $[-\tau, T]$ 上连续且为正, 故

$$0 < \min_{-\tau \leqslant t \leqslant T} x_i(t) \leqslant \max_{-\tau \leqslant t \leqslant T} x_i(t) < \infty.$$

因此存在一对有限的正的随机变量 $\overline{u}_i$ 和 $\overline{v}_i$ 使得

$$P\{\overline{u}_i \leqslant x_i(t) \leqslant \overline{v}_i, \ \forall t \geqslant -\tau\} = 1. \tag{4.23}$$

这就意味着对任意的 $\varepsilon \in (0,1)$, 存在一对正常数 α_i 和 β_i, 这可能取决于 ξ 和 ε,

满足

$$P\{\alpha_i \leqslant x_i(t) \leqslant \beta_i, \quad \forall t \geqslant -\tau\} \geqslant 1-\varepsilon.$$

这就意味着方程(1.7)的解以很大概率保持在 $\mathbf{R}_+^d$ 中的紧子集内. 当然更有用的是 α_i 和 β_i 能够更精确地估计. 为了这一目的我们引入连续函数

$$h(u) = u - 1 - \log(u), \qquad u > 0.$$

该函数具有性质 $h(1) = 0$; 随着 u 从 1 减到 0 或从 1 增到 ∞, $h(u)$ 严格递增到 ∞. 因此对任意的 $v > 0$, 方程 $h(u) = v$ 有两个根: 一个在 $(0,1)$ 中, 另一个在 $(1,\infty)$ 中, 分别记为 $h_l^{-1}(v)$ 和 $h_r^{-1}(v)$. 很自然地令 $h_l^{-1}(0) = h_r^{-1}(0) = 0$. 故 $h_l^{-1}(v)$ 和 $h_r^{-1}(v)$ 关于 $v \geqslant 0$ 很好地被定义. 此外, $h_l^{-1}(v)$ 单调递减而 $h_r^{-1}(v)$ 单调递增. 此外

$$h(h_l^{-1}(v)) = h(h_r^{-1}(v)) = v, \qquad v \geqslant 0, \tag{4.24}$$

而

$$h_l^{-1}(h(u)) \leqslant u \leqslant h_r^{-1}(h(u)), \qquad u > 0. \tag{4.25}$$

利用此记号我们可以更精确地描述 α_i 和 β_i.

定理 4.6 假设存在正数 $c_1, \cdots, c_d$ 和 θ 使得式(4.1)或(4.11)成立. 则对任意的初值 $\xi = \{\xi(t): -\tau \leqslant t \leqslant 0\} \in C([-\tau,0]; \mathbf{R}_+^d)$ 和任意的正数 $\varepsilon \in (0,1)$, 方程(1.7)的解具有性质

$$P\{\alpha_i \leqslant x_i(t;\xi) \leqslant \beta_i, \forall t \geqslant -\tau, 1 \leqslant i \leqslant d\} \geqslant 1-\varepsilon, \tag{4.26}$$

其中

$$\alpha_i = \bar{x}_i h_l^{-1}\left[\frac{\varphi(\xi)}{\varepsilon c_i \bar{x}_i}\right] \quad \text{和} \quad \beta_i = \bar{x}_i h_r^{-1}\left[\frac{\varphi(\xi)}{\varepsilon c_i \bar{x}_i}\right], \tag{4.27}$$

若条件(4.1)成立, 则令

$$\varphi(\xi) = \sup_{-\tau \leqslant s \leqslant 0} V(\xi(s)) + \theta \int_{-\tau}^0 |\xi(s) - \bar{x}|^2 \mathrm{d}s,$$

若条件(4.11)成立, 则令

$$\varphi(\xi) = \sup_{-\tau \leqslant s \leqslant 0} V(\xi(s)) + \frac{\theta}{2} \int_{-\tau}^0 (\xi(s) - \bar{x})^{\mathrm{T}} G^{\mathrm{T}} \bar{C} G(\xi(s) - \bar{x}) \mathrm{d}s,$$

其中 V 定义为式(4.2).

证明 我们仅证明在条件(4.1)下成立, 因为可利用相同的方法证明在条件(4.11)下也成立. 固定任意的初值 ξ 并简记 $x(t;\xi) = x(t)$. 利用 V, h_l^{-1}, h_r^{-1} 的定义及其性质, 尤其是利用式(3.25), 则

$$\alpha_i \leqslant \bar{x}_i h_l^{-1}\left[\frac{V(\xi(s))}{c_i \bar{x}_i}\right] < \bar{x}_i h_l^{-1}\left[h\left(\frac{\xi_i(s)}{\bar{x}_i}\right)\right] \leqslant \xi_i(s), \quad -\tau \leqslant s \leqslant 0,$$

而

$$\beta_i \geqslant \bar{x}_i h_r^{-1}\left[\frac{V(\xi(s))}{c_i \bar{x}_i}\right] > \bar{x}_i h_r^{-1}\left[h\left(\frac{\xi_i(s)}{\bar{x}_i}\right)\right] \geqslant \xi_i(s) \quad -\tau \leqslant s \leqslant 0$$

对每一个 $1 \leqslant i \leqslant d$ 成立. 定义停时

$$\rho = \inf\{t \geqslant 0: x_i(t) \notin (\alpha_i, \beta_i)$$对一些$i\}.$$

则对任意的 $t \geqslant 0$, 从式(4.6)可得

$$EV(x(\rho \wedge t)) \leqslant V(\xi(0)) + E\int_0^{\rho \wedge t}\left[-\theta|x(s)-\bar{x}|^2 + \theta|x(s-\tau)-\bar{x}|^2\right]\mathrm{d}s.$$

但

$$E\int_0^{\rho \wedge t}|x(s-\tau)-\bar{x}|^2\mathrm{d}s \leqslant \int_{-\tau}^0|\xi(s)-\bar{x}|^2\mathrm{d}s + E\int_0^{\rho \wedge t}|x(s)-\bar{x}|^2\mathrm{d}s.$$

因此，有

$$\varphi(\xi) \geqslant EV(x(\rho \wedge t)) \geqslant E\left[I_{\{\rho \leqslant t\}}(\omega)V(x(\rho;\omega))\right]. \tag{4.28}$$

注意到对每一个 $\omega \in \{\rho \leqslant t\}$, 存在 $i = i(\omega)$ 使得 $x_i(\rho;\omega)$ 等价于 α_i 或 β_i. 若 $x_i(\rho;\omega) = \alpha_i$, 则

$$V(x(\rho;\omega)) \geqslant c_i\bar{x}_i h\left(\frac{\alpha_i}{\bar{x}_i}\right)$$
$$= c_i\bar{x}_i h\left[h_l^{-1}\left(\frac{\varphi(\xi)}{\varepsilon c_i\bar{x}_i}\right)\right] = \frac{\varphi(\xi)}{\varepsilon};$$

但若 $x_i(\rho) = \beta_i$, 则

$$V(x(\rho;\omega)) \geqslant c_i\bar{x}_i h\left(\frac{\beta_i}{\bar{x}_i}\right)$$
$$= c_i\bar{x}_i h\left[h_r^{-1}\left(\frac{\varphi(\xi)}{\varepsilon c_i\bar{x}_i}\right)\right] = \frac{\varphi(\xi)}{\varepsilon}.$$

即，我们总有

$$V(x(\rho;\omega)) \geqslant \frac{\varphi(\xi)}{\varepsilon}, \qquad \omega \in \{\rho \leqslant t\}.$$

把该式代入式(4.28)可得

$$\varphi(\xi) \geqslant \frac{\varphi(\xi)}{\varepsilon}P\{\rho \leqslant t\}. \tag{4.29}$$

即

$$P\{\rho \leqslant t\} \leqslant \varepsilon.$$

令 $t \to \infty$ 可得 $P\{\rho < \infty\} \leqslant \varepsilon$. 因此

$$P\{\rho = \infty\} \geqslant 1-\varepsilon,$$

这就意味着

$$P\{\alpha_i < x_i(t) < \beta_i, \forall t \geq -\tau, 1 \leq i \leq d\} \geq 1 - \varepsilon. \tag{4.30}$$

定理得证.

性质 (4.23) 表明了 SDPS (1.7) 解的几乎每一个样本路径将保持在紧集内. 我们更详细地讨论样本路径是如何在紧集内变化的. 特别地, 我们将研究该解是否趋于平衡状态 $\bar{x}$.

我们需要两个新记号. 如果 U 是 $\mathbf{R}^d$ 的闭子集且 $x \in \mathbf{R}^d$, 定义

$$d(x; U) = \min\{|x - y|: y \in U\},$$

即向量 x 与集合 U 之间的距离. 记 $\bar{\mathbf{R}}^d_+$ 为 $\mathbf{R}^d_+$ 的闭包, 即

$$\bar{\mathbf{R}}^d_+ = \{x \in \mathbf{R}^d_+: x_i \geq 0, \forall 1 \leq i \leq d\}.$$

定理 4.7 假设存在正数 $c_1, \cdots, c_d$ 和 θ 使得式 (4.1) 或 (4.11) 成立. 则对任意的初值 $\xi = \{\xi(t): -\tau \leq t \leq 0\} \in C([-\tau, 0]; \mathbf{R}^d_+)$, 方程 (1.7) 的解具有性质

$$\lim_{t \to \infty} d(x(t; \xi), K) = 0, \qquad \text{a.s.} \tag{4.31}$$

其中

$$K = \{x \in \bar{\mathbf{R}}^d_+: (x - \bar{x})^\mathrm{T} H(x - \bar{x}) = 0\}, \tag{4.32}$$

若条件 (4.1) 成立, 则令

$$H = \frac{1}{2}[\bar{C}A + A^\mathrm{T}\bar{C} + \sigma^\mathrm{T}\bar{C}\bar{X}\sigma] + \frac{1}{4\theta}\bar{C}GG^\mathrm{T}\bar{C} + \theta I, \tag{4.33}$$

若条件 (4.11) 成立, 则令

$$H = \bar{C}A + A^\mathrm{T}\bar{C} + \sigma^\mathrm{T}\bar{C}\bar{X}\sigma + \theta^{-1}\bar{C} + \theta B^\mathrm{T}\bar{C}B. \tag{4.34}$$

若条件 (4.11) 成立, 则 V 定义为式 (4.2).

该定理的证明过程相当有技巧, 故我们仅建议读者参考 Mao 的文献 (2002). 根据这一定理关于渐近稳定性可得下列有用的结果.

定理 4.8 假设存在正数 $c_1, \cdots, c_d$ 和 θ 使得定义为式 (4.33) 或 (4.34) 的对称矩阵 H, 且 H 是负定的. 则对任意的初值 $\xi = \{\xi(t): -\tau \leq t \leq 0\} \in C([-\tau, 0]; \mathbf{R}^d_+)$, 方程 (1.7) 的解具有性质

$$\lim_{t \to \infty} x(t; \xi) = \bar{x}, \qquad \text{a.s.} \tag{4.35}$$

证明 因为 H 是负定的, 所以由式 (4.32) 定义的集合 K 可简化为 $K = \{\bar{x}\}$. 因此由定理 4.7 可得

$$\lim_{t \to \infty} d(x(t; \xi), K) = \lim_{t \to \infty} |x(t; \xi) - \bar{x}| = 0, \qquad \text{a.s.}$$

这就是要证的结论 (4.35).

11.5 随机时滞 Lotka-Volterra 食物链

Gard (1988)考虑了 Lotka-Volterra 食物链系统

$$\dot{x}_1(t) = x_1(t)[b_1 - a_{11}x_1(t) - a_{12}x_2(t)],$$
$$\dot{x}_2(t) = x_2(t)[-b_2 + a_{21}x_1(t) - a_{22}x_2(t) - a_{23}x_3(t)], \qquad (5.1)$$
$$\dot{x}_3(t) = x_3(t)[-b_3 + a_{32}x_2(t) - a_{33}x_3(t)],$$

其中 x_1, x_2 和 x_3 分别表示猎物的种群密度、中间捕食者和捕食者. 在该例子中, b_i 和 a_{ij} 是正数. Gard (1999)证明了如果

$$b_1 - \frac{a_{11}}{a_{21}}b_2 - \frac{a_{11}a_{22} + a_{12}a_{21}}{a_{21}a_{32}}b_3 > 0, \qquad (5.2)$$

则在 $\mathbf{R}_+^3$ 中存在平衡点 $\bar{x} = (\bar{x}_1, \bar{x}_2, \bar{x}_3)^T$. 作者也证明了只要式(5.2)成立, 则平衡点就是全局渐近稳定的.

现在我们通过考虑种群间的相互作用的时滞以修改这个例子. 在这种情形下, 上述系统变为

$$\dot{x}_1(t) = x_1(t)[b_1 - a_{11}x_1(t) - a_{12}x_2(t-\tau)],$$
$$\dot{x}_2(t) = x_2(t)[-b_2 + a_{21}x_1(t-\tau) - a_{22}x_2(t) - a_{23}x_3(t-\tau)], \qquad (5.3)$$
$$\dot{x}_3(t) = x_3(t)[-b_3 - a_{33}x_3(t) + a_{32}x_2(t-\tau)].$$

即, 矩阵形式为

$$\dot{x}(t) = \mathrm{diag}(x_1(t), x_2(t), x_3(t))[b + Ax(t) + Gx(t-\tau)], \qquad (5.4)$$

其中

$$x(t) = \begin{bmatrix} b_1 \\ -b_2 \\ -b_3 \end{bmatrix}, \qquad A = \begin{bmatrix} -a_{11} & 0 & 0 \\ 0 & -a_{22} & 0 \\ 0 & 0 & -a_{33} \end{bmatrix}$$

和

$$G = \begin{bmatrix} 0 & -a_{12} & 0 \\ a_{21} & 0 & -a_{23} \\ 0 & a_{32} & 0 \end{bmatrix}.$$

在式 (5.2) 下, 与方程 (5.1) 一样, 时滞方程 (5.4) 在 $\mathbf{R}_+^3$ 中存在平衡点 $\bar{x} = (\bar{x}_1, \bar{x}_2, \bar{x}_3)^T$. 因此我们可重写方程(5.4)为

$$\dot{x}(t) = \mathrm{diag}(x_1(t), x_2(t), x_3(t))[A(x(t)-\bar{x}) + G(x(t-\tau)-\bar{x})]. \qquad (5.5)$$

把环境噪声考虑在内, 可替换 b_i 为平均值加上随机扰动项, 即

$$b_i + \sigma_{ii}(x_j - \bar{x}_j)\dot{B}(t), \quad 1 \le i \le 3,$$

其中 σ_{ii} 为正数. 因此, 有随机时滞 Lotka-Volterra 食物链模型

$$dx(t) = \text{diag}(x_1(t), x_2(t), x_3(t)) \times$$
$$([A(x(t)-\bar{x}) + G(x(t-\tau)-\bar{x})]dt + \sigma(x(t)-\bar{x})dB(t)), \qquad (5.6)$$

其中 $\sigma = \text{diag}(\sigma_{11}, \sigma_{22}, \sigma_{33})$. 为了说明理论, 我们演示一下如何应用定理 4.8 说明平衡点以概率 1 全局渐近稳定. 为了达到这一目的, 寻找正数 c_1, c_2, c_3 和 θ 使得 $\lambda_{\max}(H) < 0$, 其中

$$H = \frac{1}{2}[\bar{C}A + A^T\bar{C} + \sigma^T\bar{C}\bar{X}\sigma] + \frac{1}{4\theta}\bar{C}GG^T\bar{C} + \theta I.$$

这里, 和以前一样, $\bar{C} = \text{diag}(c_1, c_2, c_3)$. 特别地, 若令

$$c_1 = \frac{1}{a_{11}}, \quad c_2 = \frac{1}{a_{22}}, \quad c_3 = \frac{1}{a_{33}}, \quad \theta = \frac{1}{2},$$

则有

$$\lambda_{\max}(H) \leqslant -\frac{1}{2} + \frac{1}{2}\lambda_{\max}(\sigma^T\bar{C}\bar{X}\sigma) + \frac{1}{2}\lambda_{\max}(\bar{C}GG^T\bar{C}).$$

容易计算得

$$\lambda_{\max}(\sigma^T\bar{C}\bar{X}\sigma) = \max\left\{\frac{\bar{x}_1\sigma_{11}^2}{a_{11}}, \frac{\bar{x}_2\sigma_{22}^2}{a_{22}}, \frac{\bar{x}_3\sigma_{33}^2}{a_{33}}\right\}$$

和

$$\lambda_{\max}(\bar{C}GG^T\bar{C}) \leqslant \hat{c}\lambda_{\max}(GG^T) = \hat{c}\left[(a_{12}^2 + a_{32}^2) \vee (a_{21}^2 + a_{23}^2)\right],$$

其中

$$\hat{c} = \frac{1}{a_{11}^2} + \frac{1}{a_{22}^2} + \frac{1}{a_{33}^2}.$$

因此, 若

$$\max\left\{\frac{\bar{x}_1\sigma_{11}^2}{a_{11}}, \frac{\bar{x}_2\sigma_{22}^2}{a_{22}}, \frac{\bar{x}_3\sigma_{33}^2}{a_{33}}\right\} + \hat{c}\left[(a_{12}^2 + a_{32}^2) + (a_{21}^2 + a_{23}^2)\right] < 1, \qquad (5.7)$$

则 $\lambda_{\max}(H) < 0$. 若式 (5.7) 成立, 则根据定理 4.8 我们可得出平衡点 $\bar{x}$ 以概率 1 全局渐近稳定的结论.

有用的是观察到条件 (5.7) 意味着

$$\hat{c}\left[(a_{12}^2 + a_{32}^2) + (a_{21}^2 + a_{23}^2)\right] < 1 \qquad (5.8)$$

和

$$\sigma_{ii}^2 \leqslant \frac{a_{ii}}{\bar{x}_i}\left(1 - \hat{c}\left[(a_{12}^2 + a_{32}^2) + (a_{21}^2 + a_{23}^2)\right]\right), \quad 1 \leqslant i \leqslant 3. \qquad (5.9)$$

条件 (5.8) 确保了时滞方程 (5.3) 的平衡点(无噪声)是全局渐近稳定的, 而条件 (5.9) 给出了该噪声的上界, 故随机时滞方程(5.6)的平衡点将以概率 1 保持全局渐近稳定的.

书 目 注 释

第 1 章: 本章的内容比较经典，建议读者参考 Arnold 的文献(1974), Doob 的文献 (1953), Friedman 的文献 (1975), Gihman 和 Skorohod 的文献 (1972), Liptser 和 Shiryayev 的文献 (1986)等.

第 2 章: 本章的大部分内容比较经典，但第 2.5 节是基于 Mao 的文献(1992c) 而第 2.6 节是基于 Bell，Mohammed 的文献(1989)和 Mao 的文献(1994b).

第 3 章: 随机 Liouville 公式是依据 Mao 的文献(1983) 进一步研究的，而常数变易公式等是经典知识.

第 4 章: 本章的大部分内容基本上来源于 Mao 的文献 (1991a, 1994a) ，而第 4.5 节是基于 Mao 的文献(1994c) 且定理 4.6.2 是新结论.

第 5 章: 存在唯一性定理和指数估计是经典知识，建议读者参考 Kolmonovskii 和 Nosov 的文献(1986), Mao 的文献(1994a)以及 Mohammed 的文献 (1984). 第5.5, 5.6 和5.7节分别基于 Mao 的文献 (1991d, e), Mao 的文献 (1996b)和 Mao 的文献(1996c).

第 6 章: 中立型随机泛函微分方程已经由 Kolmonovskii 和 Nosov (1986)进行了研究，但有些结果仅仅给出叙述而没有证明过程.在本章中，我们系统地研究了中立型方程且处理方式是相互独立的. 本章中的很多结果是新的，例如，路径估计，L^p–连续和 Razumikhin 定理.

第 7 章: 鞅表示定理是一个非常经典的理论. 第 7.3 节基于 Pardoux 和 Peng 的文献(1990) ，而第 7.4 节是基于 Mao 的文献(1995a). 广义的 Feynman-Kac 公式是基于 Pardoux 和 Peng 的文献 (1992).

第 8 章: Cameron-Martin-Girsanov 定理也是一个非常经典的理论. 第 8.3 和 8.4 节是基于 Markus 和 Weerasinghe 的文献 (1988)，而第 8.5 节是基于 Mao 和 Markus 的文献(1991).

第 9 章: 第 9.2 节叙述了几个关于资产价格的有用且著名的随机模型，建议读者参考 Neftci 的文献(1996), Oksendal 的文献(1995)等. 第 9.3 节不仅叙述了关于欧式看涨和看跌期权的经典 Black-Scholes 公式，而且介绍了期权估值中比较流行的基于 Higham 和 Mao 的文献 (2005)的数值方法和 Monte Carlo 模拟. 第 9.4 节中的主要结果是基于 Dynkin 的文献 (1963, 1965)且遵循 Oksendal(1995)的方法. 第 9.5 节是基于 Friedman 的文献(1975)，Wu 和 Mao 的文献(1988).

第 10 章: 本章的结果本质上是基于 Liao 和 Mao 的文献(1996a, b).

第 11 章: 随机模型已经成为越来越受欢迎的生物科学. 本章基于 Bahar 和 Mao 的文献(2004a, 2004b), Mao 的文献(2005), Mao, Yuan 和 Zou 的文献(2005)，介绍了随机时滞人口系统.

参 考 文 献

Arnold, L.(1974), Stochastic Differential Equations:Theory and Applications, John Wiley and Sons.

Arnold, L. and Crauel, H. (1991), Random dynamical system,Lecture Notes in Mathematics 1486, pp1-22.

Arnold, L. and Kliemann, W. (1987), On unique ergodicity for degenerate diffusions, Stochastics 21, pp41-61.

Arnold, L., Oeljeklaus, E. and Pardoux, E. (1984), Almost sure and moment stability for linear Itô equations, Lecture Note in Math. 1186, pp129-159.

Bahar, A. and Mao, X. (2004a), Stochastic delay population dynamics, Journal of International Applied Math. 11(4), pp377-400.

Bahar, A. and Mao, X. (2004b), Stochastic delay Lotka-Volterra model, J. Math Anal. Appl. 292, pp364-380.

Baxendale, P. (1994), A stochastic Hopf bifurcation, Probab. Theory Relat. Fields 99, pp581-616.

Baxendale, P. and Henning, E.M. (1993), Stabilization of a linear system, Random Comput. Dyn. 1(4), pp395-421.

Beckenbach, E.F. and Bellman, R. (1961), Inequalities, Springer.

Bell, D.R. and Mohammed, S.E.A. (1989), On the solution of stochastic differential equations via small delays, Stochastics and Stochastics Reports 29, pp293-299.

Bellman, R. and Cooke, K.L. (1963), Differential-Difference Equations, Academic Press.

Bensoussan, A. (1982), Lectures on stochastic control, Lecture Notes in Math. 972, Springer.

Bihari, I. (1957), A generalization of a lemma of Bellman and its application to uniqueness problem of differential equations, Acta Math. Acad. Sci. Hungar. 7, pp71-94.

Bismut，J.M. (1973), Théorie probabiliste du contrôle des diffusions, Mem. Amer. Math. Soc. No.176.

Black, F. and Scholes, M. (1973), The prices of options and corporate liabilities, J. Political Economy 81, 637-654.

Brayton, R. (1976), Nonlinear oscillations in a distributed network, Quart. Appl. Math. 24, pp289-301.

Bucy, H.J. (1965), Stability and positive supermartingales, J. Differential Equation 1, pp151-155.

Carmona, R. and Nulart, D. (1990), Nonlinear Stochastic Integrators, Equations and Flows, Gordon and Breach.

Chan, K.C., Karolyi, G.A, Longstaff, F.A. and Sanders, A.B. (1992), An empirical comparison of alternative models of the short term interest rate, Journal of Finance 47, pp1209-1227.

Chow, P. (1982), Stability of nonlinear stochastic evolution equations, J. Math. Anal. Appl. 89, pp400-419.

Coddington, R.F. and Levinson, N. (1955), Theory of Ordinary Differential Equations, McGraw-Hill.

Curtain, R.F. and Pritchard, A.J. (1978), Infinite Dimensional Linear System Theory, Lecture Notes in Control and Information Sciences 8, Springer.

Da Prato, G. and Zabczyk, J. (1992), Stochastic Equations in Infinite Dimensions, Cambridge University Press.

Davis, M. (1994), Linear Stochastic Systems, Chapman and Hall.

Dellacherie, C. and Meyer, P.A. (1980), Probabilités et Potentiels, 2e édition, Chapitres V-VIII, Hermann.

Denker, J.S. (1986), Neural Networks for Computing, Proceedings of the Conference on Neural Networks for Computing (Snowbird, UT, 1986), AIP, New York, 1986.

Doléans-Dade, C. and Meyer, P.A. (1977), Equations Différentilles Stochastiques, Sém. Probab. XI, Lect. Notes in Math. 581.

Doob, J.L. (1953), Stochastic Processes, John Wiley.

Driver, R.D. (1963), A functional differential system of neutral type arising in a two-body problem of classical electrodynamics, in"Nonlinear Differential Equations and Nonlinear Mechanics," Academic Press, pp474-484.

Dunkel, G. (1968), Single-species model for population growth depending on past history, Lecture Notes in Math. 60, pp92-99.

Dynkin, E.B. (1963), The optimum choice of the instant for stopping a Markov process, Soviet Mathematics 4, 627-629.

Dynkin, E.B. (1965), Markov Processes, Vol.1 and 2, Springer.

Elliott, R.J. (1982), Stochastic Calculus and Applications, Springer.

Elworthy, K.D. (1982), Stochastic Differential Equations on Manifolds, London Math. Society, Lect. Notes Series 70, C. U. P.

Ergen, W.K. (1954), Kinetics of the circulating fuel nuclear reaction, J. Appl. Phys. 25, pp702-711.

Freidlin, M.I. (1985), Functional Integration and Partial Differential Equations Princeton University Press.

Freidlin, M.I. and Wentzell, A.D. (1984), Random Perturbations of Dynamical Systems, Springer.

Friedman, A. (1975), Stochastic Differential Equations and Applications, Vol.1 and 2, Academic Press.

Gard, T.C. (1988), Introduction to Stochastic Differential Equations, Marcel Dekker.

Gikhman, I.I. and Skorohod, A.V. (1972), Stochastic Differential Equations, Springer.

Girsanov, I.V. (1962), An example of nonuniqueness of the solution of K.Itô's stochastic equations, Teoriya veroyatnostey i yeye primeneniya 7, pp336-342.

Gopalsamy, K. (1992), Stability and Oscillations in Delay Differential Equations of Population Dynamics, Kluwer Academic Publishers.

Hahn, W. (1967), Stability of Motion, Springer.

Hale, J.K. and Lunel, S.M.V (1993), Introduction to Functional Differential Equations, Springer.

Halmos, P.R. (1974), Measure Theory, Springer.

Has'minskii, R.Z. (1967), Necessary and sufficient conditions for the asymptotic stability of linear stochastic systems, Theory Probability Appl. 12, pp144-147.

Has'minskii, R.Z. (1980), Stochastic Stability of Differential Equations, Alphen: Sijtjoff and Noordhoff (translation of the Russian edition, Moscow, Nauka 1969).

Haussmann, U.G. (1986), A Stochastic Maximum Principle for Optimal Control of Diffusions, Pitman Research Notes in Math. 151, Longman.

Higham, D.J. and Mao, X. (2005), Convergence of Monte Carlo simulations involving the mean-reverting square root process, Journal of Computational Finance 8, pp.35-61.

Hopfield, J.J. (1982), Neural networks and physical systems with emergent collect computational abilities, Proc. Natl. Acad. Sci. USA 79, pp2554-2558.

Hopfield, J.J.(1984), Neurons with graded response have collective computational properties like those of two-state neurons, Proc. Natl. Acad. Sci. USA 81, pp3088-3092.

Hopfield, J.J. and Tank, D.W. (1986), Computing with neural circuits, Model Science 233, pp3088-3092.

Ichikawa, A. (1982), Stability of semilinear stochastic evolution equations, J. Math. Anal. Appl. 90, pp12-44.

Ikeda, N. and Watanabe, S. (1981), Stochastic Differential Equations and Diffusion Processes, North-Holland.

Itô, K. (1942), Differential equations determining Markov processes, Zenkoku Shijo Suguku Danwakai 1077, pp1352-1400.

Jacod, J. (1979), Calcul Stochastique et Problèmes de Martingales, Lect.Notes in Math. 714, Springer.

Kaneko, T. and Nakao, S. (1988), A note on approximation for stochastic differential equations, Séminaire de Probabilités 22, Lect. Notes Math. 1321, pp155-162.

Karatzas, I. and Shreve, S.E. (1988), Brownian Motion and Stochastic Calculus, Springer.

Kolmanovskii, V. and Myshkis, A. (1992), Applied Theory of Functional Differential Equations, Kluwer Academic Publishers.

Kolmanovskii, V.B. and Nosov, V.R. (1986), Stability of Functional Differential Equations, Academic Press.

Kolmogorov, A., Petrovskii, I. and Piskunov, N. (1973), Etude de l'équation de la diffusion avec croissance de al matière et son application a un problème biologique, Moscow Univ. Math. Bell. 1, 1-25.

Krasovskii, N. (1963), Stability of Motion, Standford University Press. Krylov, N.V.(1980), Controlled Diffusion Processes, Springer.

Kuang, Y. (1993), Delay Differential Equations with Applications in Population Dynamics, Academic Press.

Kunita, H. (1990), Stochastic Flows and Stochastic Differential Equations, Cambridge University Press.

Kushner, H.J. (1965), On the construction of stochastic Lyapunov functions, IEEE Trans. Automatic Control AC-10, pp477-478.

Kushner, H.J. (1967), Stochastic Stability and Control, Academic Press.

Ladde, G.S. and Lakshmikantham, V. (1980), Random Differential Inequalities, Academic Press.

Lakshmikantham, V., Leeda, S. and Martynyuk, A.A. (1989), Stability Analysis of Nonlinear Systems, Marcel Dekker.

Le Jan, Y. (1982), Flots de diffusions dans Rd, C.R. Acad. Sci. Paris, Ser. I 294(1982), pp697-699.

Lewis, A.L. (2000), Option Valuation under Stochastic Volatility: with Mathematica Code, Finance Press.

Liao, X.X. and Mao, X. (1996a), Exponential stability and instability of stochastic neural networks, Sto. Anal. Appl. 14(2), pp165-185.

Liao, X.X. and Mao, X. (1996b), Stability of stochastic neural networks, Neural Parallel and Scientific Computations 4, pp205-224.

Liao, X.X. and Mao, X. (1997), Stability of large-scale neutral-type stochastic differential equations, Dynamics of Continuous, Discrete and Impulsive Systems 3(1), pp43-56.

Liptser, R.Sh. and Shiryayev, A.N. (1986), Theorey of Martingales, Klumer Academic Publishers.

Lyapunov, A.M. (1892), Probleme general de la stabilite du mouvement, Comm. Soc. Math. Kharkov 2, pp265-272.

Mao, X. (1983), Liouville's formula for stochastic integral equations, Journal of Fuzhou Univ. 3, pp8-19.

Mao, X. (1989a), Existence and uniqueness of the solutions of delay stochastic integral equations, Sto. Anal. Appl. 7(1), pp59-74.

Mao, X. (1990a), Eventual asymptotic stability for stochastic differential equations with respect to semimartingales, Quarterly J. Math.Oxford (2), 41, pp71-77.

Mao, X. (1990b), Lyapunov functions and almost sure exponential stability of stochastic differential equations based on semimartingales with spatial parameters, SIAM J. Control Optim. 28(6), pp1481-1490.

Mao, X. (1990c), Exponential stability for stochastic differential equations with respect to semimartingales, Sto. Proce. Their Appl. 35, pp267-277.

Mao, X. (1990d), A note on global solution to stochastic differential equations based on semimartingales with spatial parameters, Journal of Theoretical Probability 4(1), pp161-167.

Mao, X. (1991a), Stability of Stochastic Differential Equations with Respect to Semimartingales, Pitman Research Notes in Mathematics Series 251, Longman Scientific and Technical.

Mao, X. (1991b), Almost sure exponential stability for delay stochastic differential equations with respect to semimartingales, Sto. Anal. Appl. 9(2), pp177-194.

Mao, X. (1991c), A note on comparison theorems for stochastic differential equations with respect to semimartingales, Stochastics and Stochastics Reports37, pp49-59.

Mao, X. (1991d), Approximate solutions for a class of delay stochastic differential equations, Stochastics and Stochastics Reports 35, pp111-123.

Mao, X. (1991e), Approximate solutions for a class of stochastic evolution equations with variable delays, Numer. Funct. Anal and Optimiz. 12, pp525-533.

Mao, X. (1992a), Polynomial stability for perturbed stochastic differential equations with respect to semimartingales, Stochastic Processes and Their Applications 41, pp101-116.

Mao, X. (1992b), Almost sure polynomial stability for a class of stochastic differential equations, Quarterly J. Math. Oxford (2) 43, pp339-348.

Mao, X. (1992c), Almost sure asymptotic bounds for a class of stochastic differential equations, Stochastics and Stochastics Reports 4, pp57-69.

Mao, X. (1992d), Solutions of stochastic differential-functional equations via bounded stochastic integral contractors J.Theoretical Probability 5(3), pp487-502.

Mao, X. (1992e), Exponential stability of large-scale stochastic differential equations, Systems and Control Letters 19, pp71-81.

Mao, X. (1992f), Robustness of stability of nonlinear systems with stochastic delay perturbations, Systems and Control Letters 19, pp391-400.

Mao, X. (1993), Almost sure exponential stability for a class of stochastic differential equations with applications to stochastic flows, Sto. Anal. Appl. 11(1), pp77-95.

Mao, X. (1994a), Exponential Stability of Stochastic Differential Equations, Marcel Dekker.

Mao, X. (1994b), Approximate solutions of stochastic differential equations with pathwise uniqueness, Sto. Anal. Appl. 13(3), pp355-367.

Mao, X. (1994c), Stochastic stabilization and destabilization, Systems and Control Letters 23, pp279-290.

Mao, X. (1995a), Adapted solutions of backward stochastic differential equations with non-Lipschitz coefficients, Stochastic Processes and Their Applications 58, pp281-292.

Mao, X. (1995b), Exponential stability in mean square of neutral stochastic differential functional equations, Systems and Control Letters 26, pp245-251.

Mao, X. (1996a), Robustness of exponential stability of stochastic differential delay equations, IEEE Transactions AC-41, pp442-447.

Mao, X. (1996b), Razumikhin-type theorems on exponential stability of stochastic functional differential equations, Sto. Proc. Their Appl. 65, pp233-250.

Mao, X. (1996c), Stochastic self-stabilization, Stochastics and Stochastics Reports 57, pp57-70

Mao, X. (1997), Razumikhin-type theorems on exponential stability of neutral stochastic functional differential equations, SIAM J. Math. Anal. 28(2), pp389-401.

Mao, X. (2002), A note on the LaSalle-type theorems for stochastic differential delay equations, J. Math. Anal. Appl. 268, pp125-142.

Mao, X. (2005), Delay population dynamics and environmental noise, Stochastics and Dynamics 5(2), pp149-162.

Mao, X., Marion, G. and Renshaw, E. (2002), Environmental noise suppresses explosion in population dynamics, Stochastic Processes and Their Applications 97, pp95-110.

Mao, X. and Markus, L.(1991), Energy bounds for nonlinear dissipative stochastic differential equations with respect to semimartingales, Stochastics and Stochastics Reports 37, pp1-14.

Mao, X. and Markus, L. (1993), Wave equations with stochastic boundary conditions, J. Math. Anal.Appl. 177(2), pp315-341.

Mao, X. and Rodkina, A.E.(1995), Exponential stability of stochastic differential equations driven by discontinuous semimartingales, Stochastics and Stochastics Reports 55, pp207-224.

Mao, X., Yuan, C. and Zou, J. (2005), Stochastic differential delay equations of population dynamics, Journal of Math. Anal. Appl. 304, pp296-320.

Markus, L. and Weerasinghe, A. (1988), Stochastic oscillators, J. Differential Equations 71(2), pp288-314.

McKean, H.P. (1969), Stochastic Integrals, Academic Press.

Mcshane, E.J. (1974), Stochastic Calculus and Stochastic Models, Academic Press.

Métivier, M. (1982), Semimartingales, Wslter de Gruyter.

Meyer, P.A. (1972), Martingales and stochastic integrals I, Lect. Notes in Math. 284, Springer.

Mizel, V.J. and Trutzer, V. (1984), Stochastic hereditary equations: existence and asymptotic stability, J. Integral Equations 7, pp1-72.

Mohammed, S-E.A. (1984), Stochastic Functional Differential Equations, Longman Scientific and Technical.

Mohammed, S-E. A., Scheutzow, M. and WeizsaÉcher, H.V(1986), Hyperbolic state space decomposition for a linear stochastic delay equations, SIAM J. on Control and Optimization 24(3), pp543-551

Natanson, I.P. (1964), Theory of Functions of Real Variables, Vol.1, Frederick Unger.

Neftci, S.N. (1996), An Introduction to the Mathematics of Financial Derivatives, Academic Press.

Oksendal, B. (1995), Stochastic Differential Equations: An Introduction with Applications, 4th Ed., Springer.

Oseledec, V.I. (1968), A multiplicative ergodic theorem:Laypunov characteristic numbers for dynamical systems, Trans. moscow Math. Soc. 19, pp197-231.

Pardoux, E. and Peng, S.G. (1990), Adapted solution of a backward stochastic differential equation, Systems and Control Letters 14, pp55-61.

Pardoux, E. and Peng, S.G. (1992), Backward stochastic differential equations and quasilinear parabolic partial differential equations, Lecture Notes in Control and Information Science 176, pp200-217.

Pardoux, E. and Wihstutz, V. (1988), Lyapunov exponent and rotation number of two-dimensional stochastic systems with small diffusion, SIAM J. Applied Math. 48, pp442-457.

Pinsky, M.A. and Wihstutz, V. (1988), Lyapunov exponents of nilponent Itô systems, Stochastics 25, pp43-57.

Rao, A.N.V. and Tsokos, C.P. (1975), On the existence, uniqueness, and stability behavior of a random solution to a nonlinear perturbed stochastic integro-differential equation, Inform. and Control 27, pp61-74.

Razumikhin, B.S. (1956), On the stability of systems with a delay, Prikl. Mat. Meh. 20, pp500-512.

Razumikhin, B.S. (1960), Application of Lyapunov's method to problems in the stability of systems with a delay, Automat. i Telemeh. 21, pp740-749.

Rogers, L.C.G. and Williams, D. (1987), Diffusions, Markov Processes and Martingales, Vol.2, John Wiley and Sons.

Rubanik, V.P. (1969), Oscillations of quasilinear systems with retardation, Nauk, Moscow.

Samuelson, P.A. (1965), Rational theory of warrant pricing (with Appendix by H.P. McKean), Industrial Management Review 6, 13-31.

Truman, A. (1986), An introduction to the stochastic mechanics of stationary states with applications, in "From Local Times to Global Geometry, Control and Physics"edited by K. D. Elworthy, Pitman Research Notes in Math. 150, pp329-344.

Tsokos, C.P. and Padgett, W.J. (1974), Random Integral Equations with Applications to Life Sciences and Engineering, Academic Press.

Uhlenbeck, G.E. and Ornstein, L.S. (1930), On the theory of Brownian motion, Pyys. Rev. 36, pp362-271.

Volterra, V. (1928), Sur la théorie mathématique des phénomènes héréditaires, J. Math. Pures Appl. 7, pp249-298.

Wang, Z. K. (1986), Theory of Stochastic Processes, China Science Press.

Watanabe, S. and Yamada, T. (1971), On the uniqueness of solutions of stochastic differential equations II, J. Math. Kyoto University 11, pp553-563.

Wright, E.M. (1961), A functional equation in the heuristic theory of primes, Mathematical Gazette 45, pp15-16.

Wu, R.Q. and Mao, X. (1983), Existence and uniqueness of the solutions of stochastic differential equations, Stochastics 11, pp19-32.

Wu, R.Q. and Mao, X. (1986), On Comparison theorems for a kind of integral equations with respect to semimartingales, J. Engineering Math. 3(1), ppl-10.

Wu, R.Q. and Mao, X. (1988), A class of stochastic games, Mathematical Statistics and Applied Probability 3(1), pp99-111.

Yamada, T. (1981), On the successive approximation of solutions of stochastic differential equations, J. Math. Kyoto University 21, pp501-515.

Yamada, T. and Watanabe, S. (1971), On the uniqueness of solutions of stochastic differential equations, J. Math. Kyoto University 11, pp155-167.

Yan, J.A. (1981), Introduction to Martingales and Stochastic Integrals, Shanghai Science and Technology Press.

索　引

Stochastic Differential Equations and Applications, 2nd edition

Xuerong Mao

ISBN：9781904275343

Copyright © 2007 Elsevier Ltd. All rights reserved.

Authorized Chinese translation published by Harbin Institute of Technology Press.

《随机微分方程和应用》(第二版)(朱平译)

ISBN：9787576701944

Copyright © Elsevier Ltd. and Harbin Institute of Technology Press. All rights reserved.

The translation has been undertaken by Harbin Institute of Technology Press at its sole responsibility. Practitioners and researchers must always rely on their own experience and knowledge in evaluating and using any information, methods, compounds or experiments described herein. Because of rapid advances in the medical sciences, in particular, independent verification of diagnoses and drug dosages should be made. To the fullest extent of the law, no responsibility is assumed by Elsevier, authors, editors or contributors in relation to the translation or for any injury and/or damage to persons or property as a matter of products liability, negligence or otherwise, or from any use or operation of any methods, products, instructions, or ideas contained in the material herein.

This edition of Stochastic Differential Equations and Applications by X Mao is published by arrangement with ELSEVIER LTD. of The Boulevard, Langford Lane, Kidlington, OXFORD, OX5 1GB, UK

刘培杰数学工作室
已出版(即将出版)图书目录——高等数学

书 名	出版时间	定 价	编号
距离几何分析导引	2015—02	68.00	446
大学几何学	2017—01	78.00	688
关于曲面的一般研究	2016—11	48.00	690
近世纯粹几何学初论	2017—01	58.00	711
拓扑学与几何学基础讲义	2017—04	58.00	756
物理学中的几何方法	2017—06	88.00	767
几何学简史	2017—08	28.00	833
微分几何学历史概要	2020—07	58.00	1194
解析几何学史	2022—03	58.00	1490
复变函数引论	2013—10	68.00	269
伸缩变换与抛物旋转	2015—01	38.00	449
无穷分析引论(上)	2013—04	88.00	247
无穷分析引论(下)	2013—04	98.00	245
数学分析	2014—04	28.00	338
数学分析中的一个新方法及其应用	2013—01	38.00	231
数学分析例选:通过范例学技巧	2013—01	88.00	243
高等代数例选:通过范例学技巧	2015—06	88.00	475
基础数论例选:通过范例学技巧	2018—09	58.00	978
三角级数论(上册)(陈建功)	2013—01	38.00	232
三角级数论(下册)(陈建功)	2013—01	48.00	233
三角级数论(哈代)	2013—06	48.00	254
三角级数	2015—07	28.00	263
超越数	2011—03	18.00	109
三角和方法	2011—03	18.00	112
随机过程(Ⅰ)	2014—01	78.00	224
随机过程(Ⅱ)	2014—01	68.00	235
算术探索	2011—12	158.00	148
组合数学	2012—04	28.00	178
组合数学浅谈	2012—03	28.00	159
分析组合学	2021—09	88.00	1389
丢番图方程引论	2012—03	48.00	172
拉普拉斯变换及其应用	2015—02	38.00	447
高等代数.上	2016—01	38.00	548
高等代数.下	2016—01	38.00	549
高等代数教程	2016—01	58.00	579
高等代数引论	2020—07	48.00	1174
数学解析教程.上卷.1	2016—01	58.00	546
数学解析教程.上卷.2	2016—01	38.00	553
数学解析教程.下卷.1	2017—04	48.00	781
数学解析教程.下卷.2	2017—06	48.00	782
数学分析.第1册	2021—03	48.00	1281
数学分析.第2册	2021—03	48.00	1282
数学分析.第3册	2021—03	28.00	1283
数学分析精选习题全解.上册	2021—03	38.00	1284
数学分析精选习题全解.下册	2021—03	38.00	1285
数学分析专题研究	2021—11	68.00	1574
函数构造论.上	2016—01	38.00	554
函数构造论.中	2017—06	48.00	555
函数构造论.下	2016—09	48.00	680
函数逼近论(上)	2019—02	98.00	1014
概周期函数	2016—01	48.00	572
变叙的项的极限分布律	2016—01	18.00	573
整函数	2012—08	18.00	161
近代拓扑学研究	2013—04	38.00	239
多项式和无理数	2008—01	68.00	22
密码学与数论基础	2021—01	28.00	1254

书　名	出版时间	定　价	编号
模糊数据统计学	2008—03	48.00	31
模糊分析学与特殊泛函空间	2013—01	68.00	241
常微分方程	2016—01	58.00	586
平稳随机函数导论	2016—03	48.00	587
量子力学原理.上	2016—01	38.00	588
图与矩阵	2014—08	40.00	644
钢丝绳原理:第二版	2017—01	78.00	745
代数拓扑和微分拓扑简史	2017—06	68.00	791
半序空间泛函分析.上	2018—06	48.00	924
半序空间泛函分析.下	2018—06	68.00	925
概率分布的部分识别	2018—07	68.00	929
Cartan 型单模李超代数的上同调及极大子代数	2018—07	38.00	932
纯数学与应用数学若干问题研究	2019—03	98.00	1017
数理金融学与数理经济学若干问题研究	2020—07	98.00	1180
清华大学"工农兵学员"微积分课本	2020—09	48.00	1228
力学若干基本问题的发展概论	2023—04	58.00	1262
Banach 空间中前后分离算法及其收敛率	2023—06	98.00	1670
受控理论与解析不等式	2012—05	78.00	165
不等式的分拆降维降幂方法与可读证明(第2版)	2020—07	78.00	1184
石焕南文集:受控理论与不等式研究	2020—09	198.00	1198
实变函数论	2012—06	78.00	181
复变函数论	2015—08	38.00	504
非光滑优化及其变分分析	2014—01	48.00	230
疏散的马尔科夫链	2014—01	58.00	266
马尔科夫过程论基础	2015—01	28.00	433
初等微分拓扑学	2012—07	18.00	182
方程式论	2011—03	38.00	105
Galois 理论	2011—03	18.00	107
古典数学难题与伽罗瓦理论	2012—11	58.00	223
伽罗华与群论	2014—01	28.00	290
代数方程的根式解及伽罗瓦理论	2011—03	28.00	108
代数方程的根式解及伽罗瓦理论(第二版)	2015—01	28.00	423
线性偏微分方程讲义	2011—03	18.00	110
几类微分方程数值方法的研究	2015—05	38.00	485
分数阶微分方程理论与应用	2020—05	95.00	1182
N 体问题的周期解	2011—03	28.00	111
代数方程式论	2011—05	18.00	121
线性代数与几何:英文	2016—06	58.00	578
动力系统的不变量与函数方程	2011—07	48.00	137
基于短语评价的翻译知识获取	2012—02	48.00	168
应用随机过程	2012—04	48.00	187
概率论导引	2012—04	18.00	179
矩阵论(上)	2013—06	58.00	250
矩阵论(下)	2013—06	48.00	251
对称锥互补问题的内点法:理论分析与算法实现	2014—08	68.00	368
抽象代数:方法导引	2013—06	38.00	257
集论	2016—01	48.00	576
多项式理论研究综述	2016—01	38.00	577
函数论	2014—11	78.00	395
反问题的计算方法及应用	2011—11	28.00	147
数阵及其应用	2012—02	28.00	164
绝对值方程—折边与组合图形的解析研究	2012—07	48.00	186
代数函数论(上)	2015—07	38.00	494
代数函数论(下)	2015—07	38.00	495

刘培杰数学工作室
已出版(即将出版)图书目录——高等数学

书　　　名	出版时间	定　价	编号
偏微分方程论:法文	2015—10	48.00	533
时标动力学方程的指数型二分性与周期解	2016—04	48.00	606
重刚体绕不动点运动方程的积分法	2016—05	68.00	608
水轮机水力稳定性	2016—05	48.00	620
Lévy 噪音驱动的传染病模型的动力学行为	2016—05	48.00	667
时滞系统:Lyapunov 泛函和矩阵	2017—05	68.00	784
粒子图像测速仪实用指南:第二版	2017—08	78.00	790
数域的上同调	2017—08	98.00	799
图的正交因子分解(英文)	2018—01	38.00	881
图的度因子和分支因子:英文	2019—09	88.00	1108
点云模型的优化配准方法研究	2018—07	58.00	927
锥形波入射粗糙表面反散射问题理论与算法	2018—03	68.00	936
广义逆的理论与计算	2018—07	58.00	973
不定方程及其应用	2018—12	58.00	998
几类椭圆型偏微分方程高效数值算法研究	2018—08	48.00	1025
现代密码算法概论	2019—05	98.00	1061
模形式的 p-进性质	2019—06	78.00	1088
混沌动力学:分形、平铺、代换	2019—09	48.00	1109
微分方程,动力系统与混沌引论:第3版	2020—05	65.00	1144
分数阶微分方程理论与应用	2020—05	95.00	1187
应用非线性动力系统与混沌导论:第2版	2021—05	58.00	1368
非线性振动,动力系统与向量场的分支	2021—06	55.00	1369
遍历理论引论	2021—11	46.00	1441
动力系统与混沌	2022—05	48.00	1485
Galois 上同调	2020—04	138.00	1131
毕达哥拉斯定理:英文	2020—03	38.00	1133
模糊可拓多属性决策理论与方法	2021—06	98.00	1357
统计方法和科学推断	2021—10	48.00	1428
有关几类种群生态学模型的研究	2022—04	98.00	1486
加性数论:典型基	2022—05	48.00	1491
加性数论:反问题与和集的几何	2023—08	58.00	1672
乘性数论:第三版	2022—07	38.00	1528
交替方向乘子法及其应用	2022—08	98.00	1553
结构元理论及模糊决策应用	2022—09	98.00	1573
随机微分方程和应用:第二版	2022—12	48.00	1580
吴振奎高等数学解题真经(概率统计卷)	2012—01	38.00	149
吴振奎高等数学解题真经(微积分卷)	2012—01	68.00	150
吴振奎高等数学解题真经(线性代数卷)	2012—01	58.00	151
高等数学解题全攻略(上卷)	2013—06	58.00	252
高等数学解题全攻略(下卷)	2013—06	58.00	253
高等数学复习纲要	2014—01	18.00	384
数学分析历年考研真题解析.第一卷	2021—04	28.00	1288
数学分析历年考研真题解析.第二卷	2021—04	28.00	1289
数学分析历年考研真题解析.第三卷	2021—04	28.00	1290
数学分析历年考研真题解析.第四卷	2022—09	68.00	1560
超越吉米多维奇.数列的极限	2009—11	48.00	58
超越普里瓦洛夫.留数卷	2015—01	28.00	437
超越普里瓦洛夫.无穷乘积与它对解析函数的应用卷	2015—05	28.00	477
超越普里瓦洛夫.积分卷	2015—06	18.00	481
超越普里瓦洛夫.基础知识卷	2015—06	28.00	482
超越普里瓦洛夫.数项级数卷	2015—07	38.00	489
超越普里瓦洛夫.微分、解析函数、导数卷	2018—01	48.00	852
统计学专业英语(第三版)	2015—04	68.00	465
代换分析:英文	2015—07	38.00	499

刘培杰数学工作室
已出版(即将出版)图书目录——高等数学

书 名	出版时间	定 价	编号
历届美国大学生数学竞赛试题集.第一卷(1938—1949)	2015—01	28.00	397
历届美国大学生数学竞赛试题集.第二卷(1950—1959)	2015—01	28.00	398
历届美国大学生数学竞赛试题集.第三卷(1960—1969)	2015—01	28.00	399
历届美国大学生数学竞赛试题集.第四卷(1970—1979)	2015—01	18.00	400
历届美国大学生数学竞赛试题集.第五卷(1980—1989)	2015—01	28.00	401
历届美国大学生数学竞赛试题集.第六卷(1990—1999)	2015—01	28.00	402
历届美国大学生数学竞赛试题集.第七卷(2000—2009)	2015—08	18.00	403
历届美国大学生数学竞赛试题集.第八卷(2010—2012)	2015—01	18.00	404
超越普特南试题:大学数学竞赛中的方法与技巧	2017—04	98.00	758
历届国际大学生数学竞赛试题集(1994—2020)	2021—01	58.00	1252
历届美国大学生数学竞赛试题集(全3册)	2023—10	168.00	1693
全国大学生数学夏令营数学竞赛试题及解答	2007—03	28.00	15
全国大学生数学竞赛辅导教程	2012—07	28.00	189
全国大学生数学竞赛复习全书(第2版)	2017—05	58.00	787
历届美国大学生数学竞赛试题集	2009—03	88.00	43
前苏联大学生数学奥林匹克竞赛题解(上编)	2012—04	28.00	169
前苏联大学生数学奥林匹克竞赛题解(下编)	2012—04	38.00	170
大学生数学竞赛讲义	2014—09	28.00	371
大学生数学竞赛教程——高等数学(基础篇、提高篇)	2018—09	128.00	968
普林斯顿大学数学竞赛	2016—06	38.00	669
考研高等数学高分之路	2020—10	45.00	1203
考研高等数学基础必刷	2021—01	45.00	1251
考研概率论与数理统计	2022—06	58.00	1522
越过211,刷到985:考研数学二	2019—10	68.00	1115
初等数论难题集(第一卷)	2009—05	68.00	44
初等数论难题集(第二卷)(上、下)	2011—02	128.00	82,83
数论概貌	2011—03	18.00	93
代数数论(第二版)	2013—08	58.00	94
代数多项式	2014—06	38.00	289
初等数论的知识与问题	2011—02	28.00	95
超越数论基础	2011—03	28.00	96
数论初等教程	2011—03	28.00	97
数论基础	2011—03	18.00	98
数论基础与维诺格拉多夫	2014—03	18.00	292
解析数论基础	2012—08	28.00	216
解析数论基础(第二版)	2014—01	48.00	287
解析数论问题集(第二版)(原版引进)	2014—05	88.00	343
解析数论问题集(第二版)(中译本)	2016—04	88.00	607
解析数论基础(潘承洞,潘承彪著)	2016—07	98.00	673
解析数论导引	2016—07	58.00	674
数论入门	2011—03	38.00	99
代数数论入门	2015—03	38.00	448
数论开篇	2012—07	28.00	194
解析数论引论	2011—03	48.00	100
Barban Davenport Halberstam 均值和	2009—01	40.00	33
基础数论	2011—03	28.00	101
初等数论100例	2011—05	18.00	122
初等数论经典例题	2012—07	18.00	204
最新世界各国数学奥林匹克中的初等数论试题(上、下)	2012—01	138.00	144,145
初等数论(Ⅰ)	2012—01	18.00	156
初等数论(Ⅱ)	2012—01	18.00	157
初等数论(Ⅲ)	2012—01	28.00	158

刘培杰数学工作室

已出版(即将出版)图书目录——高等数学

书　名	出版时间	定　价	编号
Gauss,Euler,Lagrange 和 Legendre 的遗产:把整数表示成平方和	2022—06	78.00	1540
平面几何与数论中未解决的新老问题	2013—01	68.00	229
代数数论简史	2014—11	28.00	408
代数数论	2015—09	88.00	532
代数、数论及分析习题集	2016—11	98.00	695
数论导引提要及习题解答	2016—01	48.00	559
素数定理的初等证明.第 2 版	2016—09	48.00	686
数论中的模函数与狄利克雷级数(第二版)	2017—11	78.00	837
数论:数学导引	2018—01	68.00	849
域论	2018—04	68.00	884
代数数论(冯克勤　编著)	2018—04	68.00	885
范氏大代数	2019—02	98.00	1016
高等算术:数论导引:第八版	2023—04	78.00	1689
新编 640 个世界著名数学智力趣题	2014—01	88.00	242
500 个最新世界著名数学智力趣题	2008—06	48.00	3
400 个最新世界著名数学最值问题	2008—09	48.00	36
500 个世界著名数学征解问题	2009—06	48.00	52
400 个中国最佳初等数学征解老问题	2010—01	48.00	60
500 个俄罗斯数学经典老题	2011—01	28.00	81
1000 个国外中学物理好题	2012—04	48.00	174
300 个日本高考数学题	2012—05	38.00	142
700 个早期日本高考数学试题	2017—02	88.00	752
500 个前苏联早期高考数学试题及解答	2012—05	28.00	185
546 个早期俄罗斯大学生数学竞赛题	2014—03	38.00	285
548 个来自美苏的数学好问题	2014—11	28.00	396
20 所苏联著名大学早期入学试题	2015—02	18.00	452
161 道德国工科大学生必做的微分方程习题	2015—05	28.00	469
500 个德国工科大学生必做的高数习题	2015—06	28.00	478
360 个数学竞赛问题	2016—08	58.00	677
德国讲义日本考题.微积分卷	2015—04	48.00	456
德国讲义日本考题.微分方程卷	2015—04	38.00	457
二十世纪中叶中、英、美、日、法、俄高考数学试题精选	2017—06	38.00	783
博弈论精粹	2008—03	58.00	30
博弈论精粹.第二版(精装)	2015—01	88.00	461
数学 我爱你	2008—01	28.00	20
精神的圣徒　别样的人生——60 位中国数学家成长的历程	2008—09	48.00	39
数学史概论	2009—06	78.00	50
数学史概论(精装)	2013—03	158.00	272
数学史选讲	2016—01	48.00	544
斐波那契数列	2010—02	28.00	65
数学拼盘和斐波那契魔方	2010—07	38.00	72
斐波那契数列欣赏	2011—01	28.00	160
数学的创造	2011—02	48.00	85
数学美与创造力	2016—01	48.00	595
数海拾贝	2016—01	48.00	590
数学中的美	2011—02	38.00	84
数论中的美学	2014—12	38.00	351
数学王者　科学巨人——高斯	2015—01	28.00	428
振兴祖国数学的圆梦之旅:中国初等数学研究史话	2015—06	98.00	490
二十世纪中国数学史料研究	2015—10	48.00	536
数字谜、数阵图与棋盘覆盖	2016—01	58.00	298
时间的形状	2016—01	38.00	556
数学发现的艺术:数学探索中的合情推理	2016—07	58.00	671
活跃在数学中的参数	2016—07	48.00	675

书　名	出版时间	定　价	编号
格点和面积	2012—07	18.00	191
射影几何趣谈	2012—04	28.00	175
斯潘纳尔引理——从一道加拿大数学奥林匹克试题谈起	2014—01	28.00	228
李普希兹条件——从几道近年高考数学试题谈起	2012—10	18.00	221
拉格朗日中值定理——从一道北京高考试题的解法谈起	2015—10	18.00	197
闵科夫斯基定理——从一道清华大学自主招生试题谈起	2014—01	28.00	198
哈尔测度——从一道冬令营试题的背景谈起	2012—08	28.00	202
切比雪夫逼近问题——从一道中国台北数学奥林匹克试题谈起	2013—04	38.00	238
伯恩斯坦多项式与贝齐尔曲面——从一道全国高中数学联赛试题谈起	2013—03	38.00	236
卡塔兰猜想——从一道普特南竞赛试题谈起	2013—06	18.00	256
麦卡锡函数和阿克曼函数——从一道前南斯拉夫数学奥林匹克试题谈起	2012—08	18.00	201
贝蒂定理与拉姆贝克莫斯尔定理——从一个拣石子游戏谈起	2012—08	18.00	217
皮亚诺曲线和豪斯道夫分球定理——从无限集谈起	2012—08	18.00	211
平面凸图形与凸多面体	2012—10	28.00	218
斯坦因豪斯问题——从一道二十五省市自治区中学数学竞赛试题谈起	2012—07	18.00	196
纽结理论中的亚历山大多项式与琼斯多项式——从一道北京市高一数学竞赛试题谈起	2012—07	28.00	195
原则与策略——从波利亚"解题表"谈起	2013—04	38.00	244
转化与化归——从三大尺规作图不能问题谈起	2012—08	28.00	214
代数几何中的贝祖定理(第一版)——从一道IMO试题的解法谈起	2013—08	18.00	193
成功连贯理论与约当块理论——从一道比利时数学竞赛试题谈起	2012—04	18.00	180
素数判定与大数分解	2014—08	18.00	199
置换多项式及其应用	2012—10	18.00	220
椭圆函数与模函数——从一道美国加州大学洛杉矶分校(UCLA)博士资格考题谈起	2012—10	28.00	219
差分方程的拉格朗日方法——从一道2011年全国高考理科试题的解法谈起	2012—08	28.00	200
力学在几何中的一些应用	2013—01	38.00	240
高斯散度定理、斯托克斯定理和平面格林定理——从一道国际大学生数学竞赛试题谈起	即将出版		
康托洛维奇不等式——从一道全国高中联赛试题谈起	2013—03	28.00	337
西格尔引理——从一道第18届IMO试题的解法谈起	即将出版		
罗斯定理——从一道前苏联数学竞赛试题谈起	即将出版		
拉克斯定理和阿廷定理——从一道IMO试题的解法谈起	2014—01	58.00	246
毕卡大定理——从一道美国大学数学竞赛试题谈起	2014—07	18.00	350
贝齐尔曲线——从一道全国高中联赛试题谈起	即将出版		
拉格朗日乘子定理——从一道2005年全国高中联赛试题的高等数学解法谈起	2015—05	28.00	480
雅可比定理——从一道日本数学奥林匹克试题谈起	2013—04	48.00	249
李天岩-约克定理——从一道波兰数学竞赛试题谈起	2014—06	28.00	349
受控理论与初等不等式:从一道IMO试题的解法谈起	2023—03	48.00	1601

刘培杰数学工作室

已出版(即将出版)图书目录——高等数学

书　名	出版时间	定　价	编号
布劳维不动点定理——从一道前苏联数学奥林匹克试题谈起	2014-01	38.00	273
伯恩赛德定理——从一道英国数学奥林匹克试题谈起	即将出版		
布查特-莫斯特定理——从一道上海市初中竞赛试题谈起	即将出版		
数论中的同余数问题——从一道普特南竞赛试题谈起	即将出版		
范·德蒙行列式——从一道美国数学奥林匹克试题谈起	即将出版		
中国剩余定理:总数法构建中国历史年表	2015-01	28.00	430
牛顿程序与方程求根——从一道全国高考试题解法谈起	即将出版		
库默尔定理——从一道IMO预选试题谈起	即将出版		
卢丁定理——从一道冬令营试题的解法谈起	即将出版		
沃斯滕霍姆定理——从一道IMO预选试题谈起	即将出版		
卡尔松不等式——从一道莫斯科数学奥林匹克试题谈起	即将出版		
信息论中的香农熵——从一道近年高考压轴题谈起	即将出版		
约当不等式——从一道希望杯竞赛试题谈起	即将出版		
拉比诺维奇定理	即将出版		
刘维尔定理——从一道《美国数学月刊》征解问题的解法谈起	即将出版		
卡塔兰恒等式与级数求和——从一道IMO试题的解法谈起	即将出版		
勒让德猜想与素数分布——从一道爱尔兰竞赛试题谈起	即将出版		
天平称重与信息论——从一道基辅市数学奥林匹克试题谈起	即将出版		
哈密尔顿-凯莱定理:从一道高中数学联赛试题的解法谈起	2014-09	18.00	376
艾思特曼定理——从一道CMO试题的解法谈起	即将出版		
一个爱尔特希问题——从一道西德数学奥林匹克试题谈起	即将出版		
有限群中的爱丁格尔问题——从一道北京市初中二年级数学竞赛试题谈起	即将出版		
糖水中的不等式——从初等数学到高等数学	2019-07	48.00	1093
帕斯卡三角形	2014-03	18.00	294
蒲丰投针问题——从2009年清华大学的一道自主招生试题谈起	2014-01	38.00	295
斯图姆定理——从一道"华约"自主招生试题的解法谈起	2014-01	18.00	296
许瓦兹引理——从一道加利福尼亚大学伯克利分校数学系博士生试题谈起	2014-08	18.00	297
拉姆塞定理——从王诗宬院士的一个问题谈起	2016-04	48.00	299
坐标法	2013-12	28.00	332
数论三角形	2014-04	38.00	341
毕克定理	2014-07	18.00	352
数林掠影	2014-09	48.00	389
我们周围的概率	2014-10	38.00	390
凸函数最值定理:从一道华约自主招生题的解法谈起	2014-10	28.00	391
易学与数学奥林匹克	2014-10	38.00	392
生物数学趣谈	2015-01	18.00	409
反演	2015-01	28.00	420
因式分解与圆锥曲线	2015-01	18.00	426
轨迹	2015-01	28.00	427
面积原理:从常庚哲命的一道CMO试题的积分解法谈起	2015-01	48.00	431
形形色色的不动点定理:从一道28届IMO试题谈起	2015-01	38.00	439
柯西函数方程:从一道上海交大自主招生的试题谈起	2015-02	28.00	440

刘培杰数学工作室
已出版(即将出版)图书目录——高等数学

书　　名	出版时间	定　价	编号
三角恒等式	2015—02	28.00	442
无理性判定:从一道 2014 年"北约"自主招生试题谈起	2015—01	38.00	443
数学归纳法	2015—03	18.00	451
极端原理与解题	2015—04	28.00	464
法雷级数	2014—08	18.00	367
摆线族	2015—01	38.00	438
函数方程及其解法	2015—05	38.00	470
含参数的方程和不等式	2012—09	28.00	213
希尔伯特第十问题	2016—01	38.00	543
无穷小量的求和	2016—01	28.00	545
切比雪夫多项式:从一道清华大学金秋营试题谈起	2016—01	38.00	583
泽肯多夫定理	2016—03	38.00	599
代数等式证题法	2016—01	28.00	600
三角等式证题法	2016—01	28.00	601
吴大任教授藏书中的一个因式分解公式:从一道美国数学邀请赛试题的解法谈起	2016—06	28.00	656
易卦——类万物的数学模型	2017—08	68.00	838
"不可思议"的数与数系可持续发展	2018—01	38.00	878
最短线	2018—01	38.00	879
从毕达哥拉斯到怀尔斯	2007—10	48.00	9
从迪利克雷到维斯卡尔迪	2008—01	48.00	21
从哥德巴赫到陈景润	2008—05	98.00	35
从庞加莱到佩雷尔曼	2011—08	138.00	136
从费马到怀尔斯——费马大定理的历史	2013—10	198.00	I
从庞加莱到佩雷尔曼——庞加莱猜想的历史	2013—10	298.00	II
从切比雪夫到爱尔特希(上)——素数定理的初等证明	2013—07	48.00	III
从切比雪夫到爱尔特希(下)——素数定理 100 年	2012—12	98.00	III
从高斯到盖尔方特——二次域的高斯猜想	2013—10	198.00	IV
从库默尔到朗兰兹——朗兰兹猜想的历史	2014—01	98.00	V
从比勃巴赫到德布朗斯——比勃巴赫猜想的历史	2014—02	298.00	VI
从麦比乌斯到陈省身——麦比乌斯变换与麦比乌斯带	2014—02	298.00	VII
从布尔到豪斯道夫——布尔方程与格论漫谈	2013—10	198.00	VIII
从开普勒到阿诺德——三体问题的历史	2014—05	298.00	IX
从华林到华罗庚——华林问题的历史	2013—10	298.00	X
数学物理大百科全书.第 1 卷	2016—01	418.00	508
数学物理大百科全书.第 2 卷	2016—01	408.00	509
数学物理大百科全书.第 3 卷	2016—01	396.00	510
数学物理大百科全书.第 4 卷	2016—01	408.00	511
数学物理大百科全书.第 5 卷	2016—01	368.00	512
朱德祥代数与几何讲义.第 1 卷	2017—01	38.00	697
朱德祥代数与几何讲义.第 2 卷	2017—01	28.00	698
朱德祥代数与几何讲义.第 3 卷	2017—01	28.00	699

刘培杰数学工作室
已出版(即将出版)图书目录——高等数学

书　名	出版时间	定　价	编号
闵嗣鹤文集	2011—03	98.00	102
吴从炘数学活动三十年(1951~1980)	2010—07	99.00	32
吴从炘数学活动又三十年(1981~2010)	2015—07	98.00	491
斯米尔诺夫高等数学.第一卷	2018—03	88.00	770
斯米尔诺夫高等数学.第二卷.第一分册	2018—03	68.00	771
斯米尔诺夫高等数学.第二卷.第二分册	2018—03	68.00	772
斯米尔诺夫高等数学.第二卷.第三分册	2018—03	48.00	773
斯米尔诺夫高等数学.第三卷.第一分册	2018—03	58.00	774
斯米尔诺夫高等数学.第三卷.第二分册	2018—03	58.00	775
斯米尔诺夫高等数学.第三卷.第三分册	2018—03	68.00	776
斯米尔诺夫高等数学.第四卷.第一分册	2018—03	48.00	777
斯米尔诺夫高等数学.第四卷.第二分册	2018—03	88.00	778
斯米尔诺夫高等数学.第五卷.第一分册	2018—03	58.00	779
斯米尔诺夫高等数学.第五卷.第二分册	2018—03	68.00	780
zeta函数,q-zeta函数,相伴级数与积分(英文)	2015—08	88.00	513
微分形式:理论与练习(英文)	2015—08	58.00	514
离散与微分包含的逼近和优化(英文)	2015—08	58.00	515
艾伦·图灵:他的工作与影响(英文)	2016—01	98.00	560
测度理论概率导论,第2版(英文)	2016—01	88.00	561
带有潜在恢复系统的半马尔柯夫模型控制(英文)	2016—01	98.00	562
数学分析原理(英文)	2016—01	88.00	563
随机偏微分方程的有效动力学(英文)	2016—01	88.00	564
图的谱半径(英文)	2016—01	58.00	565
量子机器学习中数据挖掘的量子计算方法(英文)	2016—01	98.00	566
量子物理的非常规方法(英文)	2016—01	118.00	567
运输过程的统一非局部理论:广义波尔兹曼物理动力学,第2版(英文)	2016—01	198.00	568
量子力学与经典力学之间的联系在原子、分子及电动力学系统建模中的应用(英文)	2016—01	58.00	569
算术域(英文)	2018—01	158.00	821
高等数学竞赛:1962—1991年的米洛克斯·史怀哲竞赛(英文)	2018—01	128.00	822
用数学奥林匹克精神解决数论问题(英文)	2018—01	108.00	823
代数几何(德文)	2018—04	68.00	824
丢番图逼近论(英文)	2018—01	78.00	825
代数几何学基础教程(英文)	2018—01	98.00	826
解析数论入门课程(英文)	2018—01	78.00	827
数论中的丢番图问题(英文)	2018—01	78.00	829
数论(梦幻之旅):第五届中日数论研讨会演讲集(英文)	2018—01	68.00	830
数论新应用(英文)	2018—01	68.00	831
数论(英文)	2018—01	78.00	832
测度与积分(英文)	2019—04	68.00	1059
卡塔兰数入门(英文)	2019—05	68.00	1060
多变量数学入门(英文)	2021—05	68.00	1317
偏微分方程入门(英文)	2021—05	88.00	1318
若尔当典范性:理论与实践(英文)	2021—07	68.00	1366
R统计学概论(英文)	2023—03	88.00	1614
基于不确定静态和动态问题解的仿射算术(英文)	2023—03	38.00	1618

书 名	出版时间	定 价	编号
湍流十讲(英文)	2018—04	108.00	886
无穷维李代数:第3版(英文)	2018—04	98.00	887
等值、不变量和对称性(英文)	2018—04	78.00	888
解析数论(英文)	2018—09	78.00	889
《数学原理》的演化:伯特兰·罗素撰写第二版时的手稿与笔记(英文)	2018—04	108.00	890
哈密尔顿数学论文集(第4卷):几何学、分析学、天文学、概率和有限差分等(英文)	2019—05	108.00	891
数学王子——高斯	2018—01	48.00	858
坎坷奇星——阿贝尔	2018—01	48.00	859
闪烁奇星——伽罗瓦	2018—01	58.00	860
无穷统帅——康托尔	2018—01	48.00	861
科学公主——柯瓦列夫斯卡娅	2018—01	48.00	862
抽象代数之母——埃米·诺特	2018—01	48.00	863
电脑先驱——图灵	2018—01	58.00	864
昔日神童——维纳	2018—01	48.00	865
数坛怪侠——爱尔特希	2018—01	68.00	866
当代世界中的数学.数学思想与数学基础	2019—01	38.00	892
当代世界中的数学.数学问题	2019—01	38.00	893
当代世界中的数学.应用数学与数学应用	2019—01	38.00	894
当代世界中的数学.数学王国的新疆域(一)	2019—01	38.00	895
当代世界中的数学.数学王国的新疆域(二)	2019—01	38.00	896
当代世界中的数学.数林撷英(一)	2019—01	38.00	897
当代世界中的数学.数林撷英(二)	2019—01	48.00	898
当代世界中的数学.数学之路	2019—01	38.00	899
偏微分方程全局吸引子的特性(英文)	2018—09	108.00	979
整函数与下调和函数(英文)	2018—09	118.00	980
幂等分析(英文)	2018—09	118.00	981
李群,离散子群与不变量理论(英文)	2018—09	108.00	982
动力系统与统计力学(英文)	2018—09	118.00	983
表示论与动力系统(英文)	2018—09	118.00	984
分析学练习.第1部分(英文)	2021—01	88.00	1247
分析学练习.第2部分.非线性分析(英文)	2021—01	88.00	1248
初级统计学:循序渐进的方法:第10版(英文)	2019—05	68.00	1067
工程师与科学家微分方程用书:第4版(英文)	2019—07	58.00	1068
大学代数与三角学(英文)	2019—06	78.00	1069
培养数学能力的途径(英文)	2019—07	38.00	1070
工程师与科学家统计学:第4版(英文)	2019—06	58.00	1071
贸易与经济中的应用统计学:第6版(英文)	2019—06	58.00	1072
傅立叶级数和边值问题:第8版(英文)	2019—05	48.00	1073
通往天文学的途径:第5版(英文)	2019—05	58.00	1074

刘培杰数学工作室
已出版(即将出版)图书目录——高等数学

书　名	出版时间	定　价	编号
拉马努金笔记.第1卷(英文)	2019—06	165.00	1078
拉马努金笔记.第2卷(英文)	2019—06	165.00	1079
拉马努金笔记.第3卷(英文)	2019—06	165.00	1080
拉马努金笔记.第4卷(英文)	2019—06	165.00	1081
拉马努金笔记.第5卷(英文)	2019—06	165.00	1082
拉马努金遗失笔记.第1卷(英文)	2019—06	109.00	1083
拉马努金遗失笔记.第2卷(英文)	2019—06	109.00	1084
拉马努金遗失笔记.第3卷(英文)	2019—06	109.00	1085
拉马努金遗失笔记.第4卷(英文)	2019—06	109.00	1086
数论:1976年纽约洛克菲勒大学数论会议记录(英文)	2020—06	68.00	1145
数论:卡本代尔1979:1979年在南伊利诺伊卡本代尔大学举行的数论会议记录(英文)	2020—06	78.00	1146
数论:诺德韦克豪特1983:1983年在诺德韦克豪特举行的Journees Arithmetiques数论大会会议记录(英文)	2020—06	68.00	1147
数论:1985—1988年在纽约城市大学研究生院和大学中心举办的研讨会(英文)	2020—06	68.00	1148
数论:1987年在乌尔姆举行的Journees Arithmetiques数论大会会议记录(英文)	2020—06	68.00	1149
数论:马德拉斯1987:1987年在马德拉斯安娜大学举行的国际拉马努金百年纪念大会会议记录(英文)	2020—06	68.00	1150
解析数论:1988年在东京举行的日法研讨会会议记录(英文)	2020—06	68.00	1151
解析数论:2002年在意大利切特拉罗举行的C.I.M.E.暑期班演讲集(英文)	2020—06	68.00	1152
量子世界中的蝴蝶:最迷人的量子分形故事(英文)	2020—06	118.00	1157
走进量子力学(英文)	2020—06	118.00	1158
计算物理学概论(英文)	2020—06	48.00	1159
物质,空间和时间的理论:量子理论(英文)	即将出版		1160
物质,空间和时间的理论:经典理论(英文)	即将出版		1161
量子场理论:解释世界的神秘背景(英文)	2020—07	38.00	1162
计算物理学概论(英文)	即将出版		1163
行星状星云(英文)	即将出版		1164
基本宇宙学:从亚里士多德的宇宙到大爆炸(英文)	2020—08	58.00	1165
数学磁流体力学(英文)	2020—07	58.00	1166
计算科学:第1卷,计算的科学(日文)	2020—07	88.00	1167
计算科学:第2卷,计算与宇宙(日文)	2020—07	88.00	1168
计算科学:第3卷,计算与物质(日文)	2020—07	88.00	1169
计算科学:第4卷,计算与生命(日文)	2020—07	88.00	1170
计算科学:第5卷,计算与地球环境(日文)	2020—07	88.00	1171
计算科学:第6卷,计算与社会(日文)	2020—07	88.00	1172
计算科学:别卷,超级计算机(日文)	2020—07	88.00	1173
多复变函数论(日文)	2022—06	78.00	1518
复变函数入门(日文)	2022—06	78.00	1523

刘培杰数学工作室
已出版(即将出版)图书目录——高等数学

书　　名	出版时间	定　价	编号
代数与数论:综合方法(英文)	2020—10	78.00	1185
复分析:现代函数理论第一课(英文)	2020—07	58.00	1186
斐波那契数列和卡特兰数:导论(英文)	2020—10	68.00	1187
组合推理:计数艺术介绍(英文)	2020—07	88.00	1188
二次互反律的傅里叶分析证明(英文)	2020—07	48.00	1189
旋瓦兹分布的希尔伯特变换与应用(英文)	2020—07	58.00	1190
泛函分析:巴拿赫空间理论入门(英文)	2020—07	48.00	1191
典型群,错排与素数(英文)	2020—11	58.00	1204
李代数的表示:通过 gln 进行介绍(英文)	2020—10	38.00	1205
实分析演讲集(英文)	2020—10	38.00	1206
现代分析及其应用的课程(英文)	2020—10	58.00	1207
运动中的抛射物数学(英文)	2020—10	38.00	1208
2—扭结与它们的群(英文)	2020—10	38.00	1209
概率,策略和选择:博弈与选举中的数学(英文)	2020—11	58.00	1210
分析学引论(英文)	2020—11	58.00	1211
量子群:通往流代数的路径(英文)	2020—11	38.00	1212
集合论入门(英文)	2020—11	48.00	1213
酉反射群(英文)	2020—11	58.00	1214
探索数学:吸引人的证明方式(英文)	2020—11	58.00	1215
微分拓扑短期课程(英文)	2020—10	48.00	1216
抽象凸分析(英文)	2020—11	68.00	1222
费马大定理笔记(英文)	2021—03	48.00	1223
高斯与雅可比和(英文)	2021—03	78.00	1224
π与算术几何平均:关于解析数论和计算复杂性的研究(英文)	2021—01	58.00	1225
复分析入门(英文)	2021—03	48.00	1226
爱德华·卢卡斯与素性测定(英文)	2021—03	78.00	1227
通往凸分析及其应用的简单路径(英文)	2021—01	68.00	1229
微分几何的各个方面.第一卷(英文)	2021—01	58.00	1230
微分几何的各个方面.第二卷(英文)	2020—12	58.00	1231
微分几何的各个方面.第三卷(英文)	2020—12	58.00	1232
沃克流形几何学(英文)	2020—11	58.00	1233
彷射和韦尔几何应用(英文)	2020—12	58.00	1234
双曲几何学的旋转向量空间方法(英文)	2021—02	58.00	1235
积分:分析学的关键(英文)	2020—12	48.00	1236
为有天分的新生准备的分析学基础教材(英文)	2020—11	48.00	1237

刘培杰数学工作室
已出版(即将出版)图书目录——高等数学

书　名	出版时间	定　价	编号
数学不等式.第一卷.对称多项式不等式(英文)	2021—03	108.00	1273
数学不等式.第二卷.对称有理不等式与对称无理不等式(英文)	2021—03	108.00	1274
数学不等式.第三卷.循环不等式与非循环不等式(英文)	2021—03	108.00	1275
数学不等式.第四卷.Jensen不等式的扩展与加细(英文)	2021—03	108.00	1276
数学不等式.第五卷.创建不等式与解不等式的其他方法(英文)	2021—04	108.00	1277
冯·诺依曼代数中的谱位移函数:半有限冯·诺依曼代数中的谱位移函数与谱流(英文)	2021—06	98.00	1308
链接结构:关于嵌入完全图的直线中链接单形的组合结构(英文)	2021—05	58.00	1309
代数几何方法.第1卷(英文)	2021—06	68.00	1310
代数几何方法.第2卷(英文)	2021—06	68.00	1311
代数几何方法.第3卷(英文)	2021—06	58.00	1312
代数、生物信息和机器人技术的算法问题.第四卷,独立恒等式系统(俄文)	2020—08	118.00	1119
代数、生物信息和机器人技术的算法问题.第五卷,相对覆盖性和独立可拆分恒等式系统(俄文)	2020—08	118.00	1200
代数、生物信息和机器人技术的算法问题.第六卷,恒等式和准恒等式的相等 问题、可推导性和可实现性(俄文)	2020—08	128.00	1201
分数阶微积分的应用:非局部动态过程,分数阶导热系数(俄文)	2021—01	68.00	1241
泛函分析问题与练习:第2版(俄文)	2021—01	98.00	1242
集合论、数学逻辑和算法论问题:第5版(俄文)	2021—01	98.00	1243
微分几何和拓扑短期课程(俄文)	2021—01	98.00	1244
素数规律(俄文)	2021—01	88.00	1245
无穷边值问题解的递减:无界域中的拟线性椭圆和抛物方程(俄文)	2021—01	48.00	1246
微分几何讲义(俄文)	2020—12	98.00	1253
二次型和矩阵(俄文)	2021—01	98.00	1255
积分和级数.第2卷,特殊函数(俄文)	2021—01	168.00	1258
积分和级数.第3卷,特殊函数补充:第2版(俄文)	2021—01	178.00	1264
几何图上的微分方程(俄文)	2021—01	138.00	1259
数论教程:第2版(俄文)	2021—01	98.00	1260
非阿基米德分析及其应用(俄文)	2021—03	98.00	1261

刘培杰数学工作室

已出版(即将出版)图书目录——高等数学

书　名	出版时间	定　价	编号
古典群和量子群的压缩(俄文)	2021—03	98.00	1263
数学分析习题集.第3卷,多元函数:第3版(俄文)	2021—03	98.00	1266
数学习题:乌拉尔国立大学数学力学系大学生奥林匹克(俄文)	2021—03	98.00	1267
柯西定理和微分方程的特解(俄文)	2021—03	98.00	1268
组合极值问题及其应用:第3版(俄文)	2021—03	98.00	1269
数学词典(俄文)	2021—01	98.00	1271
确定性混沌分析模型(俄文)	2021—06	168.00	1307
精选初等数学习题和定理.立体几何.第3版(俄文)	2021—03	68.00	1316
微分几何习题:第3版(俄文)	2021—05	98.00	1336
精选初等数学习题和定理.平面几何.第4版(俄文)	2021—05	68.00	1335
曲面理论在欧氏空间 E_n 中的直接表示	2022—01	68.00	1444
维纳—霍普夫离散算子和托普利兹算子:某些可数赋范空间中的诺特性和可逆性(俄文)	2022—03	108.00	1496
Maple中的数论:数论中的计算机计算(俄文)	2022—03	88.00	1497
贝尔曼和克努特问题及其概括:加法运算的复杂性(俄文)	2022—03	138.00	1498
复分析:共形映射(俄文)	2022—07	48.00	1542
微积分代数样条和多项式及其在数值方法中的应用(俄文)	2022—08	128.00	1543
蒙特卡罗方法中的随机过程和场模型:算法和应用(俄文)	2022—08	88.00	1544
线性椭圆型方程组:论二阶椭圆型方程的迪利克雷问题(俄文)	2022—08	98.00	1561
动态系统解的增长特性:估值、稳定性、应用(俄文)	2022—08	118.00	1565
群的自由积分解:建立和应用(俄文)	2022—08	78.00	1570
混合方程和偏差自变数方程问题:解的存在和唯一性(俄文)	2023—01	78.00	1582
拟度量空间分析:存在和逼近定理(俄文)	2023—01	108.00	1583
二维和三维流形上函数的拓扑性质:函数的拓扑分类(俄文)	2023—03	68.00	1584
齐次马尔科夫过程建模的矩阵方法:此类方法能够用于不同目的的复杂系统研究、设计和完善(俄文)	2023—03	68.00	1594
周期函数的近似方法和特性:特殊课程(俄文)	2023—04	158.00	1622
扩散方程解的矩函数:变分法(俄文)	2023—03	58.00	1623
多赋范空间和广义函数:理论及应用(俄文)	2023—03	98.00	1632
分析中的多值映射:部分应用(俄文)	2023—06	98.00	1634
数学物理问题(俄文)	2023—03	78.00	1636
函数的幂级数与三角级数分解(俄文)	2024—01	58.00	1695
星体理论的数学基础:原子三元组(俄文)	2024—01	98.00	1696
素数规律:专著(俄文)	2024—01	118.00	1697
狭义相对论与广义相对论:时空与引力导论(英文)	2021—07	88.00	1319
束流物理学和粒子加速器的实践介绍:第2版(英文)	2021—07	88.00	1320
凝聚态物理中的拓扑和微分几何简介(英文)	2021—05	88.00	1321
混沌映射:动力学、分形学和快速涨落(英文)	2021—05	128.00	1322
广义相对论:黑洞、引力波和宇宙学介绍(英文)	2021—06	68.00	1323
现代分析电磁均质化(英文)	2021—06	68.00	1324
为科学家提供的基本流体动力学(英文)	2021—06	88.00	1325
视觉天文学:理解夜空的指南(英文)	2021—06	68.00	1326

刘培杰数学工作室
已出版(即将出版)图书目录——高等数学

书　名	出版时间	定　价	编号
物理学中的计算方法(英文)	2021—06	68.00	1327
单星的结构与演化:导论(英文)	2021—06	108.00	1328
超越居里:1903年至1963年物理界四位女性及其著名发现(英文)	2021—06	68.00	1329
范德瓦尔斯流体热力学的进展(英文)	2021—06	68.00	1330
先进的托卡马克稳定性理论(英文)	2021—06	88.00	1331
经典场论导论:基本相互作用的过程(英文)	2021—07	88.00	1332
光致电离量子动力学方法原理(英文)	2021—07	108.00	1333
经典域论和应力:能量张量(英文)	2021—05	88.00	1334
非线性太赫兹光谱的概念与应用(英文)	2021—06	68.00	1337
电磁学中的无穷空间并矢格林函数(英文)	2021—06	88.00	1338
物理科学基础数学.第1卷,齐次边值问题、傅里叶方法和特殊函数(英文)	2021—07	108.00	1339
离散量子力学(英文)	2021—07	68.00	1340
核磁共振的物理学和数学(英文)	2021—07	108.00	1341
分子水平的静电学(英文)	2021—08	68.00	1342
非线性波:理论、计算机模拟、实验(英文)	2021—06	108.00	1343
石墨烯光学:经典问题的电解决方案(英文)	2021—06	68.00	1344
超材料多元宇宙(英文)	2021—07	68.00	1345
银河系外的天体物理学(英文)	2021—07	68.00	1346
原子物理学(英文)	2021—07	68.00	1347
将光打结:将拓扑学应用于光学(英文)	2021—07	68.00	1348
电磁学:问题与解法(英文)	2021—07	88.00	1364
海浪的原理:介绍量子力学的技巧与应用(英文)	2021—07	108.00	1365
多孔介质中的流体:输运与相变(英文)	2021—07	68.00	1372
洛伦兹群的物理学(英文)	2021—08	68.00	1373
物理导论的数学方法和解决方法手册(英文)	2021—08	68.00	1374
非线性波数学物理学入门(英文)	2021—08	88.00	1376
波:基本原理和动力学(英文)	2021—07	68.00	1377
光电子量子计量学.第1卷,基础(英文)	2021—07	88.00	1383
光电子量子计量学.第2卷,应用与进展(英文)	2021—07	68.00	1384
复杂流的格子玻尔兹曼建模的工程应用(英文)	2021—08	68.00	1393
电偶极矩挑战(英文)	2021—08	108.00	1394
电动力学:问题与解法(英文)	2021—09	68.00	1395
自由电子激光的经典理论(英文)	2021—08	68.00	1397
曼哈顿计划——核武器物理学简介(英文)	2021—09	68.00	1401

书　名	出版时间	定　价	编号
粒子物理学(英文)	2021—09	68.00	1402
引力场中的量子信息(英文)	2021—09	128.00	1403
器件物理学的基本经典力学(英文)	2021—09	68.00	1404
等离子体物理及其空间应用导论.第1卷,基本原理和初步过程(英文)	2021—09	68.00	1405
伽利略理论力学:连续力学基础(英文)	2021—10	48.00	1416
磁约束聚变等离子体物理:理想 MHD 理论(英文)	2023—03	68.00	1613
相对论量子场论.第1卷,典范形式体系(英文)	2023—03	38.00	1615
相对论量子场论.第2卷,路径积分形式(英文)	2023—06	38.00	1616
相对论量子场论.第3卷,量子场论的应用(英文)	2023—06	38.00	1617
涌现的物理学(英文)	2023—05	58.00	1619
量子化旋涡:一本拓扑激发手册(英文)	2023—04	68.00	1620
非线性动力学:实践的介绍性调查(英文)	2023—05	68.00	1621
静电加速器:一个多功能工具(英文)	2023—06	58.00	1625
相对论多体理论与统计力学(英文)	2023—06	58.00	1626
经典力学.第1卷,工具与向量(英文)	2023—04	38.00	1627
经典力学.第2卷,运动学和匀加速运动(英文)	2023—04	58.00	1628
经典力学.第3卷,牛顿定律和匀速圆周运动(英文)	2023—04	58.00	1629
经典力学.第4卷,万有引力定律(英文)	2023—04	38.00	1630
经典力学.第5卷,守恒定律与旋转运动(英文)	2023—04	38.00	1631
对称问题:纳维尔—斯托克斯问题(英文)	2023—04	38.00	1638
摄影的物理和艺术.第1卷,几何与光的本质(英文)	2023—04	78.00	1639
摄影的物理和艺术.第2卷,能量与色彩(英文)	2023—04	78.00	1640
摄影的物理和艺术.第3卷,探测器与数码的意义(英文)	2023—04	78.00	1641
拓扑与超弦理论焦点问题(英文)	2021—07	58.00	1349
应用数学:理论、方法与实践(英文)	2021—07	78.00	1350
非线性特征值问题:牛顿型方法与非线性瑞利函数(英文)	2021—07	58.00	1351
广义膨胀和齐性:利用齐性构造齐次系统的李雅普诺夫函数和控制律(英文)	2021—06	48.00	1352
解析数论焦点问题(英文)	2021—07	58.00	1353
随机微分方程:动态系统方法(英文)	2021—07	58.00	1354
经典力学与微分几何(英文)	2021—07	58.00	1355
负定相交形式流形上的瞬子模空间几何(英文)	2021—07	68.00	1356
广义卡塔兰轨道分析:广义卡塔兰轨道计算数字的方法(英文)	2021—07	48.00	1367
洛伦兹方法的变分:二维与三维洛伦兹方法(英文)	2021—08	38.00	1378
几何、分析和数论精编(英文)	2021—08	68.00	1380
从一个新角度看数论:通过遗传方法引入现实的概念(英文)	2021—07	58.00	1387
动力系统:短期课程(英文)	2021—08	68.00	1382

刘培杰数学工作室
已出版(即将出版)图书目录——高等数学

书 名	出版时间	定 价	编号
几何路径:理论与实践(英文)	2021—08	48.00	1385
广义斐波那契数列及其性质(英文)	2021—08	38.00	1386
论天体力学中某些问题的不可积性(英文)	2021—07	88.00	1396
对称函数和麦克唐纳多项式:余代数结构与 Kawanaka 恒等式	2021—09	38.00	1400
杰弗里·英格拉姆·泰勒科学论文集:第 1 卷.固体力学(英文)	2021—05	78.00	1360
杰弗里·英格拉姆·泰勒科学论文集:第 2 卷.气象学、海洋学和湍流(英文)	2021—05	68.00	1361
杰弗里·英格拉姆·泰勒科学论文集:第 3 卷.空气动力学以及落弹数和爆炸的力学(英文)	2021—05	68.00	1362
杰弗里·英格拉姆·泰勒科学论文集:第 4 卷.有关流体力学(英文)	2021—05	58.00	1363
非局域泛函演化方程:积分与分数阶(英文)	2021—08	48.00	1390
理论工作者的高等微分几何:纤维丛、射流流形和拉格朗日理论(英文)	2021—08	68.00	1391
半线性退化椭圆微分方程:局部定理与整体定理(英文)	2021—07	48.00	1392
非交换几何、规范理论和重整化:一般简介与非交换量子场论的重整化(英文)	2021—09	78.00	1406
数论论文集:拉普拉斯变换和带有数论系数的幂级数(俄文)	2021—09	48.00	1407
挠理论专题:相对极大值,单射与扩充模(英文)	2021—09	88.00	1410
强正则图与欧几里得若尔当代数:非通常关系中的启示(英文)	2021—10	48.00	1411
拉格朗日几何和哈密顿几何:力学的应用(英文)	2021—10	48.00	1412
时滞微分方程与差分方程的振动理论:二阶与三阶(英文)	2021—10	98.00	1417
卷积结构与几何函数理论:用以研究特定几何函数理论方向的分数阶微积分算子与卷积结构(英文)	2021—10	48.00	1418
经典数学物理的历史发展(英文)	2021—10	78.00	1419
扩展线性丢番图问题(英文)	2021—10	38.00	1420
一类混沌动力系统的分歧分析与控制:分歧分析与控制(英文)	2021—11	38.00	1421
伽利略空间和伪伽利略空间中一些特殊曲线的几何性质(英文)	2022—01	48.00	1422
一阶偏微分方程:哈密尔顿—雅可比理论(英文)	2021—11	48.00	1424
各向异性黎曼多面体的反问题:分段光滑的各向异性黎曼多面体反边界谱问题:唯一性(英文)	2021—11	38.00	1425

刘培杰数学工作室
已出版(即将出版)图书目录——高等数学

书　名	出版时间	定　价	编号
项目反应理论手册.第一卷,模型(英文)	2021—11	138.00	1431
项目反应理论手册.第二卷,统计工具(英文)	2021—11	118.00	1432
项目反应理论手册.第三卷,应用(英文)	2021—11	138.00	1433
二次无理数:经典数论入门(英文)	2022—05	138.00	1434
数,形与对称性:数论,几何和群论导论(英文)	2022—05	128.00	1435
有限域手册(英文)	2021—11	178.00	1436
计算数论(英文)	2021—11	148.00	1437
拟群与其表示简介(英文)	2021—11	88.00	1438
数论与密码学导论:第二版(英文)	2022—01	148.00	1423
几何分析中的柯西变换与黎兹变换:解析调和容量和李普希兹调和容量、变化和振荡以及一致可求长性(英文)	2021—12	38.00	1465
近似不动点定理及其应用(英文)	2022—05	28.00	1466
局部域的相关内容解析:对局部域的扩展及其伽罗瓦群的研究(英文)	2022—01	38.00	1467
反问题的二进制恢复方法(英文)	2022—03	28.00	1468
对几何函数中某些类的各个方面的研究:复变量理论(英文)	2022—01	38.00	1469
覆盖、对应和非交换几何(英文)	2022—01	28.00	1470
最优控制理论中的随机线性调节器问题:随机最优线性调节器问题(英文)	2022—01	38.00	1473
正交分解法:涡流流体动力学应用的正交分解法(英文)	2022—01	38.00	1475
芬斯勒几何的某些问题(英文)	2022—03	38.00	1476
受限三体问题(英文)	2022—05	38.00	1477
利用马利亚万微积分进行 Greeks 的计算:连续过程、跳跃过程中的马利亚万微积分和金融领域中的 Greeks(英文)	2022—05	48.00	1478
经典分析和泛函分析的应用:分析学的应用(英文)	2022—05	38.00	1479
特殊芬斯勒空间的探究(英文)	2022—03	48.00	1480
某些图形的施泰纳距离的细谷多项式:细谷多项式与图的维纳指数(英文)	2022—05	38.00	1481
图论问题的遗传算法:在新鲜与模糊的环境中(英文)	2022—05	48.00	1482
多项式映射的渐近簇(英文)	2022—05	38.00	1483
一维系统中的混沌:符号动力学,映射序列,一致收敛和沙可夫斯基定理(英文)	2022—05	38.00	1509
多维边界层流动与传热分析:粘性流体流动的数学建模与分析(英文)	2022—05	38.00	1510

刘培杰数学工作室
已出版(即将出版)图书目录——高等数学

书　　名	出版时间	定　价	编号
演绎理论物理学的原理:一种基于量子力学波函数的逐次置信估计的一般理论的提议(英文)	2022—05	38.00	1511
R² 和 R³ 中的仿射弹性曲线:概念和方法(英文)	2022—08	38.00	1512
算术数列中除数函数的分布:基本内容、调查、方法、第二矩、新结果(英文)	2022—05	28.00	1513
抛物型狄拉克算子和薛定谔方程:不定常薛定谔方程的抛物型狄拉克算子及其应用(英文)	2022—07	28.00	1514
黎曼-希尔伯特问题与量子场论:可积重正化、戴森-施温格方程(英文)	2022—08	38.00	1515
代数结构和几何结构的形变理论(英文)	2022—08	48.00	1516
概率结构和模糊结构上的不动点:概率结构和直觉模糊度量空间的不动点定理(英文)	2022—08	38.00	1517
反若尔当对:简单反若尔当对的自同构(英文)	2022—07	28.00	1533
对某些黎曼—芬斯勒空间变换的研究:芬斯勒几何中的某些变换(英文)	2022—07	38.00	1534
内诣零流形映射的尼尔森数的阿诺索夫关系(英文)	2023—01	38.00	1535
与广义积分变换有关的分数次演算:对分数次演算的研究(英文)	2023—01	48.00	1536
强子的芬斯勒几何和吕拉几何(宇宙学方面):强子结构的芬斯勒几何和吕拉几何(拓扑缺陷)(英文)	2022—08	38.00	1537
一种基于混沌的非线性最优化问题:作业调度问题(英文)	即将出版		1538
广义概率论发展前景:关于趣味数学与置信函数实际应用的一些原创观点(英文)	即将出版		1539

书　　名	出版时间	定　价	编号
纽结与物理学:第二版(英文)	2022—09	118.00	1547
正交多项式和q—级数的前沿(英文)	2022—09	98.00	1548
算子理论问题集(英文)	2022—03	108.00	1549
抽象代数:群、环与域的应用导论:第二版(英文)	2023—01	98.00	1550
菲尔兹奖得主演讲集:第三版(英文)	2023—01	138.00	1551
多元实函数教程(英文)	2022—09	118.00	1552
球面空间形式群的几何学:第二版(英文)	2022—09	98.00	1566

书　　名	出版时间	定　价	编号
对称群的表示论(英文)	2023—01	98.00	1585
纽结理论:第二版(英文)	2023—01	88.00	1586
拟群理论的基础与应用(英文)	2023—01	88.00	1587
组合学:第二版(英文)	2023—01	98.00	1588
加性组合学:研究问题手册(英文)	2023—01	68.00	1589
扭曲、平铺与镶嵌:几何折纸中的数学方法(英文)	2023—01	98.00	1590
离散与计算几何手册:第三版(英文)	2023—01	248.00	1591
离散与组合数学手册:第二版(英文)	2023—01	248.00	1592

刘培杰数学工作室
已出版(即将出版)图书目录——高等数学

书　名	出版时间	定　价	编号
分析学教程.第1卷,一元实变量函数的微积分分析学介绍(英文)	2023—01	118.00	1595
分析学教程.第2卷,多元函数的微分和积分,向量微积分(英文)	2023—01	118.00	1596
分析学教程.第3卷,测度与积分理论,复变量的复值函数(英文)	2023—01	118.00	1597
分析学教程.第4卷,傅里叶分析,常微分方程,变分法(英文)	2023—01	118.00	1598
共形映射及其应用手册(英文)	2024—01	158.00	1674
广义三角函数与双曲函数(英文)	2024—01	78.00	1675
振动与波:概论:第二版(英文)	2024—01	88.00	1676
几何约束系统原理手册(英文)	2024—01	120.00	1677
微分方程与包含的拓扑方法(英文)	2024—01	98.00	1678
数学分析中的前沿话题(英文)	2024—01	198.00	1679
流体力学建模:不稳定性与湍流(英文)	即将出版		1680

联系地址:哈尔滨市南岗区复华四道街10号　哈尔滨工业大学出版社刘培杰数学工作室
网　　址:http://lpj.hit.edu.cn/
邮　　编:150006
联系电话:0451—86281378　　13904613167
E-mail:lpj1378@163.com